김영호 사화집詞華集

모두가
행복한
나라를
꿈꾸다

김영호 사화집詞華集

모두가행복한
나라를꿈꾸다

2014년 12월 5일 제1판 제1쇄 인쇄
2014년 12월 12일 제1판 제1쇄 발행

지은이   김영호
펴낸이   강봉구

편집   김윤철, 김희주
디자인   bonggune
인쇄제본   (주)아이엠피

펴낸곳   봉구네책방
등록번호   제406 - 2013 - 000081호
주소   413 - 170 경기도 파주시 신촌로 21-30(신촌동)
서울사무소   100 - 250 서울시 중구 퇴계로 32길 34
전화   070 - 4067 - 8560
팩스   0505 - 499 - 8560
홈페이지   http://cafe.daum.net/littlef2010
페이스북   http://www.facebook.com/littlef2010
이메일   littlef2010@daum.net

ⓒ 김영호, tae8309@hanmail.net

ISBN 978 - 89 - 97581 - 65 - 8 03800
값은 뒤표지에 있습니다.

김영호 사화집詞華集

모두가
행복한
나라를
꿈꾸다

봉구네책방

책을 내며

작년에 문학청년 시절부터 이런저런 계기로 간간이 써온 문학평론들을 모아 늦깎이 평론집 〈지금, 이곳에서의 문학〉을 낸 이후, 새롭게 쓰게 된 문학평론을 모으고 그간 문화예술과 교육 분야에서 나름의 책임을 맡으면서 그때그때의 현실적 요구나 필요에 의해 언론이나 문예지 등에 써온 글들을 한데 아우르고 보니 다시 한 권의 책으로 묶을 정도가 되었습니다. 그런데 이번엔 문학 관련 글들만이 아니라 문화 전반과 교육정책에 관한 글까지 뒤섞여 줄거리를 잡기 어려운 모양새가 되었습니다. 그래서 고심 끝에 평론집이 아닌 사화집(詞華集)으로 이름붙인 뒤 글의 성격에 따라 5부로 나누었습니다.

1부는 이제 정년을 눈앞에 둔 교사 문인으로 청소년들에게 문학을 가르치면서 아동과 어른의 경계에 서 있는 청소년을 주된 독자로 설정한 청소년 문학의 특성과 진정한 성장의 의미를 따져보는 글들을 묶었습니다. 미국 저항문학의 상징으로 평가받는 샐린저의 〈호밀밭의 파수꾼〉을 중심으로 진정한 성장의 의미를 따져본 글과, 청소년 문학이란 기치를 본격적으로 내걸진 않았지만 성장소설과 교육 에세이 등을 통해 청소년을 주인공으로 내세워 자기 안의 맑고 순수한 청소년을 그려내고 있는 강병철 작가의 자리를 살펴보았습니다. 그리고 학생들과 함께 공동창작한 산문과 운문, 아직도 가슴을 저리게 하는 제자들에 대한 추억을 담은 글도 모았습니다.

2부는 그간 교사와 문학인으로 요구되는 소임들인 모두사랑장애인 야간학교의 자원교사 및 봉사회장, 전교조대전지부 대변인, 대전교육 연구소장, 대전작가회의 회장, 대전충남민예총 이사장 등을 맡으며 지향해온 삶의 자취를 조명한 인터뷰 기사들을 필두로 〈삶의 문학〉 동인으로 삶의 현장에 육박하는 문학을 열정적으로 추구하던 80년대의 활동을 자리매김해 보는 대담, 그리고 대전교육연구소장으로 주관했던 세미나 자료 등을 한데 모았습니다. 문학활동이든 교육활동이든 결국은 보다 나은 삶을 지향하는 점은 한결같아서, 유연하고 너그러우며 사랑이 충만한 관계 속에 모두가 함께 행복한 세상을 꿈꾸며 지금껏 살아왔습니다. 청소년 문예지 학생기자가 인터뷰를 정리해 붙인 '모두가 행복한 나라를 꿈꾸다'란 제목이 이런 지향을 잘 드러내는 것으로 생각해 2부 제목은 물론 이 책의 제목으로 정했습니다.

3부는 첫 평론집에 빠졌거나 금년에 새롭게 쓰게 된 문학평론 그리고 해당 작가들과 관계가 긴밀하거나 지역문화 발전과 관련된 칼럼들을 모았습니다. 결국 작가가 된다는 것은, 주변의 작은 신음에 민감하게 반응하도록 순수한 영혼의 줄을 팽팽하게 조이는 것이고, 낮고 쓸쓸한 곳을 향해 붓끝을 가다듬는 것이며, 첫새벽에 일어나 외롭게 코피를 쏟으며 스스로 충분히 낮아지지 못했음을 아프게 자각하는 것을 의미합니다. 그리고 이런 깨달음에서 한걸음 나아가 삶의 현장을 찾아 나서야 합니다. 고해(苦海)에 동참하는 실천적 결단을 통해 그 문학이 진정한 회향을 이루기 때문입니다.

어렸을 때 대청마루 한편엔 아버지가 젊은 시절에 보았던, 일본의 암파문고에서 간행된 문고판 문학작품이나 일어판 세계문학전집, 그리고 청록집이나 이태준의 〈문장강화〉, 포시진치의 〈박열투쟁기〉 등이 어지럽게 쌓여 있었는데, 두터운 일본어 책을 읽지는 못하지만 한자를 연결해 〈죄와 벌〉임을 알았습니다. 선친은 과부의 아들로 당시 보통학교를 겨우 마친 뒤 주경야독으로 공무원시험에 합격해 고향의 면사무소에 근무하게 됐지만, 유력자 아들이 학병을 피해 그 자리를 차지하는 통에 일본에 징용으로 끌려가는 억울함을 겪었습니다. 그런 저간의 사정을 기록한 〈일본탈출기〉가 아직도 유고로 남아 있습니다. 선친과 오랜 교유를 맺은 신경림 시인이 선친에 대해 쓴 시를 창비에서 간행한 〈선생님, 시 읽어 주세요〉에서 청소년들에게 소개한 적이 있습니다. 이를 계기로 선친을 인터뷰한 기사들과 선친이 직접 발표한 글들을 소개해, 일제강점기를 살아야 했던 할아버지 세대의 힘겨운 삶을 직접 육성으로 들려주거나 그 지혜를 알아보는 것도 청소년에게 나름의 의미가 있겠다는 생각에서 4부에 따로 묶었습니다.

나라는 부강해졌어도 국민은 그리 행복하지 않은 나라, 아이들의 학력은 국제비교평가에서 최상위권인데 정작 학생들은 불행한 현실을 못내 아쉬워하며, 학생들이 저마다 다른 모습으로 함께 어우러져 아름답게 꽃피울 수 있는 그런 교육을 꿈꾸며 여러 지면에 썼던 글들을 모았습니다. 학생들이 자유롭고 행복한 교육선진국이 결국은 국민들이 고루 행복한 복지국가임을 확인하면서, 우리 교육현실을 따져보고 새로운 변화를 추구하려 한 안간힘이 5부에 담겨 있습니다.

끝으로, 이 책이 나올 수 있도록 격려해 준 대전민예총의 고마운 벗 조성칠과 이정섭, 기꺼이 애정 어린 추천사를 써 주신 김정숙 교수님과 청소년 문학과 교육에 대해 함께 고민해 준 함순례, 강병철, 최은숙 선생님께 고마움을 전합니다. 무엇보다도 번번이 멋진 책으로 엮어준 〈작은숲〉 출판사의 강봉구 사장님과 직원 여러분께 깊이 감사 드립니다. 고맙습니다.

2014년 11월 30일

김영호 두손모음

목차

1
___

청소년 문학과 성장의 의미

청소년 문학과 자기해방의 파수꾼

- 강병철의 성장소설을 중심으로 -

　흔히 베이비부머들을 낀 세대라고 부른다. 전후에 태어나 가난한 어린 시절을 겪었고 산업화 과정에서 국가 재건 역군으로 일익을 담당한 후 처자식에 대한 무거운 책임은 물론 노부모에 대한 봉양을 묵묵히 감당해냈지만, 고도의 산업화 이후 풍요로움을 누리며 디지털 사회에서 자유분방하게 살아온 자녀들에게 노후를 기댈 수 없는 그런 세대라는 뜻이다. 나름 부모에게 자식의 도리를 다했지만, 정작 자신은 자기 자녀에게 외면당한 채 요양원에서 쓸쓸한 여생을 보내야만 하는 세대라는 것이다. 하지만 그런 낀 세대가 또 있다. 바로 청소년이다. 어린이와 어른의 중간에 끼어 어린이처럼 전적으로 부모에게 의존하는 것도 아니고 그렇다고 어른처럼 자립할 수도 없어서 신체적으론 성인이지만 사회적으론 보호대상인 그런 존재이니, 그야말로 야채도 과일도 아닌 복잡 미묘한 존재인 셈이다.

　사실 농경사회에서는 남아 15세면 호패를 차고 결혼해 가정을 꾸리고 농사를 지어 가족을 부양했다. 이렇게 어린이에서 곧바로 어른의 세계로 진입할 수 있었으니 그때는 청소년기의 성장통을 겪지 않아도 되었다. 그러나 사회구조가 다양하게 분화되고 그에 적응할 기능과 지식을 갖추는 데 많은 시간이 필요한 근대사회 이후, 사회적으로 자립하는 준비기간이 길어지면서 자립 욕구는 강한데도 현실적으론 부모에게 의존해야 하는 청소년기에 대한 나름의 사회적 인식이 필요하게 되었다. 이제는 청소년기의 특성에 대한 인식이 사회 전반으로 확산되어, 경찰 조직에 청소년계가 신설되고 병원에도 소아과와 내과를 잇는 소아청소년과가 존재하게 되었다.

이렇게 청소년에 대한 사회적 인식이 강화되고 있지만, 청소년에 대한 법적 개념은 법에 따라 그 적용범위가 달라 상당히 혼란스럽다. 특히 고등교육이 보편화 되면서 적용범위가 더 길어지기도 한다. 가령 청소년기본법에는 9세 이상 24세 이하의 자를 청소년으로 규정하고 있는데, 이는 경제적 자립이 불가능한 대학생 시절까지를 포함한 데 따른 것이다. 또 용어 사용도 다양해서 청소년 외에 '아동, 미성년자, 소년, 연소자' 등으로 불리면서 그 적용범위와 권리 그리고 책임도 달라진다. 그런만큼 청소년의 권리와 책임을 담당하는 정부부처도 여러 곳으로 나뉘어 혼선을 빚기도 한다. 이는 결국 청소년기의 특성이 한마디로 규정하기 어려운 데서 오는 것으로 그만큼 사회적 관심과 배려가 필요함을 반증하는 것이라 하겠다.

이렇듯 청소년에 대한 나이 규정이 법규마다 다르기는 하지만 대체로 만 13세에서 만 18세까지로 통상 중고등학교 시기에 해당하는 자를 가리킨다. 이는 '1318'이라는 숫자조합이 붙는 조어의 일상적인 쓰임에서도 확인된다. 가령 1318자원봉사포털, 1318꿈나무지역아동센터, 1318대학진학연구소, 1318해피존, 1318러브, 1318뉴스, 1318클래스, 1318사랑의열매캠프, 시선1318, 1318문고 등 특정시기에 해당하는 대상을 위한 각종 기관이나 행사, 영화나 도서 등의 명칭을 통해 확인할 수 있다.

이 중에서 '시선 1318'은 청소년의 일상과 일탈을 다룬 5부작의 옴니

버스 영화로, 국가인권위원회에서 제작한 다른 영화들처럼 우리 사회의 보편적인 인권을 다룬 게 아니라 특정 시기인 청소년의 인권을 어른의 시각이 아닌 청소년의 시각으로 최대한 현실적으로 다룬 점에서 눈길을 끈다. 여기엔 청소년의 현실인 학업에 대한 강박감이나 미래에 대한 불안, 미혼모 문제, 다문화 가정이나 청소년의 현실인식 등이 드라마나 뮤지컬 또는 코미디로 다양하게 드러난다.

사계절출판사의 '1318 문고'는 오랫동안 불모지처럼 방치되었던 청소년 대상의 문학 시리즈를 처음으로 기획함으로써 청소년 문학을 독자적인 분야로 자리매김하는 데 크게 기여했다. 그간 청소년을 대상으로 하는 문학은, 1950년대에 청소년 잡지 '학원'에 연재되었고 1970년대에 고교 얄개 시리즈 영화로 상영되면서 유명해진 명랑소설 〈얄개전〉을 필두로 순정로맨스소설이나 공상과학소설 등의 이름으로 청소년을 주인공으로 한 일반문학의 하위개념으로 접근하는 정도였다. 이는 〈얄개전〉의 표지를 보아도 확인된다. 소년소녀 한국문학으로 분류돼 어른들의 일반문학 중 청소년도 읽을 수 있게끔 부드럽게 순화한 문학으로 인식되고 있다. 마치 세계문학전집을 청소년들이 쉽게 읽게끔 내용을 간추린 뒤 삽화와 함께 부드럽게 표현한 청소년판 성인문학처럼 말이다. 이런 문학계의 관행에서 벗어나 청소년들을 주된 독자로 상정하고 쓰는 문학들을 기획 출판한 사계절출판사의 시도는 아동문고 시리즈를 읽고 자란 세대들을 문학계로 끌어들이는 계기가 되었고 또 나름 성공적이었다. 그래서인지 이제 사계절출판사 외에도 창비 문학과지성사 실천문학사 휴머니스트 한겨레출판사 시공사 자음과모음 비룡소 문학동네 바람의아이들 작은숲 등 내로라하는 기업형 출판사부터 소규모 출판사에 이르기까지 거의 모든 출판사가 청소년 문고를 펴내고 있다.

일반적으로 본격적인 청소년문학의 출발은 박상률의 성장소설 〈봄바람〉이 출간된 1997년을 그 기점으로 본다. 그 이전에도 많은 성장소설들이 있었지만 청소년을 주된 독자층으로 설정하고 쓰인 게 아니라 일반 독자들을 대상으로 상정한 일반문학으로서의 성장소설이었기 때문이다. 물론 청소년문학이 꼭 성장소설만을 가리키는 것은 아니다. 역사 공포 추리 공상과학이나 판타지소설도 가능하고 또 당연히 청소년 시나 청소년 희곡 청소년 드라마도 포함된다. 그리고 청소년문학이라고 해서 어른들이 읽을 수 없는 것도 아니다. 오히려 좋은 청소년문학은 청소년과 어른들이 함께 읽는 문학이어야 한다. 이는 〈완득이〉나 〈우아한 거짓말〉 〈두근두근 내 인생〉 등의 청소년문학이 영화화되어 많은 관객들을 동원한 것을 보아도 알 수 있다. 이렇게 청소년문학이 어른들까지 널리 읽히는 것은 일단 성인문학보다 쉽고 재미있고 빨리 읽을 수 있어 현대인의 생활리듬과 꼭 맞는다는 점이다. 이제 이른바 '영어덜트(young-adult)' 문학시장이 대세인 셈이다.

하지만 문제는 청소년기의 독자성을 인식한다는 것이 인간의 보편적 삶이나 문제의식을 배제하는 것을 뜻하지는 않는다는 점이다. 일부 청소년문학의 성공 이후 많은 청소년문학이 자극적이고 대범한 소재에 대해 천착하는 소재주의로 흐르고 있기 때문이다. 특이한 소재가 주는 호기심이나 일상에서 크게 일탈한 청소년들의 생활을 대범하게 그려냄으로 해서 독자의 말초신경을 자극하는 문학은 일시적으론 관심을 끌 수 있지만 오래 가지는 않는다. 왜냐하면 특정 부분을 과장함으로 해서 전체의 모습을 크게 왜곡하므로 결국은 독자들에게 외면 받을 수밖에 없기 때문이다. 이런 점에서 이은용의 〈내일은 바게트〉는 재미있으면서도 감동적이다. 누구에게나 친근한 '바게트'빵이 제대로 만들어지는 과정을 통해 평범했던 한 소녀가 뜻하지 않은 불행에 부딪치며 겪는 성

청소년 문학과 성장의 의미

장통을 생생하게 그려낸다. 철이 들기도 전에 부모를 잃고 남동생을 돌보며 아르바이트로 근근이 살아가는 소녀가장 '미나'는 동네 작은 빵집에서 자신만의 빵을 굽는 구 아저씨를 따르며 현실을 극복하고 꿈을 키워간다. 천연 발효빵만 고집하며 '잘 숙성된 사람만이 온전히 자기 인생을 살 수 있는' 거라는 구 아저씨의 철학은 '미나'에게 내세울 게 없다고 생각했던 자신의 가능성을 돌아보게 하며 꿈을 찾아가게 한다. 이런 발효의 철학은 청소년뿐 아니라 우리 모두가 간직할 만한 보편적 가치관으로 확산된다는 점에서 아주 감동적이다.

박상률 작가처럼 청소년소설을 기치로 내걸지는 않았지만 강병철 작가의 성장소설 또한 청소년과 어른들이 함께 읽을 만큼 감동적이다. 그의 여러 소설집 중 〈닭니〉〈꽃피는 부지깽이〉〈토메이토와 포테이토〉는 초등학교와 중학교 시절의 추억을 아주 촘촘하고 섬세하게 그려나간다. 초등학교 시절의 추억과 관련된 앞의 두 작품집은 '흙 향기 묻어 있는 알토란 같은 어린 시절 이야기'임을 내세우는데 〈토메이토와 포테이토〉에 오면 비로소 성장소설을 표방한다. 이는 청소년문학이 성행하게 되는 사회분위기를 반영하는 한편 청소년문학에 대한 작가의 인식이 점차 분명해졌음을 드러내는 것으로 보인다.

그의 어린 시절 이야기 중 가장 핵심적인 추억은 아마도 '닭니'가 옮게 된 사건으로 보인다. 그런 만큼 이 사건은 〈엄마의 장롱〉과 〈닭니〉에서 반복되는데 다만 그 주체만 달라질 뿐이다. 이는 작가의 어린 시절 체험 중 아주 소중한 의미를 가지며 그의 문학 작업들이 추구하는 가치를 상징하는 것으로 판단된다. 그런데 〈닭니〉에서 강철이가 열한 살 때 '닭니'가 옮게 되는 장면은 좀 간략하게 처리돼 그 상황이나 장면이 머릿속에 잘 그려지지 않는다. 〈엄마의 장롱〉에서 일곱 살의 순례가 겪는 경우와 대비해 보아야 상황이나 장면이 잘 파악된다.

우선 왜 병아리가 어미 닭과 떨어져 있는지가 명확하지 않다. 배경인 박정희 군사정권 집권 직후는 물론이고 70년대까지도 농촌에서는 수탉과 암탉을 함께 길러 병아리를 낳아 기르는 게 일반적이었고, 엄마 닭은 항상 병아리를 품에 품고 생활하는 게 자연스런 모습이었다. 이는 다른 나라도 마찬가지여서, 성경에도 '어미 닭이 병아리들을 날개 아래 모은 다'는 비유가 나온다. 병아리들은 엄마 닭과 함께 대개 대나무 살대를 엮어 만든 병아리장에서 따로 생활하는데, 그 모양은 컵을 뒤집어놓은 형태로 지붕이 좁고 아래가 넓다. 〈엄마의 장롱〉에 나오는 병아리장은 싸리나무로 좀 엉성하게 엮었는지, 엄마 닭에서 떨어져 병아리장을 빠져나온 병아리떼가 마당을 노닐다 한 마리가 다른 닭들이 있는 닭장 안으로 들어간 것이다. 그런데 닭장으로 들어가자마자 어미 닭들의 공격을 받게 되는데, 〈닭니〉에서는 병아리를 구하느라 내가 닭장 안으로 들어가 어미 닭들을 쫓는 사이에 노란 솜털이 피로 물든 병아리가 닭장 안으로 도망간다. 이 때 닭장 안에서 또 닭장 안으로 도망가는 게 독자들로서는 쉽게 이해되지 않는다. 하지만 〈엄마의 장롱〉을 보면 비로소 이해가 된다. 닭장은 가운데 담장을 기준으로 안과 밖으로 나뉜 특이한 형태로, 안쪽은 홰를 놓아 닭들이 자는 공간이고 바깥쪽은 햇살 아래 모이를 먹는 곳인데 담장 아래로 닭 한 마리가 드나들 수 있는 구멍이 있다. 그러니까 침실과 거실이 구분된 건데, 병아리가 달아난 곳은 담장 안쪽이고 내가 몸으로 어미 닭들을 막은 곳은 담장 밑 통로인 셈이다. 당시 일반적인 닭장의 구조는 이렇게 이원화 돼 있지 않고, 또 요즘 청소년은 벌집처럼 촘촘한 양계장의 닭장밖에 본 적이 없으니 주인공 나의 그 거룩한 행동은 이해하지만 구체적이고 생생한 장면을 떠올리기가 어렵다. 왜 이렇게 됐을까. 〈엄마의 장롱〉 이후에 다시 〈닭니〉에서 똑 같은 상황과 행동을 묘사하다 보니 좀 간략하게 된 게 아닌가 싶다. 결국은 이 사건에 대한 작가의 애착이 그만큼 큰 게 직접적 원인일 게다.

　그러면 작가는 왜 이 사건에 그만큼 집착하는 걸까. '닭니' 사건이 아예 소설집의 제목까지 된 걸로 보면 이 사건은 하나의 에피소드에 불과한 것이 아니라, 작가에게 어린 시절부터 지금까지 세상을 살아가는 기본 태도를 형성한 의미 있는 사건이기 때문일 것이다. 주체가 일곱 살이든 열한 살이든 또는 여자든 남자든, 그 행동의 바탕엔 작고 연약한 생명을 구하느라 온몸을 던져 그 징그럽고 지독한 '닭니'가 옮는 것을 기꺼이 감수하는 원초적 사랑이 있다. 그 순수하면서도 숭고한 정신은 인간의 본성을 절대적으로 긍정하는 맹자의 성선설을 떠올리게 한다. 작고 하찮은 생명의 고통마저도 차마 외면하지 못하는 그 불인지심(不忍之心) 말이다. 그래서 그의 이야기에는 다 그만그만하게 가난한 이웃들이 애정 어린 모습으로 등장한다. 심지어는 마을 어른들 사이의 불륜까지도 일방적으로 매도되지 않는다. 다 그만한 사정이 있는 것으로 이웃들에게 받아들여지는데, 이것은 결국 이웃의 사정을 차마 외면하지 못하는 우리 조상 대대로 이어온 정신의 고갱이라서 그럴 것이다.

　그의 울음 소리가 터졌다.

　"아, 이 사람아 애비가 머리가 좋은게 아들이 똑똑해진 거지 별소릴."

　"그래두 흐 난 말유, 벤주사님, 하늘을 거역헌 눔유."

　"하아, 이 냥반 기분 존 날 웨 이러나. 그거야 머 자네 잘못인감. 지집 잘못이지. 아, 지집이 치마 말미 풀르구 날 잡어 잡수우 허넌디 그거 불알달린 사내러면 누구나 다 그런 실순 허는 거 아닌가. 예끼보슈. 지나간 거 갖구선 참 에지간허구면. 사람이 살다가 어긋나기두 허넌 거지. 눈 똑떽이 뜨구 봐. 바르게만 살아온 눔이 세상에서 몇 눔이나 되남. 좋다고 웃다 갑자기 울면 영뚱헌 데로 틸 나요. 변덕 그만 부리구."

(중략)

"그러닝께 사람은 제 팔자대루 살으야 쓰는 거여. 암만 지집 치마끈이 헐거워두 제 밥상머리에 있넌 밥이 젤여. 옆길루 눈 팔지 말란 얘기지."

"지지배두 그렇지유. 술취힌 으른 맘 점 달래주지. 그 바닥이서 눈 흘기구 뎀빌 게 머래유."

(〈비늘눈〉, 262-263)

어린 주인공들이 자신보다 약하고 하찮은 존재를 지켜주기 위해 기꺼이 온몸을 던지는 그런 수호자 혹은 파수꾼의 모습은, 미국에서 한때 젊은이들의 경전으로까지 숭배되던 소설 〈호밀밭의 파수꾼〉을 떠올리게 한다. 주인공 홀든은 여동생 피비가 정말 좋아하는 것 하나만 말해보라는 요구에 '호밀밭의 파수꾼'이 되는 꿈을 말한다. 절벽 옆으로 높게 자란 호밀밭에서 아이들이 놀고 있을 때, 아이들이 절벽으로 떨어지지 않게 그들을 붙잡아 주는 파수꾼이 되는 것을 홀든은 자신의 임무로 여긴다. 결국 홀든이 자퇴한 고교생에서 벗어나 아이들을 지켜주는 참된 어른이 되겠다는 것이다. 그 홀든보다 훨씬 어린데도 강철이나 순례가 병아리를 지켜주려 온몸을 던지는 것은 우리의 전통적인 맏이 의식이 작용한 것으로 보인다. 강철이나 순례나 다 많은 동생을 둔 맏이이기 때문에 작은 존재를 지키려는 사회적 본능이 즉각적으로 발휘된 것으로 볼 수 있기 때문이다. 이는 강철이가 중학생이 된 〈토메이토와 포테이토〉에서 난쟁이와 계모의 아들로 어렵게 살아가다 중학교를 그만둔 친구 천배를 돕기 위해 신문팔이를 하는 것도 바로 그런 의식의 발로이다. 이는 작가 자신의 모습과도 상통한다. 그는 지금도 주변의 작고 힘없는 사람들을 외면하지 않고 늘 함께하려는 삶을 꿋꿋하게 지켜나가고 있기 때문이다.

홀든이 호밀밭의 파수꾼이 되고자 하는 것은 아이들의 순수함을 타락한 세상으로부터 지켜주려는 의도에서다. 홀든은 세상을 가짜들이 판치는 타락한 세상으로 보고 어른들이든 또래들이든 가짜 욕망에 물든 똑같은 속물들로 본다. 그가 생각하는 순수한 존재는 죽은 동생 앨리와 여동생 피비밖에 없다. 이렇게 세상을 이분법으로 구분해 보지만 순수함을 고수하는 삶은 근본적으로 불가능할 수밖에 없다. 홀든의 이런 환상적 소망은 곧바로 여동생 피비에 의해 깨진다. 그가 말한 '호밀밭의 파수꾼'은 로버트 번즈의 시 '호밀밭에 들어오는 사람을 붙잡는다면'을 잘못 인용했음이 밝혀지기 때문이다. '누군가가 다른 누군가를 만날 때'를 '누군가가 다른 누군가를 잡을 때'로 잘못 기억하면서 그 의미까지 달라졌다는 것이다. 원시(原詩)의 내용은 누군가를 붙잡고 막고 보호해 주고 하는 거부의 몸짓이 아니라 누군가에게서 살아있는 순수함을 찾아내고 그 순수함과 만나는 수긍의 몸짓을 보여야 한다는 것임을 비로소 깨닫는다. 홀든은 이런 자각을 통해 비로소 자신 안에 살아있는 순수함을 다시 찾는다. 즉 어른이 되어서도 순수함을 유지하는 사람이 가능하다는 균형 잡힌 생각을 회복함으로 해서 순수함에 대한 강박에서 스스로 해방된다.

강병철의 소설에서는 애초에 이분법적인 구분이 없기 때문에 순수함에 대한 강박 또한 존재하지 않는다. 그러나 '닭니' 사건이 주는 바람직한 가치에 지나치게 집착하다 보니 자꾸만 과거의 기억에 정체되고 만다. 〈닭니〉와 〈꽃피는 부지깽이〉는 시기도 거의 일치하고 주요 등장인물들도 아주 유사하다. 일부 인물의 설정이나 관계가 조금 달라질 뿐인데, 이는 작가의 직접적인 체험을 바탕으로 하다 보니 그런 듯하다. 그래서인지 그의 소설집을 쭉 연결해 보면 같은 곡을 약간씩 변주하는 듯한 느낌을 지울 수 없다. 나를 중심으로 벌어지는 주변인물과의 에피소드도 비슷하거나 조금 달라질 뿐이어서 더욱 그렇다. 주인공과 지속적인 영향을 주고받는 부인물이 뚜렷하지 않다 보니 사건의 진행을 통한 결말보다는 그냥 과거의 추억들을 잘 복원하는 데에 머물러 버린다는 느낌이 들어 못내 아쉽다. 따라서 과거의 추억을 오늘의 삶에 살아나도록 하는 장치가 필요한데, 이는 결국 어린 주인공의 성장 혹은 성숙을 통해 해결하는 수밖에 없다. 강철이가 중학생이 된 〈토메이토와 포테이토〉가 단순히 과거의 추억을 되살리는 데 그치지 않고 오늘의 현실 속에 살아나는 것은 처음부터 성장소설을 표방하고 썼기 때문으로 보인다. 그래서 많은 에피소드들이 통과의례로 묶일 수 있으며, 등장인물들이 이루지 못했던 꿈들을 소중히 기록하며 현재의 삶 속에서 이를 이루기 위해 계속 성장하고 있음을 고백한다. 어린 시절의 소중한 추억에 사로잡혀 정체되는 것이 아니라 자신을 지금의 삶 속으로 해방시키는 것이다. 그래서 삼선개헌을 반대하는 중학생들의 시위와 이를 막을 수밖에 없는 교사의 자조적인 대응을 적극적인 상상력으로 곧바로 바꿀 수 있다.

저무는 노을 탓이었을까. 두 사람의 그림자가 바닥에 낮게 깔리면서 금세 콘크리트 바닥으로 스며든다. 참깨폭탄님은 몸을 돌리며 엷은 미소로,
"너를 훌륭한 제자로 기억은 하겠다."
분명히 들었다. 그 소리가,
'상상하고 싸우라'는 문장으로 바뀌는 것이다.
나뭇가지 사이로 보이는 푸른 하늘 사이로 기세와 천배 같은 '못 이룬 꿈나무'들이 얼핏 펼쳐졌다가 재빨리 사라졌다. 이제 강철이는 엑스트라들의 이루지 못한 꿈들을 일기장 구석구석에 기록하고 싶은 것이다.
겨드랑이 날개를 뽑아내며 그렇게 시대의 비탈길 중학생으로 성장하는

중이다.

　물론 주인공이 반드시 성장하거나 성숙해야만 하는 것은 아니다. 귄터 그라스의 〈양철북〉에 나오는 주인공 오스카처럼 어른들의 추악한 세계를 혐오하며 성장을 멈춘 채 난쟁이가 되어 양철북을 두드리며 타락한 현실을 조롱하는 것도 현실에 대한 나름의 문제제기로 우리 의식을 성숙하게 한다는 점에서 성장의 다른 면이라 할 수 있다. 중요한 것은 그 문제 제기가 얼마나 보편성과 균형감각을 가지는가이다. 그러므로 순수함을 지키는 파수꾼이 된다는 것은 자기를 지금의 삶 속에 어떤 방식으로든 해방시킴으로써 가능해진다.

　강병철의 소설 중 청소년이 아닌 어른이 등장하는 경우에는 등장인물의 자의식이 지나치게 드러난다. 가령 〈엄마의 장롱〉은 갑천댁과 그 딸 순례의 굴곡진 삶을 여성의 시각으로 본 이야기인데, 상당 부분에서 과거형과 현재형의 서술이 뒤섞여 쓰임으로 해서 현실이 지나치게 주인공의 인식으로 내면화된다. 소설에서 현재형 서술은 의식의 흐름을 표현할 때는 적합하지만 사건을 진행시켜 주인공을 성숙시키는 데는 그리 적절하지 않기 때문이다. 따라서 〈토메이토와 포테이토〉처럼 박진감 있는 진행으로 작가 스스로를 작중 현실 속으로 해방시킬 필요가 있다고 보인다. 그의 에세이에서 자주 확인되는, 자신의 문학적 성과를 알아주지 않는 현실에 대한 자책도 인식 위주의 문체 때문에 대중적 확산이 덜 되는 데서 비롯되는 게 아닌가 싶다. 그래서 난 그의 한 에세이집의 표사에서 그가 자책에서 놓여나 자유롭게 되길 소망한 적이 있다. 이미 그의 삶으로 또 문학으로 그 진정성이 입증된 만큼 그는 충분히 아름답다. 그 표사를 마지막에 다시 적는다.

제1부 웅숭깊은 나무들의 숲으로

그는 생래적으로 고운 심성을 지닌 사람이다. 머리칼이 하얗게 센 '묵은 교사'가 되기까지 온갖 신산을 겪으며 허리가 휘고 걸음걸이가 아둔해졌어도 소박한 글쟁이 교사로 퇴직할 때까지 교단에 서고자 하는 첫사랑의 꿈을 잃지 않는 그는, 천생 교육자다. 다른 선생님이나 제자들의 아픔과 좌절에는 아주 민감하게 반응하면서도 정작 자신이 겪은 해직의 아픔은 짐짓 무심하게 얘기하는 데서 그의 해맑은 교육자의 모습은 빛난다. 그는 시대의 매운 채찍에 맞아 생긴 수많은 생채기를 정갈한 언어로 삭여내 아름다운 세상에 대한 꿈으로 되살려낸다. 이렇게 온몸으로 살아낸 진정성이 그의 글에 오롯이 남아있는 한, 그의 삶은 결코 허망하지 않을 것이다. 때문에 자신에 대한 엄정한 자책이 주는 쓸쓸함에서 이제 좀 자유로워졌으면 좋겠다.

성장의 의미
– 『호밀밭의 파수꾼』*을 중심으로 –

대개의 경우에 한 개인의 행동양식을 그 개인의 속성으로서만 이해한다는 것은 퍽 위험스런 일이다. 물론 한 개인의 행동양식이 그의 독특한 기질을 반영하는 것임엔 틀림없겠지만, 그런 행동양식의 내용은 훨씬 더 복잡한 외적 요건들의 영향을 받지않을 수 없기 때문이다. 이것은 한 개인의 행동이 우발적이거나 극히 자의적(恣意的)인 충동에 의해서만 이루어지기보다는 일련의 의식적인 자기표현임을 말해주는 동시에 그런 자기표현이 삶의 공적(公的) 공간에 수렴되는 것임을 의미한다. 그러기에 한 개인의 행동양식은 단순히 그의 독특한 기질을 이해하는 과정으로서만 기능하기보다는, 그 개인의 행동양식을 선택적으로 수렴하는 사회규범이나 사회적 제약 등과의 문화적 관련을 새롭게 인식하도록 작용한다. 그리고 한 개인의 '어떤 특성은 바람직하지만 다른 특성은 바람직하지 못하다'라는 식의 문화적 선택성은 결국은 그 사회의 규범으로서 공인되어 한 개인 혹은 문화의 성격을 규정짓기 때문에 한 개인이나 문화유형은 심리적으로만 이해될 수 없는 것이며 그것은 동시에 역사적으로 설명되어져야 한다. 왜냐하면 한 개인의 삶은 사적인 공

* J.D. 샐린저, 삼중당문고, 1976

간과 공적인 공간의 동시성 속에서 이루어지기 때문이다.

　한 개인의 행동양식에 대한 이해가 개인적이고 심리적인 이해만으로 불충분하다고 할 때, 그 개인의 행동양식에 중요한 영향을 미치는 공적 제도로서 쉽게 생각할 수 있는 것은 공식적인 학교제도일 것이다. 적어도 지금까지 공인된 학교의 중요한 역할은, 그것이 한 개인의 지적 계발은 물론 한 사회의 문화적 유산을 계승 전달하고 미래의 문화 창조에 기여한다는 것이다. 이렇게 한 사회의 문화적 유산을 다음 세대로 전달해 주는 역할은 의식적이든 무의식적이든, 한 사회의 문화적 선택에 대해 순응하는 태도를 지향하게 되기 쉽다. 그리고 이런 문화적 선택성이 주로 학교제도에 의존할 때, 즉 사회 전체가 일정한 교육과정을 상대적으로 존중하는 태도를 제도화함으로써 학교화(學校化)될 때, 성장과정에 있는 한 개인이 학교에서 겪는 부정적 태도는 그 사회 전체의 문화적 선택성에 대한 갈등으로 귀착될 수밖에 없을 것이다.

　한 사회가 그 문화적 선택성을 공인시키는 과정에서 중요한 구속력을 발휘하는 동력은 그 문화 자체의 자생적이고 자발적인 탄력에 의존하기보다는 훨씬 더 조직적이고 의도적인 정책적 배려에 힘입는 바 크다. 그리고 그런 정책적 배려는 대중적인 문화매체에 대한 통제력을 통해 일상화됨으로써 문화적 선택을 정당화시키고 나아가선 신비화시키기도 한다. 문화의 대중성 혹은 상투성에 대한 개인적 반응을 단순하게 그 개인의 독특한 기질로서만 파악할 수 없는 까닭이 바로 여기에 있다. 대중적 문화매체에 대한 거부는 결국 그 문화매체를 통한 문화적 학습을 거부하는 것이며 그 문화적 선택의 온당성에 대한 이의제기일 수 있기 때문이다.

J.D. 샐린저의 『호밀밭의 파수꾼』은 단순한 교양소설이 아니다. 바꾸어 말한다면, '호울든'의 자기 자신과 외계에 대한 거부를 한 인간이 성장과정의 어떤 단계에서 보여주는 특징으로서만 간주해 버릴 수는 없다는 말이다. 왜냐하면 '호울든'의 고통스런 거부의 몸짓을 소년기에서 청년기로 넘어가는 과도기에 선 한 소년의 소위 '이유 없는 반항이나 거부'로서 치부해 버리거나 병적 심리의 방어기제(defence mechanism)로만 이해한다는 것은 개인의 행동양식을 너무 일반화시키거나 아니면 전혀 사적인 차원에 함몰시켜 버릴 위험이 있기 때문이다. 사실 한 개인의 독특한 행동양식을 보편적인 인간성의 한 양상으로 일반화해버리는 사회적 관습의 배후엔 보편적 인간성을 초역사적인 어떤 실재(entity)로 규정해 버리곤 하는 사회적 환상이 숨어있음을 간과해서는 안 될 것이다. 엄격한 의미에서 보편적 인간성이란 '인간이란 무엇인가'에 대한 어느 한 시대의 역사적 대답에 불과하다. 다시 말하면 보편적 인간성은 한 사회의 지배적인 가치를 반영하는 것이며 그럼으로써 불가피하게 사회구조의 변화에 대응하게 마련이라는 것인데, 이것은 여러 문화인류학자들의 연구를 통해 이미 입증된 바 있다. 가령 우리나라의 역사에서 통일신라시대의 불교적 인생관이 현실세계를 한마당의 꿈이라 규정짓고 현실세계의 모든 신분적 불평등과 왜곡된 질서를 인과응보나 인연설을 통해 선험적으로 설득하는 정치철학으로 변질시켰던 배후에는, 종교와 지배층과의 야합이 실재하고 있었다는 역사적 사실이 자리하고 있는 것이다.

한 개인의 행동을 그 시대의 보편적 인간성의 한 표현이라고 할 때 그 개인의 행동의 내면적 충동 혹은 동기가 자칫 무시될 수 있다. 그래서 심리학자들은 한 개인의 행동양식을 임상병리학적 반응체계를 통해 유형화함으로써 그 개인의 온전한 이해와 통제에 이르고자 했다. 그러나 그 어떤 개인의 내면적 충동도 그 시대의 지배적인 가치에서 자유로울 수 없다는 사실이 '개인적 노이로제'와 '사회적 노이로제'의 상호관련을 통해 드러나게 됨으로써, 한 개인의 병적 심리는 그것이 사적이면서 동시에 공적인 차원에서 이해될 때 그 온전함에 이를 수 있음이 인정되기에 이르렀다. 가령 '호울든'의 반항을 병적 심리의 한 사춘기 소년이 보여주는 과격한 행동으로만 보고서 '호울든'과 부모와의 관계에서 빚어졌을지도 모르는 심리적 상처나 학교생활에서의 열등감에만 천착한다면, '호울든'의 모든 고통의 몸짓이 그의 심리적 불균형으로만 귀결됨으로써, 그의 부모로서 대변되는 기성세대의 보편적인 가치지향성이나 학교에서 요구되는 문화적 선택의 정당성에 대한 이의제기가 간과되기 쉽다는 것이다.

그런데 도대체 한 인간의 성장과정을 그저 소박한 발전과정이라 가정하고서, 미성숙에서 성숙으로의 전이(轉移)로만 규정짓고자 하는 사회적 편견은 어디에서 연유하는 것일까? 가령 '호울든'의 경우에 그의 반항이나 병적인 혐오감이 미성숙의 특성으로서 이해되고 그것의 극복을 통해 그가 부모의 가치성향과 공식적인 학교제도를 긍정하게 됨으로써 성숙한 단계에 이를 것이라고 생각하고자 하는 사회적 편견은 어디에 기초를 두는 것인가 하는 것이다. 아마도 그런 사회적 편견의 이면에는, 소위 사회화를 성숙이라고 단정 짓는 사회구조가 자리하고 있을 것이다. 그리고 대개의 경우에 사회화란 그 사회구조의 특징적인 기능에 순응하게 됨을 의미한다. 이를테면 한 사회의 구조가 물질적 생산과 소비에 적합한 기능만을 표준적인 이념으로 강조할 때, 이때의 사회화란 그러한 생산과 소비지향성에 대한 순응을 의미하며, 이런 순응이 곧 한 개인의 성숙을 의미하게 된다는 것이다.

그렇다면 어떤 사회구조의 지배적 이념에 순응하는 것을 사회화 혹은 성숙이라 한다면 과연 그게 진정한 성숙이냐 하는 의문이 생긴다. '호울든'의 경우에, 그의 거부의 몸짓을 사회화 혹은 순응 이전의 미성숙으로만 규정지을 때, 그의 모든 고통스런 몸짓은 무위화되어 버리고 만다. 적어도 '호울든'의 외계에 대한 진한 혐오나 거부는 순전히 개인적이거나 아니면 소위 보편적인 인간성의 한 특질로서만 인식되고 말 것이기 때문이다. 그러나 '호울든'의 외계에 대한 혐오나 거부를 그를 포함한 사회구조 전반의 문제로 파악할 때 – 그의 모든 몸짓이 납득할 만한 이유 있는 거부일 때에 그의 모든 몸짓은 의미를 가지게 된다. 그리고 아마이 입장이 '호울든'의 행동에 대한 바른 인식이 될 것이다.

'호울든'의 행동을 이해하려면 그가 좋아하는 세계와 싫어하는 세계를 살펴보면 알 수 있다. '호울든'이 좋아하는 세계는 죽은 동생 '앨리'와 '피이비' 그리고 공원의 오리로 대변되는데, 이것은 순진성을 간직한 사람들에 대한 애정과 연약한 것들에 대한 너그러움을 갖춘 그런 세계이다. 물론 여기에서 말하는 순진성이란 백지와 같이 비어 있는 공간을 지칭하는 것은 아니다. 그보다는 솔직하게 사물과 타인을 대하며, 생명의 연약하고 오묘한 면들에 섬세하게 반응할 수 있는 인간의 고귀한 덕성으로서의 품성을 말한다. 가령 센트럴 파아크에 있는 연못 속의 오리떼들이 겨울이면 어떻게 살아가는가에 대해 그 누구도 주의를 기울이지 않는데 이것을 '호울든'은 이해할 수 없다.

> 「못 믿을이오. 저 조그만 호수같이 생긴, 오리가 있는데 알겠소?」
>
> 「아, 그것이 어쨌다는 거요?」
>
> 「응, 거기에 오리가 헤엄치고 있죠? 봄에 말이오. 그런데 그 오리들이 겨

울엔 어디 가는지 혹 알고 있어요?」

「어디로 누가 간데요?」

「오리가 말이오. 알고 있는가요? 다시 말하면, 누가 트럭이니 무얼 가지고 와서 어디로 데리고가는지, 혹은 혼자서 어디로 날아가는지 남쪽이나 어디로 말이오.」

호오위치는 빙 뒤돌아다보고는 나의 얼굴을 쳐다보았다. 그는 성질이 매우 급한 사나이였다. 그러나 나쁜 사람은 아니었어.

「내사 알 까닭이 있소?」하고 그는 말했다.”

오리떼의 겨울나기에 대한 '호울든'의 이런 천착은 언뜻 생각하면 그가 철새들의 습성이나 생리에 대해 좀 무지하기 때문이 아닌가 생각될 수도 있다. 그러나 여기에서 중요한 것은 그가 그런 자연현상에 대한 관찰력이 부족하든지 아니든지 간에 인간과 자연과의 우호적인 관계에 그가 민감하다는 것이다. 왜냐하면 인간과 다른 살아있는 동물과의 관계가 기본적으로는 생명에 대한 존귀함을 느낌으로써 가능하기 때문이다. 이렇게 살아있는 생명을 존귀하게 여길 줄 아는 '호울든'의 품성은 그가 죽은 동생 '앨리'를 자기의 추억 속에 고정화시키기보다는 '앨리'가 보여주었던 훌륭한 품성을 현실과의 관련 속에서 살아있게 하고자 하는 데서도 드러난다. 그것은 '호울든'이 빨간 모자에 집착하는 데서 드러나는데, 그가 빨간 모자를 좋아하는 것은 '앨리'와 '피이비'의 빨간 머리와 관련되는 것이며, '앨리'나 '피이비'처럼 순진성을 간직한 사람들을 찾아내는 '사람들을 사냥하는 모자'이기 때문이다.

'호울든'이 좋아하는 세계는 휴머니즘이 살아있는 그런 세계이다. 그가 친구 '스트라드레이터'를 혐오하고 그와 싸우기까지 하는 것은 '스트라드레이터'가 자기 애인이었던 '제인'과 사귀기 때문이 아니라 반드시 성적(性的) 교섭을 통해서야만 여자를 알려고 하는 '스트라드레이터'의 태도 때문이다. '스트라드레이터'의 이런 편향은 결국은 소유욕의 일종이겠지만, 그런 소유욕에서 비롯되는 성적 교섭은 상대방을 사물화 시키기 때문에 진정하게 서로를 알게 되는 경험이 될 수 없다. 왜냐하면 남녀 간의 사랑이 대개 독점적인 성격을 띠는 것은 사실이지만, 그것은 상대방을 온전하게 이해하고자 하는 바람에서이기 때문에 다른 사람과의 살아있는 관계를 방해하는 것은 아니며, 이렇게 다른 사람과의 애정 어린 관계까지 번져나지 못하는 독점욕은 소유욕에 다름 아니며, 소유욕은 상대방을 이해하기보단 상대방을 가질려는 강한 욕구이기 때문에 불가피하게 서로를 사물화 시키기 때문이다. '호울든'의 '제인'에 대한 애정은 이런 소유욕이 아니다. 그는 '제인'이 장기를 둘 때 킹을 맨 뒤에 모으고 쓰지 않으려 하는 습관을 이해하고, 그녀의 모든 것을 이해하므로 그녀에게서 사랑을 느낀다. 그래서 '호울든'은 '너무 성적으로 놀지 않아도 여자를 알 수 있다'고 말할 수 있는 것이다.

이렇게 '호울든'이 살아있는 것들에 애정 있는 관심을 기울이고, 이해를 바탕으로 그것들과의 살아있는 관계를 맺고자 하는 것은 성서와 예수에 대한 그의 태도에서도 드러난다. 그는 예수는 참 좋아하지만 예수의 열두 제자들은 별로 좋아하지 않는다. 이것은 '유다'에 대해, 예수는 분명히 그를 용서할 것이지만 열두 사도들은 그렇지 못할 것이라는 그의 신념으로 표명된다. 이것은 '호울든'이 예수의 참모습을 순수한 인간적 심성으로 느낄 수 있기 때문에 가능하다. 적어도 예수에게 신앙은 기본적으로 사랑의 실천에 관련되는 것이니까 말이다.

그렇다면 '호울든'이 싫어하는 세계란 어떤 세계인가? 그것은 그가 좋아하는 세계를 왜곡시키거나 좌절시키는 그런 세계라 할 수 있다. 즉 허위와 이기심, 탐욕 그리고 본능의 변질된 해소에 의해 운행되는 세계인데, 이런 세계에 대한 '호울든'의 반응은 거의 병적이라 할 정도로 통렬하다. 그런데 '호울든'이 이런 왜곡된 세계에 병적인 반응을 보일 수밖에 없는 것은, 그런 왜곡된 세계를 형성하고 있는 것이 바로 '호울든'이 살아가고 있는 사회구조의 특성에 의거하고 있기 때문이다. 바꾸어 말하면, '호울든'이 싫어하는 세계는 그것이 그 시대의 지배적 이념에 의해 보호되는 것이기에 불가침적인 것이고 또 일상화되어 '호울든'의 생활전반을 지배하므로 '호울든'의 삶 전체를 억압하게 되기 때문이다. 그리고 이런 억압은 가정이나 학교에서 동일하게 작용한다. 적어도 그의 부모가 그에게 요구하는 것은 그가 그 사회의 지배적인 가치를 소유하게 되는 것이다. 가령 그의 아버지처럼 변호사로서의 사회적 지위와 명성 그리고 그런 지위에 걸맞은 생활을 과시하며 살아가는 것 말이다. 학교 또한 마찬가지로 그 사회의 지배적 가치 혹은 문화적 선택성에 그가 순응하게 됨으로써 한 사람의 어엿한 사회인이 되길 바란다. 이것은 결국 한 사회의 지배적 가치에 대한 순응을 사회화 혹은 성숙이라고 보는 태도에서 비롯하며, '호울든'에게 그것은 어른이란 세대에 대한 거부로서 드러난다.

그래서 '호울든'은 '어른들이란 언제나 자기네들이 말하는 것이 전부 옳다고 생각'하며 '아무 것도 알아차리지 않는다'고 말한다. 그리고 어른들은 '인생은 경기'라느니 학교란 '훌륭한' 사람을 기르는 곳이라느니 말한다. 그러나 '호울든'이 생각하기엔 '인생이 경기'라면, 그것이 진정한 경기이기 위해선 그런 경기의 규정들이 온전한 인간관계를 목표로 해야 할 것이라는 것이다. 그리고 학교가 '훌륭한' 사람을 기르는 곳이라면, 그런 훌륭함이란 인간의 고귀한 덕성을 북돋워주는 것이어야 한다는 것이다. 그러기에 '호울든'은 훌륭하다란 말이 그 말에 값할 만한 내용을 지니지 못하기 때문에 혐오한다. 가령 '하아스' 교장처럼 온갖 훌륭한 이념들을 설명하면서도 남루하게 보이거나 사회적으로 지위가 낮은 '우습게 보이는' 학부형들을 무시한다든지 하기 때문에 그런 훌륭하다란 말은 결국 엉터리에 불과하다는 것이다.

'호울든'이 싫어하는 것 중에 중요한 것은 영화이다. 왜냐하면 영화에서 이루어지는 행동들이나 사건들이 너무 극적(劇的)이거나 엉터리이기 때문이다. 가령 애정영화에 나오는 사랑의 경우, 그것은 거의가 가짜이자 엉터리이다. 영화에서 주인공들은 서로에 대해 아무 것도 알려고 하지 않으면서도 쉽게 성적 교섭을 갖거나 사랑에 빠지며 그런 가짜 사랑이 그 주인공들의 일생에 커다란 운명으로서 작용하게 되는데, 이런 가짜 사랑 가짜 운명이 관객들의 마음을 사로잡고 행동을 지배하게까지 되기 때문이다. 그런데 이런 영화니 연극이니 하는 대중매체들이 결국은 한 사회의 지배적인 가치를 정당한 것으로 여기는 환상을 심어주게 됨을 생각하면 '호울든'의 영화나 연극에 대한 혐오는 한 사회의 문화적 선택에 대한 혐오로까지 보아야 온당할 것이다.

한마디로 '호울든'이 싫어하는 세계는 인간의 덕성이 존중되는 사회구조라기보다는 인간의 물질적 소유와 소비가 중시되는 그런 사회구조라 할 수 있다. 이것은 '호울든'이 구역질을 해대고 있는 보통 부모들의 일류학교에 대한 집착에서, 자기 아버지의 차(車)에 대한 욕심 그리고 형 DB의 헐리우드 생활 등에서 극렬하게 드러난다. 그렇다면 과연 한 인간의 교육과정이 물질적 소유물의 과시나 전시처럼 사물화 되고 소모품화 되는 데 대한 '호울든'의 구역질을 한 사춘기 소년의 이유 없는 반항이라고만 할 수 있겠는가? '호울든'의 거부의 몸짓은 단순히 한 사춘기 소년의 이유 없는 반항이라기보다는 한 사회의 지배적 가치의 온당성에 대한 의문을 제기함이 없이 그것의 보존에 일익을 담당하는 그런 학교교육이나 대중매체에 대한 새로운 변혁의 요구이다.

그러나 '호울든'의 거부의 몸짓들이 다분히 심정적인 것임에 또한 유의해야 한다. 적어도 그가 원하는 세계가 자기와 타인 그리고 자기와 외계와의 순순한 애정의 교감이 가능한 세계라고 할 때에 더욱 그렇다. 왜냐하면 그가 원하는 덕성이나 품성은 학습으로 습득될 수 없는 그런 것이지만, 그렇다고 그런 덕성이 감상성을 극복하지 못할 때, 그것은 그가 원하는 세계에 대한 현실감을 저해하는 것으로 작용할 수 있기 때문이다. 물론, 이것은 그가 아직 17세의 사춘기 소년에 불과하다는 사실을 반증해 주는 것일 테지만, 그가 진정으로 너그러운 세계를 지향하는 개인이라면 그는 좀 더 진지해져야 할 지 모른다. 그가 서부로 달아나서 오두막집을 짓고 살겠다는 막연한 이상에 사로잡힌다는 것도 그의 외계에 대한 반응이 너무 소박하고 심정적이며 다소 감상적임을 입증해 준다. 혹 그가 서부로 도망쳐 순진성을 간직한 개인으로 존재할 수 있다 할지라도, 이것은 엄밀한 의미에서 설리반(H.S.Sullivan)의 말처럼 하나의 선택적 거부(Selective inattention)에 불과할 것이다.

여기에서 우리는, 조선 말기에 개인과 사회의 문제를 진지하게 생각하고 새로운 인간학과 사회학을 주창한 실학자들도 그 사회구조가 요구하는 기능이 비인간적이라는 개인적 체험에서 출발해서, 진정한 개인의 구제는 인간적인 이념이 존중되는 사회구조로 당시의 사회구조 전체를 개혁해 나가는 방법밖에 없음을 깨달았다는 사실을 다시 한 번 음미해 볼 필요가 있을 것이다. 결국 '호울든'의 경우에서도, 그가 개인적 불만과 사회구조와의 관계를 좀 더 합리적으로 바라보고 진지하게 사고할 때, 즉 감상성을 극복할 때, 그리고 그 실제적 완성을 지향할 때 그가 원했던 '호밀밭의 파수꾼'이 가능해질 것이다. 아마 이것이 진정한 의미에서의 성숙이며 성장일 것이다.

(1983, 『普文』 28호)

상한 영혼을 위하여

고정희

상한 갈대라도 하늘 아래선
한 계절 넉넉히 흔들리거니
뿌리 깊으면야
밑둥 잘리어도 새 순은 돋거니
충분히 흔들리자 상한 영혼이여
충분히 흔들리며 고통에게로 가자

뿌리 없이 흔들리는 부평초잎이라도
물 고이면 꽃은 피거니
이 세상 어디서나 개울은 흐르고
이 세상 어디서나 등불은 켜지듯
가자 고통이여 살 맞대고 가자
외롭기로 작정하면 어딘들 못 가랴
가기로 작정하면 지는 해가 문제랴

고통과 설움의 땅 훨훨 지나서
뿌리 깊은 벌판에 서자

두 팔로 막아도 바람은 불듯
영원한 눈물이란 없느니라
영원한 비탄이란 없느니라

캄캄한 밤이라도 하늘 아래선
마주잡을 손 하나 오고 있거니

　기독교적 상상력에 바탕을 둔 치열한 역사의식으로, 서정시 중심의 우리 시단에 리얼리즘 시의 새로운 가능성을 보여준 시인 고정희, 그는 개인과 사회를 구원하고자 하는 시적 이상을 헌신적인 사회운동과 여성운동으로 실현하고자 애쓰며 불꽃처럼 뜨거운 삶을 살았다.

　이 시에서도 그의 기독교적 상징들이 금방 눈에 띈다. 이스라엘 민족이 바벨론에 나라를 빼앗기고 70년 동안 포로로서 온갖 치욕과 수모를 겪는 생활을 '상한 갈대'와 '꺼져가는 등불'로 비유하며 절망하고 있을 때, 광야의 예언자 이사야가 나타나 그간 자신들의 고난에 침묵하며 '숨어 있던 신'이 마침내 구원의 새 역사를 가져올 것이라는 희망을 선포하던, 그 구원과 희망의 예언자적 이미지가 이 시에 중요한 모티프로 자리 잡고 있다.

　이 시는 거창한 민족사적 역사의식을 내세우지 않고, 외로움과 고통과 절망 중에 있는 사람이 그 고통을 회피하지 않고 오히려 당당하게 그것과 대면할 때 눈물과 비탄에서 벗어날 수 있다는 위로와 희망을 담담하게 노래한다. 하지만 그 희망은 저절로 오는 것이 아니고, 독자인 우리가 타인의 고통을 뜨거운 가슴으로 아파하며 그 아픔을 기꺼이 함께 나누고자 할 때 가능해진다는 것을 '흔들리자, 고통에게로 가자, 살 맞대고 가자' 등의 표현을 통해 강조하고 있다.

이 시가 준엄한 심판의 자리인 형사법정에서, 피고의 상처받은 영혼이 조금이나마 치유되기를 바라는 판사에 의해 선고 전에 낭독된 적이 있었다(〈상처받은 영혼, 시로 달랜 법정〉, 2009. 7. 8. 한겨레신문). 대전지법의 한 판사가, 상습적인 절도죄로 가족에게조차 버림을 받고 극도의 생활고와 질병으로 또다시 생계형 절도죄를 저지른 30대 여성을 법정에서 이 시로 위로해주었다는 것이다. 담당 판사는 "그의 인생에 대해 잘 알고 있는 사람 중 하나로서, 그가 재판을 받으면서 자신을 돌아보고 상처 받은 영혼이 조금이라도 치유될 수 있기를 바라는 마음에서 시를 읊어줬다"고 말했다고 한다.

이 사건을 통해 우리는, 결국 시의 주된 역할은 우리의 영혼을 위로해 주는 것이며, '법은 최소한의 상식'이라는 소박한 진리를 다시금 확인할 수 있다.

(2011, 『선생님, 시 읽어 주세요』, 창비)

구제역은 종착역이 아닙니다

어리석고 욕심 많은 인간들아! 난 너희가 엄청나게 먹어치우는 돼지 팔계야. 우리는 너희에게 아주 중요한 먹을거리지. 오죽하면 쌀 다음으로 비중이 높은 식품이 바로 우리겠니? 너희가 1년에 먹어대는 우리 동족이 일인당 무려 19㎏이나 된다는 걸 알기나 하니? 그런데도 너희들은 우리를 더러운 돼지, 살찐 돼지, 게으른 돼지라고 손가락질했지. 너희는 우리에 대해 모르는 게 아주 많아.

사실 우리는 무척 깔끔한 동물이야. 우리가 진흙탕에서 구르는 건 땀샘이 없어서 몸을 식히기 위해서거든. 너희들은 땀샘이 있어 땀을 밖으로 배출할 수 있지만, 우리는 그럴 수가 없어. 만약 우리가 진흙탕에 구르지 않는다면 몸 내부의 열 때문에 죽고 말거야.

또 너희는 우리가 많이 먹는다고 놀려대지. 하지만 너희가 우리보다 훨씬 더 많이 먹거든. 우리는 먹을 만큼만 먹지만 너희 인간들은 맛있다고 마구 먹어놓고서, 비만이다 고혈압이다 당뇨다 해서 고통을 겪잖아. 이래도 우리가 많이 먹는다고 놀릴 거니?

너희는 우리가 게을러터져 더러운 분뇨 속에 늘어져있다고 생각하지만, 우리는 사실 깨끗하고 쾌적한 곳을 좋아해. 너희가 우리를 시멘트 바닥이 깔린 좁은 울안에 가득 가둬놓고서 좋은 육질 만든다고 몸을 움직일 수도 없게 하는데 대소변을 어떻게 가릴 수 있겠어. 이래 놓고 우리의 본성이 게으르고 지저분한 양 모든 책임을 우리에게 떠넘기는 너희야말로 비판받아 마땅하지 않겠니? 참 내 친구 워낭이란 소도 할 말이 있대.

나는 강원도 산골에 사는 워낭이야. 이번 구제역 사태에 정말 너무 화가 나 참을 수가 없어. 우리는 수천 년 동안 인간들의 귀한 친구였지. 힘든 밭갈이도 마다하지 않고, 땀 흘리며 수레를 끌기도 했고, 고기와 가죽 등을 아낌없이 주는 등 모든 걸 헌신했지. 그런데 전염병이 돈다고 우리를 아예 산 채로 묻는 걸 보고서는 정말 괴로웠지.

물론 인간 중에도 훌륭한 분도 있지. 고려 시대의 이규보 선생은 '모름지기 작은 것이나 큰 것이나 죽기를 싫어한다.'면서 모든 생명체는 다 고귀하다고 말하셨지. 그런데 우리가 보는 앞에서 우리 친구들을 산채로 묻어버리다니, 정말 인간은 너무 끔찍해!

그런데 이런 생매장으로 결국은 인간도 살 수 없을 거야. 생매장 당한 소와 돼지의 시체에서 나오는 침출수는 지하수를 오염시킬 것이고, 또 대지를 오염시키고, 오염된 대지에서 자란 채소와 곡물을 먹는 인간들 또한 병에 걸리게 될 것이고, 마침내는 자연 전체와 모든 생명체를 병들게 만들고 말 거야.

끝으로 당신들의 무지와 탐욕이 가져올 대재앙을 경고하고 싶어. 이번 구제역이 종착역이 아니라는 거지. 구제역을 지나 어쩌면 지구호의 역사가 전설이 되는 신화역까지 가게 될 지도 몰라. 지구 위의 모든 생명체들은 다 나름의 존재 이유가 있는 만큼 행복할 권리가 있지. 지구 가족의 일원인 동물 또한 행복을 누리며 살 권리가 있어. 따라서 인간은 우리 동물이 소중한 생명체임을 인정하고, 우리의 생명 본능이 억압당하지 않도록 배려해야 돼. 사실 이번 사태도 우리를 벌집처럼 비좁은 사육장에서 고깃덩어리로만 기르는 밀집사육이 중요한 원인이잖아.

일부지만 이런 반성과 함께 친환경 축산이나 동물복지에 관심을 가지는 것은 다행이야. 물론 어떤 사람들은 '사람답게 살기도 힘든데 무슨 동물복지냐'고 따지기도 하지만, 우리가 원하는 것은 최소한의 생존조건을 보장하라는 거니까 너무 민감하게 굴지 마. 그리고 우리를 이용하는 과정에서 겪는 고통을 줄여달라는 거야. 친구들이 울부짖는 모습을 두 눈으로 빤히 바라보는, 끔찍한 고문을 멈춰달란 거지.

당신들이 말하는 창조 이야기에도 신이 만든 모든 것을 보시고 좋아하셨으며, 땅에 기는 모든 것에게 푸른 풀을 주셨다는 게 뭘까? 모든 동물들이 풀을 먹는 것은 폭력적인 육식을 최소화하라는 신의 뜻이 아닐까? 제발 고기에 대한 지나친 욕심을 줄이고, 동물들과 사이좋게 살아가는 것. 그것이 바로 인류와 지구를 함께 구할 수 있는 가장 빠른 길임을 명심하게. 아! 인간들아! 인간들아!

"하나님이 가라사대 내가 온 지면의 씨 맺는 모든 채소와 씨 가진 열매 맺는 모든 나무를 너희에게 주노니 너희 식물이 되리라 / 또 땅의 모

든 짐승과 공중의 모든 새와 생명이 있어 땅에 기는 모든 것에게는 내가
모든 푸른 풀을 식물로 주노라 하시니 그대로 되니라 / 하나님이 그 지
으신 모든 것을 보시니 보시기에 심히 좋았더라(창 1:29-31)”

동물 복지 보장되면 복지 사회 가능해요

소돼지를 죽이지 말고 고기욕심 죽이세요
고깃값만 걱정 말고 느는 뱃살 걱정해요
소돼지를 줄이지 말고 고기소비 줄이세요
변비고통 생각 말고 동물고통 생각해요
우리인권 생각만큼 동물복지 생각해요
현재일만 생각 말고 미래일도 생각해요

우리입맛 살리지 말고 동물생명 살리세요
내 뱃살만 빼지 말고 고기 메뉴 빼주세요
목삼겹살 익히지 말고 동물사랑 익히세요
생고기를 다지지 말고 동물유대 다지세요
머릿고기 삶지 말고 동물친구 삼으세요
가축이라 생각 말고 가족이라 생각해요

동물사료 먹이지 말고 곡물사료 먹이세요
벌집에서 기르지 말고 들판에서 기르세요
곡물사료 늘리지 말고 난민구호 늘리세요
우리모두 역지사지 만물들과 평화공존
동물복지 보장되면 복지사회 가능해요

나만 말고 모두를 위해 라라라라 라라라라!

지난 4월 3일 가축이동제한 조치가 해제되면서 전국을 뒤흔든 구제역 사태가 126일 만에 마무리됐다. 그간 가축 347만 마리가 잔혹하게 살처분 되고 피해액이 3조 원에 이르면서 국내 축산업의 존속이 우려되고 있다. 하지만 이번 사태가 언제든 또다시 재현될 수 있다는 점에서, 그간의 축산 시스템은 물론 동물에 대한 우리의 인식과 식습관 등에 대한 진지한 성찰과 변화가 절실히 요구되고 있다. 대전 보문고등학교 2학년 문과 학생들과 이런 문제를 함께 고민하면서, 공동창작을 통해 문학적으로 표현해 보는 기회를 가져 보았다.

그 과정을 간략하게 소개하면, 먼저 전국을 휩쓴 구제역 사태의 원인과 수습과정의 문제점 그리고 앞으로의 전망과 우리 삶의 변화 필요성 등에 대한 각종 정보를 언론이나 잡지, 인터넷 등에서 찾아내 이를 정리한 뒤, 두 개의 '표현하기 문제'를 만들어 그 중 하나를 택해 글로 써 보도록 했다. 〔문제1 : 이번 구제역 사태에서 어렵게 살아남은 돼지나 소가 지구와 인류를 살리기 위한 메시지를 우리에게 전한다는 가정 하에 한 편의 글을 써 보라. 문제 2 : 최근 공익광고 〈밟지 말고 ~ 밟으세요!〉의 가사를 모방해 돼지나 소와 인간이 평화롭게 공존할 수 있는 구체적 실천 방안을 담은 노래를 언어유희를 활용하여 만들어 보라.〕

이렇게 수합된 글들에서 발상이 참신하고 대안 제시가 구체적인 작품을 선별한 뒤, 학생들과 함께 읽으며 다시 덧붙이거나 빼가며 다듬어 나가는 과정을 거쳐, 노래 한 편과 신문 한 편을 만들어 보았다.

(2011, 『선생님, 시 읽어 주세요』, 창비)

어머니의 마음으로 기억하는 제자들

최근에 어머니가 우리 곁을 떠나셨다. 어머니는 일제 강점기에 태어나 학교 문턱도 가보지 못한 까막눈으로, 6남 1녀를 낳아 기르며 모진 세월을 살아오셨다. 가난했지만 자상했던 외할아버지가 몹시 예뻐하셔서 '예삐'라고 불리다 '박예비'로 호적에 올랐고, 일본에 징용으로 끌려갔다 극적으로 탈출해 돌아온 과부 아들을 남편으로 만나 깐깐한 시어머니에게 호된 시집살이도 하셨다. 평생 책을 가까이하신 아버지께 무식하다 타박을 받으며 욱하는 성격으로 티격태격 싸우다 '오가리 깨패는 소리'라는 핀잔을 들으며 두 분이 격랑의 시절을 헤쳐 오셨다.

하지만 어머니가 겪은 삶을 돌이켜보면, 세상이 온통 '두려움'이었으리라 짐작된다. 글자도 숫자도 모르니 혼자서는 버스도 타지 못하고 전화를 하지도 못하였으니 혼자되는 게 얼마나 무서웠겠는가! 거기다 넉살도 없으니 남에게 묻지도 못하고 혼자 낑낑대다 보면 생 똥이 나오고 마는 것이었다. 그래서 집안에 큰일이 생기거나 어머니가 갑작스레 다치거나 하면, 우리 자식들은 먼저 어머니 용변을 처리하는 게 순서였다.

이렇게 두려움 많던 어머니가 아버지를 앞세우신 뒤 시골집이 무섭다며 자식들이 있는 대전으로 오서 형네 집에 계시다가, 골다공증으로 넘어져 여러 차례 받은 수술로 휠체어를 탄 채 몇 년을 지내시다 끝내는 기저귀를 차고 자식들 수발을 받다 한 줌 재가 되어 아버지 곁에 묻히셨다. 정읍 선산의 양지쪽에 곧게 자란 큰 소나무 밑동, 5년 전 아버지 유골을 묻은 옆에 함께 잠드셨으니 또다시 '오가리 개패는 소리'란 핀잔을 들으며 두 분이 시비를 벌이느라 고요한 산 속의 평화가 깨지지나 않을지 모르겠다. 아니, 이제는 두 분이 오순도순 다독이며 맞은편 정읍사 박물관에서 울리는 동편제 판소리 가락에 흥겹게 추임새를 맞추실 게다.

어머니의 장례를 수목장으로 치른 뒤, 가족들이 한자리에 모여 새삼 어머니의 마음을 떠올리며, 어머니가 살아계실 때 늘 마음 아파하던 자식을 돕는 게 돌아가신 어머니의 뜻을 따르는 일이라는 데 마음을 모았다. 동생들 중 가난 때문에 치과 치료를 못 받아 식사도 못하는 동생의 어려움을 어머니가 아셨다면 가장 안타까워하셨을 거라 생각해 치료비를 대주기로 한 것이다. 이 과정을 겪으며 잘난 자식보다 못난 자식 생각에 늘 애타는 어머니의 마음이, 수많은 제자들을 겪는 우리 교사들의 마음과 같다는 생각이 들었다.

이제 연금 의무 납부기간이 종료되어 퇴직 이후를 준비해야 되는 처지에서, 통통 튀는 학생들과 함께하다 보면 소통하기가 점점 쉽지 않음을 실감하게 된다. 감성이나 판단 등에서 아무래도 세대차가 난다. 나름 열심히 인터넷을 뒤져 유행이나 신조어 등을 배워 가까워지려 해 보지만 노교사의 안쓰러운 안간힘으로 끝나는 경우가 많으니, 이래저래 서글프다. 교사 초보 시절, 당시 나이 지긋한 선배 교사들이 학생들과 좀 소원한 채 지금의 나처럼 쓸쓸해하던 모습이 이제야 실감 있게 떠오른다.

원로교사가 되어 젊은 시절을 돌이켜 보면, 학생들에 대한 열정은 뜨겁고 순수했지만 과격하고 서툰 사랑법으로 아이들에게 상처를 주기도

누군가 행복한 나라를 꿈꾼다

했던 게 떠올라 등골에 식은땀이 흐른다. 그래도 학생들은 젊지만 서투르기만 한 나를 너그럽게 감싸주며 형제처럼 또는 친구처럼 서로를 이해하며 고민과 격정을 함께 나누었다. 특히 대학 입시준비를 돕는 담임으로 학생들과 몇 년을 밤낮 없이 동고동락하다 보니 서로에 대한 믿음과 정이 두터울 수밖에 없었다. 더구나 30년 전 당시엔 문과 학생들이 2개 반이었는데 2학년과 3학년을 계속해 맡다 보니, 이제 와선 누가 우리 반이었는지도 모를 정도로 모든 문과생과 긴밀하게 지냈다.

하지만 가정이든 학교든 어디서나 쉽게 적응하지 못하고 빗나가 속 썩이는 애들이 있기 마련이고, 부모나 교사는 잘하는 아이보다는 부족한 아이에게 더 신경이 쓰이는 게 인지상정이다. 그래서인지 30년 전에 만나 지금까지 인연의 끈을 이어오는 제자들 중, 문득문득 궁금해지는 제자는 역시 학창시절 속 썩이던 친구들이다. 내가 근무하는 학교는 사립학교여서 이동해 보았자 같은 울타리 안에 있는 중학교를 오가는 정도여서 언제든 졸업생들과 연락이 되고 또 마음만 먹으면 그 누구도 찾아낼 수 있을 정도다. 더구나 옛 제자의 아들들이 또다시 제자가 되는 경우도 있다 보니, 40대 후반이 된 옛 제자들이 자녀 일로 모교에 오면 몇 안 되는 옛 스승으로 자주 마주치게 된다.

아들 일로 학교를 찾은 옛 제자가 얼마 전 자기 동기들의 월례모임에 초청을 했다. 유성에 있는 갈빗집에서 저녁을 먹으며 제자들과 옛 이야기를 나누다 보니 술잔을 나누는 겉모습이 친구나 진배없다. 드물게 이름이 기억나지 않는 제자도 있었지만 대개는 얼굴을 보면 금방 알아볼 수 있으니 옛정이 소록소록 나며 취흥이 더할 수밖에 없었다. 그 도도한 흥취로 주변에 있는 호프집으로 자리를 옮겨 2차를 하다 보니, 그 동기들 중 말썽꾸러기였던 '방중범'이 떠오른다. 삼국지나 수호지에나 나올 법한 이름인지라 수염이 까칠하게 난 험상궂은 근육질을 떠올릴 수도

청소년 문학과 성장의 의미

47

있지만, 실제 모습은 가냘프고 깡말라 도저히 누구의 맞수도 될 성싶지 않은 그런 모습의 증범이! 그는 현재 일본에서 갈빗집을 하며 일본 여자와 결혼해 살고 있다. 몇 년 전에도 이 동기들 모임에서 증범이 소식을 물었더니 누군가가 곧바로 국제전화를 연결해 줘 소식을 들은 뒤 그의 근황이 궁금하기만 했다.

증범이와 통화했던 얘기를 하며 그의 근황을 물으니 이번에도 옆에 있던 제자가 국제전화를 연결해 준다. 학창시절 늘 말썽을 피워 어렵사리 졸업했던 증범이, 가방 안에 칼을 가지고 다니다 교감 선생님께 발각돼 꼼짝없이 퇴학당할 것을 겨우 무마시켜 졸업시키느라 무지 애를 먹었던 증범이, 졸업 후 입대해서도 적응을 못한 채 스스로 동맥을 끊었던 증범이, 그런 그를 인우보증을 서서 결국 제대까지 시켰으니 그의 근황이 어찌 걱정되지 않겠는가.

몇 년 전 국제전화를 통해 듣던 증범이의 목소리는 아주 의젓하고 점잖아서 세월의 무게가 느껴지는 중후함으로 아주 믿음직했다. 그런데 이번에 들은 그의 목소리는 힘이 없고 쇠잔해 무척 안타까웠다. 그는 지난 번 엄청난 재앙으로 세계를 놀라게 한 일본 동북부 후쿠시마 대지진 때 받은 충격으로 아직도 정상적인 생활을 하지 못하고 있다며 한숨을 쉬었다. 자녀가 없어 인적 피해 등 직접적인 피해를 입지는 않았으나 가까이서 겪은 충격으로 인한 후유증으로 생업에 복귀하지 못한 채 악몽에 시달리고 있다고 힘없이 말했다. 제자들과 함께 위로하고 격려해 준 뒤 전화를 끊자 제자들이 증범이 학창시절 얘기를 듣고 싶어 했다.

사실 증범이는 깡마른 체형으로 중학교 시절엔 친구들에게 많은 시달림을 겪은 새침한 아이였다고 한다. 그러다 고등학생이 되면서 자신을 보호하려고 과장된 행동을 하다 보니 인상 쓴 얼굴로 가방을 옆구리에 낀 채 건들거리며 흉기까지 소지하게 되었다. 그를 중학교부터 보아온 친구들을 이를 재미있게 보기도 했으나, 면도날 자해 사건은 그를 아무도 범접할 수 없는 깡다구맨으로 만든 사건이었다. 누군가 증범이의 마른 체형을 보고 건드리자 그는 무섭게 화를 내며 결투를 신청했다. 그런데 막상 싸움이 시작되자 증범이는 옷을 찢으며 갈비가 앙상한 웃통을 드러낸 채 침을 뱉어가며 면도날로 자기 배를 마구 그어댔고 피가 사방으로 튀었다. 뜻밖의 상황에 놀란 상대방이 무릎을 꿇고 잘못했다고 빌고서야 피 튀기는 자해행각이 끝났다고 하니 그 광경을 본 사람들은 얼마나 소름이 끼쳤겠는가.

증범이는 이렇게 무서운 아이로 인정받고서도 가방에 단도를 가지고 다니며 이를 은근히 과시하며 자기 방어망을 구축했고, 그게 교감 선생님께 발각되어 퇴학 소동을 빚었다. 당시 교감 선생님은 일벌백계를 내세워 퇴학을 주장했으나, 젊은 담임인 나는 '오히려 이런 부적응 학생을 교화시키는 게 학교의 의무이자 책임이므로 처벌보다는 관용으로 감싸 졸업을 시켜야 하며 담임으로서 절대로 과도한 처벌을 받아들일 수 없다'고 맞서 반성문을 쓰는 것으로 마무리 돼 어렵사리 졸업을 시킬 수 있었다.

어렵게 졸업을 한 증범이는 일본에서 불고기집을 경영하는 고모님 댁으로 가 일을 도우며 장사에 눈을 떠 한창 돈맛을 알 즈음, 영장이 나와 입대를 하러 귀국해 논산훈련소에 입소했다. 하지만 이제 막 사업에 눈을 뜬 증범이에게 군 복무가 시간 낭비로만 여겨져 더 이상 군 생활을 할 수가 없었다고 한다. 학창시절보다 더 악아진 증범이는 이제 결기도 단단해져 내로라하는 건달들도 쉽게 순화되는 논산훈련소의 훈련을 끝내 거부했고, 천하의 신병교육대 조교들도 증범이를 굴복시키지 못한 채 훈련기간은 끝났고, 증범이는 당시 내무부 소속인 전투경찰로 배치되었다. 증범이의 복잡한 훈련소 이력 때문인지 고향인 대전에 있는 연구단지 경비부대로 오게 되었지만, 한번 장사하는 재미에 꽂힌 그의 마음은 그 무엇도 되잡지 못했다. 학업을 뺀 세상사엔 아주 영악한 증범이가 결국은 일을 냈다. 내무반에서 숟가락 끝을 뾰족하게 갈아 자신의 팔뚝에 있는 동맥을 죽지 않을 만큼 그은 뒤 쓰러졌다. 군대에서도 자해 소동을 이어간 셈이다.

증범이가 졸업한 뒤엔 그를 까마득히 잊고 지냈는데, 하루는 경찰대학교를 졸업한 뒤 전투경찰 중대장을 하고 있던 김해중이 학교로 찾아와 면담을 청했다. 경찰 간부로 생활해야 할 해중이는 후배 증범이 때문에 자신의 앞길이 힘들어졌다며 하소연했다. 해중이는 증범이가 쓴 자술서를 내밀며, 후배 증범이가 자기 중대로 배치되어 나름대로 신경 써 주고 잘해주었는데 자해를 해 자술서를 받았더니, 내용 중에 '존경하는 김영호 선생님' 얘기가 있어 혹 도움을 받을까 싶어 이렇게 찾아왔다고 했다.

경찰 간부로 앞길이 촉망되는 해중이, 그런가 하면 군대생활에 적응하지 못하고 뛰쳐나오려는 말썽꾸러기 증범이, 둘 다 내 제자이니 그 누구를 선택할 것인가. 한동안 고민하던 나는 해중이에게 내 입장을 분명하게 말했다.

"나는 자네나 증범이 중 누구 하나를 선택할 수는 없네. 왜냐하면 잘났든 못났든 둘 다 내 제자이니까. 제일 좋은 방법은 앞으로의 자네 경찰 생활에도 해가 되지 않고 또 증범이도 인생의 낙오자가 되지 않는 그런 길을 찾아야 하네. 자네 생각은 어떤지 모르겠지만, 증범이 입장에선 하루빨리 일본에 돌아가 열심히 장사해 돈을 벌 생각밖엔 없는 것 같애. 이렇게 외골수로 빠진 사람은 무슨 짓이라도 저지를 것이고, 그러면 자신도 망치고 결국 선배인 자네의 앞길마저 망칠 테니 걱정이네. 내 생각엔 증범이가 이런 일엔 꽤 영악하니 한번 휴가를 내보내 스스로 제대를 앞당길 방법을 찾아보게 하는 게 어떤가?"

해중이가 알았다며 돌아간 뒤 한 달쯤이나 되었을까, 증범이가 휴가를 나왔다며 학교로 찾아와 하소연을 했다. 이미 해중이에게 들어 알고 있고 또 휴가를 보내라고 권해서 사정을 빤히 알고 있지만, 증범이는 계속 부대에 있다간 정말 미쳐 큰일을 낼지도 모르겠다며 스스로 감정 조절이 잘 안된다고 했다. 이미 논산훈련소도 포기한 사람이니 오죽하겠는가만, 전문가에게 정신 감정을 받아 도저히 복무가 어렵다고 판단되면 제대가 될 수도 있을 테니 알아보라며 무엇보다도 네 선배인 해중이의 앞길에 누가 되어선 안 된다고 강조했더니 알았다고 했다.

며칠 뒤 다시 학교를 찾아온 증범이는 정신과 전문의의 감정을 받아 현역 복무가 어렵다는 진단을 받았지만, 제대를 하려면 선생님 두 분의 인우보증이 필요하단다. 그러니 고2때 담임인 이선생님과 고3 담임인 선생님이 보증을 서 달란다. 알았다며 돌려보낸 뒤 생각해 보니, 어렵게 졸업시킨 내가 결국 책임질 일이란 판단이 섰지만, 이선생님이 선뜻 보증에 응해 줄까 걱정이 되었다. 같은 국어과 선생님으로 존경하는 분이지만, 동사무소에 인감도장을 가지고 가 인우보증서를 떼야 하는 번거로움을 감수할 정도로 증범이에게 애정을 가지셨는지 알 수 없으니 확인해 보고 사정해 볼 수밖에. 저녁에 술자리를 마련한 뒤 조심스레 증범이 얘기를 꺼낸 뒤 어렵사리 인우보증을 사정했더니 김선생도 하는데 왜 내가 못하겠냐며 선뜻 승낙하셨다. 지금 생각해도 참 좋은 선배시다. 이젠 퇴직한 지 오래 돼 70대 중반의 노인이 되셨지만 지금도 만나면 여러 가지로 후배를 격려해 주시니 존경할 만한 분이다.

걱정했던 이선생님의 승낙도 받고 기분 좋게 취해 집에 오니 아내가 얼마나 놀랐는지 몰랐다며 증범이 얘기를 했다. 증범이가 방금 전까지 거실에 무릎 꿇고 앉아 칼자욱이 있는 얼굴로 김선생님이 인우보증 서

청소년 문학과 성장의 의미

51

줄 때까지 기다리겠다고 떼를 쓰다 방금 돌아갔다는 것이었다. 정말 어이가 없었다. 저 때문에 여태 이선생님을 설득했는데 저는 나를 믿지 못했다는 게 아닌가. 이 녀석이 아직도 나를 잘 모르나 하는 생각에 순간 서운하기도 했지만, 이렇게 좀 부족하고 감정 조절이 안 돼 사고치는 게 바로 증범이고, 그래서 내 도움이 필요하다고 생각하며 있는 그대로의 증범이를 받아들여야 한다며 아내를 안심시켰다.

다음 날 아침 일찍 동사무소에 들러 인우보증서를 뗀 뒤 이선생님의 인우보증서와 함께 봉투에 넣고 증범이를 기다렸다. 증범이는 생각과 달리 며칠 후에 학교에 찾아왔고 인우보증서를 받아들고 어깨를 으스대며 돌아갔다. 몇 달 뒤 다른 제자로부터 그가 제대한 뒤 일본으로 돌아갔다는 소식을 들었다.

일본에서 나름대로 자신의 이름으로 음식점을 열고 일본인 여자와 결혼해 가정을 꾸린 증범이는 의젓한 중년의 가장이 되었으나, 엄청난 재앙을 겪은 뒤 또다시 시련을 겪고 있다. 그가 학창시절 깡다구로 자신의 나약함을 극복했듯이 현재의 후유증을 잘 이겨내길 이렇게 멀리서 응원해 본다. 논산훈련소도 꺾지 못했던 그의 의지와 무모한 집착으로 보일 정도의 강인한 생활력으로 증범이는 다시 부활할 것이라 믿는다.

교직원노조 활동 때문에 중학교로 전보되어 10년을 보내고 다시 고등학교로 돌아온 게 2000년 봄이다. 10년 만의 고등학교 생활이 아직도 낯선 4월쯤에 한 아주머니가 교무실로 나를 찾아왔다. 증범이의 1년 후배인 박정하의 어머니셨다. 정하가 학생이던 당시 대전 변두리였던 진잠에서 농사를 짓던 분으로 기억이 났다. 머리가 하얗게 센 정하 어머니는 울면서 정하가 국가 보훈대상자 될 수 있도록 진정서를 써 달라고 사정을 하셨다. 고3 담임은 대학만 입학시키면 되는 게 아니고 증범이처럼 제대도 시키고 또 정하처럼 이렇게 보훈대상자 신청까지 해줘야 되나 하는 생각이 들었지만, 정하의 창백한 얼굴이 떠올라 어떻게든 도움을 주어야겠다고 생각했다.

정하 어머니 얘기를 들으며 90년대 중반, 그러니까 중학교에 근무하고 있을 때 어떤 헌병 하사관이 집으로 전화를 했던 일을 떠올렸다. 내가 제대한 지가 언젠데 헌병이 연락하나 의아해 했더니, 박정하의 고3 담임선생님이라 전화를 드렸다는 것이다. 정하가 후임병들과 다투다 삽으로 상해를 입혀 조사를 받았고 심한 스트레스로 군통합병원에 입원해 정신과 치료를 받는 중인데 이미 제대기간이 지났다는 것이었다. 그러면서 제대를 시키려면 담임선생님의 의견서가 필요해 이렇게 찾아왔단다. 학창시절 늘 창백한 얼굴로 말없이 한쪽 구석에 앉아있던 정하, 말을 시키면 가는 목소리로 겨우 답변하던 그였으니, 아마 군대에서 후임병들에게 무시당하다가 싸움이 나 상해를 입혔으나 여린 성격이라 조사과정에서 많은 충격을 받았을 것이 분명했다. 학창시절의 정하 모습을 객관적으로 기술한 뒤 제대해 가정으로 돌아갈 수 있도록 선처를 바란다고 의견서를 작성해 헌병 하사관에게 전했고, 그 뒤 제대한 것으로 알고 잊고 지냈었다.

정하는 제대한 뒤 다니던 전문대학에 다시 복학했으나 학교생활에 적응하지 못했고, 무엇보다도 사람들을 기피하여 집안에 혼자 우두커니 있어 결국 자퇴를 했고, 지금껏 늙은 어미의 보호 아래 심신 장애인으로 살아가고 있다는 것이었다. 어머니 말씀으로는 이 모든 것이 군대 생활 중 헌병대에서 조사받으며 가혹행위를 당한 후유증으로 이렇게 사회 부적응자가 되었으니 마땅히 국가에서 보상해 주거나 책임져야 한다는 것이었다. 늙은 어머니는 이제 자신도 일을 못하는데 앞가림도 못하는 자식을 두고 눈을 감을 수 없다며 보훈대상자가 되도록 선생님이 힘을 써 달라는 것이었다.

그간 정하 어머니가 여러 군데 냈던 진정서를 바탕으로, 내가 학창시절 보았던 정하의 모습을 떠올리며, 정하가 심신 장애로 정상적인 사회인으로 복귀하지 못한 것이 군복무 중 얻은 질병의 후유증이 분명하고 또 경위야 어떻든 국민으로서 국방의 의무를 다하는 과정에서 일어난 일이니 보훈 대상자로 지정받아 사회의 보호 아래 살아갈 수 있도록 선처 바란다고 간곡하게 써서 다음 날 정하 어머니께 전달했다.

그 뒤 정하 어머님이 다시 찾아오지 않은 걸로 보아 어떤 형태로든 정부의 보호를 받게 되었으리라 짐작된다. 어쩌면 정하 어머니도 이제 세상을 떠났는지 모른다. 몸과 마음이 온전하지 못한 자식을 두고 어찌 눈을 감으셨을지! 이제 나도 가족이 늘었다. 며느리와 사위, 그리고 손녀가 생기면서 자식을 기를 때 미처 몰랐던 부모의 깊은 마음을 이제야 더 깊이 그리고 더 절실히 느끼게 됐다. 특히 손녀의 요구에 민감하게 반응하지 못하는 아들을 볼 때, 내가 젊은 아버지였을 때 고3 담임 한다며 새벽에 나갔다 새벽에야 돌아오는 생활로 아이들의 요구를 살피지 못했던 모습이 떠오르며 가슴이 저려왔다.

내 자식이든 또 제자들이든 부모나 선생님의 마음은 결국 한마음이 아니겠는가. 그 마음은, 열 손가락 깨물어 안 아픈 손가락 없듯이 모든 자식이나 제자들이 다 소중하지만, 우선순위로 따진다면 못나고 부족한 자식과 제자가 먼저 눈에 밟히지 않겠는가.

선생님들도 결국 어머니의 마음을 잃지 않아야 함을 나이가 들수록 절감한다. 물론 어머니의 마음을 선생님들이 잃지 않으려면, 학생들과 직접적인 교감이 가능한 조건이 마련되어야 한다. 증범이나 정하를 졸업 후에도 잊지 않고 만나고 또 그들에게 도움을 줄 수 있었던 것은, 당시 한 학년이 6학급인 소규모 학교여서 학생들과 직접적인 소통이 가능했기 때문임을 알기 때문이다. 이젠 우리 학교도 한 학년이 12학급으로 늘어나 한 학년에도 수업을 하지 않는 학급 학생들은 서로 알지 못하게 됐다. 수업하는 학생들과도 입시지도 외에는 인간적인 만남이 쉽지 않은 현실이니, 그들의 인생에 직접적으로 좋은 영향을 끼치는 일도 어렵게 되었다. 최근 행복한 학교로 성과를 거두고 있는 혁신학교가 한 학년에 6학급을 넘기지 않는 소규모 학교를 기본 조건으로 하는 것은, 내 경험으로도 충분히 입증이 되었다.

증범아, 정하야 보고 싶구나! 내가 저녁과 술을 살 테니 연락해라.

(2013, 『넌, 아름다운 나비야』, 작은숲)

2

모두가
행복한 나라를
꿈꾸다

모두가 행복한 나라를 꿈꾸다[*]

안녕하세요. 먼저 어떤 일들을 하고 계시는지 말씀해 주세요.

생업은 고등학교 교사고, 그 외로 시민사회단체 일을 하고 있지요. 대전작가회의 회장을 맡고 있고 대전민예총, 거기는 예술 부문별로 모인 연합체라서 이사장으로 되어있고, 봉사활동은 대전 '모두사랑장애인야간학교'라고 갈마동에 있는데, 거기에서 봉사교사 겸 봉사회장으로 일하고 있고. 회장 뭐 이런 직책은 능력이 있어서가 아니고, 나이가 들다보니까 떠밀려서 그렇게.(웃음)

많은 활동을 하고 계시는데요. 그런 활동들로 이루고 싶은 어떤 것들이 있는 건가요?

장애인야간학교도 그렇고 장애인 목욕봉사도 매달 한 번씩 가고 있는데, 주변에서 소외되고 도움이 필요한 사람들과 함께하는 삶을 사는 게 꿈이거든.

대전민예총 이사장을 맡고 계신다고 말씀하셨잖아요. 저는 민예총

* 2013년 청소년 문예지 〈미루〉 제15호 '사람과 사람' 코너에서 한 인터뷰로, 대전 성모여고 1학년 김예원 양과 소박한 보리밥집에서 식사를 하며 대화를 나누었다.

을 사실 잘 모르거든요. 민예총은 어떤 단체인지 설명해 주세요.

문학, 연극, 음악, 미술 이런 모든 예술단체들이 모여 있는 연합단체예요. 그런 연합단체로는 예총과 민예총이 있는데, 민예총은 '민족예술인총연합'의 약자이지. 기존에 있는 예술인 단체하고 다른 점은 민족의 현실, 우리의 전통, 민중의 현실 이런 것에 구체적으로 대응하는 그런 예술인들이 모여 있는 비주류 예술단체라는 거지. 주류 예술인단체는 예총, '예술인총연맹'이 있고 우린 그에 대한 대응단체이지.

작가회의도 일반 문인협회가 있는데 그 사람들은 주류이고, 작가회의는 민족현실이나 사회현실에 적극적으로 참여하고 발언하는 작가들, 그래서 지원금도 제대로 못 받는 그런 비주류에 소수 단체이지.

교사생활은 언제부터 하셨나요?

오래 됐죠. 30년이 넘었으니까. 대학원 마치고 82년도부터 보문고에 임용이 됐다가 중간에 보문중학교로 쫓겨나서, 전교조 활동 때문에, 귀양살이를 하고 2000년도에 고등학교에 돌아와서 지금까지니까, 남자들은 군대 경력을 합산해 주기 때문에 33년이 넘었지.

특별히 교사가 하고 싶었던 이유가 있었나요?

어렸을 때부터 학교 선생님이 좋아 보이고(웃음). 권위적인 선생님들보다는 다정다감하고 정의감이 있는 선생님들이 특별히 인상적이었지. 그래서 선생님들에 대한 호감 때문에, 저분들 같은 선생님이 되어야겠다, 그런 거지.

교사 생활을 하시면서 특별히 기억에 남는 일이 있나요?

잘하는 애들이 성과를 내서 자기들 꿈을 이루는 것도 기억에 남지

만, 공부도 좀 못하고 집안환경도 어려운 아이들이 졸업하도록 도와주
거나 학생들이 여러 가지 징계를 받거나 할 때 마지막까지 그 아이들을
응원해 주고 보호해 주고 졸업할 수 있도록 도와준 게 기억에 남지. 졸
업한 뒤에도 군대에 가서 말썽을 일으켜서 보증을 서고 제대까지 시켜
준 아이들이 두 명이나 돼. 최근에 〈작은숲〉이란 출판사에서 그런 기억
나는 제자들에 관한 책을 냈는데 내가 군데 제대시켜준 아이들 이야기
를 썼지. 위험한 일이기도 하고 쉽지 않은 게 그 아이들이 적응을 못하
는 걸 보증을 서줘서 제대를 시킨 거니까. 신체적인 문제가 있는 건 아
니고 적응을 못해서 동맥을 끊고 그랬으니까. 그런 게 제일 보람 있었
던 것 같아. 그 애들이 이제 40대 중반이 돼서 전화도 하고, 그렇게 어
려운 시기를 겪었는데도 가정도 이루고 잘 자립해서 사는 거 보면 그런
게 보람이지.

　　잘 달래고 보호해주고 이끌어주고 일단 졸업을 시키면 자기 몫은 한
다는 게 내가 가지고 있는 경험이고 그래서 아이들에 대해서 크게 걱정
은 안 해. 공부 지독하게 못해서 중퇴한 아이가 있는데 이젠 외제차 딜
러로 대전에서 꽤 유명해. 그 아이는 회사에서 이사가 됐더라고. 아는
사람이 외제차를 사겠다고 해서 기왕에 살 거면 우리 제자한테 사라고
연결해서 차도 팔아줬지.

**교사 생활은 그런 보람이 있는 것 같아요. 그리고 전교조에서도 활
동하신 걸로 알고 있는데, 전교조에서는 주로 어떤 활동을 하셨나요?**
　　각 학교마다 분회가 있고 분회장이 있어요. 학교 분회를 책임지는 분
회장을 계속 십 몇 년 동안 했죠. 금년에 분회장을 후배한테 넘겼어요.
사정사정해서. 할아버지가 분회장을 하는 데가 없어요. 그래서 우리 학
교가, 이 친구들이 어려운 일이니까 자꾸 나한테만 맡기고, 나는 정년

이 2년밖에 안 남았는데, 내가 나가면 누군가 해야 되는 거니까. 이제는 당신들 중에 한 명이 해라. 그 전에는 대전지부 대변인을 2년간 했었고, 전교조대전지부에서 만든 부설기관 대전교육연구소에서 소장을 4년간 했죠.

잘 알지는 못하지만 제가 알아보니까 전교조에 가입한 선생님들이 여러 가지 어려움을 겪으신 걸로 알고 있어요. 선생님도 전교조 활동을 하면서 겪은 시련도 있을 것 같아요. 보람 있는 일도 있었을 것 같고요.

조선일보에서 하는 말이, 전교조 출범할 때는 조선일보도 찬양했다고 하는데, 그 당시 신문을 돌이켜 보면 조선일보는 그때도 욕만 했고 빨갱이라고, 칭찬한 적이 없어요. 그런데 요즘 들어서 변질됐다면서 칭찬했던 것처럼 얘기해요. 전교조 초창기 때 교단 정화운동을 해서 부당청탁이나 촌지 같은 잘못된 관행들을 과감하게 개선하고, 교내 비민주적인 제도들을 새롭게 고쳐내고 그랬죠. 선생님들의 권리를 보호해주었지만, 월급 올려달라든가 그런 건 하나도 없어서. 우리가 욕먹는 것 중하나가 제발 노조면 월급 올려달라고 해라. 민주적 제도도 좋다, 그렇지만 봉급도 올려달라고 해라 그거지.

시련은 늘 있었고, 게다가 이젠 법외노조가 됐죠. 몇 년 전에 민노당에서 국회의원에 대거 당선되고 한때 진보정치에 대한 꿈들이 커지고할 때 민노당에 후원금 조금 냈다고 어떤 지역에서는 파면당하기도 하고 나머지도 다 기소가 돼서 지금도 재판을 받고 있기도 하고. 근데 민노당은 당 자체가 없어졌는데. 그런 것이 현실적인 제약이고.

보람이 있던 것은 사립학교 같은 경우는 인사문제라든가 이런 게 제도화가 되어 있지 않아서 일부 인사권자들이 부당한 인사를 하기도 했는데, 그런 걸 교내에 인사위원회를 만들어서 선생님들의 의사를 반영하도록 제도화시키고. 교복 공동구매도 제일 먼저 도입해서 정착시키고. 제도적으로 학생들에게 이익이 될 수 있는, 학부모들이 쉽게 학교에 와서 의견을 말할 수 있고 보호받을 수 있는 제도를 정착시킨 게 큰 보람이고. 부수적인 것은 대변인 할 때, 장애인들의 권리가 나아졌다고는 하지만 아직도 미약하기 짝이 없어서, 장애인들이 집 근처 초등학교를 다녀도 근처에 중학교가 없으면 멀리까지 가야하고, 초등학교에는 승강기가 있어서 편했는데 중학교에는 없다든가, 그렇게 제도든 설비든 잘되어 있지를 않아서 가까운 데 가고 싶어도 장애아들의 학부모들이 대개 형편이 어려우니까 교육청에서는 무시하고 그랬죠. 전교조가 나서서 장애인 특수학급을 학부모들이 원하는 곳에 개설해야 한다고 주장했어요. 탄방중학교, 충남고등학교, 우송중학교 이렇게 세 군데. 그런데 교육청에서는 학교에 남은 교실이 없다고 우기는 거야. 그래서 현장방문을 해보니 의외로 남은 공간이 많은 걸 지적해서, 물리적으로 싸운 게 아니라 보도자료 등 글로 싸워서, 학교가 이렇게 부정적이다, 장애아들이 전동 휠체어를 타고 십 리를 가야한다고, 지적하고 방송에도 나가고 하니 그 사람들이 놀라서 우리 의견을 받아들였지. 충남고는 교장선생님 만나서 설득하고 승강기까지 만드는 걸로 협의 되었고. 그게 보람 있었고, 장애인 야간학교 가서 학생들에게 지식만 가르치는 것 가지고는 불충분하니까 장애인들이 비장애인들과 똑같은 사회적 존재로 자신들의 권리를 당당하게 주장하고 살아갈 수 있도록 하는 것, 주변에서도 시혜를 베풀 듯이 하는 것이 아니라 동등한 동료, 이웃으로 살아갈 수 있게 하는 데 작은 보탬이 되었다는 것, 그게 가장 보람 있었지.

학교생활에서 기억나는 에피소드 같은 게 있다면 말씀해 주세요.
젊었을 때는 학생들하고 나이 차이가 많지 않으니까 쉽게 친해지고,

고3 담임을 맡았을 때 새벽에 같이 나와서 늦게까지, 하루도 안 빠지고 동고동락을 했던 기억. 그 당시는 대전이 광역시가 아니고 충남이었는데, 우리 반 아이가 집안도 어렵고 여드름도 많이 나고 키도 크지 않은 그런 아이였는데, 신체적인 것 때문에 책을 많이 읽었지. 그래서 '아, 저 녀석이 삼학년이 되면 공부를 훨씬 잘 하겠다' 생각했지. 근데 능동적으로 나서곤 하진 않는 아이였지만 그 아이에 대한 믿음, '넌 충남 수석 정도는 할 수 있는 애니까 자신감을 갖고 해봐라. 네 뜻을 이루면 주변 사람들에게 도움이 되는 사람이 됐으면 좋겠다.' 그렇게 격려했는데 실제로 충남 수석을 했어. 지금 변호사가 돼서 만나기도 하지.

전교조대전지부 대변인을 하다 보니 텔레비전 토론에 자주 나가게 되고, 말의 중요성, 말의 힘, 물리적으로 아무 것도 가진 게 없어도 말의 힘으로 성명서를 작성하고 사건마다 쓰고, 토론에 나가 논리적으로 말싸움하고, 강하게 말해서 이기는 게 아니고 논리적으로 말을 하면서도 부드럽게, 대중을 상대로 하다 보니까, 그렇게 나름대로 말로 싸운 것이 상당한 성과를 거두고 또 실현되고 한 것이 기억에 남고. 대변인 하던 당시엔 교육감을 주민들이 뽑는 게 아니고 학교 운영위원들이 뽑는 간접선거였는데 그 숫자가 정해져 있으니까 교육감 후보들이 그 사람들을 대상으로 유세를 하고 얼마든지 불법적인 선거운동을 할 수 있었던 거야. 그렇게 당선된 교육감이, 나중에 보니까, 선거과정에서 '시버스리갈'이라는 고급 양주를 이백 몇 명의 학교운영위원들에게 돌린 게 논란이 되다가 일단 당선된 거니까 유야무야 되는데, 이건 아니다, 대전교육을 대표하는 사람을 선거가 끝났다고 아무도 파헤치지 않아서야 되나 해서, 계속 성명서를 내서 여론을 조성하고, 법원 앞에 가서 시위하고 해서 기소가 되고 1심에서 유죄 선고가 됐는데, 항소를 하고 대법원까지 가니까 시간이 길어지고 임기는 다 돼가고, 언론들도 처음엔 호의적이다가 시간이 길어지니까 다 관심을 가져주지 않는 거야. 시간이 흘러 겨울이 돼서 언론도 모른 척하고, 눈보라 치는 날 세 명이서 교육청 앞에서 불법 선거에 책임을 지라고 피켓 시위를 했는데, 결국 대법원에서 유죄가 확정돼 교육감에서 중도 탈락했지. 그 사람과는 원수가 됐지만, 교육적인 견지에서는, 불법을 저질러 법의 심판을 받는 것이 지극히 당연하다는 것을, 이 년 정도 싸움을 포기하지 않고 끝까지 해서 중도탈락시킨 거지. 이것도 말의 힘이지. 주먹으로 이길 수도 없는 것이고 금력이나 권력도 없는 평범한 교사인데 우리들이 진심을 모아서 말로, 법률도 잘 모르는데 공부해 가면서 진정서도 작성하고, 법원에 왔다 갔다 하고, 공부도 많이 됐고, 영화 〈부러진 화살〉처럼 우리가 법률에 대해 배운 것도 없는데 법조문 찾아가면서 이겼어요. 교육감은 자문변호사도 있고 현직인데 우리가 나름대로 법률 해석과 적용을 해서 거기에 대항해서 이기니까 그것이 참 기억에 남고. 물론 말만으로는 안 됐지. 법원 가서 시위도 하고 법원에 몰려가기도 하고. 비 오는 날도 눈 오는 날도. 말과 행동으로 했다는 게 기억에 남고.

선생님을 만나면 꼭 여쭙고 싶은 게 있었다. 학원이나 과외 선생님들은 늘 어떤 모범답안을 말씀하시는 것 같아 보였기 때문에 학교 선생님, 특히 학교 외의 사회활동을 열심히 하고 계시는 선생님은 어떤 생각을 갖고 계시는지 꼭 여쭙고 싶었다. 성적으로 구분 짓는 사회에 대해, 그 사회로 내몰리는 우리들에 대해.

선생님이시니까 당연히 우리나라 교육에 대해 관심을 많이 갖고 계시잖아요. 대한민국의 교육에 대해 어떻게 생각하세요?
현재의 모습으로는 미래가 없죠. 우리나라 사람들의 근면함과 명석

함은 개인적 민족적으로 보면 탁월한데, 그걸 어떻게 이끌어내서 조화롭게 행복한 나라로 만드느냐는 별개의 문제로 그런 것에 대한 인식이 없이 경제적으로는 잘사는 나라가 됐지만 행복하지 않은 나라, 이건 문제가 있죠. 함께 나아가야 하는데 그렇지 못하니까 경쟁 과잉이 되고 학생들이 고통 받고. 경쟁을 강조하기보다는 협력하고 서로를 배려하며 공동으로 미래의 어떤 모습을 만들어나가는 그런 교육철학을 가진 나라가 더 행복하고, 결과적으로도 그런 나라가 더 잘살고. 핀란드에서는 '딸꼬드(영어의 together)'라는 '함께'라는 뜻을 가진 말을 많이 쓰는데 우린 '우리'라는 말을 많이 쓰긴 하지만 실제로는 우리가 아니고 전부 나인 거야. '나'를 '우리'라고 말할 뿐이지 실제로는 '우리'는 없는. 근데 '딸꼬드'라는 말을 쓰는 핀란드는 사회적으로도 그대로 실천을 해요. 학교에서도 우리는 나누고 배제하고, 기준을 정해 그 기준에 들지 않는 사람은 배제하는 식으로 하니까 소수의 특권, 다수의 불행으로 이어지지. 핀란드는 법으로 외적인 조건을 굳이 나누지 않고 다양한 조건을 가진 학생들이 함께 공부하는 게 원칙인 거야. 그걸 어기면 법 위반이 되는. 우열반도 안 되고, 특목고니 이런 개념도 없고. 특수한 재능을 따로 분류하지 않고 다양한 재능을 함께 모아서 교육하는 게 법인 거야. 그러니까 그 아이들이 행복도 만족도도 높고 성적도 높은 거야. 우리나라는 그렇게 하면 하향평준화 된다고 하는데 실제로 그런 나라들을 보면, PISA(국제학업성취도평가)라는 17세 정도의 학생들을 나라별로 5000명씩을 무작위로 선정해 그들을 대상으로 해서 똑같은 시험지로 시험을 보는데, 잘하는 애들만 표본으로 뽑은 게 아닌데도 부동의 1위가 핀란드고 우리나라가 2위 정도 하는데, 거기서 성적만 평가하는 게 아니고 교과별 만족도라든가 정서적 반응 등의 정의적 태도에 대해서도 평가를 해. 수학 과목을 진짜 좋아하는가, 그런 태도를 설문조사하는데, 우리나라는 성적은 2위인데 정의적 태도는 꼴찌인 거죠. 앞으로 수학을 하고 싶은 마음은 없고, 틀리면 다른 방법으로 도전하는 것이 아니라 그냥 틀리면 안되는 거야. 즉 창의성이 없는 거지. 성적이 국가 경쟁력으로 이어지려면 창의성과 도전정신이 있어야 하는데, 우리나라에서는 도전하다 실패하면 성적이 떨어지니까 안 된다고 생각하는 거지. 우리나라에서 지나치게 많은 지식을 요구하는데 그 이유가 결국은 학생들을 일정 기준으로 구분하기 위해서 그러는 거야. 결국 나중에 사회생활에 써 먹는 건 사칙연산인데, 우리가 배우는 건 많지만 결국 소수를 뽑기 위해서 다수를 탈락시키기 위해 그러는 거야. 근데 핀란드는 사회에 나가서 꼭 필요한 지식을 모든 학생들이 아이들이 틀리게 하기 위해 시험을 보는 게 아니라, 꼭 필요한 것을 다수의 아이들이 알고 만점을 받을 수 있도록 가르치고 평가하는 거야. 그래서 시험 보면서 서로 알려주고 도와주고. 선생님도 '이렇게 한번 해 봐'라고 하면 그 다음은 학생이 스스로 풀고 이렇게 함께하는 게 당연한 거고, 시험에도 그렇게 반영하고. 이렇게 꼭 필요한 것만 알 때까지 가르치고 하니까 전반적으로 성적도 좋은 거야. 누구를 떨어뜨리는 것 없이 함께 노력하고 발전하고 하는 게 생활 속에서 이루어지니까 핀란드가 작은 나라고 6개월이 겨울인 나라인데, 우리와 마찬가지로 작은 나라이고 식민지 지배도 받고 내전도 겪어서 거의 비슷한데, 그래도 우리는 사계절이 있지만 핀란드는 겨울이 대부분인 나라, 식민지도 300년이나 겪었는데도 우리하고 다르다는 거야. 그게 교육 때문이지. 이념 대립 때문에 내전을 겪은 것도 우리와 비슷한데 우리는 아직도 서로에 대한 증오와 적대심, 서로 상대방을 비난하는, 북쪽은 맘에 안 들면 미제 자본주의를 들먹여 숙청하고 여기선 자기와 다른 얘기를 하면 종북이라고 하고, 서로 적인데도 지도층은 서로가 필요한 거야. 적이 없으면 유지가 안 되니까 적대적 공생관계가 형성이 되는 거지. 핀란드는 이념적인 대립이 있었는데도 같은 민족이니까, 함께 살아야 하니까, 보복을 하지 않았지. 적어도 교육에 있어서는 정권이 바뀌어도 교육정책이 바뀌어선 안 된다고 하는 게지. 우리는 수시로 입시제도가 바뀌는데. 그래서 핀란드는 강대국이 아니라 강소국이 된 거고. 우리나라는 땅은 조그마한데 강대국이 돼야 한다는 왜곡된 꿈을 가지고 있어. 작지만 강한 나라, 작지만 행복한 나라가 되어야 하는데 우린 작은 나라면서도 큰 나라가 되려고 하고, 성공한 사람, 강자만 따라가려고 하는 거야. 작은 사람들이 함께 모여서 사이좋게 살면 강한 나라가 되는 건데. 그게 교육에서 판가름이 나는 거고.

요즘 와서 역사전쟁을 하는 이유도, 다양한 관점의 교과서를 국정교과서로 바꿔야 한다고 하는 이유도 정권의 입맛에 맞는 역사를 새로 쓰겠다는 것인데, 기득권층이 기득권을 유지하는 수단이 교육이기 때문에 자꾸 대물림하고, 사회화하고, 개인에게 내면화하니까, 역사를 마음대로 하겠다는 것이지. 그래서 교육이 진짜 중요한 거야. 전교조가 미움 받는 이유가 자꾸 그런 속셈을 건드리니까 불편한 거고.

아참, 국은정 샘이 말씀해 주셨다. 김영호 선생님의 아버지와 서정주 시인 사이에 특별한 인연이 있다고. 서정주 시인의 시 중에 「국화 옆에서」는 많은 사람들이 기억하고 좋아하는 시이기도 하다. 서정주 시인의 친일 행위에 대해서 들은 기억도 어렴풋이 있는 것 같다. 이것도 짚어야겠다.

참, 궁금한 게 있어요. 아버님과 서정주 시인 사이에 어떤 인연이 있다고 들었거든요.

악연이지(웃음). 서정주 시인이 초등학교 선배고, 아버지한테도 선배고, 시골은 학교가 한두 개밖에 없으니까. 서정주 시인 아버지가 김성수 집안, 동아일보 고려대 이런 데를 설립한 대 부호인 김성수 집안의 마름 (중간 관리자)이었지. 일제강점기 소설에도 나오지만 지주는 뒤에 숨어 있고 소작을 주고 떼고 하는 건 마름이 앞장서서 하는 거고. 지주는 마름 시켜서 들어오는 소작 받고 하는 거지. 지주는 되게 칭송을 받는데 악한 일은 다 마름이 하는 거지. 일제강점기 소설에도 보면 마름 때문에 불을 지르거나 하는 게 그런 거지. 주인들은 다 서울 가서 살고 가끔 시골에 오니까 관리는 마름이 하는 거고, 당시 서정주 아버지가 관리하던 집이 얼마나 큰지 마당에서 자전거 타고 돌아다닐 정도로 큰 거지. 초가집은 초가집인데 엄청나게 큰. 그래서 초등학교 가는 길에 저런 데는 어떤 사람이 살까 하고 담 너머로 봤는데 그게 서정주 집이었지. 서정주가 시에서 '애비는 종이었다.'고 썼어. 마치 종의 아들로 태어나서 방황하다가 성숙한 것처럼 자기를 미화하고 합리화하는데, 사실은 마름이라는, 떵떵거리는 사람의 아들이었고, 그렇게 고생을 많이 하지도 않았겠지(웃음). 그 당시 혜화전문학교(지금의 동국대학교)를 다녔으니까. 그 당시는 전문학교를 다니는 사람이 몇 명 안 됐으니까. 친일도 많이 했고, 고향에서 아버지가 마름이었으니까 사람들이 별로 좋아하지도 않아서 방학 때는 내소사라는 절에서 묵었다 가고. 고향에서는 별로 생활을 많이 못했어. 우리 아버지는 참 억울하게 당시 일본에 징용으로 끌려갔지. 동아일보 회장하고 고려대학교 이사장도 겸했던 김성수의 자식 중 대학생이었던 한 명이 학도병으로 끌려가야 했어. 동아일보가 학도병 지원에 그렇게 앞장서던 시절에. 그때 우리 아버지가 소학교를 나와서 독학으로 공무원 시험에 합격해서 시골 면사무소의 직원이 된 거야. 그 당시엔 대단했던 거지. 초등학교 나온 사람이 공무원이 됐으니까. 근데 과부의 아들이고, 가난하고 배경도 없으니까 당한 거지. 그 당시 면서기는 학도병에 끌려가지 않았어. 공무원은 학도병에 끌려가지 않으니까 그걸 피하려고 시골 고향에 와서 가장 만만한 사람을 찾다가 보니 우리 아버지가 걸려서 대신 징용으로 일본에 끌려가신 거야. 아버지 자리에 김성수 아들이 들어가서 면사무소 직원 하고, 우리 아버지는 일본에 징용으로 끌려가고. 탄광에서 일하게 되고. 징병은 군대를 가는 거고 징용은 일본에 일할 사람이 없으니까 끌고 가서 막노동 시키는 거고. 아버지는 거기서 밤에 밀감 밭에서 밀감을 사다 합숙소에서 팔아 돈을 좀 모아서 밀선을 타고 탈출해서 부산으로 돌아온 거지. 그때 못 돌아왔으면 재일교포가 되는 건데. 그때 못 돌아온 사람들이 지금의 재일교포가 되었지. 우리나라가 당시 국력이 약하니까 해방이 됐는데도 그들을 우리나라로 못 데려와서 재일교포가 된 거지. 근데 아버지는 밀선을 타고 스스로 돌아오신 거지. 일제 말기라서 낮에는 폭격이 심해서 밤에만 움직여서 한 달쯤 걸려 부산에 도착하니까 해방 된 지 사흘이 지났더래. 그래도 거기 남아있었으면 못 돌아왔을 텐데 일본을 탈출하신 거지. 그래서 동아일보를 상대로 피해보상 이런 걸 해볼까 하다가 접었지. 동아일보는 현존하는 권력인데 이게 쉽지가 않거든. 싸워서 이긴다는 게. 일본탈출기를 책으로 내자는 출판사도 있었는데 잘 안돼서 책으로도 못 내고 아버지는 돌아가셨고, 그런 내용을 창비에서 나온 『선생님, 시 읽어 주세요』라는 책에, 신경림 시인이 우리 아버지에 대해 쓴 시를 소개하면서, 내가 우리 아버지에게 동아일보가 이렇게 했다고 쓰고 했는데, 동아일보가 안 읽어봤으니까 조용하데(웃음).

아버지의 사연이 우리나라의 슬픈 역사를 보여주는 것 같아요. 그래서 아버지에게서도 많은 영향을 받으셨을 것 같은데요. 아버지에게 어떤 영향을 받으셨는지 말씀해 주세요.

아버지는 시골 초등학교밖에 못 나오셨지만 문학청년으로 당시 일본에서 간행된 세계문학전집 등을 열심히 읽으신 거야. 내가 어렸을 때도 일어판 세계문학전집이 여러 권 있는데, 일본어를 모르니까 아는 한자로 제목만 보곤 했지. 그래도 이광수의 『흙』이라든가 이런 책이 항상 집에 있으니까 문학을 가까이 할 수 있게 된 계기가 된 거지. 또 우리 아버지가 기록을 잘하시는 분이라 담배를 다 피우고 나면 담뱃갑이나 그 안의 은박지를 묶어서 농사일도 기록하고 그런 모습을 어렸을 때부터 봐서 기록의 중요성도 배웠고.

김성동 소설가와의 인연도 남다르다고 들었어요. 어떻게 인연이 시작되었는지요.

그때 김성동 형이 산내 구도리라는 마을에 살았는데 그 구도리가 김성동 형 아버지가 총살당한 곳, 골령골, 이름 자체가 그렇잖아 뼈 골 영혼 령 이렇잖아. 옛날부터 사람들이 죽어서 뼈가 묻힌 곳인데, 김성동의 소설 중에 「눈물의 골짜기」라는 소설이 있었는데 바로 아버지의 죽음 이야기야. 그가 『만다라』를 써서 유명작가가 되고 소득도 생기고 해서 아버지가 숨진 곳 근처에 살아야겠다고 해서 그 근처에 와서 살고 있었는데, 우리가 '삶의 문학'이라는 문학동인 활동을 하고 책을 내면서 자연스럽게 안면이 생겼지. 책을 낸 뒤에 친구들이 대전에 선배가 살고 있으니까 인사도 드리고 술로 한 잔 하자고 해서 의기투합해서 찾아갔지. 그래서 형 동생 하고 친하게 지내고, 구도리에서 시내로 나오면 연락해서 만나 술 마시고, 그렇게 친해졌는데 아무래도 대전에 있다 보니까 작품활동하기가 쉽지 않았지. 서울에 있어야 사람들도 만나고 원고 청탁도 오는데 그게 안 되니까 그래 서울로 다시 이사를 가셨어. 그때 이삿짐도 날라주고 이사 간 뒤에는 집들이 겸 서울로 찾아가고 그런저런 인연으로 서로로 친형제처럼 되었지. 성동이형 또 형제가 없고 외로움도 많이 타고 하니까 친해지며 인연이 이어지고. 더구나 그 형이 그런 불행을 겪었기 때문에 대전에 대해서는 더 애절한 거지.

성동이 형 아버지도 대단하신 분인데 일제강점기 때 사회주의 운동을 하셨지. 박헌영은 남로당을 만든 분인데 사실 김일성보다 사회주의 운동을 먼저 한 사람이지. 사상적으로 본다면, 일제 강점기에 오래도록 맞서 싸운 건 박헌영이 정통파라고 볼 수 있지. 공산주의 운동에서는 박헌영이 조선공산당을 대표하는 사람이었는데 그 양반이 충남 사람이었어. 성동이형 아버지가 고향이 예산 그쯤이니까. 아버지도 독학으로 공부해서 당시 대학(전문학교) 교수를 하실 정도로 훌륭하신 분인데, 사회주의 운동을 하신 거야. 그리고 48년에 정부가 수립되면서 사회주의 운동을 한 사람들을 모아 보도연맹에 가입하면 보호해 주겠다고 하며 전국적으로 가입을 독려했지. 그런데 6.25 발발 직전에 다 구속해 버린 거야. 그 당시에 대전형무소에 수감이 됐어. 지금도 대전형무소터 일부가 중촌동에 남아있는데, 교도소 높은 담장 네 귀퉁이에 있던 감시탑인 망루 하나가 남겨져 있어. 역사적인 건물이니까. 지금 선병원 앞쪽에 망루 하나만 남아있고 나머지 자리엔 중촌동 현대아파트가 들어서서 지금 보면 교도소였다는 게 안 믿어지지. 이렇게 6.25 발발 직전에 전국적으로 많은 보도연맹원들이 수감돼 있었는데 전쟁이 발발하면서 적이랑 한 패거리가 되어 사회를 혼란시킬 거다 해서 그 사람들을 전부 골령골, 지금 산내초등학교 쪽으로 끌고 가서 집단 총살을 시킨 거야. 8000명 정도가 죽었는데 지금도 거기 밭을 갈려고 땅을 깊게 파면 뼈가 나오고. 그 많은 사람들을 다 묻어버린 거니까. 그 아버지가 그렇게 억울하게 돌아가셨단 말이야. 김성동 형이 네 살 때 아버지가 돌아가셨으니까 아버지 기억도 안 나고 그런 상태고. 그 아버지가 꿈꾸었던 세상은 우리

나라의 독립과 평등한 세상 만들기였는데, 그렇게 일제강점기부터 순수하게 독립운동을 하셨고 해방이 된 이후엔 감시받다가 참혹하게 돌아가신 거지. 그래서 그는 아버지에 대한 진한 그리움을 가지고 있는데, 좌익의 아들이라고 그가 어릴 때도 형사들이 찾아와 빨갱이 아들이라며 '붉은 씨앗'이라고 부르고 갔다는 거야. 그때 그는 용두동 언덕에 살면서 자주 붙잡혀 가신 할아버지를 면회 가기도 했는데 그런 내용이 그의 자전적 소설에 나오지. 성동이 형 소설 중에는 『만다라』 같은 불교계 소설이 있고, 나머지 소설들은 자기 집안의 슬픈 이야기, 특히 아버지에 대한 진한 그리움이 대부분이지. 그는 아버지 때문에 취직도 못하고 공무원 시험도 못 보고 또 집안도 어렵고 하니까, 여기 삼육중학교를 나왔고 서울에 있는 서라벌고등학교를 다니다 대학 나와도 취직도 못하고 소용없다는 걸 알고서 방황하다가 노스님을 만나 승려가 돼 생활하다가, 거기서도 정착을 못한 채 『만다라』를 쓴 거야. 지금 경기도 양평에서 살고 있는데, 그 아버지가 꿈꾸었던 세계, 모든 사람들이 고루 잘 사는 그런 세상을 지향하며, 아버지 세대들의 꿈과 아버지를 문학을 통해 복권시키고 그에 대한 정당한 역사적 평가를 받으려 노력하고 있지.

〈삶의 문학〉을 이끄셨다고 들었어요. 저는 인터넷 검색을 통해서 겨우 알게 됐지만, 〈삶의 문학〉은 무엇인지, 어떤 활동을 했는지 말씀해 주세요.

대학 때 친구들, 한남대 국문과 영문과 친구들이 모여서 문학활동을 하는 동인 모임이었는데, 책만 읽고 토론하는 것이 아니라 우리의 작품을 책으로 묶어 평가를 받아보자 해서 시작되었지. 70년대 후반에 책을 내기 시작하고, 83년도에는 우리가 다 취직을 하고 직장도 있고 하니까 좀 더 우리들의 사회적인 시각을 넓히자 해서 사람들을 모으고 대중들의 글도 싣고 하면서, 우리 모두의 삶이 곧 문학이 되어야 하는 게 아니냐 해서 이름도 〈삶의 문학〉으로 바꾸고 해서 네 번 정도 냈는데, 〈삶의 문학〉이 주목받기 시작했지. 6집을 낼 때는 서울에 있는 출판사에서 내주겠다고 하는 곳도 생기고, 그렇게 전국적으로 알려지고 언론에서도 크게 주목을 해줘서 지방에서 시작한 소박한 문학인들의 모임이 전국적인 문예지를 만드는 동인으로 인정을 받으며 다 문단에 데뷔하게 되고 했지. 그때 이목을 끌었던 건, 농민들과 모여서 공동창작시를 만든 건데, 그 당시 말로는 농민과 함께해야 한다고들 많이 그랬지만 막상 이를 실천한 예는 없었던 것 같아. 그런데 그걸 실천에 옮겨서 시로 엮어 내고 하다 보니 〈삶의 문학〉이 전국적인 문예지가 되었지.

학생들이 문학에 대해 어떤 생각을 가졌으면 하는 바람이 있나요?

80년대만 해도 학생들이 책을 많이 읽고 문학에 대한 동경도 가지고 있고, 문학에 대한 꿈을 가진 학생들이 많았어. 실제로 그 당시 제자들이 시인이나 작가가 된 친구들도 있고. 요즘은 사회 전체적으로 문학이 그렇게 별로 인정받지 못하니까 문학을 마지못해 시험 보기 위해서, 교과서 이외의 시나 작품은 읽지도 않지. 그전 90년대만 해도 문학반 지도교사를 하면 하겠다는 애들이 많았는데 지금은 하나도 없어. 일부러 점심 사주면서 하라고 해도 안하고, 쓰는 것 자체를 별로 좋아하지 않고, 읽는 것도 잘 안하려고 하고, 전체적으로 보자면 감성이 메말라가는 것 같아. 옛날에는 자기를 표현하려고 하고 세상에 대한 인식과 도전을 글로 쓰려고 했는데, 요즘엔 자기실현보다는 상황에 맞춰지고 틀에 맞춰지다 보니까 문학교과서에 나오는 작품도 마지못해 배우고 공부하는 거지. 이렇게 하다가는 '문학이 살아남을 수 있을 것인가'하는 생각이 들 정도로 문학에 대한 관심이 정말 줄어들었어. 대학생들도 마찬가지고.

그런 생각이 드는 게, 문학이 사회를 바꾸는 실질적인 힘이 될 수는 없지만, 그동안 역사 속에서 새로운 세상에 대한 동경과 개혁의지를 심어주는 역할은 문학이 중심이었지. 문학이 살아남지 못하는 사회는 미래에 대한 꿈이 없어지는 사회가 되지 않을까. 이런 건 우리 사회가 크게 각성해야 해. 자기성찰이 없는 시대가 되다 보니까 이러지 않았는가 싶기는 하지만. 문학이 살아나는 사회는 성찰을 가진 사회고 미래가 개척되는 사회가 될 수 있는데, 그런 점에서 아쉽고. 문학을 하는 사람들도 전망을 보여주지 못하는 잘못들이 있고, 이런 점이 바로 우리가 관심을 가져야 하는 이유인 것이지.

인터뷰가 끝나고 문득 든 생각 하나는 사람과 사회, 사회와 사람의 관계에 대한 것이다. 나는 이 사회의 구성원이고, 이 사회를 벗어날 수 없다. 그건 분명한 사실이다. 그럼 내 생각과 사회의 일반적인 생각이 부딪칠 때 나는 어떤 태도를 가져야 할까. 지금도 그런 충돌을 가끔 경험한다. 성적에 대한, 좋은 대학과 좋은 직장에 대한. 지금은 이런 생각을 한다. 아름답고 행복한 삶은 어떤 걸까. 나와 이웃은 어떤 끈으로 이어진 걸까. 그 끈이 아름답기 위해서는 어떤 사회가 만들어져야 할까. 김영호 선생님과의 인터뷰는 그 질문에 대한 답을 얻을 수 있는 힌트였다. 그리고 하나의 이정표가 되었다. 앞으로의 내 삶이 오늘은 더 궁금해졌다. 먼 훗날 나는 이 사회의 구성원으로서 어떤 모습으로 살고 있을까. 행복할까. 따뜻할까.

(2013, 『미루』, 제15호)

그늘진 곳 희망 주는 '이중생활'*

김 교사의 이중생활이 시작되는 곳은 사단법인 모두사랑장애인 야간 학교. 이 학교가 설립된 지난해 6월부터 1년 넘게 장애인들을 위해 매주 월요일 국어 교육을 하고 있고 금요일은 거동이 불편한 장애인들을 학교까지 태워다 주는 차량 봉사도 함께 하고 있다. 지금은 대학진학을 위한 고등반 국어 교육을 맡고 있다.

장애인에 배움의 기회 주려 자청

김 교사는 지난해 6월, 신문을 통해 대전에 장애인 야간학교가 설립될 것이라는 소식을 듣고 망설임 없이 자원봉사를 자청했다. 단순히 금전적 지원이나 움직임을 도와주는 차원이 아닌 장애인들에게 배움의 기회를 주어야 한다는 생각에서였다. 장애라는 이유로 우리말 교육조차 받을 수 없는 현실이 슬펐기 때문이었다.

그의 장애인 사랑은 여기서 그치지 않는다. 이미 10여 년 전부터 각종 장애인 복지시설에 보이지 않는 후원을 하고 있다. 지난해 1월부터

* 성인장애인의 검정고시 준비를 돕는 〈모두사랑장애인야간학교〉 봉사교사로 일하는 것을 〈디트 뉴스24〉의 주우영 기자가 인터뷰한 뒤 쓴 기사로 2002년 10월 21일에 게재됐다.

는 매월 1회 이상 아내, 두 자녀와 함께 논산의 중증장애인 복지시설 '작은자의집'을 방문해 자원봉사를 하고 있고, 보문고 학생들과 함께 벌곡 소재 중증 장애인 복지시설 '우리집공동체'를 찾고 있다.

장애인들에 대한 관심은 김 교사 자신에게 있어서도 큰 수확을 거두게 했다.

첫 번째는 20년 가까이 피웠던 담배를 끊게 된 것. 어쩌면 장애인들에 대한 관심을 처음 갖게 된 계기일 수도 있다. 김 교사는 10여 년 전부터 하루 1,000원씩의 담배 값을 모아 매월 30,000원을 장애인 복지시설에 후원하면서 담배를 끊게 됐다.

장애인에 대한 관심으로 담배 끊어

"담배를 끊기 위해 많은 노력을 해봤지만 매번 실패하고 말았죠. 하지만 장애인 복지시설에 담배 값 만큼을 후원한 뒤부터는 담배를 손에 댈 수 없었어요. 내가 하루만 담배를 피우지 않으면 한 명의 아이가 풍족한 생활을 할 수 있죠. 담배를 피울 때 느끼는 기분을 훨씬 능가하는 대체가치를 찾은 셈이죠."

두 번째 수확은 아들 태균 씨(19·충남대 의예과 1학년)가 장애인과 함께 더불어 살기 위한 올바른 길을 선택한 것이다.

김 교사는 가족과 함께 매주 주말이면 장애인 복지시설을 다니며 자원봉사를 벌인 덕에 아들 태균 씨는 교사가 되겠다는 꿈을 접고 의사가 되기 위해 진로를 바꿨다. 장애인들을 위한 의료 봉사의 필요성을 절감했기 때문이다. 아들 스스로 선택한 진로였기 때문에 더욱 대견스럽다.

장애인들이 없는 학교에서도 장애인들에 대한 평등 교육은 이어진다. 평등 교육도 주입식 보다는 체험 교육이 절실하다는 생각에 담배를 피우거나 말썽을 부린 학생들을 데리고 장애인 복지시설에 자원봉사를 다녀온다. 체벌이나 꾸지람보다는 스스로 느껴야만 변할 수 있다는 생각이 들어서다.

장애인복지시설 봉사활동으로 문제아 선도
지난 여름에도 1박 2일의 일정으로 학생들을 데리고 벌곡의 장애인 복지시설을 다녀왔다.

김 교사는 "담배를 피우다 적발되거나 말썽을 부린 소위 문제아들을 데리고 복지시설을 다녀왔습니다. 그다지 연관성이 없어 보이는 일로 아이들의 태도가 바뀔까 스스로도 반신반의했지만, 결과는 달랐습니다. 그곳을 다녀온 아이들의 학교생활은 180°로 바뀌었고, 이틀 동안이었지만 자신들이 돌봐준 장애아들을 위해 용돈을 모아 후원을 하는 아이들도 생겼습니다."라며 뿌듯해했다.

김 교사는 장애아와 비 장애아의 통합교육의 필요성을 역설한다.

그는 "장애가 있다는 이유로 장애인들을 사회와 격리시켜 놓음으로써 결과적으로 비장애인들이 장애인들을 두려워하는 상황이 벌어지고 있습니다. 이로 인해 장애인에 대한 두려움과 편견은 점점 커지고 장애인들의 사회 격리 현상은 더욱 깊어지고 있다"며 "장애아의 통합 교육을 위해 국가적 지원뿐만 아니라 시민들의 인식 제고가 앞서야 한다."고 말했다.

장애아도 함께 공부할 수 있는 교육돼야

이런 의미에서 장애인 야간학교에서의 자원봉사는 더 빛을 발한다. 올해 2월 모두사랑 장애인 야간학교의 1회 졸업생을 배출하면서 2명이 대학교에 진학했고, 올해는 1명의 학생이 고등검정고시를 통과해 대학 진학을 앞두고 있다.

김 교사는 "똑같은 위치에서 함께 어울리며 살아갈 수 있는 기회를 마련했다는 점에서 보람도 있지만 열심히 노력해준 학생들에게서 오히려 고마움을 느낍니다."라고 말했다.

그의 소원은 장애인들이 어린 시절부터 비장애인과 함께 교육을 받고 생활하는 세상이 되는 것이다. 현재 학교에서 담임을 맡고 있지 않지만 내년에는 담임을 맡아 학생들이 봉사 활동으로 장애인 복지시설에 다녀오도록 계획을 세우고 있다.

정년퇴임을 한 뒤에는 아들 태균 씨가 장애인들의 진료를 맡고 자신은 그들을 위해 교육을 하며 비장애인들과 함께 더불어 살 수 있는 환경을 조성해 주는 것도 김 교사의 바람이다.

담배를 끊어 가며 보여준 장애인들에 대한 관심과 사랑. 그리고 그들과 더불어 살겠다는 작은 소망과 편견을 없애기 위한 교육. 어찌 보면 작고 빛을 발하지 못하는 일들이지만 김영호 교사의 이런 노력들이 평등 사회가 되기 위한 시작점이 아닐까.

(2002.10.21. 디트뉴스24)

특집대담: 삶의 문학, 현장의 문학*

– 대전과 충남, 진보적 문학의 뿌리를 찾아서

일시 : 2012년 4월 18일 오후 6시 출판사 심지

참석자 : 김영호(문학평론가, 대전작가회의 회장)

이은봉(시인, 광주대학교 문예창작과 교수)

강병철(소설가, 교사)

김조년(사회학자, 전 한남대학교 사회학과 교수)

김병호(사회, 본지 주간)

사회: 바쁘신 중에도 먼 거리를 마다 않으시고 자리를 함께해주신 선생님들께 먼저 고맙다는 말씀을 드립니다. 대전과 충남 작가회의의 모태라고 할 수 있는 〈삶의 문학〉 동인들을 모시고 그 역사와 의미를 짚어보는 일은 매우 뜻 깊은 일이라 생각합니다. 이는 지역에서 자생적으로 발생한 문학운동의 의미를 돌아보는 일임과 동시에 대전작가회의

---

* 1970년대 후반부터 활동했던 〈삶의 문학〉 동인 활동이 우리 문학사에서 가지는 의미에 대한 논의로, 나의 문학적 지향점을 확인할 수 있는 대담이라 생각해 재수록 한다. 2012년 대전작가회의 기관지 〈작가마당〉 20호에 게재됨.

의 출발을 돌아봄으로써 새로운 시대적 상황에 적합한 진보문학의 방향성을 모색하는 데에도 나침반이 되리라 생각합니다. 오늘 대담을 마치고 자리에서 일어설 때 작은 미련도 없게끔 속 깊은 얘기까지 후련하게 털어놓는 그런 자리가 되길 바랍니다. 그럼 『삶의 문학』의 출발부터 짚어보죠.

삶의 진실에 육박하기 위해

이은봉: 『삶의 문학』의 전신은 동인지 『창과 벽』입니다. 4권이 나왔는데요. 1977년 3월부터 역사와 문학, 지식인과 사회참여 등에 대해 함께 공부하면서 자연스레 동인을 이루었습니다. 저를 비롯해 김영호, 류도혁, 전인순, 조기호, 조만형 등이 초기 멤버였고요. 나중에 김종관, 이은식, 채진홍 등이 참여하고, 배현숙, 전무용, 정인우, 강병철 등으로 점차 확대되었습니다. 첫 동인지를 낸 것은 78년 봄이죠. 『창 그리고 벽』이라는 이름으로 1, 2호를 냈고 3, 4호는 『창과 벽』으로 발행했습니다. 그리고 80년대에 들어서면서 저하고 김영호가 현실에 좀 더 적극적으로 대응하는 문예운동으로 나아가야 한다는 의견을 냈습니다. 그 배경으로는 무엇보다도 80년 5월 이후에 『창작과 비평』, 『문학과 지성』 같은 진보적인 잡지들이 폐간되면서 대안적인 문예운동이 필요했고, 『실천문학』과 『오월시』 등이 나오는 것에도 자극받은 면이 있습니다. 그래서 『삶의 문학』이란 이름의 무크지로 처음 등장한 게 83년입니다.

사회: 처음 출발은 작은 문학동인이었나요?

이은봉: 그렇죠. 옛 숭전대학교 대전캠퍼스, 지금 한남대학교 문과대

학 출신들이 주된 멤버였습니다. 그때는 학생 수가 아주 적었어요. 그 래서 주로 국문과와 영문과 중심으로 시작했는데, 돌아가신 김현승 선 생님의 영향이 컸고, 당시 공주사대에서 출강하신 조재훈 선생님께도 영향을 받았죠. 무엇보다도 영문과 김종철 선생님의 영향이 컸습니다.

김영호: 처음에는 스터디그룹으로 출발했죠. 거기에 자극제가 되신 분은 20대 후반에 영문과 교수로 오신, 지금 『녹색평론』의 발행인인 김 종철 선생님이었어요. 그때 조기호와 윤중호 등 또래들이 문학공부를 하겠다며 지도교수로 김종철 선생님을 모셨는데 같은 20대이기에 쉽 게 공감하며 허심탄회하게 문학을 얘기하는 계기가 되었죠. 그런데 현 실참여적인 문학에 매료돼 있던 제자들에게 이광수부터 꼼꼼하게 읽어 야 된다며 다잡았지요. 어쩔 수 없이 「무정」부터 밑줄을 쳐가면서 논 의하는데, 낭만적인 문학청년들의 치기가 시작부터 박살이 나버렸습 니다. 「무정」이 오래된 계몽소설이라는 도식적 관념이 깨지면서, 문학 과 현실에 대해 치밀하고 섬세한 공부가 선행돼야 함을 절감하는 계기 가 됐지요.

이은봉: 제가 군대에 갔다 와 76년 하반기에 복학했는데, 77년 3월부 터 함께 모여서 공부하기 시작했어요. 그 사이에 김종철 선생님의 역할 이 깊어졌고, 동인지를 내게 된 것도 김종철 선생님이 부추겼던 것 같아 요. 류도혁이 공식적으로 말을 꺼냈습니다만.

김영호: 모임은 그렇게 시작되었고 77년 일 년 동안은 매달 돌아가면 서 발제하고 토론하며 굉장히 치열하게 공부했습니다. 첫 학기엔 문학 이론을 공부하다가 차츰 문학과 역사, 문학과 경제 이런 식으로 관심을

넓혀 나갔죠. 그러다가 우리가 공부한 내용을 문학적 결실로 묶어보자 해서 78년에 동인지 1집으로 『창 그리고 벽』을 냈습니다.

이은봉: 문학 이론을 공부하다가 문학을 벗어나서 고은 선생의 『한국의 지식인』을 읽기 시작했어요. 문학을 벗어나 사회로 눈을 돌리기 위해서였죠. 김영호의 제안이었던 것 같은데, 한국의 지성사를 훑기 시작한 거죠.

김조년: 제목은 왜 창과 벽으로 했을까요? 항상 궁금했는데.

김영호: 1집의 후기에도 밝혔지만 유신 군부독재시절이었던 만큼 '벽'은 우리를 억누르는 억압을 상징하고, '창'은 억압을 뚫고 열린 세계로 나아가기 위한 노력을 상징했죠.

김조년: '창'이 '벽'보다 먼저 나온 것이 궁금한데.

이은봉: 우리가 목표로 하는 새로운 전망인 '창'이 먼저 나와 '벽'을 허물어야 한다는 생각이었죠.

사회: 본격적으로 『삶의 문학』으로 출발한 계기가 무엇이죠?

이은봉: 『창작과 비평』과 같은 진보적 매체들이 폐간되면서 그 역할을 대신할 무엇이 필요하다는 생각도 있었죠. 또 우리도 글을 발표해야 하는데 발표할 매체가 없으니까 우리가 만들어보자 그런 거죠. 그 즈음에 창간한 『실천문학』에 자극받은 바도 있었고.

김영호: 82년에 『창과 벽』4집을 내면서 자폐적 조직에서 대외적인 책임감을 가지고 역량을 키워보자는 생각으로 역동적인 발전을 도모했어요. 그래서 조심스레 동인지 판매도 시작했고요. 그러면서 83년에 본격적으로 『삶의 문학』이라는 제호를 달고 부정기간행물을 출간합니다. 그때 무크지 운동이 시작될 때였어요. 문학이 삶과 동떨어진 것이 아니고 삶으로서의 문학이 되어 삶의 현장에 녹아들어야 된다, 그런 생각으로 제호를 바꾸고 동인지 형태를 벗어나 본격적인 종합문예지의 성격을 띠게 된 것이죠.

이은봉: 사실은 『창과 벽』4집부터 내용이 다채로워지기 시작합니다. 시, 평론뿐만 아니라 번역도 실렸는데 82년에 조지오웰의 「나는 왜 글을 쓰는가」를 실었습니다. 최근에 한겨레신문사에서 정식으로 번역 발간되었지요. 그 당시로 보면 상당히 진보적인 발견이었죠.

강병철: 그때만 해도 대전과 충남지역에 동인지가 몇 십 개가 있었습니다. 우리 동인지가 그 중 하나로 인식될 수도 있지만, 가장 큰 차이점은 항상 서문과 후기에 정세분석과 지향점을 밝히고 있었어요. 유익했죠. 시에 있어서도 민중시의 흐름에서 가장 선봉에 있었습니다. 개인적으로는 번역과 평론이 인상적이었고 5집 때인 85년에 제가 들어왔는데 농부의 시와 김영호 동인의 아버지인 김장순 선생의 글과 야학 학생들의 글을 직접 실었습니다. 그때 굉장히 반향이 컸습니다. 아주 반응이 좋았었죠.

김영호: 대부분의 대학 동인지들이 작품 모음집에 불과할 때 우리는 자생적으로 지향점을 가지고 삶의 진실에 육박해야 한다는 믿음으

로 움직였습니다. 그것을 본격화한 것이 『삶의 문학』입니다. 그때 특집이 「삶의 현장과 문학」입니다. 삶의 현장에 문학이 다가가고, 그것이 다시 문학으로 녹아나오는 작업입니다. 당시 서울에서도 이런 작업을 하지 못하고 있을 때였어요. 지식인만이 문학인이 아니라 삶의 현장에서 일하는 사람들의 노고와 생각과 감정이 다 문학이라는 이슈를 던진 거죠. 그리고 그럴 때 문학이 민주화 될 수 있다는 지향점을 「나날의 일과 문학의 민주화」란 평론으로 제시했는데, 당시에는 굉장히 선도적인 일이었어요.

문학의 민주화는 현실의 민주화로부터

이은봉: 농촌 현장의 글, 도시 노동자들의 글, 조지오웰의 번역 글, 문학의 민주화에 대한 글, 학생들의 생생한 글 등 이런 시도가 현실과 문학의 민주화를 바라는 시대의 전위였습니다. 숨통을 트는 전위였죠.

강병철: 다른 책과 차별화되는 점이 많지만 가장 큰 것은 사회과학적 인식이 깊었다는 점입니다. 또 하나 간과할 수 없던 것은 기획력이라고 생각합니다. 여러 선배들이 가지고 있는 기획력으로 폐간된 『창작과 비평』, 『문학과 지성』을 대신할 만한 잡지를 만들어낸 거예요. 굉장히 혁명적인 일이었죠.

김영호: 『삶의 문학』 1호인 5집까지는 우리 동인들이 돈을 걷어서 출간했습니다. 5집이 일정한 성과를 보이면서 6집부터는 동녘 출판사에서 제작을 맡아 출간해 주었습니다. 우리는 기획만 하고 간행은 전국적인 판매망을 가진 동녘에서 한 셈이죠.

이은봉: 동녘 출판사의 사장인 이건복 씨 형인 이태복 씨가 감옥에서 우리 5집을 보고 동생이 면회 왔을 때, 대전에서 이런 책이 나오다니 대단하다 동녘에서 책을 내자고 전했답니다. 그래서 6집부터는 동녘에서 출간하게 된 거지요.

사회: 편집진을 이루는 동인들은 어떤 변화를 겪었나요?

김영호: 처음에 같이 시작한 사람들이 군대 간 기간 빼고는 거의 같이 했습니다. 따로 편집진이 있다고 말할 수 없었죠.

이은봉: 다만 호별로 편집장 역할을 맡은 사람이 실무를 보았지만 이 또한 돌아가면서 했죠. 특별한 구분은 없었어요. 내가 서울에 살기 시작했을 때에는 교정 보고 발송하고 그렇게 일을 나눠서 했죠.

강병철: 6집에서는 농민공동창작시를 처음 시도했었죠. 그 결과물이 「옹매듭두 풀구유」입니다. 아주 가치 있는 일이었고 굉장한 반응이 있었죠.

김조년: 내가 독일에서 공부하고 돌아온 것이 84년이었는데 『삶의 문학』을 처음 보고 상당히 충격을 받았습니다. 책을 만드는 사람들은 전혀 몰랐고 5집은 이미 나온 상태였습니다. 상당히 흐름이 다르다고 생각했어요. 『창작과 비평』, 『문학과 지성』 이런 잡지들은 당시의 명망가들이 이끌었지만 여기 지역에서 20대에서 30대 초의 젊은 사람들이 굉장히 탁월한 관점을 가지고 있다고 느꼈습니다. 그런데 6집이 나왔을 때에는 더욱 놀랐습니다. 시인과 현장 농민들의 합작으로 시를 만들

어내는 실험적인 시도는 그때까지 시의 성향과는 전혀 달랐죠. 훌륭했습니다. 여기에 또 다른 충격이 있어요. 이은봉 선생이 자기들 공부하는데 한번 와달라는 부탁을 했습니다. 태평동으로 기억하는데, 칼 만하임인가, 사회과학 책을 공부하는데 갔더니 사회학 공부를 한 나보다 훨씬더 선진적인 발언들을 하고 새로운 해석을 내놓는 거예요. 문학공부만하는 사람들이 굉장하구나 생각했었는데 처음부터 그런 광범위한 공부를 했기 때문에 그런 결과가 나왔구나 하는 생각이 들면서 계속 이어나갔으면 좋겠다고 생각했죠. 그리고 6집이 나온 후에 가톨릭농민회관에서 하는 출판기념회에 갔는데 참 분위기가 좋았어요. 그런데 그 기운이보통 센 게 아니더라고요. 나중에 기운이 조금은 무뎌져야하지 않을까하는 생각이 들었어요. 너무 충천하기만 하면 부작용이 생기니까. 하여간 저에게는 큰 충격이었습니다.

이은봉: 농민과의 집단창작은 문학사적으로 상당히 의미가 크다고봅니다. 집단창작은 낭만주의 후기에 영국에도 있었습니다. 그러나 시라는 것이 기본적으로 낭만주의적인 개인정신을 토대로 발전한 것인데이것을 민중들과 결합한다는 것은 파격적인 것입니다. 지금도 영화나공연예술에서는 집단창작을 하지만 그 당시 시에서 공동창작이 나와굉장한 충격을 안겨주었죠. 이 현상은 80년대 큰 영향력을 행사해 이어많은 집단예술을 낳았습니다. 현진만 평론가는 '노동문학의 개화'를 말하면서 박노해의 등장과 『삶의 문학』의 공동창작 민중시 「옹매듭두 풀구유」의 출현은 문학사적으로 거의 같은 무게를 가지고 있다고 얘기했어요. 이 집단창작은 자본주의와 어울리지 않는 형식인데 그 당시에는자본주의를 뛰어넘으려는 보이지 않는 열정이 있어서인지 그런 작업이 이어졌다고 보는 거죠. 이제 이에 대한 연구도 나올 법한 시기인데.

강병철: 문학의 민주화라는 타이틀 아래에서 지식인만이 아니라 농민과 노동자도 같이 글을 쓸 수 있어야 한다고 해서 현장에서 농민들과 대화하고 노동자와 같이 운율에 맞춰서 쓰고 다시 되돌아보고 하는 작업을 반복적으로 하면서 만들어졌죠.

김조년: 저는 『삶의 문학』이라는 제목이 참 좋았어요. 우리가 진보를 지향한다고 하지만 삶에는 진보와 보수가 같이 있죠. 아니면 구분 자체가 없는 것인데 우리가 이름만 그렇게 붙인 것이죠. 우리의 삶은 누군가 누르려고 하면 반발하여 튀어 오르고 자유롭게 내버려두면 아주 자유롭고 평화롭게 유지되죠. 그런 면에서 '삶의 문학'이라는 제목은 탁월하다고 봐요.

강병철: 윤중호가 주장했었죠.

김조년: 이제까지의 문학들이 현학적이었다면 말 그대로 현장을 바로 문학으로 옮겼다는 것이 중요하고 오래전부터 이런 작업이 있어야 했다고 많이 생각했어요. 나중에 『시경』에 있는 시들을 보니까 삶의 이야기들이에요. 그런데 지식인들은 잊었었죠. 그때 젊고 패기 있는 사람들에 의해 회복되었다고 할까? 굉장히 큰 가치였죠.

이은봉: 문학을 하면서도 계속 잊지 않았던 것이 현실의 민주화였습니다. 5집에 보면 힘들게 광주문제에 대해 거론합니다. 노동자라는 말도 쓸 수 없던 시절이었는데, 광주에 대해서는 더욱 어려웠죠. 그러나 우회적으로라도 광주항쟁의 정신에 대해 말했죠.

김영호: 80년대 들어『오월시』동인들은 광주의 정신을 문학적으로 형상화하고 계승하자는 목적으로 주로 시를 중심으로 교사들 중심으로 활동했고,『분단시대』라는 동인은 청주에서는 도종환을 중심으로, 대구에서는 배창환을 중심으로 활동했지만,『삶의 문학』은 지역적 한계를 뛰어넘어 전국적인 역할, 또는 삶 전반, 문화 전반에 새로운 창작에 너지를 불어넣었다는 점에 나름의 의의가 있습니다.

이은봉:『삶의 문학』의 출발이 대전이다 보니 농촌 현장에 가까웠고, 당시 가톨릭 농민회장이 살고 있는 공주의 공암 일대를 중심으로 해서 농촌 현장의 생생한 목소리를 담았죠. 그것은 삶의 현장으로 들어가서 삶 자체를 바꾸려고 하는 강력한 의지를 가지고 있었다는 점에서 당시의 전위로 볼 수 있어요. 아방가르드죠.

강병철: 가톨릭문화원에서 출판기념회 할 때에도 강사가 대학교수 같은 지식인, 명망가가 아니라 이지형 씨라고 농부가 직접 와서 강연했고, 또 세상을 떠난 채광석 형을 비롯해 김용택 시인 등이 참석했었죠.

풀뿌리 같은 자생력

김조년:『삶의 문학』의 그 부분을 보면서 미스터리한 면이 있다고 생각했어요. 한남대학교로 좁혀서 얘기할 수밖에 없는데 한남대학교의 역사를 쓴다면『삶의 문학』그룹은 그 안에서 큰 봉우리로 다뤄져야 한다고 생각해요. 그런데 이 사람들을 길러낸 선생들을 보면 뚜렷한 작가가 없어요. 다시 말하면 좋은 선생 밑에서 철저한 지도를 받아서 길러진 모임이 아니라 자생적으로 자란 그룹이라는 것이 더 생명력이 있고 가

치가 있다는 것이죠.

이은봉: 여러 선생님들이 계시기는 했죠. 대표적으로 김현승 선생이 있습니다. 잠깐 우리를 지도하셨지만 일찍 돌아가셨죠. 그 당시의 김현승 선생님은 진보적이고 젊은 문인들을 끌어안은 대부이셨죠. 그 밑에서 조태일, 이성부, 김준태를 비롯해 양성우까지 호남의 많은 분들이 김 선생님의 제자였죠. 우리에게 직접 영향을 주신 분으로 김종철 선생님이 계셨고, 술 사주시고 잘 해 주신 선생님들도 계셨죠.

사회: 『삶의 문학』 전체가 몇 호까지 나왔죠?

김영호: 78년에 『창 그리고 벽』 1집을 시작으로 5집부터 『삶의 문학』으로 제호를 바꿔 88년도에 8집까지 나오고 마무리되었죠. 10년 조금 넘죠.

이은봉: 중간에 잠깐 생각난 에피소드인데, 79년인가, 독일에서 보내주신 김지하 전집을 제가 입수해서 자랑했더니 동인 정인우와 다른 친구들이 복사하겠다고 가져갔는데, 당시에 복사기가 거의 없었어요. 정인우의 처남이 근무하던 에너지연구소에서 복사하면서 호기심으로 속표지에 전봉준 사진을 넣어서 제본하다가 거기 경비가 안기부에 신고해서 왕창 다 달려 들어갔었죠. 많은 사람이 구류도 살고 고초를 겪었는데.

김조년: 그 책은 일본의 '한양'에서 출간된 거였죠. 그 시집하고 김지하의 옥중투쟁기가 있었는데 그건 차마 못 보내겠더라구요.

이은봉: 그 시집들은 그래서 다 뺏겼어요. 나는 도망갔다 왔고요. (웃음)

김영호: 84년에 6집이 나오고 난 후에 우리 『삶의 문학』이 전국적으로 유명해지니까 『오월시』의 김진경이 한번 만나자 연락이 왔어요. 모두 우리 또래였는데 김진경은 참여정부 때 청와대에서 교육문화 수석으로 일하기도 했죠. 하여간 『오월시』도 주된 구성원이 교사고 우리 『삶의 문학』도 교사가 많다 보니까 두 모임이 모여서 교육 관련 전문지를 만들어보자고 했죠. 『삶의 문학』이 84년 6집이 나오고 85, 86년은 책을 못 내고 건너뛴 이유가 바로 85년에 『민중교육』사건이 터지기 때문이죠. 우리 동인 중 선생님들 대개가 연루가 되었죠. 6집이 호응을 얻다 보니까 실천문학사에서 연락이 왔어요. 그때 송기원 선생이 주간으로 있었는데 교육 관련 무크지와 농민문학 무크지를 만들자는 거였어요. 일이 두 개가 된 거죠. 『오월시』나 우리가 대개 교직에 있었으니까 교육 무크지는 문제가 없는데 농민문학 쪽은 인력이 없었어요. 그래서 농민문학 쪽을 나하고 김흥수가 맡고 교육 쪽은 다른 후배들이 맡아서 일을 분담하기로 했죠. 그런데 그게 『민중교육』지 사건으로 터져버린 거죠. 대학에 계신 분들이야 해직당하지 않았지만,

이은봉: 나는 시간강사도 잘렸어요. (웃음)

고난의 분수령, 『민중교육』

김영호: 국가보안법 위반으로 김진경, 윤재철, 송기원 이렇게 세 분이 감옥에 갔죠. 나머지 현직 교사들은 여기 강병철 선생을 비롯해서 해직과 강제사직을 당했죠. 전무용 선생 같은 경우에는 아버지와 친분이 깊

었던 교장선생님의 교단일지를 싣기 위해서 원고를 전달하는 심부름을 했다고 해직 당했어요.

강병철: 6집을 내고부터 충남대 졸업생들과 재학생이 많이 참여했고, 7집을 낼 때에는 더 많은 사람들이 참여했습니다. 서울 쪽의 많은 사람들과 충남에서 조재도 등이 참여했고, 그때가 절정이었어요. 전무용, 황재학, 전인순, 이재무 등이 같이 했죠. 많이 해직 당하고.

김영호: 그 당시에 교육청에서 한남대학교 몇 학번에서 몇 학번까지 임용하지 말라는 내부 지침이 있었다고 해요. 그 유탄을 맞아 이재무는 교직과정을 이수하고도 교단에 서지 못했죠.

이은봉: 아이러니한 일이 있어요. 『민중교육』을 낼 때 지면이 많이 돌아가지 않은 후배들에게 지면을 주자는 차원에서 후배들에게 적극적으로 청탁을 했죠. 그런데 그게 오히려 많은 후배들이 해직되는 역설적인 결과가 나왔어요.

김조년: 나는 『민중교육』 사건만 생각하면 상당히 미안한 마음이 들어요. 2년 전에 진안에서 잡지 수집 전문가를 만났어요. 진안군에서 무슨 행사의 한 코너로 그 분이 가장 아끼는 잡지 100가지를 선정해 전시하면서 설명하는 걸 본 적이 있어요. 함석헌 선생의 『씨올의 소리』를 비롯해 많은 잡지가 있었어요. 그런데 거기에 『민중교육』이 있는 거예요. 나는 『민중교육』에 내 글이 아니라 파울로 프레일리의 글을 번역해 실었는데 책이 나오자 이은봉 씨가 나한테 와서 목차에 번역자 이름이 빠져서 미안하다고 했죠. 맨 뒤에 괄호로 작게 이름이 실렸는데, 그래서

나는 안 걸려 들어갔다고 누가 그러더라구요(웃음). 나도 대학에 임용된 지 얼마 안됐을 때인데 어떤 사람들이 나도 잘릴 거라고 걱정했었지요. 그런데 20, 30대 힘없는 젊은 교사들만 잘렸어요.

이은봉: 당시에 학원안정법을 통과시키기 위해서 정치적으로 만든 사건이었죠.

김영호: 책 제호에 '민중'이라는 단어가 들어간 것이 결정적인 거죠. 내용을 보면 아주 순수하고 소박한 것들이었어요. 강병철 선생이 쓴 소설도 교사 채용 과정에서 돈을 요구하는 상황을 쓴 내용인데 현실에 엄연히 있는 내용이고, 문제 될 것이 없는데 오로지 제호에 들어간 '민중'이라는 단어를 용공시하면서 정치사건으로 비화시켜 정권이 이용한 것이죠. 그런데 역사의 반전이라는 것이 재미있죠? 이 사건이 있었기 때문에 전교조가 만들어질 수 있었으니까요. 해직교사들이 중심이 되어 교사협의회를 만들고 그것이 전교조로 발전했죠.

이은봉: 이 사건 때문에 저도 대전에 올 수가 없었어요. 대전 교육 원로들이 모여서 이은봉은 대전 교육계에 발을 들여놓지 못하게 하겠다고 말했다더군요. 결국 대전으로 못 왔죠.

강병철: 그 당시에 조사받던 후배들끼리 『민중교육』사건에서 이은식, 김영호, 김흥수 선배는 빼자 이런 얘기들도 하고 그랬지요.

김영호: 사건이 터졌을 때 나는 진행상황을 몰랐어요. 농민문학 때문에 주말마다 경북 예천 등지로 돌아다니고 있었어요. 『민중교육』은 처

음에 김진경과 내가 만난 것이 출발이었고, 제목도 오히려 민중교육이 좀 식상하지 않느냐는 얘기를 했지요. 나중에 전교조의 모토가 된 '참교육'이나 '살아있는 교육' 쪽으로 가자는 의견을 당시에 냈는데 김진경 등이 강력하게 반대해서 민중 쪽으로 그렇게 갔죠.

강병철: 『민중교육』지 사건으로 많은 동인들, 후배 교사들이 해직되면서 『삶의 문학』이 기운이 많이 빠졌죠.

김영호: 그 충격으로 책을 낼만한 여력이 없었어요. 동인들이 흩어지고 해직되었는데 한가하게 글을 쓸 수 없었고, 남은 사람은 죄책감에 시달리고 그랬죠. 그 와중에 충남대와 공주대에 노래패가 있는데 힘들게 문화 운동하는 후배들을 도와주자 해서 후원금을 조금 줬어요. 그것이 학생운동을 사주한 것으로 문제되어 조사받고 도망가고 그랬죠. 이렇게 모두 흩어지고 있는 상황이었죠. 그러다가 서울에 가 있던 이은봉이 자유실천문인협회에서 활동하면서 우리도 자연스레 작가회의의 전신인 자유실천문인협회에 이름을 올리고 활동을 시작했죠. 그때 앞장섰던 이가 이시영 선배와 그 동년배들이었죠.

강병철: 『민중교육』지 사건으로 동인들이 갈리기 시작했죠. 해직교사들을 중심으로 교육운동에 더 매진하는 사람들이 생겨나면서 문학을 주로 생각하는 사람들과 영역이 달라졌어요.

새로운 위기, 새로운 길

이은봉: 문학 활동이라는 게 창작 활동도 있지만 문인 활동이라는 것

도 있죠. 문인 활동도 굉장히 소중한 것입니다. 대중과 함께 문학을 나누기 위한 활동이죠. 작가단체에서 책임을 가지고 활동한다거나 시낭독도 하고, 잡지 만들고 이런 일들이죠. 이런 일이 가시적인 업적으로 남지 않지만 중요한 일이죠.

김조년: 지금은『삶의 문학』동인들이 거의 원로급 나이가 되어서 각자 삶의 현장에서 옛날의 원칙을 지키며 살고 있는데, 20, 30대의 활동을 이어 새로운 형태의 움직임으로 진정한 발전을 모색해볼 수 없을까 하는 생각이 드네요.

김영호: 좀 더 진화된 모습을 보여야 하지요. 각자 삶의 터전에서 새로운 모습으로 활동하는 모습, 개인의 자율성을 존중하면서 다른 조직들과 연대해서 문화적 산물을 내놓을 필요가 있다고 봅니다.『삶의 문학』의 궤적을 이어서 지역사회와 문화 전반에 뭔가 내놓아야 한다는 생각입니다.

이은봉: 우리 현실에서 진화의 구체적인 형태는 대전작가회의와 기관지『작가마당』을 중심으로 수렴할 수밖에 없다고 봅니다. 김영호 선생이 회장을 맡고 있지만, 대전작가회의라는 조직을 중심으로 모이는 것이 옳다고 봅니다.『삶의 문학』의 정신을 이은 대전작가회의의 문인활동을 중심으로 대중과 소통해야지요. 현실에 직접 뛰어드는 등 개인의 성장 없는 전체의 성장도 있을 수 없는 것이니까 개인의 창작역량을 강화시키는 것과 함께 소통의 장을 마련해야지요.

사회: 자유실천문인협회 이야기 쪽으로 돌아가 보죠.

김영호: 86년부터 적극적으로 자유실천문인협회가 활동했죠. 그러면서 87년 전두환 정권의 호헌 조치에 대해 젊은 문인들이 동아일보에 호헌철폐 선언을 하는 데 함께했죠. 그것만으로도 상당히 파격적인 일이었습니다.

강병철: 대전에서 교사로는 김영호, 이은식, 김흥수가, 충남에선 조기호 해서 네 명이 서명했죠.

김영호: 당시는 굉장히 무서운 상황이었어요. 온갖 방법을 동원했는데 그중 하나로 학교장을 통해 인간적으로 압박했어요. 그러면서 넌지시 자의로 서명을 한 것이 아니라 어쩔 수 없이 했다는 말만 하면 교육청에서 광고비를 내고 조선일보에 해명광고를 내겠다고 회유하는 겁니다. 그래서 인생의 배신자는 될 수 없다고 얘기했더니 교장 선생님이 '그 말은 맞네.' 그러시는 거예요. 그래서 해직을 각오하고 있는데 6.29가 터졌어요. 그래서 살았죠.

이은봉: 6.29선언의 도화선이 된 것도 자유실천문인협회의 선언이었어요.

김영호: 그 뒤 지식인들의 목소리들이 터져 나왔고 소위 넥타이 부대가 길거리로 쏟아져 나와 민주화를 요구했죠. 대단했죠.

이은봉: 사실 『삶의 문학』을 하는 10여 년 동안 여러 가지 탄압을 받으며 주변의 사람들에게 상처를 많이 줬어요. 상처가 커서 『삶의 문학』을 더 할 수 없는 상황이었어요. 그 첫 번 상처가 『민중교육』사건이었

죠. 주변 사람들이 혼비백산할 정도였죠.

김영호: 그 당시 뉴스에서는 전부 빨갱이로 만들었으니까, 가족이나 친지들이 겪는 충격은 말할 수 없었어요.

이은봉: 가족의 생계 문제도 굉장히 컸는데, 4.13호헌조치에 대해 서명한 이후로 6.29 사이 두 달 동안 엄청난 압박을 받았어요.

강병철: 얼굴이 항상 죽을 쒀놓은 상태였죠.

김영호: 호헌 철폐 선언 후 어느 날 수업하고 있는데 형사가 와서 잡아가는 거예요.

이은봉: 이렇게 의연한 김영호가 그때는 힘들다고 토로하더라고요.

김조년: 나는 좀 억울한데, 같은 서명을 했는데 교사들은 그렇게 괴롭히면서 교수들은 안 괴롭히더라고요. 가슴이 아파요. (웃음)

김영호: 민노당 후원금 사건도 지금 검찰에서 다시 항소해서 고법에 가 있는데 여기도 다 교사들이죠.

이은봉: 전국교사협의회에서 전교조로 변화하려고 할 때, 나는 아직 시기적으로 이르다고 적극적으로 반대했었는데, 우리는 이념적 성향이 강하지도 않았고. 전교조로 갈 때 다시 또 억압에 시달렸죠.

강병철: 1700명씩이나 잘리는데, 이건 지옥이었어요. 지금 같으면 상상하기 힘들었죠.

이은봉: 그 과정에서 우리 동인 중에 정영상이라는 공주사대 출신의 미술 교사가 있었어요. 아주 순수한 사람이었어요. 시를 쓴다고 해서 조재훈 선생님의 소개로 우리 동인으로 같이 했었죠. 그 맑은 친구가 해직된 후로 그렇게 많이 괴로워했죠. 정권 바뀌면 복직된다고 그렇게 위로했는데 그 한 학기를 못 견디고 죽었어요.

강병철: 내 친구죠. 그 사람은 1급수였어요. 참 잘 우는 사람이었는데 화병으로 죽었어요.

김영호: 『행복은 성적순이 아니잖아요』라는 시집을 냈죠.

강병철: 윤중호하고 이규황도 죽었죠. 많이 죽었어요. 전교조 울산지회 사람들은 지금도 이규황 추모제를 하더라구요. 정영상은 공주사대에 시비가 있어요.

김영호: 『삶의 문학』 중에 또 하나 거론할 사람이 필명 임우기로 알려진 임양묵인데, 충남대 출신으로 우리 편집장도 했었지요. 충남대에서 동인활동을 한 후배로, 군이 출신 대학을 따지지 말고 같이 하자 해서 함께했지요.

이은봉: 충남대 교지 『학림』에 황석영론을 썼는데 글이 좋더라구요. 내가 만나서 우리 같이 하자고 말했죠. 그리고 들어와서 편집장을 하는

데 본인 글을 안 올리는 거예요.

김영호: 내가 하루는 숙직을 하고 있는데 양묵이가 찾아와서 글 하나 썼는데 봐달라고 했죠. 그래서 같이 수정하고 했는데 그 글을 보내서『학원』이라는 잡지의 신인평론상에 당선됐었죠. 그런데 당선자를 뽑아 놓기만 하고 잡지가 폐간되어버렸죠. 그래서 원고도 없어지고.

이은봉: 초고를 찾아서 다시 고쳐서 내라 해서 우리 7집에 글을 실었 죠. 그렇게 같이 하다가 문학과 지성사로 갔죠.

김영호: 그리고 우리『삶의 문학』에서 꼭 언급해야 할 분으로 소설가 김성동 선배가 있어요. 그분 아버지께서 한국전쟁 직전 예비검속으로 대전교도소에 계시다가 산내 학살 때 구도리에서 돌아가신 분인데, 대 단한 분입니다. 박헌영 밑에서 남로당 충남 총책을 맡았던 분이고 독학 으로 공부해 숙명여전 교수를 지냈습니다. 김성동 선배가 처음에 비래 동에 살다가「만다라」로 받은 상금으로 아버지가 돌아가신 구도리로 들어갔어요. 아버지 이야기를 소설로 쓰려고 했고, 당시 중앙일보에『풍적』을 연재하다 이념 문제가 제기돼 중단하기도 했습니다. 우리가 구 도리로 찾아가면서 인연을 맺게 되었죠. 아버지에 대한 천착이 지나치 다 싶기도 하지만 충남 사람으로 자부심이 강한 분이에요. 충남에서 아 버지 세대로부터 이어온 '시대를 앞서가는 정신'을 문학으로 이어가야 한다는 말을 많이 했죠. 그 일을 우리『삶의 문학』이 이어가야한다는 정 신을 많이 심어주었죠.

이은봉: 김성동 선배가 정말 박식하고 천재적인 분이에요. 그분을 만

나면서 정말 많은 것을 배웠죠.

김영호:『삶의 문학』이 선배가 없이 발생한 자생적 조직이었는데 우리에게 선배의 역할을 김성동 선배가 맡아주셨죠. 충남 문인으로 이문구 선생님을 이어가는 탁월한 이야기꾼이면서 좌익으로 동병상련의 고통을 겪은 점도 이문구 선생님과 비슷하죠. 이문구 선생의 소설에는 그런 이야기가 잘 안 나오지만 김성동 선배는 아주 당당하고 끈질기게 우리가 외면한 반쪽의 역사를 재현하려 노력하고 있죠.

이은봉: 지금은 술 담배 다 끊으셨다고 하지요? 하여간 항상 충청도의 선비정신을 강조했어요. 그리고 또 장부로서의 면모도 강했죠.

강병철: 그렇게『삶의 문학』을 8집까지 만들고 우리 동인을 주축으로 다른 동인들과 함께 87년 10월에 대전·충남민족문학인협의회를 발족했어요. 그 동안의 동인활동이 작가회의로 수렴되는 거죠. 초대 회장이 김흥수, 사무국장 이은식, 사무처장 이강산 그 아래에 80년대 학번들이 각 분과를 맡았죠.

모색

강병철: 윤중호가 세상을 뜨기 전에 임양묵 등과 함께 얘기한 적도 있는데,『삶의 문학』을 다시 만들어 봤으면 하는 작은 바람이 있어요.

김영호: 야구에서 오비멤버들이 다시 모여 게임을 하듯이 사화집 정

도로 한번 낼 생각을 저도 하고 있어요.

이은봉: 정리 차원에서 『삶의 문학』을 세대별로 정리해보면 1세대는 이은식, 박용남, 류도혁, 김영호, 이은봉, 채진홍, 최교진, 김흥수, 백남천 등이고, 2세대로는 전인순, 윤중호, 전무용, 조기호, 정영상, 강병철, 임우기, 조재도, 황재학, 이재무, 이강산 등이고, 3세대는 이규황, 양문규, 최은숙, 육근상, 전병철, 류지남, 김상배, 지원종 등입니다.

강병철: 박용남이라는 선배가 있었는데 크게 말씀은 없었지만 역할이 있었어요.

김영호: 박용남은 주로 논문 쪽에서 활동했는데 지역개발학을 전공했고 시민사회활동가가 되었죠. 『꿈의 도시 꾸리찌바』를 쓴 사람이고 「생태 공동체 대전을 만들자」는 새로운 아젠다를 제시하고 있죠. 우리 『삶의 문학』이 진화해 새로운 형태를 가진다면 박용남이 모범이 될 것이라고 생각해요. 우리가 진보라는 이념적 접근이 있었지만 진보가 3% 부족하다고 느껴지는데, 진보적이라서 좋은 문학이 나오는 것이 아니라 좋은 삶의 조건을 만드는 것이 진보적이고 좋은 문학이 나오는 길이라는 생각입니다. 그런 면에서 박용남처럼 생활에 밀착해 삶의 조건을 개선하는 일은 가치가 있다는 말이지요.

이은봉: 우리 『삶의 문학』의 한계를 얘기하자면 전업 활동가가 없다는 것이죠. 적극적으로 이끌고 나가는 활동가의 부재로 한계에 부딪치는 일이 많았죠.

김조년: 그래서 '삶의 문학' 아니었겠어요? 오히려 그것이 더 진정한 의미가 있는 것 아닌가 생각해요. 각자 자기 분야에서 삶을 영위하면서 문학을 놓치지 않고 계속 했다는 것이죠. 박용남 선생 이야기도 했지만.

김영호: 좋은 시를 쓰던 박용남이나 전인순, 조기호 등이 다시 시로 돌아올 때가 되지 않았나 그런 생각이 드네요.

강병철: 그러니까 사화집이 빨리 나와야겠네요. 이제 밥 먹으면서 생각하시죠?

사회: 마지막으로 『삶의 문학』이 지역뿐 아니라 진보 문학 안에서 어떤 가치를 찾을 수 있는지 생각해보시죠.

김조년: 사람이 나이 들면 많이 달라진다고 생각하지만 젊을 적에 쓴 글들을 뒤에 보면 초기의 씨앗이 생생하게 살아 있더라구요. 『삶의 문학』 동인이 이제 성숙되었고 어떤 형태로든 다시 수렴이 되었으면 좋겠어요. 과거에는 열정과 이념이 있었고 삶을 통해서 소박하지만 치열하게 추구했던 정열을 가지고 한 세대가 지나는 자리에 다시 정리하는 일은 다음 세대로의 연결을 위해서라도 중요한 일이라고 생각합니다.

김영호: 다들 각자의 글을 쓰면서 살고 있기에 다시 모여서 하는 활동은 어렵지만 그동안 지향하고 노력했던 것, 삶과 문학 활동을 통해서 얻은 것들을 좀 더 나은 삶의 조건을 만들기 위해 녹여내는 모습을 보이고, 작가회의나 민예총을 통해서 대중들에게 돌려주는 활동으로 모아 볼 때가 아닌가 생각합니다. 그것이 『삶의 문학』이 좋은 마무리를 짓는

것이라고 생각하고 기여할 수 있는 방법을 찾아볼 생각입니다. 작가회의도 개인적인 작가들의 생각을 모아보는 구심점으로 『작가마당』이 역할을 맡아야 한다고 봅니다. 가령 과학도시 대전에서 과학자들이 겪고 있는 삶의 애환과 이면을 문학적으로 승화해내는 테마를 잡고 지속적으로 추진하면, 과학자들 또한 문학적인 요구에 부응하고, 대전작가회의가 현실 속에 뿌리를 내리고 위상을 높여가는 기회가 되지 않을까요?

김조년: 낭독회에 대해서도 다시 생각해 볼 기회입니다. 시민을 향한 작품 낭독회도 생각해봐야 합니다. 제 사위가 독일 사람인데 그가 하는 일이 그것입니다. 프랑크푸르트의 리테라토 하우스에서 작가를 불러 낭독회를 하면 천여 명씩 모입니다. 고은 선생도 했는데, 거기서 낭독회 한 사람들이 노벨상도 받고 독일 평화상도 받고 하는 거예요. 이번 기회로 시민들에게 문학의 낭독에 대한 방법도 중요하다고 생각합니다.

김영호: 그와 연관되어서 시로 음악을 만들어서 공연한 경우도 있습니다. 작가회의 회원들의 시를 가지고 여러 공연단체에서 음악으로 해석해 발표한 경우인데 굉장히 의미 있는 자리였습니다. 그런 걸 확대해서 시민들에게 다가가는 기획을 했으면 합니다.

사회: 지금 진보의 문학이 가지고 있는 과제는 무엇인가요?

이은봉: 『삶의 문학』의 특징을 두 가지로 정리할 수 있습니다. 하나는 갱신성이고 다른 하나는 헌신성입니다. 헌신성은 정직성이기도 합니다. 『삶의 문학』을 같이 했던 사람들은 정직하고 순수합니다. 그리고 제자리에 머무르고 있는 사람은 없습니다. 끊임없이 갱신하고 변화하

고 있죠. 그리고 정의에 헌신하고 있다고 생각합니다. 앞으로도 계속해서 대전과 충남 작가회의 전체에 정서적인 특징으로 남아야 합니다. 중요한 정신적 가치이죠. 이를 바탕으로 계속적으로 시민사회와 연대를 추구해야 합니다. 또한 개별자들을 중요한 가치로 여기고 수렴해 소통하는 활동이 필요합니다. 낭독회도 그런 활동의 일환입니다. 우리를 기준으로 외부와 다시 연대해야 합니다. 정말 시민과 소통할 수 있는 통로를 만드는 일이 역사에 기여하는 일입니다. 처음부터 외부와 소통을 전제로 삼았습니다. 이제는 문학 바깥의 것과 소통해야 합니다. 사회와 생태, 과학과 연계를 모색해야 합니다. 문학 자체의 질을 높이는 것도 중요합니다. 우리 『삶의 문학』이 현장성을 지나치게 강조하다 보니까 문학 자체의 예술성이 소홀해진 면도 있습니다. 인문학과 작가회의도 연계할 필요도 있지요. 저 개인적으로는 『삶의 문학』 정신을 그런 식으로 이을 겁니다.

김영호: 대전에 김조년 선생님이 회장을 맡고 계시는 〈한국묵자연구회〉 같은 연구단체가 있어요. 작가회의도 주변의 훌륭한 선생님들이나 단체와 같이 교류하는 그런 기회를 많이 만들어야 합니다. 묵자의 핵심인 평안하고 사람답게 살 수 있는, 인간의 존엄성을 지키는 사회를 만드는 작업에 문학도 한 부분이 되어서 대중들에게 위안과 희망을 주는 일을 해야지요. 우리 『삶의 문학』도 그것을 하자는 취지였고. 이제는 인간답고 행복한 삶을 만드는 방향으로, 더 성숙한 시각으로 다가가는 것이, 더욱 진보적 문학으로 우리를 승화시키는 일이지요.

사회: 잘 알겠습니다. 그리고 긴 시간 많은 말씀 고맙습니다.

대전교육연구소 세미나
왜 핀란드 교육인가?

2008년 9월 5일(금) 19시

장소 : 기독교연합봉사회관 5층 두드림존 회의실

1. 핀란드에 대해 고조되는 관심

핀란드에 대한 우리 사회의 관심이 점차 높아지고 있다. 그간 핀란드는 매우 낮은 부패지수와 높은 투명성으로 세계 최고의 국가경쟁력을 갖춘 나라로, 수많은 여성 정치인과 장관 그리고 대통령을 배출하는 등 우먼파워가 두드러진 나라로, 또 산업 디자인이 탁월한 나라로 간헐적으로 소개된 바 있다.

핀란드에 대한 관심을 획기적으로 고조시킨 계기는, 경제협력개발기구(OECD)가 만 15세 학생을 대상으로 각국의 학업성취도를 비교·평가하는 '학업성취도국제비교연구(Programme for International Student Assessment ; PISA)'결과에서 핀란드가 계속해서 부동의 1위를 차지하면서부터이다. 지난 대선 기간 중에는 보수를 자처하는 이회창 후보가 정통 사회민주주의 국가인 핀란드를 국가경쟁력의 모델로 제시할 정도가 되었다. 그런가 하면 금년 1월 문화방송에서 방영된 신년기획 교육 3부작 〈열다섯 살, 꿈의 교실〉의 2부 '꼴지라도 괜찮아'편에서, 꼴지도 행복한 핀란드의 교육현장이 무한경쟁으로 고통 받는 우리나라의 교육현장과 대비 소개되면서 큰 사회적 반향을 불러일으켰으며, 국책연구기관인 한국교육개발원(KEDI, 원장 고형일)은 지난 4월 〈 세계의 수월성교육─범재를 인재로 길러내는 지구촌 수월성교육 탐사 보고서 〉에서 핀란드의 기회균등의 교육철학을 우리도 적용할 것을 제안하기도 했다. 또 지난 총선에서 심상정 후보가 핀란드 교육 모델을 교육정책에 적용한 '핀란드식 자율학교와 핀란드형 교육특구'를 공약으로 내세워 학부모들과 사회의 관심을 받은 바 있으며, 또 서울시교육감 경선에 나선 주경복 후보도 핀란드 형 중등학교를 공립형 대안학교로 제시하기도 했다.

2. 핀란드는 어떤 나라인가?

핀란드와 관련된 재미있는 괴담을 소개하면, '핀란드에 사실은 자일리톨껌이 없다'는 것이다. 그러나 핀란드에 자일리톨껌은 단연코 있으며, 자일리톨껌은 핀란드 사람들이 항상 가지고 다니는 필수 소지품의 하나다. 하지만 외국인이 '자일리톨껌'이 있느냐고 물을 경우, 대부분의 핀란드 점원이 할 수 있는 대답은 'No'다. '자일리톨(xylitol)'은 영어이고 핀란드어로는 '슐리톨(Ksylitol)'이기 때문이다.

자일리톨 껌과 산타클로스, 사우나의 원조 국가이자, 환타지 캐릭터 '무민'과 세계 최고의 휴대전화 노키아의 나라, 핀란디아를 작곡한 시벨리우스의 조국 핀란드는 우리 남한의 약 3.5배의 국토에 인구는 약 530만으로 부산 시민 정도이며, 국토 전체가 북위 60도 이상에 위치하여 북부지방은 겨울에 영하 40도의 혹한 속에 어둠이 50여 일이나 이어진다. 국토의 70%가 숲이고 습지 비율이 세계 어느 곳보다 높다. 이런 혹독한 자연환경과 지리적 여건은 핀란드인의 기질을 폐쇄적이고 내향적으로 형성시켰고, 자립심과 독립성, 용기와 끈기, 사려 깊은 사고력과 차분한

모두가 행복한 나라를 꿈꾸다

실용주의를 발달시켰다.

12세기 스웨덴의 십자군이 파병되기 이전까지 문화적 공통점을 지닌 다수 집단으로 존재하던 핀란드는 약 650년 동안 스웨덴 왕국의 속주(屬州)가 되었다. 그러나 점령이나 예속이 아니라, 스웨덴과 국가를 공유하는 동등한 상대였다. 19세기 초부터 108년 간 러시아의 지배를 받았으나, 러시아의 차르가 핀란드의 대공(大公)을 겸하는 대공국으로 핀란드인의 존엄성과 국가정체성은 그대로 보장되었다. 1917년 러시아 혁명 직후 핀란드 의회가 독립을 선언하면서, 러시아식 사회주의 독립국가를 주장하는 적색당과 독일식 군주제를 선호하는 백군의 내전으로 약 3만 명의 희생자를 내기도 했고, 2차례에 걸친 소련과의 전쟁으로 6만 5천 명이 사망하는 큰 피해를 입었으나 1944년의 정전협정으로 독립을 이루었다.

3. 핀란드의 교육

□ 교육철학 : 수월성보다 형평성을 중시하며, 평가보다는 배움이 우선해야 한다는 게 핀란드 교육의 원칙이다. 따라서 아이들뿐만 아니라 어른들도 배우려는 의지가 강하여 평생교육의 저변이 잘 구축되어 있다. 진정한 국가경쟁력은 우수한 일부를 위한 수월성교육보다 모두에게 차별 없이 잠재력을 계발할 수 있는 기회와 여건을 제공하는 데 있다는 게 핀란드의 교육철학이며, 누구나 똑같이 귀하되 각자의 능력과 소질은 다르게 나타날 수 있음을 제도적으로 수용하고자 한다. 핀란드를 비롯한 북유럽 국가들에서는 나이 · 성별 · 경제적 지위 등과 상관없이 누구에게나 동등한 교육 기회가 주어진다. 능력의 우열, 심신의 장애 여부와 같은 특정 잣대로 아동들을 조기 분리시키는 것은 교육적 수월성

과 사회통합성 모두를 저해하는 요인이라고 본다. 오히려 함께 뒤섞인 채 경쟁하도록 함으로써 진짜 우수하고 경쟁력 있는 인재가 양성될 수 있다는 믿음을 제도 속에서 실천한다.

□ 무상교육과 평준화교육 : 핀란드는 다른 북유럽국가들과 마찬가지로 초등학교부터 대학원까지 99%가 공립이며, 모든 과정이 무상이다. 정부 지원의 (공립)통합학교와 완전 평준화된 고교들이 모든 학생에게 골고루 질 높은 교육을 제공하고 있다. 핀란드 공교육이 모든 학생에게 똑같이 제공하는 교육 서비스에는 상담, 건강, 영양상태, 특수 교육 등이 포함돼 있으며, 교재비나 생활비의 일부까지 제공된다. 무엇보다 1등과 꼴찌가 없다. 모두가 일정한 수준을 갖출 수 있도록 국가가 지원하고 관리한다. 학교 간 서열화 현상을 낳을 수 있는 '학교의 다양화' 대신 평준화 체제를 유지하면서 '학습의 다양화'를 추구한다. 물론 핀란드에도 성적이 우수한 학생을 위한 교육프로그램이 있지만 학교 안에서 별도의 프로그램을 제공하지 따로 학교를 세우는 방식은 아니다. 무상교육으로 부모의 사회·경제적 위치가 학생의 성적에 영향을 많이 미치지 못한다.

□ 통합교육 : 핀란드에서는 장애인과 비장애인은 물론, 성적이 우수한 학생과 그렇지 않은 학생을 함께 교육한다. 핀란드 종합학교의 최강점은 특수교육을 모든 학생의 권리로 확대해 실천하고 있다는 점이다. 흔히 특수교육하면 특별한 심신의 장애가 있는 학생을 위한 예외적인 교육적 조치라고 생각하기 쉽지만 핀란드에서 특수교육은 가급적 통합교육을 지지하며, 특수교육의 영역을 확대하여 학습복지를 실현하고 있다. 상당수 학생에게 제공되는 특수교육은 부진한 영역이나 활동에

대한 보정교육(remedial teaching)의 성격이 강하며, 가급적 빨리 일반 수업에 복귀하도록 돕는 데 중점을 둔다. 능력의 우열, 심신의 장애 여부와 같은 특정잣대로 아동들을 조기 분리시키는 것이 교육적 수월성과 사회통합성 모두를 저해하는 요인이라고 보고 있다. 오히려 모든 아동들의 가능성을 믿고 조기선별과 분리교육 대신 함께 섞여서 경쟁하도록 함으로써 진짜 우수하고 경쟁력 있는 인재가 확보될 수 있다는 믿음을 제도 속에서 실천하고 있다.

□ 수업방식 : 핀란드형 수업은 또래가 협동하는 방식으로 학교는 교육 협력체로 기능한다. A는 수학을 잘하고 B가 도형을 잘하면 서로 그것을 주고받는 상호작용을 통해 창의력이 발생하도록 하는 방식으로, 여러 가지 재능을 동시에 기를 수 있도록 배려한다. 핀란드의 학교는 교과 내용, 교수법, 교육학에 그 초점을 맞춘다. 따라서 사업가의 마인드, 즉 '학생을 어떻게 경영할까'보다는 '아이들을 어떻게 가르칠 것인가, 어떻게 대할 것인가'를 먼저 고민한다.

핀란드의 성적표에는 애당초 '등수'가 없다. 단지 10점 만점에 자신이 도달한 학업수준이 기재되어 있을 뿐이다. 따라서 다른 아이와의 경쟁도 없다. 꼴찌와 일등이 함께하고 정작 등수와 시험에는 의미를 두지 않는다. 핀란드의 학생들은 시험 시간에 시험 답안을 모르면 선생님에게 해답에 접근하는 방법을 물어본다. 시험은 정답을 매기고 등수를 확인하여 상급 학교로 진학시키는 서열화의 도구가 아니라, 자신이 무엇을 모르는지 확인하는 장치일 뿐이다. 쉬는 시간에 핀란드 교사들은 학생들을 모두 운동장으로 내몰고 건물 문을 잠근다. 잘 놀아야 잘 공부할 수 있다는 그들의 신념 때문이다. 따라서 핀란드는 경쟁을 최대한 배제하

모두가 행복한 나라를 꿈꾸다

면서도 학력을 상향평준화하는 게 가능하다. 핀란드는 학생들을 경쟁시키지 않는 것 외에도, 우등생만을 위한 영재교육이나 그들만을 위한 특별한 학교도 없다. 다만 뒤처지는 아이들을 배려하기 위한 다양한 교육 프로그램만 있을 따름이다. 학교 밖의 사교육은 더더욱 없다. 학생들은 방과 후에 축구나 농구, 아이스하키, 기타 등을 배운다. 부모가 시켜서가 아니라 모두 '스스로 원해서'다. 핀란드 학생들에게 성적을 올리기위해 과외를 받느냐고 물으면 질문자체를 이해하지 못한다.

□ 최저 학력 : 핀란드의 경우, 진도를 따라가기 버거운 학생들은 특수교사들과 상의해 1대 1 보강수업을 들을 수 있다. 맞춤교육은 획일적 교육과 대비되는, 1대1 교육을 말한다. 핀란드의 종합학교에선 같은 학년, 같은 교실에서도 학생별로 학습목표가 다르며, 학업성취도에 따라 나이에 상관없이 '월반'을 할 수 있는 무학년제가 운영된다. 암기식·객관식에 찌든 한국 학생들과 달리, 핀란드에선 자기 주도형 창의력·탐구학습이 이뤄진다.

□ 대학입시 : 입시제도가 없다. 핀란드는 무상교육, 통합교육을 실시하므로 '학생 선발'이라는 개념 자체가 없다. '공부를 못하면 대학을 못간다'고 말하지 않는다. 원하면 언제든지 무상교육을 받을 수 있는 제도가 정착돼 있기 때문이다. 우리처럼 수학능력시험이나 본고사를 통해 성적순으로 학생을 선발하는 일은 없다. 나라에서 치르는 자격시험만 통과하면 어느 대학이든 지망할 수 있고, 각 대학은 집단 토론 등 간단한 절차를 거쳐 학생들을 선발한다. 기초교육(종합학교)단계에서는 국가수준의 학력평가시험이 없지만 고등학교 졸업단계에서는 대학입학자격시험(Matriculation Exam)이 있다. 대부분의 대학은 이 시험성적

을 중심으로, 경우에 따라서는 고등학교 내신성적을 고려하여 학생을 선발하며, 특정 전문직 양성과정(가령 교육학부, 의학부)에서는 해당영역의 적성검사를 추가로 실시하기도 한다. 대입자격시험은 실업계 학생들도 볼 수 있는데, 네 과목을 공통으로 하며, 이외에 선택과목을 추가로 치르게 된다.

고등학교의 교과과정을 필수와 선택으로 구분, 이수하는 것은 고등학교 졸업단계에서 치르는 대입자격 시험과목과 긴밀한 관련이 있다. 각각의 교과과정은 학년 구분 없이 제공되기 때문에 학생들은 과목별로 각기 다른 수준의 학습을 할 수 있다. 고등학교에서 수업당(학급당) 학생수는 25명을 넘지 않도록 권장하고 있는데, 20명 이하의 수업이 대부분이며, 특정 선택과목이나 심화형 수업에는 학생수가 더 작아져서 보다 심도 있는 수업을 할 수 있다. 심지어 일부 선택과목의 경우에는 5명 이하의 학급도 볼 수 있다.

□ 대학평준화 : 서유럽 선진국 대부분과 마찬가지로 핀란드도 대학 서열이 없이 대학평준화를 이루고 있다. 따라서 특정 대학만을 선호하거나, 대학 간의 순위를 매기는 일은 일어나지 않는다. 외국 언론이 핀란드의 몇몇 대학들을 지목하여 순위를 매기고 전 세계 대학순위를 발표 할 때 핀란드인들은 이런 보도에 관심이 없다. 다른 나라 연구기관이 대학 서열을 매기는 걸 보고 핀란드인들은 그저 웃기만 한다. 대학을 비롯한 고등교육기관은 모두 국가재정으로 운영되는 국립대학 체제로 '무상 교육'을 실시하고 있다. 모든 대학교가 국립이기 때문에 등록금 및 수업료를 납부하지 않으며, 학생들은 학생회비, 책값, 생활비 등만 부담하면 되는데 이마저도 일부는 정부가 지원한다. 학생들이 지망 대학을 결

정할 때 가장 큰 변수로 작용하는 것은 '친구'로, 함께 어울리는 친구들이 선호하는 대학에 진학하려는 경향이 두드러진다. 물론 어느 대학을 나왔는지, 혹은 어떤 전공을 택하여 어떤 직업을 얻었는지에 따른 차이가 작기 때문에 생겨난 현상일 수도 있다. 학교에 '랭킹'(Ranking, 석차)을 부여하는 건 매우 비교육적이라는 핀란드의 사회 분위기에서 대학서열은 존재하지 않는다. 저마다 고유한 특징을 갖고 있기 마련인 학교 교육을 한 줄로 세워 놓고 '랭킹'을 부여하는 게 애당초 가능한 일도 아니다.

□ 학생의 기본권과 학교자율 : 교육현장에서 학생의 기본권이 침해당하는 상황이 발생하지 않도록 국가는 적극적인 예방책을 시행한다. 만약 실제로 그러한 상황이 발생한다면 이에 적극적으로 개입해 해결한다. 인구 500만인 핀란드에 2002년 기준으로 약 4,000개의 종합학교가 있으며, 2004년 현재 약 16만 명이 이 단계의 교육을 받고 있다. 종합학교 교육은 한국의 초등학교와 중학교 수준에 해당하며, 전체 인구 대비로 보면 학교수가 매우 많은 것을 알 수 있다. 학급당 20명 정도에 학년별 3개 학급 전후의 조촐한 규모가 대부분인데, 이는 상대적으로 핀란드의 종합학교 분위기가 매우 가족적이고 인간적인 배려와 지도가 가능한 조건임을 보여준다. 종합학교라는 이름은 대체로 획일화된 교육의 이미지를 풍기지만 실제로 종합학교들 중에는 특정 분야별로보다 세분화 하여 언어 · 수학 · 과학 · 음악 · 미술 등으로 특성화할 수 있다. 이는 한국의 특수목적학교 개념과는 달리 종합교육의 틀 안에서 과목특성화를 통해 보다 양질의 교육기회를 제공 하려는 핀란드식 학교자율의 표현이다.

□ 교원정책 : 핀란드 교원정책에는 한국에 있는 교원평가, 장학제도,

성과금이 없다. 교사를 등급으로 나눈다거나 점수로 매기지 않는다. 교장도 교사들을 제도에 따라 평가(근무평정)하지 않는다. 또 교육성과를 A, B, C 식으로 매기는 교원성과금 제도도 없으며, 대신 교사들이 자기평가를 하도록 하고 있다. 핀란드 교사들은 상시적으로 감시나 통제를 받지 않으며 그들이 원하는 식대로 가르칠 자유가 허용되는 것이 교육정책의 초석이다. 이런 핀란드의 교원정책이 교육후진국으로 꼽히는 미국 교육학계의 주목을 받기도 했다.

　핀란드 정부는 우수한 교사를 양성하고, 교사 개개인의 전문성을 신뢰하고, 교육활동을 전면적으로 지원하고 위임한다. 그리고 무엇보다 교사가 일하기 쉬운 교육환경 조성에 힘쓴다. 학교를 평가할 경우, 그 목적은 교직원을 지원하고 그들의 발달을 돕는 데 있다. 따라서 안내할 뿐 비판하지 않으며, 조사내용을 공개하거나 일람표를 만들지 않는다. 한 마디로 자유와 자치, 그리고 창조성이 존중된다.

　□ 학생평가 : 일제고사나 국가수준의 의무적 공통학력시험이 없다. 가르친 교사가 시행하는 수행평가는 있어도 국가수준의 의무적 공통학력시험을 시행하지는 않는다. 핀란드에서는 교사들의 권위가 존중되며 그 권한이 크다. 교사들이 학생의 교수-학습과 평가, 학교경영에서 전문적 권위를 행사하도록 하는 것이 핀란드의 장점이다. 외부의 장학감사는 없고 자체적인 평가가 시행된다. 2003년에는 국가교육위원회 산하에 학교의 평가를 지원할 독립기구를 설치하여 5-10% 표집학생을 대상으로 학습결과를 평가했으며, 이 평가결과는 해당학교에 그 결과내역과 전국적 평균 등이 제공되지만 학교 간 서열표 등은 작성하지 않는다. 교사의 학생평가는 일제고사 형태가 아니라, 매일 매일의 학

교생활을 평가하여 기록해 두었다가 학년말에 종합적인 평가기록을 작성, 제공한다.

□ 교육비 : 핀란드의 공공지출 중에서 교육비는 14%를 차지하며, 이는 국민총생산(GNP)의 7.2%를 차지하는데, OECD 국가 중 최고수준이다. 유아교육에서 대학교육까지 학습자가 부담하는 수업료는 없으며, 9년간의 의무교육단계에서는 수업료, 교재비, 급식비는 물론 통학비용까지 정부가 부담한다. 가정형편이 어려운 학생에게는 매달 일정액의 교육보조금이 지급되기도 한다. 학교에 배정된 예산은 68만 유로(약 10억 원)에 이르며, 학부모의 부담은 전혀 없다. 전체 예산 가운데 2만8000 유로 가량은 학생들의 학용품과 책값으로 쓰이고, 1만 유로 가량은 학생들의 교통비로 나간다. 학교에서 3㎞ 이상 떨어진 곳에서 다니는 학생들에게는 교통비를 지원한다. 예산의 약 80%는 지방정부가, 나머지는 중앙정부가 부담한다. 사립학교는 매우 소수의 음악영재학교가 있는데, 이 학교도 학생으로부터 직접 수업료를 받지는 않으며 정부가 학교 운영경비를 지원한다. 부모가 자녀를 위해 1년에 교육비로 쓰는 돈이 연간 46유로(약 56,000원)이나, 자녀 1명당 100~172유로(약 20만 원)의 자녀수당을 받기 때문에 실질적인 교육비 지출은 거의 없다.

□ 지역차이 : 지역의 작은 학교에까지 미치는 핀란드 교육의 세심한 배려로, 핀란드는 전 세계 국가 가운데 학교 사이의 학력 차이가 가장 적다. 경제협력개발기구가 2006년 발표한 지표를 보면, 핀란드는 학교 사이의 학업성취도 편차가 4.7%로, 2위인 아이슬란드(9.3%)의 절반 수준이며, 한국의 31.8%와는 현격한 차이를 보인다. 한국으로 치면, 서울 강남지역과 시골 두메학교 사이에도 학력 격차가 거의 없다는 뜻이다.

4. 핀란드의 학력수준과 교육경쟁력

PISA 2000 이전에 핀란드의 학력은 전혀 주목받지 못했다. 1970년대와 1980년대에 국제교육성취도평가협회(IEA)의 문해 능력 측정에서 10세 어린이들이 최고 수준의 독서능력을 보여준 것을 제외하고는 평균 수준에 머물러 있었다. 1999년의 국제 수학, 과학 연구 재조사(TIMSS-R)에서 핀란드는 국제 수학 성취 평균을 다소 웃돌았다. 그러나 PISA 2000에 이어 PISA 2003, PISA 2006에 이르기까지 핀란드의 학력은 최고의 성과를 보이고 있으며, 특히 높은 성취도와 더불어 학교 간 격차가 낮은 것으로 나타나 교육의 수월성과 형평성을 모두 확보한 성공 사례로 주목받고 있다.

표 4-1 PISA의 소양 수준 추이 비교

PISA (비교국 수)	읽기 영역		수학 영역		과학 영역		문제 해결력 영역	
	순위	평균	순위	평균	순위	평균	순위	평균
PISA 2006 (57개국)	2	547	14	548	1	563	해당 사항 없음	
PISA 2003 (40개국)	1	543	2	544	1	548	3	548
PISA 2000 (37개국)	1	546	4	536	3	538	해당 사항 없음	

스위스의 조사연구기관 '국제경영개발원(IMD ; International Institute for Management Development)'이 세계 각국의 경쟁력 현황을 분석, 발표하는 '세계경쟁력연감'에 따르면, 핀란드는 교육 특히 고등교육 관련 부분에서 최고의 평가를 얻고 있다.

이는 핀란드의 대학교육이 경제적 요구에 잘 부합하고 있음을 보여주며, 교육과 사회생활의 연대가 성공적이었음을 보여준다. 핀란드의 교육제도는 평등과 복지를 원칙으로 40여 년 동안 좌절과 실패를 이겨내고 계속 개선해 오늘날의 교육입국을 실현할 수 있었다.

표 4-2 MID 교육경쟁력 비교

항목	인구비율 (학령대비)		대학교육의 경쟁력		교육제도의 경쟁력		대학과 기업의 지식이전 정도		언어 능력
순위	IMD 2005	2004	2005	2004	2005	2004	2005	2004	IMD 2005
1	캐나다	캐나다	핀란드	핀란드	핀란드	핀란드	핀란드	핀란드	아이슬란드
2	일본	아일랜드	이스라엘	이스라엘	아일랜드	싱가폴	이스라엘	아이슬란드	스위스
3	싱가폴	일본	아이슬란드	싱가폴	싱가폴	호주	미국	싱가폴	덴마크
4	한국	싱가폴	미국	스위스	호주	아이슬란드	아이슬란드	미국	핀란드
			한국 54위	한국 59위	한국 43위	한국 52위	한국 21위	한국 42위	한국 38위

5. 핀란드 학력의 비밀

핀란드 국가교육위원회는 핀란드가 PISA 2003에서 높은 성적을 올릴 수 있었던 비결을 다음과 같이 밝혔다.

- 가정, 성별, 경제상황, 모국어와 관계없이 교육기회를 평등하게 할 것.
- 지역에 관계없이 교육활동이 가능할 것.
- 성별에 따른 분리와 차별을 부정할 것.
- 모든 교육을 무상으로 할 것.
- 종합제 학교 운영으로 선별하지 않는 기초교육을 실시할 것.
- 전체적인 틀은 중앙에서 조정하지만 각 지역의 실정에 맞게 실행하며, 교육행정은 지원하는 입장에 서서 유연하게 대처할 것.
- 모든 교육단계에서 서로 영향을 주고받으며 협동하여 활동하며 동

료애를 발휘할 것.

- 학생의 학습은 복지와 관련해서 개인의 특성에 맞게 지원할 것.

- 시험과 성적에 의한 등수 제도를 없애고 발달 시점에 서서 학생을 평가할 것.

- 교사는 고도의 전문성을 가지고 자율적으로 행동할 것.

- 사회 구성주의적 학습 개념(socio-constructivist learning conception) : 학습은 지식 수용이 아니라 지식을 탐구하고 구성하는 주체적인 활동이며, 학습자가 사회적인 맥락 안에서 자신의 인생에 필요한 지식을 동료들과 협력하여 구성해 가며, 학습자 자신의 생활과 학습이 긴밀하게 연결되어 자발적인 학습동기를 형성한다.

핀란드의 교육제도의 성공은, 1980년대 전 지구적 교육개혁운동인 세계화 교육 – 소위 시장지향교육정책의 추종에서 벗어나 다른 대안적인 접근방법을 통해 가능했다는 점에 유의할 필요가 있다. 당시 세계화 교육의 특징은, 성과 지향의 표준화 교육, 읽고 쓰고 계산하는 능력 등 기능적인 기본지식의 강조, 결과적 책무성 도입 등이다. 그런데 핀란드는 이 3가지 지구적 교육개혁 전략들 가운데 어떤 것도 채택하지 않았다. 오히려 주요 사회주체들의 합의에 의해 경쟁보다는 평등, 균등한 자원분배, 교사들에 대한 신뢰 형성을 토대로 저렴한 비용으로 교육의 질과 더불어 평등과 사회응집성을 성공적으로 달성했다.

핀란드 사회 일반과 정부가 결정한 핀란드 교육 개혁의 네 가지 주요 원칙을 요약한 것이 Aho, Pitkaenen, Sahlberg 등이 쓴 "1968년 이후 핀란드 초중등교육의 정책 개발과 개혁 원칙들"(2006)이라는 책에 기술되어 있는데, 다음과 같다:

모두가 행복한 나라를 꿈꾸다

o."일부가 아닌 전체를 위한 좋은 학교, 이것이 핀란드교육을 이끌어가는 핵심가치다" (p.2).

o.개혁은 혁명적인 것이 아니고 진화적인 것이다.

o.성공적인 학교는 사회라는 직물 안에 – 정치적, 문화적, 경제적으로 – 얽혀 있다. 그것은 모두의 책임이다.

o.지방 차원의 현장 전문가들에 대한 존중, 교사와 행정가, 그들의 지식, 분별력, 최선의 실행 등이 개혁에 필요한 합의와 비전을 만들어내는 데 쓰인다.

6. 우리나라 중고생의 학력

그간 우리나라 중학교 2학년 학생이 '수학 · 과학 성취도 추이변화 국제비교 연구(TIMSS ; Trends in International Mathematics and Science Study)'에서 보여준 전반적인 학업성취는 세계적으로 매우 우수한 수준이다.

표 6-1 우리나라 중학교 2학년 학생의 수학 · 과학 성취도 결과(TIMSS 2003)

	국가명	수학 평균 점수	순위	국가명	과학 평균 점수
1	싱가포르	605	1	싱가포르	578
2	대한민국	589	2	대만	571
3	홍콩	586	3	대한민국	558
4	대만	585	4	홍콩	556
5	일본	570	5	일본	552
7	네덜란드	536	7	헝가리	543
9	헝가리	529	8	네덜란드	536
10	러시아연방	508	9	미국	527
14	호주	505	9	호주	527
15	미국	504	11	스웨덴	524
17	스웨덴	499	12	뉴질랜드	520
20	뉴질랜드	494	17	러시아연방	514
	국제평균	467		국제평균	474
-	영국	498	-	영국	544

(영국은 표본 참여율을 만족하지 못함)

모두가 행복한 나라를 꿈꾸다

표 6-2 1995 · 1999 · 2003년도 참여 국가별 수학 성취도 결과

1995

	국가명	평균점수
1	싱가포르	609
2	일본	581
3	대한민국	581
4	홍콩	569
5	벨기에	550
10	헝가리	527
11	러시아연방	524
15	뉴질랜드	501
16	영국	498
18	미국	492
19	라트비아	488
22	리투아니아	472
-	네덜란드	529
-	호주	509
	대만	◇
	국제평균	519

1999

순위	국가명	평균점수
1	싱가포르	604
2	대한민국	587
3	대만	585
4	홍콩	582
5	일본	579
6	벨기에	558
7	네덜란드	540
9	헝가리	532
12	러시아연방	526
19	미국	502
20	영국	496
21	뉴질랜드	491
22	리투아니아	482
13	호주	*
	스웨덴	◇
	국제평균	521

2003

순위	국가명	평균점수
1	싱가포르	605
2	대한민국	589
3	홍콩	586
4	대만	585
5	일본	570
6	벨기에	537
7	네덜란드	536
9	헝가리	529
10	러시아연방	508
13	호주	505
15	미국	504
16	리투아니아	502
17	스웨덴	499
20	뉴질랜드	494
-	영국	498
	국제평균	467

표 6-3 1995 · 1999 · 2003년도 참여 국가별 과학 성취도 결과

1995

	국가명	평균점수
1	싱가포르	580
3	일본	554
4	대한민국	546
5	헝가리	537
6	영국	533
7	벨기에	533
9	러시아연방	523
12	미국	513
15	뉴질랜드	511
16	홍콩	510
21	라트비아	476
23	리투아니아	464
-	네덜란드	541
-	호주	514
	대만	◇
	국제평균	521

1999

순위	국가명	평균점수
1	대만	569
2	싱가포르	568
3	헝가리	552
4	일본	550
5	대한민국	549
6	네덜란드	545
9	영국	538
12	벨기에	535
15	홍콩	530
16	러시아연방	529
18	미국	515
19	뉴질랜드	510
23	리투아니아	488
7	호주	*
	스웨덴	◇
	국제평균	524

2003

순위	국가명	평균점수
1	싱가포르	578
2	대만	571
3	대한민국	558
4	홍콩	556
5	일본	552
7	헝가리	543
8	네덜란드	536
9	미국	527
9	호주	527
11	스웨덴	524
12	뉴질랜드	520
14	리투아니아	519
16	벨기에	516
17	러시아연방	514
-	영국	544
	국제평균	474

(- 표본참여율을 만족하지 못함, ◇연구에 참여하지 않음, *모집단의 범위에 차이가 있음)

그러나 수학·과학과 관련한 자신감, 가치 인식, 즐거움 정도 등 정의적 영역에 대한 설문결과는 국제 평균에 비해 낮은 것으로 나타났다. 이는 경쟁 위주의 입시교육의 영향으로 보이며, 장기적으로는 정의적 영역이 지적 성취도 향상에 큰 영향을 끼치므로 학생들의 자발적 학습동기 형성에 유의해야 할 것으로 보인다.

표6-4 수학 학습에 대한 자신감 지수

국가명	상 SCM			중 SCM		하 SCM	
	학생비율	순위	평균점수	학생비율	평균점수	학생비율	평균점수
미국	51	4	534	29	483	20	461
호주	50	5	542	31	483	19	451
스웨덴	49	6	534	36	477	16	446
노르웨이	46	8	502	32	445	21	405
네덜란드	45	11	557	33	527	23	511
헝가리	44	13	574	32	507	24	479
러시아연방	43	17	548	30	492	27	466
뉴질랜드	43	17	534	36	475	21	452
싱가포르	39	28	639	34	594	27	571
대한민국	30	38	650	36	592	34	534
홍콩	30	38	627	38	581	33	556
대만	26	44	661	30	593	44	534
일본	17	45	634	38	580	45	538
국제평균	40		504	38	453	22	433
영국	47		526	34	485	19	468

표6-5 과학 학습에 대한 자신감 지수

	상 SCM			중 SCM		하 SCM	
	학생비율	순위	평균점수	학생비율	평균점수	학생비율	평균점수
미국	56	10	548	31	507	13	495
호주	49	13	550	34	513	17	499
싱가포르	45	18	601	37	562	18	553
뉴질랜드	41	21	548	41	509	19	489
홍콩	32	23	582	47	546	21	540
대만	28	24	616	38	560	34	548
대한민국	20	25	612	42	556	38	533
일본	20	25	595	46	551	34	529
국제평균	48		490	38	445	13	430
영국	53		569	32	525	15	513

우리나라 고등학교 1학년 학생의 전반적인 학업성취 수준 또한 국제 수준과 비교할 때 매우 우수한 것으로 나타났으며, 특히 읽기와 수학 성취도는 지속적으로 세계 최고의 수준에 있을 뿐만 아니라, 최상위 수준에 속하는 비율과 최상위 수준 학생의 성취도도 상승하고 있는 것으로 나타나 평준화로 인해 상위권 학생들의 실력이 떨어졌다는 일부 지적을 불식시키면서 평준화 정책의 정당성을 확인해준 것으로 풀이된다. 그리고 모든 영역에서 국내 학생간의 성취 격차는 OECD 평균보다 작은 것으로 나타나, 학생들 간의 성취도 불평등 역시 작음을 알 수 있다.

특기할 점은 PISA 2003에서 문제 해결력이 1위를 차지함으로써, 우리나라의 우수한 학업성취가 주입식, 암기식 교육의 결과이며 우리나라 학생들의 창의력과 문제해결력이 부족하다는 일부 비판에 대한 인식재고의 계기를 마련했다는 것이다.

표 6-6 PISA의 소양 수준 추이 비교

PISA (비교국 수)	읽기 영역		수학 영역		과학 영역		문제 해결력 영역	
	순위	평균	순위	평균	순위	평균	순위	평균
PISA 2006 (57개국)	1	556	1~4	547	7~13	522	해당 사항 없음	
PISA 2003 (40개국)	2	534	3	542	4	538	1	550
PISA PLU (41개국)	6	525	3	547	1	552	해당 사항 없음	
PISA 2000 (31개국)	6	525	2	547	1	552	해당 사항 없음	

* PISA PLUS : PISA 2000 실시 이후 동 평가에 참여하기를 원하는 비 OECD 회원국을 대상으로 2001년에 PISA 2000과 같은 평가도구로 평가를 수행하여 PISA 2000 평가결과와 합한 총 41개국의 평가 결과를 분석한 자료(네덜란드, 루마니아는 평가에 참여하였으나 분석에서 제외)

모두가 행복한 나라를 꿈꾸다

표 6-7 PISA 2006 영역별 순위

소양				수학적 소양				과학적 소양			
국가명	등수 범위		평균점수	국가명	등수 범위		평균점수	국가명	등수 범위		평균점수
	OECD국가	전체국가			OECD국가	전체국가			OECD국가	전체국가	
	1	1	556	대만	-	1~4	549	핀란드	1	1	563
핀란드	2	2	547	핀란드	1~2	1~4	548	홍콩-중국	-	2	542
홍콩-중국	-	3	536	홍콩-중국	-	1~4	547	캐나다	2~3	3~6	534
캐나다	3~4	4~5	527	대한민국	1~2	1~4	547	대만	-	3~8	532
뉴질랜드	3~5	4~6	521	네덜란드	3~5	5~8	531	에스토니아	-	3~8	531
아일랜드	4~6	5~8	517	스위스	3~6	5~9	530	일본	2~5	3~9	531
호주	5~7	6~9	513	캐나다	3~6	5~10	527	뉴질랜드	2~5	3~9	530
리히텐슈타인	-	6~11	510	마카오-중국	-	7~11	525	호주	4~7	5~10	527
폴란드	6~10	7~12	508	리히텐슈타인	-	5~13	525	네덜란드	4~7	6~11	525
스웨덴	6~10	7~13	507	일본	4~9	6~13	523	리히텐슈타인	-	6~14	522
네덜란드	6~10	8~13	507	뉴질랜드	5~9	8~13	522	대한민국	5~9	7~13	522
벨기에	8~13	10~17	501	벨기에	6~10	8~14	520	슬로베니아	-	10~13	519
에스토니아	-	10~17	501	호주	6~9	10~14	520	독일	7~13	10~19	516
스위스	9~14	11~19	499	에스토니아	-	12~16	515	영국	8~12	12~18	515
일본	9~16	11~21	498	덴마크	9~11	13~16	513	체코	8~14	12~20	513
대만	-	12~22	496	체코	10~14	14~20	510	스위스	8~14	13~20	512
영국	11~16	14~22	495	아이슬란드	11~15	16~21	506	마카오-중국	-	15~20	511
독일	10~17	12~23	495	오스트리아	10~16	15~22	505	오스트리아	8~15	12~21	511
덴마크	11~17	14~23	494	슬로베니아	-	17~21	504	벨기에	9~14	14~20	510
슬로베니아	-	16~21	494	독일	11~17	16~23	504	아일랜드	10~16	15~22	508
OECD 국가별 평균			492	OECD 국가별 평균			498	OECD 국가별 평균			500

그러나 수학과 관련한 학습 흥미 및 동기가 매우 낮고 수학에 대한 불안감은 매우 높으며, 자아개념, 자아효능감 등도 매우 낮은 수준으로 나타났는데, 이러한 영역들이 지적 성취도에 영향을 미친다는 점을 감안할 때, 학습 흥미도 제고를 위한 노력이 필요하다고 본다. 그리고 전반적인 향상에도 불구하고 과학 영역의 성취도는 하락했으며, 과학과 관련한 자아 효능감, 자아 개념, 흥미 등이 낮은 것으로 나타났는데, 이러한 요소가 과학 성취도에 미치는 영향을 고려할 때 과학에 대한 긍정적

인 태도를 함양하려는 노력이 필요하다고 보인다.

그림 6-1 2006 피사 과학 학습 태도 설문 결과

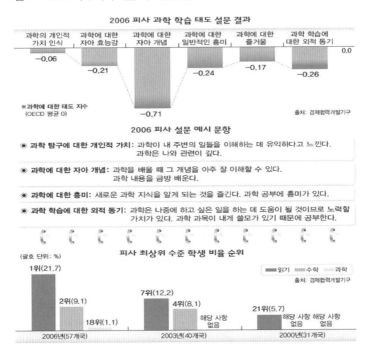

7. 우리나라 중고생 학력에 대한 평가

□ 평준화 교육의 성과지만 학교 간 학력 격차 커 : '2003 학업성취
도 국제비교연구'(피사 2003)의 실무책임자인 베르나르 위고니에(57)
경제협력개발기구 교육국 부국장은 8일 기자간담회에서 한국의 평준
화 정책이 효과적이었다고 강조하면서도 "한국의 학교는 학교 안의 성
취도 격차는 높지 않지만 학교들 사이의 학력 격차가 큰 편"이라고 지

적했다.

"학교 간 격차를 줄이기 위해 비슷한 학습 기회를 제공해야 하며, 학교 간 재원의 격차가 나지 않는 게 가장 중요합니다"

위고니에 부국장은 "한 학교에 다양한 배경의 변인을 가진 학생들을 함께 입학시켜 공부시킬 때 교육의 질이 높아진다"면서 한국의 평준화 정책인 통합교육을 적극 지지했다. 그는 "이런 방식으로 학생을 선발할 때 성적이 더 올라갔다는 증거는 세계적으로 많이 있다"고 덧붙였다.

따라서 학교 안의 학력차가 나는 것은 오히려 자연스러운 현상이지만 학교 간 격차는 교육에 부정적으로 작용한다는 것이다. 위고니에 부국장은 "학교 안의 성취도 격차가 다소 높더라도 학교들 사이의 격차가 적은 게 바람직하다"고 밝혔다. 실제 이번 조사에서 수학 영역의 경우, 한국의 학교 간 성취도 격차는 경제협력개발기구 28개 회원국 가운데 10번째로 높게 나타났다.

반면 학업성취도 평가 전반에서 유일하게 한국보다 좋은 점수를 보인 핀란드는 학교 간 격차가 아이슬란드에 이어 두 번째로 낮았다. 그는 "독일과 덴마크가 학교 간 학력차를 줄이기 위해 각고의 노력을 기울인다"며 "학교별로 교육과정 채택 등에 자율성을 행사할 수 있을 때 격차가 줄어들 것"이라고 나름의 해법을 밝혔다. 그는 이어 "한국 학생들이 수학에서 세계 3위를 기록했지만 수학에 대한 흥미 등은 하위권이다"면서 "한국이 전 세계에서 가장 우수한 학생을 보유하고 있으나 학생들은 행복하지 않다는 것"이라고 덧붙였다.

□ 사교육 효과? :위고니에 부국장은 한국 학생의 성적이 사교육 때문이냐는 물음에 "멕시코나 터키, 그리스, 헝가리 등은 사교육에 쏟아붓는 시간이 더 길다"면서도 "한국 학생들이 자기주도적 학습 능력이 부족한 것도 사실"이라고 밝혔다. 그는 "경제협력개발기구 회원국에서 6~15살 사이 학생의 공교육비 평균이 5만2천 달러이지만 한국은 4만2천 달러에 불과하다"며 "한국의 교육이 굉장히 효과적이었을 보여 준다"고 밝혔다.

Pasi Sahlberg, Education policies raising student learning : the Finnish approach - 대부분의 성취도는 학생들이 배운(learned) 것이 아닌, 점수를 얻은(gained) 것을 말한다. 게다가 학생성취도는 학교 내 활동의 결과일 뿐만 아니라, 학교 밖 활동의 결과이기도 하다. 예를 들어, 높은 수행을 보이는 한국과 일본의 경우, 학생 성취의 의미 있는 비율이 학교 자체만의 결과가 아닌, 사교육의 결과이다.

□ 혹독한 학교 교육의 결과 : 요제프 크라우스(55) 독일 교사협회장은 7일 일간 빌트와의 회견에서 한국, 홍콩, 싱가포르, 일본 등의 15세 학생들이 매번 PISA 성적에서 선두권을 놓치지 않는 반면 독일은 중위권에 머무는 이유들을 몇 가지 꼽았다. 크라우스 회장은 우선 유럽의 경우 외국인이 많아 자국어 과목과 전반적 학업성적 순위가 낮아진 반면 아시아는 이민자 비율이 2% 이하여서 유리하다고 말했다. 그는 이어 아시아 국가들의 `혹독한 학교 교육'을 거론하면서 "모든 학생이 발을 맞추는 속에서 주입식 원리에 입각한 집단적 교육을 받는다"고 밝혔다.

그는 특히 "한국의 많은 학생들이 과외를 하느라 밤 10시가 넘어야

귀가하고 부모들은 평균 연간 수입의 4분의 1인 6천유로 가량을 투자한다"고 지적했다. 그는 또 아시아권은 분발과 능률, 규율, 복종 등의 가치를 중시하는 문화라면서 학생들은 자유시간이 거의 없고 수면시간이 4-5시간 밖에 안 된다고 덧붙였다.

아시아에서 무엇을 배울 수 있느냐는 질문에 그는 "아시아식 교육제도는 순응하는 인간상에 입각하고 있으며, 개별적인 육성은 거의 없고 집단 속에서만 학습하는 것이므로 독일이 차용할 수 없다"고 강조했다. 이에 따라 아시아에선 폭력과 자살률이 높으며, 학생들은 이러한 훈육 방법들에 의해 정신적으로 파괴된다고 그는 주장했다.

□ 세계 1위의 공부시간 : 세계 각국의 고교1학년(만 15살)을 대상으로 경제협력개발기구가 실시한 '2003 학업성취도 국제비교연구'(2003 피사)를 분석해 발표한 자료를 보면, 한국 고교 1학년 학생들의 정규수업 시간은 30.3시간으로 타이(30.5시간)에 이어 2위를 차지했다.

한국의 보충수업 시간은 4.9시간으로 40개 조사 대상 국가 가운데 1위를 차지했다. 멕시코가 4.1시간으로 뒤를 이었고 핀란드는 0.2시간에 불과했다. 또 학교에서 이뤄지는 심화수업 시간은 주당 1.9시간으로 멕시코 3시간, 터키 2.2시간에 이어 핀란드와 공동 3위를 기록했다.

정규수업과 보충수업, 심화수업을 합한 시간 기준으로 한국은 주당 37.1시간으로 2위인 타이(32.2시간)를 크게 앞섰다.

□ 정부와 언론의 무관심 : 한국 학생들의 실력이 세계 최고라는 것이 국제적으로 입증되어도 정부나 언론에서는 이에 대해 별 관심이 없다. 한국 학생들이 미국, 독일, 프랑스 학생들보다 월등하게 성적이 좋아도

대수롭게 여기지 않는다. 학교공부의 모든 것이 대학입시로 수렴되고, '좋은' 대학에 들어가는 것이 최고의 목표처럼 되어 있는 우리 사회에서 당연한 일일지 모른다. 한국 학생의 성적이 아무리 높게 나왔다고 해도 그 시험이 대학입시와 관계없다면 관심 밖이 될 수밖에 없는 것이다. 그리고 아마 한국 학생들의 최상위 성적이 공교육의 성과가 아니라고 보기 때문일지 모른다. 더 큰 이유는 그 좋은 성적이 중학생 때 잠시 나타났다가 사라져버리는 '헛것'이라고 생각하기 때문일지도 모르겠다. 사실 한국 학생들이 거둔 최상위 성적은 사교육의 결과이고, 대학입시가 최종 목표인 우리 교육의 결과이고, 그렇기 때문에 목표지점을 통과하면 사라져버릴 가능성이 크다.(이필렬/방송대 교수)

□ 문제는 대학의 경쟁력 : 최근에 발표된 〈더 타임스〉의 평가에서 한국 대학은 200등 안에 세 개밖에 들지 못했다. 반면에 피사의 수학 시험에서 20등으로 하위그룹에 속했던 독일은 17개나 들어갔다. 중국에서 나온 상하이 대학서열에도 한국대학은 300등 안에 2개밖에 못 들어갔다. 일본도 피사 시험에서는 최상위지만 〈더 타임스〉 대학평가 서열 200등 안에 들어간 대학은 5개밖에 없다. 재미있는 것은 대학입시가 학교공부의 최종 목표처럼 되어 있는 일본과 한국이 피사 시험에서는 최상위에 올랐지만 대학평가에서는 형편없었다는 점이다. 독일의 경우 두 나라와 다른 점은 대학입시가 전부가 아니라는 것이다. 입학시험이 없고, 입학을 위한 치열한 경쟁이 없고, 대학은 평준화되어 있다. 〈더 타임스〉 평가에서 베를린공대는 60등이었고, 서울대학교는 118등이었다. 대학에 대한 투자와 연구비도 서울대가 더 많을 텐데 결과는 이렇다. 이 사실은 대학입학 자체가 중요한 것이 아니라 대학입학 다음이 중요하다는 것을 여실히 보여준다. 수능성적이 뛰어난 학생이 아무리 많

모두가 행복한 나라를 꿈꾸다

126

아도, 이들이 대학입학 후 목표지점을 통과한 달리기 선수처럼 무너져 버리면 그때까지의 공교육, 사교육, 피사시험에서 거둔 우수한 성적은 모두 쓸모없게 되는 것이다. (이필렬/방송대 교수)

8. 핀란드 모델의 적용 가능성

40년 간 변함없이 평준화 제도 유지, 천재와 학습장애 학생이 한데 어울리는 교실, 그러면서도 유연성 있고 개별화된 맞춤 교육으로 경제 협력개발기구가 주관하는 국제학력평가(피사)에서 1위를 뽐내는 핀란 드의 공교육 제도는 평준화 원칙을 '업그레이드'할 수 있는 새로운 교육 대안이 될 수 있을까, 아니면 한국적 토양에선 현실성 없는 일시적 유행 으로 그칠 것인가.

지난 4월 총선에서 경기 고양시 덕양 갑에 출마한 심상정 의원(진보 신당)은 진보 진영에선 처음으로 핀란드 교육 모델인 '자율형 공립학교' 를 설립하겠다는 공약을 내걸어 주목을 끌었다. 우수 교사를 초청해 교 과편성의 자율권 등을 주고, 대신 맞춤 · 책임 교육제를 실시하는 공립 중 · 고등학교를 각각 2개씩 시범적으로 세우겠다는 거였다.

□ 심상정의 핀란드 교육 모델 적용 – 교육특구 : 8학군이 안 부럽다
핀란드 형 선진교육, 공교육 시범학교 운영

◆ 일반계 학교를 선진형 자율학교로 : 배우고 싶은 걸 배우는 게 좋 은 학교입니다. 획일적 교육이 아니라 창의성과 특성을 살리는 선진형 교육을 도입하겠습니다. 올해 안에 중학교, 고등학교 각 2곳을 자율형 공립학교로 지정, 시범운영하겠습니다.

◆ 좋은 선생님을 우리학교로 : 자율형 교육의 열정과 능력을 갖춘 선

생님을 우리 지역 학교로 모시겠습니다. 좋은 선생님과 함께 교과편성 자율성에 근거한 책임교육제를 실시하겠습니다.

◆ 핀란드 형 교육으로 인재육성 : 토론형 학습, 체험학습, 개방형 학습 등 선진교육 기법을 도입하겠습니다. 방과후 특기적성교육을 수준별 맞춤형교육으로 전환하겠습니다.

심 의원 쪽에선 총선 개표결과를 근거로 '자율형 공립학교'라는 공약이 유권자들의 마음을 파고들었다고 평가했다. 전통적으로 한나라당의 몰표 지역이었던 중대형 아파트 단지에서 심 의원이 우세했거나, 근소한 차로 뒤졌기 때문이다. 심 의원은 "유권자들의 실용적 욕구를 일정하게 충족시키면서 그런 것을 매개로 우리 힘으로 교육을 바꿀 수 있다는 희망을 주었다"고 의미를 부여했다.

□ 적극적 도입 주장 : 홍종학 경원대 교수와 이범 곰티브이 · 교육방송 강사는 핀란드 모델이 평준화와 교육 다양성이라는 두 마리 토끼를 한번에 잡을 수 있는 모델이라며, 적극적인 도입을 주창했다.

'스타강사'로 잘 알려져 있는 이범 강사는 "지금 우리의 교육 현실은 지향점이 반드시 필요하다"며, 핀란드 교육의 핵심인 △책임교육 △맞춤교육 △창의력 교육 등 세 가지 원칙을 적극적으로 받아들여야 한다고 주장했다. 책임 교육은 학생들이 일정 수준 이상의 학업성취를 하도록 교사가 적극적으로 끌어주고 돌봐주는 것을 말한다. 특히 학업성취도가 낮은 학생들의 최저학력을 보장하려는 교사의 노력이 중요하다. 핀란드의 경우, 진도를 따라가기 버거운 학생들은 특수교사들과 상의해 1대 1 보강수업을 들을 수 있기 때문에 '상향 평준화'가 가능하다. 맞춤교육은 획일적 교육과 대비되는, 1대1 교육을 말한다. 핀란드의 종합

모두가 행복한 나라를 꿈꾸다

학교에선 같은 학년, 같은 교실에서도 학생별로 학습목표가 다르며, 학업성취도에 따라 나이에 상관없이 '월반'을 할 수 있는 무학년제로 운영한다. 이범 강사는 "숙제라는 제도만으로도 맞춤형으로 잘 운용하면 공교육의 주도권을 상당 부분 학교로 옮겨올 수 있다"고 제안했다. 암기식·객관식에 찌든 한국 학생들과 달리, 핀란드에선 자기 주도형 창의력·탐구 학습이 이뤄진다.

홍종학 교수는 각각 서로 다른 재능과 능력을 가진 학생이 한 학급에서 한데 어울리는 점에 주목했다. 그는 "세계 첨단기업에선 생산성을 높이기 위해 예술가를 자꾸 고용한다"며 "그런 면에서 모두가 어울려 교육받는 핀란드 모델은 지금부터라도 철저하게 연구해 받아들여야 한다"고 목소리를 높였다.

□ 적용 가능성 낮아 : 정유성 서강대 교수 등은 핀란드 모델의 우수성은 인정하면서도, 한국 현실에 적합할지에 대해 회의적인 견해를 나타냈다. 정유성 교수는 "몬테소리를 포함해 대안교육의 최첨단 이론은 다 들어봤고 실험도 다 해봤는데 안됐다"고 지적했다. 대학을 나오지 않아도 차별 없이 살 수 있고, 복지 시스템이 잘 발달돼 교육에 대한 사회 구성원의 짐이 적은 핀란드 모델이 우리 사회에 먹히겠냐는 것이다.

9. 핀란드에서 배워야 할 것들
● 핀란드의 높은 학력과 국가경쟁력을 가능하게 한 핀란드의 문화와 가치관을 배워야 한다.
● 전 지구적 시장지향교육정책에서 벗어난, 평등과 협력, 신뢰에 바탕을 둔 핀란드의 대안적인 교육철학 적용은 꾸준한 사회적 합의 노력

을 통해 가능했다.

- 교육에 시장중심 경영모델을 도입하는 것에 대한 교원노조의 지속적인 저항이 교육개혁의큰 동력이 되었다.

- 정파의 차이를 떠나 교육의 공공 서비스로서의 가치를 존중했기 때문에 지속적인 교육개혁이 가능했다.

- 핀란드인에게 '교육은 모든 사람을 위한 권리'이자 '복지의 일환'이다.

- 핀란드 교육은 지식을 익히는 데 한정됐던 전통적인 학력관을 부정하고 '왜 배워야 하는가'라는 근본적인 질문으로부터 출발한다.

- '인간의 폭넓은 정신활동'을 포괄한 역량을 키우는 것을 교육목표로 삼고 있다.

- 학생들이 스스로 배우는 것을 교육의 기본으로 삼고 있다

- 경쟁과 분리가 아닌 협력(딸꼬뜨,Talkoot)과 통합으로 전 국민의 엘리트 화를 실현했다.

- 학교의 다양화가 아닌 학습의 다양화를 추구한다.

- 학교 교육이 최대의 효과를 올릴 수 있도록 교사를 전문가로서 신뢰하고 교사가 일하기 쉬운 직장을 만들고 있다.

- '교육 기회의 평등'을 통해 '사회적 평등'을 실현한다.

- 국민 모두가 교육비 걱정 없이 자신이 원하는 만큼 배울 수 있는 체계를 갖췄다.

- 성인교육에 대한 국가적 관심과 투자를 통해 평생 교육이 이뤄진다.

- 소득의 30~60%의 높은 조세 부담으로 사회복지를 실현하고, 사회복지와 경제성장의 선순환으로 국가경쟁력 1위를 달성했다.

- 루터교의 영향으로 정착된 정직과 절제된 생활태도 그리고 투명

한 사회 형성이 바로 핀란드 국제경쟁력의 원천이다.

● 국민의 성실한 납세를 바탕으로 공공지출 총액의 14%, GDP 대비 7.2%를 교육에 투자한다.

● 전체 노동자의 74%, 전인구의 40%인 210만 명이 노조원이다. 노조 조직률만 높은 게 아니라 단체협약 적용률은 무려 90%에 달한다. 노조 조직률보다 단체협약 적용률이 높다는 말은 노동자가 노조에 조직되어 있지 않더라도 단체협약의 효력 확장을 통해서 임금과 노동조건의 보호를 받을 수 있다.

10. 무엇을 할 것인가

● 핀란드 교육의 성과에 대한 정부와 언론의 무관심과 외면은, 우리나라 교육문제의 핵심이 중등교육이 아니라 대학교육의 무기력에 있음을 반증한다.

● 자유화로 유지되는 대학의 선택권과 학생의 학교 선택권이 결국은 대학의 서열체제를 더욱 공고화함을 인식하자.

● 신자유주의(미국 중심의 시장만능주의)와 사교육 시장이 사교육을 조장함을 직시하자.

● 현재 한국 교육은 학벌경쟁의 정점에 있으며, 대다수의 좌절감이 견고한 학벌체제를 근본에서 뒤흔드는 동요의 시작이 될 것이다.(김상봉 교수)

● 학벌체제에 편입하려는 욕망, 학벌체제에서 소외되는 두려움에서 벗어나자. - 내부로의 망명, 자발적으로 낙오자 되기(김상봉 교수)

● 세금을 통한 부의 재분배, 평준화 무상 공교육 요구로 국가적 공공성 복원을 강제하자.

● 사교육비, 대학등록금 걱정 없이 모든 국민들이 동등한 교육기회

를 제공받을 수 있도록, 헌법에 명시된 교육권을 보장받기 위한 국민적 교육주권운동을 벌여야 한다.

● 학교의 다양화가 아닌 학습의 다양화를 실현하는 교육체제를 요구하자.

● 교원노조, 교육전문가 단체들은 국민과 학생들에게 희망을 주는 대안적 정책과 비전을 만드는 주체가 되어야 한다.

● 교원노조, 교육전문가 단체들이 경제적 배경에 구애받지 않고 학생 개개인의 창의성과 학업 능력을 길러주기 위한 대안적 공교육 운동에 나서야 한다.

● 노조의 공익성, 연대성을 확대하여 대중적 신뢰를 회복한다.

● 산별노조의 단체협상을 통해 노조에 가입해 있지 않더라도 단체협약의 효력 확장을 통해서 임금과 노동조건의 보호를 받을 수 있도록 하자.

● 학부모와 학생들에게 신뢰와 존경을 받기 위한 교사들의 헌신적인 노력이 필요하다.

● 교사들이 진정 학생들의 희망이 될 때 핀란드식 교육시스템도 가능하다.

● 핀란드 교육모델을 한두 개 학교 단위에서 실험해 보도록 강제하자.

【첨부자료】
핀란드의 교육 개혁

Lorraine Frassinelli

EAD 845

2006. 8. 18

2000년과 2003년의 "국제학업성취도비교(PISA)" 결과가 나온 이후 핀란드라고 하는 스칸디나비아의 작은 나라는 성공적인 학교 개혁으로 인해 세계의 주목을 받아오고 있다. 핀란드는 문자해독인구가 가장 많은 나라들 가운데 하나일 뿐 아니라 교육상의 균형을 말해주는 "높은 점수와 낮은 점수 간의 격차가 가장 작은 나라"이기도 하다(Aho, Pitkanen, and Sahlberg, 2006, p.1). 1960년대까지만 해도 교육 부족의 농업 사회로만 생각되던 나라에서 이러한 목표가 달성된 것 자체가 대단히 주목할 만한 일이다. 말하자면, 다른 나라들과는 달리, 핀란드가 그러한 대단한 결과를 내고 있는 교육 개혁을 어떻게 달성했는가 하는 문제는 연구하고 알아볼 만한 가치가 있는 것이다. 핀란드의 개혁 노력들을 보면 과정과 구조에 있어 미국에서 시도된 것과 비슷한 데가 있기는 하지만 그러나 두 나라 간의 사회, 정치, 문화의 차이야말로 그러한 결과의 차이를 가져온 데 가장 크게 영향을 끼쳤는지도 모른다. 그러한 차이들을 완화시키기 위해 미국 교육 개혁의 새로운 패러다임과 주안점을 조성해 내는 일이 가능할지 어떨지는 현시점에서는 하나의 추정에 지나지 않지만 그러나 가능성 또한 유망한 것이기도 하다.

모두가 행복한 나라를 꿈꾸다

핀란드는 1968년에 국가 차원에서 착수한 하향식의 종합적 학교개혁 방식을 채택하면서 교육시스템을 재편성하기 시작했다(Aho, Pitkanen, and Sahlberg, 2006). 개혁에 필요한 대부분의 동력은, "교육은 경제적 경쟁력은 물론 복지에도 직접적인 영향을 준다"는 인식과 문화적으로 공유된 비전으로부터 나왔다(Aho 외, 2006, p.11). 강력한 교육 정책은 평등에 초점을 맞추어 진행되었으며, 핀란드 복지 국가의 발전에 기여한 단일한 문화적 사회적 에너지가 그것을 유지, 지탱해 왔다. 양질의 교육을 보다 효과적으로 전달하는 시스템을 제공하려는 노력의 하나로서, 미국의 학군(school district)과 비슷한 지방자치체의 교육시스템에 모든 학교를 넘겨주었다.

그와 동시에 핀란드는 4학년을 마친 학생들의 능력을 엄격하게 점검하는 일을 중단하고 나이, 거주지, 경제적 지위, 성이나 언어 (핀란드는 핀란드어와 스웨덴어 2개 국어를 사용한다) 에 상관없이 질 높은 교육을 제공하고자 9학년제 기초학교를 설립했다. 9학년제 기초학교는 아이들이 기본적인 지식과 기술을 습득하는 곳일 뿐 아니라 이 연령대에 맞는 학교상담자를 두어 평생 학습에 대한 흥미도 증진시키고 있다. 아이들 대부분이 가정 근처의 학교에 다니며, 많은 사립학교가 예외이기는 하지만 아이들은 자신의 선택에 따라 공립이든 사립이든 아무 학교나 무료로 다닐 수 있다. 그러나 중요한 것은, 예외적인 사립학교라 해도 마찬가지로 커리큘럼과 평등에 관한 정부의 지시를 이행해야 한다는 점이다. 모든 핀란드 학교 개혁에서 보듯이 계획의 다른 국면들이 서서히 통합되어 갔고, 또한 그 과정에서 교사들과 행정가들을 포함시키려는 온갖 노력이 시도되었다. 구조의 변화는 기초학교에서부터 시작되었고, 그 후 1970년대 이래 수십 년에 걸쳐 개혁이 진행되는 과정에

모두가 행복한 나라를 꿈꾸다

서 중등고학년 학교(upper school), 직업학교, 대학교, 취학전학교로 점차 확대되었다. 구조가 변화함에 따라 전체 시스템은 학생들의 요구를 충족시키는 데 있어 유연성을 발휘할 수 있게 되었다. 수준별 편성으로부터 자유로워진 통합 9년제 기초학교는 사회적 평등만이 아니라 질 높은 양질의 교육을 보장하는 데 필요한 출발점이 되었고, 이행해야 할 커리큘럼과 기준의 변화에 필요한 초석을 놓았다. 이 개혁 분야는 핀란드의 학교 재편성이 "학생의 경험, 교사의 직업 생활, 리더십, 경영, 지배, 그리고 학교 자원의 조절 등 관행으로부터의 유의미한 이탈"(p.6)이 되었다는 점에서, Newman Study (1996)에서 검토한 것과 상당 부분 비슷하다. 여러 가지 변화의 방향에 대한 핀란드 국가 차원의 이러한 중앙통합적 관리는 뚜렷한 비전, 일관된 지도력, 장기적인 계획 등을 계산에 넣었다.

일단 학교 시스템의 구조가 결정되자 내용과 커리큘럼에 대한 개혁의 필요성이 인식되었다. 1970년대에 전국 차원의 제1차 기초학교 커리큘럼의 틀이 제정되었고, 2004년 가장 최근에 제출된 것에 이르기까지 계속해서 개정되었다. 이들 전국 핵심 커리큘럼은 국가교육위원회(the National Board of Education)가 개발한 것으로서 "학생 평가의 원칙뿐 아니라 다른 교과목에 대한 전반적인 교육 목표, 대상, 내용 등을 포괄하고 있다."(National board, 2001, p.21). 개정할 때마다 전문가, 관련 단체, 교사, 행정담당자 등 모든 관계자들과 더불어 작업하는 장기적이고, 심도 있는 철저한 과정을 밟았다. 개정 과정은 또한 특히 중등고학년 학교(upper school) 차원의 교육 일반의 수준 상승에 대한 이해뿐 아니라 경제와 사회 변화까지도 고려한다. 개혁이 국가 차원에서 시작되기는 했으나 지역의 학교와 지방자치체들은 자체의 커리큘럼을 개발하고 교과서를 선별하며 교수 방식을 선택할 수 있는 권한을 부여받았으며 그리하여 전체 학교 공동체는 지역 차원에서 위로 힘을 발휘하고 국가 차원에서는 반대로 아래로 힘을 발휘하게 되었다. 이러한 협력적 커리큘럼 개혁 시스템은, Elmore가 "시스템적 교육 개선을 위해서는 완전히 "중앙통합식"이거나 혹은 완전히 "지방화된" 그런 전략이란 없다. 시스템적 전략이라면 중앙 차원의 규율과 주안점 그리고 학교에서의 – 상대적으로 높은 자유 재량권 등을 갖춰야 한다(p.22-23)."고 보고한 것(1997)과 같은, Alvarado의 뉴욕 2번가 전략과도 비슷했다.

그러나 핀란드에서의 학습평가는 각 학교가 책임을 지며, 교사들이 결정한다. 핀란드의 중등고학년은 숫자로 성적을 매기지는 않는다. 시험은 중등고학년 학습 과정을 마칠 때 치르는 전국 규모의 표준화된 시험인 국가대학입학시험〈National Matriculation Examination; 학습능력적성시험(SAT) 혹은 ACT(미국대학시험)과 매우 비슷함〉이 딱 하나 있을 뿐이다. 국가대학입학시험은 학생들에게 대학교나 과학기술전문학교에 진학하여 공부를 계속할 수 있는 자격을 부여하는 시험이다. "성적을 매기지 않음으로서 학생들에게 책임감을 불어넣어 주고, 자신이 스스로 결정하게 하며, 또한 자신의 삶을 계획하는 것을 배우도록 해 준다"(아호, 외, 2005, p.22). 이 시스템에는 Cibola 고등학교가 Newman study에서 가져와 사용한 방법들에 필적하는 것들이 있다. Newman study가 채택한 학업성취도 기준들은 전체 학생을 대상으로 한 높은 기준에서 (따라가지 못하는) 개별 학생들을 대상으로 했다(1996, p.237). 핀란드의 기초학교 수준에서의 학생 평가는 두 가지로 이루어져 있다. 하나는 연속 평가로서, 학생 개인의 학습과 성장 과정에 근거해서 지도도 하고 격려도 하는 것이 그 역할이다. 다른 하나는 최종 평가로서, 전국적으로 상대적인 것이며 또한 기초 교육의 목표에 토대를 둔 것이다. 모든 평가는 교사들이 실시하며 구두 평가일 수도 있고 시험 평가일 수도 있으며 그 둘을 결합시킨 것일 수도 있다. 기초학교 학생들에게는 전국 규모의 표준화된 시험은 없다. 아마도 그것은 전국 커리큘럼이 제공한 구조와, 지방에서의 평가, 교육, 그리고 모든 학생들에게 진정한 학업성취를 가져다 줄 특별 커리큘럼 등을 조정할 수 있는 능력과의 조합일 것이다.

커리큘럼을 계발하고 집행하는 일에 교사와 행정관들을 존중하고 포함시키는데, 이것이 오늘날 핀란드에서 볼 수 있는 교사직에 대한 높은 만족도와 헌신적인 전문 직업의식을 상당부분 설명해줄 수 있을 것이다(Simola, 2005). 그러나 개혁 과정의 그러한 특징이 모든 것을 설명해주지는 않는다. 역사적으로 핀란드에서는 가르치는 일이 대단히 존중을 받고 선망 받는 직업이었으며 교사들의 자질 또한 대단히 훌륭하다. 모든 학년에서 평생을 가르치고자 하는 사람은 석사 학위가 필히 요구된다. 교사직은 중등고학년을 졸업한 많은 우수생들을 사로잡는다. 대학은 실제로 매년 핀란드 대학의 교육학과에 지원하는 학생들 가운데 겨우 10%만을 받아들인다(아호, 외, 2006, p.11). 게다가 프로페셔널리즘에 대한 부단한 열망도 있다. 최근에는 교사들을 위한 최신의 연구, 실질적인 학습 환경, 그리고 노동력의 변화 등이 포함된 새로운 유형의 평생 직업 훈련에 대한 필요성에 개혁의 초점을 맞춰오고 있다. 전문성 개발에 대한 강조는 산디에고에서와 같은 그런 프로그램의 성공을 반영하고 있다. 산디에고에서는 교사가 평생 교육이라는 열정적인 문화의 일부였고 학식이 풍부한 교사를 투입한 것은 증진된 학습을 목표로 한 모든 교수방법의 개선을 직접 겨냥했었다(Hess, 2006: Elmore, 1997).

교육과 교사들에 대한 기본적인 존중심은 학생들에게 두루 퍼져있으며, 핀란드의 교실은 학생들이 공부하기에 조용하고 잘 정돈된 곳이다 (Simola, 2005). 교사 일반에 대한 이러한 사회적 신뢰와 존중심이 있는 까닭에 말을 안 들어 주위가 산만해져서 따로 기강을 잡아야 하는 일 없이도 진정한 학습이 가능하다. 교사들의 만족과 지위와 전문성 또한 가르치는 것이 곧바로 학생들의 학습으로 이어지는 데 기여해 왔다. 교육 개혁의 성공으로 자발적인 학습자가 뒤따르게 되었다. 개혁의 노력들을 상세히 열거하고 있는 문헌들을 보면 대부분 학생들의 역할에 대해서는 거의 주목하지 않는다. 그러나 개혁 과정이 성공을 거두기 위해서는 가르침과 배움 사이에 달성 가능하고 가장 많이 찾는 목표를 동반한 공유된 목적과 인지된 비전이 있어야 하며 교사와 학생 사이에 공감하는 바가 있어야 한다는 생각 역시 그만큼 중요한 것 같다.

핀란드 사람들은 교육 과정에 대해 역동적인 견해를 갖고 있다. 끊임없이 개선해 간다는 생각은 핀란드 교육 개혁에 있어 필수 요소 가운데 하나이며, 1980년대 이래 지방자치체와 개별 학교의 자율성을 높이려는 노력 또한 계속해서 있어 왔다. 1993년에는 한때 국가 중앙행정부의 소관이었던 권한들 가운데 많은 부분들을 다시 분할했다. 국가 커리큘럼을 실시하던 것으로부터 근원적인 사회적 신뢰에 토대한 개별 학습의 지원과 지방 차원의 창의성과 구체화 등을 지원하는 쪽으로 전환한 것도 여러 가지 모범적인 결과들을 보여주고 있다. 그러나 미국은 2001년 열등학생방지법(No Child Left Behind Act of 2001)이 생기고서 반대방향으로 역류하는 것 같다.

핀란드 사회 일반과 정부가 결정한 핀란드 교육 개혁의 네 가지 주요 원칙을 요약한 것이 Aho, Pitkaenen, Sahlberg 등이 쓴 "1968년 이후 핀란드 초중등교육의 정책 개발과 개혁 원칙들"(2006)이라는 책에 기술되어 있는데, 다음과 같다:

1. "일부가 아닌 전체를 위한 좋은 학교, 이것이 핀란드 교육을 이끌어 가는 핵심 가치이다" (p.2).

2. 개혁은 혁명적인 것이 아니고 진화적인 것이다.

3. 성공적인 학교는 사회라는 직물 안에 - 정치적으로 문화적으로 경제적으로 - 얽혀 있다. 그것은 모두의 책임이다.

4. 지방 차원의 현장 전문가들에 대한 존중, 교사와 행정가, 그들의 지식, 분별력, 최선의 실행 등이 개혁에 필요한 합의와 비전을 만들어 내는 데 쓰인다.

핀란드 학교 개혁의 성공은 위의 네 가지 원리들의 조화에 달려 있는 것으로 보이며 이들 원리들의 실행 가능성은 미국의 개혁 노력들에 대한 최근의 보고서가 뒷받침 해주고 있다. 첫 번째 원칙이 규정하고 있는 예외 없는 보편적 평등을 강조하는 것으로부터 존중의 문화와 맡겨진 임무에 대한 분별력이 빚어내는 강력한 리더십에 이르기까지, 핀란드의 실험은 미국인들이 종종 부딪히는 정치적인 이해관계 속에서는 볼 수 없는 매우 뛰어난 성실함을 보여주고 있다. 확실히 미국인들은 평등과 질 그리고 미래를 대비한 효율성 등에 초점을 둔 자유로운 공립학교를 지지한다. 그러나 아마도 미국과 핀란드가 구별되는 근본적인 지점들이 있는 것 같다. 두 나라의 국민들은 교육의 경제적 가치를 분명히 인식하고 있다. 그러나 교육과 관련된 가치와 목표로서 장기적인 안정성이라는 미국의 비전 - 교육 개혁에 대한 (혁명적인 접근이 아닌) 점진적인 접근은 2001년의 열등학생방지법(No Child Left Behind Act) 요구를 둘러싼 긴급성과 그 법이 강제하는 대규모 평가에 대한 갈증으로 인해서 방해를 받아온 것 같다. 핀란드의 접근방식은, 평가 방식에 초점을 맞추는 대신, 학생들의 생활에 희망을 고취시키고 방향을 제시하고 교사의 성공적인 노력과 핀란드 사회의 사회적 인격적 수준에서 돌이킬 수 없는 영향력에 중심을 맞춘 듯하다. 이코노미스트(The Economist, 2006)의 "다시 학교로"(Back to school)라는 글에서 핀란드의 한 여교장은 무엇이 핀란드의 학교를 그토록 성공적으로 만들었는가라는 질문을 받자 이렇게 대답했다: "첫째도 교사, 둘째도 교사, 셋째도 교사입니다." 핀란드는 교육 시스템을 바꿔서 "교사들에게 권한을 위임하고 그들에게 많은 지원을 했다"("Back to school," 2006). 확실히, 성공적인 개혁을 위한 필수 사항으로서 교사와 행정가의 전문성 개발은 EAD 845의 개혁 노력에 관한 온갖 서적에서 반향을 일으키고 있는 것 같다. 그것이 큰 의미가 있는 것은, 교사는 수업을 담당할 뿐 아니라 각 교실에서 제시되는 여러 가지 방법과 자료에 대해서도 직접적으로 책임이 있기 때문이다. 그러나 이것은 반만 맞는 얘기이다. 핀란드 학생들은 수업에 올 때 배우고자 하는 의지와 열망을 함께 가지고 온다. 교육에 대한 사회적 가치와 존중에 기인한 열망, 가정과 또한 공유된 문화적 신념에서 유래하는 교사에 대한 신뢰.

핀란드의 개혁 과정들은 미국의 다양한 개혁 방안들과 그다지 다르지 않다(Newman, 1996; Berends, 2002, Hess, 2006). 그러나 그 결과에는 주목할 만한 차이가 있다. 핀란드는 지난 30년 동안 세계적인 평가 대회에서 그 지위가 상승한 데 반해서 미국은 쇠퇴했다. 미국의 교육자들은 핀란드의 개혁에 필적하는 혁신전략, 커리큘럼 개혁, 전문성 개발 강화, 교사 자질 기준 향상 등을 시도해왔다. 그러나 다음과 같은 문제들이 남아 있다. 핀란드 교육 개혁의 성공 요소들 가운데 미국에 수입할 수 있는 것들이 있는가? 두 나라 간에 중대한 차이점은 어디에 있는가? 규모라든가 동질성 같은 것이 아니고도 분명한 차이들이 많지만 가장 큰 차이는 핀란드 국민들의 태도와 의견 그리고 교육의 가치와 교사에 대한 존중에 있는 것 같다. 만일 그것이 근본적이고 토대가 되는 차이라면 어떻게 그것을 바꿀 수 있을까?

교육에 대한 신뢰, 존중, 감탄의 문화를 만들어내는 "사람의 마음을 끌어내는 설득력 있는 말"을 교육자들이 개발할 수 있을까? 흡연에 대한 대중의 태도에서 그와 비슷한 문화적 변화 가운데 하나를 발견할 수 있다. 지난 40년 동안 흡연에 대한 미국인의 시각과 사회적 시각에 변화가 있었다. 즉, 한때 술 담배를 섞어하는 일이 사회적 관습이 되다시피 했는데 새로 흡연을 하게 된 사람들에게 그것을 못하게 하려고 대중적으로 일치된 노력을 기울인 적이 있었다. 정직하게 그리고 과학적 사실을 가지고 흡연에 대해 설명하는 가운데 미국은 국가적 의지를 보여주었다. 또한 인과관계 그리고 일체감과 집중력이 결합된 의지의 힘, 이 둘 모두에 대한 분명한 비전을 가지고 무엇을 이룰 수 있는지도 보여주었다. 어떠한 비용을 치르고서라도 시급히 변화가 필요하다는 데서 미국인의 태도를 바꿔 놓을 수 있고 또한 교육에 대한 신뢰와 존중심을 고취시키는 일을 시작할 수 있다면, 효과적인 개혁은 달성될 수 있을 것이다.

(번역 : 김형렬, 대전교육연구소 연구원)

대전교육연구소 세미나
불교와 묵자의 평화사상

2009년 4월 16일(목) 18시

장소 : 기독교연합봉사회관 소강당

1. 오늘날의 현실

● 인종, 분쟁, 계급, 성, 종교의 차별로 빚어지는 인류적 차원의 분쟁 문제 – 인종분쟁, 민족 분쟁, 성 분쟁(남녀갈등), 종교분쟁으로 전쟁과 학살 지속

  ● 낭비와 파괴의 삶으로 전 지구적 생태계 파괴
  ● 가난, 굶주림, 질병, 문맹 등으로 인한 생존권의 위협
  ● 지나친 경쟁과 이윤 추구로 개인적 분열과 사회적 대립 심화
  ● 인간적 가치의 상실로 인한 개인적 방황과 고뇌 심화

2. 평화 사상의 필요성
  ● 각자의 다름과 다양성에 대한 관용적 태도로 전환하기 위해
  ● 사람과 사람의 관계가 경쟁과 대립의 관계에서 우애와 협력의 관계로 전환하기 위해
  ● 자연과 나, 타인과 나의 상호연관성에 대한 자각으로 조화로운 공존 관계를 정립하기 위해
  ● 자기변화와 사회변화의 통일을 위해

모두가 행복한 나라를 꿈꾸다

3. 불교의 평화사상

● 불교에서는 평화의 개념을 직접적으로 제시하고 있지 않다. 그러나 불교의 교리와 실천을 통해 불교의 평화사상을 유추할 수 있다.

1) 네 가지 거룩한 진리 – 사성제(四聖諦)

고제 (苦諦)	삶이 그대로 괴로움이라는 진리 – 팔고(八苦) – 生老病死, 愛憎會苦, 愛別離苦, 求不得苦, 五蘊盛苦 – 인간조건에 대한 현실적 관찰
집제 (集諦)	괴로움의 원인에 대한 진리 – 괴로움은 목마름(집착, 정욕, 욕심)으로 발생 – 상대적인 것에 대한 지나친 집착으로 자유를 잃고 노예가 됨
멸제 (滅諦)	괴로움을 극복할 수 있는 진리 – 욕심과 정욕의 불길을 끄고 마음의 자유와 평화 누림
도제 (道諦)	괴로움을 없애는 방법에 관한 진리 – 8정도(八正道)

2) 여덟 겹의 바른 길 – 팔정도(八正道)

정견 (正見)	바른 견해 – 사물의 있는 그대로의 모습을 분명히 보는 것
정사 (正思)	바른 생각 – 모든 생명을 해치지 않고 모든 사람에게 자비를 베풀겠다는 생각
정어 (正語)	바른 말 – 거짓말, 모함하는 말, 쓸데없는 말을 금하는 것
정업 (正業)	바른 행동 – 살생, 도둑질, 음행, 거짓말, 음주를 금하는 것
정명 (正命)	바른 직업 – 남에게 해를 주지 않는 직업을 갖는 것
정정진 (正精進)	바른 노력 – 건전한 마음을 잘 가꾸도록 노력하는 것

정념 (正念)	바른 마음 다함 – 지금 이 순간의 몸과 마음의 상태에 주의를 집중하는 것
정정 (正定)	바른 집중 – 산란하던 마음을 한 곳에 고정하는 것

3) 연기(緣起)와 무아(無我)의 가르침

● 영원히 변치 않는 실체로서의 나는 없다. 그런데도 일상적인 나를 영구불변하는 실체로 보고 떠받드는 것이 집착, 증오, 교만, 이기주의 등 모든 윤리적 문제의 근원이 된다.

● 무아로부터 불살생과 비폭력 윤리 유래

● 세상의 모든 존재는 상호의존, 상호연관의 관계(연기,緣起)에서 생겨나고 존재할 뿐, 독자적인 실체는 없다.

● 우리의 자아가 허구라는 것을 통찰하게 되면 우리는 그만큼 자유로워지고, 세상도 그만큼 평화로워진다.

4) 자비와 오계(五戒)의 가르침

● 불교의 사회적인 실천윤리의 바탕은 자비다. 중생을 사랑하여 기쁨을 주는 것이 자(慈)이고, 중생을 가엾이 여겨 괴로움을 없애주는 것이 비(悲)이다.

● 자비한 마음을 길러 항상 아힘사(불살생, 비폭력)를 즐길 수 있는 상태가 바로 평화다.

● 불교의 비폭력은 소극적 불살생을 포함할 뿐 아니라, 넓은 의미로 오계(五戒)를 적극적으로 실천하는 하는 것을 포함한다.

● 오계(五戒)

불살생 (不殺生)	나는 일체의 생명에 해를 끼치지 않을 것입니다
불투도 (不偸盜)	나는 주어진 것이 아니라면 어떠한 것도 취하지 않겠습니다
불망어 (不妄語)	나는 거짓말을 하지 않겠습니다
불사음 (不邪淫)	나는 육욕에 따르는 일탈행위를 범하지 않겠습니다
불음주 (不飮酒)	나는 마음을 어지럽히는 일체의 음식을 삼가겠습니다

● 비폭력과 평화에 관한 부처의 가르침

"사람들은 언젠가는 우리 모두가 죽으리라는 생각을 미처 하지 못한다. 만일 그렇게 생각하기만 한다면 이 땅에서 불화(不和)는 즉시 해결할 수 있으리라."

"승리는 원한을 낳고 패배는 고통을 낳는다. 따라서 현명한 사람은 승리도 패배도 바라지 않는다."

"만족과 평화를 느끼기만 하면 타인에게 자비를 베풀 수 있다."

"만일 누군가가 자신을 욕하고 때리고 압박하거나, 자신의 물건을 훔쳐갔다고 생각한다면 증오는 사라지지 않는다. 그러나 그런 마음을 가지지 않는다면 증오심은 사라질 것이다. 원한은 원한으로는 풀릴 수 없고 비폭력적인 방법으로만 풀릴 수 있다.

5) 술락 시바락사의 사회변혁과 평화사상

● 술락 시바락사 : 태국의 사회비평가이자 참여불교 사상가. 어려서 사원학교에서 전통교육을 받았고, 성장해서는 영국에 유학하여 철학, 사회학, 법학을 공부함. 정권의 부도덕함과 자본의 횡포에 저항하다 여러 번 투옥되었으며 오랜 망명생활을 하였다. 세계참여불교연대를 설립하여 불교의 가르침으로 세상 바꾸기를 시도하면서, 평화와 비폭력 그리고 정의와 인권이 새로운 사회의 대안이라고 일관되게 주장하고 있다. 이런 활동으로 1993년과 1994년에 노벨 평화상 후보로 추천되었으며, 현재는 신자유주의를 반대하는 활동을 하고 있다.

● 술락의 사회변혁을 위한 불교적 전망

① 불교적 개념들(사성제, 팔정도, 연기, 무아)을 개인과 사회의 변혁을 이끄는 지침으로 간주

② 이상적인 개인으로 부처를, 이상적인 사회조직으로 초기 승가를 꼽고 있다

③ 승가는 경제적 단순성과 자기 성찰의 함양을 이상적으로 구현한 인격적 공동체

④ 승가는 탐욕과 경쟁이 없는 최소한의 삶의 방식이며, 이 시대에 우리가 살아남기 위해 배워야 할 삶으로 판단

⑤ 관습적 · 형식적 · 의례적 불교에서 벗어나 본질적 · 보편적 · 실용적 생활불교 제창

(Buddhism → buddhism : 세상의 고통에 관심을 갖고 그 해결 위해 노력)

⑥ 전통적 불교교리를 재해석하여 현실에 창조적으로 적용

불살생 (不殺生)	이기적인 목적으로 생명체를 해쳐서는 안 된다 – 살상무기, 농약남용, 전쟁, 인종분쟁을 금지하고 비폭력적 사회 만들어야 – 모든 존재에 대한 자비심
불투도 (不偸盜)	공정한 분배와 거래를 비롯한 경제정의의 근본 원칙
불망어 (不妄語)	상업광고 금지, 소비문화 극복, 권력에 대해 진실 말하기
불사음 (不邪淫)	가부장 문화, 성의 타락, 여성 차별의 극복
불음주 (不飮酒)	실업 해소와 공평한 분배구조로 알콜중독과 약물남용 극복

● 슐락의 평화사상

① 인간이 고통 받는 두 가지 원인 – 개인적 탐진치(貪瞋癡)와 사회적 탐진치(貪瞋癡)

② 개인적 탐진치 – 사물의 존재법칙인 연기법(緣起法)을 알지 못하고 변치 않는 자기를 주장하고 자기 것이 아닌 것을 소유하려는 어리석음(무명, 無明)에서 발생

③ 개인적 탐진치의 극복 – 수행을 통한 심성 계발을 통해 탐진치와 폐쇄적인 자기애에서 벗어나 보편적 사랑을 실천하며 지혜를 깨달음

④ 사회적 탐진치 – 사회적 착취와 억압이 사회적 고통으로 이어짐 소비주의〔貪〕, 군국주의〔瞋〕, 환경파괴〔癡〕

⑤ 사회적 탐진치의 극복 – 연기적 세계관으로 각성한 사람끼리 연대하여 부당한 정치권력과 불평등한 경제구조를 바꾸기

⑥ 슐락의 중도 사상 – 개인과 사회의 대립 지양, 세속과 탈세속의 중도

세속 가치	탈세속 가치
개인의 내적 자유와 평화	사회적 자유와 평화
자기애	보편적 사랑
내적 수행과 실천(자기 성찰)	사회적 실천
개인의 탐진치 해소(개인적 해방)	사회적 탐진치 해소(사회적 해방)

4. 묵자의 평화사상

1) 묵자는 누구인가?

공자와 비슷한 시기에 활동했던 동이족의 목수이자 철학자이며 과학자이고, 인류 최초의 반전평화운동가. 춘추시대 말기에 노동계급의 지도자로서 평등과 사랑의 하느님 사상을 전파하며 사회 개혁을 위한 사회운동에 평생을 바쳤다. 민중의 편에서 전통적 도덕체제 혁파를 주장했으며, 지배체제 중심의 운명론을 부정하고 운명은 스스로 만들어가는 것임을 강조했다. 그의 사상의 핵심은 겸애사상으로 평등한 사랑과 대동사회의 이상인 안생생(安生生)사회를 실현하기 위해 노력했다.

2) 묵자의 전쟁론과 평화사상

① 묵자는 전쟁으로 사람의 목숨을 빼앗는 것은 어떤 명분으로도 합리화될 수 없는 반인륜적 범죄이며, 하늘의 뜻을 어기는 죄악으로 보았다.

"한 사람을 죽여 천하를 보전했다 해도, 그 한 사람의 목숨을 빼앗는 것은 국가의 이익이라고 말할 수 없다. 그러나 자기를 죽여 국가를 보전했다면 그것은 국가에 이익이라고 말할 수 있을 것이다." 〈묵자/대취〉

"천하의 크고 작은 모든 나라는 모두 하느님의 고을이며 사람은 어른 아이, 귀천을 막론하고 모두 하느님의 신하다. 그러므로 하느님은 너희에게 서로를 사랑하고 이롭게 하고, 서로를 미워하고 해치지 말기를 바라는 것을 알 수 있다."

〈묵자/법의〉

② 묵자는 전쟁은 노예의 노동력에 의존하는 귀족 중심의 정치제도에서 강요됨을 지적했다.

"군사들이 전쟁을 하는 것도, 불의를 저지르는 것도 군사들을 그렇게 물들였기 때문이다."〈묵자/경설하〉

"지금 왕공대인들과 제후들은 군비와 군사를 양성하여 죄 없는 나라를 공격하는 군사를 일으킨다. 그들은 곡식을 베고 성곽을 부수고 가축을 빼앗고 백성들을 죽이며 노약자를 짓밟는다. 왕공대인들은 진격을 명하고 전투를 독려하며 '목숨을 바치는 자는 최상의 상을 받을 것이며 적군을 많이 죽이면 다음 상을 줄 것이요 부상을 입은 자도 상을 줄 것이다. 그러나 만약 도망하거나 항복하는 자는 용서치 않고 목을 벨 것이다'라고 병사들을 위협한다." 〈묵자/비공하〉

③ 묵자는 도구의 왜곡된 사용에서 비롯된 전쟁으로 엄청난 재화를 파괴하고 백성의 삶을 황폐하게 함을 비판했다.

"갑옷과 병기를 만드는 목적은 무엇인가? 도적과 외구의 침입을 막기 위한 것이다. 무릇 병기를 만드는 도리는 더욱 가볍고 날카로우며 견

고하며 꺾이지 않는 것으로 그치며 그것에 보탬이 되지 않는 것은 버려야 한다." 〈묵자/절용〉

"전쟁이란 하느님의 백성을 시켜 하느님의 고을을 공격하고, 하느님의 백성을 죽이는 것이므로 하느님에게 이롭지 않으며, 백성의 생업을 황폐하게 하고, 재물을 본래의 목적에 반하여 인민의 이용후생에 소비하지 않고 과시 소비하는 것이므로 사람에게도 이롭지 않은 것이다." 〈묵자/비공〉

"또한 전쟁 비용을 계산하면 백성의 재물을 탕진하고 백성의 생업을 해치는 것은 그 얼마인가? 그러므로 아래로 백성의 이익에 맞지 않는 것이다." 〈묵자/비공하〉

④ 묵자는 전쟁을 식인종과 다름없는 야만의 문회로 규정하고 비판했다.

"노나라 문군이 묵자 선생에게 말했다.
문군 – 초나라 남쪽에 식인국이 있는데 그 나라에서는 첫 아들을 낳으면 잡아먹으면서 이것이 다음에 태어날 동생에게 좋은 일이라고 말합니다. 그리고 맛이 있으면 군주에게 바치고 군주는 그 아비에게 상을 줍니다. 이 얼마나 몹쓸 풍속입니까?
묵자 – 중국의 풍속도 역시 이와 같습니다. 아버지를 전쟁에 보내 죽이고 그 아들이 상을 받는 중국의 풍속은 식인종의 풍속과 무엇이 다릅니까? 인의를 저버린 것은 마찬가진데 어찌 식인종만을 비난할 수 있습니까?' 〈묵자/노문〉

⑤ 묵자는 전쟁을 애국심으로 위장하는 위정자와 이를 칭송하는 군자의 위선을 비판했다.

"여기에 한 사람이 남의 포도원에 들어가 복숭아와 오얏을 훔쳤다면 사람들은 그를 비난할 것이며 위정자는 그를 벌할 것이다. 왜냐하면 남을 해쳐 자기를 이롭게 했기 때문이다. (중략) 그러나 남의 나라를 공격하여 수많은 사람을 죽이는 큰 불의에 대해서는 그것을 비난하기는커녕 도리어 따르는 것을 영예로 생각하고 의로운 일이라고 칭송한다. 그렇다면 이들이 과연 의와 불의를 구분할 줄 안다고 말할 수 있겠는가?" 〈묵자/비공상〉

⑥ 묵자는 민중의 편에서 민중의 이익에 반하는 전쟁을 막기 위해 적극적으로 노력했다. 그래서 송나라를 공격하려던 초나라를 설득해 전쟁을 막았으며, 초나라가 정나라를 공격하려는 것을 막았고, 노나라를 공격하려는 제나라를 저지하기도 했다.

"공수반이 높은 사다리를 만들어 송나라를 공격하려 했다. 묵자가 소문을 듣고 노나라로부터 길을 떠나 치마를 찢어 감발을 하며 밤낮을 가리지 않고 열흘 만에 초나라의 도읍인 영에 도착했다. 초왕을 뵙고 말했다.
묵자 - 저는 북방의 비천한 사람입니다. 들자니 대왕께서는 송나라를 공격하려 한다는데 사실입니까?
초왕 - 그렇소.
묵자 - 반드시 송나라를 차지하려고 공격하는 것이지요. 그러나 송나라를 차지하지도 못하고 또한 그것이 불의라면 그래도 공격하겠습니까?

초왕 – 송나라를 차지할 수도 없고 또한 그것이 불의라면 무엇 하려 공격하겠소?

묵자 – 참으로 옳은 말씀입니다. 제가 있기 때문에 결코 송나라를 차지할 수 없을 것입니다."

〈묵자/공수편〉

⑦ 묵자는 모든 가치 판단의 기준으로 3가지를 제시한다(삼표론, 三表論). 특히 백성의 뜻을 하늘의 뜻으로 보고, 가치가 충돌할 때 판단의 주체를 백성의 선택으로 보는 민본주의 사상을 강조한다.

"말에는 반드시 본받을 표준을 세워야 한다. 말에 표준이 없다는 것은 비유컨대 마치 돌림대 위에서 동서남북을 가리키는 것과 같아서 시비이해를 분별할 수 없고 지혜를 얻을 수 없다. 그러므로 말에는 반드시 세 가지 표준이 있어야 하며 그것은 본(本), 원(原), 용(用)이다.

첫째, 위로 하늘의 뜻을 실행한 성왕의 역사를 본으로 삼아야 한다.

둘째, 백성들이 보고 들은 실정을 근원으로 삼아야 한다.

셋째, 이것으로 정치를 하여 국가와 백성의 이익에 맞는지를 살펴야 한다."〈묵자/비명상〉

⑧ 묵자는 민중들의 삶의 고통에 민감하게 반응하면서, 노력 없는 부귀를 반대하며 노동의 신성함을 강조했다.

"민중에게는 세 가지 걱정이 있다. 굶주린 자가 먹을 것이 없고, 추위에 떠는 자가 입을 옷이 없고, 피로한 자가 쉴 곳이 없다."〈묵자/비락〉

"하늘을 나는 새들과 들에 뛰노는 짐승들과 물에 노니는 벌레들을 보라! 그들은 수놈이 밭 갈고 씨 뿌리지 않고 암놈이 실 잣고 길쌈을 하지 않아도 먹고 입을 것을 하늘이 이미 마련해 주었다. 그러나 사람은 다른 짐승들과는 달리 노동을 해야만 살아갈 수 있으며 노동을 하지 않으면 살아갈 수 없는 존재인 것이다." 〈묵자/비락〉

⑨ 묵자와 그의 제자들은 백성의 뜻을 하늘의 뜻으로 알고, 그들을 자신과 같이 사랑하며, 그들의 삶을 지키기 위해 전쟁을 적극 예방하며, 극도로 절제된 삶을 생활신조로 하는 등 열 가지 계율을 엄격하게 지켰다.

"나라와 가문이 혼란하면 어진 이를 숭상할 것, 화동일치를 말하고, 국가가 가난하면 재화의 절도 있는 소비와 간략한 장례를 지키고, 국가가 음악과 술에 빠져 있으면 음악이 이롭지 않은 것과 운명론이 거짓임을 말하고, 국가가 음란하고 질서가 없으면 백성을 사랑하는 하느님의 뜻과 밝은 귀신의 권선징악을 말하고, 국가가 인민을 수탈하고 남의 나라를 침범하면 겸애와 비공을 말하라." 〈묵자/노문〉

⑩ 묵자에게 하늘은 평등〔兼〕과 사랑〔愛〕의 표상이며 민중을 위한 해방신이다.

"대저 하느님은 천하를 평등하게 아우르고 사랑하나니 만물을 서로 자라게 하여 이롭게 하신다. 털끝 하나라도 하느님이 짓지 않은 것은 없으며 인민은 이것을 얻어 이롭게 이용하나니 가히 위대하구나!" 〈묵자/천지〉

⑪묵자의 핵심 사상은 겸애사상이다. 남을 내 몸같이 생각함은 물론 남의 나라 또한 내 나라처럼 생각하라고 강조한다. 그리고 겸애로 나와 남이 평화롭게 사랑을 나누는 것이 바로 하늘의 뜻이라고 본다.

"천하에 남은 없다. 선생님의 가르침은 여기에 다 들어 있을 뿐이다." 〈묵자/대취편〉

"그러면 겸애와 교리(交利)는 어떻게 해야 합니까?

묵자 – 남의 몸을 내 몸처럼 생각하고, 남의 집안을 내 집안처럼 생각하고, 남의 나라를 내 나라처럼 생각하라." 〈묵자/겸애편〉

" 하늘의 뜻은 대국이 소국을 공격하지 않고, 강자가 약자를 겁탈하지 않고, 다수가 소수를 폭압하지 않고, 지혜 있는 자가 어리석은 자를 속이지 않고, 높은 자가 낮은 자에게 오만하지 않도록 하는 데 있다. 거기에 그치지 않고 사람들에게 힘이 있으면 서로 돕고, 도리가 있으면 서로 가르쳐주고, 재물이 있으면 서로 나누기를 하늘은 바란다." 〈묵자/천지중〉

⑫ 묵자는 평등과 사랑이 실현되는 이상사회의 모습을 편안한 삶이 이루어지는 안생생(安生生) 사회로 제시한다. 안생생 사회는 사유재산을 부정하고 모든 재물을 공유하며, 서로 사랑으로 돌보는 평화로운 세상이다.

"어진 사람이 되려면 힘 있는 자는 서둘러 남을 돕고, 재물이 있는 자는 힘써 남에게 나누어주고, 도리를 아는 사람은 열심히 남을 가르쳐주어라. 그러면 굶주린 자는 밥을 얻고, 헐벗은 자는 옷을 얻고, 피로한 자는 쉴 수 있고, 어지러운 것이 다스려지리라. 그것을 일러 편안하고 자연스런 삶이 이루어지는 안생생(安生生) 사회라고 말한다." 〈묵자/상현〉

"사유(私有)를 제약하지 않고는 결코 도둑을 없앨 수 없는 것이다. 그러므로 성인은 자기 집에 재물을 저장하지 않고 사유를 반대한다. 사유는 자기만을 위한 것일 뿐 남과 자기를 동시에 사랑하는 것이 아니기 때문이다." 〈묵자/대취〉

"평등의 정치가 실현되면 장님과 귀머거리가 서로 도와 장님도 볼 수 있고 귀머거리도 들을 수 있게 한다. 처자식이 없는 늙은이도 부양을 받아 제 수명을 다할 수 있고 부모가 없는 고아들도 의지할 데가 있어 무럭무럭 자랄 수 있는 것이다." 〈묵자/겸애하〉

5. 불교와 묵자의 평화사상 실천하기

● 나와 남, 나와 자연, 나와 우주가 서로 긴밀하게 연관돼 있는 상호 의존적 존재임을 자각하고, 허구적인 자아에 대한 집착에서 벗어나려 애쓰자.(김상봉 교수 – 내부로의 망명)

● 상대적인 것에 대한 집착에서 벗어나 진정한 자유를 얻을 때 비로소 주변 존재들과 평화롭게 공존할 수 있다.

● 제도적 개선 못지않게 개인의 영적 각성이 병행돼야 한다.

"한 사람이 영적으로 성장하면 전 세계가 성장한다."– 간디

● 사회적 실천이란 무엇보다 인간에 대한 애정에서 출발해야 함을 되새겨야 한다.

● 각성한 사람끼리 연대하여 부당한 정치권력과 불평등한 사회경제 구조를 바꾸기 위해 노력하는 삶을 통해, 개인적 해방과 사회적 해방을

통일시켜야 한다.

● 평화는 수단이 아닌 삶의 가치이자 목표이므로, 자신의 일상생활에서 이웃 그리고 자연과 평화로운 삶을 살도록 노력하자.

끝으로 한용운의 시 〈명상〉과 강은교의 시 〈사랑법〉을 감상해 보자.

명상(冥想) / 한용운

아득한 명상의 작은 배는 가이없이 출렁거리는 달빛의 물결에 표류(漂流)되어

멀고 먼 별나라를 넘고 또 넘어서 이름도 모르는 나라에 이르렀습니다.

이 나라에는 어린 아기의 미소(微笑)와 봄 아침과 바다 소리가 합(合)하여 사랑이 되었습니다.

이 나라 사람은 옥새(玉璽)의 귀한 줄도 모르고, 황금을 밟고 다니고, 미인(美人)의 청춘(靑春)을 사랑할 줄도 모릅니다.

이 나라 사람은 웃음을 좋아하고, 푸른 하늘을 좋아합니다.

명상의 배를 이 나라의 궁전(宮殿)에 매었더니 이 나라 사람들은 나의 손을 잡고 같이 살자고 합니다.

그러나 나는 님이 오시면 그의 가슴에 천국(天國)을 꾸미려고 돌아왔습니다.

달빛의 물결은 흰 구슬을 머리에 이고 춤추는 어린 풀의 장단을 맞추어 넘실거립니다.

사랑법 / 강은교

떠나고 싶은 자 / 떠나게 하고 / 잠들고 싶은 자 / 잠들게 하고
그리고도 남은 시간은 / 침묵할 것.

또는 꽃에 대하여 / 또는 하늘에 대하여 / 또는 무덤에 대하여

서둘지 말 것 / 침묵할 것.

그대 살 속의 / 오래 전에 굳은 날개와 / 흐르지 않는 강물과 누워 있는 누
워 있는 구름 / 결코 잠깨지 않는 별을

쉽게 꿈꾸지 말고 / 쉽게 흐르지 말고 / 쉽게 꽃피지 말고

실눈으로 볼 것 / 떠나고 싶은 자 / 홀로 떠나는 모습을 / 잠들고 싶은 자 /
홀로 잠드는 모습을

가장 큰 하늘은 언제나 / 그대 등 뒤에 있다

3

게송과 회향의
시학

게송(偈頌)과 회향(回向)의 시학

우리는 흔히 공자의 일생을 기준 삼아 삶의 궤적을 10년 단위로 나누어 인식한다. 이런 시간 인식은 중년에겐 무척이나 버거운 중압감으로 다가온다. 중년은 새로운 삶의 도전이 힘겨운 인생의 전환기로, 그간의 오랜 방황과 다양한 모색에 대한 냉정한 평가를 은연중 강요하기 때문이다. 이렇듯 중년의 무게를 온몸으로 감당해야만 할 때, 우리는 짐짓 시간의 흐름을 외면한 채 술을 마시며 여유를 가장하기도 하고, 취기가 오르면 청춘인 양 호기를 부려 본다.

> 후욱 얼굴 덮치는 초겨울 입김 가로등 아래, 바로 거기
> 不惑은 아직 기다리게 하고 술이나 마시자
> (중략)
> 숨들이 섬이 되고 그 사이를 염색된 나뭇잎들을 훑고 고인 빗물
> 붉어서 바다 되고 그래서 잎은 다시 청춘인데
>
> — 김병호, 「술이나 마시자」 부분

하지만 나이 듦이 두려워 지나온 삶의 곤고함을 술에 취해 자조하는 것은 자칫 스스로를 왜소하게 만들 뿐이다. 이럴 땐 오히려 현실순응적

인 일상의 궤도에서 한발 비켜서 내 삶의 규정 속도를 진지하게 따져볼 필요가 있다(김희정,「속도」). 이런 자기성찰을 통해 현실을 팽팽한 긴장 속에 되살리고, 그 긴장 속에서 모진 세파와 당당하게 맞서며 순수한 삶에 대한 지향을 멈추지 않을 때(김열,「염소」), 비로소 자기긍정을 통해 중년의 기품 또한 회복될 수 있다.

> 한 사내 두 어깨로
> 어둠의 가파른 波高를 가른다
> 운동장이 눈마당처럼 환해진다
> 사내의 끈질긴 생의 둘레
> 하나의 정점으로 휘감기며
> 단단하게 조여진다
> 거기, 겨울나무
> 하나의 섬을 품고 서 있다
>
> – 김완하,「겨울나무」부분

시인이 현실과의 긴장 속에서 냉혹하게 자기를 성찰하는 것은 거의 운명적이다. 그래서 윤동주는 시인을 '슬픈 천명을 타고난 사람'이라 말했다. 따라서 시인의 약력이란, 시인이 삶의 그늘에서 겪으며 감내해야 했던 온갖 고통과 오랜 인고의 시간에 대한 아픈 기억들이며(김명원,「약력」), 고단한 일상의 굴레 속에서 '한 발 재껴 디딜 틈도 없'는 극한으로 몰린 이웃의 고통(김우식,「러닝머신 위에서」)에 대한 기록이다. 결국 시인이 된다는 것은, 주변의 작은 신음에 민감하게 반응하도록 순수한 영혼의 줄을 팽팽하게 조이는 것이고, 낮고 쓸쓸한 곳을 향해 붓끝을 가다듬는 것이며, 첫새벽에 일어나 외롭게 코피를 쏟으며 스스로 충분히 낮아지지 못했음을 아프게 자각하는 것을 의미한다.

갑자기 코피가 터지는 밤, 소주에 취한 채 피를 흘리며 붓끝을 흔드는 시
인이라고 누가 나를 일컬을까 이 외로운 코피는 누구의 환부에 쏟아야 하나
외롭지 않고 낮고 쓸쓸하지 않은 대전 목동 15번지 6통 3반 87호
　다닥다닥 붙어 있는 저 꽃다발들은 대체 무엇이냐 도대체 어디서 흘린
피란 말이냐
　제발 나를 코피라고 불러다오
　　　　　　　　　　　　　　　　　－ 이장곤, 「나를 코피라고 불러다오」 부분

　시인들이 고단하고 남루한 일상 속에서 가혹할 정도의 자기 성찰을
통해 지향하는 삶은 과연 어떤 모습인가. 그것은 아름다운 자연과 어
우러져 인간다운 정겨움을 간직하면서도(송진권, 「맹꽁이 울음소리속
도」), 누추한 이웃의 삶을 연민의 정으로 껴안으며(류지남, 「아내의 양
말 속으로 걸어간 사내」), 삶의 쓸쓸함을 뜨거운 사랑으로 압도하면서
도(박경희, 「色」), 세속에 물들지 않고 정갈하게 살아가는 것이다. 친
구로서 또는 후배로서 그의 생전의 모습을 안타깝게 기리고 있는 윤중
호 시인의 삶이, 탈속적인 '달마대사'(강병철, 「윤중호 없는 술판을 끝
내고」)나 '아부지 두루마기 닮은 흰 구름'으로 추억되는 것도 그의 맛깔
나도록 구성지면서도 정갈한 삶의 모습을 이들이 본받고 싶어서일 것
이다.

　한과 나는 몇 마디 농담을 하고 약쑥처럼 웃었다 어디선가 장닭이 울었다
형은 연전에 돌아가신 명천 선생 얘기가 나오자, 뭐 글 쓰는 사람이 무병장
수를 바라겠어, 다만 갑자기 무너지지나 말자는 것이지, 가쁜 숨을 몰아쉬며

멀리 보이지도 않는 금강 뚝 길을 무연히 바라보는 것이었다 그 눈동자 속에
는 아부지 두루마기 닮은 흰 구름 몇 자락 두둥실 떠가고 구름만큼이나 부드
러워진 형의 육신은 막 금강을 향해 흐르려 하고 있는 중이었다

– 유용주, 「건널목」 부분

사실 이승과 저승, 세속과 탈속, 존재와 본질, 영혼과 육체, 꿈과 현실
의 이분법적 인식은 어디까지나 편의적이고 인위적인 구분일 뿐이다.
이 둘은 둘이면서도 하나이며 궁극적 본질의 서로 다른 모습이다. 그래
서 시인은 눈에 보이는 작은 세계가 눈에 보이지 않는 거대한 본질세계
의 한 현상계에 불과함을 그의 맑은 감수성으로 인식한다(김순선, 「암
흑물질 1」). 많은 수도자들 또한 이를 깨닫기 위해 세간을 떠나 고행과
참선을 거듭하기도 하고, 때론 출구 없는 무문관(無門關)에서 목숨을 걸
고 정진해 마침내 깨달음을 얻고 그 법열(法悅)을 시로 노래해 게송(偈
頌)을 남기기도 한다. 그러나 그런 깨달음을 언어로 드러내는 것은 애당
초 쉽지 않은 일이라서, 역설과 반어의 변증법으로 일관한 암호의 세계
로 우리를 미혹시키기 일쑤지만, 깨달음의 게송 또한 시(詩)인지라 언어
의 마술사이자 신탁의 중재자인 시인들은 그 순수한 영혼으로 마법의
세계를 문득 해독해 내고 이를 자신의 언어로 그려낸다.

단풍나무가 불타올랐고
뇌 속의 내 자아가 불타올랐는지
꿈속의 꿈인 이 세계의 현실이 불타올랐는지
그 경계가 불분명한 빛과 어둠의 틈새에서 황혼의 노을 같은
단풍나무가 화택火宅이었더라

– 김백겸, 「단풍나무」 부분

이런 깨달음은 우리 삶을 가로지르는 영원한 시간의 흐름 속에서 눈에 보이지 않는 삶의 이면까지도 입체적으로 보게 하고(박미라, 「수면내시경」), 쓸쓸하게 보이는 현재의 모습 뒤에 감춰진 지나온 과거의 이력들을 되살려내며(전홍준, 「제비집」), 타오르는 탐욕의 불길 속에서 바른 삶의 길을 잃고 낙타로 바늘귀를 통과하려는 우리의 어리석음을 질타하게 한다(송계헌, 「낙타 걸어간 길」). 그런가 하면, 원시와 문명의 신비한 아이러니인 이스터섬을 보며 지금 우리가 만들어가는 현대문명의 어두운 몰락을 예견하게 한다. 또한 삶의 영성(靈性)을 잃어버리고, 존재의 근원에 대한 탐구도 외면한 채, 탐욕의 열병으로 위험을 자초하는 우리의 무모함이 먼 훗날 황폐함 속에 무언의 돌덩이로 남을지도 모른다고 경고하게 한다.

> 우리가 사는 곳도 배꼽에 돌을 올려놓고 신열을 앓는 거석문화의 신도시다(라파누이도 한때는 신도시였다). 숲을 베어내고 들어앉은 동공에 모인 건물들이 모아이 같다. 오래된 벽화를 뜯어낸 듯한 밤이오면 노란 애드벌룬 달이 세 개나 뜨는 곳. 거푸집과 함께 떨어져 나간 신들은 어디서 철거민들이 피우는 번개를 흠향하는지.
>
> — 권덕하, 「라파누이여 나의 배꼽이여」 부분

그러나 문제는 이런 깨달음이 번개 같은 영감으로 순간적으로 찾아오지만, 그 감동을 내 삶 속에 녹여내 나와 하나가 되도록 하지 않으면, 새처럼 금방 날아가 버린다는 점이다. 그래서 예부터 수도자들은 깨달음을 얻으면 그 기쁨을 시로 표현해 게송을 읊은 뒤, 이를 지키기 위해 깨달음의 자리를 훌쩍 떠나 고단하고 누추한 저자거리로 만행(萬行)을 떠난 것이다. 왜냐하면 존재의 궁극적 의미나 진리는 '지금 여기'의 현실 속에서 역동적으로 통일될 때에야, 비로소 온전한 역사적 실체로 육화(incarnation)될 수 있기 때문이다. 진리 자체가 비천한 육신의 몸으로 세상의 밑바닥까지 낮아져 마침내 더러운 세상을 구원한다는 성육신(成肉身)의 의미가 그렇고, 또 스스로는 득도하였으나 미천한 모든 중생들이 함께 대자유의 기쁨을 누릴 때까지 기꺼이 세상에 남은 지장보살이 그렇다. 이렇듯 자신이 닦은 공덕을 기꺼이 대중들에게 되돌려 주는 회향(回向)을 이룰 때 마침내 평등과 자유의 세계가 실현될 수 있다.

이렇게 대중들에게 회향하기 위해서는, 무엇보다도 누추한 삶의 속내를 읽고, 그들의 불안을 보며, 그들의 애통함에 귀 기울일 줄 아는 시인의 따뜻한 마음이 있어야 한다.

> 부드럽고 착한 살결은 추락하는 것들 그을은 속내에 있다
>
> 주머니 가득 추운 이야기를 담고 서성이는 바람은 그 무게가 답답한 것이다 구석자리 눌러앉은 며칠 동안 낱낱이 기록한 속엣말이 따끔거리면 옥상을 세차게 내달리곤 하는데
>
> 이따금 베란다 창이 유난히 덜컹거리면 밖으로 귀기울여야 한다
>
> 높은 곳에서 떨어지던 신음소리가 거기, 위태롭게 매달려 오돌오돌 떨고 있을지 모를 일이다
>
> — 이정섭, 「옥상을 서성이는 바람」 부분

그리고 기꺼이 그들과 함께 고통을 감내하며 끝내는 그들을 위해 자신을 던져 그들의 거름이 되어야 한다.

> 버려진 폐타이어는 검다
> 검게 저무는 지장보살이다

(중략)

아픈 몸으로 그는 지금
거름 만들고 있다 사루비아 몇 송이
빨갛게 꽃피울 꿈꾸고 있다.
이은봉, 「폐타이어」 부분

이런 자기 비움은 비유와 상징의 세계로만 그치는 것이 아니다. 치
열한 역사적 삶의 현장은, 시인 스스로 자신의 존재 의미에 응답할 것
을 요구한다. 마침내 시인은 결단을 내리고 삶의 현장을 찾아 나서야
한다. 게송의 기쁨은 고해(苦海)에 동참하는 실천적 결단을 통해 진
정한 회향을 이루기 때문이다.

죄송합니다. 아까 지나가신 분 같은데. 평택, 대추리, 대추리 아시죠?
몬나 몬나 시어 시어, 그딴 거 자꾸 묻지 말래두 —

그 시간 누군가 한 사람이
대추리 행 시내버스에 오르고 있었다

— 조재도, 「대추리」 부분
(2006, 대전충남시선 제3집 『저 붉은 꿍꿍이들』 해설)

어느 그리움에 취한 나비일러뇨,
금당 이재복

용봉(龍峰) 대선사(大禪師) 금당(錦塘) 이재복(李在福)은 누구인가?

이렇게 긴 호칭이 붙은 이재복은 태고종 승려이자 대전충남 현대문학의 초석을 다진 시인이고 또 대전지역 불교교육의 개척자이다. 그는 약관의 나이에 출가한 후 평생 동안 부처님의 가르침을 수행하고 그 진리를 대중에게 널리 교화한 업적으로 대종사(大宗師)에 이르렀고, 대전충남지역 유일의 불교종립학교인 보문학원을 설립하여 보문중고등학교 교장으로 34년간 2만여 명의 제자를 길러내고 퇴임한 뒤 태고종 종립대학인 동방불교대학 학장을 역임하다 입적한 걸출한 교육자이며, 대전일보에 연작시 「정사록초(靜思錄抄)」를 발표하고 한국문학가협회 충남지부장을 역임하는 등 대전충남문학 발전에 크게 기여한 공로로 문학부문 제1회 충남문화상을 수상한 대전충남 현대문학의 거목이다.

용봉대선사는 이렇게 많은 업적을 남긴 큰 스승이지만, 그의 삶의 역정과 사상적 기반은 역시 불교사상이다. 그는 민족의 수난기인 일제강점기에 태어나 생후 6개월 만에 아버지와 형들을 전염병으로 여의고 적빈의 가정에서 홀어머니의 지극한 사랑과 기대 속에 3대 독자의 삶을 살아야 했다. 약관인 15세에 계룡산 갑사로 출가하여 이혼허(李混虛)

스님을 은사로 사미계를 받아 불가에 입문했으며 법호(法號)는 용봉(龍峰)이다. 당대 우리나라 최고의 강백(講伯)이자 평생을 청정한 불도량에서 불교학 연찬에 정진하신 석전(石顚) 박한영(朴漢永) 스님을 은사로 모시고 6년간의 공부를 마치자 은사스님께서 지어주신 아호(雅號)가 금당(錦塘)이다. 23세에 동국대학교의 전신인 혜화전문학교 불교과에 입학하여 명석한 지혜로 수석을 놓친 적이 없으며, 문장력과 필력이 뛰어나 강사스님들의 칭송을 받았고 전 과정을 수석으로 졸업했다. 이렇게 뛰어난 재능과 남다른 원력으로 혜화전문 재학 중에도 법륜사 포교사로 활동하였으며, 24세엔 육당 최남선 선생의 서재인 일람각(一覽閣)에서 서사(書司)로 근무하며 만여 권의 장서를 섭렵하였다. 또한 이곳을 찾는 당대 석학들인 오세창, 정인보, 변영만, 이광수, 홍명희, 김원호, 고희동 등과 교유하며 그들의 가르침을 받았다. 해방 직후에 충남불교 청년회장으로 산간불교의 대중화, 현대화라는 시대적 사명을 깊이 인식하고 마곡사에서 주지 및 승려대회를 열어, 대전충남 유일의 불교종립학교 설립을 발의하고 적극 추진해 보문중고등학교를 설립 운영하여 불교이념으로 교화된 수많은 인재를 양성 배출했다. 1954년 한국불교가 분규 발생으로 심각한 위기에 처했을 때 정법(正法) 수호의 기치 아래 종단 수호에 진력했으며, 56년엔 불교조계종 충남종무원장을 맡아 지역 종단을 지키는 데 주력했다. 1962년엔 불교재건 10인 위원, 비상종회 교화분과위원장으로 선임되어 불교종단의 화합에 앞장서 승려의 근본을 굳건히 지켜냈다. 1966년 대전불교연수원을 설립하고 원장에 취임하여 1991년까지 불교의 현대화, 대중화에 크게 기여했다.

1970년 태고종(太古宗) 창종(創宗) 이후에는 중앙종회 부의장, 종승위원장을 맡아 태고종의 종풍(宗風) 진작과 종단의 혁신에 크게 기여했으며, 중앙포교원장을 거쳐 종립 동방불교대학장의 소임을 맡아 종단

모두가 행복한 나라를 꿈꾸다

의 교육사업을 주관하는 등 종단 발전에 전심했다. 그는 중생들에게 보살승의 대승적 삶을 몸소 실천하는 참 불교인으로 살았고, 한국불교의 대중화 현대화 생활화를 몸소 실천하였다.

　이재복은 타고난 섬세함과 주변 작은 것들의 떨림에 예민하게 공명할 줄 아는 감수성을 지닌, 생래적인 시인이다. 그는 21세에 불교성극단을 조직해 일본을 순회하며 「전륜성왕(轉輪聖王)」의 각본을 쓰고 주연을 맡아 공연하는 등 일찍부터 그 예술적 재능을 발휘했다. 특히 육당 최남선의 서재에서 서사로 근무하면서 교유하게 된 당대 최고의 문인들─이광수, 홍명희, 변영만, 정인보─의 영향을 받고, 혜화전문학교 시절 서정주, 오장환, 신석정, 조지훈, 김구용, 김달진 등과의 교유를 통해 문학적 감수성을 발전시키며 시 창작에 힘쓰게 된다. 공주공립중학교 교사로 근무하는 동안 문예반을 만들어 이어령, 최원규, 임강빈 등 예비 문인들을 지도하였으며, 공주사범대학 국문학과 학과장 시절에도 최원규, 임강빈 등 문학 지망생들과 일주일에 한 번씩은 꼭 시회(詩會)를 개최하였는데, 이원구, 정한모, 김구용, 김상억 선생 등도 함께하는가 하면, 가끔은 서정주나 박목월 등이 들러 격려하는 등 진지하고 수준 높은 모임으로 학생들의 문학적 열정에 큰 영향을 끼친다. 그는 38세에 한국문학가협회 충남지부장으로 선출되고, 이듬해엔 동인지 《호서문단》을 창간하며, 대전충남 현대문학의 초석을 다진 공로로 제1회 충남문화상(문학부문)을 수상한다. 수상 이후 대전일보에 연작시 「정사록초(靜思錄抄)」를 50여 회에 걸쳐 연재 발표하며, 45세엔 한국예술문화단체 총연합회 충남지부장으로 선출된다. 52세엔 한국문인협회 충남지부장으로 선출되고 충남문화상 심사위원으로 선임된다. 그가 남긴 문학작품은 단시 108편, 산문시 63편, 행사시와 시조 등 231편을 남겼다. 그의 시론에 의하면, 기존의 서정과 기교에서 벗어나, 현실의 수난과 절망 속에서 생존과 진실에 이르기 위한 깊은 생각의 통로가 곧 시이다. 결국 그에게 시는 구도자적 소명의식의 발로인 셈이다.

그는 침체된 한국불교를 중흥시키기 위해서는 학교를 설립하여 후학들을 양성하는 게 가장 좋은 길이라는 신념으로, 해방 직후 충남 일원 사찰과 암자들을 찾아다니며 불교학원 설립의 필요성을 설득했고, 충남불교청년회를 조직하고 회장이 되어 공주 마곡사에서 충남도내 사찰 주지 및 승려대회를 열고 보문중학원 설립을 발의하였고, 충남 여러 사찰 소유의 토지 및 임야를 증여받아 대전 원동초등학교 3개 교실을 빌려 보문중학원을 설립한다. 이때 그의 나이 28세였으니 그의 불교교육 사업에 대한 원력이 대단했음을 알 수 있다. 29세에 정식으로 보문초급중학교로 설립인가를 받아 대전 최초의 사립중학교이자 대전충남 유일의 불교종립학교를 개교한다. 이후 37세에 보문중고등학교 교장으로 부임한 이래 72세까지 34년간 2만여 명의 제자를 길러내고, 보문고등학교장 퇴임 후엔 다시 태고종 종립대학인 동방불교대학 학장으로 취임하여 불교대학 발전에 힘쓰다가 73세를 일기로 대전불교연수원에서 지병으로 입적한다. 그가 평생 전심전력하여 온 사업은 바로 교육사업이다. 그가 이렇게 교육에 전심하게 된 것은 승려나 불자만의 불교에서 벗어나 사회 변화에 맞추어 다른 사람들과 어울려 함께 살아가는 세상 속에서 커 나가야 한다는 생각에서 비롯된 것으로, 이런 목표를 달성하기 위해 사회와 국가에 이바지할 수 있는 사람 교육이 가장 급선무라 여긴 것이다. 특히 보문이라는 학교이름에서도 알 수 있듯이 '보현보살의 행원을 본받고 문수보살의 지혜를 배워 마침내 이 땅에 불타의 자비가 실현되는 불국토를 만들겠다' 는 것이 보문의 건학이념이자 교육목표로, 이는 개인의 완성과 사회 국가의 완성을 하나로 융합하는 원대한 이상이다.

금당 이재복의 삶과 문학

　그는 충남 공주군 계룡면 중장리에서 아버지 이정선과 어머니 이래덕의 3남으로 출생했다. 생후 6개월 만에 왜고뿔(일본독감)이 마을에 돌아 아버지와 형들이 이틀 만에 다 사망하여 3대 독자로 홀어머니의 과잉보호와 극진한 사랑 속에 자랐다. 아버지는 의협심 강한 호남(好男)으로 술과 도박에 탐닉해 집안이 기울어져 집과 전답을 다 팔아버려 이집 저집에서 신세를 지며 어머니의 삯바느질로 어렵게 생계를 유지했다. 무책임한 아버지에 대한 어머니의 적개심과 신경질은 아들인 그에게 어머니에 대한 분노의 감정으로 옮겨지고 이것이 나중에 자신의 지나친 완벽증(결벽증)과 결합해 정신질환으로 발전하지만, 자기 마음속의 상처와 어머니에 대한 지나친 의존이 가져온 적개심 등을 스스로 살펴보게 되면서 질병의 원인이 된 적개심을 버리면서 3개월 만에 스스로 치유하게 되기도 했다.

　약관 15세에 출가하여 계룡산 갑사에서 이혼허(李混虛) 스님을 은사로 사미계를 받아 불가에 입문했으며 법호(法號)는 용봉(龍峰)이다. 이미 갑사에서 큰 깨달음을 얻은 뒤 그 깨달음을 더욱 굳게 다지기 위해 마곡사, 대승사, 대원암, 봉선사, 금용사 등에서 보임(保任)하였고, 18세에 한국불교계 일본시찰단에 참여하는 등 그 큰 법력을 인정받았다. 그는 이미 개인의 완성과 사회의 완성이 결국은 둘이 아닌 하나로 통합 또는 융합되어야 함을 깨닫고 계율 중심의 형식보다는 부처님 가르침의 근본정신을 중심으로 변화하는 중생들의 현실에 적절하게 적용하여 이 세상을 바로 불국토의 이상사회로 만드는 대승(大乘)보살행을 불교인의 사명으로 삼았다. 이런 깨달음과 사명의식이 그가 28세의 나이로 침체된 한국 불교를 중흥시키기 위해서는 학교를 세워 후진을 양성하는 길밖에 없다는 굳은 신념으로 지역의 주지와 스님들을 설득해 보문중학원을 설립하는 교육활동의 원동력이 되었다. 여기서 그가 정한 '보문중학원'이란 이름에 그의 사명의식이 잘 표현되어 있음을 주목해야 한다. 보(普)는 지혜를 실천하는 행원(行願)이 뛰어났던 보현보살(普賢菩薩)을 가리키고, 문(文)은 지혜의 완성을 상징하는 문수보살(文殊菩薩)을 가리킨다. 이를 종합하여 그는 불교교육의 지향점을 이렇게 정리한다. "보현의 행원을 본받고 문수의 지혜를 배우며 마침내 불타의 자비를 이 땅에 실현하기 위하여 끝까지 정진한다." 이런 확고한 사명의식이 있었기에 그가 혜화전문학교 시절 내내 그의 법호인 우뚝 솟은 봉우리 '용봉'처럼 탁월한 성취를 보여 수석 졸업을 할 수 있었으리라 판단된다. 이를 혜화전문에서 그와 동문수학한 조영암 스님은 그의 열반을 추모하는 시에서 이렇게 표현했다.

대원암 강당에서 在福 學人이
석전 대강백께 큰 칭찬 받았어라
앞으로 이 나라에 크신 강사 나온다고

혜화전문 학교 옹달샘터 우물가에
유도복 입고 앉아 샘물에 점심들새
靑雲의 높은 꿈들이 오락가락하였지.

혜화전문 삼년동안 한결같은 수석이라
龍峰은 그때부터 높은 뫼 빼어났지
수석을 시샘턴 동문 여기 모두 남았는데.

새벽에 일어나서 관음예문 외는 사내
소동파 누님 지은 관음예문 거꾸로 외던 사내
온 종파 다 찾아봐도 용봉밖에 없었는데

설산과 나와 당신 다 한동갑인데
설산도 건강하고 나도 여기 멀쩡해라
용봉은 어인 연고로 그리 바삐 떠났나.

대전 중도에서 보문학원 맡아갖고
반세기 숱한 영재 한없이 길러낸 공
저승이 캄캄한들 알아줄 이 있으랴.

가기 며칠 전에 동문만찬 자청하고
마지막 저녁 먹고 훌훌히 떠난 사람
다시금 어느 별 아래 만나질 수 있으랴.

용봉은 눈뜬 사람 크게 눈뜬 사람
생사거래에 무슨 상관 있으리만
저 언덕 사라져가니 못내 가슴 아파라.

문장도 아름답고 글씨 또한 빼어났네.
호호야 그 인품을 어느 누리 또 만나리.
이 다음 영산회상에 다시 만나 보과저.

– 조영암, 哭 龍峰 李在福 學長)

그가 이렇게 중생 속에 뛰어들어 중생과 고통을 나누는 '살아있는 불교'의 필요성을 강조하고 재가(在家)불교의 진흥을 주장하며 이 땅에 부처님의 사랑과 자비가 꽃피게 하는 보살행을 일관되게 주장하고 또 실천했음은 그의 어록들을 통해서도 확인된다.

"불교는 세상을 등지는 出世間의 종교가 아니며, 僧과 俗, 世間과 出世間, 중생과 부처가 따로 구분되는 것은 아니다. 번뇌가 곧 보리요(유마경) 탐욕이 곧 불성이다.(대법무행경) 오늘날 한국불교는 割愛辭親하고 세속을 떠나 無餘涅槃에 드는 것이 불교의 진면목인 것처럼 왜곡되어 있다. 중생속에 뛰어들어 중생과 고통을 나누는 살아있는 불교의 재정립이 매우 필요한 시점이다."

마치 가족과의 인연을 내어던지고 육신마저 벗어버린 후에 얻어지는 평온만이 불교의 참모습인 양 하는 것은 왜곡된 모습이라는 것이다. 오히려 일체만물이 다 저마다의 인연에 따라 생멸조화(生滅造化)하는 것인 만큼 인연의 소중함을 알아서 자신에게 주어진 인연을 잘 가꾸는 것이 바로 불교의 참모습이란 것이다. 그래서 그는 15세에 어머니 곁을 떠나 출가했으면서도 홀로 어린 남매를 기르느라 고생만 한 어머니를 남부럽잖게 모셔보겠다는 아들로서의 자세를 잊지 않고 서글퍼한다. 그를 도와 충남지역문단을 지켜온 김대현 시인은, 그의 시 「어머니」를 읽고 감동해서 그와 함께 울었던 추억을 얘기하며, 그는 금당이라는 아호만큼이나 고결한 인격과 지극한 효심을 지닌 분임을 회고한다.

나는 그 「어머니」 제호의 작품을 들고 참으로 좋습니다 하고 한 번 조용히 읊어보았더니, 선생의 눈에는 눈물이 가득히 넘치는 것을 가리지 못해 손

수건을 꺼내었다.

보람도 헛된 날로 하여 넋은 바스러져
간간이 망령의 말씀 꾸중보다 더 아픈데
서럽도 않은 눈물을 어이 자주 흘리시오.

갈퀴같은 손을 잡고 서글퍼 하는 나를
고생이 오직하냐 되려 눈물 지우시고
갈수록 금 없는 사랑 하늘 땅이 넓어라.

- 「어머니」 후반부

금당 선생은 말했다. 나는 아버지를 일찍 여의어서 얼굴조차 모르며, 어머니가 나를 길러 영화를 보려고 너무나 고생을 하셨는데, 하고 눈물을 닦는 효심에 나도 감회되어 눈물이 핑 돌던 그런 순간도 있었다.(김대현, 금당 선생의 편모)

혜화전문학교 시절 당대 최고의 대강백에게 '앞으로 이 나라의 크신 강사가 되리라고 칭찬을 받고 또 3년 전 과정을 수석으로 마쳐 그의 법호인 우뚝한 산봉우리 용봉(龍峰)을 이미 입증한 그가, 홀어머니로 고생만 하고 호강도 못시켜 준 아들을 오히려 위로하는 어머니의 그 가없는 사랑의 모습에 눈물짓는 것이다. 이는 그가 이미 당대 최고의 석학이나 문인들과 교유하고 또 내로라하는 시인이면서도 제자들의 가능성을 일찍 알아보고 북돋우고 칭찬을 아끼지 않는 모습 또한, 문학이 기존 문인만의 문학에서 벗어나 문학적 소양을 가진 모든 사람들의 것이어야 함을 몸소 실천하는 그런 것이라 할 수 있다. 그래서 그의 문하에서 기라

계승과 회향의 시학

성 같은 문인들이 배출될 수 있었던 것이다. 그의 중학교 시절 제자이자 또 공주사범대학의 제자이기도 한 임강빈 시인은 그의 이런 맑고 너그러운 풍모를 회고한다. 공주사범대학 시절, 아직 한국전쟁의 상흔이 채 가시지 않은 시절에 〈시회(詩會)〉 조직을 주도하여 제자들과 함께 시를 낭송하고 합평도 하고 또 교수들의 시평(詩評)이나 해설을 듣기도 하는 그런 기회를 외진 공주에서 매주 거르지 않고 열었다니 그의 문학사랑 그리고 제자와 후학 사랑이 얼마나 극진한지 알 수 있다. 더구나 중앙 문단 문인들과의 오랜 교유를 충분히 활용해 서정주, 박목월 등 이미 일가를 이룬 시인들을 초청해 학생들에게 문학의 새로운 경지를 일깨워 주었다고 한다. 이는 그가 일찍이 보살행을 자신의 사명으로 깊이 인식한 바 있기에 가능한 일이었다고 본다. 그는 모든 사람들의 가능성을 믿었고 이를 스스로 깨닫도록 일깨우는 것이 바로 스승이라 생각했다.

> 錦塘은 좋은 作品을 만나면 칭찬에 인색하지 않았다.
> 반면 수준 이하다 싶으면, 直說을 피하고 그 특유의 우회법으로 더 열심히 하라고 진심으로 격려해 주셨다. 절대로 면박을 주는 일이 없었다.
> 또 이 〈詩會〉와 뗄 수 없는 것은 쟁쟁한 분들이 이곳을 찾았다는 일이다. 당시 공주에 기거하고계시던 金丘庸, 鄭漢模 선생을 비롯해서 張瑞彦, 金尙憶 선생도 거의 빠지지 않았고, 가끔 木月이나 未堂도 지나는 길에 들려서 詩 講義로 우리들 눈을 뜨게 해 주셨다.
> 　　　　　　　　　　　　　　　　　　　　　　　　　　- 임강빈, 〈詩會〉 언저리

그의 가르침을 받고 나중에 시인과 교수가 된 최원규가 스승인 그의 빛나는 글들이 캄캄한 벽장 가방 속에 묻혀 있는 것이 안타까워 원고 발표를 간곡히 간청 드리고 그의 오랜 지기인 미당이나 정한모 김구용 조

모두가 행복한 나라를 꿈꾸다

연현 등이 원고를 청했지만 번번이 사양하였다 한다. 제자들의 재능 발굴에 그렇게 적극적이면서도 정작 자신의 이름을 내는 일은 극구 사양하였다니, 이는 정녕 자신의 깨달음을 위해 현실을 떠나는 것이 아니라 자신의 깨달음을 미루고 먼저 중생을 구제한다는 불타의 근본사상인 보살행에 충실하기 위함인가! 그의 제자이면서 보문고등학교에서 그를 교장선생님으로 모시고 10년을 교직원으로 같이 생활하고 또 충남문인협회 지부장인 그를 사무국장으로 가까이서 보필하는 등 그와 오랜 세월 곁에서 함께해온 최원규는 그 이유를 이렇게 진단한다. "그 까닭은 선생님의 인품이 한마디로 겸허와 인내 그리고 완벽을 바탕으로 한 삶의 신조와 결벽증 때문이다." 그 자신도 「겸손」이란 산문에서 겸손이야말로 사회와 자연과 자신을 조화시키는 지혜의 길이며, 사람대접을 받으며 서로 돕는 인정 속에서 살 맛 나게 사는 즐거운 삶의 비결임을 밝힌다. 그러면서 겸손한 마음과 열등감은 전혀 다름을 강조한다. 열등감은 스스로를 깔보는 비굴한 감정이고, 스스로를 믿는 자신감과 너그러움에서 우러나는 부드러운 여유가 바로 겸손이라는 것이다.

그는 보문중고등학교 교장으로 재직하는 동안에도 학생들이 자신의 능력을 스스로 믿지 못하고 열등감에 빠져 자포자기하는 것을 늘 안타깝게 여기고, 누구나 똑같이 깨달을 수 있는 바탕을 지녔다는 부처님의 말씀을 들려주며 자신을 믿고 그 재능을 발견하고 체험할 것을 강조했다. 그래서 그는 보문학원을 설립하면서 '보문'이라는 학교 이름을 통해 그 건학이념을 이렇게 밝힌 바 있다. "보현의 행원을 본받고 문수의 지혜를 배우며 마침내 불타의 자비를 이 땅에 실현하기 위하여 끝까지 정진한다." 이 건학이념과 함께 그는 '보문학원의 교사강령'을 이렇게 제시한다.

(1) 교사는 학생의 성실한 길잡이다.

항상 뜨거운 정열과 깊은 사랑으로 임하라.

(2) 교사는 학생의 거울이다.

말씨와 몸가짐에 있어서, 학생들의 잘못이 곧 나의 잘못임을 알라.

(3) 교사는 학생을 가꾸는 거름이다.

항시 그들이 새롭게 움트고, 아름답게 꽃피며, 건실한 열매를 맺을 수 있도록 나를 바친다.

이 교사강령 중 그가 몸소 보여준 모습은 학생들을 가꾸는 거름의 역할이다. 그들이 타고난 재능을 아름답게 꽃피우고 건실한 열매를 맺을 수 있도록 기꺼이 그 밑거름이 되는 것, 이것이 바로 밀알 한 알이 썩어야 많은 열매를 맺는다는 그 이치가 아니겠는가. 그가 교사나 학생들에게 자주 들려주는 불교 이야기는 어리석은 제자 츄울라판타카 이야기이다. 매우 어리석어 그의 친형마저 포기해버린 그를 부처님은 늘 인자한 말씀으로 달래며, '너는 너의 어리석음을 걱정하지 말라'고 격려하며, '빗자루로 쓸어라' 한 마디 말을 늘 되풀이해서 외워 보라고 가르쳐 주셨다. 그는 부처님의 격려로 빗자루로 쓸고 또 쓸며 한 마디 말씀을 외우고 또 외우며 정진하다가 문득 왜 부처님께서 이런 가르침을 주셨을까 하는 의문이 들어 이를 깊이 생각하다가 마침내 깨달음을 얻었다. 즉 지혜의 빗자루로 마음의 어리석음을 쓸어냈던 것이다. 이렇게 해서 바보 츄울라판타카는 부처님의 수제자인 아아난다보다도 먼저 성자인 아라한의 자리에 오르게 됐다고 한다. 이 예화를 들려주며 그는 늘 강조한다. 저마다 타고난 본바탕을 깨닫게 하는 사람이 곧 스승이고 깨달아가는 사람이 곧 제자라고 말이다.

그가 바보 츄울라판타카 이야기를 하면서 또한 함께 강조하는 생활

습관은 청소다. 그중에서도 모두가 싫어하는 변소 청소다. 그는 부처가
되는 공부가 어려운 경전을 외우고 엄청난 고행을 견디고 하는 데에 있
는 게 아니라 우리가 매일같이 겪는 신진대사인 똥 누고 오줌 누는 일
과 같은 하찮은 일상사를 떠나 다른 데 있지 않음을 강조하면서, 어렸
을 때부터 익힌 좋은 습관이 좋은 인격을 형성하듯이, 깨달음 또한 더
럽고 하찮은 일을 기쁜 마음으로 전심을 다해 하다 보면 문득 도달하는
것임을 일깨우고자 했다. 그래서 부처님도 손수 빗자루를 들고 청소하
셨으며 제자들에게 청소의 이로움을 말씀하셨다고 그 자상한 이야기
를 들려준다.

  불가에는 厠屎送尿라는 말이 있다. 아시는 똥을 눈다는 말이고 송뇨는 오
줌을 눈다는 말이다. 똥누고 오줌 누는 일, 그것은 누구나 날마다 빼놓을 수
없는 日常的인 普通의 행동으로서 매우 하찮은 일 같지마는, 그러나 道를
닦아서 부처가 되고 부처 행동하는 것이 이 똥오줌 누는 일을 제쳐 놓고 따
로 다른 데 있지 않다는 뜻을 보인 말이다. 한 번 깊이 吟味해볼 만한 말이
아닌가.
  (중략)
  그런데 寺院에서는 변소를 雪隱이라고 표시한다. 그것은 옛날 중국에 이
름 높은 高僧이었던 雪竇從顯禪師가 江西의 靈隱寺에 있으면서 自進하여
뒷간 치우는 책임을 맡아서 精進하다가 문득 佛道 를 크게 깨쳤다는 故事에
서 由來된 말이다.
  부처님께서는 福을 짓고자 하는 衆生으로 하여금 좋은 밭에〔勝田〕깨끗
한 업〔清淨業〕을 심게 하셨다. 부처님께서 손수 빗자루를 들고 동산을 쓰
셨다. 제자들과 함께 다 쓸고 나서 食堂에 들어가 앉으셨다.
  부처님은 이윽고 여러 제자들에게 말씀하셨다.

"대체로 淸掃하는 일에 다섯 가지 훌륭한 이익이 있나니, 첫째는 자기의 마음이 깨끗해지는 것이요, 둘째는 다른 사람의 마음을 맑게 하는 것이요, 셋째는 모든 하늘〔諸天〕이 기뻐하는 것이며, 넷 째는 단정한 업〔正業〕을 심는 것이며, 다섯째는 목숨을 마친 뒤에는 마땅히 天上에 나는 것이니라."

– 변소 · 청소

1982년부터 보문고등학교 교사로 재직 중인 김영호는, 그가 퇴임하던 1989년까지 8년을 교장선생님으로 모셨는데 그의 큰 인품과 대인의 도량을 그가 퇴임한 뒤 수많은 교장선생님을 겪으며 비로소 알게 됐다고 한다. 당시 18학급의 작은 학교와 뒤떨어진 시설 등에 불만을 가진 교사들이 많았는데, 그가 퇴임하고 나서 재단이 바뀌고 학교가 고속 성장을 하면서 불교종립학교의 가치나 교육현장의 소중한 원리가 급격히 퇴색하는 걸 피부로 체감하고서야 비로소 그가 대 교장(大 校長)임을 깨달았다고 말한다.

"내가 이 학교에 부임했을 때 이재복 교장 선생님이 65세였는데 그 후 퇴임하실 때까지 8년을 모셨고 다른 선배 선생님들 또한 그분을 교장선생님으로밖에 겪지 못했으니까 그분이 너무 오래 계셔서 학교가 발전하지 못하고 침체된다고 여겼지요. 하지만 우리나라 현대 3대 법사 중 한 분이고 원로 교육자이자 원숙한 시인임은 누구나 인정했기에 그분 앞에선 일단 위축이 되곤 했지요. 더구나 그분이 기골도 장대하시고 천천히 걸으시며 조용조용히 말씀하시면 다들 설득이 되기에, 그냥 불평 정도였지 오히려 그분이 있기에 교사들이 인격적인 대우를 받는다며 감사하곤 했지요. 특히 다른 사학에서 보문으로 옮겨온 분들이 꽤 많았는데 열악한 사학의 형편에서도 대전 최초로 김장철이면 김장 보너스도 지급할 정도로 선생님들 복지에 신경 써준 그런 학교임을 또한 자랑하곤

모두가 행복한 나라를 꿈꾸다

했지요. 교장실 앞을 지나며 교장실을 넘겨보면 늘 불교경전을 읽고 계시는 모습을 볼 수 있었고, 선생님들의 자율성을 최대한 보장해 주었지요. 당시 교사들이 열심히 입시지도를 하여 전국적인 수준의 성과를 내고 해도 애썼다고 담담하게 말씀하시곤 끝이라서 입시에 관심이 적다고 불평을 하곤 했는데, 그분이 보문학원을 설립하던 건학이념과 학교운영방침이 결국은 원만한 인격완성에 있음을 나중에야 깨달았지요. 요즘 혁신학교가 입시 위주의 학교 운영에서 벗어나기 위해 작은 학교를 유지하며 교사 학부모 학생이 혼연일체가 되어 서로 교감하며 공동체 의식을 가지고 민주시민의식을 실천해 학교 구성원의 만족도를 크게 높이고 있는데, 그분은 이미 그런 교육철학을 실천하신 셈이지요. 나도 30년이 훌쩍 넘게 교직생활을 하며 이제 정년이 얼마 남지 않았는데, 그당시 3개 학년 18학급일 때가 제일 좋았어요. 무엇보다도 학생들과 교사의 직접적인 접촉이 가능해서 지식보다도 인간적인 감화를 통해 서로 성숙해감을 경험할 수 있었거든요. 그래서 30년 전의 제자들과 이제는 함께 늙어가는 처지에서 제자이자 친구처럼 지내고 있습니다. 제자들과의 이런 정겨움도 그분이 학생들을 믿고 또 교사들을 존중해 주었기 때문에 가능했음을 그분이 떠나고 서야 알았습니다. 정말 훌륭한 분입니다."

그가 입적한 뒤에 그를 추모하는 동료 제자들이 그를 다양하게 추억하며 그를 기리고 있지만 그들의 추모에서 공통되는 것은, 그의 동료나 제자들이 겪는 방황과 고통까지도 큰 아량으로 너그러이 감싸 안아 그들이 스스로 자신의 가능성을 발견하고 자신에 대한 믿음을 회복하여 자신의 길을 갈 수 있도록 한다는 점이다. 그를 추모하는 글들에서 그런 예를 찾아보면, 학생운동을 하다 정학을 당한 소위 문제 학생의 전학을 기꺼이 수용하여 그가 자신의 재능을 발휘해 우리나라 최고의 극작가로 성장하는 계기를 마련해 주기도 했고, 학생들의 자치능력을 길

181

러주기 위해 학생회비를 학생회가 직접 집행운영하고 결산하도록 보문 초창기에 이미 시도했으며, 그 스스로 카운슬러 교육을 받은 뒤 대전지역 최초로 상담실을 개설 운영해 학생들의 고민을 진지하게 경청하려 했고, 만화에 빠진 학생의 재능을 인정하고 격려해 훌륭한 교수로 성장시키기도 했고, 무엇보다도 학생들이 조회시간에 부정선거를 규탄하는 집회를 하도록 인정했다는 점 등을 들 수 있다. 사실 어느 것 하나 쉽지 않은 일들이다. 더구나 학생들의 교내 시위 등은 학교장의 책임이 뒤따르는 일임에도 학생들의 순수한 의협심과 정의감을 수긍한다는 건 학교장의 결단과 철학이 없으면 불가능한 일이기 때문이다.

이는 교사들의 사회참여 활동에도 그대로 적용되었다고 한다. 김영호 교사는 80년대 초에 지역 문화운동을 선도한『삶의 문학』동인으로 문학평론가로 활동하면서 자연스레 젊은 문인들이 주축이 된〈자유실천문인협의회〉소속으로 활동하고 있었다고 한다. 87년 당시 전두환 정권은 거대 야당인 신민당의 직선제 개헌 요구에 대해, 체육관에서 대의원들이 대통령을 뽑는 현행 간선제 헌법을 유지하겠다는 내용의 이른바 '호헌'담화를 4월 13일 발표했고, 이에 저항하여 자유실천문인협의회 소속 문인들이 실명으로 호헌철폐를 주장하는 선언서를 동아일보에 광고로 게재했는데, 여기에 김영호 교사를 비롯해 당시 대전의 현직 교사 문인 3명이 동참하고 있음을 파악한 교육청은 해당 학교장들에게 진상파악과 관리 책임을 추궁하는 일이 벌어졌다고 한다. 개별 교사가 학교 밖의 사회활동에서 하는 일을 학교장이 어떻게 알겠는가만, 교육청이 닦달을 하니 학교장인 그도 김영호 선생을 불러 경위를 파악하고 했는데, 학교장으로선 잘 알지도 못하는 일로 엉뚱하게 책임 추궁을 당하니 화가 날 법도 하지만 늘 그렇듯이 잘잘못을 따지거나 질책하지 않은 채 우리가 처한 곤경을 잔잔한 음성으로 토로해 서로 인간적인 관계는 잃지 않았다고 한다. 김영호는 오히려 자신 때문에 70대 노인이 어려움을 겪는 것에 대해 진심으로 죄송했다고 한다.

"교육청에서 경위서를 요구하고 학교장의 관리 책임을 추궁하고 하던 어느 날 교장선생님이 부르시는 거예요. 교장실에서 그분이 어렵게 얘기를 꺼내시는데, 교육청도 위에서 책임 추궁을 당하는 등 어려움을 겪으면서 이런 제안을 해왔는데 김선생의 의사는 어떠냐는 겁니다. 사실 우리는 그런 선언에 동의하지 않았는데 그 문인단체 소속이다 보니 그냥 이름을 도용당했다는 식으로 조선일보에 광고를 내려고 하는데 동의하느냐는 겁니다. 물론 광고비는 교육청에서 낸답니다. 잠시 생각해 보니 이게 배신자가 되는 거 아닙니까. 당시 내가 30대 중반으로 앞으로 살날이 훨씬 많은데 인생의 배신자가 될 수는 없는 거라는 생각이 들어 그렇게 말씀드렸지요. 제가 인생의 배신자가 되면 남은 인생이 뭐가 되겠습니까. 교장선생님의 어려움은 정말 죄송하지만 교육청의 제안은 거절하겠습니다. 그랬더니 한참 침묵하더니 이러시는 겁니다. 그래, 인생의 배신자가 될 수는 없지. 김선생의 말이 맞아. 그러시는 겁니다. 이해해 주서서 감사합니다 하고 인사를 하고 교장실을 나오는데 내가 교장이라도 쉽지 않은 결단이시구나 하는 생각이 들어 존경스러웠습니다. 다행히 많은 지식인들의 호헌 철폐 선언이 이어지고 전국의 시민들이 호헌 철폐 운동에 동참하면서 소위 6월 항쟁이 벌어졌고 전두환 정권의 6·29 선언으로 직선제 개헌이 받아들여지며 우리의 처벌 문제도 사라졌지요. 그분의 퇴임 뒤 다른 교장선생님들을 겪어보니 그 도량이 비교가 되지 않아요. 아마 다른 교장선생님 밑에서 그런 일을 겪었으면 엄청 시달림을 받았을 겁니다."

그는 이미 혜화전문학교 시절부터 시를 쓰기 시작했으며, 당대 최고의 석학이나 문인들과 교유하고 또 그들과 문학적인 교감을 이루면서 그의 시세계도 성숙해 갔다. 그는 시를 절묘한 언어 표현으로 보는 형식주의적 관점에서 벗어나 진실에 이르기 위한 사고과정으로 보는 본질주의적 관점을 취한다. 그는 유고(遺稿)로 남은 육필 원고에서 그의 시에 대한 관점을 이렇게 밝히고 있다. '우리가 시문을 기다림은 수난의 오늘을 정확히 전망하며, 오히려 절망적인 그 속에 요구되는 새로운 생존에의 모습을 부각하기 위하여 이미 있어온 서정과 기교를 차라리 경원하고, 진실에 이르기 위한 하나의 생각하는 시가 이루어지기를 스스로 기약하는 바이다. 오히려 절망적인 그 속 깊이에 요구되는 생존에의 새로운 입상을 부조하기 위하여'(최원규, 스승 금당의 문학세계). 그의 이런 시관(詩觀)을 그의 문학을 대표하는 50편의 연작시 「정사록초」의 첫째 작품을 통해 분석해 보자.

> 한밤에 외로이 눈물지우며 발돋움하고 스스로의 몸을 사르어 어둠을 밝히는 촛불을 보라. 이는 진실로 生命의 있음보다 生命의 燃燒가 얼마나 더한 榮光임을 證據함이니라. (靜思錄抄 1)

고요히 혼자 자신의 내면을 응시하는 깊고 고요한 밤, 눈물처럼 촛농을 흘리며 타오르는 한 자루의 촛불이 마침내 어둠을 밝히는 것을 보며, 양초라는 존재가 자신을 사를 때에야 비로소 어둠을 밝히는 자신의 본질을 입증하는 것을 깨달아 보라는 것이다. 우리가 지혜를 통해 욕심 성냄 어리석음의 어둠 속에 가려져 있는 스스로의 밝은 본성인 불성을 깨달아, 나와 이웃과 자연과 서로 의존하며 공존하는 상관상의(相關相依)의 아름다운 인연 속에서 서로를 내어주는(사르는) 관계를 맺을 때 비로소 그 존재의미를 찾을 수 있다는 깨달음을 고요하고 편안한 정밀감(靜

모두가 행복한 나라를 꿈꾸다

諡感) 속에 드러내고 있다. 그가 시를 보는 관점에서 밝히듯이, 이 작품은 서정이나 기교에 얽매이지 않고 진리에 이르는 고요한 깨달음을 깊은 명상을 통해 드러내는 구도(求道)의 방편인 것이다.

이는 김대현 시인이 그를 추모하는 글에서 소개한,「정사록초 17」에 대한 자작시 해설에 관한 일화에서도 확인된다. 김대현은「정사록초 18」로 기록하고 있지만 이재복의 전집 중 문학집에 수록된 작품으로는「정사록초 17」이다. 김대현은 그의 연작시가 대전일보에 연재될 때 몇 편을 스크랩하거나 옮겨 적은 뒤 그의 집을 방문하여「정사록초 17」에 대한 자작시 해설을 청했다고 한다. 그는 몹시 좋아하며 신이 나서 설명했는데, "이 작품에 제시된 내용 가운데에는 나의 신앙이 있고, 서원도 함께 새겨진 것이라고 하면서 '고요'란 그러한 선의 경지, 寂寂惺惺 생각만 해도 신나는 것 아니겠소? 그 自性 실상의 鐘聲을 기리는 그때의 표정과 순심같은 것에 저으기 감동을 받은" 일화를 소개하고 있다.(김대현, 금당 선생의 편모)

여러 가지 먼 것으로부터 지켜 있는 이 고요를 絶望과 救援의 사무친 하늘을 흔들어 어느 비유의 우렁참으로 깨우쳐 줄 새벽을 믿으랴. 텅 비인 나의 가슴 鐘이여. (靜思錄抄 17)

자질구레한 삶의 여러 가지 번잡(煩雜)을 떨쳐내고 내면에 침잠하여 나의 본모습을 헤아리며, 문득 쌓였던 번뇌와 그 어떠한 생각과 자각도 사라지고 캄캄한 무지의 어둠을 뚫고 한 줄기 새벽빛을 부르는 깨우침의 종소리가 우렁차게 울리며 타고난 본성을 순간적으로 깨치는 그야말로 확철대오(廓撤大悟)의 경지를 간절히 추구하는 구도자의 모습이 아주 간결하면서도 정갈한 표현으로 드러나 있다. 그래서 그는 이 시의 해설을 요구하는 김대현 시인에게 이 작품에 자성(自性)을 깨우치고자 하는 자신의 신앙이 있고, 확철대오의 서원도 함께 새겨진 것이라고 말한 것이다. 즉 일체의 번뇌망상이 텅 비어버린 적적(寂寂)의 경지에 오는 순간적인 영적 깨달음(惺惺)인 적적성성(寂寂惺惺)의 멋진 경지에 대한 소망을 이루고자 하는 것이다.

그에게 시인이란 거미처럼 자신을 드러내지 않고 인식의 허공에 언어의 그물을 던지고 집요하게 의미를 찾는 그런 존재이다. 이런 집요한 의미 추구는 결국 자신과의 오랜 싸움이기 때문에 외로운 작업일 수밖에 없다.

> 거미, 너 시인아. 어이 망각의 그늘에 潛在하여 문득 돌아다보면 거기 있는 듯 없는 듯 고운 무늬로 흔들리며 이미 認識의 허공에 투망하여 자리 잡는 그 執拗한 모색은 하나 黑點처럼 외로움을 지켜 있는가. (靜思錄抄 6)

이렇게 시인은 자신과 자연 또는 사회와의 관계 속에서 깊이 있는 의미를 오랜 기다림 끝에 마침내 섬세하고 치밀한 그야말로 정치(精緻)한 언어로 건져 올리는 그런 외로운 존재임을 탄식 속에 자각하고 있다. 물론 시인에게 '어이~ 있는가'라고 묻는 문장 짜임으로 표현되고 있지만 이는 질문이라기보다 시인 자신의 모습에 대한 자각이다. 사실 이 작품은 그가 20대 후반에 쓴 「거미」라는 시를 시인을 등장시켜 객관화한 것으로, 이 두 작품을 비교해 보면 시인에 대한 그의 인식을 보다 명확하게 알 수 있다.

> 存在와 外延. 그것이 하나의 認識에로 어울리는 一瞬. 결국은 그 虛脫한 建築의 中心部에서, 어두운 視野를 안고, 그지없는 空間을 投網하여 지켜 있

는, 분명히 執拗한 黑點은 문득 나의 에스프리와 連鎖되어, 銀의 紋樣인 듯, 때로 곱게 흔들리우며, 未來의 그늘로 번지어간다. (거미)

  사실 존재의 개념에 대한 내포와 외연의 관계는 반비례지만, 다양한 존재의 개별적이고 특수한 모습 속에 담긴 보편적인 의미가 씨줄과 날줄이 얽히듯 교차하며 아름다운 무늬를 이루는 그 순간, 시인인 '나'의 자유분방한 정신(esprit)과 이어지며 섬세하고 정갈한 언어로 포착되어 그것이 시의 모습으로 남아 내 인식이 한 차원 고양되는(번지어가는) 것이다. 이렇듯 그의 시 상당 부분은 하나의 소재에 대한 인식이 여러 번 반복되고 또 변주(變奏)되는데, 이는 그의 결벽증에 가까운 완벽에 대한 집착에서 비롯되는 것 같다. 그래서 「어머니」라는 자유시가 시조 「어머니」로 변주되고, 「자유」라는 시가 「靜思錄抄 12」로 변주되고, 「촛불」이라는 시조가 자유시 「靜思錄抄 14」, 「靜思錄抄 1」로 변주된다. 이런 시적 변주 중에서, 「촛불」이라는 시조가 자유시 「靜思錄抄 14」로 어떻게 변주되고 또 맑은 풍경(風磬)소리처럼 우리의 어리석음을 조용히 깨우치는 선시(禪詩) 「靜思錄抄 1」로 어떻게 변주되는지를 살펴보자.
  「촛불」이라는 시조는 시조의 4음보 형식과 3행의 행배치를 그대로 지키면서 기승전결의 4연으로 구성돼 있다. 이 시조의 시상의 흐름을 간략하게 정리해 보면 이렇다. ① 도입부에서 시적 화자인 '나'와 시적 대상인 '촛불'을 동일시한다. ② 전개부에서 '몸째로 빛을 켜들고 그믐밤을 지키'는 촛불의 존재 의미(본질)가 밝혀지고 ③ 빈 방안에서 촛불을 마주하고 '고운 얼'과 옥 같은 살결을 가진 진리(부처)를 추구하는 나의 모습으로 전환되고 ④ 언어와 분별을 여읜 경지에서 밝은 지혜에 다가서는 설렘을 촛불이 흔들리는 모습을 빌려 끝맺음을 하고

계승과 회향의 시학

187

있다. 이런 구성을 통해 '나'라는 화자가 깊은 밤 촛불을 마주하고 스스로 촛불이 되어 흔들리며 어둠을 밝히는 꽃잎처럼 밝은 지혜를 깨달아가는 설렘을 표현하고 있다. 「靜思錄抄 14」에 오면 이런 자각의 과정이 훨씬 구체적인 시어들과 다양한 시적 표현법을 통해 감각적으로 형상화된다.

> 어둠일레 지닌
> 나의 사랑은
>
> 한 올 실오라기같은 보람에
> 불꽃을 당겼어라
> 옛날에 살 듯
> 접동새도 우는데
>
> 눈물로 잦는
> 이 서러운 목숨이야
>
> 육신을 섬겨
> 부끄러움을 켤거나
> 神의 거룩함을 우러러 섰을거나
>
> 이 한밤 황홀한
> 외로운 넋이
> 바람도 없는 고요에
> 하르르 떠는

어느 그리움에 취한

나비일러뇨

―「靜思錄抄 14 ― 촛불」

「촛불」이라는 시조와 시상 전개는 유사하지만 그 감각적 형상화를 통해 구도자로서의 시인의 모습이 훨씬 구체적으로 다가온다. 깊은 밤에 감각적인 육신의 한계를 뛰어넘어 영혼의 거룩함을 갈구하는 외로운 구도자의 모습을 '그리움에 취한 나비'로 구체적으로 묘사한다. 고요하고 깊은 밤에 외로이 흔들리며 어둠을 밝히는 촛불의 모습을 '하르르 떠는 어느 그리움에 취한 나비'로 대상화하는 것은, 촛불처럼 잡힐 듯 잡지 못하는 진리를 향해 끝없이 나아가는 구도자로서의 우리의 모습―감각의 한계 속에 유한한 삶을 살면서도 영원한 진리에 이르고자 애쓰는 서러운 목숨(생명)―에 다름 아니기 때문이다. 이런 점에서 시인 이재복의 지향을 한마디로 압축한다면 세속적인 세간에 살면서도 출세간의 진리 추구를 멈추지 않는, 어둠 속에서 밝고 아름다운 꽃을 향해 날갯짓을 계속하는 나비의 모습이 아닐까. 결국 그에게 시는 서정이나 기교에 얽매이지 않고 진리에 이르는 고요한 깨달음을 깊은 명상을 통해 드러내는 구도(求道)의 방편임을 다시금 확인하게 된다. 이런 인식이 보다 간결하면서도 맑은 지혜의 목소리로 압축된 선시(禪詩)가 바로「靜思錄抄 1」이다.

그의 「靜思錄抄 1」은 앞에서 살펴보았듯이, 우리가 지혜를 통해 욕심 성냄 어리석음의 어둠 속에 가려져 있는 스스로의 밝은 본성인 불성을 깨달아, 나와 이웃과 자연과 서로 의존하며 공존하는 상관상의(相關相依)의 아름다운 인연 속에서 서로를 내어주는(사르는) 관계를 맺을 때 비로소 그 존재의미를 찾을 수 있다는 깨달음을 고요하고 편안한 정밀감(靜謐感) 속에 드러내고 있다. 이것은 고승들이 중생의 무지를 일깨우느라 크게 꾸짖는 '할'도 아니고, 또 잠든 우리 영혼을 힘껏 내리쳐 지혜로운 삶으로 이끄는 따끔한 죽비소리도 아닌, 우리 영혼을 맑게 울려 주는 풍경(風磬)소리 같은 선시(禪詩)이다. 고즈넉한 오후 아담한 절집의 처마 끝에 매달려 청아하게 울리는 풍경소리! 속이 텅 빈 풍경 속에 매달린 물고기의 모습은 눈을 뜨고 잠을 자는 물고기처럼 잠든 영혼을 일깨우기 위함이런가. 그래서 시인은 「靜思錄抄 17」에서 '텅 비인 나의 가슴 鐘이여'라는 표현을 통해, 깊은 밤에도 잠들지 않는 맑은 영혼이 온갖 번뇌망상을 비워낸 상태에서 비로소 깨달음이 가능함을 말한다. 그런데 「靜思錄抄 1」에서는 이를 간결하면서도 맑은 지혜의 목소리로 압축하여 밝힘으로 해서 우리들 내면에서 이에 감응하여 울리는 풍경소리를 들어보라는 것이다.

이재복 시의 이러한 구도자적 지향을 보문고 17회 졸업생이자 시인으로 현재 광주대학교 문예창작과 교수인 이은봉은 다음과 같이 말한다.

> 그의 시가 지니고 있는 이러한 가치는 우선 깊고 높은 정신차원을 바탕으로 하는 사색미 혹은 명상미를 보여준다. 여기서 말하는 사색미 혹은 명상미는 깊이 있는 사유를 통해 주체와 사물의 진실을 탐구하는 데서 현현되는 아름다움을 가리킨다. 이를테면 묵언정진의 고요, 곧 靜思와 함께 하는 지적이고 영적인 아름다움이 다름 아닌 그것이라고 할 수 있다.
>
> − 이은봉, 금당 李在福 시의 정신지향)

70년대 이후 그가 거의 시작활동을 하지 않은 것에 대해서는, 대체로 70년대 표현의 자유가 크게 위축되는 권위적인 군사정권 하에서 시를 쓴다는 것이 큰 의미가 없다는 인식 때문일 것으로 추측한다. 하지만 그가 왕성하게 시작활동을 하던 60년대까지만 해도 그는 위에서 보듯 개인적인 초월의지를 깊은 사색을 통해 맑은 이미지로 보여주는 명상시만 쓴 것은 아니다. 그의 사상적 지향은 항상 소승적 해탈보다 대승적 보살행에 있기 때문이다. 그는 출가 이후 줄곧 중생 속에 뛰어들어 중생과 고통을 나누는 '살아있는 불교'의 필요성을 강조하고 재가(在家) 불교의 진흥을 주장하며 이 땅에 부처님의 사랑과 자비가 꽃피게 하는 보살행을 일관되게 주장했는데, 그의 그런 인식은 일련의 시에서 확인된다. 그가 해방되던 해에 쓴「금강교」, 한국전쟁 중에 쓴「금강호반 소견」, 한국전쟁 휴전 후에 쓴「분열의 윤리 – 지렁이 임종곡」, 회갑이 지나서 쓴「꽃밭」등은 바로 우리 민족 현실에 대해 안타까워하고 걱정하며 우리 민족의 나아갈 길에 대한 나름의 소망을 표현하고 있다.「금강교」는 민족 해방과 함께 곧바로 강대국에 의해 국토가 분단된 우리 민족의 현실을 안타까워하며 불길한 앞날을 예측하고 있다. '한 세기의 지혜를 받치어 이룩된' 금강다리가 '억세게 흐르는 현실의 물살' 위에 지주가 '파괴된 위대' 앞에서 즉 그 위풍당당한 모습이 서글프게 무너져버린 모습 앞에서 도선장에서 '수런거리는 초조한 모습의 그림자들'을 통해 우리 민족이 앞으로 겪어야 할 불길한 미래를 '뿌연 바람 이는' 모래밭으로 시각화하고 있다.

그는「금강호반 소견」에서 한국전쟁으로 마구 부서진 육중한 철교인 금강다리의 '철근이 튀기쳐나온 지주'에 '무거운 원한이 엉기었음'을 보면서 우리 민족의 서글픈 현실에 대해 생각한다. 가마니로 둘러친 선술집, 옹기종기 붙어 있는 난가게들, 양담배와 양과자를 파는 되바라진 아이들, 새로운 소문에 귀를 기울이는 하루살이 생활 속에서 '슬프고 호사로운 어둠이 겹겹이 밀려'온다고 시인은 자신의 생각을 말한다.

그의 우리 민족현실에 대한 이런 생각은 「분열의 윤리 – 지렁이 임종곡」에서는 더욱 절망적으로 드러난다. 그는 우리 민족의 분열의 원인과 책임을 명확히 따지려 하지 않는다. 이미 해방 직후 "억세게 흐르는 현실의 물살'로 파괴된 금강다리 앞에서 우리 민족이 앞으로 겪어야 할 불길한 미래를 '뿌연 바람 이는' 모래밭으로 예견한 바대로, 강대국에 의한 국토의 분단이 민족의 분단으로 이어지고 급기야 동족상잔의 비극을 겪었기 때문이다. "두 개의 단절은 어느 것이 주둥이고 꼬리인지 짐짓 분간을 못할레라." 문제는 이런 단절이 결국 어느 한 쪽도 진정한 발전을 어렵게 한다는 점이다. 그래서 그는 '뜻하지 않은 재앙에 부딪쳐 서로 피흘리다 자진해 죽어버릴 아픔이 있어 끊어진 제가끔 비비꼬아 뒤틀다 뒤집혀 곤두박질함이여!'라고 탄식한다.

그가 70년대 이후 거의 시작활동을 하지 않은 것은 위압적 시대적 상황뿐만 아니라 어쩌면 우리 민족현실에 대한 이런 절망이 자리하지 않았나 싶다. 그가 회갑을 넘긴 나이에 쓴 「꽃밭」은 우리 민족의 나아갈 길에 대해 소박하지만 간절한 바람을 이렇게 노래한다.

노란 꽃은 노란 그대로
하얀 꽃은 하얀 그대로

피어나는 그대로가
얼마나 겨운 보람인가

제 모습 제 빛깔따라
어울리는 꽃밭이여.
꽃도 웃고 사람도 웃고

하늘도 웃음 짓는

보아라, 이 한나절
다사로운 바람결에

뿌리를 한 땅에 묻고
살아가는 인연의 빛,

너는 물을 줘라
나는 모종을 하마

남남이 모인 뜰에
서로 도와 가꾸는 마음
나뉘인 슬픈 겨레여
이 길로만 나가자.

　　그의 명상시가 결국은 고요한 생각을 통해 진리에 이르고자 하는 깨
달음을 추구하는 시라면, 그의 참여적인 시는 그가 평생 동안 강조하고
실천하고자 했던 '성과 속' '세간과 출세간'이 결국은 둘이 아니라 하나이
기에 중생의 현실 속에서 고통을 함께하며 그들에게 고통을 여의는 법
을 간절하게 제시하고 또 함께 나아갈 것을 호소하는 시이다. 민족의 화
합과 하나됨을 위한 노력의 전제는 한 민족의 뿌리에서 서로 다른 색깔
의 꽃을 피운 것을 인정하는 것이다. 나는 맞고 너는 그르다는 분별을 여
의고 저마다 다른 자신의 본성을 꽃피운 남남이 나름대로 애써 이룩해
온 보람을 서로 도와 가꾸어가자는 것이다. 물론 너무나 소박한 바람인

듯하지만, 우리가 한민족이라는 뿌리에 대한 확고한 인식만이 우리의 슬픈 민족현실을 바꾸어나가는 출발점이 될 것이라는 점은 분명하다는 점에서 그의 삶의 행적이 응축된 진심의 무게가 느껴진다.

그가 작사한 찬불가, 부처님 오신 날, 성도절 노래의 가사 등은 불교의 대중화와 현대화에 크게 기여해 오늘날 많은 불교신자들에게 불리고 있으며, 대전시민헌장이나 대전시민의 노래 등도 그가 대중과 함께 이 땅에 지혜와 자비의 불국토를 이루고자 한 소망이 오롯이 담겨있다. 이런 그의 사상과 삶의 행적을 추모하는 추모탑이 대전불교연수원에 세워져 있어 기림을 받고 있으며, 그가 설립한 보문중고등학교는 현재는 다른 법인의 경영 아래 발전하고 있다. 하지만 그가 전 생애를 통해 뿌리고 기른 간곡한 애정이 없었다면 오늘의 보문학원이 어찌 있으랴. 현재는 그가 설립한 보문학원에 기꺼이 사재를 내놓아 지금 보문고등학교 본관 건물을 짓게 한 고 양정묵 이사장의 송덕을 기리는 송덕비가 보문중고등학교 교문 한쪽에 이재복 교장이 쓴 글과 함께 남아 있다.

용봉 대종사 금당 이재복은 약관의 나이에 출가한 후 평생 동안 부처님의 가르침을 수행하고 그 진리를 대중에게 널리 교화한 업적으로 대종사(大宗師)에 이르렀고, 대전충남지역 유일의 불교종립학교인 보문학원을 설립하여 보문중고등학교 교장으로 34년간 2만여 명의 제자를 길러내고 퇴임한 뒤 태고종 종립대학인 동방불교대학 학장을 역임하다 입적한 결출한 교육자이며, 대전일보에 연작시 「정사록초(靜思錄抄)」를 발표하고 한국문학가협회 충남지부장을 역임하는 등 대전충남문학 발전에 크게 기여한 공로로 문학부문 제1회 충남문화상을 수상한 대전충남 현대문학의 거목이었다.

금당 이재복 연보

1918 충남 공주군 계룡면 중장리에서 아버지 이정선과 어머니 이
     래덕의 3남으로 출생. 생후 6개월 만에 왜고뿔(일본독감)이
     마을에 돌아 아버지와 형들이 이틀 만에 다 사망하여 3대 독
     자로 홀어머니의 과잉보호 속에 자람. 아버지는 의협심 강
     한 호남으로 술과 도박에 탐닉해 집안이 기울어져 어머니의
     삯바느질로 생계 유지. 아버지에 대한 어머니의 적개심과
     신경질이 아들에게 분노의 감정으로 이어지고 이것이 나중
     에 자신의 지나친 완벽증(결벽증)과 결합해 정신과 치료를
     받게 됨.

1925 계룡공립보통학교에 입학. 2학년 때 건강 악화로 휴학했다 10
     세에 복학.

1932 약관의 나이로 출가해 계룡산 갑사에서 이혼허(李混虛) 스
     님을 은사로 사미계를 수지해 불가에 입문. 법호(法號)는 용
     봉(龍峰).

1935 공주 한문서숙(漢文書塾)에서 유교경전 7서(七書)를 수료.
     한국불교계 일본시찰단의 일원으로 일본을 방문해 설법.

1936 공주 마곡사에 들어가 사집과와 사교과를 수료.

1940 혜화전문학교(현 동국대학교) 불교과에 입학. 대원암 중앙
　　 불교전문강원에서 당대 최고의 강백(講伯)인 석전(石顚) 박
　　 한영(朴漢永) 스님을 모시고 6년간 공부를 마치고 아호(雅
　　 號)인 금당(錦塘)을 받음. 마곡사 불교전문강원 강사로 활
　　 약.

1941 육당 최남선의 서재 일람각(一覽閣)에 서사(書司)로 근무하며
　　 만여 권의 장서 섭렵. 당대 최고의 석학들인 오세창, 정인보,
　　 변영만, 이광수, 홍명희, 김원호 등과 교유.

1943 혜화전문학교를 수석으로 졸업. 서정주, 오장환, 신석정, 조지
　　 훈, 김구용, 조정현, 김달진, 김용수 등 문인 학자들과 교유하
　　 며 시 창작에 전념. 경성불교전문강원 강사로 활동. 서주명(徐
　　 周明)과 결혼.

1945 해방 직후 충남불교청년회를 조직해 마곡사에서 주지 및 승려
　　 대회를 열고 보문중학원 설립 발의 추진.

1946 정식 보문초급중학교 설립 인가를 받아 대전 최초의 사립중학
　　 교 개교. 교장 서리 역임. 10월에 공주공립중학교 교사로 부임
　　 해 이어령, 임강빈, 최원규 등을 문예반에서 지도.

1949 공주사범대학 국문학과장을 역임. 최원규, 임강빈 등이 그 문
　　 하에서 수학함.

1953 보문고등학교 설립 인가.

1954 보문중고등학교 교장으로 취임. 1인1기(一人一技)교육으로
　　 문학을 비롯한 예체능 인재를 발굴 육성.

1955 한국문학가협회 충남지부장으로 선출. 충남대학교 문리과대
　　 학 강사로 출강.

1956 동인지 《호서문단》 창간. 대한불교조계종 충남종무원장으

로 추대됨.

1957 충남문화상 문학부문 수상. 대전일보에 연작시「정사록초(靜
       思錄抄)」연재.

1959 보문고등학교 밴드부 창설 육성.

1960 충남교육회 회장에 선출. 충남사립중등학교 회장에 선출.

1961 베트남 사이공에서 열린 세계교육자단체총연합회 제2차 아시
       아위원회에 한국대표로 참석

1962 대한불교비상종회 위원에 선임되어 불교종단의 갈등해소와
       단합 위해 노력. 한국예술문화단체총연합회 충남지부장에 선
       출. 대한사립중등학교장회 연합회 부회장에 선출.

1963 전담카운슬러를 두고 충남 최초로 상담실을 개설 운영. 대한
       교육연합회 부회장에 선출. 대전지방법원 인사조정위원회 위
       원에 위촉됨. 대전시민헌장, 대전시민의 노래 작사.

1964 동국역경원 역경위원에 위촉. 대한교육연합회 부회장으로 일
       본의 교육현황 시찰.

1965 장남의 죽음으로 참척의 슬픔 겪음. 정신질환 발병해 3개월 만
       에 치유.

1966 대전불교연수원 창설, 원장에 취임. 전국불교종립연합회 불
       교교본편찬위원장에 선임. 중고등학생용 불교교본 간행.

1968 대전 사립중고등학교교장단 단장에 선출.

1969 한국문인협회 충남지부장에 선출.

1970 대전시중등교육회장에 선출.

1974 사재를 쾌척해 '금당장학회' 운영.

1975 한국불교태고종 포교원장 역임.

1977 보문중학교와 보문고등학교 분리. 보문고등학교 교장에 취임.

1978 일본사학연합회 초청으로 일본 사학 현황 시찰.

1980 문학동인회 '만다라' 창립.

1982 국민훈장 동백장 수상.

1984 일본 나고야 오다니고등학교와 자매결연.

1985 보문고등학교 24학급으로 증설.

1987 불교연수원 일요법회 1천회 기념법회.

1988 일본 나고야 오다니학원 초청으로 일본 방문. 불교계 원로단의 일원으로 미국 시찰.

1989 2만여 명의 제자를 배출하고 보문학원 퇴임. 한국불교태고종 종립 동방불교대학장에 취임.

1991 대전불교연수원에서 지병으로 별세. 공주군 계룡면 중장리에 안장.

1992 대전불교연수원에 추모탑 건립.

2006 '용봉대선사 금당 이재복선생 추모기념사업회' 회장에 송하섭 박사 추대. 추모전집간행 추진.

2009 대전연정국악원에서 추모제를 거행하고 추모전집 전8권 간행.

2014 대전문학관 야외공연장에서 제1회 금당문학축전 열림

금당 이재복 문학 탐방 안내

1. 대전문학관(동구 용전동) : 금당 이재복이 회갑이 지난 원숭이에 민족 분단을 안타까워하며 민족의 화합과 하나됨을 위한 시인의 간절한 소망을 노래한 절창 「꽃밭」 시비가 언덕에 세워져 있다.

2. 보문중고등학교(동구 삼성동) : 이재복이 28세에 한국 불교 중흥

을 위한 후진 양성의 신념으로 지역의 주지와 스님들을 설득해 설립한 대전충남 유일의 불교종립학원. 그는 교장으로 34년간 2만여 명의 제자를 길러내고 1989년 퇴임. 보문이란 교명은 보현보살과 문수보살의 첫 글자로, 보문학원의 건학이념을 대변해 준다. "보현의 행원을 본받고 문수의 지혜를 배우며 마침내 불타의 자비를 이 땅에 실현하기 위하여 끝까지 정진한다."

3. 양정묵 이사장 송덕비(보문중고등학교 교문) : 이재복이 설립한 보문학원에 기꺼이 사재를 내놓아 지금의 보문고등학교 본관 건물을 지은 고 양정묵 이사장의 송덕을 기리는 송덕비가 보문중고등학교 교문 한쪽에 이재복 교장이 쓴 글과 함께 남아 있다.

4. 불교연수원(중구 선화동) : 그는 중생과 고통을 나누는 재가(在家) 불교의 진흥을 위해 대전불교연수원을 창설하고 원장에 취임해 1991년까지 불교의 현대화, 대중화에 크게 기여. 이곳에서 73세를 일기로 지병으로 입적. 1992년에 추모탑 건립. 그의 유품 전시.

5. 보문산 전망대(중구 대사동) : 대전 시민공원인 보문산 전망대 앞에 세워진 시민헌장비에 그가 기록한 대전시의 연혁과 자랑스러운 대전 시민의 다짐이 남아 있으며, 전망대인 보운대에서 대전 시민의 기상을 기르길 바라는 그의 마음이 건립문에 담겨 있다.

6. 육탄용사전공비(중구 대사동) : 보문산 음악공원 내에 세워진 일명 윤옥춘 선공비. 육탄 10용사 중 한 사람인 윤옥춘 이등상사는 1949년 무장공비들에 맞서 폭탄을 가슴에 안고 적의 토치카에 뛰어들어 자폭

함으로써 아군을 승리로 이끈 역전의 용사로, 그를 기리기 위해 이재복이 쓴 비문이 남아 있다.

(2013년,『대전문학의 始源』)

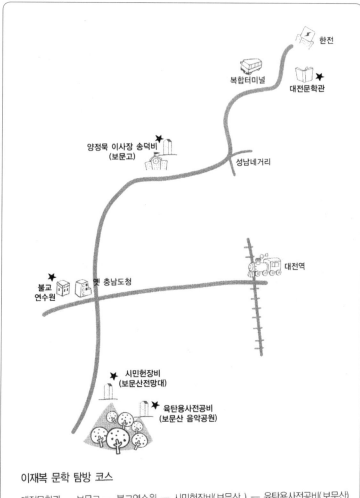

이재복 문학 탐방 코스

대전문학관 — 보문고 — 불교연수원 — 시민헌장비(보문산) — 육탄용사전공비(보문산)

꽃밭

작시 이재복
작곡 지강훈

금당 이재복 시인의 문학을 기리는 제1회 금당문학축전에서 그의 시를 널리 알리고자 하는 취지에서 노래로 불린 시 「목척교」와 「꽃밭」의 악보를 덧붙인다.

만다라를 찾아가는 외로운 영혼, 김성동

김성동은 어떤 작가인가

　작가 김성동 하면 사람들은 먼저 그의 출세작 『만다라』를 떠올린다. 그리고 또 『만다라』를 비롯해서 그의 불교적 소재를 다룬 작품집―『피안의 새』, 『하산』 등―이 널리 읽히면서 그를 이른바 '불교작가'라고 부르기도 한다. 특히 그의 장편소설 『만다라』가 영화화되고, 또 초파일에 텔레비전을 통해 여러 차례 방영되면서 이런 평가는 더욱 굳어졌다. 더구나 그가 실제로 열아홉 살에 '그 무엇'을 찾아 입산해 '10년 세월을 타는 갈증으로 찾아 헤매었던' 승려생활을 바탕으로 쓴 자기 고백적 소설이 바로 『만다라』임을 알기에 더 그렇다.

　그러나 그를 단순히 불교작가로 이름지우는 것은 그의 진면목의 일면을 강조한 것에 불과하다. 그에게 종교나 문학은 같은 지향점―잠든 영혼을 일깨우고 고통 받는 대중들에게 자유롭고 평등한 세상에 대한 전망으로 삶의 위안을 주고자 함―을 가지기 때문이다. 그는 『만다라』 당선소감에서 "이 척박한 시대의 척박한 땅에 태어나서 부당하게 배고프고 부당하게 고통 받는 서러운 중생들에게 힘과 용기를 줄 수 있으며 나아가 잠든 영혼을 각성시켜 줄 수 있는 종소리 같은 소설을 써보고 싶

모두가 행복한 나라를 꿈꾸다

다."는 포부를 밝힌 바 있으며, 대구매일신문에 "모두가 잘 먹고 잘살고 영혼 또한 기름져서 종교도 문학도 필요 없는 세상이 된다면 얼마나 좋을까."라고 소망하기도 했다. 즉 종교든 문학이든 내가 살고 있는 세상이 잘못된 세상이라는 투철한 현실 인식으로부터 출발하여 '모두가 다 평등하게 배부르고 행복해서 이 땅이 그대로 정토(淨土)가 되는 세상을 만드는 것이란 점에서 같다는 것이다. 따라서 그의 불교소설은 소재가 불교적이지만 '방황하는 영혼의 삶의 궤적을 그린 중생들의 슬픈 이야기일 뿐'이라서 오히려 비불교적이고 보편적인 구도(求道) 소설이라는 그의 항변(「피안의 새」)에 귀 기울일 필요가 있다.

그는 다섯 살에 조부로부터 진서(眞書)인 한학과 양반가의 법도에 대한 엄격한 가르침을 받아, 도덕적인 인격자로서 갖추어야 할 끊임없는 자기성찰과 수양의 자세 그리고 청빈의 생활기풍이 정신적 지주로 자리 잡게 된 그의 삶의 모습은 유교적 선비의 모습을 띠게 된다. 특히 그에게 원초적인 기다림과 그리움의 대상인 아버지를 통해 '아버지를 포함한 그 시대의 헌걸찬 정신'을 이어받고자 하는 것은 결국 개인의 안위보다 난세를 바로잡아 세상을 건지고자 하는 공맹(孔孟)의 가르침에 그 뿌리를 두고 있다는 점에서도 그렇다. 그리고 이런 삶의 자세는 불교에서 말하는 일체중생을 위한 보살도의 실천과도 일맥상통한다. 따라서 그의 문학과 삶을 지나치게 특정 종교나 사상으로만 평가하면 그의 참모습을 잃어버리게 된다. 그의 삶과 문학은 '나는 누구이며 또 어떻게 살아야하는가'에 대한 끊임없는 천착에 다름 아니기 때문이다.

소설이란 게 사람들의 세세한 세상살이에 대한 '잔소리'로 결국 작가 스스로 겪어온 한 많은 이야기일 수밖에 없다는 그의 인식은 자전적 소설들을 통해 그의 삶의 궤적과 한 가지로 이어진다.

졸작『길』과『만다라』와『집』은 결국 한 고리로 이어지니, '그 무엇'인가를 찾아 '길'을 떠나 신새벽의 산길을 올라갔던 한 순결한 영혼이 '만다라'의 숲속을 헤매던 끝에 마침내 건지지 못하고 다시 '집'으로 돌아오고 있기 때문이다.

(『길』상권, 군말)

『길』은 그가 '병자호란 때 강화도에서 순절한 선원(仙源) 김상용'의 13대 장손으로 태어나, 6 · 25로 아버지와 큰삼촌은 우익에게 그리고 외삼촌은 좌익에게 학살당하는 생채기를 겪고, 몰락한 반가의 찰가난 속에서도 유교적 법도를 할아버지에게 배우고, 좌익의 아들이라는 사회적 편견을 피해 대전 · 서울 등으로 옮겨 다니다가, 연좌제로 공무원 · 장교 · 법관 임관이 안 되는 소위 삼불(三不)의 덫에 치여 좌절하다가 '인간으로서 도달할 수 있는 극치인 부처가 되는 것이 이 세상에서 한번 해볼 만한 사업'(『만다라』)이라는 지효대선사의 가르침을 받고 고등학교 3학년 때 자퇴하고 입산하기까지의 이야기이다.

『만다라』는 여러 선방(禪房)을 전전하며 화두(話頭)와 씨름하지만 6년이 지나도록 진리를 깨우치지 못한 것에 대해 스스로의 능력에 좌절하고 절 조직의 비리와 모순에 분노하면서 방황하기 시작해 객승으로 전전하다가 단편소설「목탁조」가『주간종교』의 종교소설 공모에 당선되었으나, "악의적으로 불교계를 비방하고 전체 승려들을 모욕했다"는 오해를 받아 승적에서 제적당하면서 황야에서 외롭게 떠돌다 '보리와 번뇌가 본래 둘이 아니며 예토(穢土)와 정토(淨土)가 본래 둘로 나뉘어진 별세계가 아니라는 여래(如來)의 말씀이 진실로 진언(眞言)'임을 깨닫고(「하산」) 10년의 승려생활을 마감하고 산을 내려오기까지의 이야기이다.

『집』은 '팔풍오욕(八風五慾) 속에 끝없이 윤회(輪回)하는 이 예토를 여의고는 다른 어느 곳에서도 정토를 구할 수가 없다'는 깨달음으로 환속한 후, 결혼과 이혼 그리고 재혼으로 이어지는 진흙창의 세속적 삶 속에서, 한 가정의 가장으로 홀어머니와 아내 그리고 두 자녀와 함께 아름다운 연꽃을 피워내려고 번뇌하며 고통스러워하는 모습을 담고 있다.

이런 자전소설들에서 벗어나 아버지나 할아버지 시대의 헌걸찬 정신을 재현하려는 노력을 보여주는 일련의 작품들이 있다. 「풍적(風笛)」, 「역사를 찾아서」, 「국수(國手)」 등이 이에 해당하는데, 이들 작품들에서 그는 좌익 2세인 자신의 뼈아픈 가족사를 출발점으로 삼아 근현대사의 질곡 속에서 나라와 민족을 지키기 위해 산화해간 할아버지 세대와 아버지 세대의 순수한 이상과 뜨거운 열정 그리고 헌걸찬 행적의 문학적 형상화를 통해 그들의 역사적 의미를 당당하게 복권시키는 작업에 진력한다. 그런가 하면, 그가 필생의 화두로 삼은 아버지 세대의 이야기를 모아 내놓은 좌익 독립운동가 열전(列傳) 『현대사 아리랑』은 아버지에 대한 아득한 그리움에서 벗어나 마침내 아버지의 이야기를 역사 속에 온당히 자리매김하기 위한 본격적인 작업의 시발점이다. 『현대사 아리랑』은 민족과 민중의 해방을 위해 몸 바쳐 싸웠으나 남북 어느 곳의 역사에서도 외면당한 채, '그 넋마저 저 세상으로 가지 못하고 중음신(中陰身) 되어 이 땅 위를 떠돌고 계신 혁명가 어르신들'의 이야기를 역사 속에 온전하게 복원시킴으로써 그들의 영혼을 천도하고자 한 작업이다.

김성동의 삶과 문학

김성동은 1947년 충남 보령군 청라면 구렛골에서 선원(仙源) 김상용(병자호란 때 강화가 호병에게 함락되자 화약궤를 터뜨려 순절)의 십삼대 장손으로 태어나, 집안을 다시 일으켜 세울 거라는 할머니의 기대 속에, 다섯 살에 할아버지로부터 진서와 양반가의 법도를 배웠으며 어머니에게서 한글과 셈본 등을 배웠다. 이때 배운 할아버지의 유교적 가르침은 그에게 도덕적인 인격자로서 갖추어야 할 끊임없는 자기성찰과 수양의 자세 그리고 청빈의 생활기풍을 정신적 지주로 자리 잡게 해 그의 삶에 유교적 선비의 모습을 띠게 한다.

그가 채 돌도 되지 않은 1948년 늦가을에 장총을 멘 순사들에게 끌려 집을 떠난 그의 아버지는 예비검속으로 대전형무소에 수감되었다가 한국전쟁이 발발한 6월 말경에서 7월 어름에 대전 산내 낭월리 뼈잿골 이른바 '눈물의 골짜기'에서 8000여 명의 좌익수들과 함께 처형당했다.

> 모이안이란 한촌(寒村) 위쪽 골짜긴데, 후유. 수천 수백 구의 시신들이 육탈이 된 채루 철삿줄에 꽁꽁 뒷결박을 당헌 채루 뒤엉켜 있넌디…… 어느 것이 늬 애비의 시신인지 찾을 길이 옰구나. 까막 까치는 새까맣게 하늘을 뒤덮구서 울어쌓넌디 도대체 찾을 수가 없어. (『길』상권, 306쪽)

그의 선친이 이렇게 비극적인 죽음을 맞이하는 그 순간에 그는 4살로 그제야 처음으로 입을 떼어 아버지를 세 차례나 부르짖었다니(『현대사 아리랑』머리말), 부자간에 애잔한 감응이 있었음인가! 그의 아버지는 일제강점기 때부터 소위 좌익인 공산주의자로 헌병대며 주재소를 드나들어야 했으며, 해방이 되고서는 박헌영 밑에서 전농(全農)일을 보다가 예비검속이 되었다. 박헌영의 집안과는 대대로 교유가 있었고 선대들의 고향이 같은 인연으로 공산주의 진영에서 조국광복운동을 하게 되었으며, '경성콤그룹'에서 이관술 선생 동아리였다. 그의 아버지 김봉한은 타고난 수재로 소학교를 졸업한 뒤 강의록으로 독학하고, 유성기판을 틀어놓고 영어공부를 하고 또 수학공부를 해서 서울에 있는 숙명

여전의 교수를 하였다. 또 한학에 정통하여 자작 한시를 영역하기도 했으며, 음악 미술 문학 등에도 조예를 보였다. 숙명여전 수학 교수를 그만두고 고향에 와 있다 예비검속이 된 그는, 동료들의 혐의를 모두 자신의 책임으로 한 뒤 끝까지 전향을 거부해 의리와 사상의 자유를 지켰다.

> "아버지는 선비셨습니다. 그래서 결국은 실패하셨는지도 모르지만……
> 혁명가 이전에 선비셨소. 선비 이전에 예술가셨지요. 아니, 예술가 이전에
> 무엇보다도 인간이셨습니다. 참사람."
>
> (『집』상권 184-185쪽)

아버지의 죽음 이후 큰삼촌 또한 빨갱이 가족이라는 이유로 대한청년단원들의 참나무 몽둥이질 테러를 당한 후유증으로 세상을 떠났으며, 면장을 지낸 외삼촌은 좌익들의 테러로 숨져 친가와 외가가 모두 몰락했다. 아버지를 이어 집안 살림을 떠맡았던 큰삼촌은 부자와 가난뱅이가 차별 없이 모두 평등하게 사는 새 세상을 만들겠다며 이십 세에 민청위원장을 했던 것이 변고의 원인이 되었다. 애국자의 유가족이라며 인민공화국 사람들이 시켜 여맹위원장을 맡았던 어머니 또한 고문 후유증으로 시달리게 되고, 특히 아버지의 예비검속 이후 얻은 속병(가슴앓이)이 한 번 도지면 보름이나 한 달이 넘게 아무 것도 먹지 못할 정도로 극심한 고통을 겪게 된다.

두 아들을 참혹하게 잃는 참척(慘慽)의 아픔을 겪은 할아버지는 비록 몰락했지만 예절과 도의를 그 목숨보다 중히 여기는 양반가의 자손으로서, 품위와 법도 그리고 백성의 삶을 윤택하게 하는 정치의 도리와 백성의 이익을 대변하는 충신의 역할을 강조한다. 그런 만큼 할아버지는 근본이 뒤집힌 현실을 걱정하고 탄식한다.

계승과 회향의 시학

"뇌동자 넝민덜이 쥔되는 새 시상을 맹들겄다구, 내남적 윶이 똑같이 고
르게 펭등헌 사람의 시상을 맹들겄다구 왜정 때버텀 밤을 낮삼어서 뛰여다
니던 애국자덜은 다 총하지혼 장하지혼이 되구…… 지주 자본가 관공리덜
만 남었구나. 왜늠 양늠덜 밑이서 툉인 급창노릇 허던 자덜만이 남었어……
그런 자들이 죄 민의원이 되구 관공리가 되구 부자가 되서 백성들의 멱살을
틀어쥐구 있으니, 이 나라가 어찌될꼬? 이 백성이 어찌될꼬?"

(『길』상권, 211쪽)

기독교나 불교의 교리는 사학(邪學)이자 이적지법(夷狄之法)으로 난
세를 바로잡고자 하는 장부의 사업이 아니라고 보는 할아버지가 한편
으로 이인(異人)을 만나러 다니는 것은, '저 우주 삼라만상의 이치를 곶
감 꿰듯이 한 줄로 두루 꿰뚫어 알고 있어 모름지기 참답게 살 수 있는
길 또한 알고 있는 이인을 만나서 자손의 씨를 보존할 낙토(樂土)를 찾
기 위함'이다. 그래서 할아버지는 시국이 어지러울수록 더욱 『정감록』
의 파자(破字) 풀이에 매달린다. 물론 역사가 미리 정해져 있는 묵시의
세계는 아니므로 비기(秘記)에 침잠한다고 해서 난세를 슬기롭게 극복
해 나가는 것은 아니지만, 참척의 슬픔과 집안의 몰락 등을 겪은 어지러
운 시국에 남은 가족을 건사해야 하는 책임을 진 할아버지의 입장에서
는 충분히 이해되는 일이다.

빨갱이 가족이란 낙인이 주는 사회적 위협에서 장손을 지키고자 하
는 조부의 배려로 덕산의 평화농장으로 이사를 간 세 식구(어머니, 누
나, 김성동)는 어머니의 발병으로 1년 만에 다시 조부의 그늘로 돌아온
다. 하지만 아홉 살 때 수덕사로 소풍을 간 그는, 아버지를 잘 알고 있으
며 누더기를 걸친 객승을 만나 '불자의 운명'과 만나게 된다.

"즤 집안을 아서유?"

"공부를 하되 세상을 건질 수 있는 공부를 해야 하는 거야. 제 한몸 제 한집
안 일가 일신의 안위와 행복만을 위한 작은 공부가 아니라 온세상 인민대중
들이 똑같이 평등한 세상에서 자유롭게 살 수있는 큰 공부를. 그게 아버님의
거룩한 뜻을 이어받는 길이며 일체중생을 위한 보살의 길인즉……알겠지?"

"즤 아버지를 아서유?"

마른 침을 삼키며 나는 안타깝게 물었는데, 객승이 몸을 돌렸다. 그리고
걸어가면서 혼잣말처럼 중얼거리는 것이었다.

"중상이로다, 중상."

(『길』상권, 137쪽)

그런가 하면 1953년, 그러니까 국민학교에 입학하기 전에 집에서 진
서를 배우던 때에 낯선 아저씨 두 사람이 양복에 넥타이를 맨 정장 차림
으로 집에 찾아와 '열심히 공부해서 아버지 뒤를 잇는 훌륭한 사람이 되
라'고 격려하고 산속으로 사라진 뒤에 총을 멘 순사들이 찚차를 타고 집
으로 들이닥친 일도 있는데, 이는 「오막살이 집 한 채」에 뒤섞여 드러
나 있다. 그는 수덕사에서 만난 그 이상한 객승에 대해, 철 난 뒤에야 '아
버지와 연비를 맺고 있던 경성콤그룹 계열 독립운동가로 끈 떨어져 위
장입산한 망실공비'로 판단하는데, 이런 인식은 『길』하권 용천뱅이 편
에 잘 형상화되어 있다. 나병에 걸린 걸인으로 위장한 공산주의자들이
5·16 무렵까지 활동하고 있었고 그들이 군사쿠데타의 주역인 박정희
소장의 남로당 군사부장 경력에 나름의 기대를 하고 있었다는 그의 판
단은 역사적 사료가 뒷받침되어 검증돼야 하겠지만 충분히 개연성 있
는 일이라 여겨진다.

"박아무개라는 그 군인이 우리 쪽 오르그였다 이 말이오?"

사내의 목소리였고, 낯선 목소리가 뒤를 이어 들리어왔다.

"그렇다니까 그러시오. 항쟁의 여순시절부터, 아니 그 이전 국방경비대시
절부터 우리 쪽 사람이었다 이 말이외다."

"무슨 근거로?"

"당장 근거를 댈 수야 없지만…… 서울서도 그렇지만 대구 쪽에서 만난 몇
사람의 동지들한테서도 확인한 사실이니 틀림없을 거외다."

〈중략〉

"박아무개라는 자의 전력이 그렇다고 해서…… 지금 이 시간에도 여전히
우리 당의 사람이라고 어찌 믿을 수 있다는 말이오."

〈중략〉

"박아무개가 그런 사람이라면 일단 희망을 가져볼 수 있지 않겠는가 싶어
해보는 말이외다. 최동지의 말대로 아직까지도 우리의 동지인지는 확인하
여 볼 길이 없지만……."

(『길』하권, 57-58쪽)

그의 가족은 아픈 상처의 추억에서 벗어나고 또 비기(秘記)에서 이른
대로 가족을 건사하면서도 먹고 살 길을 찾아 대처인 대전으로 이사를
한다. 적빈의 가족이 이사한 용두동 산 십오 번지는 육이오 때 피난민
수용소로 급하게 만들어진 하꼬방 동네로, 거의가 강한 북녘 사투리를
쓰는 피난민들이 공동으로 수도와 변소를 쓰는 그런 곳으로, 호수돈여
중고 밑이고 또 무당네 윗집이었다.

서대전국민학교 5학년으로 전학한 그는 만화에 정신없이 빠졌다가 '
다음 장면이며 결과가 너무 빤하고 터무니없는 과장과 거짓말이 심한'
만화책에 이내 싫증이 나서 대본서점에서 온갖 소설책과 만화책 그리

고 철학책들을 읽으며 작가에 대한 막연한 동경을 느꼈고, 실지로 자기 집안이 겪은 모진 이야기들을 해 보아야겠다는 생각에 이백 자 원고지 50장 분량의 소설을 쓰기도 했다. 이렇게 자신이 지은 소설을 속병이 도져 고통스러워하는 어머니를 위로하기 위해 읽어드리자, 어머니는 나름의 문학이론을 제시하며 기특해 한다.

> "그런디 위째서 그렇게 슬프다네. 똑 누구네 집 얘기허는 것두 같구⋯⋯."
> 그러면서 어머니는 다시 벽쪽으로 몸을 돌리셨는데, 목소리가 가느다랗게 떨려나왔다.
> "노래든 얘기든 슬퍼야 혀. 그저 다다 사람의 심금을 울리게 슬퍼야 헌다니게. 그래야 관심을 끄넌 거."
>
> (『길』상권, 253쪽)

그는 서대전국민학교를 우수한 성적으로 졸업했지만 수업료를 못내 졸업장도 받지 못한 채 집안일을 돕다가 제2대 정부통령 선거가 있은 며칠 뒤에 삼육고등공민학교에 입학하게 된다. 비정규 학교로 졸업 후 중졸 검정고시를 치러야 하는 학교지만 입학금과 육성회비가 없고 수업료가 싸기 때문이었다. 당시 삼육고등공민학교는 효동에 있었고, 현 도마동으로 학교를 옮긴 건 1964년인데, 정식 중학교로 인가받은 것은 그 이듬해이다. 정부통령 선거가 있기 전인 3월 8일과 10일에 대전고등학교 학생들이 이승만 정권의 일당독재를 규탄하는 시위에 동참한 적이 있는 그는, 3·15 부정선거에 항거하는 학생들을 중심으로 한 시민들의 전국적인 시위가 사월 십구일 최고조에 이르고 수많은 젊은이들의 희생 끝에 비상계엄령이 선포되기까지 조용하던 대전지역의 대학생들이, 이승만 대통령의 하야성명이 있는 4월 26일에야 뒤늦은 시위를 하

계승과 회향의 시학

고 시청 집기들을 부수고 자유당 출신 민의원 정락훈의 집에 불을 지르
는 행태를 보이는 것에 큰 의문을 품는다. 무엇보다도 떳떳치 못한, 비
겁한 짓이었기 때문이다.

> 밤하늘을 붉게 물들이며 타오르고 있는 불꽃을 바라보며 나는 이상해지
> 는 기분이었다. 평소에는 아무리 부당하게 억눌리고 부당하게 두들겨 맞으
> 며 부당하게 빼앗겨도 아프고 억울하다는 비명 한번 제대로 지르지 못하던
> 사람들이 독재자의 하야가 있고 세상이 결정적으로 뒤집어진 다음에야 뒤
> 늦은 시위를 하는 게 무언가 떳떳치 못하다는 느낌이었다.
>
> (『길』상권, 280쪽)

보호관찰 대상인 할아버지는 대전에 이사와 곧바로 대전경찰서 대공
과 형사들의 닦달을 받았고, 4·19때는 예비검속으로 대전경찰서 유치
장에 수감되었으며, 5·16으로 계엄령이 선포되자 또 다시 형사가 찾
아와 할아버지의 동태를 파악하다가 어린 그를 보고 '붉은 씨앗'으로 낙
인찍는다. 이는 그에게 평생 멍에가 되고 또 입산과 방황의 원인이 된다.

> 방을 나가면서 사내가 말하였다.
> "북괴쪽에서 누가 찾아오거나 무슨 연락이 오면 즉시 신고하여야 합니
> 다. 불고지죄로 경치지 마시구. 인공 때 통비분자를 숨겨뒀다가 경친 전력
> 을 알고 있으니까."
> 말없이 반쯤 몸을 일으키시는 할아버지를 대신하여 나는 사내를 따라나
> 갔다.
> "안녕이 가세유."
> 하면서 쪽문을 닫는데, 송곳으로 이마를 찌르는 것 같았다.

쪽문을 나서던 그가 몸을 비틀며 나를 쏘아보았던 것이다. 온몸에 닭살이
돋는 느낌이었고, 부르르하고 나는 진저리를 쳤다.

사내의 입술 한쪽이 묘하게 비틀려 올라갔다.

"붉은 씨앗이로군."

(『길』상권, 325–326쪽)

할아버지는 다시 한밤에 형사들에게 연행되어 대전경찰서 유치장에
수감되었다가 스무 날 만엔가 풀려나, 그의 손을 잡고 용두동 집으로 돌
아오는 길에 용두동 언덕배기에 있는 충혼탑(忠魂塔) 밑을 지날 때, 장
탄식과 함께 그의 아버지의 죽음을 애통해한다.

충혼탑 밑이었다. '카빈'과 '엠원'을 꼬나쥔 채로 앞으로 달려가고 있는 경
찰관들의 모습이 조각되어 있는 밑으로 수많은 사람들의 이름이 새겨져 있
는 흰 화강암 비석이었다.

"영뵉아."

"예."

"이 비석이 무엇인지 아는고?"

"충혼탑이지유."

"충혼탑이라…… 그게 무슨 뜻인고?"

"충성스런 혼령들을 뫼신 탑이라는 뜻이지유."

이윽한 눈빛으로 할아버지는 저 멀리 아득하게 깔려 있는 식장산자락을
바라보시었다. 할아버지가 천천히 말씀하시었다.

"깅찰리들이야 죽어서 탑이라두 섰지만 그 경찰리들헌테 죽은 이들은 어
디에 그 혼백을 뉘일꼬. 무덤 하나 읎구 제삿날두 모른 체루 떠도는 그 숱헌
혼백들을 어찌할 것인가 이 말이니라. 황천(黃泉)에 무일점(無一店)하니 금

야(今夜)에 숙수가(宿誰家)오? 황천에 한 주막도 없으니 오늘 밤에는 어느 집에서 몸을 눕힐꼬?'

(『길』상권, 335–336쪽)

그는 할아버지가 풀려나서 충혼탑을 지나 집에 돌아온 날 저녁에 '아버지가 뼈잿골에서 8천 명 이상 좌익사범들과 함께 학살당하시었다는 것'을 비로소 알게 된다. 그의 아버지가 박헌영, 이관술, 이현상 등과 독립운동을 하였고, 대전형무소에 수감 중 '전향만 하면 살려준다'는데도 끝내 전향을 거부한 채 희생되었음을 알고서 그는 절망감과 막막한 그리움으로 며칠 후 가출하여 목포까지 가게 된다. 땅끝으로 가면 '그 무엇'인가가 있을 것이고, 외항선을 타고 바다 끝까지 가볼 생각이었으나 먼 바다에 떠 있는 외항선까지 갈 방법이 없어 부둣가를 헤매다 사흘 만에 다시 집으로 돌아온다.

그의 아버지가 희생된 보도연맹 사건은 1950년 한국전쟁 중에 대한민국 국군·헌병·반공 극우단체 그리고 미군 등이 국민보도연맹원이나 양심수 등을 포함해 최대 20만 명 남짓의 민간인을 살해한 대규모 학살사건이다. 국민보도연맹은 1948년 말 시행된 국가보안법에 따라 '좌익사상에 물든 사람들을 전향시켜 이들을 보호한다'는 취지로 1949년 6월 좌파 전향자로 구성된 반공단체 조직으로, 1949년 말에는 가입자 수가 30만 명에 달했다. 당시 공무원들이 실적을 높이기 위해 가입을 강제하는 경우도 많아, 사상에 관계없이 식량 배급을 받기 위해 등록한 양민들도 많이 있었다고 한다. 한국전쟁이 발발했을 때, 이승만은 '보도연맹에 가입된 사람들이 조선 인민군이 점령한 지역에서 협조할 것'이라고 의심해 학살을 명령했다는 가해자의 증언으로 보아 학살이 계획적으로 진행된 것으로 추정된다. 4·19 혁명 직후 보도연맹 학살 희생자 유족들의 진상조사 요구로 '양민학살사건의 진상조사특위'가 구성돼 학살현장을 돌며 실태조사를 벌였으나, 5.16 군사 쿠데타로 모든 것이 원점으로 돌아가고 말았다. 참여정부에 들어서야 진실화해위원회에서 보도연맹사건에 대한 진상조사를 통해 '6 · 25 전쟁기간 동안 대한민국정부 주도로 국민보도연맹원 4천934명이 희생된 사실을 확인했다.'고 발표했으나, 학살을 지시한 명령체계 등 사건의 전말을 규명하지는 못한 채 종결되었다. 노무현 대통령은 2008년 '과거 정부의 공권력에 의한 불법적인 양민학살 행위'로 인정하여 보도연맹 사건으로 희생된 유가족들에게 공식적으로 위로와 사과의 뜻을 밝혔다.

대전 '산내학살 사건'은 1950년 7월 초부터 중순경까지 대전형무소 재소자 등과 대전 충남북 일원의 보도연맹원 등 최고 7000여명이 군경에 의해 집단학살된 것으로 추정되는 사건이다. 92년 2월 월간「말」지에 의해 '대전형무소 학살사건'으로 공론화된 후 99년 12월 미 국립문서보관소에 있던 산내학살 관련 자료가 공개되면서 지역사회단체의 진상조사와 유족들의 증언이 본격적으로 시작됐다. 미 국립문서보관소에서 비밀 해제된 문건은 '50년 7월초 3일간 대전형무소 정치범 1천8백 명이 처형됐다'고 보고하고 있다. 영국 일간신문 〈데일리 워커〉지의 한국전쟁 당시 종군기자였던 위닝턴의 증언록은 학살의 규모를 7천명으로 명시했다. 한국전쟁전후 남한지역 내 단일장소로는 최대 학살지인 셈이다. 증언록은 해방일보와 로동신문, 그리고 가해자의 증언 등의 자료를 들어 7월 1일부터 17일까지 여러 차례에 걸쳐 학살이 진행되었고 대전형무소 수형인과 공주, 청주형무소 수형인 및 대전시 보도연맹원을 포함해 최대 7,000여 명이 학살된 것으로 보인다고 설명했다. 현재 골령골 현장 내 암매장 추정지는 모두 8곳으로, 이중 발굴이 진행된 곳은 모두 4곳으로 골짜기 전체가 학살터이자 암매장지임을 알 수 있다.

"그렇게 앞으로만 계속해서 나가다 보면 방죽이 나왔고 방죽을 지나서 한참을 가다보면 뫼안이었으며 그리고 그곳의 산골짜기에 아버지는 누워 계시는 것이었다.

"할아버지!"

나는 소리쳤다.

"할아버지 글루 가시면 안 더유! 글루 가시면 안 된다니께유!"

안타까웁게 나는 소리쳤는데, 할아버지는 들은 척도 하지 않으시었다. 아무런 소리도 들리지 않고 아무런 것도 보이지 않으시는 듯, 금방이라도 하마 쓰러지실 것만 같게 비틀비틀 앞으로 나아가시는것이었다. 앞으로만 자꾸 나아가며 누구인가의 이름을 부르시는 것이었는데, 아. 아버지였다. 서른을 조금 넘긴 절통한 나이로 총하지혼(銃下之魂)이 된 당신의 큰아들.

"봉아, 봉아, 봉아……."

"할아버지, 할아버지, 할아버지……."

(『길』하권, 82쪽)

그는 한국전쟁전후 남한 내 최대 학살규모인 산내학살사건에 대해 당시 학살현장을 찾았던 할아버지가 주변 주민들에게 들은 얘기를 토대로 8천명이 학살당한 것으로 말하고 있다. 물론 일만 명 규모를 말하는 주민들의 증언도 있고, 또 주민들이 직접 보지 못한 현장도 있을 것이므로 8천명 이상의 희생이 있었을 것으로 추정할 수 있다. 산내학살사건의 유가족인 그는 금년 3월 박근혜 정부 출범에 맞춰, 남로당 유가족들의 지지에 힘입어 박정희 정권이 출범했던 만큼, 학살현장인 뼈잿골에 평화공원을 세워 어디에도 머물지 못한 채 헤매고 있는 중음신들 눈을 감겨드려야 할 역사적 당위가 있음을 주장했다. 끔찍한 학살의 상처를 진심으로 치유하는 길은 무엇보다도 그 역사적 진실을 밝히고 원혼

모두가 행복한 나라를 꿈꾸다

218

들의 억울함을 달랜 뒤 유가족들의 아픔을 진심으로 위로하고 적절한 보상을 하고 더 이상 이런 만행이 되풀이되지 않도록 학살현장을 평화교육의 장으로 승화시키는 일이라는 점에서, 그의 이런 제안은 진지하게 고려할 필요가 있다. 우리는 이미 한국군에 의한 베트남전 관련 양민학살문제를 사죄하고 양국 간 새로운 우호관계를 수립하기 위해, 베트남전 당시 한국군 전투부대가 모두 거쳐 간 격전지로 민간인 피해가 많았던 푸옌성에 '한-베 평화공원'을 세운 바 있음을 되새겨 보아야 한다.

[왜냐면] 박근혜 대통령님께!

김성동(소설가 · 경기도 양평군 청운면 가현리)

"대한민국에서 살아남기 위한 최선의 방법이 소설가였다." 이제는 저 뒤로 간 선배작가가 한 말이었지요. 소설가로 이름자를 얻고 보면 어느 발에 채이는지도 모른 채 깨져버릴 수밖에 없는 얼떤 죽음만큼은 면할 수 있겠다는 슬픈 깨달음에서 한 말이겠는데, 이 중생 또한 똑같은 말씀을 할 수 있겠군요. 다음은 현대사 전공 역사학자 한홍구 교수가 쓴 〈대한민국사1〉에 나오는 대문입니다. 이미 '베스트셀러'가 된 책에까지 나왔으므로, 하마 꿈속에서라도 누가 엿들을까봐 목구멍 안으로 삼키고 있던 제 집안 이야기를 머리글 삼아 대통령님께 글월 드리게 된 까닭이기도 합니다.

"빨갱이를 아버지로 둔 작가는 이렇게 부르짖었다. 빨갱이 새끼… 그렇다. 나는 사람들이 침 뱉고 발길질하고 그리고 아무나 찢어죽여도 좋은 빨갱이 새끼였던 것이다. 나는 왜 빨갱이 새끼로 태어났을까. 그때처럼 아버지가 미웠던 적도 없다. 아버지는 어쩌자고 사람들이 침 뱉는 빨갱이가 되어 가지

계승과 희망의 시학

●

219

고 하나밖에 없는 자식을 풀기 빠진 핫바지처럼 주눅들게 만드는 것일까…

(김성동 〈엄마와 개구리〉)

김성동뿐 아니라 작가들 중에는 이문구, 김원일, 김원우, 이문열 등 빨갱이 아버지를 둔 사람들이 많다. 어디 변변한 직장 잡을 길이 없었기에 그렇게 되었을 것이다. 김성동, 이문구, 김원일 등이 작품활동을 통해 그 원망스러운 아버지가 걸었던 길을 감싸 안으려 했다면 이문열은 그들과 날카로운 대척 점에 섰다. 그래도 작가들이야 글 쓰는 재주라도 있어 자신들의 아픈 사연을 작품으로라도 승화시켰지만, 이도 저도 없는 힘없는 사람들은 속으로 피울음을 삼켜야 했다.”

그렇습니다. 그렇게 속으로 피울음을 삼킬 수밖에 없었습니다. 없습니다. 그리고 그렇게 힘없고 슬픈 사람들 손을 잡아주어야 할 의무와 역사적 필연성이 대통령님께는 있다고 보아 붓을 들게 된 것이지요. 〈해방일보〉 1950년 7월 28일치에 실려 있는 기사입니다. (신문에 실렸던 대로임)

“피에 주린 악귀들의 만행을 계속/대전에서 七천여명 살륙/재감중의 애국자 전부가 희생

七월四일경부터 ×들은 대덕군 살(산)내면 랑월리 뒷산을 비롯한 수개소에 기리七,八메터 넓이 二메터 가량의 깊은 구뎅이를 다수 파놓은 뒤 우선 대전 형무소에서 복역중인 애국투사들을 전부 실어내다 쏘아죽이고는 구뎅이 속에 차넣다는 것이다. 하루에 다섯 튜럭씩 혹은 열다섯 튜럭씩 실어내다 죽였는데 인민군대들이 대전 가까이 진격해 온다는 것을 알자 ×들은 튜럭으로 하루 최고 八백여회를 날러다 죽이였다는 것이다. 형무소에 있는 애국투사들을 학살함과 아울러 소위 보도련맹 가맹자와 일반 무고한 로소남

녀와 학생들을 「예비검속」이라는 허위 밑에 체포하여다 역시 학살하였다.

　　송인성 농민은 다음과 같이 말하였다. ×들은 애국투사들을 총살장으로 실어갈 때에는 부근에 일반사람들의 통행을 일체 금지시키고 목목이 총을 멘 헌병들을 지키게 하였지요. ×들은 애국자들의 손목들을 고랑으로 채우고 고개들을 무릎팍에 꽉 끼운 채 옴짝 못하게 하였습니다. 한번은 젊은 사람 한분이 튜럭이 자기 집 부근에 다달으자 조선민주주의 인민공화국 만세! 하고 소리높이 웨치며 뛰어나렸습니다. 그러자 헌병사형리들은 차를 멈추고 여럿이서 달려들어 총대의 고굉이로 까서 즉살시켰습니다.… 七천여명 가량 죽었을 거라구들 하지만 나는 一만여명은 학살하였으리라구 생각됩니다. 우리들이 전연 모르는 곳에 끌어내다 죽인 것도 있으니까요. 지금도 구뎅이에만 가면 시체를 묻은 뒤 흙을 엷게 한가풀 덮었을 뿐으로 학살당한 사람들의 팔, 다리가 밖으로 삐져나온 것을 볼 수 있습니다.' ×들은 노도와 같이 진격 또 진격하는 영웅적 인민군대의 준엄한 소탕전에 의하여 비참한 주검과 패주만이 자기들의 유일한 운명으로 되자 이와 같이 단말마적인 인민학살을 감행하고 있는 것이다."

　　박근혜 대통령님! 이들의 눈을 감겨달라는 것입니다. 그렇다고 해서 이들의 죽음에 대한 어떤 역사적 끊아 매김을 해달라는 것이 아닙니다. 분단이 해소되지 않은 이상 그럴 수도 없겠지요. 다만, 시방도 백골이 튀어나오는 그곳을 정부에서 안 된다면 사비로라도 사들여 평화공원으로 만들어달라는 것입니다. 그런데 그들을 마구 죽여 버린 것은 미군 조종을 받던 이승만 정권인데, 왜 박근혜 정권에서 책임을 져야 하느냐는 반문이 나올 수 있습니다. 과연 그럴까요?

이승만 정권의 법통을 받은 것이 박정희 정권입니다. 박정희 정권의 법통을 받은 것이 박근혜 정권입니다. 그리고 박근혜 대통령님의 부친이기도 한 박정희 육군 소장이 정권을 잡게 된 까닭을 줄 밑 걷어 보면 산내 뼈잿골에서 학살당한 이들과 역사적 이음고리를 맺고 있다는 놀라운 사실을 알 수 있습니다. 정권을 차지하는데 뼈잿골에서 학살당한 이들한테 커다란 빚을 지고 있는 것입니다.

구악을 능가하는 신악을 저지르며 기층 민중들의 생존을 위협하는 2년 반 동안 군사독재에 진저리를 치고 있던 민중들 열기로 봐서 윤보선이 대통령에 당선되는 것은 당연한 사실이었습니다. 그런데 1963년 10월15일 실시된 제5대 대통령 선거 결과는 박정희 470만2640표, 윤보선 454만6614표였습니다. 윤보선씨는 그 뒤 '정신적인 대통령'이라는 유명한 말을 해서 사람들 입에 오르내리기도 했지만, 현실은 박정희 당선이었지요. 도덕적 근거가 없으니 정권의 정통성도 전혀 없던 박정희 육군소장을 정점으로 한 일부 정치군인들에게 합법적인 정권 옷을 입혀준 것이지요.

그러면 군사 쿠데타의 주역인 박정희씨가 예상을 뒤엎고 대통령에 당선된 까닭이 어디에 있는가? 합헌적인 대통령 자리에 있으면서 그 합헌성을 부정한 군사 쿠데타를 인정했다가 의견이 맞지 않는다고 그 합헌성을 부정하는 등 윤보선씨의 일관성 없는 행동과 부정선거 탓도 어느 정도 있겠으나, 윤씨가 낙선한 데에는 '사상논쟁'을 벌였던 데 있다고 봅니다. 윤보선씨가 일으킨 이른바 '사상논쟁'이라는 것은 '박정희씨가 제1군 참모장으로 재직 중이던 육군소령 시절 남조선노동당 군사부장으로 복무했으며 1948년 북조선 정부를 지지한 여순반란사건으로 무기징역을 선고받았으나 우인 장교들에 의한 감형도움을 받아 군에 다시 복무하게 됐다'는 전력을 들추어 박정희 후보를 '공산당'이라고 비난하고 나선 것을 말합니다. 사실 여부를 떠나서 상대방 후보를 '공산당'이라고 매도하고 나서는 윤보선 후보에게 민중들은 염증과 함께 일종의 공포심을 느꼈던 것입니다. 또 진위는 확인할 길이 없지만 1956년 5월 15일에 실시된 제3대 대통령 선거에서 진보당 공천으로 입후보한 죽산 조봉암씨가 얻은 216만3808표 가운데 상당수가 박정희 후보에게 갔을 것이라고 사람들은 말하고 있었는데, 찍어 말하면 살인적 반공 체제 아래 숨죽이며 살고 있던 남로당 유가족들의 표가 전 남로당 군사부장이었던 박정희한테로 갔던 것이지요.

바로 이 대목입니다. 여기에 박근혜 대통령님께서 8천명(학살사건 소문을 듣고 뼈잿골을 찾았던 할아버지가 근처 사람들에게 들었다는 말임) 이상이 비명횡사한 충남 대덕군 산내면 낭월리 곧 뼈잿골 현장에 평화공원을 세워 어디에도 머물지 못한 채 헤매고 있는 중음신들 눈을 감겨드려야 할 역사적 당위가 있는 것입니다. 이렇게 되었을 때 박정희 전 대통령께서도 대견스러운 딸따니의 '지도력'에 빙그레 웃음 지으시겠지요. 그리고 그렇게 되었을 때 이른바 전략적 노느매기에 지나지 않는 노벨평화상이 아니라 전 인류의 이름으로 씌워주는 평화의 꽃다발을 받게 되겠지요. 아울러 이 땅에 평화공원이 들어서야 할 곳은 뼈잿골 말고도 많겠고요.

박근혜 대통령님! 뼈잿골을 평화공원으로 만드십시오. 그랬을 때 '성공한 대통령'이 될 것이라고 굳게 믿습니다. 깊이 생각해 보시기 바라며, 두서없는 붓을 놓겠습니다.

(2013.3.4. 한겨레신문)

그는 '붉은 씨앗'의 운명으로 연좌제에 걸려 공무원, 장교, 법관이 될 수 없는 '삼불(三不)의 덫'에 치인 출신성분으로 할 수 있는 최선의 선택으로 서라벌고등학교 3학년 때 〈내가 학교를 그만두는 까닭〉이라는 장문의 자퇴서를 내고 입산하여, 지효대선사의 상좌가 되고 행자 생활 여섯 달 만에 수계를 받고 정각(正覺)이라는 법명을 받는다. 수계를 받은 지 한 해 만에 산을 내려가 지리산 칠불암의 한 토굴에서 지리산을 떠도는 중음신(中陰身)들 호곡소리에 두려움에 떨며 염불삼매에 들어 그 환청과 환시에서 벗어난 뒤 새로운 평등세상을 만들려다 돌아가신 아버지와 아버지를 포함한 그 시절 헌걸찬 정신들 이름을 부르며 지리산 골짜기를 헤매던 끝에 한철 만에 다시 무문관으로 돌아온다.

> 지리큰뫼를 떠도는 중음신(中陰身)들 호곡소리에 혼백이 흩어지는 공포에 떨던 끝에 '미륵존불'을 부르게 되었고, 수천수만 애빨치, 구구빨치, 구빨치, 신빨치, 작식대(作食隊)들이 피투성이로 울부짖는 환청과 환시로부터 벗어날 수 있었으니, 말로만 듣던 염불삼매(念佛三昧)에 들었던 것이었음. (중략) 염불삼매에서 벗어난 다음 이 중생은 지리큰뫼 골짜기를 헤매며 아버지를 불렀음. 민주조선·자유조선·해방조선·평등조선을 외치며 돌아가신 아버지와 아버지를 포함한 그 시절 헌걸찬 정신들 이름을 부르다가 생철움막으로 돌아와 오체투지(五體投地) 백팔배를 하였음.
>
> (『피안의 새』, 간추려본 발자취)

이런 천도의식(遷度儀式)을 통해 그는 자신에게 '붉은 씨앗'의 멍에를 남긴 아버지를 원망하지 않고 오히려 아버지가 품었던 이상을 추호도 의심하지 않고 수긍하게 된다. 그는 입산할 때, 3년이면 깨달음을 얻을 수 있으리라는 자신감으로 시한부 수행을 계획했으나 6년이 지나도록 '잡힐 듯 잡힐 듯 잡혀지지 않는 허공과도 같은' 깨달음의 길에 절망하며 여러 선방을 전전하면서 화두와 씨름한다. 그는 '타고난 업에 대한 괴로움과 회의, 조직체의 모순과 비리에 대한 분노, 그리고 돌멩이라도 깨물어 먹고 싶게끔 굶주린 청춘이 주는 갈등 따위로 해서 방황하기' 시작해 한곳에 한 철 이상을 머물지 못하는 객승으로 전국을 떠돌게 되고, 이런 절망과 방황 그리고 깨달음에 대한 열망 등을 정리하고 처음부터 다시 시작하자는 각오로 쓴 단편소설 「목탁조」가 『주간종교』의 종교소설 공모에 당선되었으나, "악의적으로 불교계를 비방하고 전체 승려들을 모욕했다"는 오해를 받아 승적에서 제적당하면서 황야를 격렬하게 떠돌게 된다.

그에게 입산은 완전한 인격체, 완전한 인간, 인간으로서 도달할 수 있는 극치인 부처가 되기 위해서다. 그래서 인적 없는 산 속에서 새 소리 바람 소리 벗 삼아 우선 자기완성에 진력해야 한다. 그러나 완전한 인간이 되면 산을 내려와 중생을 제도해야 한다. 결국 입산은 하산을 전제해야 한다. 왜냐하면 입산이란 중생들이 사는 사바세계를 보다 극명하게 인식하기 위해 잠시 그 현장을 떠나는 것이기 때문이다.

"우리가 거리를 떠나 산으로 간 까닭은 진실로 중생을 사랑하기 위하여, 사랑할 수 있는 힘을 얻기 위하여, 잠시 중생들로부터 격절(隔絶)되는 것이지 결코 도피가 되어선 안 돼. 따라서 입산이란 수단이지 목적은 아니야. 중생들이 살고 있는 현실의 현장을 극명(克明)하게 인식하기 위하여 잠시 그 삶의 현장을 떠나는 것뿐이야. 어떤 경우에도 떠난다는 것은 돌아오는 것을 전제로 할 때 의미가 있는 거야. 그런데 오늘날 대부분의 승려들은 입산을 수단이 아니라 목적으로 삼아 버리고 있다는 데 문제가 있어."

(『만다라』82쪽)

그는 10년 동안 스스로 택한 길에서 끊임없이 절망하고 방황한 이유에 대해 깊게 천착하면서, 사람답게 사는 방법을 가르쳐 주는 것을 구경의 목적으로 하는 것이 종교라고 인식하면서, 잠들어 있는 중생들의 영혼을 각성시켜 줄 수 있는 새벽의 종소리 같은 소설을 쓰고자 한다. 그에게 입산이 하산을 전제로 하듯이, 문학과 종교도 결국은 문학도 종교도 필요 없는 세상을 전제로 한다. 즉 종교든 문학이든 내가 살고 있는 세상의 왜곡된 모습에 대한 투철한 인식으로부터 출발하여 '모두가 다 평등하게 배부르고 행복해서 이 땅이 그대로 정토(淨土)가 되는 세상을 만드는 것이란 점에서 같다는 것이다. 따라서 그의 불교소설은 소재가 불교적이지만 '방황하는 영혼의 삶의 궤적을 그린 중생들의 슬픈 이야기일 뿐'이라서 오히려 비불교적이고 보편적인 구도(求道) 소설이며, 이는 결국 그의 아버지가 꿈꾼 자유롭고 평등하고 평화로운 새 세상을 꿈꾸고 이를 실행하기 위한 안간힘에 다름 아니라는 것이다.

그래서 '보리와 번뇌가 본래 둘이 아니며 예토(穢土)와 정토(淨土)가 본래 둘로 나뉜 별세계가 아니라는 여래(如來)의 말씀이 진실로 진언(眞言)'임을 깨닫고 하산해 다시 집으로 돌아온다. 『집』은 이 예토를 여의고는 다른 어느 곳에서도 정토를 구할 수가 없다'는 깨달음으로 환속한 후, 결혼과 이혼 그리고 재혼으로 이어지는 진흙창의 세속적 삶 속에서, 한 가정의 가장으로 홀어머니와 아내 그리고 두 자녀와 함께 아름다운 연꽃을 피워내려고 번뇌하며 고통스러워하는 모습을 아내의 시선으로 그려내고 있다.

그가 필생의 화두로 삼은 아버지 세대의 이야기를 모아 내놓은 좌익 독립운동가 열전(列傳) 『현대사 아리랑』은 아버지에 대한 아득한 그리움에서 벗어나 마침내 아버지의 이야기를 역사 속에 온당히 자리매김하기 위한 본격적인 작업의 시발점이다. 그는 이 책의 간행을 계기로 경기도 양평군 우벗고개에서 '항일의병 천도재'도 지냈다. 100년 전 일제의 침탈에 의병으로 맞서다가 희생된 망령들의 원혼을 달래는 그 자리에서, "사람들에게 보다 나은 사회에 대한 꿈과 의지를 심어주는 힘찬 문학을 다시 세우자"는 '고루살이 문학' 선언식도 열었다. 그는 선언문에서 보다 나은 다른 세상을 꿈꾸었던 선인들의 뜻을 오늘의 현실에 맞게 계승할 것을 다짐했다. '평등세상과 민족해방을 위해 싸웠던 영령들과 민주주의를 위해 목숨을 던진 열사들이 우리를 지켜보고 있다. 기득권을 버리고 약자와 민주주의를 위해 온 몸을 던진 수많은 학생들, 탐욕스런 자본에 맞서 처참하게 산화해간 노동자와 농민들의 어기찬 정신을 이어 이 적막한 장막을 찢어버릴 비수 한 자루를 벼리려 한다.'

그는 이제 개인사의 아픔에서 벗어나 민중사의 바다로 나아가고자 한다. 그의 아버지와 그 세대들이 꿈꾼, 아니 나라를 구하지 못한 자괴감으로 의연히 순절하거나 나라를 지키고자 죽창을 들고 떨쳐 일어난 할아버지 세대들이 이루고자 했던 대동세상 화엄의 바다로 나아가고자 한다. 그의 이런 꿈이 그간 그가 중단했던 『풍적』이나 『국수』 등 대하소설의 완성으로 이루어지길 우리 함께 기원해 보자. 그리고 무엇보다도 그의 『만다라』가 영어·프랑스어·러시아어·스페인어로 번역(불가리아)되면서 이제 세계적인 작가로 비약하고 있는 그의 문학이 그 마지막 여정을 우리 대전에서 마감할 수 있도록, 우리 지역이 낳은 세계적인 작가로 우리가 자리매김해 보자.

김성동 연보

1947 충남 보령군 청라면 구렛골에서 아버지 김봉한(金鳳漢)과 어
머니 청주한씨의 남매 중 외아들로 태어남. 병자호란 때 강화
도가 함락 당하자 순절한 선원(仙源) 김상용의 13대 장손. 그
의 아버지는 타고난 수재로 한학에 정통했고, 소학교를 마친
뒤 독학으로 영어와 수학을 배워 숙명여전의 수학 교수를 역
임했으며, 박헌영·이관술·이현상과 함께 독립운동을 함.
1948년 예비검속으로 대전형무소에 수감된 후 전향을 거부하
다 산내 구도리 뼈잿골에서 학살당함. 아버지의 예비검속으
로 어머니는 속병을 얻어 평생 고통을 겪음.

1950 한국전쟁으로 아버지와 큰삼촌이 우익에게, 면장을 지낸 외삼
촌이 좌익에게 처형되면서 친가와 외가가 함께 몰락함.

1951 오뉴월에도 버선을 벗지 않는 조선시대 마지막 선비인 조부에
게서 한문을 배움.
천자문 명심보감 동몽선습 통감 소학 대학 맹자를 배움. 조부는
삼순구식의 찰가난 속에서도 손자의 책씻이를 하며 기뻐하심.

1953 양복에 넥타이를 맨 낯선 아저씨 두 사람이 집을 찾아와 아버
지 뒤를 잇는 훌륭한 사람이 되라고 말한 뒤 산 속으로 사라짐.

총 멘 순사가 들이닥침.

1954 옥계국민학교 입학

1955 어머니 누나와 함께 세 식구가 덕산의 평화농장으로 이사. 덕
산국민학교로 전학.
수덕사로 소풍 가 이상한 객승을 만나 '아버지의 정신을 이어
받아 훌륭한 사람이 되어야 한다'는 격려를 받고, '중상'이라는
얘기 들으며 불자의 운명과 만남.

1958 대전 용두동 산 십오 번지, 육이오 때 피난민 수용소로 급하게
만들어진 하꼬방동네로 이사. 서대전국민학교 5학년으로 전
학. 대본서점에 드나들며 온갖 소설과 교양서적을 탐독하며,
막연하게 글 쓰는 사람이 되겠다고 생각. 실제로 200자 원고지
50장 정도의 소설을 써서 어머니께 읽어드림.

1960 당시 효동에 있던 삼육고등공민학교 입학. 3·15 부정선거에
저항하는 전국적인 시위로 비상계엄령이 선포되기까지 조용
하던 대전지역의 대학생들이, 이승만 대통령의 하야성명이 있
은 4월 26일에야 뒤늦은 시위를 하고 시청 집기들을 부수고 자
유당 출신 민의원 정락훈의 집에 불을 지르는 행태를 보고 비
겁하다고 느낌.

1961 5·16 군사쿠테타로 할아버지가 예비검속되어 대전경찰서
유치장에 수감됨. 스무 날 만에야 풀려난 할아버지와 용두동
언덕의 충혼탑 아래를 지나며 아버지의 억울한 죽음에 대해
알게 되고 그 충격으로 땅 끝에 서보겠다는 생각으로 목포까
지 몰래 기차를 타고 첫 가출. 사흘을 굶고 부둣가를 헤매다 귀
가하며 절망을 느낌.

1964 세 식구가 서울로 이사. 중학교 졸업장이 없어 서라벌고등학

계승과 희망의 시학

229

교 2학년에 돈을 주고 편입.

1965 조계종 전국신도회장을 지낸 왕고모부 별장에서 지효대선사를 만나, 완전한 인간인 부처가 되기 위해 학교에 자퇴서를 내고 입산. 사실은 연좌제로 정상적인 삶이 불가능한 상황에서 해 볼 수 있는 최선의 선택이므로 '위장입산'인 셈. 여섯 달 만에 수계를 하고 정각(正覺)이라는 법명 받음.

1966 지리산 칠불암 생철 움막에서 한 달간 생활. 지리산을 떠도는 중음신(中陰身)들 호곡소리에 공포에 떨며 '미륵존불'을 부르며 염불삼매에 들음. 염불삼매에서 벗어난 뒤 지리산 골짜기를 헤매며 아버지를 부름. 자유·평등·해방·민주 조선을 외치다 돌아가신 아버지와 아버지 시대의 헌걸찬 정신들 이름을 부르다 돌아와 백팔배를 올림. 이런 천도의식(遷度儀式)을 통해 그는 자신에게 '붉은 씨앗'의 멍에를 남긴 아버지를 원망하지 않고 오히려 아버지가 품었던 이상을 추호도 의심하지 않고 수긍함.

1971 6년이 지나도록 '잡힐 듯 잡힐 듯 잡히지 않는 허공과도 같은' 깨달음의 길에 절망하며 여러 선방을 전전하면서 화두와 씨름함. 타고난 업에 대한 괴로움과 회의, 조직체의 모순과 비리에 대한 분노, 그리고 돌멩이라도 깨물어 먹고 싶 게끔 굶주린 청춘이 주는 갈등 따위로 해서 방황. 한곳에 한 철 이상을 머물지 못하는 객승으로 전국을 떠돎.

1975 절망과 방황 그리고 깨달음에 대한 열망 등을 정리하고 처음부터 다시 시작하자는 각오로 쓴 단편소설 「목탁조」가 『주간종교』의 종교소설 공모에 당선되었으나, "악의적으로 불교계를 비방하고 전체 승려들을 모욕했다"는 오해를 받아 승적에서 제적당하나, 증명서 따위가 번거로워 승적을 취득하지 않

앗으므로 무승적 제적의 우스운 기록을 남긴 채 황야를 격렬
하게 방황.

1976 '보리와 번뇌가 본래 둘이 아니며 예토(穢土)와 정토(淨土)가
본래 둘로 나뉜 별세계가 아니라는 여래(如來)의 말씀이 진실
로 진언(眞言)'임을 깨닫고 늦가을에 하산.

1978 『한국문학』신인문학상에 중편「만다라」당선

1979 중편「만다라」를 장편으로 개작 출간

1981 처녀창작집『피안의 새』, 산문집『부치지 않은 편지』, 우의(寓
意) 소설집『죽고 싶지 않은 빼빼』간행,「만다라」영화화.

1982 제2창작집『오막살이 집 한 채』간행. 대전으로 이사.

1983 해방전후사를 배경으로 한 장편소설「풍적(風笛)」을『문예중
앙』에 연재.

1984 다시 서울로 이사.

1985 신동엽 창작기금 받음.

1987 제3창작집『붉은 단추』발간. 제2산문집『그리고 삶은 더 나가
는 것』발간.

1988 장편소설「집」을『중도일보』에 연재.

1989 장편소설『집』발간, 불교 소재 작품집『그리운 등불 하나』발간.

1990 불교에세이『미륵의 세상 꿈의 나라』발간.「만다라」영역.

1991 『한국일보』에「생명기행」연재.「만다라」불역.『문화일보』
에 장편역사소설『국수(國手)』연재.『길』상권 발간.

1992 『생명에세이』발간.

1994 장편소설『집』상·하권,『길』하권, 작품집『하산』발간.

1995 장편소설『국수』1, 2, 3, 4권 발간.

1999 산문집『먼 곳의 그림내에게』발간.

계승과 희향의 시학

231

2001 장편소설『꿈』발간.

2002 어른을 위한 동화『염소』발간.

2004 『김성동 천자문』발간.

2009 첫 창작집『피안의 새』복간.

2010 좌익 독립운동가 열전(列傳)『현대사 아리랑–꽃다발도 무덤
도 없는 혁명가들』발간.

김성동 문학 탐방 지도

1. 대전역 : 김성동이 15세에 할아버지의 연행과 아버지의 억울한 죽음을 알고 충격을 받아 첫 가출을 할 때, 대전 발 0시 50분, 목포행완행열차를 빼방 틀어 탔던 곳.

2. 목척교 : 목척교 아래 공터에 있는 곡마단 천막에서 들리는 나팔 소리에 끌려 도둑 기차를 타고 아주 멀리 가볼 생각을 하게 된 곳.

3. 중촌동 현대아파트 : 구 대전형무소 자리로 네 군데 세워졌던 감시망루 중 하나가 유물로 선병원 맞은편에 남아 있어 대전형무소 자리임을 알게 해 준다.

4. 대전 중구청(구 대전시청) : 3·15부정선거에 항거하여 전국적으로 시위가 확산되고 수많은 희생자가 나오고 계엄령이 선포될 때까지 조용하던 대전지역 대학생들이 이승만 대통령 하야소식이 전해진 1960

년 4월 26일에야 뒤늦은 시위를 하며 시청 집기를 부수고 하는 걸 보며 비겁하다 생각했던 곳.

5. 호수돈여고 주변 : 김성동이 초등학교 5학년 때 이사 왔던 곳으로, 당시 한국전쟁 피난민 수용소로 조성된 하꼬방 동네로 공동 수도와 변소를 사용했던 곳.

6. 서대전초등학교 : 김성동이 초등학교 5학년으로 전학왔던 곳.

7. 삼육중학교 : 김성동이 다녔을 적에는 삼육고등공민학교로 효동에 있었는데, 1964년에 현재의 도마동으로 옮겼고, 1965년에 정식 중학교로 인가가 났으며, 안식교 재단의 사립학교임.

8. 산내 낭월동 골령골(뼈잿골) : 산내 초등학교에서 곤룡터널로 이어지는 도로가에 대전형무소 정치범 및 민간인 집단 1학살지 등 학살 현장이 있음.

(2013, 『대전문학의 始源』)

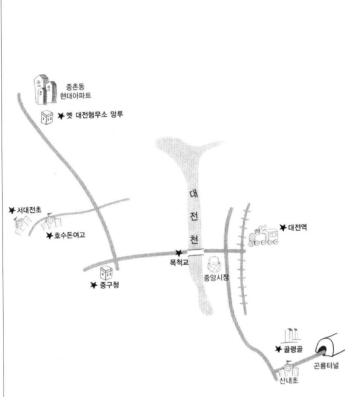

중촌동
현대아파트

옛 대전형무소 망루

서대전초

호수돈여고

대전천

대전역

목척교

중앙시장

중구청

골령골

곤룡터널

산내초

김성동 문학 탐방 코스

대전역 - 목척교 - 구 대전형무소 - 구 대전시청 - 호수돈여고 주변 - 골령골

모두가 행복한 나라를 꿈꾸다

문화적 기억과 표지판

우리 민족 최대의 명절인 금년 설에도 어김없이 민족의 대이동이 이어지면서 모든 도로가 귀성정체로 몸살을 앓고 있다. 해마다 겪는 고통이면서도 이렇게 반복되는 것은 가족과 고향에 대한 정겨운 추억과 만나는 설렘 때문이리라. 그래서 험난한 여정 끝에 멀리 고향 입구를 지키고 있는 둥구나무나 퇴색해버린 초등학교 건물이 보일라치면 마음은 어느새 동심에 젖고, 혹 어린 시절 짓궂던 덜렁이 친구라도 마주치면 금세 함박웃음을 머금게 되는 것이다. 이렇듯 명절이란 우리 민족의 아주 강력한 문화적 기억이다.

얼마 전까지 미력하나마 책임을 맡았던 대전작가회의가 대전문화재단과 함께 대전 원도심을 중심으로 펼쳐진 현대문학의 현장을 탐방하여 지역문인들의 삶과 문학을 살펴보고 이를 구체적으로 서사화(스토리텔링)하여 대전의 문학지형도를 그리는 연구조사사업의 일차 결과로 지난 연말에 〈대전문학의 시원〉이 발간되어 지역 문화계에 작은 반향을 일으키고 있다. 특히 작가별로 탐방 코스를 개발하고 이를 종합한 안내 브로슈어를 제작 배포하고 주요 행적지에 표지판을 세워 그들의 발자취를 기억하고자 했는데, 이는 시민들이 책자와 브로슈어를 참고

해 직접 작가의 흔적을 찾아보게끔 하는 일종의 문화적 기억 사업이다.

 이번에 우리가 조사한 여섯 분의 작가들에 대해 꼭 기억할 만한 곳에 부착할 기념 표지판을 10개 제작했다. 물론 이는 대전시의 원도심 활성화 사업의 일환으로 대전문화재단의 위임을 받아 대전작가회의가 수행한 연구조사사업이므로 결국은 대전시가 표지판 부착의 주체가 된다. 우리는 이 표지판의 공적 성격을 부각시키고자 표지판 맨 위 중앙에 '원도심 조사연구사업'을 표제로 넣고, 중간에 작가별 행적을 아주 짧게 적은 뒤, 그 밑에'대전문화재단, 대전작가회의'를 나란히 적었다. 그런데 제작한 표지판 중 3개를 아직까지 부착하지 못하는 안타까운 처지에 있다.

 『만다라』의 작가 김성동은 우리 대전이 낳은 뛰어난 작가이다. 『만다라』가 영어 · 프랑스어 · 러시아어 · 스페인어로 번역되면서 그는 이제 세계적인 작가로 비약하고 있다. 그는 한국전쟁으로 아버지와 큰삼촌이 우익에게, 면장을 지낸 외삼촌이 좌익에게 처형되면서 친가와 외가가 함께 몰락한 아픈 상처를 문학으로 승화시켰다. 그의 문학은 아버지에 대한 그리움으로 출발하는데, 그의 아버지 김봉한은 1948년 예비검속으로 대전형무소에 수감되었다가 1950년 7월 낭월동 뼈잿골에서 희생되었다. 이를 기억하고자 구 대전형무소 자리에 남아있는 망루 옆에 설치하려던 표지판은 이곳을 관리하는 한국자유총연맹대전지부의 허락을 끝내 얻지 못했고, 산내학살현장에 설치하려던 표지판은 사유지 주민들의 완강한 반대로 부착하지 못했다. 문제는 아무래도 이념적 접근 때문인 듯한데, 작가의 간곡한 뜻은 현대사의 아픔을 치유하고 희생자들의 영령들을 달래어 천도하고자 하는 것이고, 나아가 아픈 과거가 다시는 되풀이되지 않도록 이곳들이 평화공원이 되는 것이라는 점을 적극 감안해 표지판 설치를 허락해 주길 간곡히 바란다.

나머지 하나는 대전문학관에 세워진 '꽃밭' 시비로 기억되고 있는 시인 이재복이 불교 중흥을 위해 28세에 설립한 대전충남지역 유일의 불교종립학교인 보문중고등학교에 부착하고자 한 표지판이다. 그가 설립한 보문중고등학교는 현재 법인의 경영 아래 더욱 발전하고 있다. 하지만 그가 전 생애를 통해 뿌리고 기른 간곡한 애정이 없었다면 오늘의 보문학원이 어찌 있으랴. 그리고 그를 기리는 표지판이 학교에 부착된다고 해서 현 법인의 존재를 부정하는 것은 아니다. 이는 전혀 별개의 문제로, 다만 보문 60년 역사의 뿌리를 기억하는 것이며 그 역사 속에 대전충남 현대문학의 거목 이재복 시인이 자리할 뿐이다. 오히려 이 표지판은 보문의 자랑을 대전시가 공인해 주는 것임을 꼭 기억해 주길 바란다.

(2014.2.3. 금강일보 칼럼)

〈꽃무혁〉으로 대전을 찾은
김성동의 육필원고

    영동 지방의 기록적인 폭설 여파로 강원도 횡성과 홍천에 인접한 경기도 양평의 산속 토굴에 칩거 중인 『만다라』의 작가 김성동을 만나러 가는 길에 걱정이 앞섰지만, 토굴 진입로에 세운 '절 아닌 절'이란 뜻의 '비사난야(非寺蘭若)' 표지석에 이르는 찻길은 다행히 눈이 녹아 있었다. 하얀 눈이 남아있는 급경사 진 굽이 길을 조심스레 올라 겨우 토굴에 이르자 어지럽게 흩어진 서책 더미 속에서 벽난로에 불을 지피는 백발의 김성동이 저만큼에서 맞이한다. 전에는 서재와 거실 그리고 작은 법당이 벽이 없는 채로 자연스레 구분이 되었는데 이젠 발 디딜 틈도 없이 책과 원고 더미가 불쏘시개나 장작과 마구 뒤엉킨 가운데 쪼그리고 불을 피우는 모습이 늙은 산사람의 모습 그대로다.

    그는 최근 자신의 운명을 현재의 모습으로 떠다박지른 아버지에 대한 아득한 그리움에서 벗어나 아버지와 아버지 세대의 꿈과 좌절을 역사 속에 온전히 자리매김하는 작업을 『꽃다발도 무덤도 없는 혁명가들』로 1차 마무리했다. 그가 필생의 화두로 삼았던 아버지 세대의 이야기를 모은 좌익 독립운동가 열전(列傳) 『현대사 아리랑』에서 빠진 21분의 이야기를 덧붙여 74분 어르신의 이야기를 새로운 자료를 보완하여

200자 원고지 4,000매의 개정증보판을 낸 것이다. 그는 이번 작업의 의미를 이렇게 말한다. "난 『꽃무혁』이라고 줄여서 말하는데, 『꽃무혁』을 쓸려고 내가 소설가 '꿈'을 얻은 지도 몰라 사실은. 이걸 쓰기 위해서, 이 책을 쓰기 위해서." 그러니까 『꽃무혁』의 출간이 김성동의 작가생활 40년을 결산하는 작업인 셈이다. 그렇다고 그가 아버지 세대의 꿈을 일방적으로 미화하는 것은 아니다. 그간 남북의 현대사에서 잊힌 그들의 모습을 있는 그대로, 그들의 한계까지 엄정하게 보여주는 태도를 시종 견지한다. 절에서 나와 40년 동안 헌 책방에서 모은 자료를 바탕으로 현대사를 온몸으로 살아낸 어르신들의 모습을 담담하게 토박이 조선말로 보여준다.

그는 충남 보령 출신이지만 어려서 대전으로 이사해 서대전초등학교와 삼육중학교를 다녔다. 또 경성콤그룹의 일원으로 대전충남 야체이카로 활동하다 예비검속으로 대전형무소에 수감됐던 그의 부친이 눈물의 골짜기인 산내 뼈잿골에서 학살당한 아픔을 가슴에 품은 채 『만다라』이후 한동안 산내 구도리에서 살았으니, 그에게 대전은 고향이나 진배없다. 3월 4일부터 4월 20일까지 대전문학관에서 열리는 대전작가회의 기획전에 그의 『꽃무혁』육필원고 4,000매가 전시된다. 사실 그는 컴맹이다. 물론 인터넷도 못하니 오로지 기억과 문헌자료에 의존해 200자 원고지에 세로로 글을 쓰는 가내수공업자이다. 그래서 그의 검지 마디엔 굳은살이 박여있다. 요즘 같은 자동화시대에 그의 정갈한 육필원고를 확인해 보는 것도 이번 전시회의 알짬 볼거리의 하나가 되리라 생각한다.

하지만 이번 기획전의 핵심은 대전지역의 진보적 문학단체인 대전

작가회의의 짧지 않은 역사와 그들의 문학적 역량을 다양한 결과물들을 통해 입체적으로 확인함으로 해서 대전문학의 수준과 위상에 대해 시민들이 나름의 문화적 자긍심을 느끼도록 하는 것이다. 특히 70년대 말의 암울한 시대상황에 대한 저항의지로 출발한 대전의 자생적인 문학운동단체였던 〈삶의 문학〉 동인들이 자유실천문인협의회 활동을 거쳐 89년에 〈대전·충남 민족문학인협의회〉를 결성한 뒤, 지역에서 활동하던 〈화요문학〉, 〈새날〉, 〈젊은 시〉 등의 동인들과 결합하여 1998년에 사단법인 〈민족문학 작가회의 대전·충남지회〉를 창립하고, 〈한국작가회의 대전지회〉란 새 이름을 가지게 된 역사가 이번 전시회에 오롯이 드러난다.

〈대전작가회의〉가 지향하는 진보문학은 보다 넉넉하고 너그러운 세상을 이루기 위해 시대와 불화하는 것도 기꺼이 감내한다. 하지만 지향점이 같은 이들과 어깨 걸고 공생공락의 아름다운 세상을 이루고자 노력한다. 무엇보다도 우리 민족의 역사적 아픔을 공감의 언어로 치유하는 일에 역량을 집중하고자 노력한다. 물론 그 과정에서 자기중심적인 독선과 아집에서 벗어나 품격을 잃지 않은 채 보다 많은 사람들과 함께 하도록 노력한다. 왜냐하면 다양한 세력과 공존하는 지혜와 포용력이 진보의 미래를 결정하기 때문이다.

(2014. 3. 2. 금강일보 칼럼)

금당문학축전과 기억 살리기

    금당 이재복 시인의 문학을 기리는 제1회 금당문학축전이 지난 20일 대전문학관 야외공연장에서 불교계 문화예술계 교육계 인사들이 함께 한 가운데 성대하게 열렸다. 금당 이재복은 약관의 나이에 출가한 후 평생 부처님의 가르침을 수행하고 그 진리를 대중에게 널리 교화한 업적으로 대종사(大宗師)에 이르렀고, 대전충남지역 유일의 불교종립학교인 보문학원을 설립하여 보문중고등학교 교장으로 34년간 2만여 명의 제자를 길러내고 퇴임한 뒤 태고종 종립대학인 동방불교대학 학장을 역임하다 입적한 걸출한 교육자이며, 대전일보에 연작시「정사록초(靜思錄抄)」를 발표하고 한국문학가협회 충남지부장을 역임하는 등 대전충남문학 발전에 크게 기여한 공로로 문학부문 제1회 충남문화상을 수상한 대전충남 현대문학의 거목이다.

    그가 우리 곁을 떠난 지 20여 년이 훌쩍 지나서야 금당 이재복 시인을 추모하는 것은 우리 후학들의 부족함 탓이 크다. 늦게나마 그의 유족과 그를 따르는 지인들이 애면글면 힘을 모아 이런 자리를 마련한 것은 그나마 다행이다. 더구나 그가 원숙기에 우리 민족의 분단현실을 안타까워하며 민족의 나아갈 길을 제시한 절창 '꽃밭' 시비가 세워진 뜨락 곁에서, 또 그의 전집과 유품들이 소장된 대전문학관 앞마당에서 그의 문학을 기리게 된 것은 그 얼마만한 인연인지 가슴이 벅차다. 특히 그의 종교인 문학인 교육자로서의 행적을 살뜰하게 모아 전8권 4천여 쪽의 "용봉 대종사 금당 이재복 선생 전집"이 간행된 5주년을 기념하는 이번 축제를 계기로 그의 업적에 대한 온당한 평가를 세상에 묻는다는 점에서 그 의미가 자못 크다. 그래서 이번 축전을 준비한 주최 측은 추모식보다는 지역민과 함께하는 축제 형식을 택했다 한다. 그의 문학이 그를 기리는 지인들만의 추억에서 벗어나 지역민과 함께하도록 되살리고자 그의 시 낭송과 시 노래를 음악 씨디로 제작해 참가자들에게 문학자료집과 함께 배부했다. 그의 대표작인 '꽃밭'과 '목척교'가 노래로 불렸는데, '목척교'는 유튜브에도 올라 있다. 목척교 주변의 어제와 오늘을 영상으로 보면서 그의 시를 음악으로 듣거나 따라 부를 수 있는데, 그의 시 '목척교'는 대전지방검찰청과 대전시교육청에도 전시되어 기억되고 있다.

이번 축전에서 그의 시세계를 조명한 지역의 원로 최원규 시인은 그를 만해 한용운과 비견할 만하다고 평가했다. 한용운은 구한말에 태어나 기미만세운동을 주도하는 등 민족지도자로서의 면모를 보일 수 있었던 데 비해, 그는 일제강점기에 태어나 그런 기회가 없었지만 문학적 업적만으로 본다면 결코 뒤지지 않는다며 아쉬움을 표했다. 차제에 우리는 그의 문학에 대한 온당한 평가와 대전문학관 상설전시를 진지하게 논의해 볼 필요가 있다.

이렇게 가슴 벅찬 자리에서 한 가지 아쉬움을 토로해야겠다. 작년에 대전작가회의와 대전문화재단이 기획 출간한 〈대전문학의 시원〉에 이재복 시인의 삶과 문학을 소개하는 글을 쓴 입장에서 특히 그렇다. 글과

모두가 행복한 나라를 꿈꾸다

함께 이재복 시인의 문학적 자취를 시민들이 직접 찾아보도록 그의 주요 행적지인 보문중고등학교와 불교연수원에 표지판을 세워 그를 기억하고자 했는데, 아쉽게도 그가 불교 중흥을 위해 28세에 설립한 대전충남지역 유일의 불교종립학교인 보문중고등학교에는 아직도 그 표지판을 부착하지 못하고 있다. 그가 설립한 보문학원은 지난 89년에 들어선 현 법인의 경영 아래 더욱 발전하고 있다. 하지만 그가 전 생애를 통해 뿌리고 기른 간곡한 애정이 없었다면 어찌 오늘의 보문학원이 있겠는가. 또 그를 기리는 표지판을 학교에 부착한다고 해서 현 법인의 존재를 부정하는 것도 아니다. 다만 보문 60년 역사의 뿌리를 역사적 사실로 기억하자는 것일 뿐이다. 표지판 부착은 오히려 보문의 자랑을 대전시가 공인해 주는 것이다. 명문사학 보문학원의 동문들이 자신의 뿌리와 정체성을 부정하지 않기를 간곡히 바란다. 대전 어남동에서 태어난 단재 신채호 선생의 '역사를 잊은 민족에게 미래는 없다'는 말을 전해 주고 싶다. 자신의 뿌리를 잊지 않고 기억을 되살려 소중히 간직하는 것이 바로 밝은 미래를 약속하는 것임을 명심하자.

(2014.9.28. 금강일보 칼럼)

곁을 보는 눈

권덕하의 신작시론

　권덕하 시인, 그는 생래적으로 심성이 고운 사람이다. 훤칠한 키에 서글서글한 눈매로 잔잔한 미소를 짓는 그는, 오래 사귈수록 정갈하고도 담박한 맛이 새록새록 우러나는 그런 사람이다. 몹시 화가 나도 거친 상소리를 쉽게 내뱉지 못할 정도로 그는 마음결이 순순하고 부드러운 사람이다.

　그를 처음 만난 건 80년대 초, 신군부에 의한 언론 통폐합과 현실 비판적 정기간행물의 등록 취소로 표현의 자유가 크게 위축돼 소위 암흑기라 불리던 그 즈음이었다. 나는 새내기 교사로 고등학생들을 가르치면서 비판적 참여문학의 상징이던 계간지『창작과 비평』과『문학과 지성』의 잇단 폐간으로 침체된 문학계를 지역문화운동으로 극복하자는 취지로 대전 지역의 젊은 문학인들의 동인지『창과 벽』을 비정기 종합무크지『삶의 문학』으로 확대 개편하려고 준비하면서 나름 문학적 열정을 불태우던 무렵이었다. 당시 충남대학교 교지『보운』에 발표한 평론을 보고 찾아가 우리와 함께하기로 한 임우기(양묵)의 소개로 유성의 한 술집에서 그를 만난 게 처음이었던 것 같다. 당시 그는 군 복무를 마친 복학생으로 대학교내 문예대회에서 시 부문 금상인가를 수상했다고 들었던 듯하니, 그가 시에 재능을 보인 건 아주 오랜 연륜을 지닌 셈이

모두가 행복한 나라를 꿈꾸다

다. 그 뒤 그가 대학을 졸업하고 나처럼 교편을 잡으며 문학 활동을 하게 되면서, 대전 지역의 교육운동과 문학운동의 동지로 30여 년을 함께하며 좋은 인연을 끈끈하게 이어가고 있다.

그를 떠올리면 젊은 시절의 부끄러운 추억이 먼저 떠오른다. 주체할수 없는 열정과 억눌린 울분을 폭음으로 푸는 게 일상이던 시절, 이층집에 세를 살며 박봉으로 힘겹게 살던 때라 젊은 대학생들과 어울려 칼국수 국물이나 두부 두루치기를 안주로 막소주를 먹어대다 보면 금세 만취되어 실수하기 일쑤였다. 사고가 나던 그날도 그를 비롯한 문학청년들의 도도한 패기에 한껏 고무되어 떠들며 마시다가 자정 무렵에 집으로 가는데 갑자기 골목의 자갈길이 기우뚱하더니 오른쪽 어깻죽지를 힘껏 때리는 게 아닌가. 키 큰 그가 일으켜 부축해 줘 어렵사리 집에 들어가긴 했는데, 밤새 어깨가 쑤시는 게 아무래도 탈이 난 듯싶었다. 밤새 아픈 걸 참아내고 다음 날 출근했더니 오른쪽 팔이 올라가질 않았다. 정형외과를 찾아 엑스레이 촬영을 해 보니 오른쪽 쇄골에 금이 갔으니 항생제를 맞으며 당분간 팔을 쓰지 않아야 된다는 것이었다. 한동안 치료를 받은 뒤 다행히 잘 나았으나, 아내에게 철부지란 핀잔을 들으며 오랫동안 따가운 눈총을 받아야 했던 기억이 난다. 그는 이렇게 늘 누군가의 팔을 기꺼이 잡아주는 듬직한 사람이다.

최근엔 『만다라』의 작가 김성동 형도 그의 부축을 받으며 병원에 가는 일을 겪었다. 한때 "그이는 살아있는 자체가 폭력"이라는 극단적인 평가를 동료 문인에게 듣기도 했고, 오랜 지기인 박범신 작가로부터 술만 마시면 '자해 공갈단'이 된다는 우스갯말을 들을 정도로 김성동 형의 자폭적인 음주는 유명하다. 가끔 대전에 올라치면 보통 삼박사일의 폭음 끝에 기진해서 힘겹게 헤어져야 할 정도이니 주변의 그런 평가가 나올 법도 하다. 하지만 세월 앞에선 무쇠도 녹슬고 스러지는 법, 칠순을

코앞에 두고 양평 벗고개 산 속 토굴에서 외롭게 은거하다가 몸이 크게 무너져 치료를 받으면서 그 유별난 술과 담배를 끊었다 한다. 그러나 긴 외로움 끝에 어쩌다 반가운 지인들과 만나게 되면 어찌 술 한 잔을 마다할 수 있겠는가. 작년 말 대전에서 열린 작은 문학세미나에 참석하게 된 김성동 형이 뒤풀이로 시작한 술자리가 일박이일로 길어지면서 우리 집으로 옮겨 문단 일화와 우국충정을 안주로 이어가던 끝에, 그 자리에 늦게 함께한 착하디착한 그가 김성동 형과 평론가 임우기를 차에 태우고 나간 뒤 그에 사단이 나고야 만 것이다. 계속된 술자리로 노곤한 상태로 잠자리에 들려는데 그가 전화를 했다. "김성동 형님이 술집에서 넘어져 눈썹 위가 찢어져 상처가 깊은데 어떻게 하죠?" 순간, 순수한 그에게 끝내 무거운 짐이 지워졌구나 하는 생각이 들면서, 이것도 어쩌면 그가 감당해야 할 인연이라는 느낌이 왔다. 그래서 일단 병원 응급실에 가 꿰맨 뒤 우리 집으로 모셔 오라고 당부했다. 술자리에 함께 있던 사람들이 다 취해서 사라진 뒤라, 그가 홀로 겪은 힘겨움은 훨씬 컸으리라. 그래도 그는 그 고운 심성대로 응급처치를 마친 뒤 김성동 형을 우리 집에 모셔온 뒤 돌아갔다. 상처가 아문 뒤 산골에서 나와 서울에 있는 병원에서 실밥을 뽑은 김성동 형은 권덕하의 은혜를 잊지 않겠노라고 다짐했다. 이렇게 그는 정갈하면서도 누군가에게 순순히 자기 곁을 내어 줄 줄 아는 그런 사람이다.

그의 이런 고운 마음결을 보여주는 시가 바로 「결」이다. 「결」은 우리에게 이미 익숙한 열 손가락을 쓰는 십진법에서 벗어나 팔진법의 여유를 가져보자는 그의 오랜 궁리가 담긴 작품이다. 십진법은 우리 손가락 개수와 꼭 맞기 때문에 자연스럽게 열을 딱 채워야만 한다고 생각하기 십상이다. 하지만 이렇게 빈틈없이 빼곡히 채워야만 하는 사회는 여유가 없어 질식할 수밖에 없고 또 도움닫기를 할 간격이 없으므로 새로운 도약도 불가능하다. 사실 우리는 누군가에게 틈을 주어야만 비로소 관계를 맺을 수 있다. 모든 걸 다 온전하게 갖출 수 있는 사람은 어차피 소수일 수밖에 없으므로 더욱 그렇다. 그래 때로는 소매를 걷고 셔츠의 단추 하나쯤 푼 채 넥타이를 느슨하게 매어도 되는 그런 사회라야, 따뜻한 인간관계가 시작되고 낭만적인 삶의 여유도 가능해진다. 열 가지로 상징되는 모든 걸 다 갖추지는 못했어도 몇 가지 모자란 걸 맑은 마음으로 느긋하게 건너뛰면 질적으로 한 단계 고양된 새로운 삶이 시작되는, 바로 그런 사회가 팔진법의 사회이다. 이미 가진 일곱 가지만으로도 충분하다고 자족하면서 여덟 번째를 내려놓으면 열하나로 시작되는 전혀 새로운 삶이 열리는 것이 이른바 팔진법 세상이 아니겠는가. 이렇듯 행복의 가능성은 이미 우리 삶 안에 그 싹이 자라고 있다. 다만 일곱 가지에 만족하지 못한 채 소유욕의 강박에 사로잡혀 아등바등하며 괴로워하는 삶의 방식에서 벗어나야만, 즉 소유냐 아니냐의 이분법적 몸부림("바닥을 기며 / 두 손으로 끌고 가던 몸")의 천박한 삶을 멈추고 잠시만이라도 자신을 되돌아볼 겨를을 가져야만, "빈자리로 세고 허공 헤아려 / 그렇게 여덟 잔이면 충분한" 삶으로의 전환이 비로소 가능해지는 것이다. 그의 시 「결」은 마지막 연의 애틋한 비유가 다시 그 앞 5연으로 수렴됨으로 해서, 독자들 스스로가 자신의 바람직한 삶의 가능성을 찾아내기를 간절히 바라고 있다. 특히 탐욕에서 벗어나 이웃과 함께 기꺼이 나누는 연대의 삶을, 진종일 일용할 양식을 찾아 개처럼 쏘다니던 나날의 고단한 삶 끝에 마주한 소박한 저녁밥을 뭉클한 감사의 마음으로 이웃과 나누는 팔진법적 사랑의 회복을, "글썽이며 눈에 드는 연리지 사이 개밥바라기"의 모습으로 승화시켜 보여준다. 이때의 눈물은 이웃과 기꺼이 나누는 삶의 출발이 결국은 자신의 욕구를 억제하는 데서 비롯된다는 서글픈 자각의 표현이다. '더 먹고 싶을 때 그만 두라'는 우리 선인들의 예지를 이렇게 감각적이고도 정겨운 이미지로 형상화하는, 여기가 바로 권덕하 시인의 아름답고 섬세한 마음결이, '결의 소중함을 보는 따뜻한 눈'의 미덕이 오롯이 드러나는 지점이다.

그의 「동백조문」은, 네 발로 기며 한생을 살아가다 병든 길짐승들이 인간들의 이기적인 판단과 폭력적인 처방으로 참혹하게 생매장된 자리에 붉은 핏빛 동백꽃이 지는 모습을 형상화한 작품으로, 그의 섬세한 감성이 무릇 생명 가진 것들에 대한 뜨거운 연민으로 확산됨을 확인할 수 있는 뛰어난 작품인데도, 그 처연한 상황을 유추해 내기가 쉽지 않아 아쉽다. 시적 상황의 맥락이 독자에게 최대한 전달되도록 언어적 형상화에 최선을 다해야 할 의무가 시인에겐 있다. 시가 본래적으로 가진 애매모호함과 함축성을 십분 감안하더라도 원만한 소통이 독자에게 주는 감동은 시인에게도 행복이니까 말이다. 그런데도 극도로 절제된 언어 표현이 돋보이면서도 마지막 연이 원인을 나타내는 연결어미로 끝나면서 다시 1연으로 이어지는 순환적 구성 때문에 시적 진실이 독자에게로 확산되지 않고 시인의 의식 속으로 다시 수렴되고 마는 것은, 시인이 시적 표현의 완성도를 너무 의식하기 때문이 아닌가 생각된다. 이는 아마도 시인의 단정하고 정갈한 성품에서 오는 지나친 결벽증 탓으로 보인다. 깔끔하면서도 소탈해서 누구와도 쉽게 마음을 터놓을 수 있는 그의 장점이 시적 표현에서도 적극 발휘되어, 시적 상황을 구체적이고도 섬세하면서도 정겹게 말하듯이 풀어내는 게 필요하지 않은지 조심스레 권해 본다. 마치 고흐가 탄광 마을에서 부목사로 일할 때 그린 「구두」가 밑창이 닳고 가죽이 미어지고 목이 너덜너덜하게 꺾인 낡은 구두 한 켤레를 세심하게 묘사해 당시 탄광 노동자의 고단한 삶을 아주 실감나게 보여주듯이 말이다.

그의 시 「가객」은 그의 인간적 성품의 장점이 오롯이 담긴 시로 보인다. 머리맡에 날아와 우는 참매미 소리에 잠이 깨어 그 껄껄하게 쉰 목소리에 문득 애잔함을 느끼다가 소리가 멈춰 찾아보니 선풍기 안에 날개가 부러진 채 숨어 있더라는 내용으로 구체적 일상이 실감나게 살아 있어 친근감을 느끼게 한다. 물론 시적 대상인 참매미는 우리 시대의 가객인 시인 자신의 객관적 상관물일 터이다. 땅 속에서 애벌레로 오랜 기다림과 시련의 시간을 보낸 뒤에 비로소 성충이 되어 짧은 기간 목청껏 쉰 목소리를 내다 생을 마감하는 매미의 한살이야말로, 시인의 가객으로서의 삶이 오랜 수련기를 인내하지만 득음의 경지에 이르는 것은 아주 잠깐인 그런 삶이기 때문이다. 무엇보다도 이 시의 미덕은 가객인 소리꾼이 구사하는 판소리 음악의 주요 구성요소인 음조의 변화나 그 득음의 과정을, 자연 속 모든 대상들의 본질을 인간의 목소리로 표현해 내는 성음 등 전문용어를 구체적 일상어로 버무려 일반인들이 실감나게 이해하게 해 주는 데에 있다. "꺼억 꺽 넘어가는" 수리성, "계면조" 그늘, "바람 감던 벙어리 물레"인 평조 등의 표현이 문맥을 통해 자연스레 그 느낌을 전달한다. 이렇게 정제된 언어 표현 속에서 독자에게 쉽게 다가가는 자세야말로 단정하면서도 소탈하게 누구에게나 곁을 내주는 그의 성품을 그대로 드러낸다.

「무성영화를 본다」는 위와 대장 내시경 검사를 마친 시인의 경험을 시로 형상화한 작품으로, 그의 시적 감수성이 매우 폭넓게 작동하고 있음을 보여주는 좋은 예이다. 중년의 나이가 되면 누구나 겪게 되는 것이 몸의 퇴행현상과 그로 인한 삶의 비애감이다. 그런 몸 안의 변화와 이상 유무를 영상정보로 확인하는 대표적인 검진이 바로 위 내시경과 대장 내시경 검사다. 하지만 대장 내시경을 받으려면 관장약을 복용해 대장 안을 깨끗이 비워내야 하고, 또 위 내시경 검사는 목구멍으로 내시경을 넘길 때의 고통을 감수해야 한다. 이런 과정을 다 마친 뒤 검진 의사와 함께 영상자료를 보며 설명을 듣는데, 그 영상정보가 마치 무성영화를 보듯이 우리 몸 안의 이력서, 우리 속살의 표정을 통해 우리에게 다가오는 과정을 시로 표현한 것이다. 대개의 경우라면 이런 의료검진 전이나 후의 감정 변화 등에 주목할 텐데, 시인은 그 과정 자체를 시적 현실로 새롭게 재구성했다는 점에서 그의 섬세한 관찰력과 표현력을 인식하게 해 준다.

마지막으로 「천도복숭아」는 무더위가 극성을 부리는 여름철에 면사무소 옆에서 힘겹게 농사지은 투박하고 벌레 먹은 자연산 천도복숭아를 내다파는 늙은 할멈의 고단한 삶의 모습과 그 속에 담긴 순박한 인정 그리고 삶의 예지를 표현한 시이다. 시적 화자의 체험을 독자에게 말하듯이 들려주어 친근감을 주고 있는데, 자칫 그 무심한 어투가 화자의 방관자적 시선으로 오해받을 수도 있어 좀 조심스럽다. 이는 '-더라'라는 어미의 반복으로 얻는 운율적 효과나 구도의 통일성이 주는 장점을 상쇄할 수도 있다고 보인다. 마지막 연은 이 시적 체험의 가치를 내면화하는 부분으로, 사실은 나도 시골에서 어렸을 적에 많이 듣던 어른들 말씀으로 그 의미를 어른이 되어서야 실감을 했던 기억이 난다. 원래 복숭아는 벌레가 많이 꼬여 농약을 많이 쳐야만 되는 과일이므로, 벌레 먹은 복숭아는 농약을 안 한 만큼 몸에 좋을 수밖에 없다. 실제로 복숭아는 비타민이나 유기산 성분이 많아 피로 회복이나 면역력 증강에도 좋으며, 특히 천도복숭아는 딱딱한 과육 속에 있는 성분이 변비나 대장암에 효과가 있는 것으로 알려져 있다. 물론 이 시가 그런 식품영양학적 정보를 전하려는 건 아니다. 오히려 그런 속설을 할머니의 남은 삶과 연결시켜, 투박하고 소박하지만 건전하고 진솔한 삶의 의미를 드러낸다. 이는 커다랗고 겉이 번지르르한 삶에 크게 마음 쓰지 말고 투박하지만 건강하고 단순한 삶, 윤색되지 않은 그런 삶에 충실하라고 하는 예지로,

이렇듯 어느 여름날의 애잔한 체험을 삶의 예지로 승화시키고 있음에 이 시의 매력이 있다.

　이렇듯 권덕하의 시는 시인 자신의 모습 그대로이다. 단정하고 정갈하면서도 소탈하게 이웃에게 기꺼이 곁을 내주는 그의 모습처럼, 그의 시는 이웃과 생명 가진 모든 것들에 대한 따뜻한 관심과 애정을 정제되고 순화된 언어표현으로 노래한다. 이는 그가, 오랜 기다림과 시련 끝에 마침내 자신의 목소리를 얻은 참매미처럼 다양한 체험과 깊은 인간미를 성숙한 노래로 분출하고 있음을 말해준다. 그의 시는 나와 이웃, 인간과 자연 사이의 곁을 보는 삶의 안목이 드러나 있다. 서로 사랑하지만 구속하지 않고, 서로에게 기꺼이 가슴을 내어주지만 가슴 속에 묶어두지 않는 그런 예지의 눈이 드러나 있다.

(현대시학, 2014년 5월호)

□ 현대시학 2014년 5월호 이달의 시인

권덕하의 신작시 5편

결
─팔진법

사이로 셈하는
사람들

해진 데 만지작거리듯
빈 소주잔 쥐어보는

바닥을 기며
두 손으로 끌고 가던 몸
발그림자 사이 눈에 밟히는

빈자리로 세고 허공 헤아려
그렇게 여덟 잔盞이면 충분한

곤히 잠든 그대 곁에
어떤 이 내려놓은 빈잔 하나

연리지 사이 개밥바라기처럼
글썽이며 눈에 드는 연리지처럼

동백조문冬柏弔問

우네
발뿐이어서
발가락으로 우네

우물 메운 자리
눈 먼 땅으로
꽃은 지는데

맨발뿐이어서

눈물 훔칠 수 없는
꽃자리,
천 길 우물이어서
아픈 곳에 손 가듯
이는 바람결에

온몸 붉도록
발가락뿐이어서

가객

참매미인가, 잠결에
머리맡에 날아와 우는 놈
꺼억 꺽 넘어가는 목청이 수리성이다
땅속 세월 다 쓸어간다

허물조차 없는 자리에 외떨어져
북채같이 앉아 울던 그놈,
물 때 서둘 듯
비 냄새에 계면조 그늘만 짙더니

나무 등걸 파고들다
끌 자국처럼 멎은 소리
어디 있나 찾다가

가만,
땀 들이는 선풍기 속 들여다보니
평조로 바람 감던 벙어리 물레
부러진 날개 하나 감추고 있구나

천도복숭아

면사무소 옆에서 복숭아 팔고 있더라
할멈 잠깐 자리 비운 참엔
며느리가 팔고 있더라

깨진 것, 벌레 먹은 것, 잎사귀 달린 것
모두 다 그러모아 수북이 쌓아놓았더라

번듯한 상자에도 담지 못하고
그냥 골라잡으라더라

뭐라, 이런 걸 팔고 있소 이 더위에
허리 굽은 장조카 겨우 걸어와 묻는데
그럼 워쩌, 영감 세상 뜨기 전
지은 농사 이게 전분데

늦더위에 시달리는 것 사왔다고
팔십 넘어 혼자 된 어른

비닐봉지 꽉 차도록 담아주는

남은 전생,
변변한 것 없으니
불 끄고 먹으라더라

무성영화를 본다

악다구니에 비까지 내려
컴컴한 목구멍 속
말이 되지 못한 것들 고여 있다
아비규환인데 들리지 않는다

묵념하고 있을 때
폐수를 방류하는
과거라는 공장,
그 다물지 못한 구멍으로
내시경 카메라 들어가
오장육부의 일기
샅샅이 중계하지만

마스카라로 밑줄 그은 눈에
검은 자막 흐르는데
소리를 압류 당한 사람들

퍼런 눈자위가

뜻을 얻지 못하고

얼굴에 머물러 있다

자기 해방의 미학

오용균 시인은 장애인의 교육권과 정보접근권 주차권 보장 등 장애인의 사회적 권리와 인권 향상에 헌신한 사회운동가이자 교육자로 널리 알려져 있으며, 현재도 모두사랑장애인야간학교 교장으로 대전지역 성인 장애인교육의 대부로 활동하는 등 지역사회는 물론 전국적인 장애인 운동가로 알려져 있다. 그의 이런 사회활동에 대한 평가 또한 상당하다. 그는 일찍이 대통령이 수여하는 한국장애인인권상을 비롯해 장애극복상과 사회봉사 부문 한빛대상 그리고 대한민국 목련장 서훈을 수상하는 등 그의 헌신에 합당한 사회적 평가를 받은 바 있다. 이에 비해 그가 이미 두 권의 시집과 두 권의 수필집을 낸 문인임을 아는 사람은 그리 많지 않다. 이는 그가 공군 중령으로 복무하던 중 발병한 뇌종양 수술 후유증으로 하반신이 마비되는 1급 중도장애인이 된 40대 후반 이후 장애인으로 살아온 제2의 인생 역정이 자신의 장애를 잊을 정도로 왕성하게 모든 장애인들의 사회적 권리 향상을 위해 분투하는 삶으로 점철되어 있기 때문인 듯하다.

사실 그와 나의 인연도 장애인 교육으로 비롯됐다. 10여 년 전 어느 날 한겨레신문 지역소식에 실린 아주 짧은 1단 기사가 그날따라 눈에 띄었다. 한 장애인이 장애인교육의 중요성을 절감해, 장애로 인해 정상

적인 교육을 받지 못한 성인 장애인을 위한 야간학교 설립을 준비하고
있다는 단신과 함께 그의 전화번호가 소개돼 있었다. 마침 논산에 있는
중중 장애인 시설인 〈작은 자의 집〉을 매월 1회씩 방문해 그들과 음식
을 나누고 목욕을 시켜주는 봉사활동을 하며, 단순히 장애인들을 돌봐
주는 데서 나아가 그들의 재활이나 사회적 자립을 돕는 게 진정한 도움
이 아닐까 하는 아쉬움을 절감하던 때였기에 그 짧은 단신이 눈에 들었
으리라. 소개된 전화번호로 연락을 해 보니 마침 같은 아파트 단지 내에
거주하는 이웃이라서 내친 김에 직접 그를 찾아가 만난 게 지금까지 지
속되는 긴 인연의 시작이었다. 첫 만남 이후 의기투합하여 장애인야간
학교 설립 준비모임부터 시작해 개교 이후 교육과정 편성과 운영 그리
고 배타적인 사회적 편견 속에서 학교를 지켜내기 위한 힘겨운 싸움에
이르기까지 그를 돕고 따르는 수많은 지인 중의 한 사람으로 아주 작은
힘이나마 그와 함께하고 있다.

　그의 가장 큰 미덕은 자신의 목표를 향해 쉬지 않고 나아가는 지치지
않는 열정, 그리고 모나지 않은 친화력을 앞세운 촘촘한 대인관계를 적
극 활용해 그 목표를 조금씩 이루어내는 실천력이다. 그 과정에서 행정
부서와 대립과 갈등을 겪기도 하지만 대개는 그의 선한 목적이 끝내는
수용되어 장애인의 사회적 권리 신장과 장애인야간학교의 사회적 성장
이 조금씩 현실화된다. 특히 장애인야간학교의 운영은 전적으로 그의
이런 탁월한 지도력에 힘입어 유지 발전해 왔다. 그래서인지 장애인야
간학교의 학생들이나 자원봉사 교사나 차량봉사자들은 아주 자주 그
가 1급 장애인인 점을 잊어버린 채 그를 대하곤 한다. 장애학생들을 정
성스레 돌보고 챙기면서도 정작 그도 도움이 필요하다는 사실을 잊고
오히려 그의 도움을 기다리는 우리의 모습을 발견할 때의 그 놀라움과
부끄러움은 비단 나만의 체험은 아닐 것이다. 이는 그가 장애인의 한계

에 얽매이지 않고 비장애인 못지않은 왕성한 활동력을 보이기 때문에 은연중에 그의 처분을 기다리게끔 된 듯싶다. 이는 어디까지나 그의 사회적 모습으로, 그 이면에 감추어진 개인적인 고뇌나 고통 그리고 깊은 슬픔 등은 보이지 않는다. 그 보이지 않는 그만의 개인적이고 인간적인 모습을 적나라하게 발견할 수 있는 게 바로 그의 시세계라 할 수 있다.

그의 시를 대할 때 제일 먼저 떠오르는 낯선 모습은 그의 사회적 모습이 시에서 거의 드러나지 않는다는 점이다. 대개의 다른 사회 활동가들은 사회적 자아와 개인적 자아를 시를 통해 합일시키고자 애쓴다. 그러나 그의 시에서 장애인 운동가로서의 모습을 찾아내기란 쉽지 않다. 이렇게 사회적 자아와 개인적 자아가 분리되는 모습은 그의 시에 대한 인식에서 확인할 수 있다. 〈시(詩) 한 구절에〉란 시를 살펴보자.

시가 있어 시가 좋고
시가 있어 마음이 따뜻해서 좋고
시가 있어 가슴이 뚫려 피가 흐르게 하니 좋다
시를 읊으니 내 인격이 바로 세워지고
시를 읊으니 한여름 바람 같아 시원하고
시 한 구절 지으니 우뇌(憂惱)가 더욱 살아나 좋다

두보(杜甫)가 부럽지 않고,
황진이(黃眞伊)가 부럽지 않으니
시 한 구절에 가장 행복한 이 세상
어느 것도 시와 바꾸고 싶지 않다

                           - 〈시(詩) 한 구절에〉 전문

시에 대한 그의 인식은 상당히 낭만적이고 도덕적이며 또 소박하다. 그에게 시는 치열한 자기 삶이나 뜨거운 정념의 표상이 아니라 따뜻한 마음으로 행복을 느끼게 해주는 인격 수양의 수단이다. 그가 비교의 대상으로 삼은 황진이는 재색을 겸비한 조선시대 최고의 명기(名妓)로 각종 사회적 제약에 얽매이지 않는 초탈하고 활달한 모습으로 풍류를 즐기며 한 시대를 풍미한 협객 여류시인이다. 하지만 서경덕의 고매한 인격에 탄복해 평생 스승으로 모시고 사모했다 하니, 황진이에게 시는 참된 인격자를 가려내 소통하는 도구였다 할 수 있다. '시를 읊으니 내 인격이 바로 세워지고/시를 읊으니 한여름 바람 같아 시원하고'에서 우리는 황진이의 시론이 그의 시에 살아 있음을 확인할 수 있다. 그런가하면 두보는 인생의 대부분을 처자를 데리고 전란을 피해 타지를 떠돌며 궁핍함과 향수 속에서 힘겨운 삶을 살았다. 두보의 시에 나타나는 깊은 우수와 비장미는 이런 그의 고난의 삶에서 우러나온 것이다. 하지만 두보는 강직한 성품으로 자신의 고통에 굴하지 않고 힘겹게 살아가는 서민들에 대한 따뜻한 애정을 잃지 않았다. 그래서 두보는 자신의 불운을 시로 승화시킨 시인으로 시성(詩聖)으로 추앙받고 있다. 이런 두보의 모습은 '시 한 구절 지으니 우뇌(憂惱)가 더욱 살아나 좋다'란 구절에서 드러난다. 그러나 시인은 두보나 황진이의 이런 모습을 알면서도 굳이 이들을 따르지 않으며, 시의 존재 자체에서 행복을 느낀다고 고백한다. 이런 점에서 그에게 시란 사회적 존재로서의 무거운 짐에서 벗어나 자신의 내밀한 자아를 마주하게 해 주는 그런 역할을 한다. 사회적 존재로부터 해방되어 내적 평화와 자성의 인격체에 이르는 촉매가 바로 시인 셈이다.

　그의 사회적 존재로서의 모습이 드러나는 시는 아주 일부이다. 장애인 운동가로서의 사회적 모습을 엿볼 수 있는 〈별을 따는 장애 엄마〉,

모두가 행복한 나라를 꿈꾸다

현실비판적인 인식이 드러나는 〈백담사〉, 〈홍운탁월과 팽목항〉 등이 그런 예에 해당한다. 〈별을 따는 장애 엄마〉는 장애인 아이를 둔 엄마의 애타는 마음, 재활치료의 어려움 속에서 오히려 더 깊어지는 아이에 대한 사랑을 통해 끝내 희망을 잃지 않는 엄마의 절절함을 소박하게 드러낸다. 이는 중도 장애인으로 제2의 인생을 살아온 그의 체험을 통해 역지사지와 감정이입이 가능했기 때문으로 보인다.

〈백담사〉, 〈홍운탁월과 팽목항〉은 아직도 진행 중인 사회적 고통과 얼룩진 역사에 대한 비판이 냉소적으로 또는 생경한 모습으로 드러난다. 백담사는 만해 한용운 선사가 머물며 조국과 민족에 대한 사랑을 노래한 민족시집 〈님의 침묵〉을 탈고한 민족문학의 산실이고, 일제강점기 현실을 외면한 채 개인 구원과 기복신앙에 빠진 조선불교의 근본적 혁신을 주장하는 〈조선불교유신론〉을 쓴 불교개혁의 성지이기도 하다. 그런데 백담사 중앙의 극락보전 앞쪽의 화엄실엔 아직도 '제12대 대통령이 머물던 곳입니다'란 현판이 걸려 있고 입구 양쪽엔 전두환이 불경을 베껴 적는 사경(寫經)사진과 농사일을 하던 사진 등이 진열돼 있다. 정문을 기준으로 보면 오히려 백담사의 자랑인 만해당과 만해교육관보다 더 중앙부에 자리한 채 옛 포악한 독재자의 모습을 기념하는 역사의 아이러니를 만나게 되는 셈이다. 물론 화엄실은 기존 건물인 데 반해 만해당과 만해교육관은 만해 선사의 문학사상과 불교정신을 구현하기 위해 새로 조성한 건물이므로 건물 배치는 불가피했다 해도, 세속 권력과 탐욕을 초탈한 출가 사문의 시퍼런 기상을 잃어버린 채 광주학살과 군사 쿠데타 그리고 포악한 독재자의 무거운 죄질은 애써 눈감은 채 오히려 그 파렴치함을 기념하는 승려의 권력 지향적 처세가 놀랍다 못해 슬프다. 시인은 이렇게 본질이 뒤바뀐 얼룩진 역사를 스스로 권력에 굴복한 불교계의 씁쓸한 현실로 안타까워하며, 지금도 열 받아 불타는

가슴으로 민 대머리 스님만 애절하게 됐다며 전두환 부부의 이름을 합
성한 두순이란 명명법을 통해 신랄하게 조롱한다.

더 올라가 내려다보는
쓸쓸한 백담사 주변은
얼룩진 역사 뿐

선비 방 별채는
지금도 가슴에 열 받아
불에 타고 있다

두순이가 바람을 잡고
마당을 쓸고 있지만
역사의 기록만 한 장 더 남겨
민 대머리 스님만 애절하게 됐다

－〈백담사〉 뒷부분

　　〈홍운탁월과 팽목항〉은 동양화의 간접적 묘사법인 홍운탁월의 기법
을 근거로 우리 사회 지도층이 소리는 요란하면서도 정작 국민의 슬픔
과 고통에는 무감각하고 무능하고 무지함을 꾸짖는다. 시인은 중국 고
대의 '격양가' 설화에 나타나는, 노골적으로 드러내지 않으면서도 평화
롭고 넉넉한 선정(善政)을 이상적인 정치로 제시하며 현 지도층을 비판
한다. 요임금 시절에 은둔자인 '양보'가 80세에 땅을 두드리며 부른 노래
격양가는 이렇다. '나는 해 뜨면 일하고 해 지면 쉬며, 우물 파서 물마시
고 밭 갈아 먹고사는데, 임금이 나에게 무슨 은덕을 베풀었단 말인가?

이 노래의 맨 마지막 구절이 바로 오늘날 우리 사회 지도층인 '정치인 지성인 종교지도자'가 귀담아 들어야 할 질문인데 우리 지도층의 현실은 이와 정반대다. 그래서 시인은 '2천 년 전의 지혜'인 동양적인 이상 정치, 즉 태평성대를 이루기 위해 애를 쓰면서도 백성이 그 정치를 느끼지 못할 정도로 평안하면서도 자연스러운 그런 정치를 그리워한다. 노자가 말한 도의 품격 원리를 정치에 적용해 보면, 최상의 정치는 사람들이 그것이 있는지조차 모르는 경지이고, 그 다음은 현재의 정치가 칭찬받는 경우이며, 또 그 다음은 현 정치를 두려워하는 상태이고, 최하의 정치는 사람들이 현 정치를 욕하는 상황으로 구분해 볼 수 있다. 시인이 안타까워하는 우리의 현실정치는 이 가운데 최하에 가까운 모습이라 할 수 있다. 이렇게 홍운탁월의 동양적인 여백의 멋과 예지를 갖춘 품격 높은 정치를 그리워하기에 시인은 무능한 지도층에 대한 따끔한 비판이나 분노를 힘겹게 억누른 채 현실을 못내 안타까워하는 여운 있는 결말로 끝맺음을 한다. 이는 유장한 시상의 흐름을 고려해 시적 완결성을 잃지 않으려는 나름의 노력으로, 이 시를 지탱해 준다.

귀하면서도 걱정이 없고
천하면서도 근심이 없으며
높으면서도 위태로움이 없고
낮을수록 더욱 편안한 경지는 없을까

살아도 살아 있는 것이 아니며
죽어도 죽은 것이 아닌
그리지 않고는 빼어난 멋을 모르는
정치인, 지성인, 종교지도자

요순시대 농군이

마음을 비우라는 말과 자신의 삶

텅 빈 그 속을 수용할 수 있는지

소리 안 나게 백성을 안심시켰던

2천여 년 전의 지혜가 그립다

돈을 버는 사람은 피땀을 흘리고

돈을 먹는 사람들은 영화를 누리고

여의도 어른들은 몇 개월째

법안 한 건 처리 안하고도

부끄러운 줄 모르고 산다

세월호는 점점 가라앉고 있는데

―〈홍운탁월과 팽목항〉의 뒷부분

이 시에서 강조하는 '그리지 않고 그리는' 홍운탁월 기법은 달무리를 그려 밝은 달을 넌지시 드러내는 동양화의 간접적 묘사법으로, 이를 시에 적용하면 '말하지 않고 말하는 시'에 해당한다. 하지만 정작 이 시의 시적 화자는 사물을 통해 말하거나 이미지를 전면에 내세우는 간접 화법을 쓰지 않고 화자가 직접 서술해 버린다는 점에서 좀 자가당착적이다. 시인은 소리만 요란한 빈 수레에 불과한 사회 지도층의 몰염치와 무능을 '부끄러운 줄 모르고 산다'고 직설적으로 비판한다. 이는 홍운탁월의 경지와는 좀 다른 직접화법이다. 만약 시의 전반적인 흐름인 동양적인 여백의 예지가 드러나도록 시적 대상을 다른 사물에 빗대어 그 사물이 스스로 말하도록 하는 여운의 멋을 살렸더라면 시적 긴장감이 더 팽팽하게 살아났을 거라는 점에서 여전히 아쉽다. 마치 서까래를 직접 때리지 않고 기둥을 슬쩍 쳐서 서까래까지 울리도록 하는 이른바 성동격서(聲東擊西)의 묘책을 시적 화법으로 고민해 볼 필요가 있겠다. 왜냐하면 홍운탁월의 기법이야말로 이 시의 내용과 표현을 하나로 일체화시켜 시를 생생하게 살아나게 하는 시적 기법이기 때문이다.

그러나 앞의 〈시(詩) 한 구절에〉에서 드러나듯, 그에게 시는 사회적 자아와 내적 자아를 합일시키는 치열한 자기승화의 장이 아니다. 그에게 시란 사회적 존재로서의 무거운 짐에서 벗어나 자신의 내밀한 자아를 마주하게 해 주는, 사회적 존재로부터 해방되어 내적 평화와 자성의 인격체에 이르는 촉매이다. 그래서 이번 시집에서 확인되는 그의 모습은 개인적 성찰과 가족에 대한 지극한 애정 그리고 자신의 삶속에서 늘 일하시는 신의 섭리에 순명하는 그런 모습이다. 이는 아마도 어느덧 칠순의 문턱에서 자신의 지난 삶을 문득 되돌아보며 참된 안식을 준비하는 그런 연륜과 긴밀한 관련이 있어 보인다. 그런데 참된 안식을 찾으려면, 그동안 장애인으로 제2의 인생을 살면서 장애인과 비장애인이 평등하고 평화롭게 함께하는 아름다운 세상을 만들고자 쉼 없이 달려온 그의 삶을 일단 멈추어야 한다. 멈추어야만 비로소 나와 가족 그리고 이웃의 구체적이고 생생한 모습을 발견할 수 있기 때문이다. 그가 앞만 보고 달리던 삶을 비로소 멈추었을 때 새삼스레 발견한 대상은, 힘든 장애인으로서의 고통을 견디게 해 주고 지금 그의 사회적 삶을 가능하게 해 준 바로 그의 아내이다. 누구나 자기 아내에 대한 속 깊은 애정이야 나름 극진하겠지만, 그의 아내에 대한 속정은 아주 각별하다. 그에게 아내와의 만남은 감동(〈언제나 신혼〉)이었고 또 행복의 원년(〈당신을 생각하면〉)이다. 그에게 아내는 라일락꽃이자 안개꽃이며 신의 선물(〈생애 마지막까지〉)로 생애 마지막까지 함께해야 할 운명적 존재이다. 그래서 그는 '죽어도 당신의 그림자가 되겠소'라고 다짐하면서 늘 머릿속으로 아내를 생각하며 보고 싶다고 고백한다. 그래서 그는 자신을 위해 헌신하는 아내를 '성자'로 부르며 앞으로의 따뜻한 동행을 다짐한다. 그가 그간 반드시 이루어야 할('필연') 당위적 세계를 향해 죽을힘을 다해('필사적으로', '가시나무새처럼') 멈추지 않고 달려온 지난날을 지탱해준 아내에 대한 새로운 발견은, 오직 아내를 향해 가슴 속 깊은 사랑을 마지막 안간힘을 다해 가시나무새처럼 혹은 '바람에 날리는 회색빛 재처럼' 쏟아 내겠다는 절절한 각오로 표현되는데 그 처절함이 가시나무새 전설처럼 아름다우면서도 처연하다. 필사적으로 어려움을 헤치며 살아온 그였기에 아내에 대한 사랑의 각오도 그렇게 처절할 만큼 아름다운 것인가.

출발 시점이 제로
출발점이 없는 정지라는 뜻이다

그저 필연필사적으로
녹색 신호등만 켜고 온 탓에
당신을 돌아볼 겨를 없다

가시나무새처럼
단 한 번의 노래로
날카로운 가시에 최후를 맞는
처연한 아름다움이 되면서까지

아, 그래도 당신을 만난 건
내 생애 주기 중 가장 행복한 일

곱절의 힘든 장애인 시절을

견딜 수 있었던 건

당신이 함께였기 때문

당신은 나의 성자

나는 한 줌의 회색빛 재처럼

바람에 날린다 해도 좋다

적색신호등을 켜 둔 채

흐트러지는 마음을 다시 모아

아름다운 사랑의 이야기

당신의 따뜻한 가슴을 안고 살겠다

– 〈적색 신호등〉 전문

    아내 다음으로 그에게 애잔한 그리움의 대상은 어머니이다. 시린 겨울 동짓날에 자신을 낳으시고 행복해하셨던 어머니를 이제 자식을 길러보고 또 손자를 보고서 그 사랑을 뒤늦게야 깊이 깨닫고 돌아가신 어머님을 못내 그리워한다(〈동짓날 밤〉). 암 수술로 장애인이 된 그를 보며 아들을 낳던 아픔보다 더 큰 고통 속에 눈물로 지내시다 가슴이 미어진 채 돌아가신 그 어머님을 그는 아픈 마음으로 그리워한다(〈어머니 2〉). 가지 많은 나무 바람 잘 날 없듯 자녀들을 '바다 같이 넓은 사랑'으로 또 '젖은 땀방울로' 온갖 고통을 기꺼이 감내하며 길러준 그 어머니(〈어머니 1〉)를 눈물로 그리워한다. 인생의 지침이 될 말들을 미리 적어 두었다가 아침 밥상에서 밥상머리 교육을 통해 일러주시던 어머니의 자상한 지혜의 가르침을 더는 들을 수 없어 그리워한다(〈어머니 4〉). 넓

계승과 회향의 시학

267

은 사랑과 아낌없는 헌신 속에서도 아들이 당당하게 살아갈 수 있도록 격려해 주시던 그 어머니의 매서운 가르침이 지금도 여전히 자신의 삶을 일깨우는 용기와 힘이 됨을 절감할 때마다 눈물을 흘리며 어머니에 대한 사랑을 고백한다. 누구나 다 가슴 속 사랑의 등불로 고이 간직하는 어머니지만, 어머니 생전에 휠체어를 탄 모습을 보여야만 했고 또 그로 인해 어머니의 가슴을 미어지게 했던 시인에게 어머니는 지금도 자신의 불편한 삶을 당당하게 다잡는 원동력이 된다.

용기와 힘을 주시고
남 앞에 당당하라
강인한 매질의 중심들
저는 지금 그 끈으로 살고 있습니다

등이 닳도록 업어 주시고
조갯살처럼 살이 오른 제 볼을 당기시며
즐거워하시던 얼굴
저는 지금 그 사랑으로 살고 있습니다

그러나 지금 제가 작아지는 것은
휠체어를 타고 있는 제 모습
얼마나 속상하실까,
어쩌면 다행이라는 불효

어렵고 외로울 때마다
마음이 혼미해 질 때마다

지금도 여전히 나를 두드려 깨우시는

어머니, 자꾸만 눈물이 납니다

사랑합니다

– 〈어머니 3〉 전문

　그의 삶을 지탱해 준 힘은 아내와 어머니 외에 늘 그의 삶 속에서 일하시는 절대자의 섭리이다. 그의 시에 자주 등장하는 당신이란 호칭은 대개는 아내를 가리키지만 때론 모호할 때가 있는데, 이런 경우의 당신은 절대자를 의미하는 것으로 보인다. 가령 〈푸른 거목에 피는 꽃들〉을 보면, 나와 당신 그리고 우리가 등장하는데 당신은 내가 사랑하는 임이자 햇살이 아침에 입 맞추는 대상으로 끝 부분에 오면 '푸른 거목'으로 구체화된다. 빈 나뭇가지로 겨울을 보낸 뒤 따뜻한 햇살 속에 천만 송이 아름다운 꽃을 피우는 푸른 거목은 모든 생명들이 깃드는 그런 대상이다. '우리'의 사랑도 결국은 푸른 거목의 가지에 매달려 아름답게 꽃을 피운다. 따라서 오랜 세월 속에 우뚝 솟은 거대한 존재로 모든 자연과 교감하며 생명의 기쁨을 주관하는 그런 절대자의 모습이 '푸른 거목'으로 형상화된 것으로 보인다. 즉 인간과 자연 그리고 뭇 생명들의 순환과 생멸을 관장하는 그런 존재, 모든 것보다 높으며 또 모든 것 속에 내재하는 그런 분, 상대적 세계를 초월하는 절대적인 존재가 바로 이 시의 푸른 거목이라 볼 수 있다. 뭇 생명들은 바로 이 우주적 존재의 활동 속에서 나타났다 사라지는 그런 존재일 수밖에 없지만, 그의 존재를 인식하고 그의 선한 활동을 겸허하게 받아들이면 시련을 극복하고 기쁨의 꽃을 피울 수 있다고 보는 것이다. 이런 절대자의 존재가 비교적 선명하게 드러나는 시는 〈빈 그네〉다.

모든 것이 내 것인 양
발 구르며 하늘을 오르다가
딴 세상에 머무네

언제나 당신은 빈 그네처럼
흔들며 돌아가는 소용돌이

답답할 때
외롭고 힘들 때
내 곁에 당신이
당신이 있었는데

텅 빈 쇳소리가
하늘을 허우적거려도
세찬 바람이 불어와도
거기 머물러 있는
따뜻한 숨소리

멀어졌다가 되돌아오는
당신의 온기

– 〈빈 그네〉 전문

이 시에서 당신은 소용돌이처럼 순환하는 자연의 섭리 속에 내재하
는 절대자이다. 그 절대자는 멀리 있거나 냉정하고 변덕스런 폭군과 같
은 그런 존재가 아니다. 내가 답답하고 외롭고 힘들 때 늘 내 곁에 함께

하며 위로해 주는 존재이고 세찬 바람과 같은 시련 속에서 아우성치고 몸부림치는 나를 듬직하게 지켜주는 정겹고 따뜻한 존재이다. 그는 이런 절대자에 대한 믿음 속에서 자신이 겪는 장애인의 고통과 시련에 절망하지 않고 이를 이겨낼 수 있었다. 그는 '올해의 장애극복상'을 수상하면서 가진 언론과의 인터뷰에서 장애인의 고통과 절망을 이겨낼 수 있었던 계기를 다음과 같이 설명했다.

> "가족들의 위로가 컸지. 특히 우리 집사람이 위로해 주고, 힘을 주고, 그랬지. 또 퇴원하자마자 집사람이 나를 기도원으로 데려갔어. 거기서 1주일 동안 얼마나 울었는지 몰라. 거기서 하도 울어서 내 장애의 2/3는 거기에서 극복했던 것 같아. 나머지는 살아가면서 이겨냈지만."

그는 절망과 좌절을 겪지 않는 초인이 아니다. 평생 군인으로 살아온 그가 어쩔 수 없이 군복을 벗어야 했을 때는 죽고 싶을 정도의 좌절을 겪었다고 한다. 하지만 그는 아내와 어머니의 헌신과 기도 그리고 자신의 삶을 통해 일하시는 절대자의 의지를 읽고 이에 순종하면서 장애인 운동가로 거듭났다. 그는 중도 장애인이 되었지만 장애인이 절망하지 않아도 되는 그런 세상을 만들기 위해 안간힘을 다해 헌신하고 있다. 그는 고통과 절망 속에서도 자신을 지켜주고 사랑해 주는 가족과 이웃 그리고 절대자에 대한 굳은 믿음으로 절망을 이겨냈다. 그렇기 때문에 지금도 고통과 절망 속에 있는 이웃을 잊지 않고 그들에게도 누군가의 사랑에 대한 믿음을 가질 것을 말한다. 〈담쟁이의 변〉에서 그는 자신처럼 좌절과 고통으로 가슴이 무너진 존재를 말라버린 담쟁이로 빗댄 뒤, 시련 속에 힘겹게 살아가고 있어도 누군가의 사랑은 반드시 있음을 말하면서 아직도 애타게 사랑과 도움을 갈구하는 사람이 바로 우리 자신은 아닌지 묻는다.

　　너무 많은 것을 말하고
　　너무 많은 것을 아끼다가
　　가슴이 허물어져
　　말라버린 담쟁이

　　말없이 밤낮 없이
　　담벼락을 오르고 있어도
　　너를 사랑하는 이 있다
　　분명 있다

　　봄, 여름 갈증에
　　한줄기 빗줄기로
　　어른거리는 당신은
　　담쟁이 맞나요?

- 〈담쟁이의 변〉 전문

　　그에게 시는 사회적 자아와 내적 자아를 합일시키는 치열한 자기승화의 장이 아니다. 그에게 시란 사회적 존재로서의 무거운 짐에서 벗어나 자신의 내밀한 자아를 마주하게 해 주는, 사회적 존재로부터 해방되어 내적 평화와 자성의 인격체에 이르는 촉매이다. 그래서 이번 시집에서 확인되는 그의 모습은 개인적 성찰과 가족에 대한 지극한 애정 그리고 자신의 삶속에서 늘 일하시는 신의 섭리에 순명하는 그런 모습이다. 치열하게 앞만 보며 달려온 그가 이제 칠순의 문턱에서 잠시 멈추어 자신의 지난 삶을 되돌아보며 가족애와 신앙을 통해 참된 안식을 준비하는 건 그의 연륜으로 보아 자연스러워 보인다. 하지만 그 안식이 사회적 자아와 지나치게 분리될 때 참된 안식이 진정으로 가능할지 의문이 든다. 그의 사회적 활동은 여전히 계속되고 있기 때문이다. 따라서 그의 사회적 삶이 그대로 시에 배어나는 것이 오히려 자아의 정체성과도 일치하고 또 시의 긴장감과 완결성도 높일 수 있는 길이 아닐까 하는 생각이 든다. 물론 시를 장애인운동의 구호로 채우라는 그런 소박한 주문이 아니다. 오히려 현실과 괴리된 채 시의 존재 자체로만 만족하려 할 때 구체적 현실의 다양한 모습이 지나치게 추상화 되거나 내면화 되는 위험성을 지적하고자 하는 것이다. 문학이란 결국 지금 이곳에서 작가의 구체적 현실에 대한 나름의 답변일 수밖에 없기 때문이다. 앞에서도 말했듯이 구체적 현실과의 긴장감을 잃어버린 시는 시인 스스로 아무리 '홍운탁월'의 중요성을 말한다 해도 예리한 촉수가 살아있는 시어를 생동감 있게 보여줄 수가 없다. 내적 자아의 안식 또한 현실적 질곡을 외면한 데서 오는 것이 아니라 그 질곡에 적극 저항하는 불타는 정념으로 비로소 가능해진다. 그의 시 중 일부가 시적 긴장감을 잃어버린 채 소박한 바람을 동어 반복하는 듯한 느낌을 주는 것도 바로 그런 이유, 즉 적극적 저항의 파토스에서 비껴있기 때문이라 생각된다. 따라서 자연스레 나이가 들더라도 삶의 예지가 살아있는 그런 시로 나아가기 위해서는 지금 자신의 사회적 삶과 일치하는, 구체적 생활과 밀착된 그런 생활시를 지향하는 것도 한 방법이 되리라. 〈가는 세월〉은 이런 점에서 시사하는바가 크다.

이순의 끝자락에 있으면서
지천명 나이로 착각하고 산다

쉬어라, 쉬면서 해라

눈물 흘리며 호소하는

당신 목소리에

잠 깨어 보니

아침 여명도

비바람에 흔들리고 있다

아서라, 가는 세월 잡을 수 없는 법

세월로 사는 것이 아니다

지금을 아름답게 사는 것

그것이 나의 세월이다

- 〈가는 세월〉 전문

개인적 안식에 머무르지 않고 지금을 아름답게 살아가는, 나이를 잊은 채 뜨겁지만 부드러운 예지로 제어되는 그의 열정적 삶이 시에 그대로 우러나는, 그의 새로운 비약을 우리 모두 기원해 보자.

(2014, 오용균 시집 『푸른 거목에 피는 꽃들』 해설, 심지)

시와 노래의 교차로, 도 · 시 · 락

요즘엔 인터넷을 통해 동영상과 자막 그리고 음성을 결합한 입체적 시 감상이 가능하지만, 그래도 활자로 쓰인 시를 묵독하는 게 대체적인 시 감상의 모습이다. 이는 시가 언어예술로 분화된 후의 일반적 모습이지만, 조선시대의 시인들은 시에 그림도 곁들이고 노래도 부르는 예능인이었다. 흥이 오르면 시조 한 수를 일필휘지로 휘갈긴 뒤 사군자를 치고 또 시조창으로 노래하는 게 보통이었다. 그래서 이들을 가객이라 했던가.

시의 원래적 음악성을 복원해 보려는 예술인들이 늘어나면서 시와 음악을 결합한 시노래 콘서트가 대중에게 다가가는 문화운동으로 여러 곳에서 시도되고 있다. 우리 대전에서도 재작년에 지역의 시인들과 인디밴드들이 함께하는 시노래 공연이 대전충남민예총에 의해 시도되어 신선한 충격을 주었다. 그 뒤 시인과 밴드가 함께 준비해야 하는 어려움으로 중단되었다가, 지난 3월 15일 오후 4시 30분에 대흥동의 블루스 라이브 클럽 '클로스로드'에서 시노래 콘서트 도 · 시 · 락(道 · 詩 · 樂)이 다시 청중을 찾았다.

이번 행사를 주관한 대전민예총의 사무처장 이정섭 시인은 행사명인 도시락의 의미 설명으로 콘서트를 시작했다. 우리의 허기를 달래주며 생명과 즐거움을 주는 도시락처럼 시와 음악이 우리와 함께 울고 또 눈물을 닦아주며 인생길에 따뜻한 위안이 되길 바라는 마음을 담았으며, 앞으로 홀수 달 셋째 주 토요일 오후에 정기적으로 대중들을 찾을 계획인 만큼 청중들의 지속적인 관심과 참여를 당부했다.

시노래 콘서트 도시락의 첫 번째 초대 손님인 김광선 시인은 조리사로 일하며 삶의 현장에서 우러난 체험을 시적 기교에 의존하지 않고 진솔하게 표현하는 노동자 시인이다. 그는 중학교를 졸업한 뒤 어려운 집안 사정으로 고등학교 진학을 접고 구로공단 노동자로 시작해 온갖 직업을 전전하며 신산한 삶을 살았으며, 90년대 말에 조리사 자격증을 딴 뒤 한때 대전에서 곱창집을 경영한 바 있다. 지금은 충남의 한 갈빗집에서 매일 10시간 이상 서서 이백 인분의 갈빗살을 발라야 하는 고단한 노동 틈틈이 자기 삶의 의미와 존엄을 확인하는 시를 쓰고 있다. 그는 열네 살 적부터 시인을 꿈꾸었으나 고단한 삶에 쫓겨 마흔 살에야 첫 시집을 내었고, 마흔세 살에 『창작과 비평』에서 신인상을 수상하며 시인으로 등단했다. 마치 애를 낳은 뒤 결혼식을 올린 것과 같다며 웃는 그는, 시는 자신이 숨 쉬며 살아 있다는 증거이므로 앞으로도 열심히 살면서 이웃에게 따뜻한 위로가 되는 시를 쓰겠다고 다짐했다.

그는 첫 시집 『겨울삽화』에 맨 처음 실린 시 〈어떤 해약〉을 중심으로 이정섭 시인과 대담을 나누면서, 어린 시절 다친 다리가 골수염으로 악화돼 지병이 된 채 내일을 기약하려고 한동안 애지중지 납입했던 보험을 힘거운 고비를 만나 무거운 마음으로 해약하면서 겪은 좌절과 자조

모두가 행복한 나라를 꿈꾸며

를 가감 없이 솔직하게 단숨에 쓴 시라고 그 창작배경을 설명했다. 그는 이렇듯 자신의 삶에서 뼈저리게 느낀 점을 진솔하게 표현해야 공감이 가능하다고 생각하며, 내일 일은 알 수 없기에 매 순간 충실하게 살면서 이를 투영한 시가 단 한사람에게라도 공감과 희망을 줄 수 있다면 그것으로 만족한다고 진지하게 말했다.

이어서 대전지역의 인디밴드를 대표하는 뮤지션들이 김광선 시인의 시집에서 직접 고른 시에 곡을 붙여 노래하는 공연 순서가 되었다. 대전지역의 대표적인 인디밴드 파인애플의 보컬 박홍순은 가슴 속의 절망을 적셔 줄 샘물 같은 사랑을 소망하는 〈표주박 연가〉를 애절하면서도 정감 넘치는 목소리로 불러 청중들의 가슴을 울렸다. 대전의 각종 시민행사에 단골로 출연하는 진채밴드의 보컬 정진채는 〈겨울 바다〉를, 거세게 밀려왔다 밀려가는 파도의 힘찬 움직임을 특유의 굵고 힘 있는 목소리와 구성진 가락의 반복으로 표현했는데, 장쾌한 동편제 한 대목을 듣는 듯했다. 솔로 손범석은 〈아이와 가방〉을 속삭이는 듯 감미로운 멜로디로 불러 원곡이 주는 동심의 분위기를 충실히 재현해 냈다. 이번 콘서트의 공연 실황은 유명 팟캐스트 '김PD 오늘'에서 다시 볼 수 있다.

5월의 초대 손님은 어릴 적 추억과 슬픔을 구성진 충청도 사투리로 담아내 문단의 주목을 받고 있는 송진권 시인으로, 그의 걸쭉한 입담에 곁들여질 감칠 맛 나는 노래가 기대된다.

(2014.3.30. 금강일보 칼럼)

문화가 있는 '토크 콘서트'

문화를 통한 국민행복을 국정지표로 자리매김하는 데 상당한 기여를 한 김동호 문화융성위원장이 작년 8월 말 대전을 찾아 '지역문화 활성화 토론회'를 가진 이래, '지역문화 및 생활문화진흥 기본계획' 수립을 위한 지역문화예술현장의 의견수렴을 위해 지난 4월 9일 다시 대전을 찾았다. 김 위원장과 함께한 작년의 토론회에서 나는 지역문화 활성화의 제도적 기반 마련 선행을 강조한 바 있다. 이는 작년 말 우리 문화예술계의 오랜 숙원이던 '문화기본법'과 '지역문화진흥법'이 제정되면서, 제도적 기반은 어느 정도 마련된 셈이니 다행이다.

이번 좌담회에선 의욕적으로 시행하고 있는 '문화가 있는 날'에 대해 몇 가지 의견을 제시했다. 먼저 문화를 통한 국민행복을 개개인이 체감할 수 있도록 하는 생활밀착형 정책 '문화가 있는 날'이 성공적으로 정착되어 국민들이 삶의 멋과 여유를 기본적 권리로 누리길 진심으로 빌며, 그런 입장에서 몇 가지 문제를 지적했다. 매월 마지막 주 수요일에 시민들에게 무료 혹은 감면금액으로 공연이나 이벤트 전시 등을 제공하는 중앙정부의 방침은 시민들이 문화적 권리를 누리게 하려는 좋은 의도이지만, 지방자치단체나 문화기관들이 매우 제한된 예산으로 시민들에게 양질의 문화프로그램을 제공하기는 쉽지 않다. 더구나 시민 대다수가 영화보기나 프로야구 등 대중스포츠 관람에 몰리면서, 각종 국공립 문화시설이 본래의 설립취지에 맞는 양질의 인문학적 프로그램이나 순수예술공연 등으로 이에 맞서기는 어려운 실정이다. 상업적인 대중예술과 경쟁하면서 양질의 문화서비스를 제공해야 하는 상황에서 참신한 프로그램 계발이 쉽지 않아 대중의 외면을 받게 된다면, 기존의 문화시설 운영이 오히려 더 위축될 수도 있다. 이는 무엇보다도 '문화가 있는 날'이 비예산 사업으로 진행되는 데서 오는 태생적 한계로 보인다. 국공립 문화시설은 순수 문화예술기관이라는 공공재적 성격 때문에 대중적 프로그램 계발이 쉽지 않은데, 예산마저 지원되지 않는다면 기존 프로그램으로 무료 개방하는 데 그쳐 '문화가 있는 날'은 결국 반 쪽 자리 정책이 되고 말 것이다.

이런 우려는 교육문화체육관광위원으로 활동하고 있는 도종환 국회의원이 '문화가 있는 날' 시행 세 달을 맞아 영화진흥위원회로부터 영화관람객 수와 매출액 관련 자료를 받아 분석한 결과에 잘 드러난다. 문화가 있는 날에 할인제도를 실시했음에도 매출액이 크게 증가한 3대 멀티플렉스 영화관이 또 다른 수혜자가 된 셈이다. 문화융성위원회가 제시한 8대 문화융성정책 중 첫째가 바로 '문화융성을 이끌 인문가치 정립'인데, 문학 역사 철학 등 인문학적 교양을 배우고자 하는 일부 시민들의 욕구를 국공립 문화시설에서 수렴해 인문학이나 순수예술 프로그램을 운영할 수 있도록 예산을 적극 뒷받침해야만 '문화가 있는 날'의 지속적인 발전이 가능할 수 있으리라 본다.

이런 의미에서 이번 달 마지막 날에 대전문학관에서 열리는 '김성동

계승과 희망의 시학

279

작가 초청 토크 콘서트'는 주목되는 행사다. 대전문학관이 4월의 '문화가 있는 날' 행사로 주최하고 대전작가회의가 주관하는 이번 행사는 최근 『꽃다발도 무덤도 없는 혁명가들』 출간으로 김성동의 작가생활 40년을 결산한 그의 육성을 직접 듣는 자리이기 때문이다. 그는 자신의 운명을 현재의 모습으로 떠다박지른 아버지에 대한 아득한 그리움에서 벗어나 아버지와 아버지 세대의 꿈과 좌절을 역사 속에 온전히 자리매김하는 작업을 이번 책의 출간으로 1차 마무리했다. 『만다라』 이후 한동안 산내 구도리에서 살았던 그에게 대전은 고향이나 진배없으며, 지난 3월부터 최근까지 대전문학관에서 열린 대전작가회의 기획전에 그의 육필원고 4,000매가 전시되어 시민들의 관심을 끈 바 있다. 그의 삶과 문학 그리고 대전과의 인연이 문학평론가 김정숙 교수와의 대담을 통해 진지하고 편안하게 진행되며, 특히 그의 고향 방문을 축하하기 위해 대전의 무형문화재인 동초제 판소리의 명인 고향임 선생과 그의 수제자인 김갑보 소리꾼 경찰이 특별 출연한다 하니, 그야말로 김성동의 문학과 역사 그리고 판소리가 어우러진 '문화가 있는 토크 콘서트'가 될 듯하다. 이런 문화행사가 계속될 수 있도록 유관기관의 지원을 당부한다.

(2014.4.28. 금강일보 칼럼)

자유롭고 충만한 삶과 예술

최근 정부의 각료 임명과 인사청문회 과정에서 겪은 잇단 낙마사태로 정부에 대한 신뢰에 큰 금이 갔다. 청와대의 안이한 인사검증 시스템에 대한 질타와 그에 따른 책임 추궁 등 그 후유증이 만만치 않다. 하지만 그 과정에서 우리는 명예에 대한 뿌리 깊은 집착을 다시금 확인했다. 흔히 인간의 생물학적 본능으로 식욕과 성욕을 말하지만, 명예에 대한 욕망이 그에 못지않은 사회적 본능임을 절감하게 된다. 그간 꽤 청렴하고 기개 있는 삶을 살아온 것으로 평판을 얻은 사람이 사회적 검증 과정에서 부끄러운 속살이 드러나 스스로 무너지기도 하고, 무난한 삶을 살아온 것으로 여겨진 전문가가 편견과 왜곡된 역사인식 등의 치부가 드러났는데도 마지막 순간까지 임면권자의 간택을 기다리며 그 지위에 그악스럽게 집착하는 모습을 보기도 했다.

명예와 지위에 대한 집착이 정치인이나 관료만의 문제는 아니다. 자유로운 영혼으로 자신만의 개성적이고 독립적인 세계에 천착하는 문화예술인들도 예외는 아닌 듯하다. 최근에 민선 6기 대전시정이 새롭게 출범하면서 입지가 위태로워 전전긍긍하는 문화예술단체장들이 많다는 게 신문기사화 되기도 한다. 지난 지방선거에서 일찌감치 유력 후보에게 노골적으로 줄을 섰던 문화예술인들이 뜻밖의 결과에 당혹해 한다는 것이다. 물론 인간은 정치적 존재이기 때문에 예술행위도 정치적 영향으로부터 자유로울 수 없다. 문제는 그 예술이 특정 정치집단의 선전물이 되어 그 대가를 얻고자 하는 것인데, 이는 그 예술인의 영혼이 비천한 노예 수준임을 반영해 주는 일이다. 하여 다산 정약용은 고른 인재 등용에 대한 상소문에서, 갖은 명분을 내세우며 자리를 얻고자 하는 것의 본질은 비열한 탐욕일 뿐이라고 꾸짖는다. 나아가 예술이 인류의 보편적 가치에 반하는 정치이념을 내세울 때는 문제가 훨씬 심각하다. 오페라의 황제로 불리는 바그너의 작품에 반영된 국수주의적 민족주의나 배타적인 인종주의에 매료된 히틀러가 그 오페라의 세계를 현실화하고자 한 것이 곧 2차 세계대전임은 그 좋은 예이다.

사실 문화예술계가 정치적 이해관계에 민감한 반응을 보인 것이 이번만의 일은 아니다. 특히 거대 예술집단은 그 규모만큼의 표밭을 무기로 지배적 정치세력의 이익을 대변하는 일에 앞장서 온 것이 우리 문화예술계의 그간의 역사라 해도 과언이 아니다. 물론 특정 예술집단이 나름의 신념에 따라 정치적 입장을 표명하는 건 충분히 보장되어야 한다. 문제는 그런 정치적 선택이 신념이 아니라 자기 집단의 배타적 이익이나 단체장의 개인적 영달을 위한 것일 경우에는 그 결과도 기꺼이 감내해야 한다는 것이다. 중요한 것은 예술가의 신념이 인류의 보편적 가치인 자유롭고 충만한 삶을 지향할 때 그의 예술이 진정한 생명력을 가진다는 점이다. 베르디, 피카소, 채플린, 조지오웰 등이 자신의 신념에 따른 특정 정치적 입장을 작품에 적극 반영하면서도 민족의 통일, 독재에 대한 저항, 전쟁에 대한 적극적인 반대 등 인류의 보편적인 가치에 헌신했기에 그들의 예술이 인류의 고귀한 자신이 되었음을 돌아볼 필요가 있다.

권선택 시장은 취임사에서 '시민이 주인 되는 대전'을 만들겠다면서 불의와 타협하지 않는 건전한 시민의식이 살아있는, 당당하고 자존감 넘치는 대전을 약속했다. 그는 '새로운 대전, 변화하는 대전'이라는 도전에 시민과 함께하겠다고 다짐하면서, 지역의 문화예술인이 존중받으면서 모든 시민들이 문화예술을 향유하는 문화예술정책을 제시했다. 이는 그가 행정부시장 경험을 통해 얻은, '문화예술을 적극 지원하되 간섭은 하지 않는다.'는 나름의 교훈을 바탕으로 한 비전으로 이해된다. 물론 그 방향성은 옳다. 하지만 개혁적이면서도 합리적이고 포용력 있는 문화예술정책 전문가를 포스트에 세워 컨트롤 타워의 기능을 하게 해야 그 실현이 가능하리라 본다. 거대 예술단체와 일부 관료와의 오랜 유착을 끊고, 자유롭고 충만한 예술을 살리는 길은, 대안세력을 상대적으로 키워 문화예술계가 견제와 균형 속에서 스스로 면역력을 키우도록 하는 것이다. 결국 문제는 사람이다.

(2014.7.27. 금강일보 칼럼)

축제와 지역 정체성

　추위를 재촉하는 가을비가 그치니 드높은 쪽빛 하늘이 더욱 눈부시다. 이제 설악을 붉게 물들인 단풍의 불길이 점차 남녘으로 번져가고, 풍성한 과일과 곡식을 갈무리하는 농부들의 손길 또한 부산해지리라. 그리고 전국 곳곳이 가을을 아쉬워하는 축제들로 한껏 달아오르리라. 하긴 사람이 빵으로만 사는 것이 아니요, 삶의 기쁨도 누리는 '젖과 꿀이 흐르는 세상'이 좋은 세상임은 분명하니 굳이 축제 많은 것을 탓할 건 없다. 더구나 그만큼 우리나라의 생활여건이 나아진 것은 사실이니 더욱 그렇다.

　문제는 일부러 축제마당을 벌여 흥청망청할 것은 아니라는 점이다. 심각한 가계부채와 국가부채 문제를 애써 외면할 정도로 한가한 상황은 아닌 듯싶기 때문이다. 따라서 축제는 하되 지역의 정체성과 긴밀하게 연결되고 나아가 지역민들의 통합과 문화권리 향상에 기여하는 축제로 대폭 정비해 그 효율성을 높일 필요는 있다고 본다. 현재 대전의 40여 가지 축제 중 수요자의 요구와 거리가 있는 축제나 대전의 정체성과 관련 없는 전시성 축제는 폐지하고, 성격이 유사한 축제는 엄격한 평가를 통해 통합하거나 정비해야 한다.

가령 '국제와인&푸드 축제'의 경우 지난 3년간 무려 56억을 낭비했다는 지적이 이번 대전시 국정감사에서 드러난 바 있다. 사실 와인축제는 출발부터 부정적 지적이 많았다. 대전 시민 중 와인을 즐기는 사람이 과연 얼마나 되며, 또 대전이 충북 영동처럼 포도 집산지도 아니고 프랑스 보르도나 호주 멜버른처럼 세계적인 와인 생산지도 아니어서 대전의 정체성에도 맞지 않는다는 것이었다. 이런 지적을 무시하고 강행한 결과가 결국은 엄청난 혈세 낭비로 확인된 셈이다. 더구나 부적절한 운영으로 특정 기업이나 특정인이 많은 혜택을 누리고 평가가 부풀려진 점 등 그 폐해가 자못 크므로, 이제 결단만 남은 셈이다.

그런가 하면 성격이 유사한 행사가 구청별로 따로 열리는 경우도 있다. 가령 '견우직녀축제'는 유성구청 · 서구청 · 대덕특구기관장협의회가 후원하고 대전MBC와 견우직녀축제추진위원회가 주관하는 행사로 대전의 대표축제를 자처한다. 9년째인 금년에도 3만여 명이 관람하는 등 시민의 참여와 호응도가 높은 만큼 그런 자부도 가능하다고 본다. 그러나 '견우직녀 설화'가 대전의 지역 정체성과 무슨 관련이 있는지 생뚱맞다는 반응들도 많다. 더구나 발렌타인데이 등 국적 불명의 기념일 속에서 점점 잊혀가는 우리의 '견우직녀 설화'와 칠월칠석 민속을 전통과 문화예술이 한데 어우러져 전통 현대 미래를 아우르는 스토리텔링이 있는 문화예술축제를 지향한다는 그 성격규정을 보면 오히려 고개가 더 갸웃거린다. 견우직녀 설화는 동서양을 막론하고 공유되는 보편적 이야기로, 중국 일본 등에서도 큰 민속행사로 이어지고 있기 때문이다.

그런데 중구청 주관의 '부사동 칠석놀이'는 부사동에서 벌어진 백제

판 '로미오와 줄리엣' 이야기에서 유래된 민속놀이로 대전의 정체성과 직결된다. '부용이와 사득이의 사연'은 '로미오와 줄리엣'보다 훨씬 애절하다. 서로 사랑하던 윗마을 부용이와 아랫마을 사득이는, 사득이가 신라와의 전쟁에서 전사하면서 그를 그리워하며 애타게 기다리던 부용이마저 실족해 죽지만 마을 사람들에 의해 치러진 영혼결혼식으로 다시 결합한다는, 애절하면서도 아름다운 이야기가 부사동 칠석놀이의 유래다. 부용이의 '부'와 사득이의 '사'를 합친 '부사칠석 민속놀이'는 부사동을 넘어 대전의 자랑으로 전국대회 대통령상, 올해 광주 '7080 충장축제'에서 우수상을 받는 등 대전민속예술의 대표 자리를 확고히 했다.

따라서 그간의 '견우직녀축제'에서 견우직녀 설화를 현대적으로 해석한 판타지쇼나 각종 이벤트 등은 창조적으로 계승하되 중구청이 주관하는 '부사칠석 민속놀이'의 풍물, 치성, 영혼결혼식, 놀이마당 등을 적극 수용하고 '부용이와 사득이의 사랑 이야기'를 축제명에 반영해 대전의 대표축제로 통합한다면, 그간 '견우직녀축제'에서 소외된 중구지역과 나이든 세대 등도 자연스레 동참해 '지역과 세대, 전통과 현대를 아우르는' 축제가 될 것이다. 그리고 대전의 5개 구청이 공동개최하면 대전의 정체성을 살린 축제로 전국적인 호응도 얻을 수 있으리라 본다.

(2014.10.26. 금강일보 칼럼)

4

농사꾼이 본
세상과 문학

김장순의 시로 못 다한 이야기*

줄포

농사꾼 대서쟁이 김장순 씨에게

신경림

뻘 밭에 갈매기만 끼룩대는 폐항

길다란 장터 끝머리에 있는 이층 대서방은

종일 불기가 없어도 훈훈하다

사람들은 돈 대신

막걸리 한 주전자씩을 들고 와

진정서와 고발장을 써 받고

대서사는 묵은 잡지 뒤숭숭한 시렁에서

마른 북어를 안주로 꺼내 놓고 한마디 한다

---

* 신경림 시인이 쓴 시 「줄포」에 등장하는 농사꾼 대서쟁이 김장순(1923~2008)씨는 나의
선친이다. 시에 드러나지 않은 선친의 한 맺힌 이야기를 그 혼령이 신경림 시인에게 들려주
는 형식으로 써 보았는데, 선친이 억울하게 일본에 징용으로 끌려간 이야기를 담은 기록
(일본탈출기,1987년 7월)를 중심으로 재구성한 것으로, 창비에서 2011년에 간행한 〈선생님,
시 읽어 주세요〉에 실려 있다.

모두가 행복한 나라를 꿈꾸다

사람은 착한 게 제일이랑께

그저 착하게 사는 게 제일이랑께

그래서 줄포 폐항의 기다란 장터

술집에서 사람들은 나그네더러도 말한다

사람은 착한 게 제일이랑께

그저 착하게 사는 게 제일이랑께

궁게, 민요기행 한다고 변산반도를 찾던 신경림 시인이 우리 둘째 애의 소개로 우리집에 들른게 첫 만남이었고만. 서로 촌놈들이라 그런지 마음이 금방 통하드만. 거기다 밤새 술을 마심서 이야기보따리를 풀응께 바로 친구가 되았지. 나이야 내가 위지만, 마음이 맞으면 친구 아니었어? 그 담부터 내가 같잖은 글이라도 끄적거리면 신 시인에게 보여주고 했지. 그런 게 인연이 되았는지 신 시인이 나를 주인공으로 〈줄포〉라는 시를 썼더라고. 일제 때 보통학교(지금의 초등학교)만 겨우 나온 나 같은 무지렁이한티, 정말 영광이지. 나중엔 내가 살아온 이야기를 아예 한 편의 근사한 글로 썼드만('신경림 시인의 인물 탐구'라는 부제로 출간된 『사람 사는 이야기』). 그럼서 고향에서 좀 떠들썩하기도 했지.

내가 댕겼던 줄포 보통학교는 거 시 쓰는 서정주가 나온 학교여. 그 양반 아버지가 인촌(동아일보 창업주 김성수) 집안의 마름이라 방구 깨나 뀌었지. 고래등 같은 집 마당을 거니는 걸 멀리서 보면, 어린 맘에도 기가 죽드라고. 나야 네 살 때 아버지가 돌아가심서 홀어미와 살았응게 더 주눅이 들었지.

그래도 낮에는 일하고 밤에는 열심히 공부했어. 비빌 언덕이 없응게 공부밖에 더 허겠는가. 함께 사시던 외할머니가 새벽마다 장독대에 찬물을 떠놓고 치성을 드렸지. 그 덕인지, 1944년에 '부안군읍면서기자격

시험'에 6등으로 합격혔지. 요즘도 9급 공무원시험 합격이 쉽지 않드만, 그때는 더혔지. 그래서 고향인 줄포면사무소에 임시직으로 발령을 받았을 땐, 집안은 물론이고 동네의 경사였지.

근디 항상 좋은 일 끝에 꼭 마가 끼드라고. 전라북도에서 시행하는 강습소수료자격시험에 또다시 상위권으로 합격헌게, 보안면사무소로 전근이 되드만. 인자 느긋허게 정식 임명장이나 기다리자 허고 있는디, 날벼락도 유분수지, 엉뚱허게 징용영장이 나왔드랑게. 나중에 알고봉게 그게 결국은 음모였더라고. 고래 싸움에 새우등 터지고, 왕솔나무 밑에서 곡식 못 자라는 거나 같은 거였드라고. 인촌 집안의 한 못난 위인 땜시 내가 대신 일본에 징용으로 끌려간 거였응게.

결국 과부의 아들인 내 처지를 한탄허는 수밖에 더 있겠능가. 1944년 10월 19일, 그 유명헌 관부연락선을 타고 부산을 떠났지. 영화에서 보믄 현해탄을 건너는 게 낭만적이지? 그치만 천하에 약골이고 비위까지 약해 입도 짧은 나 같은 사람이, 일본에서 어떻게 살아남을 수 있을지 걱정하느라 밤새 뒤척였지.

다음날 일본의 공업도시 대판에 있는 '시바다니 조선소'에 배치가 되었어. 전쟁 말기라 일본도 식량이 부족혀서, 배가 고파 죽을 지경이었당게. 견디다 못해 밤에 몰래 기숙사를 나와 먹을 걸 찾아다니다, 밀감 농장을 찾았는디 정말 살았다 싶드랑게. 근디 당시 일본 정부에서 밀감을 팔지 못하게 통제를 하는 거여. 그래도 어떡허겄어. 두 손 싹싹 빌며 사정사정해서 밀감 몇 개를 사가지고 기숙사 동료와 나눠먹응게 살 것 같도만.

그나마 내가 일본어를 제법 헝게 일본인 행세를 함서 밀감을 조금씩 살 수 있었지. 근디, 기숙사에서 사람들이 하도 팔라고 해서, 돈을 받고 나누어주다 봉게 제법 장사가 되드랑게. 그럭저럭 당시 40개월 월급이 되는 1,200원의 거금을 모았당게. 하지만 뭐허겄능가. 관부연락선이 두절됨서부텀 집에 송금을 헐 수가 없었응게.

그래도 돈이 좀 모이니까 어떻게든 고향에 돌아가야겄다는 생각이 간절해지드만. 11월부터 미군 전투기 B29들이, 어찌나 공습을 해쌓는지 무서워 살 수가 없었응게. 거기다 지진으로 땅이 갈라지고 집들이 땅속으로 꺼지는디, 정말 무섭등만. 일단 조선소를 벗어나야 살겄드라고.

이듬해 3월에 일본인들도 넋이 빠졌응게, 조선소를 무사히 탈출혔어. 그 뒤 '다까시고'와 '히메지'에서 막노동을 험서 일본을 뜰 기회를 엿보았지. 근디 연합군의 공습이 갈수록 심해지는 거여. 어찌나 폭탄을 쏟아대는지 정말 금방 죽을 것만 갔드라고. 마침 하숙집 주인이 소개혀서, 7월 하순 '시모노세키'로 옮겼지. 그래도 조선 사람들이 있어서, 부산으로 가는 배를 수소문혔지. 그래도 고향에 갈 팔자였는지 부산으로 가는 작은 배를 구할 수 있었어. 그간 모은 돈의 대부분을 주었지만, 그 판에 돈이 무슨 문제겄능가. 마침내 일본을 탈출할 수 있었지.

이렇게 1945년 8월 10일 밤에 시모노세키를 출발혔어. 낮에는 미군의 공습 땜시 섬에 숨고, 풍랑이 잔잔한 밤에만 살살 움직였지. 열흘 만인 8월 20일 10시, 드디어 꿈에도 그리던 부산에 도착혔어. 그렇게 해방된 이후에 도착한 셈이지. 근디 이상허드라고. 해방되었다는디도 일본군이 무장한 채 경비를 서고 있어서 그런지, 해방의 벅찬 감격이나 기쁨이 도무지 느껴지지 않드랑게. 당시 부산역 주변은 일본군이 없어서 그런지, 배설물이 가득혔어. 다들 서로 타겠다고 덤벼드는디 정말 아수라장이었지. 겨우 비집고 올라타, 대전역에서 호남선으로 갈아타고, 21일 오후 늦게 마침내 고향에 돌아왔지.

뜻밖의 악몽으로 시작된 일본 징용이 이렇게 10개월로 끝을 맺었지. 난 그래도 천운이 따랐능가벼, 고향에 돌아와 가정을 이루고 살 수 있었

응게 말이여. 그래서 일본 징용 체험을 자식들에게나 전할라고 '일본탈
출기'라는 제목의 수기로 써 보았지. 근디 어떻게 알았는지 어느 출판사
에서 책으로 내자며 우리집을 찾아오기도 혔어. 잘 되나 싶더니 그냥 유
야무야 되어버리더라고. 처음엔 좀 아쉬웠는디, 한편으로는 다행스럽
기도 혔어. 왜냐하면 일본에 징용가게 된 게 우리나라 굴지의 대재벌가
의 음모 때문이라고 떠들면, 서슬이 시퍼런 그 권력이 혹여 내 자식들을
핍박하지 않을까 걱정이 되어 영 찜찜혔거든.

　　그려도 이젠 이야기혀도 되겠지. 내가 인자 산 사람도 아닝게. 이미
저승에 와 있는 사람이 그간의 아픈 속사정을 말헌들, 귀신의 넋두리를
누가 탓할 수 있겠능가. 그려도 억울허게 징용에 끌려가든 부분은, 1987
년 7월 〈일본탈출기〉라는 제목으로 써 놓은 글에서 그대로 옮겨보능게
좋겄어. 그 당시 여러 정황이 소상허게 나타나 있응게 말이여.

　　"시험에 두 번이나 합격했다 해서 별 뾰족한 수가 있을까보냐. 임 군
수(부안군)는 식성 좋기로 이름난 위인이었는데 코 밑에 진상할 힘이
없는 나로서는 속수무책이었다. 이럴 즈음 조선의 이름난 재벌 고 김성
수 씨의 영식 '김 상ㅇ'란 분이, 명색이 최고 학부 출신인데 학도병 기피
책으로 줄포면서기를 하게 된 것이다. 정계와의 친분이나 금력 등 어느
방편으로써도 능히 뚫고 나갔으렸만, 하필이면 줄포면서기를 지망해서
나를 사지(死地)로 밀어넣어야 했을까? 물론 나라는 못난 사람을 꼭 겨
냥한 것은 아니었을 거라 믿는다. 그러나 '김 상ㅇ'란 분이 무던히도 못
나빠진 인간이라 여겨지는 것은 가문, 명성, 학벌 등 체통을 생각지 않
고 자기만 살려 했다고 보여지기 때문이다.

　　그해(1944년) 9월 갑자기 보안면으로 전근발령이 났다. 곧 정식 임
명을 받는다는 것이어서 서류를 갖추어 제출하고 간절한 심정으로 오

늘인가 내일인가 하며 가뭄에 소낙비 기다리듯 했다. 짜놓은 각본의 덫에 걸릴 것을 어찌 꿈에라도 상상했으랴. 그런데 이 무슨 날벼락이란 말인가! 기다리는 임명장 대신 징용영장이 날아왔다. 이유인즉 노무계 양복현 씨가 미처 대장(臺帳) 정리를 않았기 대문이라며, 곧 임명단계에 있으니 군(郡)에 보고를 띄워 취소시킨다는 어색한 변명이었다. 양복현 씨를 다그치고 욕설도 해대고 멱살을 잡아 흔들어대도 실수했노라는 말만 되풀이할 뿐 무슨 말을 하려다가 어물어물하는 것이었다. 깊은 속셈은 몰라도 반드시 곡절이 있었으리라. 그러나 내게 무슨 힘이 있는가. 물에 빠진 사람 지푸라기 붙드는 심정으로 요행수만을 바랄 뿐이었다.

10월 어느 날 징용 영장을 받은 사람들이 부안공립보통학교 교정에 모여 형식적인 심사란 걸 받는데, 내 차례가 되었다. 혹시나 하며 임 군수의 자비심을 바라며 부동자세로 그를 바라보는데, '후방에서 펜을 들고 일하는 것만이 보국이 아니요 산업전사로서 망치를 들고 일하라'며 훈시를 지껄여대는 통에 그 낯짝에 침이라도 뱉고 싶었으나 참았다. 결국 내가 대판으로 떠나가고 얼마 안 있어 '김 상ㅇ' 씨가 줄포면서기로 정식 임명되었음은 정한 순서였다. 짜놓은 각본에 나는 꼭두각시 노릇을 했던 것이다."

(2011,『선생님, 시 읽어 주세요』, 창비)

촌우(村愚)의 문화를 엮는 지혜*

전북 부안군 줄포면 대서사 김장순 옹

흉년이 들거나 기근이 심할 때에 굶주림에서 벗어나도록 돕는 일을 '구황(救荒)'이라 하고, 이때에 식용으로 대신할 수 있는 야생식물을 '구황식물'이라 한다. 쑥·줄·피·아카시아 등이 이에 속한다.

여기에서 줄은 포아풀과에 딸린 여러해살이풀로서 키는 1～2미터, 잎은 길이 50～100센티, 너비 2～4센티의 좁은 선형이며 모여서 난다. 위쪽에 연노랑빛의 암꽃이, 아래쪽에 붉은 자줏빛의 수꽃이 달린다. 열매를 고미(菰米)라 하여 어린 싹과 함께 먹는다. 잎은 도롱이·차양·자리를 만드는 데 쓰인다.

'진고'라고도 불리는 줄이 많이 나는 포구라고 해서 '줄래' '줄래포'라 불렸던 전라북도 부안군 줄포면. 이곳은 한때 군산·인천·목포 등과 함께 서해 중부 이남의 4대 항구로 불리었다. 조선조 때는 서울로 세미(稅米)를 옮기는 선박의 출입이 많았고, 일제 때에는 부안군 내에서 유일하게 식산은행이 있었다. 조기와 풀치 등의 어물이 많이 났다. 수백 척

모두가 행복한 나라를 꿈꾸다

●

296

* 사랑의장기기증운동본부에서 발행하는 기관지 〈이웃과 생명을〉 1995년 6월호에, 부안 임병해 편집장이 고향이야기 시리즈의 하나로 김장순 옹을 취재하고 쓴 글을 옮겨서 김장순 씨가 살아온 삶과 생각을 살펴보고자 했다. 기사 중 일부 인명이 잘못된 곳을 바로잡고 띄어쓰기 맞춤법 등을 손보았다.

의 배가 드나들었고 흰옷을 입은 사람들이 들판을 이루어 '흰둥이'라 불리기도 했다는 줄포. 그러던 것이 1930년대를 전후하여 토사가 밀려들어 바다가 메워지며 항구로서의 기능을 상실했고, 이웃의 곰소항이 개발되면서 폐항이 되었다. 사람들은 "옛날이 줄포이지 지금은 '울포'가 되었다"고 말한다. 당시의 번성했던 시절을 나타내주는 어물창고, 쌀창고, 정미소 등이 폐쇄되고 허물어진 채로 바닷바람을 맞고 있다.

옛 영화를 간직한 폐항의 정서를 담고 있는 줄포의 내력과 지역생활사를 훤히 꿰고있는 사람이 있다. 대서사업에 종사하는 촌우(村愚) 김장순(金壯純. 74. 전북 부안군 줄포면 줄포리 264)옹. '시골에 묻혀 사는 어리석은 노인'이란 뜻의 자작호이다. 본래는 호를 절간에서 새벽종소리란 뜻으로 쓰는 서종(曙鐘)이라고 했으나 교만한 것 같아서 바꾸었다. 호는 자신의 됨됨이보다 낮춰서 지어야 한다는 생각에서였다. 하지만, 그는 자신이 겸손하게 표현하듯 '시골 구석에 처박혀 사는 시골노인'이 아니었고 어리석지도 않았다. 역사를 알고 지혜가 있었으며, 오히려 현실의 온갖 욕심에 눈이 어두운 도시인들을 내려다보듯 살고 있었다. 어리석은 세태를 질타하고 조소하는 글들을 시도 때도 없이 써 내리고 후세에 도움이 될 만한 일들을 수첩에 메모한다. 그는 역사학자이거나 향토사가도 아니지만, 그 어떤 학자 · 연구가들보다 탐구열이 높다. 고향을 사랑하고 역사를 두려워하기 때문이다.

끊임없는 연구 덕분에 촌우는 여러 명의 지식인들과 친구로 지낸다. 민요기행의 저자인 신경림 시인, 한양대 최래옥 교수, 한남대 민영대 교수, 교원대 김일기 교수 등이다. 그들이 근대어업 발달사를 연구하기 위한 학술활동이나 답사여행, 민속사를 알아보기 위해 줄포를 방문하면 즐겨 길라잡이가 되어준다. 한말 유학자 전간재 선생, 경서, 김상만 씨 가옥, 김홍원 신도비 등에 대한 해설자가 된다. 억새로 엮어 이은 샛지

붕을 특징으로 하는 김상만 씨 가옥은 대문채·안 사랑채·바깥 사랑채·안채·곳간채로 구성되어 있는데, 일반 초가지붕과는 달리 물매가 급하며 지붕이 높다. 곳간채는 초가로서 드문 맞배지붕으로 주목할 만한 건물이다. 때로는 보안면·진산면·주산면·부안읍·정읍·고창 등 인근지역을 안내하며 구전과 민담, 풍속을 들려준다.

20년 넘게 알고 지내는 신경림 시인을 곰소-부안-격포 등지로 안내하면서 채록한 이 지역 민요들이 〈마당〉지에 연재된 후 〈민요기행〉이란 책으로 출간되었을 때에 누구보다 기뻤다고.

80년 봄에는 민영대 교수와 그의 제자 일행과 함께 채석강에서 5,6일을 머물며 녹음하려던 중에 5·18 광주민주화운동 뉴스를 듣고 황급히 떠나는 그들의 뒷모습이 아픈 기억으로 남는다고 했다.

자신을 찾아오는 대학생들에게 '내 고장 줄포' '일본탈출기' 등의 기록물을 선물하는 일이 즐거움이라고 말하는 촌우는 그 만남들이 갖는 의미를 이렇게 말했다. "보잘 것 없는 이 촌 늙은이를 찾아오는 분들은 한결같이 소탈하고 인간미가 넘칩니다. 그분들의 글 역시 기교를 부린다거나 허세를 부리지 않고 가슴에 와 닿아 좋습니다. 심금을 울리는 글을 쓰는 작가가 있다는 사실이 흐뭇하고, 저는 그분들에게 좋은 글감을 제공하고 감동적인 책을 만들도록 자료를 모아주는 일에 만족합니다."

농사를 짓고 살던 촌우가 이런 일에 관심을 갖게 된 것은 15,6살 때부터. 따라서 60여 년 가까이 메모와 향토사 연구를 해온 셈이다. 남긴 글 또한 수만 매 원고의 분량이다.

줄포보통학교를 졸업한 그는 춘향전, 유충렬전, 옥단춘전, 능라도 등의 소설을 통독했다. 그런 독서 습관은 계속되어 일어판 죄와 벌, 레미제라블, 부활, 베니스의 상인 등을 감명깊게 읽었다.

세계문학을 섭렵하면서 떠올랐던 것은 우리말로 된 명작을 만들어야겠다는 것. 일제가 우리 언어 말살정책을 펴던 때라서 그같은 의식은 더욱 강렬했다. 우선 기록하는 일부터 시작했다. 사람을 만나 대화하다가도 아이디어가 떠오르면 메모했고, 신문을 보거나 책을 읽다가도 필요한 부분은 스크랩하거나 기록을 남겼다. 수첩에 기록을 해나가다가 가득 차게 되면 덧종이를 붙여서 다시 썼다. 그야말로 필사적인 깨알 메모였다.

자신이 젊어서 겪었던 오사카에서의 1년 가까운 징용 기록을 비롯해 갖가지 세상사에 대한 견해를 곁들인 수상록. 1930년대의 농촌 이야기 등등은 이러한 메모 습관에 의해 만들어진 것이다.

그가 만나는 대상의 거의가 농민들인지라 한때는 그들의 대변자 역할도 했다. 촌우 자신이 농사꾼으로서 그러한 고통을 누구보다 잘 알기 때문이었다.

땅의 아들로 태어난 그는 한 번도 농사짓는 일을 떠난 적이 없었다. 면서기를 하면서도 농사를 했고, 어떻게 하면 더 많은 수확을 올릴 것인가로 고민했다. 돼지도 길렀고, 과수·특용작물·약초까지 해 보았지만 번번이 실패였다. 농사는 교과서대로 되지 않을뿐더러 농정당국의 말을 따르면 재미 보는 일이 없다는 사실을 체험했다. 농사를 지어보지도 않은 공무원들의 탁상공론에 의한 농정에 문제가 있음을 지적했다. 이런 현실에서 농민조합 같은 협업생산 공동판매가 필요함을 절실히 깨달았다.

6남1녀의 자녀들이 장성하면서 학비 등의 돈 씀씀이가 커지자 농사만으로는 충당이 어려웠다. 70년대 후반기부터 대서사 일을 시작했다. 호적관계, 계약, 진정서, 연판장 같은 서류를 만들어 주었다. 농정의 실책에 관한 문안도 작성했다. '농촌은 풍요로운가?' '논보리갈이 기피증' 등의 글을 발표해서 무식하고 가난한 농민들의 답답함을 대변했고, 그들의 권익에 도움이 되는 일을 찾아서 했다. 요즘에도 1건 당 1만 원에서 1만5천 원을 받으니, 한 달에 너덧 건이 들어올까 말까한 벌이로는 수입이랄 것도 없었다. 오히려 찾아오는 친구들이나 손님들을 대접하면 남는 것이 없었다. 푼돈이 들어오면 월간지나 베스트셀러를 사보는 작은 기쁨을 맛보았다.

대서사 일도 늦봄부터 초가을까지의 농번기에는 휴면상태이고 보면, 촌우의 이 일은 그의 말대로 심심풀이로 하는 것이란 생각이 든다. 그가 요즘에 하고 있는 작업은 지역의 잊혀진 방언이나 속담에 얽힌 사연, 고사성어 정리. 16절지 3백여 매의 분량에 담겨있는 내용들은 그가 대화 도중이나 서적에서 또는 길에서 들은 이야기들에서 뽑은 것들이다. 까락까락(세밀하게 따진다), 깔쟁이(초립동이 쓰는 갓), 깐드라깐드라(쉬엄쉬엄) 등의 단어들을 옮겨쓰고 있었다.

누가 알아주든 말든 기록을 남기는 일이 흥이 나고 즐거워서 한다는 촌우의 소망은 그의 수많은 노트들에서 골라 뽑아 책으로 엮는 일. 우리 국민들도 여행 시에는 책을 읽는 습관이 들었으면 좋겠다고 말한다.

"하루 굶을래? 책을 볼래?라고 물으면 굶더라도 책과 신문을 읽는 일을 택하겠다"는 촌우. 그는 연로한 몸으로 시골에 살지만 문화인인 양 으스대는 일부 도시민 등의 의식을 훨씬 앞서 살고 있었다.

(1995, 『이웃과 생명을』, 사랑의장기기증운동본부)

착한 사람이 아니고는 농살 짓덜 못해요*

이전의 줄포는 아주 유명한 항구였지. 지금은 토사가 밀려 폐항되아 부렀지. 옛날의 줄포가 인제는 울포가 되아부렀어. 운다고 울포. 전라도에서 돈 잡을려면 줄래로 가라는 말이 있어. 그전에 여기가 줄래여. 지금도 나이 많이 잡수신 분들 입에서는 줄래라는 소리가 나오지. 예전엔 여기도 바다였는디 어느 때 여기가 육지가 된 것은 모르겄고.

조금 나가면 신기동 부락이라고 있어요. 조그만 들판. 신기란 새터라는 뜻이지. 100여 년 전에는 거기 토방에 앉아서 바닷물에다 발을 잠그고 애들이 툼벙툼벙 놀았다는 소리를 들었어. 그것으로 옛날에는 이곳이 바다라는 것이 증명이 되고. 또 내가 이 앞뜰에서 농사를 수십 년을 지었는디. 아부난 뜰이라고 하는디. 가뭄이 오래 가며는 멧방석 하나 정도 빨가니 베가 탑니다.

그리고 간이 돌아요. 히끗히끗하니 소금기가 돈다 이말이여. 고것이 한 두서너 개가 있었어요. 그것이 뭣이냐, 서뜽리라고 봐야 혀. 바다

* 이 글은 〈새농민〉 95년 8월호에 실린 인터뷰 기사로 백연선 기자가 정리한 것을 옮기면서 명백히 오류가 나타난 부분만 손질했고, 기자가 구술한 원로농민의 입말을 살리기 위해 말하는 단위로 띄어쓰기를 한 것이나 사투리 등은 그대로 두었으며, 이 기사의 주인공인 김장순 씨와 그가 살았던 줄포에 대해 쓴 신경림 시인의 시를 마지막에 첨부해 독자들의 이해를 돕도록 했다.

건너 서뚱이 여러 개 있었습니다. 서뚱이라는 것은 큰 구덩이를 파가지고, 깊게 파요. 거기다 나무들을 채근채근 쟁이고. 또 솔가지를 쟁이고 그렇게 여러 층을 내. 꽤 넓은 면적을. 그래가지고 인제 쟁기로 그 근방 바다를 다 갈아요. 그놈을 써뚱에다 갖다 놓고는 바닷물을 길어다 막 부서. 그러면 그것이 여과가 되지. 그 물을 큰 가마솥에다 넣고 오랫동안 불을 때면 그놈이 소금이 되어. 서뚱이 그래서 필요한 것인디. 여기에 서뚱이 있었다는 것이 증명이 되어. 그러면 인제 바다라는 것이 증명이 되지. 그것이 백 수년 전이지. 지금도 가뭄이 오래 가면 논둑에 하얗게 성에가 껴요. 오래가면 그것이 생기지. 한발이 크게 계속될 때 생기는 현상이지.

난 이곳에서 십리 떨어진 시골에서 태어났어. 목상부락이라고 하지. 그곳도 줄포면 관내지. 그곳을 떠나 이곳에 온 것은 1947년의 일이야. 5 남매 중에 내가 장남인데, 원래가 내가 거서 태어났어. 텃자리. 1922년 생이지. 학교를 내가 보통학교를 나왔어, 여기 줄포. 거글 나와 가지고 그때만 해도 진급하는 학생 수가 한 서너 명 뿐이 안됐어. 아예 진학이란 건 생각도 못했으니까. 그런게 아주 어렸을 때 아버지를 일찍 여의고 내가 반 가장 노릇을 했지. 혼자 독학만 혔으니께. 내가 어렸을 적부터 쭉 책을 좋아합니다. 나무 댕길 때도 바작에다 책 꽂아 댕기고, 새 볼 때도 책 보다가 새헌테 베도 많이 빨리고, 그러케 졸업 후에 또 독학을 계속했어요. 농사를 지으면서 말이지.

그때 부안군 시행 '읍면서기 자격시험'이라는 것이 있었어요. 19살 때. 응시혀가지고 6등으로 합격을 했지. 그런데 봉게 전부 상급학교 졸업생들이 대부분이여. 응시자들이. 그런데 그런 놈들이 대개 미끄러지고. 보통학교 나온 가난한 집 자식이 시험에 합격해 노니 한동안 화제가 돼았지. 그래서 직장생활하면서도 내 약은 몸에 새벽에 일어나서 또

5리가 넘는 논에 가서 물꼬 보고 출근하고, 지각 한번 안했지. 그런디 내가 헛바닥은 작아도 침은 멀리 뱉고 싶어서 청운의 꿈이 있었거든. 실은 면서기 헐라고 공부한 것은 아니여. 그때 '보통 문관시험'이라는 것이 있었어. 그걸 준비했었어. 그러다가 왜놈들이 대동아 전쟁을 일으켜 가지고 그냥 그 꿈이 좌절되어 부렸지. 면서기허다 말아 부렀어. 꿈은 그것이 아니었었는디.

그때는 공무원이 아주 박봉이었어요. 동생들은 어렸고, 포돗이 고등학교를 가르쳤지. 여동생은 무학이고. 이것도 저것도 꿈이 다 사그라져 버렸어. 내가 그전부터 글을 조금씩 썼어. 일기도 꾸준히 쓰고. 뭣인가 하여튼 끄적끄적 해봤지. 그래서 인자는 이것저것 다 치워버리고 글이나 쓰자. 그것이라도 더 정진하자 그랬지. 어째서 내가 시내로 나왔느냐 그 야기를 해 보지. 해방 직후에 좌우익이 치열하게 대립이 되었었거든. 거기서 또 1947년 3월 22일 내가 살던 동네 옆에서 폭동이 크게 일어났어. '삼이이 폭동사건'이라고 허지. 순찰나온 경찰관 셋을 그네들이 잡아가지고 코를 껴서 암거(배수로)에다 죽여버렸어. 그런 사건이 나니께 내가 무서워서 살 수가 없어. 그래도 나는 다행히 그네들의 표적은 안돼았어. 그네들은 공산정권이 들어서기를 바라고 있는디 순사나 면서기는 지금 정권에서 월급을 받아먹고 있응께 그 사람들이 보면 적이지. 그러니께 집안 전체가 여그로 이사를 했지. 여그나와 직장은 그대로 다니면서 있다가, 직장 다닐 때도 박봉이니까 먹고 살기가 바빴지. 그래도 한 달에 신간서적은 꼭 두 권씩, 시시한 것은 시간만 낭비헌께 우량서적만 골라서 읽었지. 농사는 놉(품꾼) 얻어가지고 졌고 그러다 직장을 그만뒀어. 다녀봤자 부면장을 할 것이요 면장을 할 것이요. 줄이 있어야 돼지. 그게 없으면 꿈도 꾸지 말아야 혀. 그래 별것 없겠다고 생각하고 서른 댓살돼서 그만뒀어. 결혼은 내가 스물여섯 살 먹던 해, 음력으로 동짓달 스물엿샛날. 우리 누님이 어떤 처녀 하나를 점을 찍어논 놈이 있어. 얼핏 얼굴을 한 번 본 일이 있지. 그때만 해도 맘에 들고 안 들고가 어딨어. 교제해 가지고 허는 것도 아니고 잉. 신부허고는 6년 차이 났지. 누님이 중신을 해서 결혼을 했는디. 구두는 친구 구두하나 얻어 신고. 상도 내가 얻으러 다니고. 나는 흰 고무신 하나 샀더니 동료 직원 하나가 깜짝놀래 일평생 한 번 있는 경산데 어떻게 고무신을 신는다냐고. 자기 구두를 벗어 주는데 작아서 혼이 났네. 형편도 여유가 없었고, 되는 대로 있는 대로 자꾸 허욕 내가지고 신기루 잡는 식으로 나는 그런 짓 안해. 그렇게 약식으로 결혼식을 했지. 그 밑으로 6남 1녀를 뒀어.

직장을 그만두고는 인자 살림살이에 더 정신을 차렸지. 그래 가지고 내가 토지도 수월차니 장만하고, 내가 근검절약하고 노력해서. 생활은 궁핍 안 하면 되고, 때만 안 거르면 된다, 그런 신념으로 살았지. 그때 내가 토지가 조금 있었어. 한 2000평 정도. 임야를 하나 샀어요. 그때만 해도 참 농촌에 땅에 대한 의욕이 없었어. 그런 시댄디 마침 임야 만 팔천 평짜리가 하나 나서 그놈을 쌀 열짝을 주고 샀어. 만 팔천 평에 쌀 열짝이라면 지금 생각하면 꿈같은 얘기지. 고것 한 쪽을 개간을 했어. 개간을 해가지고 거기다 고추, 콩 등 밭작물을 갈고. 그러다가 그때 양잠이 전국적으로 붐이 났었어. 국책사업이라고 해도 과언이 아니었지. 그때 대대적으로 장려를 했으니까. 뽕나무는 돈나무라고. 아 그래가지고 크게 붐이 일어 났었는디. 양잠이라는 것이 상당히 기술이 필요합니다. 순 무식쟁이는 못하는 것이여 그게. 어려워. 그것에 착안을 해 가지고. 그때는 전국적으로 장려할 땡게 보조를 많이 해 줄 때야. 양잠을 대대적으로 한번 해봤어. 군내에서도 중상위는 됐지, 규모가. 만 팔천 평의 반 절쯤에다. 밥도 제대로 못 먹고 잠도 제대로 못 잤지. 새벽에 일어나고. 사람은 죽겠다고 욕보지 수입이 읍써. 그렇게 자꾸 투자만 하니께 적자가 납니다. 몇 년 허다가 양잠붐이 사그라져 버렸지. 중국산이 막 들어오는 판이거든. 그때는 모두 일본으로 수출을 했었는데 수출이 제대로 안 돼. 자꾸 사양길로 접어들었지. 그래서 뽕나무들 모다 막 캐놓고 그랬어. 그때는. 양잠이 물건너 간 판이야. 그때가 60년대 말쯤 될 것 같아요. 짐작이. 그러니까 정부에서 또 야산 개발사업을 시행했어. 그걸 강제적으로 개간을 시켰어. 나도 싹 개간을 했지. 양잠은 규모를 줄였지. 나머지 개간 헌데다가 콩이니 고추니 이런 작물을 해 봤어. 일부는 남들도 좀 내 주고. 그러다가 그것이 1978년돈가. 그때가서 내가 처분했어요. 어째서 처분했냐. 전부 고용을 두고 해 봉께 타산이 안맞어. 거기다 내가 철이 없이 잠실을 크게 또 신축을 했거든. 남의 돈 들어가지고. 그렇게 해 놓고 봉께 자금이 막 꺼구러져. 궁해. 헛돈만 내버렸지 인자. 빚이 몽땅 늘어 버렸어. 450만원 정도. 밤에 잠이 안 옵디다. 빚지고는 잠 못 자는 것이여 잉. 그걸 억지로 파니라고 욕을 보고. 어떻게 포돗이 해가지고 한 돈 천만원 받고 팔았어. 그 돈으로 빚을 갚고 낭게 한 오백 남습니다. 오백을 어떻게 할까. 뭣인가 재기를 해야겠는디. 그때 우리 둘째가 대전서 대학다니며 자취를 할 판이야. 그래 거길 가봤어. 농촌에 그대로 남아 있냐, 도시로 나가보느냐 마음이 몇 갈래로 흐트러졌어. 아들놈 자취집 주인을 두어 번 만났는데, 그때 한참 부동산 붐이 일어가지고 그 사람이 그걸 하고 있더라고. 마음이 움직이데. 시세가 나날이 올라가. 평당 만원짜리가 보름있다 가 보면 이만 원, 또 한 달쯤 가 보면 삼만 원, 막 뻥튀기네. 마음이 흔들려. 그런데 막차를 탔어. 상투를 잡아버렸어. 처음에는 그럭저럭 되는 듯하다가 그래 한번 더 해 보자 했는데 대번 찬바람이 불어. 완전히 버려부렀어. 거기서 또 자본 까먹어 버렸지. 남은 돈을 다. 그래 다시 내려왔지. 그렇게 지금까지야. 대서소 일은 야산 개간할 때부터니까 몇 십년 돼아요. 대서소 일은 내가 직장을 그만두고 놀고 있을 판인디. 읍내에 대서소 한 군데가 있었어. 잘 됩디다 잉. 그래 대서소를 냈지. 돈벌이도 괜찮았지. 대서소 헌다는 것이 아주 공의(公義)를 위해 한다는 것은 거짓말이고, 수입도 좋고, 나보다 못한 사람들 도와주는 것이 일거양득이다. 다른 장사 허는 것 하고는 근본 취지가 틀려. 모르는 분들 나 아는 대로 깨우쳐도 주고, 어려운 분들 도와도 주고 그런 뜻이 있었지. 그래 대전에서 와가지고 헐 것이 없어. 그래 요것이나 심심풀이로 하자 했지. 80년부터 다시 시작했어. 그것이 오늘까지 내려옵니다. 지금은 전산화되어서 대서소에서 헐 일이 없어. 6월 들어 한 건도 읍써. 지금은 그저 수입을 보고 있는 것이 아니야. 수입을 본다 그러면 이젠 편안히 구경다니고, 경로당 가서 놀기도 할 텐디. 내가 경로당 임원이지만 경로당에 가며는 쓸데없는 소리나 하고 화투치고 돈따면 술이나 먹고. 경로당이 아니라 도박장이 아닌가 싶어. 그래 회의 때가 아니면 안 가. 그 시간이면 내가 뭣인가 하나 끄적거려 봐야겠다 허지.

나는 실패한 농민이야. 그래서 농사에 대해서는 상당히 회의를 많이 느껴. 더군다나 나는 고용노동으로 농사를 지었웅게 그럭저럭 세월을 보냈지. 그러다 봉게 더 수입이 없고 잉. 자기 힘으로 허는 사람들도 타산이 안 맞아. 제일 불쌍한 것이 농민이여. 비근한 예를 들어 볼까요. 이런 것은 헐 소리가 아닌디. 역대 정권이 전부 관권선거만 했거든. 국민이 제대로 투표한 것이 아니여. 나는 그러지 농협보고. 우리 농민이 살 길은 우리가 깨우치는 일밖에 없다. 우리가 깨우치자. 우리가 대우를 받자. 대우 받는 것은 누가 대우를 해 주느냐. 우리 스스로 대우받게꼬롬 해야 헌다. 권리는 우리가 쟁취하는 것이지 누가 거저 갖다주는 게 아닝게. 남들은 몰라. 봉투하나 주면 넘어가고. 막걸리 한 잔 주면 넘어가고. 판단력이 없응게 혹 넘어가 버리고. 모릉께. 요새는 대부분 고등학교를 나온게 그전보다는 많이 좋아졌는데. 지금도 동네에 깨우칠 만한 사람들이 몇씩은 있는데. 그 사람들이 꽉쥐고 흔들어 버링게. 남들은 죽이 끓는지 장이 끓는지도 모르고 따라가. 이제 농촌은 늙은 사람들의 세대가 바꿔어야 합니다. 머리가 녹슬어 버린 늙은이들이 가고. 머리가 열린 젊은 사람들이 농촌을 이끌고 나가면 상황이 달라질 거야. 여그도 농기계 전부 갖춰가지고 몇 십마지기 버는 사람들은 괜찮습니다. 한 동네 몇씩은 농사지어서 힘잡는 사람들이 있어요. 그런 사람들은 영농에 관한 일가견을 다 가지고 있지. 앞으로는 그렇게 나가야 하고. 지금은 농특세도 신설해 가지고 농촌 부흥시킨다고 한창 요란스럽게 소리는 크게 나는디. 그것이 저수지에서 물이 나올 때는 열말 물이 흘러 오는데, 실지 농촌에 오는 물이 얼매나 쏟아지는지는 난 그걸 잘 모르겠어. 내려오는 물이 다 여기에 온다 하면 좋지. 그들도 헌다고는 허요 잉. 시방 청사진을 내걸고 허는디. 그런데 그 사람들만 나무랄 것도 없는 것이 농사란 회임기간이 길어. 자본 투자해 돌아오는 회임기간이 길거든. 그리고 또 소득이 미미혀. 정부에서 그 돈을 딴다다가, 공업에다 투자를 하면 회임기간도 짧고 소득이 더 높은디. 농업은 원체 소득도 빈약허지. 회임기간도 길지 헝게, 잘 한다고 해도 나중에 괄목상대한 성과를 기대하기 어렵다고 봅니다. 다만 내 생각에는 농촌인구가 자꾸 줄어들어야 헌다고 봐. 지금 호미로 농사짓는 시대는 넘어가. 기계화해야 합니다. 지금 미국 같은 경우는 농촌인구가 4%니 5%니 안 해요. 그렇게까지는 전도요원한 꿈이고. 현재로도 자꾸 정책적으로도 기업농을 육성을 혀야혀. 그리고 논 몇 마지기, 밭 몇 마지기 하는 사람들은 다 농사에서 손을 떼야혀. 기업농이 아니고 호미로 농사지어가지고는 농민도 못 헐 노릇이고, 정부서도 못 헐 일이여. 영세농가는 없어져야혀. 기업농으로서 이제는 농사를 지으면 돈을 번다, 이런 시기가 돌아와서 농대 출신들, 농업을 연

구한 엘리트들이 농촌에 와서 기여할 수 있는 이런 시대가 돌아왔으면
하는 것이 꿈입니다.

지금 도시 사람들이 농사지으러 다시 오는 사람들이 없습니다. 거의
없다고 봐야죠. 지금은 농촌 와 봤자 희망이 없어. 난 기업농 그것뿐이
없다고 봐요. 영세농 다 없애버리자. 그렇게 되며는 도시 사람들이 오는
사람도 있을 것이다, 살기 좋으면 와. 왜냐면 도시가 방이 따순게 따순
방으로 다 모입니다. 농촌은 냉방이여. 고드름이 얼어. 뭘라고 냉방으
로 와, 따순 방으로 몰리지.

□ 필자 주 : 이 글의 주인공인 원로 농민이자 대서사인 김장순 씨와 그가 살아가
는 폐항 줄포에 대해 신경림 시인이 쓴 시가 있어 참고로 덧붙인다.

폐항
―줄포에서

신경림

멀리 뻗어나간 개펄에서
어부 둘이 걸어오고 있다
부서진 배뒤로 저녁놀이 발갛다
갈대밭 위로 가마귀가 난다

오늘도 고향을 떠나는 집이 다섯
서류를 만들면서

늙은 대서사는 서글프다

거리엔 찬바람만이 불고 이젠

고기 비린내는 없다

떠나고 버려지고 잃어지고....

그 희뿌연 폐항 위로 가마귀가 난다

                    −시집『달넘세(1985)』에서

진정서에 얽힌 사연 외 3편*

과거 한동안 이 고장 국회의원 입후보자들의 숱한 선거공약 중에는 줄포 상수도 설치 문제가 심심찮게 거론되었었다. 어느 입후보자는 머리에 수건을 질끈 동여 맨, 각 읍면에서 뽑아온 다수의 열혈청년들을 군청 소재지인 부안읍에 집결시켜 「서해안 철도 건설 만세」를 목청껏 외쳐대며 시가행진을 하여 금방 철마가 달리는 환각에 빠지게 하고는 뜻있는 사람으로 하여금 이마를 찌푸리게 한 일도 있었다. 선거 때마다 입초시에 올랐던 상수도가 십만 선량의 힘이 작용했는지의 여부는 차치하고 좌우간 1978년에 이르러 비로소 실현을 보게 되었으니 줄포 면민의 오랜 숙원을 풀게 된 것만은 반가운 일이 아닐 수 없었다. 그런데 이 상수도 공사가 나를 비롯한 10여 명 농민의 출혈을 강요할 줄이야 미처 생각지 못했던 일이었다. 양수관 매설 지역이 하필이면 나의 논밭을 관통하는 바람에 296평의 논과 100여 평의 밭이 편입되어 논은 여러 배미로 쪼개져 '귀배미'가 생기고 밭은 동강이 나고 말았다.

때를 같이하여 건설부 소관으로 부안·흥덕 간 국토확장 및 포장공

---

* 농사꾼 대서쟁이 김장순 씨가 농촌 생활 속에서 겪은 여러 가지 사건들과 자신의 생각과 느낌 등을 진술하면서도 옛 격식을 갖춰 쓴 글들로 〈삶의 문학〉에 발표한 것들 중 일부를 뽑아 다시 수록해 그의 문학적 소양과 세상에 대한 성찰을 살펴보고자 했다.

모두가 행복한 나라를 꿈꾸다

310

사가 실시되었는데 편입 토지대가(土地代價)에 있어, 건설부에서는 실 가격 또는 그 이상으로 보상하는데 반하여 부안군에서는 밭은 500원 이 상 논은 1,000원 이상의 평당 가격으로 시가(時價)에 밑도는 보상을 하 는 것이었다. 그런데 문제는 이 두 가지 공사에 따른 토지대가(土地代 價) 감정을 모두 전주 감정원에서 하였다는 데에 있다. 건설부는 예산 이 남아돌아가니까 실 가격을 보상해야 하고, 부안군은 예산이 궁색하 니 부안군을 두둔해야겠다는 감정원장의 특별한 배려이었을까? 같은 물 건을 벌려놓고 김 씨 집에서는 삼천 원이요, 이 씨 집에서는 사천삼백 원이 요 한다면 말 못하는 벙어리라도 이해되겠는가 말이다. 벙어리가 말은 못 해도 날수 가는 줄은 아는 법이니 말이다. 눈 가리고 아웅하는 당국의 처 사가 얄밉기도 하고, 깔고 뭉개는 데는 불만과 울분을 참을 수 없었다.

그동안 수차례 시정을 촉구해 봤자 마이동풍이요, 감정원에만 미루 는 것이 시종여일한 담당자의 태도이어서 부득이 진정서를 내야겠다 고 마음을 굳힌 나는 해당 농민의 호응을 얻는 데 10여 일을 소비해야 했다.

월급쟁이 체면에……. 도장을 찍으면 주목받으니까……. 정부서 하 는 일에 반대하면 주목받으니까……. 갖가지 구실을 붙여 날인을 거부 하는 바람에 겨우 아홉 명의 동조자를 얻어 1979년 1월 29일 부안군수 와 전라북도지사에게 진정서를 제출하였는데(별지 1 참조) 2월 2일 전 북지사의 회신은 '국가가 인정하는 감정원의 감정에 의해서 적정 감정 을 한 것이고 타 지역과 일치할 수 없다. 부안군수에게 재검토시켰다'는 것이었다. 과연 타 지역은 무엇을 가리키는 것이며 회피로는 감정원이 란 말인가? 진정 내용과는 빗나간 것이었다(별지 1-1 참조).

같은 해 2월 5일 부안군수는 '감정가격에 의한 것이고 쌍방계약에 의 하여 70%의 대금이 지불되었으니 재감 불능이다'라고 발뺌했다(별지

1-2 참조). 감정의 불균형에 대하여는 일언반구조차 없었다. 관(官)에서 가끔 추징금이란 것을 받는다. 그러나 추불(追拂)은 할 수 없다는 말인 듯했다. 약 이 주일에 걸쳐 아홉 명의 날인을 얻어 1979년 3월 23일 내무부장관에게 진정서를 띄웠다. 부안군수 및 전북지사에게 제출했던 진정서 사본 외에 그 회신의 사본 및 지역약도를 첨부했었다(별지 2 참조)

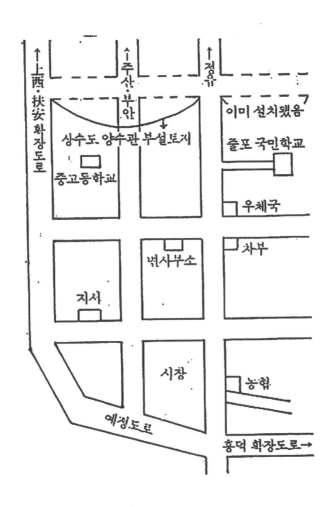

그해 3월 29일 내무부장관은 '전북지사에게 이첩했다'는 회신을 했고 (별지 2-1 참조), 4월 9일 전북지사의 중간 통보(별지 2-2 참조)가 있었으며, 그 후 날짜 미상에 전북도 직원 두 사람이 면을 찾아와 도로부지와 상수도 용지의 현장을 조사하고 진정인의 참뜻이 정당함을 인정하여 이제야 원만한 해결이 이루어지는구나 하고 기대했다.

시간은 흘러, 그해 7월 9일자 전북지사의 회신은 천편일률적이고 동문서답 식으로 끝나고 말았다. 보상의 불균형에 대해서는 한마디 해명도 없었다. 회신 내용은 참고할 것도 없어 여기에 밝힐 필요를 느끼지 않는다. 국회에 청원할 수도 있고 행정소송의 길도 있기는 하다. 그러나 모난 돌에 정 맞기요, 누구네 말마따나 주목을 받을 염려도 있을 터이니 못난 놈 못나게 살 수밖에 없겠구나.

이 사건에 얽힌 두 가지 난센스를 소개하고 펜을 멈추기로 한다. 나의 밭둑은 근방 밭을 나다니는 큰길이었는데 두 동강이 나고 깊은 구렁이 생겨 리어카나 경운기의 통행이 막혀버려 지게에 의존할 수밖에 없게 됐다. 당시 박 면장에게 선후책을 누차 호소했으나 면전약속일 뿐 식언 (食言)으로 일관하는 것이었다. 경작자들의 불편은 이만저만이 아니었고 불만은 고조되어 갔다. 나는 이 씨와 이런 말을 나눴다. 한두 사람의 힘으로 안 되니 삼일 후 이 씨네 집에 경작자를 집합시켜 함께 면장에게 등장(等狀) 가기로 작정하고 이 씨가 소집책임을 맡기로 했다.

삼일 후, 조반을 마친 남녀 약 25명이 모여 나도 질세라 모두 한마디씩 늘어놓고 밭길에 대해 왈가왈부 시끌벅적했다. '내가 늘 앞장만 서는 것이 좀 어색하니 이 씨가 인솔하고 등장을 가서 의견을 제시할 때쯤 해서 내가 나타나겠노라.'고 귀띔하고 집으로 돌아왔다. 30분 후에 이 씨 집을 지나치는데 면사무소에 가있을 이 씨가 마당에서 서성거리고 있었다. '내나(실컷) 제가 모이라 해놓고는 쑥 빠질 것이 뭐냐'며 모두 해산해 버렸단다. 나와 이 씨는 허황된 웃음으로 배신감과 허망감을 달랬다.

부면장이 찾아와서 형님을 다정하게 불러댄다. 나의 논 귀퉁이에 지하수 시추를 해보자는 게 그의 제언이다. '그래 물이 안 나오면 그만이요 펑펑 쏟아지면 양수시설을 하자는 건가'고 반문한즉 그렇다고 어색하게 대답하는 것이다. '땅을 달라면 달라고 허지 무슨 시험을 해보자? 과붓집에 가서 못된 짓을 안 할 테니 하룻밤 아랫목에 재워달라 허소'하고 핀잔을 주었다. 그랬더니 지역사회 개발을 위해서 승낙을 해달란다. '반대하는 두 가지 이유를 들어 보소. "첫째는 논의 지하수가 이 앞뜰에서 가장 수량이 풍부하다는 것은 정평이 나있는 터이나 대형 파이프를 묻어 양수하면 나의 논뿐 아니라 이웃 논이 모두 건답(乾畓)을 면할 수 없을 것은 보나마나 아닌가. 어떤가?' 그는 여기에 대해서는 확답을 못했다. "또 한 가지는 군(郡) 예산만 낭비하고 우리네 농토만 버려버렸고, 어느 한쪽은 터무니없는 헐값으로 보상하는 군 당국의 이해 못할 처사는 농민을 우롱하여도 이렇게 철저히 무시할 수 있겠는가?'

몇 차례 권유하다 지쳤음인지 다음은 면장이 세 차례인가 찾았다. 군수가 와서 사정해도 거절하겠느냐고 졸라댔지만 '나 같은 촌부가 군수 면회는 할 수 없는 터에 스스로 찾어준다면 할 말 다 하겠다'고 했더니 이로써 이 일은 끝났다. 보안면 남포리에서 물을 끌어오기로 한 계획이 무모한 계획 착오였다. 수원지 선정 잘못을 알고 앞들에 네 군데의 지하수를 팠다.

수렁논이 없어지고 밤새 비가 내려도 하루만 지나면 물이 쑥 빠지는 얼멍이 논이 많이 생겼다. 경작자들이 원정을 했다. 보조금을 일부 대주며 피해농지에 소형 지하수 개발을 해주어 도움을 주고 있지만 그들은 많은 불이익을 받고 있다.

〈별지 제1〉

진 정 서

　존경하옵는 부안군수님과 전라북도지사님의 공체도 금안(公體度錦安)하심을 앙하차축(仰賀且祝)하나이다.

　진정인 등은 부안군 줄포 상수도 양수관 부설 편입 토지대가(土地代價)에 대하여 아래와 같은 이유로 이를 시정하여 주시옵기 바라옵고 삼가 진정하나이다.

아 래

1. 토지대가가 너무 저렴합니다.

　평당 임야 800원 밭 1,500원 논 2,800원 내지 3,000원은 현실가격과는 너무나 차이가 있고, 가령 이 토지대가로 대토(代土)를 하려면 밭은 500원 이상 논은 1,000원 정도를 더 주어야 매수할 수 있으며, 전답을 관통했기 때문에 속칭 '귀배미'가 몇 개씩 생겨서 영농에 필요 이상의 노력과 경비가 소요되고 불편이 지대(至大)함을 감안할 때 이에 대한 응분의 보상은 못할망정 토지대가만은 적정가격을 주심이 마땅하다고 사료되는 바입니다.

2. 형평의 원칙에 맞지 않습니다.

　부안 · 흥덕 간 도로확장으로 인한 편입 토지대가는 밭은 2,000원에서 2,500원 논은 4,000원에서 4,300원을 보상하고 있습니다.

　도로 편입 토지는 어느 한쪽 부분만이 편입되는 고로 면적의 감소는 될지라도 상수도 편입 토지와 같은 '귀배미'는 생기지 않습니다. 이런 점을 고려하신다면 도리어 상수도 편입 토지대가를 더 높여주는 것이 타당할 것이라 사료 됩니다.

3. 감정원의 감정에는 중대한 오류가 있는 것으로 사료 됩니다.

상수도 편입 토지나 도로 편입 토지는 거의가 맞먹는 시세인데도 동일지대에서 이처럼 균형을 잃은 감정이 있을 수 있는지 저희들은 납득이 가지 않습니다.

존경하옵는 부안군수님과 전라북도지사님, 이러한 제반실정을 참작하시와 재감정 실시로 최소한 도로 편입 토지대가의 선으로 보상하여 주시기 바라나이다. 상수도 편입 토지 소유자는 거개가 영세농민입니다. 당장 돈이 필요하여 대부분 이 토지대가의 70%는 받았습니다마는 잔액 30% 지급 시까지는 적정가격으로 보상을 하여 주시옵기 간절히 바라옵고 삼가 진정하나이다.

서기 1979년 1월 29일
진정인 김준호 외 진정인 일동

부안군수님
전라북도지사님

진정인 명단 : 부안군 줄포면 줄포리 정영자(인), 김동윤(인), 황치영(인), 김종수(인), 정운철(인), 장호술(인), 김문구(인), 김영수(인), 고채주(인)

〈별지 1-1 사본〉

전라북도

지역 415-282   1979. 2. 2

수신 부안군 줄포면 줄포리 264 김준호 외 9인

귀하 등 외 9인으로부터 줄포 상수도 양수관 부설 편입 토지대금 현 시가 보상 요망 진정 건에 대하여 아래와 같이 회신하니 양지하시고 본 사업 추진에 적극 협조바랍니다.

아 래

가. 토지의 감정은 국가가 인정하는 공신력 있는 감정원의 감정에 의해 적정한 감정 가격을 책정하여 보상케 되며

나. 감정가격은 감정 당시의 당해지역 인근 토지 중 시가를 참작 감정규정에 의해서 가격이 결정되므로 타 지역과 일치할 수 없으며

다. 귀하 등의 진정사항에 대하여 부안군수에게 재검토하도록 지시하였으니 양지하시기 바랍니다. 끝.

전라북도 지사

〈별지 1-2 사본〉

부안군

재무 1272-191   1979. 2. 5

수신 부안군 줄포면 줄포리 김준호

제목 진정서에 대한 회신

귀하 등이 제출한 진정서에 대하여 다음과 같이 회신하니 양지하시기 바랍

니다.

1. 귀하 등이 진정한 줄포 상수도 편입부지(토지) 대금은 감정가격에 의하여

토지대금이 결정되었으며,

2. 쌍방계약에 의하여 토지대금 중 70%가 지불되었으므로 재감정 조정이

불가능합니다. 끝.

부안군

〈별지 제2〉

진 정 서

국정 다사다망사신 중 공체도 금안하심을 앙하차축하나이다. 본 진정인 등
은 전북 부안군 줄포 상수도 양수관 부설 편입 토지대가에 대하여 최소한 부
안 · 홍덕 간 도로확장으로 인한 편입 토지대가의 선에서 지급해 줄 것을 전라
북도지사님과 부안군수님께 진정하였사오나 재감정 조정이 불가능이란 회신
이옵기 진정인 등은 아래와 같은 실정을 아뢰오니 이를 살피시옵고 재감정 조
치토록 선처하여 주시옵기 바라나이다.

아래

1. 공신력 있는 감정원의 감정에 의한 것이며 감정가격이 일치할 수 없다는
회신내용에 대하여 말씀드립니다. 시내 상가지역의 토지 건물은 지대 위치 등
에 따라 현저한 가격차가 있습니다마는 상수도 지역 및 도로편입 지역의 전답
은 아직껏 가격차가 없으며 상서(上西) 부안선(扶安線) 지역은 한 필의 밭이 상
수도와 도로의 두 가지에 편입된 곳도 있는데 사업별로 차이가 있고 밭두럭 사
이에서 평당 800여 원의 차이가 있는 것은 도시지역도 아닌 촌락에서는 있을
수 없는 일입니다. 동일 감정기관에서 상수도 편입 토지에 한해서는 무조건 일
률적으로 평당 밭은 800여 원, 논은 1,000여 원씩 낮게 감정한 근거가 어디에
있으며, 이러한 감정원을 불신하지 않을 수 없습니다.

2. 쌍방계약에 의하여 토지대가 중 70%가 지불되었으므로 재감정 조정이
불가능하다는 데 대하여 말씀드립니다. 영세농민들이 당장 돈이 필요하여
70%를 수령했다 할지라도 아직 쌍방계약 완료하지 않은 자도 많이 있는 만

큼, 재감정하여 사업추진에 적극 협조한 군민에게 온정을 베풀어 주셨으면 합니다. 도로편입 토지대가는 건설과에서, 상수도 편입 토지대가는 재무과에서 취급하므로 양자 간에 형평이 맞지 않음을 군(郡) 당국에서도 충분히 알고 있는 사실입니다.

내내 건강하심을 비옵고 삼가 진정하나이다.

서기 1979년 3월 23일
전북 부안군 줄포면 줄포리 264번지 진정인 김준호(인) 외
진정인 정영자(인), 김동윤(인), 황치영(인), 김종수(인), 정운철(인), 장호술(인), 김문구(인), 김영수(인), 고채주(인)

내무부장관 좌하

〈별지 2-1〉

내무부

공기 1210-4887(70-2485)   1979. 3. 29

수신 전북 부안군 줄포면 줄포리 264 김준호

제목 상수도 용지 보상가격 조정요구 진정에 대한 회신

귀하께서 제출하신 진정서를 충분히 검토하였습니다. 다만, 내무부에서는 현지사정을 충분히 파악할 수 없어서 전라북도지사로 하여금 현지조사 후 그 결과를 충분히 검토 조치하고 그 결과를 귀하에게 회신토록 지시하였으니 양지하시기 바랍니다. 끝.

내무부장관

〈별지 2-2〉

전라북도

지역 415-937

수신 부안군 줄포면 줄포리 264 김준호 외 9인

제목 진정서 중간통보

귀하 등이 내무부장관에게 제출한 진정서가 본도에 이첩되어 그 내용 검토한 바 줄포 상수도 도수관 부설용지 보상비 재조정 요망사항으로 현지확인 및 감정원 등에 질의 등으로 지연통보(처리)되겠기 중간통보하오니 양지하시기 바랍니다. 끝.

전라북도지사

미영골 양반

순이 아버지는 예자(여섯 자) 키다리에 조금은 기름한 얼굴에다 한 쪽 수퉁다리(각기병으로 부어오름)를 절으면서도 머리 위 댕그란 상투를 끄덕대며 된서리 내린 추운 아침에 오장치를 메고 개똥 줍기에 여념이 없다. 돈복은 못 탔을망정 몸은 아주 튼튼해서 젊은 놈 뺨쳐 먹게 힘도 세고 추위가 뭔지 더위 먹는 게 뭔지를 모르고 산다. 이제껏 감기약 한 첩 안 먹은 그다. 50줄이 넘었어도 보리밭 소매 등짐(인분뇨 운반)은 젊은 놈 앞장선다. 지게질을 해도, 보리 베고 벼 베고 김을 매도, 순이 아버지 입에선 힘들다는 말이 나오질 않는다.

젊은 패들이 미영골 양반(미영골 부락으로 장가든 분의 호칭) 허리 좀 펴고 헙시다 하면 젊은 놈의 새끼덜이 허리 아프단 말이 어딨어 나무란다. 매일 아침 주은 개똥을 소매황에 넣어서 식구들이 변소에 갈 때마다 막대로 저어댄다. 늦가을부터 주은 개똥과 인분뇨를 삭혀서 이듬해 봄 보리밭 웃거름으로 준다. 부족한 인분뇨를 보충하는 방법으로 개똥을 줍는다.

요즘은 농촌에서조차 인분뇨를 귀찮게 여기는 세상이 돼 버렸으니 호랑이 담배 피우던 옛이야기로 알겠지만 불과 20년 전만 해도 농가에서는 아주 소중한 것이었다. 미영골 양반 시절엔 저녁이면 짚단을 들고 부잣집 사랑방에 모인다. 동네에 사랑방이 많았어도 이왕이면 부잣집으로 몰리는 데는 속셈이 있어서이다. 같은 돈 열 냥이면 과부 집 머슴산다. 커다란 물 양푼 바닥에 눌은밥이 조금 보인다. '어떤 놈이 먼저 먹을랑가' 눈치를 살핀다. 밤이 이슥해지면 가닥 김치 한 투가리에 고구마 한 바구리가 나온다. 허천난 놈 목쟁이 알 주어먹듯 먹어치우면 목이 마렵다. 물 양푼이 들랑날랑 한다. 오줌을 안 싸고 배길 것인가. 하룻밤에 소매 질통 두 개쯤 모아지면 새벽에 머슴이 소매황에 비우고 질통을 사랑방 옆자리에 갖다 놓는다. 오줌뿐만 아니다. 똥도 많이 받는다. 주인은 될 수 있는 대로 오래도록 놀기를 바란다. 그 집 제삿날 밤이면 술상이 나온다. 짚새기 삼고 새끼 꼬고 지치면 벽돌림 이야기판으로바뀐다. 유식한 이야기가 있을 순 없다. 호랑이 소금장수 여우가 대개 등장하고 이야기 끝 부분은 '잘 먹고 잘 살었단다'로 장식한다. 농번기엔 밥 숟갈 놓기가 바쁘게 곯아떨어지지만 겨울철 긴긴 밤에 첫닭 울리는 것은 항용 있는 일이라 시계가 없어도 첫닭 울 때는 사랑방군 갈릴 때다. 또 늦은 저녁 먹을 때라 하면, 유식한 사람이 계절에 맞춰 봄철이면 어느 때쯤일 게고 동지섣달이면 어떻고 대충 어림짐작으로 자시다 축시다 일러준다.

이 촌부도 어머니 뱃속에서 나온 시각은 정확히 모르고 있다. 진서(한문) 아는 이야 불과 몇 뿐이고 언문(한글)도 모르는 사람이 더 많았으니 이야기 책 읽을 줄 아는 사람은 유식한 편이다.

미영골 양반은 슬픈 대목에 눈물 짜게 하고 즐거운 대목은 춤을 추게 하는 재주가 있다. 이도령과 성춘향의 사랑 놀음에 무릎을 치고 목침을 두들기고 벼랑박(벽)을 치게 한다. 삼국지를 읽으면 관운장의 부릅뜬 눈 조자룡의 칼솜씨며 조조의 간사한 모습이 듣는 사람의 눈 앞에 다가서게 만든다. 심청전을 읽어대면 자기가 심봉사로 느껴지고, 촐랑거리고 깝신대는 아무개네 여편네가 뺑덕어미로 둔갑된다. 미영골 양반의 책 읽기는 노래요, 시요, 예술이다. '삼국지 일곱 번 읽은 놈허고 송사 말라'지만 배우지 않은 그가 지혜롭고 재치 있고 농담 잘하는 재간이 있는 것은 모두 이야기 책 읽기에서 우러난 것 같다.

그 시절 농민들은 이야기 책 읽기에 단단히 중독되었다. 노상 듣는 이야기책이지만 질리지도 않는다(좋은 노래도 여러 번 들으면 듣기 싫다는 데 말이다).

'장순아, 너 이야기 책 좀 읽어 봐라. 가만있자 오늘 저녁은 상괘전 좀 읽어라.'

나는 추구 책(한문 책)을 덮어 놓고 이야기책을 손에 잡는다. 물레 잣던 외할머니도 손을 놓고 화정댁, 남당이댁, 어머니 모두 모시 째던 손을 멈춘다.

'저것 봐 아홉 살 쟁이 책 읽는 솜씨 좀 보랑개. 니가 큰놈보다 났다야'

송희네 집 30 넘은 더벅머리 총각 머슴 말이다. 큰놈도 꽤 잘 읽는다는 평이 나 있는데 내가 더 낫다니. 미영골 양반 흉내를 내어 내 딴에 신나게 읽어대면 외할머니를 비롯해 무아지경으로 들어가는 성 싶었다. 소문이 나서 겨울밤이면 여러 집에 불려 다녔다. 깜밥(누룽지)이며 내가 좋아하는 마른 명태도 많이 얻어먹었다. 글공부에 방해가 되어 사양해도 떡을 싸가지고 와 손을 끄는 데는 어쩔 수 없었다. 미영골 양반한테 책 읽는 방법을 조금 배운 터라 뜻은 알든 말든 내 딴엔 적당하게 억양을 써가며 읽어대면, 때론 즐길 대목을 애상조로 읽는 실수를 하여 아차 싶은데, 어른들은 도리어 이것을 신기하게 여겨 잘 읽는다고 추켜세워 주었다. 슬픈 대목을 청승맞게 읽노라면 방안은 쥐 죽은 듯 숨소리도 들리지 않는다. 그에 옷고름을 적시고 만다. 이래서 미영골 양반 버금가는 이야기책 꾼이 되고 말았다.

혼행이 양반 암기력이야말로 아무도 따를 사람이 없는 천재였다. 외할머니와 전주 최씨 동성동본이라 해서 누님 동생이 되고 어머니는 오라버니라고 불렀다.

'하나씨, 할머니가 놀러 오시래요. 술도 받어다 노앗시라우.'

'장순아, 이야기책 읽어돌라고 허는 것이지야'

'그러라우, 하나씨 어서 갑시대요.'

그 할아버지는 토시짝을 가만가만 돌리면서 춘향전을 읽어 가신다. 눈을 지긋이 감으시고 고개를 모로 흔들기도 하고, 까딱대기도 하고, 손을 내젓다가 위아래로 휘젓는가 하면 방바닥을 탁 치기도 한다. 나는 춘향전을 펼쳐들고 할아버지가 외워대는 대로 속으로만 읽어 내린다. 틀리는가 싶으면

'장순아 이 대목 안 틀렸냐?'

'예, 쬐끔 틀렸구만이라우.'

'누님, 틀린 대목 다시 읽을깨라우?'

이러시면 외할머니는

'동상, 갠찮히여 그대로 읽소.'

'오라버니, 개찮탕개라우. 그런디 쬐깨 쉬었다 읽지라우.'

어머니가 모서리 떨어진 상에다 시금털털한 김치에 우거지 같은 싱건지로 술상을 차려오면 '누님 먼저 한 잔 드시지라우.'

'그럴까, 쬐금만 주어.'

'자 동상도 한 잔 히어.'

싱건지는 어머니와 내가 먹었다. 할머니는 할아버지 곰방대에 담배를 담어 호롱불에 대고 쭉 빨어 불을 붙여

'동상, 담배 먹어.'

건네주고 할머니도 한 대 피운다. 여자가 술 마시고 담배 피우는 것은

상것들이나 하는 짓이었어도 양반집 늙은이들 가운데 과부로 늙은 사람은 술도 조금은 마시고 담배도 피웠다.

'동상 자네가 배웠으면 큰사람 되었을 틴디, 참 아깝네 원수놈의 가난이네.'

'글씨라우, 아들 자식 한 놈이라도 있으면 소매 동냥이라도 히서 보통학교는 갈칠 것인디……. 이것 딸 새끼 한 개도 없응게 어더께 허지라우. 그리도 누님은 갠찮으시라우. 외손자라도 장순이자 있지 안능그라우.'

'그리어 내가 저놈이 없으면 지금까지 살아 있었능가. 저놈 잘 되는 것 보고 죽어야 할 것인디, 동상 너무 슬어 말소, 우리가 살아있을 때 자식 손자 찾는 것이지 눈 감으면 그만 아닝가.'

'예, 그러지라우 누님. 이런 소리 그만허구 동상 책 소리 들으시기라우.'

할아버지는 토시짝을 돌리신다. 나는 어느덧 깊은 잠에 빠져버린다. 오줌이 마렵다. 더듬더듬 요강을 더듬어 오줌을 쌌다.

'장순아 이놈, 할머니 대가리에다 오줌 싸느냐?'

할아버지 말소리가 들린다. 외할머니는 그저 좋아서

'이게 요강 단지다, 어찌 똥은 안 싼냐?'

내 볼기짝을 살짝 때린다. 아침, 잠에서 깨어나면 동녘 하늘 해는 여남의 뼘으로 솟아있다. 할아버지는 심청전 한 권도 거뜬이 암송하셨다.

밤샘하여 도박으로 돈 잃고도 아침에 개똥 줍는 사람은 밥 먹고 살사람이라 했다. 당시 줄포에 송재성씨와 은성무씨이던가 하여튼, 유산 암모니아 비료 장사가 두 집 있었는데 한 집에서 1원 10전 받으면 저 집서는 1원 5전, 이 집서는 1원 이런 식으로 경쟁이 붙어 보통 5전에서 10전까지 왔다 갔다 한 일이 있었다. 농민들은 주로 인분뇨와 퇴비로 농사를 짓고 금비(金肥)는 조미료 쓰듯 하였으니 인분뇨가 바로 비료였다. 이웃집에서 모시 째다가도 외할머니께서는 집에 오셔서 용변을 보시고 집 밖에서 배변을 하게 되면 가랑잎에 싸가지고 와서 소매황에 넣었다. '제 똥 3년 안 먹으면 죽는다'는 말은 인분뇨로 곡식을 가꾸어야 한다는 뜻인데 어른들은 이 말을 곧잘 썼다. 내가 보통학교 다닐 때 반 질통씩 담아서 숨이 칵 막히는 여름철 고추밭에 통소매를 내기도 했다.

미영골 양반은 밥 먹고 용변하는 시간을 빼고는 손발을 가만두지 못하는 성미였다. 낮엔 품 팔고 달밤엔 나래 엮어 초가지붕이고 울타리를 한다. 미영골 떡(댁)은 보리 베어 점심 저녁 먹으러 올 때 몇 다발씩 머리에 이고 오고 미영골 양반이 새벽부터 지게로 져 나른다. 통소매도 대개는 식전 작업으로 한다. 미영골 양반 내외간의 작업량은 보통 사람 네 몫을 해내니 주로 남의 일로 품삯을 버는 게 생계수단이다. 남들이 어칠비칠 노는 농한기에도 부잣집에 방아 찧어주고 빨래질 바느질 등, 이분 내외는 노는 날이 없다. 미영골 양반네 집엔 짚신이 수두룩하게 쌓여 있어 동네 사람들이 꾸어가기 일쑤다. 나락 섬을 지고 *끄덕끄덕* 앞서 가면

'미영골 양반, 어쩌면 그렇게 힘이 시당그라우.'

젊은이가 수작을 걸면

'이놈아, 내가 힘이 세냐 팔자가 세지.'

곧잘 농담으로 넘긴다. '이놈덜아 힘 두었다 어데다 쓸라고 그러냐.'

끄덕끄덕 가기만 한다. 도대체 이분이 일만 할려고 태어났는지 모를 일이다. 젊은놈들이 싸우면

'요놈의 새끼덜 먼 쌈이어.'

한놈 팔목 잡어 저-쪽으로 밀어붙이고 또 한놈 멱살 잡고 이쪽으로 휙 돌리면 나동그라져 싸움이 끝났다. 유두 칠석놀이 깽매기를 멋들어지게 치고 장구는 얼마나 잘 치는지, 미영골 양반 빠지면 굿놀이가 싱거

워진다. 장구 칠 때의 몸놀림은 기가 막힐 지경이다. 쩔뚝거리는 한쪽 다리 놀림이 도리어 조화를 이뤄 침을 질질 흘리게 만든다. 육자배기를 뽑으면 어깨춤이 절로 난다.

'모레 보리 비어주실랑그라우.'

'보리뿐이어 나락도 비어 주지.'

김 매어 달라면 타작은 않느냐, 진지 잡수셨는그라우 인사말에 안 먹었으면 밥 줄라간디, 술 한 잔 잡수실랑그라우 하면 안 주어서 못 먹고 없어서 못 먹는다 하고 농담으로 응대해도 어색치 않고 운치마저 풍겨 누구에게나 호감을 준다.

장날만 되면 가뭄에 물 품어달라고 애걸하든, 보리 모개 싹이 나니 보리타작을 해 달라고 졸라대든, 지주가 명령조로 말을 하면 안 듣는다. 동네 초상이 나도 아랑곳없다. 등지기 잠뱅이에 구럭을 메고 볼 일 없는 장, 할 일 없이 장보러 간다. 오일장이니 장보러 가기 위해 나흘간 열심히 일하는가 보다. 베쌈지 속에 돈이 두둑이 들어있는 것도 아니다. 실컷 장본다는 것이 마른 명태 몇 마리, 때론 생것 몇 마리나 미역가닥이 구럭을 차지한다. 그래도 순이에게 줄 엿가락이나 눈깔사탕하고 양잿물은 빠지질 않는다.

미영골 떡이

'요것 살라고 장보로 갔오. 요것 사는디 하리 해 걸렸능그라우.'

할라치면

'실은 말이어, 그렁것이 아니라, 삼양사 매가리깐(도정공장) 가는디 말이어, 명월관이라고 허는 이층집 기상집이 있는디, 비어 먹어도 비링내 안나는 기상년들이 있어. 고년덜허고 술 한 잔 먹노라고 늦었구만.'

'오매, 등지기 잠뱅이도 기상년들이 받아 줍디여.'

'이런 사람 좀 밧나. 고년덜이 날보고 미치드랑개. 내 노래 소리 미쳐

각고 오짐을 질질 깔기는디, 아마 한 요강은 되었을 것이네.'

'술값은 어찌 허구라우.'

'괴양이 뿔나면 준다고 혔지.'

'신소리 그만 좀 허시오.'

'내가 신서방네 집서 머심 안 살었능가.'

하여간 이들은 내외간 싸움을 모르고 늙어가는 집이다. 미영골 떡이 화를 내다가도 끝내 웃고 만다. 미영골 양반의 장보기는 대대 이러하다. 닭전도 기웃, 쇠전에서는 장대 채운 대각(황소)도 물끄러미 쳐다보고, 어미소와 함께 끌려온 송아지가 젖을 쭉쭉 빨아대면 멍하니 바라본다. 갑사 댕기 모본단 조끼전이며 생선전 고기전, 장바닥에 늘어놓은 갖가지 물건을 신기한 듯 정신을 홀린 듯이 물끄러미 쳐다보며 중얼거리기도 하고 고개를 까딱거리기도 한다.

저쪽 일본인 아오끼 양조장 울 밖 구석에 40대 거무테테한 낯짝에 미영메 두루마기 차림의 심지노름꾼이

'말 안 허면 우리 아부지, 말 허면 깨구락지.'

입에 거품을 물고 떠벌여댄다. 여남 개 종이심지 속에 매듭진 심지 한 개가 섞여 있다. 심지를 들고 서서 매듭 심지를 이 사이 저 사이로 바꿔놓는데 장님 아닌 담에야 그까짓 것 찾기란 누워서 떡먹기다.

'자 5전이면 10전, 10전이면 20전, 20전이면 40전이요, 50전이면 1원. 뽑아봐요, 뽑아 봐-. 잃으면 오락이요, 따면은 재수보기, 구경만 허는 놈은 시러배 자식, 돈 따는 사람은 양반이요. 엊저녁에 용꿈 꾼 사람 한 번 뽑아 봐요.'

코앞에 쑥 내민다. 둘러 서있는 촌내기. 조끼 주머니를 만지작거린다. 요놈의 것 한번 히불끄나, 잃으면 어쩐당가. 그런디 말이어 저놈이 맺힌 놈이구만, 저그 저놈 말이어. 쌈지 속에서 5전 짜리 동전 한 닢을

꺼내 왼손에 꼭 쥐고 노려본다.

'자 장난 삼어 한번 뽑아 바요. 남자는 봇짱(배짱). 봇짱 있으면 우리 동네 구장 해요. 봇짱 크면 면장도 헙니다. 봇짱 없는 놈 반장도 못혀요.'

이 녀석 은근히 약을 올려댄다. 심지를 살짝 섞는다. 옳지, 내가 고까짓 것 못 뽑을까. 심지를 쑥 뽑는다.

'이거 멋이대어. 꼭 고놈을 뽑았는디, 얼래 참 이상히야, 에이 작것 또 한 번 히보자.'

미영골 양반은 혀를 끌끌 찬다. 정신보따리 빠진 놈덜, 하고 욕을 해댄다.

쪼로록 뱃속에서 창자가 운다. 뭣인가, 요기 좀 해야겠다. 수염이 댓 자라도 먹어야 양반이라고 하더라만, 수염이 한 치든 두 치든 창자 속에 뭣 좀 넣어 주어야겠다. 한참 망설이던 미영골 양반이 다다른 곳은 결국 술청이 되고 만다. 판대기에 국 한 투가리와 한 사발의 막걸리가 놓여진다. 모여 앉은 패들, 후루룩 후루룩 국마시는 소리가 소란스럽다.

'여보, 아짐씨 고기는 미역만 감고 돼야지막으로 도망갔오.'

'아이고, 저 양반 좀 바, 막걸리 한 사발 먹음서 투정허네.'

'멋이라우, 아짐씨가 내 뱃속에 들어갔다 왔소. 한 사발 먹을지, 한 동우 먹을지 어찌 아능그라우.'

주모는 창자 두어 점을 넣어 준다.

모퉁이로 가 본다. 요지통을 보는 사람이 모여 있다. 1전으로 경성이고 남대문 남산을 본다고 소래기를 질러대니 어찌 안볼 것인가. 1전을 주고 요지통 구멍에 총장이 총 쏘는 시늉으로 왼쪽 눈을 감고 오른쪽 눈을 대고 쳐다봉개, 어매, 저것이 남대문이란 것이고 한강다리랑가. 야 이놈아 가만 자빠졌어.

'예 여기는 남대문이요, 남대문 문턱이 대추나문지 솔나문지 두 눈꾸

먹으로 잘 보시오.'

미영골 양반이 한참 정신 잃고 요지통을 들여다 볼 때 떠들어대는 연사의 귀찮은 소리. 경성 구경을 했겠다, 책전으로 간 미영골 양반. 이것저것 뒤적거리니 책장수가 좋아할 일이 없을 것은 두 말할 것도 없다.

'여보 책 달어징개, 그만 보시오.'

'어허 이사람, 나를 몰라보능 것 봉개 솔찬히 무식헌 사람이구만. 당신 능라도전 있소.'

'여기 있잔소.'

'얼매요.'

'10전이요.'

'멋이여 내가 주는 것이 값이여, 자 8전 받어.'

이야기책을 구럭에 넣는데

'여보게 성돌이.'

점잔을 빼는 최생원의 목소리가 들린다.

'어르신네 장에 오셨어라우.'

'성돌이 이리와.'

술청으로 끌고 가서는

'주모 거 고기 좀 허고 술 허구 이사람 먹을 만치 주소.'

하고는 가버린다. 주는데 안 먹어 양껏 먹는다. 어허 저놈의 노랭이 내가 자기집 일 꾀 안 부리고 잘 해주니 술 받아 주는 거지. 암, 그렇고말고.

그러나 저러나 인제 내 세상이다. 인제, 괭이벳(대장간에서 만든 괭이틀의 쇠에 구부러진 나무자루를 박은 괭이는 사람의 발목을 닮음) 돌아보자. 미영골 양반의 입에서는 노래가 흘러나온다.

'어떤 사람 팔자 조아 고대광실 높은 집서 호의호식 잘사는디, 이놈

팔자 기박히여 집구석은 기딱지요, 먹는 것은 꽁보리밥, 걸친 것은 미영 베라. 부모덕도 못타고, 사주팔자 못탔으니 그누구를 탓할거냐, 가난허면 어떡커고 못먹으먼 어쩐당가. 조상탓 허지말고 사주팔자 한탄말고, 그럭저럭 살아보자.'

어허 취한다. 그런디 말이여, 큰 자식놈 머심사리, 작은자식도 머심이지, 나는 머심 안 살었당가. 제-미, ×헐놈의 팔자 참, 팔자 드럽게도 탓당개.

(1984, 『삶의 문학』 6호, 동녘)

신언서판(身言書判)

수염을 깎거나 머리 빗질을 하려면 좋건 싫건 거울에 내 얼굴을 비춰야 하고, 그럴 때마다 '신언서판'이라는 말을 되새기며 곰곰 생각해 보는 버릇이 있다.

첫째, 체모가 용렬하여 의용(儀容)을 찾아낼 곳이 없고 이마에서부터 턱과 목덜미까지 주욱 훑어봐도 장자(長者)다운 풍모는커녕 지지리 못나게만 생긴 품새뿐이다. 사람은 제 얼굴을 뜯어먹고 산다는 말이 있고, 길흉화복이 얼굴에 그려져 있다 하는데 내가 아무리 좋게 보려 해도 별볼일 없는 몰골이다.

둘째, 말을 할 줄 모른다. 예순 네 살이 된 오늘에 이르기까지 강연이랍시고 단 한 번 해봤는데 얼마만큼이나 서툴렀던지 지금 생각만 해도 얼굴이 화끈 달아오른다. 좌담회라는 것은 많이 가져봤지만 이것 또한 모두 엉망진창이었다. 말로 천 냥 빚 갚는다는데 천 냥은 고사하고 한 냥 빚 갚을 만한 말주변조차 없다.

셋째로 글은 어떤가. 남들은 칼럼이니 콩트니 에세이 등을 잘도 쓰는데(소설이나 시 따위는 생각조차 못할 일이고) 중학생 작문도 따를 수 없는 나의 글재주를 한스럽게 여길 뿐만 아니라 부끄럽기까지 하다. 얼굴은 다시 보기 좋게 만들 수 없고 태어난 그대로를 간직할 수밖에 없겠지만 글은 선천적인 재질이 없더라도 노력에 따라서는 어느 정도 흉내는 낼 것인즉, 이것은 나의 각고분려(刻苦奮勵)의 근기(根氣)의 부족함을 탓하지 않을 수 없다. 마음의 나사못을 단단히 죄어야 하겠다. 팔십 고령에 글을 써서 책을 펴내는 선배의 본을 받아야 하고, 우편집배원이 85년 동아일보 신춘문예 시조부문에 당당히 입선했고, 최근 시조집을 펴내는 그 숭고한 정신을 타산지석으로 삼아 정진해야겠다는 결의를 다시 한 번 다짐하련다.

넷째의 '판'인데, 판단력이 흐려 사물을 다루는 데 있어 무엇 하나 시원스레 매듭지어 본 일이 없고 보매 철이 덜 든 것만 같다. 어쩌면 신언서판 중에서 판단력이야말로 가장 큰 비중을 점하는 것이라 생각된다.

이상과 같이 네 가지 명제를 이모저모로 따져볼 때 나는 완전한 낙제생이다. 사전에는 '남자가 갖추어야 할 의용(儀容), 언론, 문필, 판단의 네 조건'이라 했고, 자전을 보니 '당대(唐代)에 관리등용의 표준이 된 체모(體貌), 언사(言辭), 서법(書法), 문리(文理)의 네 가지'라 풀이되어 있다.

신언서판은 과학문명이 고도로 발달된 오늘날에 있어서도 들어맞는 말이며 인류사회가 존속하는 날까지 인간측정의 바로미터가 될 것임에 틀림없을 거라 할 것이다. 그러나 양약도 잘못 쓰면 독약이 될 수도 있고 독약도 잘만 쓰면 양약이 되는 법이고 보니 삐뚤어진 신언서판의 한 단면을 잠깐 비춰볼까 한다.

'신(身)'

변산 호랑이가 물어 가면 석 달 열흘 뜯을 만큼 큰 덩치에다 늠름한 풍채에 일단 압도된다. 그의 앞에서는 오금이 저려 말이 더듬어진다. 그래서 사람은 풍신이 좋아야 한다는 것인데 조금씩 베일이 벗겨지면서 팔랑개비처럼 가볍게 군다는 것을 알아차리고서 물불은 송장이라고 이

름 짓는다. 육척장신 훤칠한 키에 장군감으로 빼어 박은 위인이 구정물
통에 호박씨 놀 듯함을 일컬어 키 크고 속없다 하고, 개 죽사발 핥은 것
처럼 매끈한 용모를 갖춘 것과는 정반대로 빛 좋은 개살구 짓을 해대는
자는 '상부뚜껑'이라 하지 않는가. 비록 체모는 보잘 것 없어도 인간다운
행동을 하려고 노력하는 사람, 진실 되게 살아가는 사람이 바람직스럽
기만 하다. '면상이불여심상(面相而不如心相)'이라는 말은 마음가짐의
정도(正道)를 일깨워주는 명언이 아닐 수 없다.

'언(言)'

흉중에 비수를 품고 세 치 헛바닥에 사탕발림으로 나불거리는 뱀족.
온갖 간지(奸智)를 총동원하여 침방울을 튕겨가며 면전에서 칭찬하는
아첨배. 얼음에 배 밀 듯 상대방의 오장육부를 뒤흔들어 송두리째 끄집
어내는 사기꾼. 사슴을 가리켜 말이라 우겨대는 '지록위마형(指鹿爲馬
型). 콩으로 메주 쑤다 팥으로 메주 쑤는 장난꾼. 아침저녁으로 학설을
뒤바꾸는 사이비 학자. 사람 잡아먹는 호랑이를 자기 집 고양이처럼 친
근한 동물로 만들어 놓고 동물원 호랑이 우리에는 잡혀 먹힐까 무서워
서 못 들어가는 엉터리 학자. 선거 때마다 공수표를 남발하는 국회의원
입후보자의 거짓말. 잘된 일은 모두 자기의 힘이라고 내세우는 국회의
원의 생색백출(生色百出)의 공치사. 이런 '언'을 쓰려면 밑도 끝도 없을
터인즉 이 정도로 해 두는 게 좋을 것 같고, 배고프면 밥 달라, 목마를 때
물 주기를 바라는 어린이의 천진스런 말이 도리어 '언'일 것이라 여겨지
고, 컬컬할 때 막걸리를 청하고 자기의 생일이나 선영에 제사지낸 다음
날 아침 해장 한 잔 하러 오라는 말이라든지 우리 집 모심으니 점심 먹으
러 오라는 아낙네의 말 같은 것이 정작 가식 없는 진실 된 '언'일 것이다.

'서(書)'

글 쓰는 많은 인사 가운데는 경세제민의 우국지사도 있고 심금을 울

려주는 감명 깊은 글을 쓰는 분도 많고, 자자손손 물려주고 싶은 주옥같은 글을 쓰는 분이 있어 경의를 표하지 않을 수 없다. 이런 분들의 글이야말로 바다와 산이 마르고 닳도록 길이 간직해야겠고 아무리 예찬하려 해도 거기에 들어맞는 어휘를 찾지 못함이 아쉽기만 할 뿐이다. '인생은 짧고 예술은 길다'는 말로써 얼버무릴 수밖에 없겠다. 그런데 곡학아세의 부류, 사이비 글쟁이가 우리 주변에 독버섯처럼 도사리고 있다는데 문제가 있다. 그네들의 글이 우리네 무식층을 오도함으로써 인생의 불행은 싹트는 것이다. 양식도 양심도 헌신짝처럼 저버리고 붓대를 구부리는 곡필, 그들은 결과를 생각함이 없이 자기본위의 안일한 방편으로 종이를 메꾸는지는 모르겠으나 다시 한 번 재고해야 할 것이다. 일정 말기 비록 타의에 의해서, 강압에 못 이겨, 본의 아닌 곡필로 해서 조국 해방 후 매도당한 기억이 생생하지 않은가! 글이란 잘못 쓰면 마치 칼이 살생의 도구가 되고 불씨가 화재를 일으킴과 같다는 것을 생각할 때 똥구멍으로 호박씨 까는 식이거나 선악과 정사(正邪)를 혼동하는 따위의 글은 쓰지 말아야 할 것이다. '이야기는 거짓이 있어도 노래는 거짓이 없다'라는 말을 '이야기와 노래는 거짓이 있어도 글은 거짓이 없다'로 바꿔 보는 슬기를 간직해 보지 않으려나.

'판(判)'

굳이 고대사를 들먹일 것도 없다. 제1차 세계대전은 이탈리아의 무솔리니, 독일의 히틀러, 일본의 군벌의 판단 착오에 기인했음은 누구나 가 아는 일이고, 자유당 선거장관으로 등장했던 최인규 내무장관이 '공무원은 대통령 선거에 적극적인 선거운동을 하라'는 전무후무한 공언을 한 것도 판단 착오요, 3인조 5인조의 3.15 부정선거 또한 판단의 잘못이 아닐 수 없다. 지도자의 잘못된 판단은 한 나라를 망치고 세계사와 세계지도를 바꿔놓는 결과를 가져온다는 것을 생각할 때 신중히 다뤄야 할 일이 아닐 수 없다.

　촌로의 '신언서판' 쯤이야 이래도 좋고 저래도 무방할진대 애써 신경 쓸 일도 아니기 때문에 그저 진실 되고 성실하게 남은 생을 보내면 그뿐 아니랴 싶어 마음 편하기만 하다.

(1985, 『삶의 문학』 7호, 동녘)

일모작 모내기철을 보내고

아침마다 쑥꾹새 울어 예고, 가끔씩은 푸드득 날면서 꿩꿩대는 꿩 울음도 들리고, 꾀꼬리는 지칠 줄 모르고 곱디고운 노래를 신나게 불러댄다. 날씨는 한없이 가물어도 녹음방초 흐드러지고 밤꽃도 활짝 피었다. 닷새에 바람 불고 열흘에 비 내려야(五日一風十日一雨) '우순풍조(雨順風調)'라는 건데 지난 달 13일 51㎜의 비를 마지막으로 저번 7일 병아리 오줌만큼 6㎜가 내렸을 뿐 오늘까지 꼬박 31일째로 지독스럽게 가물기만 하다.

밤이슬을 맞은 고추 참깨 담배는 아침에 생기를 띠다가도 뙤약볕 내려 쪼이는 낮에는 자울자울 낮잠을 잔다. 늦심은 참깨는 싹이 돋지 않고 가뭄에 콩 나듯 한다는 말처럼 콩밭은 늙은이 이빨 빠진 듯했다. 정말 안쓰럽기만 하다.

재 너머 박첨지 아래턱 까불어대는 것은 텃논 팔아먹을 징조요, 봄비 잦으면 가물 조짐이라 예로부터 전해오는 터라 금년 봄엔 귀찮을 만큼 쏟아져 춘수만사택(春水滿四澤)으로, 일모작 모내기 논은 모두 물갈이를 했다.

지하수 개발이 보편화되어서 논물 걱정만은 면하여 개구리 운동장의 구실은 하지만 벼 포기가 활짝 풀리지 않는다. 하늘에서 주는 물로 신진

모두가 행복한 나라를 꿈꾸다

대사를 해야 하는 것이 농작물이다.

이제는 일모작 모내기도 끝나고 이모작 모내기철로 접어들었다. 이 근처는 논보리(밭보리는 아주 드묾)가 드물지만 상서(上西) 들판과 곰소 쪽에는 더러 논보리가 있어 보리 베기와 물 품기가 한창이고 현장 탈곡한 보릿대 태우는 연기가 자욱하다.

금년 일모작 모내기 삯은 작년보다 천 원이 오른, 남녀 똑같이 칠천 원을 주고 두 번의 땟거리와 점심을 접대하고 고급의 찬으로 대접해야 하므로 주인으로서는 만 원 돈이 든다.

농촌 인구가 가속적으로 감소현상을 빚어 작업단을 짜기가 아주 어렵게 되어 두세 동네가 어울러서 남자 대여섯에 여자 이삼십 명으로 조직하고, 작업단장의 요란스런 호루라기 소리에 아침 여섯 시쯤엔 작업장에 나가서 황혼이 깔릴 무렵에야 일손을 놓는데 하루 만 원에서 만이천 원의 수입을 올리기도 한다. 땟거리나 점심 대접하는 것은 작업단도 마찬가지이나 놉 얻기가 어려우니 중농 정도만 돼도 작업단을 이용하는데 오구식(다섯 치에 아홉 치로 심기)은 한 마지기에 만 이천 원, 육구식(여섯 치에 아홉 치로 심기)은 만 원이다. 모찌기 작업은 남녀 함께하고 남정네 둘은 못줄을 잡고(한 사람은 반드시 작업단장이 낌) 서넛 남정네는 못자리 고를 파고 나서 시간이 남을 때면 이웃 논의 모찌기를 하며, 모심기는 아낙네들이 도맡는데 돈 버는 욕심으로 눈을 팔거나 게으름 피우는 일이 없이 죽을 둥 살 둥 정신없이 일을 해대니까 자신 없는 아낙네는 아예 작업단에 들지 않고 칠천 원짜리 날일을 다닌다. 모심기에 서투른 장년층 아낙네와 힘이 부친 안노인네들은 새벽밥을 부엌에 쪼그리고 앉은 채 먹는 둥 마는 둥 하고 도시락을 싸들고 트럭을 탄다. 십 리 이십 리는 보통이고 때로는 사십 리 밖 원거리까지도 트럭 가득히 실려 가고 오는데, 대개 참깨 심기 땅콩 밭 제초작업 채소 수확 등이고, 오전 오후 100원 짜리 빵 한 개에 요구르트 한 개를 얻어먹고 품삯은 오천 원을 받는다. 모내기철이 퍽이나 앞당겨졌다. 통일벼 계통이 보급되면서 일반 벼도 일찍 심게 된 것이다. 농민기념일(권농일)이 대개 6월 15일 경이었던 것이 1960년경부터 1972년까지는 6월 10일, 1973년부터 1980년까지는 미상, 1981년에는 6월 6일, 1982년은 6월 5일, 1983년은 6월 4일로 앞당겨졌고, 작년에는 6월 2일이던 것이 금년에는 6월 1일로 변경되었다. 이런 추세로 간다면 불원간 권농일이 5월 달에 자리 잡을 전망이 크다. 하지 전 닷새 후 닷새(하지는 6월 21일 경)를 일반 벼 이앙 적기로 쳤던 것이 이제는 옛말이 되었고, 잦은 이상기온으로 출수기 냉해 피해를 피하기 위하여 시기를 앞당기게 되었다. 반세기 전만 해도 '대자연의 법칙에 따르라'는 말은 절대적인 명제이던 것이 이제는 '자연을 보호하자'라는 말과 함께 '자연을 극복하자'는 슬로건으로 바뀌어 영농 형태도 괄목할 만큼 탈바꿈되어 가고 있는 가운데 농약 없는 농사방법만은 개발되지 못함이 아쉽다. 고추밭과 깨밭에 벌써 너덧 번 농약을 쳤는데 앞으로도 최소한 그 이상으로 살포해야 하니 말이다.

(1985, 『삶의 문학』 7호, 동녘)

5

———

함께하는 삶과 교육

야학에 동참하면서

　나와 아내가 매주 빼놓지 않고 보려고 하는 텔레비전 프로에 '칭찬합시다'가 있다. 우리 생활 주변에서 남몰래 칭찬 받을 만한 일을 하는 사람들을 릴레이 형식으로 찾아가 소개하고 또 도움을 주는 내용으로, 볼 때마다 눈시울을 뜨겁게 하는 감동이 있다. 그런데 한 가지 특이한 점은, 그 칭찬의 주인공들이 대개 돈 많고 지체 높은 사회적 명망가들이 아니라 우리와 똑같이 하루하루를 힘겹게 살아가는 보통 사람들이라는 점이다. 아니, 오히려 우리의 도움을 필요로 하는 정말 '작은 자'가 훨씬 더 많다. 그래서 우리 부부는 그 프로를 볼 때마다 감동과 부끄러움을 동시에 느끼면서, 우리도 조금이나마 도움이 필요한 곳에 보탬을 주는 삶을 살아보자고 다짐하곤 했다. 그러나 직접 나서지는 못한 채, 몇 군데 사회단체에 정기적으로 후원금을 내는 걸로 위안을 삼으며 지내왔다.

　그러다 고교 3학년인 아들에게 어떻게 도움을 주어야 하나 고민하던 아내가 성경을 읽다가 문득 '거친 광야로 나가라'는 구절에서 큰 감동을 받았다며, 자식들에게 본이 되도록 직접적으로 작은 자들을 섬기는 삶을 살아보자는 제안을 했다. 마침 2월말부터 논산에 있는 무의탁 장애인 복지시설 〈작은 자의 집〉을 몇 부부들과 함께 섬기자는 이웃들의 연락이 왔고 우리 부부는 이에 흔쾌히 응했다. 장애인들과의 인연은 이렇게 우연히 시작되었다.

우리 부부가 〈작은 자의 집〉을 다니며 새삼 깨달은 점은 그들 장애인－대부분이 중중－에게 제일 필요한 것은 따뜻한 가족의 정이라는 점이다. 실지로 만날 때마다 꼭 보듬고 체온을 느끼다 보면 정말 금방 친해진다. 그리고 또 하나, 장애로 대화가 어려운 그들과 마음을 열고 무언의 대화를 나눌 수 있는 지름길이 함께 음식을 먹는 일임도 알았다. 마치 가족이 매일 끼니를 같이 하며 서로 비슷해지고 일체감을 이루듯이 말이다.

이렇게 중중 장애인들과 음식과 사랑을 나누며 스스럼없이 몸으로 어울릴 정도가 되었을 때, 어떤 계시처럼 한겨레신문 지방소식란에서 '대전지역 최초 장애인 야간학교 설립 예정'이라는 기사를 보게 되었다. 그간 〈작은 자의 집〉을 다니며 내가 해 줄 수 있는 일이 너무도 적은 것에 늘 안타까움을 느껴야 했는데, 이제 비로소 내 길을 찾았다는 안도감을 느끼며 바로 연락처로 전화를 했다. 그리고 얼마 후에는 지금의 오용균 교장 선생님 댁으로 우리 부부가 찾아가 뵙고 장애인야간학교를 섬기는 자원교사로 일할 것을 약속하게 됐다.

여러 우여곡절 끝에 지난 6월에 개교한 우리 모두사랑장애인야간학교가 이제 100일을 넘겼다. 많은 어려움을 구성원들의 사랑과 헌신으로 극복하면서, 비로소 학사운영이나 등하교 지원체계 등 모든 것이 나름대로 자리를 잡아가고 있다. 더욱 감사한 것은, 우리 학교가 전국에서 가장 모범적인 자율적 장애인 야간학교로 주목받고 있다는 점이다. 이런 사회적 관심과 격려 속에 우리 학교가 궁극적으로는 비장애인과 장애인이 함께 어울리는 통합형 야간학교로 성장해 가도록 우리 구성원 모두가 힘을 합해야 할 것이다.

나는 우리 야간학교의 모든 가족들 다음으로 우리 학교의 교훈을 사랑한다. 우리 학교의 교훈은 '정의/사랑/정직'이다. 대개는 어쩌면 '사랑/정의'의 순서로 생각하기 쉬울 것이다. 그러나 정의가 없는 사랑은 개인적 선의에만 의존하는 온정주의에 빠지기 쉬운 한계가 있다. 이런 온정주의는 오히려 현재의 사회적 불평등이나 부정을 더 고착화시킬 수 있는 위험이 있다. 장애인의 인간적 권리에 대한 사회적 배려가 제도적으로 뒷받침되지 않은 채 어떻게 그들의 자활이 가능하겠는가. 따라서 나는 장애인에 대한 사랑이 개인적 온정의 차원이 아닌 사회적 책임의 차원으로 승화되어야 마땅하다고 본다. 그럴 때에야 장애인들과 비장애인들이 진정으로 공감하는 함께하는 삶이 가능해질 것이기 때문이다.

(2001, 『모두사랑』 가을호, 모두사랑장애인야간학교)

수능시험 앞둔 박 군에게

조급증 · 두려움 떨치고 차분히 임하길

일기예보로는 금년엔 수능 한파가 없을 거라고 하더구나. 다행스럽게도 수능이 있는 날부터 날씨가 풀릴 거라는데, 그래도 긴장으로 얼어붙은 마음이 어찌 떨리지 않겠니?

하긴 단 하루 만에 치러지는 시험으로 앞으로의 인생이 좌우된다니 어찌 두렵지 않을까. 그리고 평생을 가름할 시험대에 오르는 자식이 오직 좋은 결과를 얻기를 간절히 기원하는 부모의 마음 또한 어찌 졸아들지 않을까. 더구나 너처럼 딸 부잣집 외아들에다 아버지가 병들어 누워 계신 경우, 부모의 애타는 심정은 훨씬 애절할 것이다.

나도 작년에는 대입 수험생을 둔 학부모이자 수험생을 지도하는 교사의 이중적인 위치에 있었기에 수험생 부모의 애틋함을 충분히 이해할 수 있다. 특히 수험생 어머니의 자식에 대한 간절한 기원은 자못 거룩하기까지 하다.

작년에 내 아내도 여느 수험생 어머니와 똑같이 고사 시간표를 적어 들고 자식의 시험 시작과 끝 시각에 맞추어 성심으로 기도하고 쉬는 시간에 맞추어 쉬는 걸 옆에서 지켜보며 비장한 감동을 느꼈던 기억이 아직도 생생하구나.

굳게 닫힌 고사장 철문 앞에서 추위에 아랑곳하지 않고 두 손을 모아 간절히 기원하는 어머니의 모습이 내가 30년 전에 예비고사를 치르던 시절과 조금도 달라진 게 없는 걸 보면, 자식의 앞날을 위해 헌신하는 부모의 모습은 변함이 없나 보다.

그런데 그 비장한 기원의 구체적인 내용을 살펴보면 과연 어떨까. 마냥 감동적이기만 할까. 어쩌면 내 자식이 좋은 결과를 얻어 떵떵거리고 살게 해 달라는 지극히 이기적인 갈망이나, 부모가 이루지 못한 갖은 소망을 자식에게서 풀어보려는 한풀이는 없을까.

그야말로 내 자식이 노력한 만큼의 결실을 얻고, 자신이 좋아하는 분야에서 최선을 다하면서 평범하지만 행복하게 살았으면 하는 바람은 얼마쯤 차지할까. 부모의 욕망을 충족시켜 주는 성실한 대리인이 아니라, 자식이 원하는 인생을 스스로 만들어 가도록 곁에서 돕고자 하는 소박한 부모의 소망은 끼어 들 틈이나 있을까.

얼마 전에 네가 써 온 수시모집 원서 중 자기소개서를 검토하면서 확인하게 된 너의 소박하면서도 아름다운 소망이 기억나는구나. 중풍으로 쓰러져 중증 장애인이 되신 아버지가 비장애인과 함께 생활하는 데 불편이 없도록 각종 기능이 개량된 휠체어를 만드는 '인간적인 기계공학도'가 되고 싶다는 꿈 말이야. 정말 소중한 꿈이라 생각되고, 그 꿈을 이루길 진심으로 빈다.

그 동안 네가 집안이 어렵기 때문에 학교생활에서 겪었던 직·간접의 불이익과 열패감을 꼭 보상받고 싶은 심정이 가슴 한 편에 남아있음을 안다. 하지만 그 고통을 보다 긍정적인 에너지로 승화시키길 진심으로 바란다.

오히려 네가 겪은 아픔이 되풀이되지 않는 사회적 기초를 다지는 벽돌 하나가 되고자 할 때, 우리 사회는 분명 변화되지 않을까. 네가 이런 열린 마음으로 이번 수능을 치를 때, 조급증과 두려움을 이겨내고 좋은 결과를 얻을 수 있을 거라고 믿는다.

이제 내가 존경하는 학자 촘스키의 말로 끝을 맺자. "성실하고 자유롭게 그리고 독립적으로 사고하는 인간, 세상을 개선하고 승화시키는 데 관심 있는 인간, 인간의 삶을 좀 더 의미 있고 가치 있게 만드는 일에 참여하는 인간을 가르치는 것이 내 인생의 최대 목표다."

(2002.11.4. 디트뉴스24)

제2의 개교를 맞으며 …

지난 해 말 모두사랑장애인야간학교의 폐교 위기가 신문 방송 등을 통해 전국적인 반향 속에 사회문제화 되면서, 관심 있는 많은 분들의 안타까움을 자아낸 바 있다. 그러나 여러 기관과 많은 후원자들의 애정 어린 지원과 격려 속에, 금년 1월 15일 우리 학교는 더 크고 아늑한 새 보금자리로 이전하여, 폐교의 위기를 극적으로 이겨내고 제2의 개교를 통해 새롭게 부활했다.

제2의 개교를 맞이하는 감회는 한마디로 감개무량이다. 개교 준비 모임부터 참여해 야간학교 가족들과 3년여 동안 고락을 같이 해 온 입장에서 폐교 위기를 맞았을 때의 깊은 충격을 생각하면 긴 어둠의 터널에서 빠져나온 느낌이 아니고 무엇이겠는가.

이번 위기를 겪으면서 느낀 개인적인 감회를 몇 가지 소개하고자 한다. 작년 11월 말경, 긴급 운영위원 회의가 열렸다. 비장감 속에서 진행된, 폐교 위기에 대한 비상 대책회의였다. 모 방송사의 취재 속에 회의를 진행한 교장선생님은, 우리 학교의 폐교 위기를 크게 보도한 여러 신문기사 사본을 보여 주시며 참석한 운영위원들의 의견을 긴장된 표정으로 물으셨다. 결국 교장선생님의 요구로 내가 먼저 의견을 제시했다. 무엇보다도 우리 학교를 꼭 살려야 한다는 절실한 염원을 우리 학교 구성원 모두가 공유하는 게 중요함을 강조한 뒤, 우리들이 먼저 최대한의 자구 노력을 기울이면서 사회적 관심과 지원을 요구해 나갈 것을 역설했다.

여러 논란을 거쳐, 장애인 보조수당에 의존해 어렵게 생활해 가는 우리 장애 학생들이 학교 살리기 기금으로 37여만 원을 모금한 상황에서, 우리 선생님들도 500만 원을 목표로 각자 자발적으로 정성껏 성금을 내기로 결의했다. 그리고 우리 모두가 주인의식을 가지고 후원을 확대하기 위해 노력할 것을 다짐했다. 이렇게 우리 학교 구성원 모두가 하나가 되어 노력한 결과, 성금 목표 달성은 물론 기대 이상의 후원을 얻어내 학교 이전에 적지 않은 힘을 보탤 수 있었다.

이 과정에서 내가 크게 반성했던 점이 있다. 공교롭게도 폐교 위기 당시 우리 교장선생님의 뇌종양 후유증 치료가 겹쳐, 교장선생님의 심신은 극도로 쇠잔한 상태였다. 이제 그 무거운 짐을 우리 모두가 나눠져야 할 형편임을 실감했다. 사실 그간 우리 야간학교의 운영은 교장선생님의 철학과 의지 그리고 탁월한 학교경영능력에 거의 전적으로 의존해 왔다. 많은 자원봉사 선생님들이 계시지만, 어디까지나 보조적 역할에 그치는 그런 체계였는데, 큰 위기 앞에서 그 동안의 타성적 안주가 얼마나 무책임한 일이었나를 아프게 확인했다. 그간 학교 운영에 일정한 책임을 진다는 의미에서 매달 적은 회비를 내는 것으로 자위하던 우리의 모습은 얼마나 작고 나약한 것이었던가.

사실, 우리는 교장선생님도 봉사자들의 애정 어린 배려를 필요로 하는 1급 장애인임을 잊으며 산다. 언젠가 모 후원 기업체가 주최하는 체험학습 행사로 이른 아침에 모였던 적이 있다. 많은 봉사자들이 장애 학생들과 그 가족을 돕느라 교장선생님 곁엔 아무도 없었다. 한참 만에 교장선생님의 괴로운 표정을 발견하고 달려가 보니, 팔이 마비되어 괴로워하셨다. 양팔을 주무르면서, 해가 떠올라 기온이 따뜻해지기 전엔 팔다리 마비로 활동이 어려운 어느 지체장애인과 교장선생님도 다름없음을 그제야 확인하고 부끄러웠다. 얼마나 많은 시간을 겉으론 의연해 하면서도 속으론 외로우셨을까.

작년 여름에 고창 선운사 일대에서 우리 학생들과 그 가족 그리고 봉사자들이 함께한 체험학습 또한 잊을 수 없다. 서정주의 절창 〈선운사 동구에서〉와 송창식의 노래로 널리 알려진 선운사 입구 여관에 여장을 풀고, 교장선생님 그리고 지체장애 학생들과 함께 휠체어 째로 그 유명한 바닷물 사우나에 들어가 목욕을 하는데, 이렇게 대중목욕탕에서 욕조에 몸을 담그고 목욕을 해 본 게 12년 만이라는 말씀을 교장선생님께서 하셔서 눈시울을 붉혔었다.

늘 한 치의 흐트러짐도 없는 교장선생님께서 휴대용 변기를 사용하신다는 것도 그 때 처음 알았다. 아, 우리 비장애인의 도움이란 게 애당초 얼마나 부족한 것인가. 더구나 교장선생님의 우뚝한 모습 속에 감추어진 외로움과 불편함의 한 자락이나마 이렇게 헤아려 볼 줄 아는 데, 자그마치 3년이 넘게 걸렸으니. 아, 나의 아둔함이여.

(2004, 『모두사랑』 신년호, 모두사랑장애인야간학교)

사립학교법 개정 논란

수필가 정진권의 '개미론'에 보면 '가재와 굼벵이와 개미' 우화가 등장한다. 이야기는 대략 이렇다. 눈이 없는 대신 위엄 있는 수염을 가진 가재와 수염이 없지만 밝은 눈을 가진 굼벵이가 서로 눈과 수염을 바꾸기로 하고, 먼저 굼벵이가 제 눈을 빼서 가재에게 주었다. 굼벵이의 밝은 눈을 받아 세상을 환히 보게 된 가재는 그러나 "눈도 없는 놈이 수염은 달아서 무얼 해?"하고 비웃고는 가 버렸다.

옆에서 이 광경을 본 개미는 굼벵이의 무지하고 경박스런 모습이 너무 우스워 웃어대다가 그만 허리가 잘록해졌다는 것이다. 작가는 이 우화를 통해 개미의 간악한 편파성을 통렬하게 꾸짖으며 우리시대의 사회상을 풍자한다.

그런데 이 우화의 주인공을 현재 우리 사회 계층 유형들로 바꾸어 보면 어떨까. 굼벵이가 어수룩해서 자기 것을 빼앗기는 서민층을 대변한다면, 가재는 아무래도 똑똑하고 힘 있는 기득권층을 대변하고, 개미는 사회적 약자에게는 무자비하면서도 기득권층의 나팔수 노릇을 자처하는 타락한 여론주도층을 말하는 것은 아닐까.

최근의 사립학교법 개정 논란을 살펴보자. 한 유력 일간지는 여당의 사립학교법 개정안이 전교조 주장을 대폭 받아들였기 때문에 이 나라의 교육이 전교조의 독무대로 변할 것이라고 비통해 했는데 과연 이런 주장이 객관적이고 공평한 주장인지를 따져 보자.

첫째, 사립학교의 학교운영위원회를 심의기구화하면 사학의 운영권이 특정 교직단체에 넘어가는가. 실제 학교운영위원회는 학부모위원과 지역위원이 과반수를 차지하고 있고, 학교장을 뺀 교사위원은 전 교직원의 직접 비밀투표를 통해 민주적으로 선출되기 때문에 특정 교직단체의 독점이 불가능하다. 오히려 학교장의 의도를 대변하는 현직 부장교사들이 대부분 당선되는 현실은 교육부나 교육청에서도 인정하는 사실이다.

둘째, 사립학교법이 민주적으로 개정되면 학교현장은 김일성의 항일유격대 활동을 미화하고 미국을 추악한 나라로 교육하는 곳으로 변할 것인가. 이런 주장은 우리나라 국민적 자부심에 대한 모욕이고, 학생의 정보이해능력과 자주적이고 합리적인 판단력을 철저하게 무시하는, 정말 터무니없는 비약이다. 이것은 과거 냉전적 이분법으로 위기의식을 부추기는 두려움의 다른 표현이 아닌가 싶다.

셋째, 일부 비리사학의 문제로 전체 사학 자율경영권을 흔들어선 안된다는 주장은 타당한가. 사학의 비리가 극히 일부만의 문제가 아님은 그간의 여러 자료에 의해 증명된다. 2000년 국회에서 900여개 사립학교의 재정 운영 상태를 감사한 결과, 대상학교 모두 재정운영에 문제가 있음이 밝혀졌다. 전국 시도교육청이 최근 3년간 실시한 감사 결과 912

모두가 행복한 나라를 꿈꾸다

354

개 법인 및 학교 중 798곳이 회계부정에 따른 행정조치를 받은 것으로 드러났다.

　이제 '가재와 굼벵이와 개미'의 우화도 변해야 한다. 굼벵이는 가재의 부도덕을 나무라고 또 개미의 불공평을 꾸짖은 뒤 밝은 눈을 찾고, 마침내 번데기를 벗고 나비가 돼 하늘로 힘껏 날아올랐다고 말이다. 문제는 이 모든 변화가 굼벵이가 자기 몫을 되찾기 위해 항변할 때 가능하다는 점이다.

(2004.9.23. 경향신문)

사학재단 비리가 공공의 적이다

최근 개봉작 〈공공의 적2〉가 전국 관객 동원 1위를 차지하며 올 상반기 한국영화의 성공작으로 확실하게 자리잡아가고 있다. 작년에 일천만 관객을 동원한 〈실미도〉가 이번 설 연휴 기간 텔레비전 영화에서 또다시 최고의 시청률을 기록하면서, 극장가와 안방극장을 확실히 장악한 강우석 감독의 탁월한 흥행능력이 새삼 인정받은 셈이다.

〈공공의 적2〉는 〈공공의 적〉의 영화적 성취를 이어가는 시리즈 영화이면서, 강우석 감독의 사회에 대한 본격적 발언이 강화된 정치영화이기도 하다. 실지로 강 감독은 인터뷰를 통해 그동안 자신이 만든 영화 중 '유일하게 사회적으로 하고 싶은 이야기를 다 담은' 영화임을 밝히면서, '공공의 적에 대해 관객이 함께 분노하는 계기를 마련하는' 게 이 영화의 취지라고 덧붙여 그 정치적 성격을 강조하고 있다.

〈공공의 적〉 1편을 만들면서 강감독이 빠졌던 고민은, 존속살인범이 과연 공공의 적인가라는 의문이었다고 한다. 그래서 이번 2편에선 진짜 공공의 적을 다루자는 생각에 소재가 여러 번 바뀌는 우여곡절을 겪었다 한다. 원래 초고에 선정된 마약사범이 공공의 적으로 부족하다 여겨져 기업 인수·합병 전문가로 바뀌었다가, 때마침 검찰에서 수사하던 한 사학재단 비리를 보며 이 정도면 모두에게 보다 강력한 분노를 일으키겠다 싶어서 결국 사학비리를 공공의 적으로 삼았다는 것이다.

그런데도 여러 영화평론가들이 사학재단 비리가 과연 공공의 적인가에 대해 의문을 제기하고 있음은 무엇 때문인가? 사실 우리가 언론보도를 통해 익숙해진 거액의 회계비리나 독단적인 인사비리 등 일반적인 사학재단 운영비리가 영화에서는 구체적으로 드러나지 않는다. 다만 미국시민권자인 사학재단 이사장이 사학재단 재산을 팔아 5천억이란 국부를 해외로 빼돌리려 하는 나쁜 부자라는 점이 강조된다. 거기에다 사학재단 비리로 인한 수많은 피해자의 현실은 드러나지 않은 채, 강철중 검사와 한상우 이사장의 개인적 감정이 개입된 두 사람 간 선악대결로 단순화되면서 사학재단 비리가 주는 공공의 해악에 대한 설득력이 크게 약화된다. 이런 영화적 실패가 '사학재단의 비리가 당대의 가장 큰 골칫덩어리는 아니지 않은가'라는 비평을 가능하게 한 것으로 보인다.

그러나 이런 영화적 결함으로 인한 영화평론가들의 비평이 현실 속에서 곧바로 진실이 되는 것은 아니다. 요즘 연일 터지는 각종 사학비리(사립교사의 시험지 유출 및 답안지 대리 작성과 금품 수수, 사학의 대형 회계비리나 인사비리 등)로 인한 공교육에 대한 국민적 절망감 그리고 절대다수의 학생과 학부모가 입는 피해를 떠올려 보면, 사학재단 비리야말로 바로 우리 시대 공공의 적이 아니고 무엇인가? 영화 속 사학이사장 가족 간의 패륜적 대립은 실제로 벌어진 세종대의 골육상쟁의 극단적 과장인 듯하고, 사학재산의 개인적 유용은 동해대의 거액 횡령 사건을 극대화한 듯하며, 또 이런 사학비리가 정경유착에 의해 비호되는

함께하는 삶과 교육

357

엄연한 현실에 대해 우리는 그간 끝없이 분노하고 절망하지 않았던가. 이렇듯 사학비리가 공공의 적이라고 여겼기 때문에 여당에서도 4대개혁입법 중 하나로 사립학교법의 민주적 개정을 내세웠고, 그에 대한 국민의 지지 또한 압도적(교육방송 여론조사 결과 88%)이었던 게 아닌가.

작년 총선에서 열린우리당이 다수당이 되고 또 진보정당인 민주노동당이 원내에 진출하면서 각종 사회개혁 입법화에 대해 국민의 기대가 고조되었으나, 현실정치에 대한 환멸을 다시금 확인해야 했다. 우리 공공의 적인 사립학교법도 이렇게 해를 넘긴 채 지금 2월 임시국회 상정을 기다리고 있으나 그마저도 오리무중이다. 영화 〈공공의 적2〉가 수백만의 관객을 동원하면서 공공의 적인 사학재단 비리에 대한 국민적 분노는 높아지는데, 사립학교법의 민주적 개정은 이렇게 연기만 피우다 말 것인가?

우리 대전에서도 최근 사학비리가 잇따르고 있다. 6개의 학교를 거느린 대성학원의 거액 금융 사고가 단순한 개인 비리가 아닌 재단 유착 비리임이 사실로 드러나면서(경향신문 2005년 1월 31일자) 검찰의 집중수사가 진행되고 있다. 처음에 30억여 원을 횡령한 혐의로 구속된 전 대성중학교 행정실장 유 모 씨에 대해 검찰은 당초 횡령액 중 15억 원에 대해서만 기소했고, 또 경찰이 사건을 검찰로 송치하면서 '10여억 원은 유 씨 단독범행이 아닌 법인내부의 소행일 가능성이 높다'는 단서조항을 달았기 때문이다. 영화 〈공공의 적2〉가 검찰에게 가장 환영받는 데서만 그칠 게 아니라, 영화 속 주인공 같은 정의파 검사가 이번 사건을 철저하게 파헤쳐 사회정의를 바로 세우는 현실로 이어지길 간절히 기원한다. 또 그 과정에서 영화처럼 이사장 가족들이 미국시민권을 가지고 해외로 재산을 빼돌리지는 않는지, 금융사고로 학교구성원에게 직접적 피해는 없는지 등도 덧붙여 밝혀주었으면 좋겠다.

　대전 해동학원의 부당전보로 인한 교내 갈등은 사학의 인사비리 문제이다. 사립학교법이나 정관 그리고 교직원단체와 교육청간의 단체협약 등을 고의로 외면한 채, 재단의 힘을 과시하여 교사들을 길들이려는 성격이 강하기 때문이다. 특히 교사들과 합의하에 진행되던 인사위원회 규정 마련 과정이 일방적으로 중단된 채, 구성원의 동의 없이 성안된 이사회 인사안이 전보대상자의 동의도 구하지 않고 강요되는 걸 보면 분명해진다. 문제는 사학법인 전보인사 자체가 아니라, 민주적이고 합법적인 합의 과정이 없는 비민주적 인사행태에 있다. 〈공공의 적2〉에서 강철중이 검사가 된 계기가 중고등학교 시절 공정한 경쟁이 불가능한 현실에서 비롯되듯이, 사립학교법의 민주적 개정에 대한 사립교사들의 간절한 열망 또한 사학운영에 최소한의 공정성마저 담보되지 않는 현실에서 출발하고 있다.

　그러나 무엇보다도 각종 사학비리는 사법부의 기이한 판례에서 시작됨을 꼭 지적하고 싶다. 사립학교는 수익 추구가 목적이 아닌 공익법인이기 때문에 그 성격상 매매의 대상이 될 수 없는데도 불구하고, 사법부에서는 설립자의 사유재산권을 인정하는 판례를 남겨 영화와 같이 각종 사학비리의 발생 근거가 되고 있다. 따라서 강철중 같은 정의파 검사를 통해 사학비리를 척결하고 사회정의를 세우는 것 못지않게, 교육용 재산의 공공성에 대한 엄격한 사법적 관점을 세우는 것이 선행되어야 한다는 것을 영화를 보며 절감했다. 제발 영화만 뜨지 말고 사립학교법의 민주적 개정에 대한 국민적 관심도 되살아났으면 하는 바람이다.

(2005.2.15. 디트뉴스24)

인권은 교문부터 보장돼야

　최근 학생들의 두발 단속은 인권침해라는 국가인권위의 판결로 두발 자유에 대한 학생들의 요구가 뜨겁지만, 교사와 학부모의 인식은 아직도 학생들의 욕구만큼 절실하지 않아 안타깝다.

　2001년에 학생부장직을 맡았을 때, 휴대전화와 음향기기 이용에 관한 학칙 제정을 주도한 적이 있다. 악역을 맡은 학생부에 대해 학생들이 대체로 반감을 가졌는데 학생부에서 먼저 학생회와 교무회의에 문제 제기를 하며 새 학칙 제정을 주도한 셈이다. 규제 일변도의 학교선도규정을 사회변화에 맞는 학교생활규정으로 개정하도록 교육부가 '학교생활규정 참고안'을 일선 학교에 제시한 게 2002년이니까 꽤 선도적이어선지, 학교에선 너무 튄다는 반응이었다.

　그래도 당시 전국고교생연합에서 학생선도규정을 수집 분석하고 개정을 요구하려는 움직임을 소개하며, 우리가 능동적으로 대응할 필요가 있음을 교사들에게 강조했다. 특히 휴대전화는 이미 보편화된 현실을 적극 수용해 휴대를 허용하되 올바른 사용예절을 가르쳐야 하며, 음향기기 이용은 학생들의 중요한 문화생활이기 때문에 쉬는 시간이나 점심시간에 자유롭게 활용하도록 해 학교생활 만족도를 높여야 함을 역설했지만, 많은 교사들의 격렬한 반발을 샀다. 휴대전화든 음향 기기든 일단 허용하면 학교는 엄청난 혼란과 무질서에 휩싸여 통제할 수 없을 것이라는 항변이 이어져 일단 학생회의 반응을 본 뒤 다시 논의하기로 했다.

학생회의 반응 또한 미묘했다. 학생들 전체 의견은 휴대전화와 음향 기기 이용을 허용해야 한다는 의견이 우세했으나 막상 학생회 의견은 달랐다. 특히 3학년 선배 임원들이 면학분위기와 학교 명예 운운하며 후배 임원들을 은근히 압박하자, 교사들이 제시하는 조건에 따르자는 쪽으로 의견이 모아졌다. 결국 휴대전화의 휴대는 허용하되 저녁식사 시간만 교실 밖에서 이용하며 음향기기는 아예 휴대마저 금지되는 쪽으로 합의안이 만들어졌다.

제·개정된 학칙은 최종적으로 학교운영위의 승인을 받아야만하기에 마지막으로 학부모위원들께 열심히 그 취지를 설명했으나 시기상조라는 의견과 함께 결국 학교 안이 통과되었다.

작년엔 학생회 임원의 자격 조건에 있는 성적제한을 없앨 것을 요구하다 다시 교사들의 반대에 부딪혔다. 하지만 학교운영위에서 학부모들을 설득해 결국은 제한 규정을 없애면서, 격세지감을 느꼈다. 이제 교사만 남았다. '인권은 교문에서 끝난다.'는 평가에서 벗어나 '인권은 교문부터 보장된다.'는 평가를 얻을 수 있도록 우리 교사들이 거듭나야 한다.

영과이후진(盈科而後進)

이제 막 한 학기가 지나고 있지만, 벌써 학교 금고가 바닥이 났다고 한다. 전국 16개 시·도 교육청이 올해 들어서만 3조원이 넘는 빚을 지고 있다는 사실이 최근 최순영 민주노동당의원의 각 시·도교육청 기채현황 조사 결과 드러났다. 16개 시·도교육청의 금년도 전체 예산 33조 중 9.5%가 빚인 셈이니, 지방교육 재정의 왜곡 운용이 심각하다 하겠다.

그러면 우리 대전시교육청의 기채 현황은 어떨까? 우리 대전시는 교육재정 규모가 매우 작아 16개 시·도 중 13위다. 그러나 기채잔액비율은 14.7%(1650억 정도)로 서울 다음으로 2위이며, 기채상환의 교육청 자체부담비율 또한 경기도 다음으로 2위다. 살림형편에 걸맞지 않게 많은 빚을 내어 교육청자체부담사업에 대부분을 쓴 셈이니, 살림꾼에 대한 매서운 책임추궁이 뒤따를 수밖에 없겠다.

이렇게 지방교육재정이 악화되면서 각 시·도교육청이 불요불급한 사업을 과감히 유예하는 등 허리띠 졸라매기 경쟁이 치열한데, 생뚱맞은 대전시교육청의 돌출 사업이 세간의 주목을 받고 있다. 실업계 고등학교에서 인문계로 전환된 지 3년밖에 안 된 우송고의 외국어고 설립

추진사업이 바로 그것이다. 경직성 경비인 대전시 교원들의 맞춤형 복지비를 전국 최하위로 책정했다가, 교사들의 포기 각서 제출 등 전교조의 거센 항의로 겨우 최저수준을 면한 것과 비교해 보면 더욱 그렇다. 각 시·도 교육청이 교육 사업비를 최대한 억제하는데, 유독 대전시교육청만 공청회나 토론회 등 공개적인 여론수렴절차도 생략한 채 사립외고 설립을 강행하려 하는 건 빚 얻어 한껏 과시나 해보자는 것인가?

이는 오교육감이 취임식에서 내세운 '영과이후진(盈科而後進)'의 철학과도 정면 배치된다. 따라서 오목한 데를 먼저 채우고 아래로 흐르는 물처럼, 열악한 지역의 교육환경을 먼저 개선하여 대전교육의 전체적인 균형을 회복하겠다는 교육감의 의지는 이렇게 실천돼야 한다. 동부지역과 서부지역의 교육격차가 생활환경의 격차에서 비롯된 것인 만큼, 동부에 사립외고 설립을 지원하기보다는 동부지역 일반계 학교의 열악한 교육환경을 먼저 개선해야 한다. 이것이 바로 오교육감이 내세운 '학생에게 희망을, 학부모님께 믿음을, 선생님께 긍지를' 드리는 지름길임을 인식하고 부디 초심을 회복하기를 간곡히 바란다.

(2005.8.17. 중도일보)

장애인의 배움터 지켜줘야

전국에서 가장 모범적인 장애인야학으로 평가받는 '모두사랑장애인 야간학교'가 배움터를 잃을 위기에 처했다. 건물주가 음식점 임대를 이 유로 계약만료 전인 10월 15일까지 비워줄 것을 독촉하고 있기 때문이 다. 지난 2001년 1급 중증장애인인 오용균 교장의 헌신과 열정으로 설 립된 이 야간학교는, 그간 이 지역 성인장애인들에게 삶의 희망을 가르 치는 배움터로 성장해 왔다.

장애인야학의 이사는 쉬운 일이 아니다. 무엇보다도 장애인에 대한 사회적 편견으로 건물주가 임대를 꺼리고, 임대를 허용한다 해도 각종 장애인 편의시설이 갖추어져야 하고, 또 장애인들의 접근이 쉽도록 도 심지에 위치하면서도 임대료가 저렴해야 하기 때문이다.

야간학교가 이런 조건을 두루 갖춘 건물로 꼽고 있는, 갈마동의 옛 서구의회 건물은 현재 대전시교육청이 2007년에 학교를 신축할 계획 으로 매입하여 1층을 예비군 중대가 무상으로 쓰고 있는 상태다. 야간 학교의 소망과는 달리, 관할 서부교육청은 이 건물을 내년에 헐어내도 록 이미 예산이 책정돼 있어 임대 여부를 명확히 결정하지 못하고 있다.

그런데, 대전시교육청의 기채가 전국 16개 시·도 중 2위인 재정상황에서 굳이 건물을 헐고 학교신축을 강행하는 게 타당한지 재고해 볼 필요가 있다. 이미 책정된 예산이라 하더라도 집행사유가 없어지면 마땅히 폐기하는 것이 합리적인 재정운용이기 때문이다. 특히 저출산으로 인한 초등학생의 급격한 감소를 고려한다면 학교신축을 최대한 억제하고, 과밀학급은 인근학교로 분산 배치하는 등 운영의 묘를 살릴 필요가 있다. 더구나 학교신축이 강행되면 이전이 불가피한 현 서부소방서가 예산 때문에 난색을 표하고 있는 점을 보더라도, 교육청의 신중한 접근이 필요하다.

지난 8월 18일 대전시교육청은 장애인교육권연대와 17시간의 마라톤협상 끝에, 오교육감의 적극적 의지로 특수교육의 질적 제고를 위한 20개 항에 전격 합의했다. 그 합의안 중에는 성인장애인야학에 대한 지원 약속도 들어 있다. 이런 교육감의 의지를 관할 서부교육장도 충분히 인식하고 있는 만큼, 옛 서구의회 건물의 1층은 장애인야학에 무상으로 임대하고 2,3층은 전국 최초로 '특수교육연구소'로 활용하는 등 서부교육청의 선도적인 결정이 추석선물로 주어졌으면 좋겠다. 모름지기 대전시교육청이 장애인야학의 배움터를 지켜줘, 그들의 배움의 열정을 되살리길 간절히 바란다.

(2005.9.14. 중도일보)

비정규직과 교직

빈곤층이 확대되면서 사회양극화가 심각한 사회문제로 등장했다. 노대통령은 지난 8 · 15경축사에서 "양극화가 이대로 진행되면 감당하기 어려운 갈등과 분열의 원인이 될 것"을 경고하면서, 분배와 성장의 선순환이 가능한 새 사회복지 패러다임을 강조했다. 또한 132개 시민사회단체가 참여한 '사회양극화해소국민연대'가 발족되면서, 사회양극화의 극복이 한국사회의 최대 당면과제로 부각되었다.

교육계도 양극화 문제에서 예외가 아니다. 최근 3년간 학교 내 비정규직은 그 비율이 점차 높아져 현재 16.4%에 이르고 있다. 비정규직은 근로조건에서 정규직과 현격한 차이가 있다. 동종 업무의 정규직에 비해 평균 절반 정도의 임금을 받으며, 각종 잔심부름까지 도맡아야 하는 등 그 차별이 심하다. 따라서 사회양극화를 해소하고 공교육의 질을 높이기 위해서는, 무엇보다도 비정규직을 정규직으로 전환하여 노동의 불안정성을 해소해야 한다.

비정규직과는 별도로, 교원과 교직원의 차별 또한 극복돼야 한다. 일반적으로 교원은 학생을 직접 지도 · 교육하는 사람이고, 교원과 학교의 서무를 맡아 보는 일반직을 포함해 교직원이라 한다. 현재 초중고 교원의 14%를 차지하는 이들 일반직의 도움 없이 학교교육의 질적 향상은 불가능하다. 이들은 교원의 80% 수준의 임금으로 학사운영을 보조하며 학교 내 각종 궂은일을 하면서도, 아이들에게는 낯선 존재일 뿐이다.

일반직은 한국교직원공제회의 복지대여에서도 차별받고 있다. 급여와 대여 및 복리후생 사업으로 회원의 생활안정과 복리증진에 기여하는 교직원공제회는, 그 명칭처럼 생활자금 대여 등 각종 공제제도에서 교원과 일반직의 차별이 없다. 그런데 유독 전세자금 등 재정적 도움이 필요한 회원에게 제공되는 복지대여만큼은, 현실적으로 교원보다 생활이 어려운 일반직이 제외되어 있다. 그러나 복지대여는 시도교육청에서 이자의 50%를 보조하는 만큼, 재정적 도움이 필요한 교직원 누구에게나 개방되어야 한다. 사회적 약자를 우선 배려하는 게 복지제도의 첫 번째 원칙이기 때문이다. 따라서 전국교직원노동조합은 앞으로 시도교육청과의 단체협약에서 교원복지대여를 교직원복지대여로 확대하도록 노력하고, 시도교육청도 억강부약(抑强扶弱)의 적극적 자세로 이에 접근해야 한다.

(2005.10.12. 중도일보)

'헛다리짚은 교원평가'

　　교육부는 지난 4일, 교원단체와 합의하여 시행하겠다던 당초의 약속을 어기고 교원평가 시범실시 강행의지를 일방적으로 밝혔다. 이로 인해 교육부와 교원단체들 간의 대격돌이 불가피하게 되었다. 이미 지난 6월에 교육부는 교원평가 시범사업이 교육부 안대로 추진될 경우 교육현장의 혼란이 초래될 우려가 있다고 자인한 바 있다.

　　그런데도 이렇게 국민적 합의를 저버리고 사회적 혼란을 자초하는 무리수를 둔 것이다. 이는 아마도 보수언론이 주도하는 사회 분위기나 국민정서가 교사들에게 결코 우호적이지 않다고 판단하고, 나름대로 시기를 조절해 내놓은 절묘한 노림수인지도 모른다.

　　국민정서와는 정반대로, 대부분의 교사들은 교원평가를 강행하려는 저의를 의심하면서 그것이 가져올 교육의 황폐화를 매우 걱정한다. 현장 교사들의 이런 우려를 구체적 일화들을 통해 살펴보자. 그러면 아마도 대부분의 국민들은 교사들의 충정을 이해하고 오히려 격려할 것이라고 생각한다.

모두가 행복한 나라를 꿈꾸다

난 50대 교사로, 대학 4학년인 아들과 2학년인 딸을 둔 평범한 가장이다. 늘 바쁘기만 한 아이들과 저녁식사를 함께하기란 여간 어려운 게 아닌데, 어느 날 모처럼 온 가족이 식탁에 머리를 맞대고 함께했다.

어느새 훌쩍 자라버린 아이들과 함께하는 식탁은 항상 뿌듯한 기쁨을 준다. 거기다 쉬지 않고 조잘대는 딸의 얘기를 들노라면 흥겹기까지 하다.

그날도 학교생활이 화제였는데 어쩌다 어떤 교수님에 대한 평가로까지 이어졌다. 내용인즉 교양과목을 가르치는 젊은 교수님이 피아노과 학생들을 무시한단다. 좀 어려운 내용을 설명할라치면 음악대학생들은 잘 모르겠지만 하고 토를 단단다.

그러면서 교수평가 때 꼭 봐 주기로 친구들과 결의했다고 흥분한다. 대학교 2학년생도 이렇게 감성적이고 즉흥적인 평가를 하는데, 앞으로 초중고 학생들이 교사들을 어떻게 평가할지 막막해짐을 느꼈다.

문득 지난 4월에 서울의 모 고등학교 교사가 대전에 와 들려준 경험담이 떠오른다. 그분은 현재 공립학교 교사로 있는데, 전에 교육혁신 사례로 그 이름이 전국적으로 알려졌던 서울의 한 사립학교인 H고등학교에 근무했단다. 그 학교는 재단에서 선견지명을 가지고 교원평가제와 성과급제를 일찍부터 자발적으로 실시했단다.

그런데 문제는 그 학교의 실상이 밖에 알려진 것과는 전혀 다르다는 것이었다. 그래도 명색이 고등학생인데도, 학생들의 평가는 다분히 이기적이고 즉흥적이고 또 감성적이어서, 교사들은 학생들의 환심을 사려고 갖은 애교를 떨고 선물 공세를 펴야 했다고 한다.

간혹 세상 물정 모르고 엄하게 학생들을 지도하고 과제물 검사를 철저히 하며 수행평가 등 각종 평가에 엄격한 선생님들이 학생들에게 가장 낮은 평가를 받았다니, 나름대로 철학과 소신을 갖춘 교사들이 더 이상 견디지 못해 하나 둘 학교를 떠나게 되었고, 자신도 그중의 하나였단다. 그 선생님은 지금도 그때의 악몽이 떠오른다며, 교원평가가 전면 실시되면 사랑과 존경에 바탕을 둔 참교육은 끝장난다고 걱정했다.

다음은 며칠 전 교무실에서 겪은 황당한 장면이다. 마지막 보충수업만 남겨 둔 시간이라 교무실은 몇 분의 선생님만 남아있고, 어느새 창밖이 어슴푸레해지는 해거름이라 그야말로 고즈넉했다.

그런 정적을 깨며 한 자모님이 교무실 문을 거칠게 열고 들어서더니, 곧장 담임선생님을 찾아가 큰 소리로 따지기 시작했다. 나는 아무개 엄마인데, 이곳에 오기 전에 학급에 들러 이미 아이들의 얘기를 들었다, 우리 애가 실내화를 신은 채 운동장에 나가고 또 좀 말썽을 피웠다고 자퇴하라고 했다는데, 자퇴는 부모인 내가 결정하는 것이지 담임이 마음대로 해도 되느냐는 항변이 이어졌다.

담임선생님은 다른 분들께 방해가 되니 목소리를 좀 낮추라고 여러 차례 사정했지만, 내가 지금 목소리 낮추게 됐냐는 퉁명한 답변만 되돌아온다. 담임선생님은 자퇴 얘기는 그 옆자리에 앉은 다른 학생에게 한 것인데 오해한 것 같다고 해명했지만, 옆자리 애에게 한 게 결국은 내

모두가 행복한 나라를 꿈꾸다

370

아이에게 한 것이라는 억지만 막무가내로 내세우며, 여학생이 임신해도 자퇴를 안 시키는 세상 물정을 모른다며 오히려 담임을 몰아세우기까지 하는데 정말 어이가 없었다.

주변에 계시던 선생님 몇 분이 보다 못해 끼어들어 교장실로 인도하면서 비로소 교무실이 조용해졌다. 이 장면을 보면서 부적격교사대책이 현실화되면 많은 선생님이 무고하게 시달릴 수도 있다는 걸 실감하며 문득 소름이 돋았다.

무릇 질병을 치유하려면 그 원인에 대한 진단이 정확해야 한다. 그래야만 적절한 처방으로 그 질병을 치유할 수 있기 때문이다. 마찬가지로 우리 교육이 국민들에게 심각하게 불신당하고 있다면, 먼저 그 이유가 무엇인지를 정확히 파악해야 한다.

교육부가 이번에 강행하기로 한 교원평가시범실시안을 보면, 교사의 전문성 부족과 학교운영의 미숙함이 우리 교육 실패의 원인인 듯싶다. 과연 그런가? 지난 6월에 한국교육개발원은 장문의 보도 자료를 통해 '한국교육의 성과는 세계적으로 자랑할 만하다'고 공언했다. 우리나라 고교생이 국제학력비교평가에서 세계 1위의 학력수준을 과시했고, 또 교육의 형평성도 달성하고 있다며 구체적인 도표와 수치를 제시하며 자랑했다.

또 많은 외신들도 한국의 놀라운 학업성취도를 주목한다고 보도했다. 그렇다면 이번 교원평가는 대표적인 헛다리짚기임이 분명하다. 교사들의 전문성이 부족한데 어떻게 학생들의 학력이 세계 최고이며 더구나 형평성까지 달성할 수 있었단 말인가?

그런데도 국민들이 교원평가에 박수를 보내는 것은 왜일까? 아마도 일부 보수언론의 악의적인 여론몰이 탓이 크다고 본다. 성적조작과 시험지 유출 그리고 미성년자에 대한 성폭행 등 갖가지 학교 내 비리와 범법행위가 한바탕 전국을 회오리친 뒤에 국민들에게 교원평가 여론을 물으면 그 결과야 뻔한 게 아닌가.

그런데 사회적 물의를 빚은 학교들의 공통점을 찾아보면, 대개가 사립학교란 걸 알 수 있다. 사학의 경우, 재단의 권위적이고 폐쇄적인 운영이 가능하기 때문에 재단과 밀착한 교원들이 상류층 자녀들에게 이익을 주기 위해 각종 불법적인 일을 저지르는 것이다. 학교 내에서 교사나 학부모들의 민주적 견제가 가능했다면 그런 비리는 상당 부분 예방될 수 있을 것이다.

오죽하면, 영화 〈공공의 적 2〉에서 사학재단의 비리야말로 공공의 적이라고 규정했는가? 이렇게 상황을 조금만 차분하게 되짚어보면, 우리 교육 불신의 근본 원인은 교사가 아니라 비민주적인 학사운영임을 인정하길 충심으로 당부한다.

(2005.11.9. 디트뉴스24)

장애인에 의한 〈장애인차별금지법〉
제정을 바라며

지난 9월 말에 장애인야간학교장과 함께, 충남고등학교장을 면담했다. 그동안 탄방동·삼천동·둔산동 일대에 사는 장애학생들은 주변에 특수학급이 개설된 고등학교가 없어, 멀리 유성구나 중구로 통학해야 하는 어려움이 있었다. 이를 개선하기 위해 통합교육학부모회와 장애인관련 단체들은 대전시교육청에 특수학급의 각 구별 설치를 끈질기게 요구했지만, 교육예산의 부족과 지역주민의 정서 그리고 해당 학교의 신청이 없다는 이유로 번번이 좌절되어 왔다. 특히 충남고등학교의 경우, 학부모들의 강력한 요청에도 시설부족을 이유로 그동안 특수학급 신설을 미루어 왔다. 그러나 이번 9월에 부임한 신임 교장이 장애학생 전용승강기 설치를 조건으로 특수학급 설치를 신청하면서, 지역 주민의 오랜 숙원이 해결될 실마리가 마련되었다. 그러나 초중고에 승강기를 설치한다는 게 쉬운 일이 아니라서, 혹시 특수학급 신설에 대한 거센 민원을 무마하려는 임시방편이 아닌가 하는 학부모들의 의혹이 제기되었다. 따라서 해당 학교장의 의지를 정확히 파악해 볼 필요가 있었다.

다행스럽게도 신임 교장과는 여름방학 직전에 한 텔레비전 토론 프로에서 〈보충수업 논란〉을 주제로 서로 공방을 주고받으며, 방송국에서 3시간 정도 함께한 적이 있어 구면이었다. 사전에 약속을 한 탓인지 충남고등학교장이 직접 주차장까지 나와 야간학교장의 휠체어를 맞이했다. 한데 인연이란 참으로 묘한 것이어서, 신임 충남고등학교장 부인과 야간학교장이 서로 동기동창임이 확인되면서 대화는 화기애애하게 진행되어, 승강기가 설치될 곳을 직접 확인하고, 겨울방학에 승강기 설치 및 진입경사로 공사를 끝내고 내년부터는 원활한 특수학급 운영을 하겠다는 자세한 설명을 들었다. 하지만 승강기 설치가 제때 안 되면 특수학급 신설도 연기되지 않을까 우려되었는데, 이는 식당으로 이어진 자리에서 비로소 해소되었다. 승강기 설치를 위해 최선을 다하겠지만, 공사 진척과 관계없이 특수학급은 꼭 신설한다는 명확한 답변을 들었기 때문이다. 그리고 현재 일반학급에 재학 중인 장애학생들을 따로 불러 격려하고, 학부모를 적극 면담해 그 고충을 충분히 듣겠다는 계획까지 덧붙여지면서 모임은 의미 있게 끝을 맺었다.

그러나 서울에서 들려오는 소식은 우울하기만 하다. 무려 4년에 걸쳐 장애인이 장애인을 위해 만든 장애인의 법률인 〈장애인차별금지및구제등에관한법률〉이 9월 14일 민주노동당 노회찬 의원의 대표발의로 국회에 제출되었지만, 보건복지부에서 별도의 〈장애인차별금지법〉을 준비 중임이 밝혀지면서, 장애인이 만든 법안의 정기국회 처리가 어려워졌기 때문이다.

그러면 소위 장애인이 만든 장애인차별금지법과 정부가 만드는 법안의 차이는 무엇인가? 먼저 주체가 다르다. 그동안 각종 장애인복지에 관한 법률이 장애인 당사자가 아닌 비장애인 관료나 지식인에 의해 만들어지다 보니, 장애인은 각종 시책의 수동적인 수혜자에 머물 수밖에 없었다. 이를테면 '교통약자의이동편의증진법'의 경우, 비장애인이 장애인과 교통약자의 불편을 덜어준다는 동정과 시혜의식이 은연중에 자리하고 있다. 그러나 장애인 등 교통약자가 주체가 되어 '장애인등교통약자의이동에관한법률'을 만든다면, 장애인 등 교통약자의 단순한 이동 편의가 아닌 이동 권리를 국민의 기본권으로 보장받도록 강제할 수 있다. 마찬가지로 장애인이 주체가 되어 만든 법률에는, 장애인의 삶에 방해가 되는 모든 여건들을 사회적 차별로 간주하고 이를 철폐하도록 법으로 강제할 수 있다. 왜냐하면 장애인의 이동이나 교육 등 각종 권리는 그들의 사회적 삶의 유지에 필수적인 요소이므로, 시혜나 동정이 아닌 사회적 책임으로 접근하기 때문이다. 이런 점에서 이번에 발의된 〈장애인차별금지법〉은 70여 개 장애인단체가 연대하여 당사자주의에 입각해 '장애인에 의한 장애인의 법'을 만들었다는 점에서 그 의미가 매우 크다.

다음으로, 주체에 따라 장애인에 대한 개념 정의 또한 크게 다르다. 그간 비장애인이 주체가 되는 각종 복지법의 경우에, 장애인은 '신체적 · 정신적 손상이나 결함을 가진 사람'으로 장애는 오직 개인적 문제일 뿐이었다. 그러나 〈장애인차별금지법〉에서는 '정신적 신체적 장애 때문에 사회적으로 배제(social exclusion)되어 불이익을 당하는 사람'으로 정의함으로써, 장애인을 기피하는 사회적 차별을 정면으로 문제 삼는다. 따라서 장애인에 대한 각종 시스템이나 시설 등은 장애인에 대한 편의 제공 차원이 아니라 인권보장 차원에서 접근해야 한다는 것이다.

끝으로 가장 큰 차이점은, 법안 제정 주체와 그 근본이념의 차이에 따라 그 실효성 확보 여부가 달라진다는 점이다. 비장애인이 시혜나 복지

차원에서 만든 법안은 지극히 당위적인 선언이나 권고에 그쳐, 지키면 좋고 안 지켜도 그만인 점에서 다분히 형식적이다. 그러나 장애인이 당사자주의에 입각해 만든 법안은, 장애인을 차별할 경우 시정명령을 법으로 강제하거나 이행 강제금을 부과하도록 하고 있다. 또 고의적으로 차별을 반복하는 경우엔 징벌적 손해배상제를 두어 이를 방지하며, 장애인에 대한 차별이 문제가 될 경우 피해자가 아닌 가해자가 차별의 정당성을 스스로 입증하도록 하고 있다. 특히 기존의 인권위원회가 각종 차별에 대해 법적 실효성이 없는 권고에 그치는 것을 극복하고 차별시정의 실효성을 확보하여 장애인의 인권을 실질적으로 보장하도록, 독립적인 장애인차별금지위원회를 국무총리 산하에 두도록 하고 있다.

물론, 사회 일각에선 충분한 사회적 합의과정 없이 강제규정이 과도하다는 점을 들어 시기상조론을 펴기도 한다. 그래서 여당과 보건복지부는 장애인 · 소수자 · 여성 · 이주노동자 등의 다양한 사회적 차별내용을 국가인권위의 한 부서에서 통합 관리하는 것을 주된 내용으로 하는 별도의 '장애인차별금지법'을 제정하려 하고 있다. 그러나 한 가지 분명한 것은 '장애인차별금지법'은 장애인 대중의 요구를 충분히 그리고 직접적으로 반영해야 하며, 무엇보다도 실효성 있는 권리구제조항이 마련돼야 한다는 점이다. 위에서 살펴본 충남고등학교장처럼 선의를 가진 개인들이 점차 늘고 있지만, 장애인의 기본적 권리가 제도적으로 뒷받침되지 않는 한 장애인에 대한 차별은 지속될 수밖에 없기 때문이다. 이제부터라도 우리 곁의 사회적 약자인 장애인들이 스스로의 권리를 지켜나갈 수 있도록 우리 모두 적극적인 관심을 기울여 보자.

(2005, 『모두사랑』가을 겨울호, 모두사랑장애인야간학교)

장애인의 대륙횡단과 착한 사마리아인법

　최근에 종영된 문화방송 프로그램 〈일요일 일요일 밤에〉 '신동엽의 디 데이(D-Day)'코너는 척수장애인 이창수 씨와 인기 스타 신동엽 씨를 진행자로 내세워, 장애인의 재활의지를 북돋우고 모든 이들에게 희망의 메시지를 전하는 '대한민국 희망 프로젝트'로 기획되어 많은 관심 속에 출발했으나 조기 종영되어 아쉬움을 남겼다. 특히 청각장애인 친형을 둔 신동엽 씨와 척수장애인이 진행하기 때문에 장애인에 대한 사회적 편견을 상당히 불식시켜 줄 것으로 기대를 모았다는 점에서 더욱 아쉽다. 물론 장애인이 주인공이 되는 코너를 장애인이 직접 진행함으로써 장애인의 현실을 사회적 관심사로 크게 부각시킨 점에서의 의미는 매우 크다.

　하지만 가장 환호해야 할 장애인 단체에서는 정작 이 프로그램의 한계를 지적하고 있다. 즉 장애인 스스로가 정한 목표에 도전해 성공하면 그 장애인의 이름으로 디데이 카(장애인 콜택시)를 복지단체에 기증하게 된다는 프로그램의 특성상, 장애인에 대한 왜곡된 이미지를 불식시킬 수도 또 프로를 더 이상 진행시킬 수도 없었다는 것이다. 장애인이 힘겨운 목표를 설정해 도전하는 과정은 눈물겹고 아름답지만 자칫 가학적일 수도 있다. 그리고 무엇보다도 장애를 극복의 대상으로만 설정함으로써 극복이 쉽지 않은 대다수 장애인들에게 오히려 좌절감을 주고, 나아가 장애인 문제를 그 개인의 탓으로 돌림으로써 사회적 책임을 외면케 한다는 것이다.

지난 6월 5일엔 대전의 한 초등학교에 재학 중인 김세진 군이 이 프로의 주인공으로 등장해서, '바다의 날 기념 마라톤 대회'에 의족을 한 채 출전해 10km완주에 성공한 감동적인 사연을 전했다. 양쪽 다리가 없고 오른쪽 손가락은 2개만 있는 선천적 장애로 친부모에게 버림받고 보호시설에서 자라다 세 살 때 입양된 김 군이 마지막 1km를 어머니의 손을 잡고 뛰는 모습은 시청자들의 눈물을 자아냈다. 그리고 그 김 군의 성공으로 리프트가 장착된 노란 색의 디데이 카가 김 군의 이름이 적힌 모습으로 대전의 〈모두사랑장애인야간학교〉에 기증되어 많은 장애인의 발이 되었다. 김 군의 힘겨운 도전이 걷지 못하는 장애인들의 듬직한 이동수단이 된 것이다.

2003년에 국가인권위원회에서 제작 보급된 영화 〈여섯 개의 시선〉은 우리 사회 인권 현실을 매우 사실적으로 그린 6편의 단편을 모은 옴니버스로, 우리 사회의 척박한 인권의식 수준을 아프게 되돌아보게 한 매우 교훈적인 영화다. 그 영화 속 세 번째 단편은 뇌성마비 1급 장애인인 김문주 씨의 일상을 13가지 에피소드로 엮은 〈대륙횡단〉이다. 이 작품 말미에서 김문주 씨는 장애인 이동권 투쟁으로 잡혀간 친구를 생각하며 용기를 내어 광화문 네거리를 무단 횡단한다. 뒤틀린 몸으로 목발을 짚은 채 차량으로 붐비는 광화문 거리를 횡단한다는 것은, 그에겐 대륙횡단만큼이나 버거운 일이다. 당황한 운전자들의 욕설과 놀라서 뛰어온 교통경찰의 제지 등이 모두 장애인 김 씨의 의도적인 무단횡단으로 비롯된 실제상황으로, 이는 장애인의 단독 외출이 목숨을 걸어야 할 정도로 힘든 우리 현실에 대하 김 씨의 온몸을 던진 항변이다.

이렇게 김문주 씨에게 용기를 준 장애인 이동권 투쟁은, 2001년 시흥의 오이도역에서 장애인 노부부가 탄 장애인용 수직리프트가 추락한 사고가 그 발단이 되었다. 이 사고로 장애인들 스스로 장애인 이동의 권리보장을 요구하게 되고 또 사회적 관심이 환기되면서, 작년 말에 마침내 장애인 등 교통 약자의 이동권이 명시되고 저상버스 도입 의무 조항이 포함된 '교통약자의이동편의증진법'이 국회에서 만장일치로 통과되었다. 그러나 지난 4년여 간 장애인이동권연대가 벌인 투쟁은 정말 험난한 것이었다. 지하철 선로 점거투쟁과 버스 점거투쟁, 40여 차례에 걸친 장애인 버스타기 투쟁, 국가인권위원회 점거 단식농성, 55만여 명의 대국민 서명운동 그리고 서울역 천막농성과 68일간의 국회 앞 농성투쟁 등 길고도 험난한 과정을 거치고서야 입법화에 성공했다. 그들이 원래 요구했던 '장애인 비장애인이 똑같이 기본권이 보장되어야 할 국민이므로, 이동 편의가 아닌 이동 권리를 국가로부터 마땅히 보장받아야 한다. 따라서 장애인의 삶에 방해가 되는 모든 여건들은 장애인에 대한 사회적 차별이므로, 장애인에 대한 차별철폐 조항을 헌법에 명시해야 한다는 것이다. 그래야만 장애인에 대한 이동권도 꼭 지켜지도록 강제할 수 있다는 것이다.

이제는 기독교인이 아닌 일반인에게도 교양이 되어버린 '착한 사마리아인'의 일화는 이런 점에서 매우 시사적이다. 우리나라는 법체계가 시민법 중심이라서 개인의 자유와 권리가 중시된다. 그래서 '착한 사마리아인'일화에 대한 이해도 사마리아인의 개인적 선행에 대한 강조로 그치고 만다. 즉 강도를 만난 "여리고로 가는 길'이 내가 사는 사회로 이해되지 않고, 또 구조하지 않고 지나쳐버린 제사장과 레위인의 책임을 묻지도 않는다. 그러나 사회법 중심의 법체계를 갖춘 유럽에서는 위의 일화가 '오늘을 사는 우리의 책임'으로 이해된다. 그래서 우리가 알고 있는 거의 대부분의 유럽 국가들-프랑스, 독일, 이탈리아, 벨기에, 노르웨이, 덴마크, 스위스 등-이 구조 불이행(failure-to-rescue)에 대해 징역이나 벌금을 부여하는 등 그 사회적 책임을 법으로 묻고 있다. 그래서 법 이름마저 '착한 사마리아인법'이라니 우리도 이제 적극 배워 와야 하지 않을까?

(2005, 『모두사랑』가을 겨울호, 모두사랑장애인야간학교)

학칙의 민주적 통제

　최근 맥아더 장군에 대한 역사적 재평가로 뜨거운 사회적 논란을 일으킨 강정구 교수 사건에 대해 법무부장관이 불구속 수사를 지휘하면서, 그 파장이 검찰의 독립성과 국가의 정체성 논란으로 확대되면서 검찰총장이 사퇴했다. 다행히도 국회의원 재선거가 끝나면서 격렬한 사회적 논쟁이 잦아든 걸 계기로, 이번 사태의 의미에 대해 좀 차분히 되짚어보자.

　강정구 교수의 학문적 입장에 대한 엄밀한 검증은 일단 학자들의 몫으로 미루고, 법무부장관의 지휘권 행사가 과연 적절했는지 상식적으로 살펴보자. 장관의 수사지휘권은 법으로 보장된 고유권한인 만큼 그 자체를 문제 삼을 건 없다. 초점은 강정구 교수에 대한 구속요건의 충족 여부, 즉 도주와 증거인멸의 우려가 있느냐에 대한 판단이다.

　강 교수가 문제의 글을 인터넷 매체에 발표하고 또 거센 사회적 비판에도 자기 의견의 정당성을 줄기차게 주장하는 것으로 보아, 그가 도주하거나 자신의 글을 없앨 소지는 전혀 없어 보인다. 이렇게 본다면 장관의 지휘권은 지극히 상식적인 원칙 - 공안 사건을 포함한 모든 사건에서 헌법과 법률이 보장한 불구속수사원칙이 지켜져야 함 - 을 새삼 강조한 것에 불과하다. 따라서 이번 수사지휘의 사회적 의미는, 검찰의 절대적 권력에 대한 민주적 통제라는 데 있다. 나아가, 민주적으로 통제되지 않는 권력은 부패할 수밖에 없다는 역사적 교훈을 되새기면 그 의미는 더욱 커진다.

민주사회의 원리는 여러 힘이 견제 속에 균형을 이루는 것이다. 어떤 부문의 힘이 지나치게 커지면, 적절한 민주적 통제가 가해져 균형을 이루는 게 민주사회다. 우리 교육계는, 지난 5년 동안 거세게 분출된 학생들의 두발자유와 기본권 보장 열망을, 학칙을 앞세운 학교(교사)의 우월적인 힘으로 억제해 왔다. 아무리 교육부와 국가인권위원회에서 학생들의 기본적 권리를 실질적으로 보장하라고 권고해도, 그것이 현실화되는 건 요원해 보인다. 이젠 학칙에 대해서도 권고가 아닌 민주적 통제가 필요한 시점에 와 있다.

학칙은 지키는데 헌법은 위반하는 이율배반이 지속될 만큼, 우리 사회가 미숙한 건 아니기 때문이다. 우리도 이제 대만처럼, 교육부가 나서서 두발 자유화 시행을 결정하고 학교현장이 민주적 원리의 실습장이 되도록 통제해야 한다. 인권은 필수요소이다. 더 이상 선택사항이 되어서는 안 된다.

(2005.11.9. 중도일보)

공인의 윤리의식

윤리 문제로 촉발된 황우석 교수의 배아줄기세포 연구에 대한 논란이 큰 사회적 파장을 불러일으키고 있다. 일단 황 교수가 연구과정에서 제기된 윤리적 문제들을 시인하면서 생명윤리에 대한 보다 엄격한 기준 마련으로 매듭 될듯하던 논란이, 한 방송사가 연구결과에 대한 진위의혹을 제기하면서 국익과 실체적 진실의 대립으로 확산되고 있다.

다행히도 진위의혹을 제기한 방송사가 취재과정에서 취재윤리를 어긴 사실이 확인되면서, 극단으로 치닫던 줄기세포 진위 논란이 파멸적인 충돌에서는 벗어나게 되었다.

그래도 이번 논란을 겪으면서 얻은 교훈은, 성과 못지않게 엄격한 윤리과정이 중요하다는 점이다. 그간 정부와 학계는 연구 성과에만 지나치게 집착해 국내외의 윤리적 지적을 외면했고, 언론도 의혹을 재생산하는 선정보도에 치우쳐 민주적 통제와 감시의 역할을 다하지 못한 것이 사실이기 때문이다.

물론, 이번 논란으로 우리나라 과학자들이 이룩한 세계적인 연구 성과 자체가 부정되는 것은 결코 아니다. 다만 절차상의 윤리 문제가 상당 부분 사실로 확인된 만큼, 생명과학분야는 물론 우리 사회 각 분야의 윤리적 기준을 강화하는 계기로 승화시켜야 한다.

문제를 솔직하게 고백하고 드러내는 것이 치유의 시작임을 우리 모두 냉정하게 인식해야 한다. 감성적인 국익론을 내세워 문제를 외면하는 것은 오히려 문제를 악화시킬 뿐이다.

황우석 교수팀의 연구는 이미 초등학교와 중학교의 교과서에 소개되어 있고, 황 교수는 청소년들이 가장 닮고 싶은 과학자로 손꼽히고 있다. 따라서 황 교수가 늦게나마 자신의 문제를 고백한 것은 공인으로서의 책임을 다한 것으로 높이 평가해야 한다.

오늘날 국민의 사표가 되어야 하는 공인에게 요구되는 우리 사회의 윤리적 요구는 가혹할 정도다. 그런데 최근에 황 교수 못지않게 윤리적 사표가 되어야 할 대전시교육감이 부정선거 혐의로 1심 법원에서 당선무효형을 선고받았다.

하지만, 대전시교육감이 황 교수처럼 자신의 문제를 고백하고 백의종군하겠다는 공언은 들은 적이 없다. 오히려 그가 앞으로 구성될 '교직비리심사위원회'를 통해 교사들의 비리심사를 사실상 총괄하게 된다니 씁쓸하다. 혹시나 비리의 몸통이 깃털을 단죄하는 행태로 비춰져 지역민의 웃음거리가 되지 않을까 걱정되기 때문이다.

(2005.12.8. 중도일보)

시민단체와 소금

넓은 바다가 썩지 않고 있는 것은 3%에 불과한 소금 때문이라고 한다. 그래서 흔히들 사회를 건전하게 지켜나가는 데에 소금 역할을 하는 사람이 3%만 있으면 충분하다면서, 비정부기구이자 비영리기구인 시민사회단체에 그 역할을 기대한다. 이런 기대에 부응하듯 수많은 시민단체들이 다양한 분야에서 나름의 역할을 자처하고 있는데, 이들이 과연 소금의 역할을 다하고 있는 걸까?

시민단체들이 세상의 소금 노릇을 제대로 하는지를 판단하기 위해, 성경의 다음 구절 '너희는 세상의 소금이니 소금이 만일 그 맛을 잃으면 무엇으로 짜게 하리요. 후에는 아무 쓸데없어 다만 밖에 버려져 사람에게 밟힐 뿐이니라.'를 되짚어볼 필요가 있다. 대개 이 구절을 세상의 소금이 되라는 권고로 이해하지만, 문맥상으로 보면 짠 맛을 잃은 소금은 버려질 수밖에 없다는 경고로 보는 게 타당하다. 따라서 우리는 시민단체들이 소금의 짠 맛처럼 그들의 본질을 제대로 간직하고 있는지 따져봐야 한다.

작년에 대전지역 건설업체와 시청공무원의 유착비리, 그리고 현 교육감의 선거법 위반사건의 수사와 재판에 대해, 많은 시민단체들이 아예 외면하거나 상당 기간 침묵하다가 여론의 채근을 받고서야 뒤늦게 목청을 높인 것은, 소금이 그 맛을 잃은 것으로 봐도 무방할 듯하다. 권력을 감시하고 견제하여 시민들의 권익을 보호해야 할 시민단체가 이처럼 자신의 존재이유를 잃어버리고 권력의 눈치를 보며 적당히 공존한다면, 언젠가는 맛을 잃은 소금처럼 시민들에게 버림받게 될 것이다.

제 맛을 잃은 소금은 썩은 바닷물에 쉽게 동화된다. 우리는 이를 사회운동가의 화려한 변신에서 확인할 수 있다. 한때 우리민족서로돕기운동본부 집행위원장으로 북한동포돕기 운동을 주도했고 또 경실련 초대 사무총장으로서 국가보안법으로 민주주의를 압살하던 독재정권에 적극 저항하던 서경석 목사가, 이제는 북한 인권을 이유로 반북활동의 선봉이 되고 국가보안법 사수에 앞장서는 것을 보라. 또한 요즘 누리꾼들에게 헌법소원 중독자로 풍자되는 이석연 변호사의 변신은 얼마나 놀라운가. 그는 정치적 중도와 법치주의, 그리고 시장경제질서를 표방하며, 각종 돌출 발언으로 시민단체들의 편 가르기에 악용되는 등 많은 물의를 일으켰다. 그에게 경제는 민주주의의 대상이 아니기 때문에, 우파적 자본주의와 좌파적 분배철학의 결합인 복지국가의 이상도 위헌이다. 그는 정직하지만 정의롭지는 못한 듯하다. 그래서 쉽게 스스로의 과거를 부정하며 상대방에게 동화되어 버린다.

민족지도자 양성을 목적으로 하는 흥사단대전지부 회장을 4년이나 역임한 현 교육감의 변신 또한 놀랍다. 그는 두 차례의 선거법 위반으로 법의 엄중한 심판을 받았다. 하지만 사죄하기는커녕 지역 교육발전에 기여한 점을 법원이 고려하지 않았다고 거칠게 항변했다. 아름다워지

려는 여자의 변신은 무죄라지만, 우리 사회의 소금을 자처하던 시민활
동가들의 이런 변신 또한 정녕 무죄란 말인가.

(2006.2.15. 중도일보)

길은 걸으면서 만들어 진다

장애인에 대한 사회적 인식이 예전보다 많이 개선된 건 사실이다. 장애 때문에 교육을 받지 못한 성인 장애인의 교육을 위해 설립된 모두사랑 장애인야간학교 자원봉사교사로 함께한 지난 5년을 돌아보면 이런 변화를 실감할 수 있다. 불과 몇 년 전만 해도 야간수업을 끝내고 장애 학생들을 하교시키느라 골목길에 차를 정차한 채 시간이 지체되면, 뒤에서 경적을 울려대는 운전자들 때문에 허둥대기 일쑤였다. 하지만 이젠 땀을 흘리며 장애인 학생을 안아 올리면 뒤에서 기다리던 운전자가 차에서 나와 휠체어를 옮겨주는가 하면, 아예 자신이 직접 장애학생을 받아 안고 차 안에 태워줄 정도로 주변의 인식이 변했다.

하지만 장애학생을 위한 일반학교 내 특수학급 설치나 장애인 재활복지관의 마을 내 건립 등의 문제와 부딪치면, 선량한 개인은 사라지고 우리 학교와 우리 동네는 안 된다며 격렬한 집단행동을 벌이며 돌변하는 게 또한 현실이다. 이런 이중적인 현실 속에서 장애인과 비장애인이 함께하는 세상을 만들어내는 것은 여간 어려운 일이 아니다.

하지만 모든 일이 충분한 조건이 갖춰진 뒤에야 이루어지는 것은 아니므로, 불충분하더라도 현재 어떤 노력이 가능한지를 알아볼 필요가 있다.

다음으로 장애인에 대한 우리 사회의 이중적 태도를 극복해야 한다. 모두들 장애인에 대한 사회적 배려의 필요성을 인정하고, 장애인과 비장애인이 평화롭게 공존하는 사회를 이룩해야 한다는 당위성 또한 인식한다. 하지만 남들이 먼저 나서주기만 바랄 뿐 나와 우리 마을이 앞장서기는 두려워한다.

그래서 한 정신과 의사는 우리 사회가 장애인 문제에 관한 한 집단적 분열증을 앓고 있다고 진단한다. 이런 분열증을 극복하는 길은 의식과 행동을 일치시키는 것이다. 즉 내가 앞장서 마을에 장애인 재활복지관을 건립하고 내 자녀가 다니는 학교에 특수학급 설치를 요구할 때 비로소 장애인과 비장애인이 함께하는 사회가 가능해지는 것이다.

끝으로 장애인 스스로가 자기 삶의 주체로 나서야 한다. 물론 장애인에게 선의를 가진 개인들이 점차 늘고 있다. 하지만 장애인 스스로의 힘으로 기본적 권리를 확보하지 못한다면 각종 시책의 수동적인 수혜자에 머물 수밖에 없고 장애인에 대한 차별 또한 지속될 수밖에 없다. 장애인이 자기 삶의 주체로 나설 때에야 장애인을 기피하는 사회적 차별을 정면으로 문제 삼고 이의 시정을 법으로 강제하는 것이 가능하기 때문이다.

무릇 모든 길은 저절로 만들어지지 않는다. 길의 필요성을 느낀 사람들이 서로 격려하며 힘겹게 한 걸음씩 걸어 나가면서 마침내 길을 이루

는 것이다. 장애인과 비장애인이 함께하는 아름다운 세상에 이르는 길
도, 지금 나부터 한 걸음씩 내딛는다면 끝내 큰길로 이어질 것이라 믿
는다.

(2006, 『꼬망세』 4월호)

교육은 '인권'을 지향해야 한다
체벌의 미화는 군사문화의 영향

　작년 말 제자들의 고등학교 졸업 20주년 기념식에 초대받은 적이 있다. 대개 이런 기념식은 고3 시절 담임 중심으로 이루어지는데, 당시 3학년 담임이 아니라서 망설이다가 따로 초청장을 보낸 것이 마음 쓰여 참석했다. 졸업년도만으로는 기억나는 이름이 많지 않아 걱정되었는데 막상 얼굴을 대하자 금세 학창시절의 모습이 떠오르면서 흥겨운 자리가 되었다. 기념촬영을 마치고 집으로 돌아오면서, 그 제자들이 어느새 40세가 되었다는 생각을 하니까 이젠 사제 간이 아니라 정겨운 인생의 동반자로 만나도 되겠다는 마음에 든든했다.

　사회의 중견이자 학부모가 된 제자들과 정담을 나누다가, 소위 교육과 사랑의 이름으로 자행된 학교 체벌이 화제에 오르면 문득 가슴을 치게 된다. 대개는 체벌마저도 재미있는 추억으로 반추하지만, 일부는 학창시절의 무분별한 체벌에 항변하기도 한다. 나 또한 드물기는 했지만 제자들과 자식들에게 체벌을 가한 적이 있다. 하지만 체벌을 하고 아픈 마음으로 나 자신을 솔직하게 반성한 끝에, 사랑의 매란 없으며 결국 분노의 감정일 뿐임을 비로소 인정하게 됐다. 그래서 제자들의 항변에 스스럼없이 동의하고, 과거의 나의 미숙함과 잘못에 대해 용서를 빌곤 한

함께하는 삶과 교육 ●

다. 나아가 대부분의 제자들이 과거의 체벌을 미화하는 것이 폭력적 군사문화의 영향임을 지적하며 극복해야 함을 역설하기도 한다.

나의 학창시절은 온통 군사문화와 폭력문화로 점철된 세월이었다. 초등학교 시절에 원산폭격이니 한강철교니 하는 군대식 기합과 가학적인 회초리를 일상적으로 경험했고, 중학생이 되어서는 훨씬 줄었지만 교사들의 즉흥적이고 감정적인 폭력을 겪곤 했다. 고등학교에 입학한 69년에 교련 교육이 도입되면서 고등학교 시절엔 군사훈련과 함께 군대식 폭력을 노골적으로 겪었다. 군복무기간 단축 혜택을 받기도 한 교련 교육은 대학시절까지 이어졌다.

폭력문화에 오래 노출된 사람은 힘과 규율에 대한 능동적인 저항력을 잃어버리고 매우 굴종적인 태도를 보인다. 그런가 하면 폭력을 두려워하면서도 숭배하거나 내면화한다. 러시아 출신으로 한국인으로 귀화한 박노자 교수가 적절히 지적하듯이, 군복무를 마친 예비역 대학생들이 교수들의 권위에 무조건 복종하면서 반면에 후배들에게는 몹시 권위주의적인 이중성을 보이는 게 바로 그런 경우다. 우리 교사들과 학부모들이 대체로 체벌에 대해 심각한 문제를 못 느끼는 것 또한 폭력문화의 오랜 체험 때문이다. 여기에 교사와 부모의 권위를 절대시하는 유교문화가 결합되면 폭력문화에 대한 자각은 더욱 어려워진다.

이렇게 서슬 푸르던 고등학교 시절에도 나름대로 민주적 제도를 체험하는 기회가 있었다. 바로 학생회장 선거와 학생회비 결산보고회였다. 학생회장 선거에서 후보들의 학급 순회 유세나 합동연설회는 제법 치열했지만, 대세는 자극적인 구호나 특이한 몸짓에 좌우될 정도로 순박하고 미숙했다. 그래도 강당에서 전교생을 대상으로 벌이는 학생회비 결산보고회는 제법 의젓했다. 일반사회 수업시간에 배운 짧은 지식으로 치열한 공방을 벌이느라 점심 먹고 시작된 보고회가 밤 10시까지 이어질 정도로 흥미진진했고, 요란스럽지만 직접 민주주의를 체험할 수 있는 소중한 기회였다. 그런데 문민정부의 전통이 확립된 지도 제법 지난 지금의 학교 학생회 모습은 내가 겪은 70년보다 오히려 못한 부분이 많다. 특히 모든 교육활동이 학력증진으로 집중되는 인문계 고등학교의 경우, 개점 휴업상태인 학생회가 대부분이다. 더구나 학생회가 직접 집행할 학생회비가 따로 없이 학생복리비 안에 포함되어 있어 학생회가 예산권을 가지기 어렵다 보니, 당연히 결산보고회는 상상할 수조차 없다.

군사문화와 폭력문화 속에서 학창시절을 보낸 교사들이 민주적인 토론문화에 익숙하지 못한 것은 당연하다. 때문에 교직원회의는 대체로 일방적인 지시 전달 위주로 운영된다. 가끔 특정 사안에 대해 일부 교사가 이의를 제기하기도 하지만, 사전에 학교장의 허락을 받지 않고 질문했다고 힐책을 당하거나 때로는 상당한 불이익으로 이어지기도 한다. 심한 경우, 민감한 사안을 결정하기 위해 투표를 하면서 투표자의 이름을 명기할 것을 강요하는 등 비밀투표의 기초적인 조건마저 무시되는 경우도 있다고 한다. 어찌 보면 학생들이 주도하는 학급회의보다 못한 풍경이 교직원회의에서 연출되는 셈이다.

학교의 인권교육이 이렇게 유명무실한데도 학생들의 인권 찾기 활동은 나름대로 향상돼 왔다. 특히 지난 2000년부터 학생들이 사회문제화한 두발규제 반대 운동은 학생인권에 대한 사회적 반향을 불러일으켰다. 하지만 교육당국은 두발자유화의 책임을 학교자율로 떠넘겼고, 국가인권위원회는 두발자유가 기본권임을 인정하면서도 교육목적상 두발제한을 최소화하도록 소극적 제도개선을 권고하면서 문제는 원점으로 돌아가 버렸다.

학교나 어른들이 두발 규제를 정당화하는 기준은 학생다움의 유지나 면학분위기 조성 또는 비행예방의 필요성 등이다. 그러나 두발 규제를 하지 않을 때 사회적으로 어떤 위험이 초래되는지에 대한 실증적인 증거는 아직까지 제시되지 않았다.

미국에서는 이미 70년대 초에 두발의 길이에 대한 학교의 규칙이 실증적 근거도 없이 미성년자인 학생의 권리를 침해하기 때문에 정당성을 가질 수 없다고 판시한 바 있다. 두발 자유 외에도 우리나라 청소년들은 학생이라는 사회적 제약 속에서 각종 인간의 기본권을 외면당하며 살고 있다. 교육과 사랑이라는 명분으로 이루어지는 강제적인 보충수업과 야간자습 속에서 인간으로서의 존엄성이나 자기결정권 등 헌법과 유엔아동권리협약이 보장하고 있는 각종 권리가 교문 앞에서 그만 멈춰버리는 것이다.

학교는 민주주의를 학습하고 학생들의 자율적 판단력을 기르는 곳이어야 한다. 학생들은 자율적으로 참여하는 학생자치활동을 통해 자기결정권과 표현의 자유를 보장받아야 한다. 교사들이 체험한 권위주의적 문화를 기준으로 학생들의 인간적 권리를 억압해서는 안 된다. 학생의 기본적 권리는 헌법이나 유엔아동권리협약에 명시된 명목상의 권리에 그쳐서는 안 된다. 청소년은 성인과 다름없이 인간으로서 누려야 할 보편적 인권의 주체임을 인정하고, 청소년이 행복할 수 있도록 모든 사회적 지원이 최우선적으로 이루어져야 한다.

특히 학칙을 앞세워 헌법에 보장된 청소년의 기본권을 부정하는 아이러니가 교육현장에서 반복되는 행태를 이젠 지양해야 한다. 학칙보다 헌법이 우선하는, 학칙의 민주적 통제가 이루어지는, 인권을 지향하는 교육이 되어야 한다. 그리고 학생회, 교사회, 학부모회의 법제화를 통한 학교자치로 이를 제도적으로 보장해야 한다.

최근에 부각된 사회양극화에 따른 교육양극화 문제 또한 본질적으로는 인권의 문제다. 지역 간 계층 간 교육여건의 차이와 이로 인한 학력격차가 결국은 신분구조로 대물림되면서 계층 간 지역 간 대화와 소통을 단절시키고, 소외계층의 인간적인 권리 또한 외면당하기 때문이다. 따라서 우리 대전지역의 동서 간 교육격차의 해소도 소외계층의 기본권 보장과 인간의 존엄성 회복의 관점으로 접근할 때에야 진정한 해결이 가능할 것이다.

(2006.5.15. 오마이뉴스)

언론은 증오의 극복에 앞장서야

최근 한 원로 언론인이 칼럼을 통해, 전교조가 우리나라 교육의 위기를 초래했다며 정부의 강경한 대응을 주문했다. 무릇 언론인에게 사실 확인은 기본이다. 사실관계에 대한 엄정한 확인 없이 사회적 편견을 근거로 나름의 주장을 펼친다면 설득력을 얻을 수 없기 때문이다.

먼저, 전교조 서울지부가 북한의 '선군정치 포스터'를 각급 학교 환경미화용으로 사용토록 권장한 사실을 확인해 보았는지 묻는다. 문제의 사진은 전교조서울지부 홈페이지의 자료실 사진자료에 지난 3월 12일 지부통일위가 '새 학기 환경미화 통일란 참고자료'란 제목 아래 올린 총 25매의 사진 중 하나로, 선군정치의 뜻과 함께 이북의 정치 포스터란 설명이 붙어 있다. 이 사진은, 병영국가인 북한의 경직된 정치체제를 매우 노골적으로 보여주고 있어 보는 이에게 환멸과 거부감을 불러일으킨다. 그런데 이 사진을 근거로 북한의 사상을 선전 옹호하려 했다고 해석하는 것은 터무니없는 억측으로, 직접 찾아서 감상해 볼 것을 적극 권한다.

내친 김에 물어보자. 그럼 매주 방영되는 KBS의 '남북의 창'이나

MBC의 '통일전망대'에서 흔히 볼 수 있는 북한의 각종 정치 선전물도 결국은 전 국민에게 북한의 사상을 선전하는 것인가. 이미 작년에 MBC '느낌표!'의 남북 청소년 통일퀴즈대회에 "선군8경을 모두 쓰시오"란 질문이 나왔다가 '관동8경'으로 바뀐 것도, 우리 청소년에게 편향된 좌경 교육을 한 것인가. 조선일보가 이런 왜곡보도를 하기 직전인 지난 7월 25일, MBC가 '통일전망대'에서, 조선 중앙TV의 김정일 위원장 군부대 시찰보도와 함께 '군관의 안해들'과 '시대는 축복한다' 등의 북한 영화를 편집해 보여주면서, '선군정치란 군사력과 군대를 우선시하는 북한의 정치사상'이란 자막 해설과 함께 '선군'이 무엇인지 자세히 소개한 것은 또 뭐란 말인가.

아직도 판단이 서지 않는다면, 조선일보의 통한문제연구소 사이트를 찾아보라. 북한의 원전자료 500여 개가 친절한 설명과 함께 실려 있는데, 아쉽게도 비판적 관점은 없다. 덧붙여 연합뉴스 사진자료에서 '선군8경' 사진도 찾아보라.

이제, 노동자를 자처하며 데모나 하는 교사들 때문에 교육이 망한다는 우려에 대해 말해보자. 언젠가부터 노동절이 슬며시 근로자의 날로 바뀐 걸 보면, 노동이란 단어에는 비천하고 불온한 행위란 사회적 편견이 있음을 알 수 있다. 하지만 인류가 노동을 통해 문명을 이룩하고, 지금도 대다수 사람들이 일을 통해 자아를 실현해 가고 있음을 보면, 노동이나 근로는 신성한 것이다. 더구나 근로소득세를 내는 우리 교사들이, 노동자로서의 기본적 권리를 누림은 마땅하다. 따라서 교사들이 정당한 노동의 대가에 만족하며 겸허하고 떳떳하게 살아가는 교육노동자를 자처할 때, 비로소 존경받는 스승이 될 수 있다. 결국 교사는 노동자이며 스승이어야 하기 때문이다.

　동족상잔의 처참한 비극을 직접 겪은 세대들에게 북한은 여전히 두려운 괴물이다. 이 공포심을 과거의 독재정권이 국민통제수단으로 악용하면서, 반공주의는 국민 다수에게 깊이 내면화되었다. 게다가 일부 보수언론이 이에 편승해 진보세력에 대한 악의적인 공격으로 근거 없는 증오를 확산하면서, 반공의식의 극복은 이제 절실한 사회적 과제가 되었다.

　하지만 2000년 남북정상회담 이후 남북관계의 급격한 진전으로 한반도 평화정착의 여건이 점차 조성되면서, 레드 콤플렉스의 아성이 조금씩 무너지고 있다. 더 이상 과거의 기억에 천착해 증오심만 기르는 것은 민족공존과 번영의 미래를 스스로 부정하는 것이 될 수 있다. 따라서 우리 민족에게 이념이 생래적인 것이 아니라 외부적으로 강요된 것임을 인정하면서, 증오의 기억을 떨쳐낼 발판을 마련하는 것이 중요하다. 그리고 증오의 극복에 언론이 적극 앞장서야 함은 두 말할 필요가 없다.

(2006.9.7. 중도일보)

B빽과 오른이 아빠의 바람

호남혐오증과 레드콤플렉스는 일란성 쌍둥이

"넌 B빽이잖아!"

그래 나는 전북 태생의, 이른바 B빽이다. 나는 그 사실을 '할배 사병'으로 군 복무하던 28살에야 겨우 알았다. 국문과 대학원을 마치고 80년 4월에 논산훈련소에 입영하여 신병훈련을 마친 뒤, 원주에 있는 한 향토사단의 공병대에서 최고령 사병으로 돌공병 생활을 시작하여, 군 생활에 제법 익숙해진 일병 시절에 그 일을 겪게 되었다.

휴가를 다녀온 사병의 주머니에 넣어둔 용돈이 밤새 없어졌다는 것이다. 전날 밤 불침번들을 조사해 보면 쉽게 해결될 것인데, 사정은 전혀 달랐다. 그날 밤 점호 시간 전에 병장들이 집합 명령을 내리자, 상병들이 날뛰면서 '빽들만 내무반에 남고 나머지는 밖으로 나가라'며 다그쳤다. 도대체 빽이 뭔지 주춤거리는데, A빽은 왼쪽, B빽은 오른쪽 침상으로 올라가라며 눈을 부라린다. 갑자기 뒤통수로 욕설이 날아든다.

"야 새꺄! 넌 B빽이잖아!"

그때만 해도 지역별로 입대하던 시절이라 병장들은 주로 충청도였는데, 상병 중에 전남 출신들이 제법 많아 왼쪽 침상은 가득한데, 오른쪽 침상은 나를 포함해 둘 뿐이었다. 이때부터 병장들은 가죽장갑을 끼고 소위 따불빽인 A빽과 B빽을 돌아가며 두들겼고, 악몽 같은 구타는 일주일이 넘게 이어졌다. 매일 밤 맞느라 잠을 설쳐 낮에 작업장에서 조는 우리들을 이상하게 여긴 중대장의 추궁으로 그간의 사정이 부대 내에 알려졌고, 사건 당일 불침번들을 조사하자 금방 범인이 드러났다. 근데 정말 어이없게도 범인은 서울깍쟁이 이등병이었다.

제대한 후 직장생활을 하면서 지역적 편견에 부딪칠 때도 간혹 있었지만, 그 정도는 많이 퇴색되었다. 하지만 아직도 많은 기성세대들에겐 호남혐오증이 내면화되어 있다가 외부적 충격이 가해지거나 스스로에 대한 통제력을 잃으면 파괴적인 모습으로 드러난다. 작년 여름 조선일보 기자의 한밤 음주행패가 그 예다.

40대 초반인 그 기자는 만취 상태에서 자신을 대통령의 친구라면서 택시 기사와 주변 시민들을 잇달아 폭행하고 '전라도 새끼'라고 욕설을 퍼부었다. 나이로 보건대, 그 기자의 호남혐오증은 체험적 결과라기보다는 사회적 학습에 의해 내면화된 것으로 보인다. 두려운 것은, 이 호남혐오증이 아무 근거 없는 맹목적인 집단광기라서, 피해자에게 변명의 여지가 주어지지 않는다는 점이다.

내 친구 김홍수의 아들 이름은 '오른'이다. 내가 군대에서 '할배 군인'으로 경을 치고 있을 때, 그는 계엄포고령 위반으로 감옥생활을 했다. 소위 김대중 내란 음모사건으로 수많은 민주인사들이 굴비처럼 엮여가

고난을 겪던 그 공포의 시절에, 그가 근무하던 충남의 한 여상의 학생이
수업시간에 질문을 했다.

"선생님, 김대중씨가 간첩이라면서요?"
그는 망설이다 조심스레 답변했단다.
"글쎄다. 세상 사람들이 말하듯 그런 사람은 아닐 수도 있다. 그는 한
때 유력한 대통령 후보였고, 또 민주화 운동에 앞장선 사람이라고 기억
하는 사람들도 많거든."

그 뒤 그는 경찰에 불려가 조사를 받아야 했고, 동료 교사와 학생들
까지 애꿎은 시달림을 겪은 끝에, 형사 조사실에서 유치장을 거쳐 결국
은 대전교도소에 미결수로 3개월이나 수감되었고, 1심에서 무죄가 선
고되어 겨우 풀려났다. 그의 죄는 유언비어를 유포한 계엄포고령 위반
죄였다.

그는 간첩을 두둔한 소위 좌익으로 분류되어 어이없는 고초를 겪은
게 너무 억울해서 큰아들의 이름을 '오른'이라 지었다. 자신이 좌익이 아
님을 아들의 이름으로 확인시켜 주고 싶었나 보다. 그 아들이 이젠 교
원대학교 학생이 되어, 아버지의 뒤를 이어 교사의 길을 걷고자 준비하
고 있다.

이 두 에피소드는 전혀 다른 사건이지만 그 내용은 일란성 쌍둥이다.
뭐든 잘못되면 전라도 사람들이나 세상 물정 모르는 좌익들 때문인 것
이다. 마치 루이스 캐럴이 쓴 동화 〈이상한 나라의 앨리스〉의 세계와
같다. 카드나라의 여왕이 하얀 꽃에 빨간 페인트를 칠하라고 제멋대로

명하면, 종이병사들은 아무 의심 없이 그 명령을 충실히 따르는 것이다. 이거야말로 우리 사회의 근거 없는 색깔론과 광기어린 마녀사냥의 훌륭한 알레고리가 아닌가.

동아일보는 지난 7월 27일자 사설 〈전교조는 우리 아이들을 '북한인민' 만들 셈인가〉에서, 전교조 교사들이 객관적 검증이나 비판적 접근 없이 북한 정권의 역사관을 일방적으로 추종하고 있다고 주장하면서, 국내 학계가 허위사실로 공인하는 김일성의 '조선혁명군 조직과 조국광복회 결성' 등을 '항일투쟁의 치적으로 내세우고 있음을 그 근거로 들었다.

그런데 2001년 8월 23일자 오마이뉴스 기사에 의하면, 1998년 동아일보의 김병관 당시 회장과 신문본부장 등 7명의 방북취재단이 평양을 방문했을 때, 고 김일성 주석의 보천보전투를 보도한 1937년 6월 5일자 동아일보 호외기사를 수십 돈의 순 금판에 새겨 선물했으며, 그 선물이 지금도 묘향산 국제친선 전람관에 전시돼 있다고 한다.

그런데 위의 동아일보 사설과 같은 논리로 보면, 보천보전투를 보도한 호외기사는 결국 허위사실 유포이고, 그걸 김정일 위원장에게 순금으로 새겨 선물한 건 반국가단체 수괴에 대한 찬양이 아닌가? 더구나 김병관 전 명예회장은 그 선물의 대가로 김정일 위원장이 하사한(그의 표현) 조선영화음악 CD를 자랑스레 간직하며, 2000년 10월 김영삼 전 대통령의 고려대 특강을 저지하는 고려대 학생들 앞에서 '심장에 남는 사람'이라는 노래의 가사를 줄줄 읊기까지 했다. 이를 동아일보 사설의 논리대로 해석하면, 찬양 정도가 아니라 아예 북한정권을 추종하는 것 아닌가.

　결국 '내가 하면 차선변경이고 남이 하면 끼어들기'라며 노발대발하는 게 아니고 무엇인가. 이 자리에서 새삼스레 사익추구집단인 수구언론의 안보상업주의를 탓하고 싶지는 않다. 다만 우리나라의 국력과 위상이 세계무대에서 크게 높아진 만큼, 우리 국민의 사회의식도 성숙해졌으면 하는 안타까움을 토로하고 싶을 뿐이다. 더 이상 희생양 만들기와 뒤집어씌우기의 집단광기로 민족의 미래까지 부정하는 어리석음에서 제발 벗어나자는 것이다. 이것이 바로 B빽과 오른이 아빠의 간절한 바람이다.

(2006. 9. 12. 오마이뉴스)

아름다운 기부, 힘겨운 커밍아웃

모두사랑장애인야간학교 개교 준비모임부터 시작된 인연이 어느덧 7년이 되었다. 이렇게 장애인과 가까이 지내게 된 것은, 가까운 이웃의 권유로 정말 우연히 장애인 시설을 후원한 것이 계기가 되었다. 논산에 있는 중증장애인시설 〈작은 자의 집〉을 이웃과 함께 정기적으로 방문하면서, 그들과 정은 조금씩 두터워졌지만 깊이 있는 소통이 어려워 늘 아쉽기만 했다. 그러던 터에 1급 장애인이 장애인 야간학교 개교를 준비한다는 작은 신문기사를 보고서, 문득 그 아쉬움의 정체를 확인할 수 있었다. 장애인이 비장애인이나 세상과 소통할 수 있는 가장 유용한 수단이 바로 교육활동이란 깨우침이었다. 하지만 누군가와 진정 함께한다는 것이 결국은 그들이 인간답게 살 수 있도록 하는 데까지 나아가야 함을 지난 7년 동안 겪으면서, 삶의 엄중함에 새삼 옷깃을 여미게 된다.

어떤 일이든 오래 관여하다 보면 그 일에 대한 책임 또한 커지게 마련이어서, 보람만큼 어려움도 겪게 된다. 어쭙잖게 장애인야간학교 봉사회장을 맡으면서 제일 힘겨운 일은, 자원봉사 교사를 안정적으로 수급하는 것이다. 교사 구하기에서 특히 아쉬웠던 것은, 장애아를 둔 오랜 친구들에게 야간학교 자원교사로 함께할 것을 요청했다가 완곡하게 거절당한 일이었다. 장애아를 둔 부모이기에 성인 장애인의 교육에 적극 나설 것으로 지레 짐작했기에 친구들의 거절이 못내 야속하기까지 했다. 그러나 곰곰 생각해 보니 그들의 아픔이 이해가 되기도 했다. 장애인에 대한 사회적 편견이 심하던 시절에 어린 장애 자녀를 기르면서 그들이 겪었을 갖은 상처가, 장애인에 대한 사회적 관심이 제법 높아진 지금가지 그들의 커밍아웃을 망설이게 하는지도 모른다는 생각이 들었기 때문이다. 하긴 제법 오랫동안 알아온 친구가 최근에야 그의 큰애가 장애아임을 고백했다. 우리 야간학교를 비롯한 장애인교육권연대의 지속적인 활동으로 자기 아들이 다니는 고등학교에 특수학급이 신설되고 또 승강기가 설치되어 그 혜택을 입었다는 것이다. 사실 장애아를 둔 부모로서, 자식에 대한 연민과 자신에 대한 자학 사이에서 얼마나 많은 번민의 시간들을 보냈겠는가.

수많은 후원자들의 사랑과 정성으로 운영되는 우리 장애인야간학교에 대전시교육청 과학직업정보과에 근무하는 강길석 장학사가 익명으로 기부금을 낸 뒤, 직접 학교를 방문해 정식 후원자로 등록했다. 지난 9월 장학사가 된 그를 축하하기 위해 지인들이 보낸 화환과 화분을 화원에 되돌리고 그 금액을 익명으로 기부했다가 정식 후원자가 되면서 그의 신분이 드러났지만, 그는 자신을 알리지 말 것을 신신당부했다. 그래 알음알음으로 그를 사랑하고 존경하는 지인들을 통해 그려본 그의 모습은 이렇다.

모교인 강경상고에서 교직생활을 시작해 연산상고 등 주로 논산지역에서 근무를 해 오다 지난 99년에 대전정보여자고등학교에 전입했고, 그간 학생들의 학습지도와 생활지도는 물론 근무하는 학교의 발전을 위해 최선을 다해 교육부장관상을 세 차례나 수상했다고 한다. 또한 몹시 학구적이어서 지난 2001년에 박사학위를 취득하기도 했단다. 그러나 주변 교사들은 무엇보다도 그의 뛰어난 인품을 말했다.

"늘 과묵하면서도 따뜻한 성품으로 대인관계가 원만하고, 한 마디로 법 없이도 사실 그런 분입니다."

"항상 겸손하시고 당신께서 잘 하신 일을 절대로 자랑하거나 입 밖에 먼저 꺼내는 분이 아니십니다. 오히려 공을 남에게 돌리고, 늘 후배 교사를 칭찬하고 격려해 주시는 분입니다."

"다른 학교에 근무하다가 와서 여러 가지가 새롭고 선생님들의 도움을 받을 일이 많았습니다. 그 때마다 쉽게 다가갈 수 있는 분은 강길석 선생님이셨습니다. 어떤 일이든 물어보면 친절하셨고 진정으로 사람을 배려하는 분이라고 생각했습니다. 주위의 동료 후배 교사에게 따뜻한 교사는 분명 학생들에게도 따뜻한 교사일 것입니다. 학생들도 강길석 선생님을 따르고 존경하였습니다. 특히 특수학급의 장애가 있는 학생들과 집안이 어려운 학생들에게 더 잘해주셔서 그들도 마음을 열고 다가가는 그런 선생님이셨습니다."

"대전정보여자고등학교 선생님들 중 30여 명이 매월 급여에서 작은 성의를 모아 재학생들 중 어려운 학생을 도와주고자 발전기금을 모으는데, 여기에도 기꺼이 동참하셨습니다."

그가 자신을 알리지 말 것을 당부했지만 이렇게 굳이 밝히는 것은, 그의 아름다운 기부에 숨겨진 그의 오랜 가슴앓이를 알게 됐기 때문이다. 그 또한 중복장애아를 둔 어버이다. 따라서 그 또한 이제 커밍아웃해야 될 때가 되지 않았나 싶다.

태어나면서부터 맹인이 된 사람이 자신의 죄 때문인지 아니면 부모의 죄 때문인지를 묻는 제자들에게 예수는 이렇게 말한다.

"자기 죄 탓도 아니고 부모의 죄 탓도 아니다. 다만 저 사람에게서 하느님의 놀라운 일을 드러내기 위한 것이다."(공동번역, 요9:3)

신학자 안병무는 이 부분의 핵심을 이렇게 지적한다. 제자들이 소경을 보는 태도는 과거지향적이고 폐쇄적인 '무엇 때문에(of what)'의 시각이라면, 예수가 소경을 보는 태도는 미래지향적이고 개방적인 '무엇을 위해서(for what)'의 시각이라는 점에서 근본적으로 다르다는 것이다.

그렇다. 남몰래 오랫동안 가슴앓이를 해온 그가, 더 이상 '무엇 때문에(of what)'에 집착하지 말고, 이제 '무엇을 위해서(for what)'의 시각으로, 장애인과 비장애인이 함께 인간답게 살아갈 수 있는 아름다운 세상을 만들기 위해 광장으로 나왔으면 좋겠다.

(2007,『모두사랑』가을 겨울호, 모두사랑장애인야간학교)

묻지 마식 전봇대 뽑기
종말을 향해 달리는 이명박 신자유주의 교육 정책

요즘 전봇대라는 표현이 유행이다. 이명박 대통령 당선인은 지난 18일 대통령직 인수위원회 간사회의에 참석해 새 정부의 우선추진 과제를 보고받으면서 '현장 중심'의 정책 마련을 주문했다. 그러면서 '탁상행정'의 대표적인 예로 '목포 대불공단 다리 위 전봇대'를 언급했다. 불도저식으로 밀어붙이는 당선인의 성향을 잘 아는 공무원들은 불과 이틀 만에 그 지적받은 전봇대를 뽑았다. 하지만 문제는 대불공단 화물차 운전자들은 지금도 여전히 불편을 겪는다는 점이다. 더군다나 애초에 당선인이 지적했던 그 전봇대가 뽑혔는지도 불확실하다니, 탁상행정 고친답시고 전시행정이 되살아난 게 아닌가 싶다.

그런데 정작 문제는 당선인이나 대부분의 언론보도가 사태의 본질을 무시하고 현상만을 강조한다는 점이다. 원래 대불공단 입주업체들이 당선인에게 부탁한 것은 좁은 도로에 가득 늘어선 600여 개의 전봇대를 없애달라는 거였고, 이는 10년 전 조성된 산업단지에 4년 전부터 조선업체가 입주하기 시작하면서부터 불거졌다고 한다. 따라서 화물차로 대형 블록을 이동하려면 전봇대를 뽑기보다는 공단 구조를 전면적으로 리모델링해야 하고, 그러기 위해서는 2,600억 원의 막대한 예산이 소요

된다는 거다. 결국 문제의 본질은 막대한 예산 마련이고, 전봇대 2개는 피상적인 현상에 불과한 셈이다.

사정이 이러한데도 일부 보수언론들은 '탈규제'가 시대정신인 양 주문처럼 외우며 당선인의 추진력을 상찬하기에 바쁘다. 그 모습을 보면서 문득 지난 대통령 선거과정에서 소설가 이외수가, 당시 이명박 후보의 정책을 꼼꼼히 따져보지도 않고 맹목적으로 추종하는 사람들을 '성조기를 입은 개'로 표현한 모습이 떠올랐다. 당시 이외수는 '국어와 국사를 영어로 가르쳐야 한다.'는 이 후보의 발언을 기를 쓰고 두둔하는 사람들을 소위 '대인배'로 비아냥거리며 그런 사진을 올린 바 있다.

본질과 현상이 뒤바뀐 또 다른 예로, 도입된 지 일 년 만에 사라지게 된 '수능 등급제'가 있다. 2004년에 발표된 노무현 정부의 새 대입제도의 핵심은 '학생부 위주 선발과 수능 등급제'였다. 즉 학생부 위주로 학생을 선발하고, 수능 등급은 자격기준으로 활용하라는 거였다. 그리고 전국 단위 학력평가 결과, 내신등급에 수능등급을 적절히 조합하면 변별력은 충분함이 여러 차례 실증된 바 있다. 하지만 상위권 사립대들은 내신 성적에 비해 수능성적이 훨씬 높은 특목고나 강남지역 명문고 출신 학생들을 뽑기 위해 수능영역별 등급을 자격기준이 아닌 변별력 요소로 활용하는 꼼수를 부렸다. 이 과정에서 등급의 변별력이 점수제보다 떨어지자, 수능등급제가 마치 새 대입제도 문제의 본질인 양 비치게 된 것이다.

하긴 노무현 정부가 수능등급을 자격기준으로 활용하라고 권장만 하고서도, 입시경쟁 과열이 상당 부분 완화되고 고교 교육이 정상화될 것으로 지나치게 낙관한 것이 애초부터 문제였다. 왜냐하면 대학서열화를 바탕으로 한 학벌중심 사회가 대학입시문제의 본질인데, 이는 그대로 두고 겉에 드러난 입시제도만 느슨하게 손질한 건 결국 손바닥으로 하늘 가리기였다. 그렇다고 이제 와서 내신을 중시하도록 강제하는 것 또한 입시문제에 대한 근본적 해결책이 될 수 없다. 임기응변적 대증요법은 질병의 내성만 기르고 상황을 더욱 악화시킬 뿐이기 때문이다. 곪아터진 상처에 소독약을 바르고 반창고를 붙이는 땜질방식은 이제 임계점에 이르렀다. 눈에 보이는 전봇대 몇 개 뽑는 게 아니라 공단 전체를 리모델링해야 하는 것처럼, 입시문제의 본질적인 원인인 학벌사회에 대한 근본적인 수술이 필요하다.

그동안 노무현 정부는 사회적 환경이 전혀 다른 미국식 입시제도를 도입하려 하면서 많은 시행착오를 겪었다. 그러나 정작 미국은 심각한 학력저하문제로 학력신장법을 제정하고, 새로운 교육모델로 핀란드 교육방식을 본받고자 애쓰고 있는 상황이다. 그런데도 실패한 미국식 교육정책을 뒤쫓는 것도 모자라, 이명박 정부는 교육시장화로 심각한 후유증을 앓고 있는 영국식이나 일본식 모델을 금과옥조처럼 내세우니 문제가 더욱 심각하다. 그래도 노무현 정부처럼 허울뿐인 공교육 정상화를 앞세우기보다는 효율과 경쟁을 노골적으로 내세우니, 교육문제의 본질인 학벌중심 사회의 폐해가 극대화되어 그 해결과정이 빨라질 수도 있다는 전망이 가능하다니 아이러니가 아닐 수 없다.

하지만 극심한 고통을 감내한 끝에 치유하기보다는 조금이라도 빨리 그 해결책을 찾는 게 현명할 것이다. 우리는 프랑스의 사례에서 그 교훈을 얻을 수 있다. 프랑스도 68혁명 직전 소수의 귀족 대학교를 중심으로 한 엘리트 교육으로 대학서열화 병폐가 견고하던 사회였다. 그러자 극심한 입시경쟁과 그 병폐에 시달리던 고등학생들이 68혁명의 중심이 되어 마침내 '대학의 국립화와 대학평준화'를 이루어내게 되었다. 그 결과 지금 우리가 알고 있듯이 대학의 이름을 없애고 고유번호를 쓰는 식의 대학평준화가 이루어지고, 중등교육 또한 정상화되었다. 사실 프랑스 뿐 아니라 유럽의 대부분 국가들이 대학까지 무상교육이고 또 치열한 경쟁 중심의 입시제도가 없는데도 높은 국가경쟁력을 유지하는 걸 보면, 이젠 정말 유럽식 교육개혁에 관심을 가져야 할 것이다.

얼마 전 국제학술대회 강연을 위해 우리나라를 찾은 자본주의 세계체제 분석의 권위자인 이매뉴얼 월러스틴 교수는 한 인터뷰에서 이렇게 말했다.

"신자유주의와 규제 철폐는 이제 끝자락에 있으며 세계는 보호주의와 재 규제의 방향으로 가고 있다. 전 세계적으로 심화된 양극화도 신자유주의 종말을 전망하는 근거 중 하나다."

그는 신자유주의의 세계적 행로에 대해 매우 비관적 견해를 보였다. 그런데 이제 출범할 이명박 정부는 모든 부문에서 묻지 마식으로 각종 규제를 철폐하는 데 열중하고 있다. 그 규제가 공공의 복지를 위한 것인지는 따져보지도 않고, 끝자락에 선 신자유주의와 탈규제를 향해, 신자유주의의 종말을 향해, 죽음의 역주행을 하고 있는 것이다. 과연 무사히 완주할 수 있을지 정말 의문이다.

(2008.1.29. 미디어충청)

오렌지? 오 나이스, 이지 맨

계층과 계급을 가르는 인수위의 영어교육 정책

요즘 우리 사회를 뜨겁게 달구고 있는 의제는 단연 새 정부의 획기적인 영어 공교육 강화 방안이다. 국민들의 거센 반발로 영어 이외의 교과에 대한 영어몰입교육 방안은 철회되었지만, 초중고 교육과정 개편과 초등학교 영어교육 확대, 영어능력평가시험 도입 등 영어공교육 로드맵은 그대로 강행될 것으로 보여 국민들의 우려가 커지고 있다.

사실 이런 사회적 논란과 정책 강행의 모습은 이미 김영삼 정부 시절에도 있었다. 1995년에 김영삼 정부는 초등학교 영어 공교육으로 영어문제를 해결하겠다고 장담했다. 그러나 현실적 결과는 영어문제는 해결 못한 채, 4조 이상의 영어 사교육 시장만 확장시키는 부작용을 낳았다. 영어 사교육 시장은 현재 약 15조 규모라고 한다. 사정이 이런데도 새 정부의 영어 교육정책에 대한 국민의 찬성률이 더 높은 것은, 영어교육을 제대로 해야 한다는 인수위의 기본 전제를 인정하기 때문으로 보인다. 문제는, 인수위가 내놓은 해법으로 영어교육이 제대로 될 것인가 하는 데 있다.

가령 이경숙 인수위원장의 오렌지 파동을 보자. 지난달 30일, '영어 공교육 완성을 위한 실천방안 공청회'에서 이경숙 인수위원장은, 오렌지를 영어권 사람들의 실제 발음에 최대한 가깝게 적기 위해 오뤤지 혹은 오린지 등으로 표기해야 한다고 주장했다. 이른바 "영어는 발음이 좋아야 잘 한다"라는 통념이 반영된 셈이다. 이런 통념을 굳게 믿는 일부 부모들은 아이의 혀 근육 수술을 하기도 한다고 한다. 하지만 한국어와 영어는 발음체계가 근본적으로 다르다. 따라서 미국 사람들 귀에는 "오렌지"나 "오뤤지"나 큰 차이가 없다고 한다.

영어 발음과 관련해 김영삼 전 대통령에 얽힌 재미있는 일화가 있다. 그는 '세계로, 미래로'를 내세우며 영어교육 강화에 앞장섰는데, 정작 자신의 영어 청취력은 상당히 부족했던 듯하다. 92년 대통령 후보시절, 그는 쌀 개방을 우려하는 농민들에게 대통령직을 걸고 막겠다고 공약했으나, 1년 만에 그 공약을 지키지 못한 데 대해 사과했다. 이렇게 쌀 개방이 사실화 되면서 한미 정상회담 밀약설이 떠돌기 시작했다. 당시 주된 의제는 북한 핵문제였으나, 우르과이 라운드 협상을 앞둔 클린턴 대통령이 회담 말미에 슬쩍 쌀 얘기를 꺼냈단다. 그런데 rice를 nice로 잘못 들은 김 대통령은 회담이 잘 됐다는 만족의 표현인 줄 알고, 크게 '오케이' 했다나. 물론 이건 과장된 이야기이겠지만, 영어 본토 발음에 대한 우리의 열등의식을 보여주는 예는 될 듯하다.

노무현 대통령의 'easy man' 논란 또한 그렇다. 후보 시절 "미국에 할 말은 하겠다"고 큰 소리 치던 그는, 정작 백악관 회담 후 부시가 무척 우호적이었다며 상기된 표정으로 부시가 노무현 대통령을 가리켜 'easy man'이라고 이야기했다는 점을 이야기 했다. 영어표현에 비교적 자유로운 리영희 교수는 이에 대해 시골사람이 서울에 와서 겪는 문화충격에 빗대면서 "부시가 일방적으로 얘기를 했다는 것"이라고 지적했다.

 "easy man talk with 라고 하면 '더불어 얘기 나누기 편했다'는 뜻이지만, 부시 대통령이 이야기 한 'easy man talk to'는 일방적인 것이다. 좀 과장하면 부시가 지시를 내리고 강요하는데 노무현 대통령이 '잘 받아주더라' '고분고분하더라'는 뜻이므로 굉장한 차이가 있다."

 국내 최초의 영어 통역관이었던 윤치호는 서구 근대 문물을 받아들이기 위해 영어를 배웠다. 그는 근대인이 되고자 무려 60년을 영어로 일기를 썼다. 하지만 서구인의 비서구인에 대한 뿌리 깊은 인종 차별을 깨닫고 나서는 급기야 친일파로 변신한다. 근대화 논리에 몰입하면서 자기도 모르게 제국주의의 식민논리에 동화된 것이다. 지배자에 대한 모방이 결국 지배자를 닮아가게 한 것이다.

 영어 앞에만 서면 이렇듯 작아지는 우리나라의 지식인이나 지배층의 모습은, 그들의 영어 숭배의식을 반영한다. 해방 이후 한국사회가 미국식으로 재편되면서, 영어를 구사할 줄 아는 자들이 실질적인 지배세력으로 부각되면서 이런 의식은 계속 강화되어 왔다. 이 때문에 한국사회에서 영어를 잘 한다는 것은 사회적 성공을 보장받을 수 있다는 것을 의미한다.

 문제는 영어가 의사소통 수단을 넘어 다른 가치들을 초월하는 지상목표가 되었다는 데 있다. 이렇게 문화 권력이 된 영어는 국민을 계층화하고 국민간의 의사소통을 막는다. 영어능력이 곧 사회계층을 구분하는 기준이 되는 것이다. 최근 각 대학에서 개설하고 있는 국제학부의 경우가 바로 그런 예다. 영어구사력을 중요한 기준으로 학생을 선발해 모든 수업을 영어로 실시하는 국제학부의 교육과정은, 국내에서 정상적인 영어교육을 받은 학생들을 자연스레 배제하게 된다. 결국 외국에서 살다 온 학생이나 사교육으로 영어구사능력을 갖춘 학생에게 특혜를 주는 입시제도가 돼 버린 셈이다.

인도의 경우도 그렇다. 영국은 식민 초기에 인도의 언어와 문화를 장려하는 정책을 펴고자 했으나, 인도의 부르주아계층이 이를 반대하고 영어 중심의 교육을 주장했다. 홍콩에서도 영어가 사회적 계층상승의 수단이 되면서 영어격차(English divide)가 발생하고 있다. 영어가 강조되는 이유는 바로 국제사회에서 의사소통을 잘 하려는 것인데, 나라 안에서는 영어 사용이 국민 사이의 통합을 가로막고 의사소통을 단절시키는 것이다.

당선인과 인수위원장은 영어능력이 곧 국가경쟁력이라고 주장한다. 이들이 강조하는 경쟁은 바로 개인 간 계층 간 대립과 배제를 통한 승자독식의 논리다. 영어 능력이 신분 상승의 기준이 되고 영어격차를 강화한다면, 국가경쟁력은 오히려 저하될 것이다.

세계 최고의 학업성취도와 국가경쟁력을 자랑하는 핀란드에서 경쟁은 '모두 함께 달리는 것'을 의미한다. 핀란드인들은 일상생활에서든 학교생활에서든 항상 '함께 일한다'는 뜻의 '딸꼬뜨(talkoot)'를 외친다. 배제가 아닌 협력과 동료의식을 강조하는 것이다. 그리고 이런 협력의식이 핀란드를 비영어권에서 영어능력이 가장 뛰어난 국가로 만든 원동력이 되었다.

우리의 영어 숭배의식에는 세계 최고의 미국이 자리 잡고 있다. 그러나 정작 미국인들은 스페인어를 모국어로 하는 라틴아메리카인들의 빠른 증가와 성장 때문에 현재 스페인어 배우기에 여념이 없다고 한다. 그런데도 우리 정부는 영어 배우기에 막무가내로 돌진한다. 국제화 시대에 필요한 다양한 외국어의 중요성마저 애써 무시하면서 말이다.

실용영어 습득도 중요하지만, 그보다 깊이 있는 사고력과 각 분야의 전문성 신장이 선행돼야 한다. 그리고 이를 위해 먼저 모국어에 능통해야 한다. 〈로마인 이야기〉를 쓴 일본인 작가 시오노 나나미는 몇 년 전 국내 강연에서, '어떻게 하면 아이들에게 외국어를 잘 가르칠 수 있느냐'고 묻는 열성 학부모에게 '모국어를 잘 가르쳐라'고 충고했다. 요컨대 '모국어에 능통해야만 남의 나라 말로 정확하게 자기 의사 표현을 할 수 있다'는 것이었다.

(2008.2.14. 미디어충청)

왜 핀란드 교육인가?

　요즘 인문계 고등학교 3학년 교실은 파장 무렵의 장터같이 몹시 어수선하다. 내신이 좋아 수시에 도전하는 학생들은 자기소개서다 추천서다 수상실적 확인서다 해서 온갖 구비서류를 준비하느라 하루 종일 진학지도실에 가 있고, 내신이 좋지 않아 교실에 남아 오로지 정시만을 준비하는 학생들 또한 그 어수선한 분위기에 휩쓸려 도통 책이 손에 잡히지 않는다.

　이런 상황에서 수업을 하는 교사들도 어설프긴 마찬가지다. 한번 불안에 빠진 학생들은 수업과 무관하게 입시비중이 높은 과목에 몰두하고, 대부분의 학생들과 단절된 채 힘들게 수업을 진행하는 교사들은 심한 무기력과 함께 자괴감까지 느끼게 된다.

　이렇게 학생과 교사를 모두 힘들게 하는 원인은 무엇일까? 경제협력개발기구(OECD)가 만 15세 학생을 대상으로 각국의 학업성취도를 비교·평가하는 '학업성취도국제비교연구(Programme for International Student Assessment ; PISA)'에서 우리 고교생들은 세계적인 수준을 보여주는데도, 왜 학생들은 불안에 쫓기고 교사와 학부모들은 그들을 혹독하게 채찍질하는 것일까? 또 우리 사회나 언론은 올림픽 금메달에는 그렇게 열광하면서, 우리나라 고교생들의 세계적인 학력수준에는 왜 환호하지 않는 것일까? 이는 우리나라 초중등 교육의 목표가 국제경쟁력보다는 오직 국내의 일류대 입학 경쟁에 있음을 반증해 주는 것이 아닐까. 따라서 고3 교실이 파행적으로 운영되고 그 과정에서 많은 교사들이 자괴감을 느끼는 것도, 결국은 배타적인 입시경쟁 교육 때문인 것이다.

그런데 일류대 입학은 아주 소수에게만 허락된다. 이렇게 혹독한 경쟁으로 대다수의 학생들이 불행해지는 입시위주의 교육제도는, 대학입시 이후의 교육은 결코 문제 삼지 않는다. 그래서 세계적 수준의 중등교육은 늘 사회적 비판의 대상이 되는데도, 정작 대학의 형편없는 국제경쟁력은 공격을 받지 않는 기현상을 보인다.

피사(PISA)에서 부동의 1위를 고수하는 핀란드는 중등교육의 성과가 그대로 대학교육으로 이어져 대학부문의 국제경쟁력 또한 세계 1위이다. 이는 핀란드의 교육과 사회생활의 연대가 성공적이었음을 보여준다. 그러나 무엇보다도 핀란드 교육제도의 성공은, 1980년대 이후 전지구적 교육개혁운동인 세계화 교육 – 경쟁과 성과 위주의 시장지향교육정책에서 벗어나 나름의 대안적인 접근방법을 통해 가능했다는 점에 주목할 필요가 있다.

핀란드는 경쟁보다는 평등, 자원분배의 균등, 그리고 교사들에 대한 신뢰를 바탕으로 '교육 기회의 평등'을 통해 '사회적 평등'을 실현했다. 무한경쟁과 과도한 사교육으로 빈사상태에 빠진 우리 교육은 이제라도 핀란드 교육의 핵심가치인 '일부가 아닌 전체를 위한 좋은 학교'를 지향해야 한다. 덧붙여 협력과 공존의 사회복지시스템을 구축하고, 대학교육을 근본적으로 혁신해야만 우리 교육은 다양성을 바탕으로 진정한 국제경쟁력을 가질 수 있을 것이다.

(2008.9.19. 『참여와 자치』, 대전참여자치시민연대)

입시를 사회정의 실천의 기회로 삼아야

모처럼 수능한파가 없더니 한 명문대의 수시괴담이 교육계를 을씨년 스럽게 하고 있다. 더구나 경쟁 완화와 학교교육 정상화를 위해 작년에 처음 도입됐던 수능 등급제가 변별력을 이유로 다시 점수제로 환원되면서, 치열한 점수경쟁과 입시결과의 극단적인 양극화가 예상돼 수험생과 학부모를 더욱 위축시키고 있다.

수시괴담의 주인공인 고려대학교는 수시 2학기 입시 1단계에서 내신 성적 90%와 비교과 10%를 반영하여 최종 합격자의 15-17배수를 선발했다. 그런데 1차 합격자 발표 결과, 일반계 고등학교의 1-2등급 학생이 탈락하고 특목고의 5-6등급 학생이 합격하는가 하면, 심지어는 같은 고등학교에서도 내신 성적 우수자가 탈락하는 사례들이 드러났다. 해당 대학은 나름의 기준에 따른 표준점수 보정 결과라고 변명하지만, 1등급과 6등급의 편차를 뒤집을 정도라면 사실상의 고교 등급제 적용 말고는 불가능하다. 그런데 고려대가 이렇게 불법적인 얄은꾀를 낸 것은 무엇 때문일까? 아마 우수한 특목고생을 편법으로라도 받아들여 높은 대학서열을 유지하기 위해서일 것이다. 이는 교육을 통해 상류층의 기득권을 지키겠다는 몸부림으로, 결국은 사회 불평등을 더욱 심화시킬 것이다.

　바로 이런 이유 때문에 미국은 수능 대신 내신비중을 높이는 쪽으로 대입전형이 바뀌고 있다. 뉴욕타임스는 지난 9월 22일 대입사정관협의회 보고서를 소개하면서, 앞으로 미국 대입전형에서 수학능력시험인 SAT와 ACT의 반영비율이 낮아지고 내신비중이 높아져 고교 공교육이 강화될 것으로 전망했다. 또한 이 보고서를 작성한 하버드대 피치먼스 교수는 "수능성적은 계층과 인종, 부모의 배경에 따른 격차를 고착화하므로, 학업능력과 무관한 이런 차이들이 전형과정에서 적게 반영돼야 한다."고 강조했다.

　그러면 우리가 추구해야 할 진정한 교육개혁의 모델은 어떤 모습인가? 영국의 저널리스트 닉 데이비스는, 영국의 시장만능주의 교육개혁이 실패한 것은 학교교육 실패의 근본 원인이 빈곤에 있음을 알지 못한 채 추진되었기 때문이라고 지적한다. 그리고 영국교육의 대안으로 네덜란드의 공교육을 제시한다. 네덜란드의 교육철학은 교육을 통해 빈곤을 극복하는 것이다. 그래서 빈곤층이나 소수인종의 자녀에게 더 많은 교육예산을 지원한다. 네덜란드 교육예산의 핵심은 도움이 필요한 학생에게 필요한 만큼을 지원하는 것이다. 단순히 교육기회의 평등을 보장하는 것에 그치지 않고 출발선의 차별적인 생활조건을 국가의 개입으로 최소화하고자 한다. 네덜란드 교육체계에서 가장 놀라운 점은, 우리나라처럼 선발제도를 통해 기득권을 강화하는 것이 아니라, 오히려 사회정의를 실천하는 기회로 승화시킨다는 점이다. 마치 미국의 대공황 시절 루스벨트가 가난한 사람들을 풍요롭게 하는 것이야말로 진보의 기준이라며 '잊힌 사람들을 위한 뉴딜(신정책)'을 통해 사회적 불평등을 줄이고 미국의 발전을 가져왔던 것처럼 말이다.

따라서 우리나라의 선진화도 교육을 통해 빈곤을 극복할 때, 즉 입시를 사회정의 실천의 기회로 삼을 때에야 진정으로 가능해진다고 할 수 있다. 문제는 네덜란드의 성공이 사회 구성원 모두의 의도적인 노력으로 가능했듯이, 나부터 변화되려고 의도적으로 노력하는 데 있다. 정말 나와 내 자식만 잘 살면 무슨 재미겠는가.

(2008.11.24. 『참여와 자치』, 대전참여자치시민연대)

교육 불평등과 근본주의

새해 다음날 저녁에, 옥천의 구읍에 넉넉한 모습으로 자리한 한옥 '춘추민속관' 안채에서 열리고 있는 〈평화의 마을 새해맞이 영성공동단식〉 현장을 찾았습니다. 세계의 절반이 굶주리는 기막힌 세상에서, 굶는 즐거움을 기꺼이 나누고자 전국에서 모인 40여 명의 구도자들과 함께, 교육 선진국인 북유럽의 교육현실을 살펴보고 우리가 배워야 할 것이 무엇인가를 생각해 보기 위해서였습니다.

경제협력개발기구(OECD)가 만 15세 학생을 대상으로 각국의 학업성취도를 비교·평가하는 '학업성취도국제비교연구(PISA)' 결과에서 계속해서 부동의 1위를 차지하면서 세계적 주목을 받고 있는 핀란드는 수월성보다 형평성을, 평가보다는 배움을 중시하는 교육철학에 따라 학생들이 서로 협력하면서 여러 가지 재능을 동시에 기를 수 있도록 배려합니다. 따라서 핀란드는 경쟁을 최대한 배제하면서도 학력을 상향평준화할 수 있었습니다. 그리고 무엇보다도 주목할 점은, 1980년대의 세계적 현상인 시장지향교육정책(경쟁과 효율)에서 벗어나 대안적인 접근방법(협력과 평등)을 통해 교육개혁을 이루었다는 점입니다.

역사상 최초로 사상과 종교의 자유를 수호한 네덜란드는, 교육의 가장 중요한 기능을 사회정의의 실현으로 봅니다. 세계 최초의 민주공화국답게, 네덜란드의 교육철학은 교육을 통해 빈곤을 극복하는 것입니다. 그래서 빈곤층이나 소수인종의 자녀와 실업계 학생에게 더 많은 교육예산을 지원합니다. 교육기회의 평등을 선언적으로 보장하는 것에 그치지 않고 국가가 적극적으로 개입하여 출발선의 차별적인 조건을 최소화합니다. 네덜란드의 이상은 이질적인 요소를 따뜻하게 포용하는 공생과 관용의 사회입니다. 핀란드인이 매사에 '딸꼬뜨'(Talkoot, 협력)를 외치듯, 네덜란드들인은 '허젤러흐'(gezellig, 편안함, 유유자적)를 도덕적 이상으로 삼습니다.

'우리 모두 똑같이 잘하자'를 최고의 가치로 삼는 나라 스웨덴은, 단 한 명의 외국인 학생을 위해 통역 선생님을 따로 붙여주며, 국영수를 아무리 잘해도 예체능에 소홀하면 상급학교 진학이 어렵습니다. 수업 시간보다 쉬는 시간이 더 깁니다. 학교는 무엇보다 '더불어 사는 민주시민'을 길러내는 곳이기 때문입니다. 그래서 아이들은 꿈꾸기를 두려워하지 않고, 15세 창의력 테스트에서 세계 일등을 합니다. 그러나 무엇보다도 어린이, 소수자, 여성 등 사회적 약자의 권리를 보호하고 사회의 건강성을 유지하기 위해 옴부즈맨 제도가 잘 발달되어 있다는 점을 기억해야 합니다.

핀란드, 네덜란드, 스웨덴 등 북유럽 교육 선진국의 공통점은 공존과 협동을 중요한 교육이념으로 삼는다는 점입니다. 또한 뿌리 깊은 기독교 전통을 지녔으면서도 평생에 3번 정도(유아세례, 결혼식, 장례식) 교회에 가는 탈(脫)기독교적 모습 속에 절제와 박애, 평화와 관용 등 기독교적 가치관(루터교나 칼뱅주의)이 일상생활 속에 깊이 뿌리내려 있다는 점입니다. 반면에 복음주의 기독교가 지배적인 미국이나 우리나라의 경우, 교회의 급성장으로 기독교가 사회적 기득권으로 작용하면서, 분리·배제·공격적 승리주의로 갈등과 분쟁을 오히려 조장하는 측면이 있습니다. 문제는 단 하나의 믿음과 시각만을 강요하며, 부자들의 이익을 옹호하고 비주류를 희생양으로 삼는 미국식 기독교 근본주의입니다.

국가권력과 시장권력을 장악해 시민을 복종시킨다는 점에서 근본주의와 파시즘의 의제는 동일합니다. 그래서 '근본주의는 종교적 파시즘이고, 파시즘은 정치적 근본주의'라고 말합니다. 그것들의 특징은 종교와 정부가 하나로 얽혀 정부지도자들이 종교적 표현을 자주 들먹인다는 점입니다. 국민을 긍휼히 여기며 섬기겠다는 식으로 말입니다. 하지만 근본주의자들은, 가난하고 병들고 애통해하는 작은 자들과 고통을 나누었던 예수의 삶은 따르려 하지 않습니다. 부와 명예와 권력과 폭력을 포기하라는 그의 가르침은 애써 외면합니다.

예수의 평등과 사회적 연대의 가르침은 교육복지, 복지국가의 꿈과 일맥상통합니다. 긍휼의 라틴어 어원(pati+cum)은 '고통을 함께함'을 뜻합니다. 가난과 질병 등으로 애통해하며, 교육 불평등으로 미래의 꿈을 잃어가는 자들을 기억하는 것이 바로 긍휼입니다. 긍휼을 실천하려면 먼저 타인의 고통에 민감하게 반응할 수 있도록 영적으로 각성해야 합니다. 그래서 간디는 "한 사람이 영적으로 성장하면 전 세계가 성장한다."라고 말한 것이 아닐까요.

(2009.4.14.『참여와 자치』, 대전참여자치시민연대)

교육의원 일몰제를 아시나요?

주민자치와 생활정치를 표방하는 지방선거가 후보등록을 시작으로 본격화 됐다. 그간 대내외적인 각종 재난과 사고로 잠시 소강상태를 보이던 정치판이 다시 뜨겁게 달아오를 전망이다.

이렇게 지방선거가 코앞으로 다가왔지만 정당 추천을 받지 않는 교육감과 교육의원 선거는 그 후보조차 모르는 경우가 많은 실정이다. 이번 지방선거는 전국 16개 시도에서 동시에 교육감을 뽑는 최초의 선거이며, 처음이자 마지막으로 교육의원의 주민 직선이 실시된다. 지난 2월 지방교육자치법이 개정되면서 교육의원 선거는 2014년 6월 30일까지만 효력을 갖는 것으로 규정하는 소위 일몰제(日沒制)를 도입했기 때문이다.

이번에 직선제로 선출되는 교육의원은 시 · 도 의회의 교육 상임위원과 함께 통합교육위원회를 구성하는데, 대전시교육위원회의 경우 4명의 교육의원과 3명의 시의원으로 구성된다. 그런데 이번 교육자치 선거에 적용된 개정 지방교육자치법 중, 교육위원회가 사라지고 지방의회에 교육 상임위원회를 두는 선거 일몰제 등은 위헌적 소지가 많다. 이는

모두가 행복한 나라를 꿈꾸다

해방 이후 정치와 분리 운영해 온 교육 자치를 사실상 포기하는 것이며, 결국은 교육을 정치에 예속시켜 헌법에 명시된 교육의 전문성과 자주성, 독립성을 크게 훼손시킬 것이기 때문에 선거 후 지방교육자치법의 합리적 재개정 논의가 필요하다고 본다.

일단 이 문제를 차치하더라도 각 시 · 도의 초 · 중등 교육을 총괄하는 교육감과 예산의 심의 · 의결권을 가진 교육위원회는 교육현장을 실질적으로 관장하며 지역 실정에 맞는 교육 자치를 실현하는 동시에 교육 복지 문제 등에 대해 막강한 권한을 행사하는 자리다. 따라서 어떤 교육감과 교육의원을 뽑느냐에 우리 아이들의 미래가 달려 있다. 그리고 이번 선거는 이명박 정부의 교육정책에 대한 중간평가이기도 하다. 우리 지역 교육의 질을 높이고 아이들을 행복하게 해줄 후보가 누구인지 후보들의 정책을 꼼꼼히 살펴보고 투표에 적극 참여하자.

(2010.5.17. 중도일보)

김신호 교육감 당선자에게 바란다

지난 6.2 지방선거에서 김신호 후보가 대전시교육감으로 당선되면서, 우리 지역에서 드물게 3선에 성공했다. 먼저 주민의 신임을 얻어 다시 4년간 대전교육을 이끌어갈 수 있게 된 당선자에게 축하의 말씀을 드린다. 선거 과정에서 몇 가지 의혹이 제기되기도 했지만, 변화와 창조를 통한 미래지향적 대전교육 건설이라는 그의 교육비전이 주민들의 선택을 받은 셈이다.

김 당선자는 언론과의 당선소감 인터뷰에서 앞으로 '사교육비 절감과 동서부 교육격차 해소, 교사들의 업무 부담 경감'을 중점 추진하겠다면서, 낙선한 후보들의 좋은 정책들도 반영하겠다고 말했다. 그의 열린 자세를 긍정적으로 평가하면서 몇 가지 바람을 덧붙이고자 한다.

첫째, 전면무상급식의 단계적 시행을 바란다. 김 당선자는 이번 선거 과정에서 무상급식의 필요성에는 공감하면서도 교육적 문제, 예산문제로 전면무상급식의 현실적 실시는 어렵다는 소신을 굽히지 않았다. 하지만 전면무상급식은 이번 지방선거에서 국민의 압도적인 지지를 받는 민생정책임이 확인되었고, 또 전문가들의 지적처럼 '학교급식은 교육의 교재 그 자체'이기 때문에 교육의 관점에서 아무 문제가 없다고 본다. 예산 문제로 '부자에게 공짜 밥 제공'은 불합리하다는 입장 또한 궁색하다. 재정자립도가 전국 1위인 서울시의 무상급식 지원예산은 전국 꼴찌인 반면, 재정자립도가 15위인 전북의 무상급식 지원예산은 2위이고, 우리 대전은 재정자립도 5위에 무상급식예산 지원 9위인 점을 고려해 보면, 전면무상급식의 시행은 예산확보의 어려움보다는 교육감의 의지가 더 중요한 문제임을 알 수 있다.

둘째, 전문계고 학비 전면 무상화를 실현해 주길 바란다. 대전교육 주요 현안인 동서부 교육격차는 결국 학부모의 사회경제적 여건의 차이에서 비롯되기 때문에, 지역별, 계층별 격차 완화로 해소할 수 있다. 따라서 전문계고 입학생이 경제적으로 어려운 가정의 자녀들임을 고려할 때 전문계고 학비 전면 무상화는 교육격차 해소에 상당부분 기여할 것으로 판단되며, 나아가 실업교육의 활성화와 국가 경쟁력 강화에도 이바지할 것으로 기대된다. 현재 대전지역 전문계고 학생 중 수업료 감면 수혜 대상(11억 3천만 원)을 제외한다면 실제 소요 예산은 약 38억 원으로 추산되는데, 이 정도라면 전체 교육 재정에 큰 부담을 주지 않고도 당장 시행 가능하다고 본다. 김 당선자의 적극적인 관심을 바란다.

셋째, 김 당선자는 정당 후원 관련 교사 징계에 신중을 기해주기 바란다. 김 당선자는 한때 해당 교사들을 보호할 수 있는 방안을 마련해 교사와 학생들의 피해를 최소화 하겠다고 말했지만, 다시 금명간 중징계를 계획하는 쪽으로 바뀌어 지역교육계에 또다시 파란이 일 것으로 예상된다. 따라서 김 당선자의 합리적인 판단으로 사법부의 판단이 나올 때까지 징계를 연기해 주길 바란다. 특히 징계시효가 지난 교사들까지도

징계 의결을 요구하기로 결정한 것은 교육감 스스로 불법을 명령한 것이라고 보여 우려스럽다. 무엇보다도 교과부의 지침에 획일적으로 따르는 것은 교육감 고유의 징계 권한을 포기하는 것이며, 나아가 진정한 교육자치에도 벗어난 것으로 여겨진다.

아무쪼록 위와 같은 바람이 이루어져, 김 당선자의 다짐처럼 부드럽고 재미있는 대전교육이 실현되길 간절히 원한다.

(2010.8. 26. 교육타임즈)

너는 가능성이다

청엽아, 법조인이 되겠다는 꿈을 이루기 위한 너의 노력이 꼭 이루어지리라 믿는다. 마치 네가 학생회장에 출마해 치열한 접전을 벌일 때, 내가 너의 당선을 처음부터 믿으며 응원했던 것처럼 말이다. 하지만 내가 진정으로 바라는 것은, 네가 유명하고 유능한 법조인이 되는 것보다는, 법률적 도움이 필요한 사회적 약자들이 망설임 없이 도움을 요청할 수 있는 착한 법조인, 또 늘 상냥하게 답변해 주는 친절한 법조인이 되는 것이야.

요즘 학생들의 두발 복장 등에 대한 결정권 존중 등이 인권 문제로 부각되고 있지만, 학교 현장에서 학생들이 겪는 가장 심각한 인권 침해는 살인적인 학습노동이 아닐까. 고교생활은 정말 극한적이지. 오죽하면 고교 1학년은 응급실 환자, 2학년은 중환자실 환자, 3학년은 영안실 시체로 비유하겠니? 사실 어른들이 학생들에게 과도한 학습노동을 강요하는 것은, 결국은 아이들의 안락한 미래에 대한 걱정 때문이야. 하지만 대부분의 걱정이 다 부질없는 거라는 통계자료도 있잖아. 이미 지나간 일은 돌이킬 수 없으니까 걱정해봐야 소용없고, 앞으로 오지 않은 일은 아무도 정확히 알 수 없으니 부질없다는 거지. 그렇다면 우리 어른들부터 이런 강박으로부터 자유로워져서, 애들 스스로 원하는 걸 하며 행복하면 우리도 행복하다고 생각하면 안 될까? 이를테면 우리 어른들이 알고 있는 직업을 꼽아보라면 많아야 2백 가지 정도인데, 직업정보원에 등록된 직업만 해도 2만 가지가 넘는다잖아? 이렇게 보면, 우리 애들 앞에 놓인 가능성은 그만큼 많아진 거지. 문제는 우리가 과거에 알던 좁은 직업의 세계에 대한 집착에서 벗어나야만 그 가능성이 열린다는 거야. 따라서 학부모나 교사들이 학생들의 다양한 재능을 신뢰하기만 한다면, 이렇게 비정한 경쟁의 정글 속으로 밀어 넣진 않을 거라는 안타까움이 드는구나.

간디와 톨스토이에게 깊은 영향을 끼친 작가이자 생태학자인 헨리 데이빗 소로우는, 고향사람들이 큰 병에 걸리면 돈이 많이 필요할 거라는 불안 때문에 고생스럽게 일하다가 결국에는 큰돈을 모으기도 전에 모두 병에 걸리는 걸 보며 스스로에게 물었어. 육체적 안락과 조악한 물건을 더 얻고자 전 생애를 물질적 성공에 바치는, 그런 삶을 어떻게 문명이라고 부를 수 있느냐고. 그는 자발적 가난에 이르지 않고서는 인생의 지혜를 얻을 수 없다는 걸 마침내 깨달았지. 그래서 하버드 대학 출신에게 보장된 세속적 성공을 기꺼이 버리고, 월든 숲에 들어가 손수 땅을 일구며 가난하지만 자유로운 삶을 살게 돼. 이렇게 숲 속에서 살아보니, 소박한 생활만 한다면 일 년에 6주가량만 일하면 생계비를 충당할 수 있더란 거야, 놀랍지 않니?

사실, 우리는 불확실한 미래에 대한 불안과 끝없는 욕망에 대한 강박 때문에 지금 누려야 할 자유와 행복을 포기한 채 불행하게 살고 있는 게 아닐까? 우리 교사들 또한 사회적 명성과 경제적 성공이라는 하나의 기준으로 학생들을 끝없는 경쟁 속으로 몰아가고 있는 건 아닐까? 결국, 우리의 행복은 가치관의 변화에서 시작된다고 봐. 어른들이 먼저 세속적 성공에 대한 강박에서 벗어나 좀 느긋한 마음과 열린 자세를 가진다면, 아이들을 웃는 얼굴로 대할 수 있지 않을까? 그렇게 되면 우리 아이들을 이 지독한 학습노동에서 해방시킬 수도 있지 않을까. 청엽아, 너도 마음의 여유를 잃지 말고, 지금 이 순간에 마음의 자유를 누려 보아라. 지금의 행복이 너의 미래도 행복하게 해 줄 거다. 사랑한다. 그리고 너의 내일을 믿는다. 왜냐하면 너는 가능성이니까!

(2011.11.15. 디트뉴스24)

'대전판 도가니'와 공감대

세밑을 맞으며 한 해를 되돌아보는 각종 송년 모임으로 분주하다. 얼마 전 '모두사랑장애인야간학교' 봉사자들의 송년회 모임이 있었다.

장애 때문에 교육을 받지 못했던 성인 장애인들이 검정고시를 통해 초중고 졸업자격을 취득해 사회와 적극 소통하며 자활할 수 있도록 돕는 교사와 봉사자들이 한자리에 모였다. 특히 후천적 1급 장애인으로 장애인야간학교를 설립해 10년 넘게 이끌어온 교장선생님이 휠체어에 의지한 채 봉사자들과 함께하니 더욱 감회가 깊었다.

장애인야간학교와 인연을 맺은 것은 10여 년 전 한 일간지에 난 작은 기사를 통해서였다. 1급 장애인이 장애인들의 자활을 위해 제도권 교육에서 소외된 성인 장애인을 위한 야간학교 설립을 추진한다며 전화번호가 소개돼 있었다.

당시 중증 장애인 목욕봉사를 하며 이들의 재활이나 자활을 돕는 일이 무엇일까 고민하던 차였다. 이 기사를 보고 교사의 재능을 살리면서 이들이 사회와 소통할 수 있는 능력을 길러주는 일이 바로 장애인 교육임을 절감했다. 곧바로 전화를 한 뒤 야간학교 설립 준비모임부터 지금까지 10년 넘게 함께했다.

우리 야간학교는 성인 장애인들이 모이다 보니 서로 사랑해 가정을 이루기도 하고, 또 봉사자와 눈이 맞아 결혼하는 경우도 있다. 처음 야간학교를 찾았을 때 자신을 전혀 표현하지 못하던 지적 장애학생이 글을 배우고 세상과 소통하면서 연인도 만나고 가정을 꾸리기도 하니 장애인에게 교육은 사회적 생명인 것이다.

이렇게 각성한 장애인들의 눈물겨운 노력과 시민사회의 뜨거운 연대로 장애인의 사회적 권리는 그간 많이 신장되었다. 하지만 아직도 장애인에 대한 사회적 편견과 그들에게 가해지는 사회적 불의가 남아 있는 것 또한 사실이다.

최근 영화 '도가니'를 통해 국민적 공분을 불러일으킨 광주 인화학교의 장애학생 성폭행 사건이 이를 생생하게 입증해 준다. 이 영화가 기폭제가 되어 소위 '도가니법'(성폭력범죄의 처벌 특례법 개정안)이 국회를 통과하고, 사회복지시설의 공익성 강화를 위한 '사회복지사업법 개정안'도 국회에 발의돼 통과를 기다리고 있다.

그런데 작년 5월에 발생한 '대전판 도가니'인 '지적장애 여중생 집단성폭행' 사건은 1년 7개월이 지나도록 판결이 나지 않고 있다.

2년간 국정감사에서 호된 질타를 받고 장애인단체의 지속적인 반발에도 불구하고, 가해자인 대전의 고교생 16명은 학생이라는 이유로 불구속 수사를 받은 후 가정지원에 송치되고 수능시험을 이유로 재판기일까지 연기되면서, 사법계의 대응이 시민들의 분노를 사고 있다. 더구나 가해자 부모인 한 교사가 가해자들의 무죄 주장에 앞장서면서 대전시교육청의 대응 또한 불가피해지고 있다.

대전시교육청은 사법기관의 처분과는 별도로 지금이라도 학교폭력대책위원회를 열어 가해학생들을 선도조치하고 성폭력 재발을 막을 실질적인 교육방안과 피해자 치유프로그램을 마련하는 등 교육기관으로서의 기능을 다해야 한다. 친구의 피해와 고통을 외면하고 아무런 죄책감도 느끼지 못하는 공감장애는 교육공동체는 물론 결국엔 우리 사회를 파괴할 것이기 때문이다.

(2011.12.18. 디트뉴스24)

자기 성찰 없는 용서

임진년 새해를 맞으며 새로운 희망과 다짐으로 들떠야 할 우리 교육계의 모습이 침울하기만 하다. 전국 곳곳에서 봇물처럼 터지는 학교폭력 희생자들의 억울한 죽음이 우리를 안타깝게하기 때문이다. 대전에서도 집단 따돌림에 시달리던 여고생이 학교의 적절한 보호를 받지 못한 채 외롭게 죽음의 길을 갔는가 하면, 1년 7개월을 끌던 지적장애 여중생에 대한 고교생들의 집단 성폭행, 이른바 '대전판 도가니' 사건에 대한 사실상 무죄 판결이 연말을 뜨겁게 달구기도 했다. 그간 가해자들의 엄정처벌을 강력히 요구하던 장애인단체와 시민사회단체는 국민의 건전한 법 감정과 사회 정의를 외면한 사법부의 판결에 거세게 반발하며 지속적인 문제제기를 공언하고 있다. 더구나 집단 성폭행의 가해자인 16명의 고교생이 형사법원에서 가정지원으로 송치된 이후 무죄를 주장하는 등 진심어린 반성이 이루어지지 않았는데도 장래를 고려해야 할 학생이라는 온정적 이유만으로 피해자의 씻을 수 없는 상처는 애써 외면했다는 비판이 일고 있다.

그런가 하면 우리 사회의 민주화를 위해 독재에 저항하다 가혹한 고문을 당한 후유증으로 시달리던 김근태 민주통합당 상임고문이 연말에 세상을 떠났다. 김 고문은 자신이 겪은 반인간적인 고문 실태를 사회에 고발해 인권 향상에 기여한 공로로 국제인권단체의 인권상을 수상했고, 자신을 고문했던 경관 이근안이 수감 중인 감옥을 찾아가 그를 용서했다. 이근안은 당시 정권의 실세인 그에게 눈물로 용서를 구했고, 출소 후 신학대학을 마치고 목회자로 변신했다. 하지만 이근안 목사는 김 고문이 국회의원 선거에서 낙방하고 정치적 영향력을 잃자 그가 고문당하던 모습을 비웃는가 하면, 자신의 '고문 기술자' 시절을 애국으로 합리화하고 심지어는 자신을 '신문(訊問) 기술자'로 미화하는 등 자신의 변신이 거짓이었음을 드러내 사회적 공분을 사고 있다.

이렇게 보면 가해자의 진정한 참회와 변화란 정말 어렵다는 것을 알 수 있다. 특히 가해자가 미성년자일 때 그 부모가 자식의 잘못에 대해 합당한 대가를 치르게 하고 바른 길로 이끌기란 더욱 어렵다. 10여 년 전에 청소년들의 집단 성폭행이 사회문제가 되어 방송에서 각종 진단과 대책으로 떠들썩하던 때가 떠오른다. 당시 고교생인 성폭행 가해자들과 그 어머니들의 모습을 담은 영상은 정말 충격적이었다. 자신들도 딸이 있을 수 있고, 또 스스로 여성으로 살면서 성폭행 피해가 평생 동안 얼마나 힘든 고통인지를 잘 알 텐데도, 파렴치한 범죄를 저지른 자식의 일탈행위를 애통해하기보다는 어떻게든 자식의 장래를 지켜주려는 어머니의 역할에만 치우쳐, 자식의 행태를 맹목적으로 비호하고 오히려 격려까지 하는 장면이었다. '사내자식이 살다 보면 이런 일도 겪는 거지. 이런 일로 그렇게 기가 죽으면 앞으로 큰일을 어떻게 이겨나갈 거니? 엄마를 믿고 힘을 내라. 힘을!'

이번 '대전판 도가니' 사건에서도 가해학생들 어머니들의 맹목적 역할은 필사적이었던 것으로 보인다. 가해 학생들의 명백한 범죄행위 입증에도 경찰의 불구속 수사와 가정법원 송치, 대입 수능시험을 무사히 마치기까지 선고가 늦춰지고, 결국엔 보호처분 판결로 사실상 무죄가 선고되며, 장애인단체들이 유전무죄의 전형이라며 거칠게 비판하는 것으로 보아 가해자 부모들의 사회적 영향력, 특히 전면에 나선 어머니들의 초인적인 노력을 어렵지 않게 짐작할 수 있다.

문제는 이런 어머니의 맹목적 사랑이 자식의 앞날과 사회에 미치는 부정적 영향이 심각하다는 점이다. 무엇보다도 어머니의 맹목적 용서로 잘잘못을 스스로 성찰하고 진심으로 반성하는 기회를 차단당한 자식은 윤리의식이 마비된 채 떳떳한 사회인의 당당함을 끝내 지니지 못할 지도 모른다. 주변에 미치는 부정적 영향 또한 크다. 가해 학생들이 다니던 대전 시내 4개 인문계 고교의 많은 학생들이 이번 일을 상당 부분 알고 있는데도 학교나 사회에서 아무런 제재도 받지 않았으니, 유사한 사건을 억제할 수 있는 방지턱을 우리 사회 스스로 무너뜨린 셈이기 때문이다. 자기 성찰 없는 용서의 폐해다.

(2012.1.16. 디트뉴스24)

민주시민교육의 첫걸음 '학생회'

고등학교를 졸업한 지 금년에 40주년이 된다. 30주년에 노인이 되신 은사님들을 모시고 동창들과 정담을 나누다 아쉽게 헤어진 게 금세 10년이 지났다. 사실 청소년 시절에 대한 그리움은 초등학교에서 고등학교까지의 학창시절에 대한 추억이다.

시골 면 소재지에서 초등학교 시절을 보내고 중학교부터는 소도시인 전주로 유학을 가서 한 울타리 안에서 고등학교까지 6년을 보냈다. 학교에서 10리 넘게 떨어진 고모님 댁에서 다니느라 매일 20리길을 걸어 다닌 것이 기억에 남는다. 특히 지름길로 가느라고 차가 다니는 큰길을 마다하고 공동묘지가 있는 산길로 다녔는데, 비가 오는 날에 빗방울이 종이우산을 두드리는 소리에 열중하며 걷다가 낯선 아줌마의 치맛자락이 산모퉁이로 불쑥 나타나면 머리가 쭈뼛해지며 소름이 돋곤 했다.

해가 짧은 겨울에는 수많은 귀신 이야기가 떠오르면서 어둑한 산길은 왜 그리 멀기만 한지, 저만큼 보이는 인가의 초롱불을 위안 삼아 가방을 낀 채 달리곤 했다. 그 무서웠던 공동묘지는 대규모 아파트촌이 되어 이제 기억해낼 수도 없게 돼버렸다.

동창회 중 고등학교 동창회가 가장 잘 운영되는 것은, 뜨거웠던 격정 속에 방황과 좌절을 겪으며 나름대로 자의식을 형성해가던 시절에 대한 강렬한 추억 때문이다. 고등학교에 입학한 후, 가장 인상 깊었던 일은 새로 부임한 교감 선생님의 허름한 모습과 그분이 도입한 과감한 학사운영이었다.

후줄근한 코르덴바지에 점퍼, 보자기로 싸맨 도시락을 든 교감 선생님을 처음엔 궂은일을 하시는 소사 아저씨인 줄만 알았다. 그분은 매사에 공과 사를 엄격하게 구분했고, 무엇보다 민주시민 교육의 필요성을 강조하셨다. 그래서인지 민주적인 직접선거로 학생회를 구성하고 수업료에 포함된 학생회비를 학생회가 직접 집행하고 전교생에게 보고하도록 하셨다.

당시는 김신조를 비롯한 무장공비들의 청와대습격사건을 계기로 예비군이 창설되고, 고등학교에 교련교과가 생기면서 군복을 입은 교련 선생님들께 엠원 소총을 멘 채 제식훈련과 총검술을 배우던 시절이었으니, 그런 변화는 정말 신선한 충격이었다.

학생회 활동의 백미는 강당에 전교생을 모아놓고 오후 내내 벌이는 학생회 결산보고회였다. 나름대로 사회 시간에 배운 입법부의 활동이나 회의 절차 등에 관한 지식들을 총동원하여 질의응답이 이루어지는데, 후배들도 모처럼 발언권을 얻어 마음 놓고 선배들을 질타할 수 있는 기회였기에 참여 열기가 뜨거웠다.

물론 학생회 예산 자체가 얼마 되지 않아 크게 문제될 건 없지만, 엉성한 회계처리나 부적절한 예산 집행 등이 날카로운 추궁을 당하면서 학생회 임원들을 쩔쩔매게 했다. 발언하는 태도가 주권자인 학생을 무시한다며 학생회장의 사과를 요구하는 후배의 호된 질책에 학생회장이 머리 숙여 사과를 하고, 발언권을 얻으려고 목말을 탄 채 손을 휘두르며 의장을 애타게 부르는 모습 등은 정말 가관이었다.

요즘 학교 폭력의 심각성이 사회적 문제로 부각되면서 강력한 처벌과 교사의 책임이 강조되는 각종 대책이 제시되고 있으나, 학교폭력의 본질에서 벗어난 대증요법에 그치고 있다는 느낌이 든다. 학교 폭력이 결국 승자독식의 억압적 사회구조의 한 반영이라는 사회적 자각이 선행되지 않은 채 겉으로 드러난 학교 폭력만 떼어내 보기 때문이다.

가해학생이든 피해학생이든 모두 우리사회의 미래를 이끌어갈 주인공이다. 때문에 그들이 스스로를 긍정하고 서로를 포용하며 동반자로 함께하도록 적절한 자유와 책임을 주어야 한다. 그러려면 무엇보다 경쟁을 완화할 수 있도록 대학의 개혁이 선행돼야 한다. 입학은 쉽고 졸업은 어렵게. 그리고 고등학교는 다양한 민주시민교육이 이루어지는 곳이 되도록 해야 한다.

그 첫걸음이 바로 학생회의 부활이다. 학생회 공간을 마련해주고 학생회비 집행을 학생회가 주관하고 전교생 앞에서 결산보고를 하고, 학사운영의 한 주체로 학교와 일정한 교섭력을 발휘하도록 해보자. 40년 전에 내가 했던 일을 내 제자들이 왜 못하겠는가! 그들에 대한 믿음이 그들을 자유롭게 하리라.

(2012.2.19. 디트뉴스24)

조금만 물러서면 아름답게 보입니다

무릇 모든 풍경은 어느 정도 떨어져서 조용한 마음으로 바라볼 때 그 아름다움이 오롯이 드러난다. 그런데 그 아름다움에 이끌려 풍경 속으로 들어가 대상들 하나하나를 가까이에서 들여다보면 그것들이 한데 어우러져 빚어내던 미묘한 분위기는 어느새 사라져 버리고 만다. 사람들과의 관계 또한 가까워지면 서로에 대한 설렘과 조심스러움이 사라지고, 상대를 있는 그대로 인정하기보다는 자신이 원하는 모습으로 길들이려 하면서 좋은 느낌이 점차 퇴색하곤 한다.

이는 친구나 동료보다 가족들과의 관계에서 더욱 두드러진다. 정말 뜨겁고 살가운 관계이면서도 상대에 대한 기대와 바람, 의무와 도리 등이 사랑이란 이름으로 개입되면서 서로에게 상처를 주거나 무거운 부담을 안겨주기 때문이다. 박목월의 시 '원경'은 사랑하는 사람들에 대한 애착에서 오는 안타까움을 오랜 고통을 겪은 끝에야 겨우 진정시킬 수 있었음을 고백한다. 그리고 조금 물러서서 너그러운 마음으로 대상을 보게 되고서야, 비로소 그 아름다움을 느꼈다는 눈물겨운 체험을 잔잔하게 말하고 있다.

원경은 눈물겨운 조용한 조망/산은 아름답고/강은 너그럽다./안타까운 길을 얼마나 이처럼/멀리 와서 겨우/마음은 갈앉고, 밤은 길고/그리고 물러서서/바라보는 버릇을 배운 것일까.

모든 것과/정면으로 맞서서/그러나 한가락 미소를/머금고./구름과 꽃과 바람의 은은한 속삭임과/궂은 것의 흐느끼는 하소연과/지절대는 것의 흥겨운 노래를/이제는 다만 다소곳이 들어만 주는 편./산은 아름답다/강은 너그럽고/그리고 나도 원경 속의 한 그루 가죽나무. 찬놀하늘에 높이 솟았다.

작년 수능이 끝난 뒤에 드러나 사회적 충격을 주었던 모범생 지군의 존속살해사건도, 그 정황을 살펴보면 아들에 대한 어머니의 과도한 애착이 빚은 참극이라 할 수 있다. 물론 그 끔찍한 결과 앞에서 지군의 행위에 대한 엄중한 책임은 불가피할 것이다. 하지만 지군이 오랫동안 가정폭력의 희생자로 지내면서도, 어머니의 생활력과 교육열을 존경했다고 고백한 것을 보면 나름대로 자식의 도리를 다하려고 노력했음을 알 수 있다. 특히 사건 당시 강한 정신력을 기른다며 3일간이나 굶기고 잠도 안 재우며 골프채로 200여 대나 때려 바지에 피가 묻을 정도로 아들을 잔혹하게 학대하는 어머니의 행위를, 우리는 그저 과도한 교육열로만 옹호해야 할까? 마찬가지로 정말 죽을 것만 같은 상황에서 벗어나려는 처절한 몸부림을 패륜으로 쉽게 낙인찍어버리는 것은 지군의 고통을 외면하는 것은 아닐까?

지군은 곧 열릴 국민참여재판을 기다리고 있다. 지군의 꿈은 어머니의 지나친 기대와는 달리 평범한 회사원이 돼 단란한 가정을 꾸리며 사는 것이라고 한다. 그는 자신이 용서받지 못할 잘못을 저지른 죄인으로 평생 속죄하며 남을 돕는 삶을 살게 해달라고 간절히 기도한다고 한다.
지군의 안타까운 소식을 접하면서, 자식에 대한 부모의 사랑이든 학생
에 대한 교사의 애정이든, 조금 떨어져서 서로의 아름다움을 잃지 않았
으면 좋겠다.

(2012.3.18 디트뉴스24)

네가 있어 다행이다

예로부터 홀수를 양으로 보아 홀수가 겹치는 1월 1일, 3월 3일, 5월 5일, 7월 7일 등을 명절로 삼았으니, 삼짇날은 3이 겹치는 길일로 봄이 본격적으로 시작되는 절기다. 더구나 삼짇날은 내 생일이라서 나에게는 특별한 날이다.

아들만 내리 여섯인 집안에서 형제들끼리 일일이 생일을 기억해 주기 어렵지만, 내 생일은 지금도 형제들이 다 기억해주니 역시 좋은 날 덕분이다. 거기다 이번 삼짇날은 우연히 딸애의 결혼식과 겹쳐 생애 최고의 생일이 되었다. 그래서인지 딸을 보내는 슬픔보다도 사위를 맞는 기쁨으로 가슴이 벅차올랐다.

아내와 나란히 혼주 자리에 앉아, 싱그럽게 피어나는 목련처럼 고운 딸의 모습을 지켜보면서 그간 딸애와 함께했던 시간들을 떠올려 보았다. 딸애에게 미안한 일이지만 딸애를 가졌을 때 아내가 힘들어하며 이미 낳은 아들만 잘 키우겠다면서 나를 조르던, 아픈 기억이 맨 먼저 떠오른다. 나는 거친 남자형제들 속에서 부대끼며 자랐기에 은근히 딸을 바랐다. 그래 아내를 달래고 설득하느라 애를 먹었다.

모두가 행복한 나라를 꿈꾸다

이렇게 어렵게 가족이 된 딸애는 느긋하고 찬찬한 아들과는 딴판으로 몹시 서대고 치근대서 아내의 화를 돋우기 일쑤였다. 특히 대부분의 엄마들이 그렇듯 아내가 아들만 끼고도는 아들바라기인 것에 대해 딸애는 노골적으로 불만을 터뜨리며 엄마와 자주 부딪치기도 했다. 그래서인지 딸애는 늘 내 품에서 놀았다. 또 철이 늦은 아이라서, 중학교 2학년 때까지도 내 어깨에 서슴없이 목말을 타곤 했다.

예부터 정치를 하면 집안이 금방 망하고 예술을 하면 서서히 망한다고 했는데, 천방지축인 딸애가 중2의 늦은 나이에 뜻밖에도 피아노를 전공하겠다고 나섰다. 도대체 이 애가 재능이 있는지 알 수가 없었다. 그간 일 주일에 한 번씩 오시는 선생님께 바이엘과 체르니를 배우던 그저 그런 수준에 전공이 가능한 일인지 도무지 짐작할 수가 없었다.

그래서 주변의 전문가들과 상담해 보니, 타고난 재능은 아니지만 저렇게 하고 싶어 하니 뒷바라지를 하는 게 좋겠다는 충고가 대부분이었다. 이렇게 딸애는 늦게 피아노를 시작했고, 스스로도 재능이 부족함을 알아서인지 모진 레슨을 감내하며 하루 8시간 이상 피아노를 치고 또 짬짬이 공부도 열심히 했다.

역시 자신이 하고 싶은 일을 해야 성과가 있는 법, 딸애는 중학교를 상위권으로 졸업하고 원하던 예술고에 무난히 진학했고, 예술대학을 졸업한 뒤에는 서울로 유학해 대학원과정을 마쳤다.

이제는 아내와 아주 친한, 유별난 모녀 사이가 된 딸은, 작은 키도 훌쩍 자라 제법 큰 축에 속한다. 그리고 아내는 언젠가부터 딸이 있어 다

447

행이란 말을 자주 하게 됐고, 딸애를 낳도록 설득한 나에게 고맙다고 말한다. 역시 공부든 예능이든, 누구나 나름의 재능이 있기 마련이다. 따라서 믿음을 가지고 그 가능성이 싹트길 기다리면, 네가 있어 다행이라면서 서로 감사할 줄 알게 되지 않을까.

내 자식이든 학생들이든, 누구나 다 소중하고 사랑받아야 할 존재이다. 그런 만큼 내가 좀 더 포용력 있는 기준을 가지고 그들을 대하면, 네가 있어 다행임을 느끼게 되지 않을까.

(2012.3.31. 디트뉴스24)

자신의 이름 찾도록 어른들이 도와줬으면

누구나 자신이 태어날 나라나 부모를 선택할 수 없듯이 자신의 이름 또한 부모나 가족의 바람을 담아 선택의 여지없이 주어진다, 그러다보니 자라면서 여러 가지 이유로 이름을 바꾸거나, 아호나 예명 등을 지어 자신의 소망을 반영하기도 한다.

내 경우엔 이름이 너무 흔해 한때 불만이었다. 지금도 전화번호부에서 내 이름을 찾으면 같은 이름이 몇 쪽을 차지할 정도다. 또 교과서에도 자주 등장하니 내 이름을 읽어가며 설명을 해야 하는 멋쩍은 경우도 있다.

아내의 경우는 더 복잡하다. 한국전쟁 직후 강원도 춘천에서 태어나 고등학교까지 그곳에서 다녔는데, 공교롭게도 이름이 김일성의 아내와 같은 '김정숙'이었으니, 반공의식이 남다른 지역답게 애들이 빨갱이라고 놀려대는 통에 많은 상처를 입었다고 한다.

그래서 우리 애들만은 흔하지 않으면서도 놀림을 받지 않을 이름을 지어주고 싶었다. 그러나 그도 쉽지 않았다. 아들은 선친께서 돌림자를 따져 '태균'으로 지어주셨다. 당시만 해도 그리 흔한 이름은 아닌 듯하고 이름말도 '크고 고르게 아우름'이란 뜻이어서 괜찮다고 여겼다. 하지만 아들은 정작 초등학교 내내 발음이 비슷한 '세균'으로 놀림을 받으며 힘들어했다. 딸애는 나에게 작명권이 주어져 발음이나 뜻이 모두 좋은 '민주'라고 지었는데, 남들도 비슷한 생각인지 요즘은 꽤 흔한 이름이 되었다.

　최근에 스스로 꽃다운 목숨을 버린 안동의 여중생 ㄱ양은 아주 밝고 공부도 잘하며 대인관계가 원만한 모범생이었다. 그런 만큼 가정이나 학교 그리고 친구들은 이번 극단적인 선택에 큰 충격을 받았다. ㄱ양을 괴롭힌 고민은 자신이 하고 싶은 것과 부모의 기대가 다르다는 거였다. ㄱ양은 멋진 맵시를 자랑하는 스타일리스트가 되고 싶었지만, 부모의 바람은 일류대를 졸업하고 내로라는 여성 국회의원이 되는 거였다. 메우기 힘든 이 거리감에 ㄱ양은 속으로 절망했고 결국 극단적인 선택을 하게 됐다. 친구들에게 "너희들은 하고 싶은 걸 해서 성공하기 바란다."고 유서에 적은 걸로 보아, 부모의 바람에서 벗어나 자기 소망대로 사는 걸 얼마나 원했는지 알 수 있다. ㄱ양이 원한 이름은 국회의원이 아니라 간지 나는 멋쟁이였다. ㄱ양은 자신의 이름을 찾아서 우리 곁을 떠났다. 자신이 하고 싶은 걸 하며 행복하게 살도록, 자신의 이름을 찾도록 우리 어른들이 도와줬더라면 하는 아쉬움이 크다.

(2012.4.30. 디트뉴스24)

안부가 궁금하다

지난 주말에 모처럼 서울 나들이를 했다. 후배가 인사동의 유명 갤러리에서 사진전을 열기에 무더위에도 양복까지 차려 입고 서울행 무궁화호에 올랐다. 이번 전시회 주제는 후배의 시집 제목을 따온 '사람들의 안부를 묻는다' 인데, 전시된 사진의 대부분이 도시개발로 삶의 터전을 잃게 된 사람들의 고단하고 허탈한 모습을 강렬한 흑백영상으로 보여줌으로써, 그간 우리들이 애써 외면하거나 잊어버린 우리 이웃들의 안부를 스스로 묻게 한다.

재개발을 앞둔 달동네의 비탈길 계단에 앉아 가쁜 숨을 진정시키는 주름진 할머니의 모습 뒤로 높게 쌓아올린 축대 위 허름한 집이 벽에서 축대 아래까지 수직으로 갈라져 있는 사진, 꿈의 도시로 각광받는 세종시의 원주민 할머니가 평생 허리 굽혀 일하던 밭머리에서 하염없는 눈길로 먼 하늘을 바라보는 사진을 보며 그들은 지금 하루하루 힘겹게 연명하고 있지는 않는지 걱정이 앞선다.

이제는 고층빌딩과 아파트가 가득한 곳으로 변해버린 공덕동 5거리가 개발되면서 한 쪽 벽이 헐린 허름한 집의 내부를 찍은 작품도 기억에 남는다. 그 방 주인은 아마 영화배우나 스턴트맨 지망생이었던 듯 벽면이 온통 액션영화 포스터로 뒤덮여 있었다. 그는 지금 충무로에서 나름의 꿈을 키워가고 있을까, 문득 그의 안부가 알고 싶다.

안부가 궁금한 게 어디 그들뿐이랴. 고교시절 늘 창백한 얼굴로 말 한마디 없이 그저 그림자처럼 생활하던 정하. 그는 끝내 애들과 잘 어울리지 못했었는데, 졸업 후 헌병장교의 방문을 통해 그의 소식을 들었다. 군대에서 하급자들과 다투다 상해를 입혀 구속된 채 정신분열증세가 있어 제대를 시키려는데 과거 담임선생의 보증이 필요하단다.

급하게 인감증명서를 떼고 학창시절 애들과 어울리진 못했으나 거친 모습을 보인 적은 없으니 사회에 복귀할 수 있도록 선처해 달라는 진정서를 작성해 건넸는데 나중에 제대를 했다는 소식을 얼핏 들었다.

그런데 몇 년 전 그 어머님이 학교를 찾으셨다. 제대 후 아들이 군에서 입은 정신적 상처로 대학을 중퇴하고 집안에 우두커니 앉아있으니 늙은 어미 혼자 돌볼 수가 없다는 하소연이시다. 그나마 기초생활수급자로 겨우 사는데 아들의 장래가 걱정되니 국가보훈대상자로 지정되도록 탄원서를 써 달라는 것이다.

40대 중반이 되었을 그를 생각하며 아픈 마음으로 탄원서를 작성해 드렸는데 그 뒤로 소식을 알 수가 없다. 문득 또 궁금해지는 건, 최근에 잇따라 자살 사고가 난 모 여고 아이들은 친구를 잃은 뒤 어떻게 생활하고 있는지, 자식을 가슴에 묻은 그 부모들은 피폐하고 스산한 삶을 어떻게 이어가고 있는지, 무엇보다도 생때같은 아이들을 죽음으로 내몬 우

모두가 행복한 나라를 꿈꾸다

리 어른들은 아이들의 행복을 위해 어떤 실질적인 노력들을 하고 있는
지가 정말 궁금하다.

그런가 하면 지적 장애 여중생을 집단 성폭행한 고교생 16명 전원이
보호관찰 처분으로 사실상 무죄가 선고된 소위 대전판 도가니 사건의
가해학생들은 자신들의 잘못을 진심으로 뉘우치며 새로운 삶을 살고
있는지, 아니면 이제 대학생으로 청춘의 기쁨을 만끽하고 있는지, 정말
그들의 모습이 궁금하다.

(2012.5.27. 디트뉴스24)

기로에 선 성인장애인의 교육권

현직 교사들과 차량 봉사자들을 중심으로 우리 대전지역 성인 장애인 교육을 담당해온 〈모두사랑 장애인야간학교〉가 또 다시 새 둥지를 찾아야 할 기로에 서 있다. 2001년에 개교한 이래 85명의 검정고시 합격자를 배출하고, 체계적인 학사일정에 따라 다양한 교육 프로그램으로 장애유형에 따른 맞춤형 교육을 현직 교사들이 담당하며, 성인문해교육으로 비장애인과의 통합교육과 평생교육까지를 담당하는 전국에서 가장 모범적인 장애인교육기관으로, 타 지역 야학에서 적극 벤치마킹하면서 우리 지역의 자랑거리가 되었던 그 배움터가 위기에 처한 것이다.

그간 장애인에 대한 사회적 편견으로 여러 차례 배움터를 옮겨 다니다가 갈마동 현 건물(구 서구의회 건물)의 1층을 2005년 말경부터 대전시교육청에서 무상으로 임대받아 안정적인 학교 운영이 이루어졌으나, 현 건물을 포함한 구 서구청 부지를 다시 서구청에 매각하기로 협상이 추진되면서 작년 말까지 건물 철수를 통보받았으나, 실질적인 매각이 이루어질 때까지 임대기간이 6개월 연장되면서 한겨울에 거리로 내몰리는 어려움은 모면했으나 또 다시 7월 이후를 걱정해야 할 처지에 놓

이게 된 것이다.

교육감 면담일이 마침 크리스마스이브인 12월 24일 오전이었다. 꽤 쌀쌀한 날씨에 외투 깃을 여미며, 김 교육감이 우리 성인 장애인들에게 따뜻한 크리스마스 선물을 주었으면 좋겠다는 바람으로, 교육청 출입문 앞에 주차된 장애인 전용차량을 향해 발걸음을 재촉했다. 장애인 전용승합차에서 리프트를 타고 내린 오용균 교장선생의 뒷모습이 몹시 수척해 보였다. 그간 1급 장애인인 처지에서 휠체어를 타고 동분서주하며 오늘의 장애인야간학교를 이룩해 놓았는데, 또 다시 배움터를 마련해야 하는 그 마음이 오죽하겠는가. 그래서 다니는 교회에서 목사님을 비롯한 교인들과 함께 야간학교 배움터 마련을 위한 40일 금식기도를 그날 아침에야 끝내고 교육감 면담을 하러 나왔단다. 야간학교에 대한 그의 애절한 심정이 가슴을 치면서, 야간학교 준비모임부터 지금까지 오 교장선생과 함께한 나도 비장한 마음으로 교육청 6층으로 향했다.

현 김신호 교육감은 그간 오교장과 면담 시 야간학교가 이전할 경우 반드시 대책을 마련하겠다고 누차 약속한 바 있다. 이번 면담은 그의 이런 약속을 공식화한다는 데 그 의미가 있다. 김 교육감은 이번에도 교육기회를 놓친 장애인이나 노인 등 사회적 약자에 대한 보살핌과 평생교육을 비롯한 야간학교 운영 보장은 교육자인 교육감의 당연한 의무임을 강조했다. 그리고 현재 진행 중인 매각 협상이 원만하게 이루어져 해당 건물이 매각되더라도 장애인야간학교가 중단 없이 운영되도록 대안을 모색하는 것 또한 당연하며, 이에 대한 교육감으로서의 철학이나 의지가 명확함을 천명했다. 또한 해당 건물 관할청인 서부교육청이나 관련 부서장들도 이런 교육감의 의지를 공유하고 있으므로 앞일을 걱정하지 않아도 될 것이라고 오교장을 안심시켰다. 그리고 무엇보다도 이런 김 교육감의 의지가 언론에 공개되어도 좋을 정도로 이미 마음의 각오가 되어 있음을 거듭 강조했다. 그 의지는 현 건물의 비어있는 2층 강당을 장애인 탁구교실로 야간학교에서 활용하도록 관할 직원들에게 지시하겠다며 메모를 하는 것으로 입증됐다.

김 교육감은 차기 교육감 또한 자신의 이런 의지나 태도를 무시하지 못할 것임을 강조했다. 하지만 그의 바람에 일말의 우려도 없지 않다. 왜냐하면 최고책임자의 선의에 의지하기보다는 구체적인 시스템으로 정착되는 것이 훨씬 더 현실적 구속력을 갖기 때문이다. 우리는 김신호 교육감이 장애인야간학교에 준 따뜻한 크리스마스 선물이 구체적 모습의 야간학교 이전계획이나 지원책 등으로 가시화되길 간절히 바라면서, 그런 노력이 그의 또 다른 비상을 가능하게 해 줄 것으로 믿는다.

(2014.1.6. 금강일보 칼럼)

각자무치(角者無齒)의 지혜를!

　온 국민을 참담함과 분노에 빠뜨린 세월호 사태가 한 달을 넘기고서야 나온 대통령의 대국민담화와 눈물이 유족이나 국민들의 마음을 위로하기엔 역부족인 듯하다. 지난 4월 16일 오전에 세월호 침몰사고 소식을 인터넷으로 접했을 땐, 대형 유람선이니 서서히 가라앉을 것이고 또 다행히 맑은 기상상황이라 쉽게 구조될 것으로만 여겼다. 그리고 얼마 후 안산 단원고 학생들 전원구조 속보를 접하고는 그렇겠지 하며 안도했다. 그런데 일반 승객들도 100여 명이 있는데, 어떻게 학생들만 전원 구조됐다는 속보가 나오지 하는 생각에 좀 이상했지만, 꽃다운 학생들이 집단사고를 피했다는 걸 강조한 거려니 하며 애써 의구심을 달랬다. 하지만 오후 들어 전원 구조 속보가 오보임이 밝혀지고 대다수 학생들이 배 안에 갇혔음을 확인하자 걱정이 되면서도 대부분은 구조가 되리라 기대했다. 국민안전을 최우선 국정과제로 강조하며 행정안전부를 안전행정부로 확대 개편했던 정부가 아닌가 하며 가슴을 쓸어보면서도 왠지 허전했다. 지방선거 출마로 자리를 떠난 전 안전행정부장관이 업무보고에서 이전 정부와 비교하며 현 정부 들어 10명 이상 사망하는 대형사고가 없음을 자랑하자마자 경주 마우나오션 리조트 강당 지붕이 무너져 내리던 게 자꾸만 겹치는 것이었는데, 결국은 또다시 그런

함께하는 삶과 교육

것이었다.

경주 리조트 붕괴사고 후에도 안전사고 방지대책 수립은 구두선에 불과했으며, 오락가락하는 중앙대책본부의 무능과 연속된 거짓말 그리고 다수 언론의 빗나간 보도행태 등이 유족들과 국민들의 분노를 부채질했음은 더 이상 말할 필요가 없다. 교육부는 수학여행 중 발생한 대형 사고라서 수학여행 전면금지 공문을 서둘러 일선학교에 보냈는데, 경주 리조트 사고 이후 대학 신입생 환영회를 금지시킨 것과 판박이였다. 물론 학생들의 애통한 희생을 경건하게 추모하는 그 마음이야 지당한 것이지만 그래도 좀 지나친 대응이란 느낌이 든다. 종기가 났다고 몸을 포기할 수야 없는 것 아닌가. 하지만 선박을 이용한 수학여행 전면금지는 타당하다는 일부 전문가의 평가도 있다. 그간 기름값이 치솟으면서 수익성이 악화돼 도태돼가던 해운업이, 이명박 정부 들어 4대강 사업과 아라뱃길 사업 등이 부각되면서 다시 활성화되었다. 이에 발맞추어 일선 교육청에서도 선박을 이용한 수학여행을 권장하는 공문을 보내기도 했으니 이런 상황이 이번 사고의 한 원인이 되었으며, 현재 연안여객선 모두가 안전에 심각한 문제가 있다는 것이다.

처음 수학여행단 사고 소식을 접하며, 해외여행도 아닌데 왜 13시간이 넘는 뱃길을 이용하는 무리한 여정을 강행했을까 하는 의문이 들었다. 언뜻 뱃삯이 싸기에 무리한 여정을 감수했나 싶지만, 실제로는 항공편 이용금액과 거의 차이가 나지 않는 점을 고려해 보면 쉽게 납득이 되지 않았다. 아마도 과거 유관기관의 권유 등이 영향을 미치지 않았나 생각해 볼 뿐이다. 다만 수학여행 등 집단 체험학습 자체가 잘못은 아니라는 점을 지적하고자 한다.

고등학교를 졸업한 지 40년이 지난 지금도 학창시절을 돌이켜 보면 무엇보다도 단체 체험학습의 추억이 떠오른다. 6월에 열리던 전교생 10킬로미터 마라톤 대회, 눈에 뒤덮인 모악산을 에워싸고 산토끼를 몰던 일, 그리고 설악산 금강굴에 오르는 쇠다리에서 다리가 후들거리던 수학여행의 기억은 지금도 생생하다. 물론 6학급 이상이 함께 움직이는 여행이 무리인 것은 분명하다. 그래서 한때 한 학년을 몇 개 팀으로 나누는 분산 여행이 도입되기도 했지만, 준비와 관리가 쉽지 않은 점 등으로 다시 과거의 방식으로 돌아가 버렸다. 하지만 교과학습이 아닌 다양한 단체 체험활동 또한 나름의 존재의미가 있는 만큼 실효성 있는 개선책을 찾아내 지육·덕육·체육의 조화를 통한 전인교육을 다시 고민해야 할 시점이다. 따라서 수학여행의 전면금지보다는 그 교육적 의미를 살려나가려는 지혜가 필요하다. 뿔이 있는 짐승은 이가 없고 이가 날카로운 짐승은 뿔이 없듯이, 다양한 사람이나 여러 부문이 각기 장점을 살려 유기적이면서도 평화롭게 공존하는 각자무치(角者無齒)의 지혜가 필요하다. 아픈 부위는 치유해야지 잘라내는 것만이 능사는 아니며, 소뿔을 바로잡으려다 소를 잡는 어리석음은 피해야하기 때문이다.

(2014.5.25. 금강일보 칼럼)

겸손하게 함께하기

세월호 참사로 인한 참담함이 가시지 않은 채 맞은 브라질 월드컵에서 우리 태극전사들이 보여주는 선전이 그나마 국민의 아픔을 달래주고 있다. 무엇보다 거리응원의 열기 속에서도 세월호를 잊지 않고 세월호 특별법 제정을 촉구하는 서명운동에 동참하는 모습을 보면 우리 국민들의 공동체 의식이나 이웃의 아픔에 대한 공감능력은 칭찬할 만하다. 문제는 망언을 서슴없이 해대는 지도층의 일그러진 민낯이다. 손바닥 뒤집듯 말을 바꾸는 정치인들이야 아예 연민의 대상일 뿐이다. 한데 극우적인 성향의 정치목사들은 그렇다 쳐도 양식 있는 목회자로 알려진 분마저 유족을 폄하하고 식민지배와 전쟁을 하나님 뜻으로 옹호하는 총리 후보자가 대형교회 장로인 것을 보면, 우리나라 보수 기독교의 추락은 그 끝을 알 수 없다.

얼마 전엔 세월호 참사를 가져온 해운업계 적폐의 하나로 지적돼 온 비영리사단법인의 전회장이 구속되는 모습을 방송으로 보았다. 그는 조선해운의 안전과 기술진흥을 목적으로 설립된 법인체의 회장으로 재직하면서 국가재건공로 최고훈장을 받기도 했다. 사실 그는 미션스쿨이었던 고등학교 선배로 동창회장을 맡았음을 최근에 친구에게 들었다. 결국 그나 나나 미국인 선교사가 설립한 기독교계 고등학교에서 예수의 가르침을 교육받았다. 물론 당시의 기독교 교육은 심판자인 전능자의 힘을 강조하는 아주 보수적인 것이라서, 그 반발로 오랫동안 기독교를 멀리하기도 했다. 하지만 기독교의 심장인 예수의 삶이나 가르침은 늘 거룩한 모범으로 지금까지 내 삶의 중요한 지표가 되고 있다. 이런 삶의 사표로 기억나는 당시 선생님은 양영옥 교감선생님이다.

선생님은 근검하면서도 강직한 삶의 자세가 몸에 밴 그런 분으로 골덴 바지에 점퍼를 입고 도시락과 책을 싸맨 보자기를 든 모습 때문에 우리는 학교에서 일하는 아저씨인 줄 알았다. 이분은 공부하지 않는 학생들을 과감하게 유급시켜 상급학년으로 갈수록 한 학급씩 줄여 면학분위기를 만들어 학생들의 향학열을 북돋우면서도 학생들의 자치활동은 충분히 보장해 많은 존경을 받았다. 갓 50대가 돼 마련한 졸업 30주년 기념식에서 교장으로 퇴직한 선생님을 다시 뵈었다. 70대의 나이 지긋한 은사님들이 제자들의 발전을 비는 덕담들을 하신 데 반해 80대의 양선생님은 기독학원을 졸업한 사람답게 살라며 '도둑질하지 마시오!' 딱한 말씀만 하셨다. 그 충격적인 질타로 분위기가 얼어붙었지만, 그분다운 충고였다. 사회적 영향력이 커진 50대의 중년이 각자의 자리에서 정의롭게 살라는 말씀이리라. 결국 작은 자의 것을 빼앗지 않는 정의로운 삶이 바로 예수를 따르는 것이라는 가르침이었으리라.

사실 이번에 사회적 물의를 일으킨 우리 선배가 아주 특별한 경우는 아니다. 사회정의를 외면하는 대다수 보수 기독교 신자의 한 모습일 것이다. 그들은 부활 이후 승리자인 예수를 믿는 것이지, 거친 광야와 사막에서 회개를 매섭게 촉구하고 기득권층의 불의에 정면으로 맞서며

함께하는 삶과 교육

늘 과부와 고아와 어린이로 대변되는 사회적 약자와 함께하는 예수의 삶을 따르려 하지는 않는다. 그래서 '사랑'이란 이름이 들어가는 대형교회의 목사님들이 앞장서 예수가 아끼던 사회적 약자인 가난한 서민들의 애통해하는 모습을 미개하다고 조롱하는 것이다. 이는 자신들이 믿고 숭배하는 예수에 대한 배반이며 정면 도전임을 그들은 끝내 모르는 것인지 너무 안타깝다.

성서에 나오는 예언자들의 공통점은 만연한 부패와 타락을 탄식하면서도 그 핵심은 백성들을 학대하고 우상을 섬기게 하는 정치적 종교적 지도자들에게 엄중한 신의 심판을 경고하는 데 있다. 오직 강자의 힘을 추종하고 세속적 명예에 악착떠는 위선적인 우상숭배자들 말이다. 그리고 무엇보다도 심판의 선포에 그치지 않고 철저한 회개를 통해 신과의 관계를 회복하는 구원의 소망을 제시함을 주목해야 한다. 그리고 그 구원은 자신들만 아니라 신앙이나 이념이 다른 사람들까지 함께하는 겸손한 자세로 가능해진다. 신의 뜻은 겸손하게 정의와 사랑을 실천하는 것이기 때문이다. 예언자 미가의 선언을 들어보자 "여호와께서 네게 구하시는 것은 오직 정의를 행하며 인자를 사랑하며 겸손하게 네 하나님과 함께 행하는 것이 아니냐(미가6:8)."

(2014.6.23. 금강일보 칼럼)

함께하는 삶과 교육

 최근 군대 내 폭행과 이에 따른 일탈행위 등이 크게 사회문제화 되면서 군대 내 인권정책의 필요성이나 모병제 등 다양한 대책이 논의되고 있다. 사실 군대 내 폭력은 어제 오늘의 일이 아니다. 군 복무가 국민의 의무로 강조되는 우리나라에서 대다수의 군필자들은 다양한 형태의 폭력을 몸으로 겪어봤을 터다. 나는 대학원을 마치고 27세의 나이에 사병으로 입대했다. 3년의 복무기간에 본적지에 모여 단체로 입대하던 시절이라 지역별로 계급이 갈리니 왜곡된 지역감정까지 더해져 폭력의 악순환이 계속되는 구조였다. 나는 국문학과를 졸업했는데도 예비사단의 공병대로 배치를 받았고, 병장은 충청도 선임상병은 강원도 후임상병은 전라도 일병은 경기도였다. 중장비 자격증을 소지한 지원병이 많은 공병대인지라 20대 초반이 대부분이어서 나는 '할배'로 놀림을 받았지만 단체기합이 아닌 경우엔 그리 심하게 당하진 않았다. 다들 어려운 집안의 시골 출신이라선지 순박한 인간미가 있었다. 더구나 공사현장에서 똑같이 땀 흘리며 질통을 지고 지붕을 오르내리는 날은 대개 취침점호였으니 성추행은 상상도 못하던 시절이었다. 제대 후 50대 초까지 군대 꿈을 꾸었는데, 물리적 폭행보다 인격적 모욕감 등이 더 깊은 상처로 남아 지금도 군대 이야기엔 별로 흥미가 없다.

군대 내 폭력 문제가 불거진 뒤 박대통령은 문화융성위원회에 참석해 인문학적 가치의 중요성을 강조하며 군대 폭력의 원인으로 교육을 꼽았고, 대통령께 할 말은 하겠다며 선출된 김무성 새누리당 대표 또한 교육이 문제라며 이에 화답했다. 그런가 하면 지역 문화예술인 간담회 자리에서도 지역문화예술의 차세대 계승이 어렵다는 문제를 제시하며 그 원인으로 학업성적 위주의 입시교육 때문에 젊은이들이 예술적 끼를 발휘할 수가 없다고 한다. 이래저래 모든 사회문제의 원흉은 결국 교육인 셈이다. 교육엔 가정교육과 사회교육도 포함되며 그 사회의 지배적 가치관을 계승시키는 역할을 모든 교육이 담당함을 고려하면 그런 지적은 책임 떠넘기기임을 알 수 있다. 하지만 현 폭력적 사회구조 유지에 교육의 책임이 상당함은 부인하기 어렵다. 특히 지금도 기득권층의 의식을 지배하는 일제강점기의 식민지 교육에 그 근원적 책임이 있다. 오늘날 학교교육이나 군대생활의 상당 부분의 악습이 식민지 교육의 잔재이기 때문이다.

일제강점기 최후의 조선총독인 '아베 노부유키'는 항복문서에 조인한 뒤 이런 말을 남겼다. "내 장담하건대, 조선인이 제정신을 차려 찬란하고 위대했던 옛 조선의 영광을 되찾으려면 100년 이상 걸릴 것이다. 우리 일본은 조선인에게 총과 대포보다 무서운 식민 교육을 심어 놓았기 때문이다. 결국 조선인은 서로 이간질하며 노예적 삶을 살 것이다." 이런 식민교육의 영향으로 화합과 배려보다는 대립과 배척이 오랜 인습으로 사회 각 부문에 남게 된 것이고, 이런 가치관이 교육계와 군대문화에 그대로 이어지고 있는 셈이다. 초등학교 시절에 대나무 뿌리로 아이들을 심하게 매질하며 '조선 놈들은 맞아야 돼'라며 꾸짖던 선생님의 모습이 지금도 선하다. 군대내 폭력의 대물림 또한 일본 군국주의의 잔재이다. 우리는 지금도 경제력과 학력 종교 등으로 서로를 편 가르고 끊임없이 서로 이간질하며 노예처럼 살고 있는 것은 아닌가. '아베 노부유키'의 예언이 우리 생활 속에서 확인되니 섬뜩하지 않은가.

　우리 민족처럼 '우리'라는 말을 입에 달고 사는 나라가 드물다. 하지만 실제 우리의 삶은 함께하는 '우리'의 모습과는 거리가 멀다. 지역으로 편을 가르고, 신앙으로 남을 폄하하고, 경제력으로 사는 곳이 갈리고, 성적으로 학교나 지역이 나뉜다. 가히 분열의 사회라 할 만하지만 이를 선택의 자유와 자유민주주의로 미화하고, 이를 지적하면 이념의 잣대로 재단해 낙인찍으려 덤빈다. 친일독재 미화로 크게 지탄을 받았던 특정 국사 교과서가 교육부의 수정 권고조차 지키지 않은 채 내년도 채택을 기다리고 있는 현실은 바로 식민지 교육을 내재화한 우리 사회의 맨얼굴이 아닌지 부끄럽다. 세계 최고의 학력을 자랑하는 핀란드는 우리보다 더 열악한 자연환경에서도 '함께하는' 교육의 힘으로 복지국가를 이루었다. 그들은 성적으로 학교형태를 구분하지 않고 다양한 인적자원이 함께 공부하는 교육을 법으로 강제한다. 좀 걸음이 느린 사람과도 기꺼이 함께 가는 그런 삶과 교육 말이다.

(2014.8.24. 금강일보 칼럼)

KBS 1 RADIO 835 정보센터 인터뷰

방송일 : 2010년 3월 5일 (금) 오전 8시 37분 ~ 47분

〈학업성취도 평가 결과 분석〉

2009학년도 전국 학업성취도 평가 결과, 대전과 충남 모두 지난해에 비해 학력이 크게 신장된 것으로 나타났습니다. 그러나 대전의 경우, 동부와 서부지역의 교육 격차가 심각한 것으로 드러났는데요. 오늘 835 정보센터에서는 학업성취도 평가 결과에 대한 분석과 진정한 학력 신장을 위한 대안은 무엇인지 대전교육연구소 김영호 소장과 알아보겠습니다.

김 소장님, 안녕하십니까?

1. 지난 해 학업성취도 평가 결과가 공개됐는데요. 대전과 충남 초 · 중 · 고교의 학성성취 수준이 전년보다 크게 향상이 됐다고요?

보통학력 이상 평가 결과 대전은 전국 16개 시 · 도 가운데 초6은 지난해 1위에서 소폭 하락해 3위, 중3은 지난 해 5위에서 4위로 향상됐고, 특히 고1의 성적이 상대적으로 크게 올라 지난해 9위에서 3위를 기록하는 등 초 · 중 · 고 고루 전국 상위권을 유지했습니다.

충남은 초6이 7위, 중3과 고1이 각각 11위를 기록했습니다. 초 · 중학

교 12위, 고교의 경우 16위로 전국 최하위를 기록됐던 작년에 비해 학업 성취도가 크게 향상됐습니다. 학력평가의 중요한 판단기준이 되는 기초학력 미달 비율도 대전은 초6과 중3 및 고1이 각각 3 · 6 · 2위를 기록, 전년(2 · 6 · 10위)보다 크게 감소했고, 충남의 미달 비율은 초 · 중 · 고교가 각각 7 · 8 · 10위를 기록했습니다. 충남은 특히 고1의 미달 비율이 전국에서 가장 많이 감소했습니다.

2. 사실 학업 성취도 평가 결과를 놓고 그 동안 논란이 많지 않았습니까. 여전히 이 부분에 대한 이견은 존재하지만, 학력 공개가 각 교육청이나 학교에 자극이 됐던 것으로 분석되고 있는데요. 이번 평가 결과, 어떻게 보시는지요?

교육과학기술부가 3일 공개한 학업성취도 평가 결과를 보면 기초학력 미달 비율은 초 · 중 · 고교 모두 2008년에 견줘 모든 교과에서 줄어든 반면, 보통학력 이상 비율은 초6 국어와 고1 사회를 빼고는 모두 증가한 것으로 집계돼 전반적으로 학력은 다소 향상됐으나 지역별 격차는 여전한 것으로 나타났습니다. 서울 강남과 대전 서구, 대구 수성구 등 이른바 '사교육 특구'로 불리는 지역에서 보통학력 이상 학생 비율이 월등히 높게 나타났고요. 특히 선행학습 등 사교육의 직접적인 영향을 받는 영어 · 수학에서 학력 차이가 더욱 커졌습니다. 중산층 밀집 지역으로 대전의 8학군이라 불리는 둔산 신도시인 서구가 포함된 서부교육청은 초6 학생의 국어 · 영어 · 수학 '보통학력 이상' 비율이 각각 5위, 5위, 9위를, 중3 학생의 국어 · 영어 · 수학 '보통학력 이상' 비율이 각각 9위, 5위, 4위를 차지했고, 도시와 농촌의 학력 차이도 여전했습니다. 초6 영어 기초학력 미달 비율이 높은 20곳 가운데 11곳은 군 지역, 8곳은

도·농복합형 중소도시였고, 수학의 경우 20곳 가운데 군 지역이 16곳, 도·농복합 도시는 4곳이었습니다.

이주호 교과부 1차관은 이날 브리핑에서 "학업성취도 평가 결과를 지난해 처음 공개함으로써 시·도 교육청과 학교, 교사의 책무성이 강화돼 함께 노력한 결과가 나타난 것"이라고 설명했고, 교육과학기술부는 평가 결과 공개가 학력 향상을 가져왔다고 분석했지만, 교육계에서는 "학력이 높아진 곳은 대부분 지난해 일제고사에 대비해 초등학생까지 강제 보충수업과 야간 자율학습을 시킨 지역"이라며 "성적 향상은 결국 일제고사 대비 문제집 풀이와 모의고사 실시 등 교육과정을 파행 운영한 결과"라고 반박했습니다. 예정대로 내년부터 학교별 성적이 공개되고, 학업성취도 향상도가 지방교육재정교부금 교부 기준에 반영되면 학교 서열화와 경쟁이 더욱 격화될 것으로 보여 논란은 더욱 커질 전망이고, 성적 공개에 대한 우려도 계속됐습니다. 정유성 서강대 교육문화학과 교수는 "성적 공개는 교육적인 성과가 있다고 보기 어렵다"며 "시험 성적을 공개하면 서열화에 따라 경쟁이 심화되고 사교육이 번창할 수밖에 없다"고 밝혔습니다. 특히 "시·도 교육감이 학생들에게 선택권을 주지 않고 일제고사를 일괄적으로 추진하는 것은 직권남용으로 볼 수 있다"는 면도 따져봐야 할 것으로 생각합니다.

3. 그리고 대전 교육의 문제점으로 지적됐던 동서 간의 교육격차가 이번 학력평가 결과에서 여실히 드러났는데요. 이 부분에 대해서는 어떻게 보십니까?

2009년 초·중·고교 학업성취도 평가 결과, 대전은 전형적인 '서고동저(西高東低)'의 편차가 확연한 가운데 특히 영어 과목의 격차가 심

모두가 행복한 나라를 꿈꾸다

468

한 것으로 드러났습니다. 대전은 서부교육청 산하 학교의 학업성취도
가 모든 과목에서 동부교육청 산하 학교를 앞질렀습니다. 초6 보통이
상 학력 학생의 경우 동부교육청은 서부에 비해 평균 6%포인트나 적
었습니다.

기초학력 미달 비율도 서부는 5과목 모두 1% 이하를 기록한 반면 동
부는 전 과목이 1%를 웃돌아 동부가 서부의 미달 비율보다 높았고, 특
히 영어는 서부와 동부 간 10%포인트나 차이가 나 다른 과목에 비해 지
역 편차가 컸습니다. 중3의 편차는 더욱 두드러져 특히 영어의 동·서
간 편차가 13%포인트 안팎에 달했습니다.

이는 사설학원 등이 서부에 모여 있고 또 서부의 생활수준이 전반적
으로 높아 사교육비 지출이 높은 데 따른 것으로, 결국 경제적 배경과 사
교육 정도가 학력 수준에 직접 영향을 미친다는 것을 단적으로 보여주
는 결과입니다. 따라서 취약지역에 교육재정 지원을 늘려야만 지역 간
교육격차를 실질적으로 줄일 수 있다고 봅니다.

4. 이러한 교육격차는 자연스럽게 사교육비 문제로 이어지고 있고
요. 2009년 사교육비 조사 결과, 대전이 전국에서 4번째로 많은 것으
로 집계됐는데요. 이것은 어떻게 봐야 할까요?

교육과학기술부와 통계청이 23일 발표한 '2009년 사교육비 조사 결
과'에 따르면 대전지역 학생 1인당 월평균 사교육비는 23만4000원으
로, 전국 4위로 집계돼 있지만 전국 월평균 사교육비 24만2000원보다
낮아 큰 문제는 아니라 봅니다. 오히려 문제는 서울지역과 다른 지역 간

사교육비 차이가 해마다 심화되는 것이라 할 수 있습니다. 특히 이번 조사에서도 사교육비 관련 정책의 주요 대상인 서울지역에서 사교육비 지출 증가율이 두드러졌다는 점입니다. 서울지역 사교육비의 증가율은 2008년 4.2퍼센트에서 2009년 11.8퍼센트로 올라 지난해 7.6퍼센트 포인트나 증가했는데, 이는 동기 전국평균 3.9퍼센트 포인트 증가보다 훨씬 높은 수치입니다.

더구나 강남의 일반적인 가정은 월평균 480만원을 벌어들여 자녀 교육비로 한 달에 약 130만원을 쓰는 것으로 조사돼 서울지역 평균 사교육비의 3배가 넘었습니다. 따라서 대전이든 서울이든 일부 지역의 과도한 교육열이 사교육비 증가의 주범임이 밝혀진 만큼 사회 지도층의 인식변화가 선행돼야 할 문제라 봅니다.

5. 이제 우리 사회문제로 자리 잡은 사교육비 문제, 강원도 양구군의 공교육 강화 시스템이 하나의 대안이 되지 않을까 싶은데요.

양구지역 초등학교는 지난해 초교 6학년을 대상으로 실시한 학업성취도 평가 결과 사회 0.5%(1명)를 제외한 국어, 수학, 과학, 영어 등 4개 과목의 기초학력 미달 비율 0%를 기록했습니다. 이에 대해 양구교육청은 "방과후 학교 프로그램을 적극 활용하고, 학생의 개별 학력을 분석해 부족한 부분을 보충하는 '맞춤식 교육'을 실시한 성과가 나타난 것으로 평가한다"고 말했지만, 전교조 강원지부는 "양구지역 대다수 초등학교에서 지난해 9월 오후 9시까지 야간자율학습을 실시하는 등 일제고사에 대비한 파행교육이 이뤄졌다"며 "학생 인권을 무시한 아동학대"라고 지적했습니다.

이제 '모두를 위한 수월성 교육'이 결국은 모든 학교가 고른 교육여건을 갖춘 뒤 각 학교의 다양성, 자율성을 확보하는 데서 출발한다는 점을 되새겨봐야 할 때입니다. 정부는 경쟁 일변도의 교육에서 벗어나 협력과 맞춤형 교육으로 세계 교육 강국을 나라들의 사례를 본받아야 한다고 봅니다.

6. 그리고 대전시교육청이 최근 대성고와 서대전여고를 자율형 사립고로 선정해 논란이 많은데요. 이 부분에 대해서는 어떻게 보시는지요?

대전광역시 자율학교등지정운영위원회"(이하 위원회)가 2011학년도 자율형 사립고등학교 지정 대상 학교로 대성고등학교와 서대전여자고등학교 2개교를 선정한 것은 대표적인 졸속 일방 행정의 표본이 아닐 수 없습니다. 자율형 사립고는 재정이 건전한 사학에 자율성을 주자는 것이지, 부실 사학을 옹호하고 일방적인 특혜를 주는 조치가 될 수 없기 때문입니다. 매년 법인 전입금을 안정적으로 납부할 수 있는 수익용 기본재산조차 확보하지 못한 학교법인이 어떻게 자사고를 운영할 능력이 있다고 말할 수 있습니까.

대성고등학교는 작년에 법인 전입금이 기준에 충족되지 못해 신청이 반려된 전력이 있고, 올해 특별히 재정 여건이 개선되었다는 증거가 없습니다. 올해 처음 신청한 서대전여자고등학교는 작년 서울에서 자율형사립고를 신청하여 조건 미달로 떨어진 장훈고등학교와 같은 재단입니다. 자율형 사립고 전환 신청 과정에서 빚어진 절차상 결격 사유 또한 한두 가지가 아닙니다. 소속 교원 2/3가 신청 반대 의사를 밝힌 데다, 학교운영위원회 심의과정조차 생략한 것으로 알려졌는데요, 이사장이나 학교장이 원하면 그냥 학교를 전환해도 괜찮다는 것인지 묻고 싶습니다.

지금까지 학업성취도 평가 결과에 대한 분석과 진정한 학력 신장을 위한 대안은 무엇인지 대전교육연구소 김영호 소장과 알아봤습니다.

KBS 1 RADIO 835 정보센터 인터뷰

방송일 : 2008년 3월 25일 (화) 오전 8시 37분~47분

〈진단평가 결과 분석〉

전국 중학교 1학년을 대상으로 10년 만에 일제고사 형태로 치러진 진단평가의 성적공개 결과, 지역별·학교별 성적차가 뚜렷하게 나타났습니다. 대전의 경우 전체적으로 타 시·도보다 높은 점수를 기록했지만 영어와 수학 등은 상대적으로 떨어졌고요. 농촌학교가 많은 충남의 경우 대도시에 비해 뒤처지는 것으로 알려지면서 지역별 서열화 논란이 계속되고 있는데요.

자세한 내용, 대전교육연구소 김영호 소장과 정리해보겠습니다. 김소장님, 안녕하십니까?

1. 지난 21일, 중학교 1학년 진단평가 결과가 공개됐는데요. 대전과 충남지역의 결과부터 소개를 해주시겠습니까?

일부 지역은 성적 자체를 아예 공개하지 않았고, 강원지역은 개인점수와 학교 평균점수까지만 공개하고 지역 평균점수는 공개하지 않았습니다. 그리고 경남은 다음 주 성적을 공개할 계획이나 개인점수와 학교 평균만 공개할지, 시·도 평균까지 공개할지는 아직 결정하지 못한 것

으로 전해졌습니다. 일단 지역 성적이 공개된 시·도교육청을 기준으로 대비해 보면, 대전은 국,영,수,사,과 5과목의 총점이 418점으로 비교적 높은 점수를 기록한 데 비해 충남은 총점 400점으로 다른 지역에 비해 점수가 낮은 걸로 나타났습니다.

2. 상대적으로 사교육을 많이 받지 않는 국어와 사회 과목은 지방의 성적이 높게 나타났고요. 영어와 수학은 서울지역 성적이 높게 나타나 사교육의 영향이라는 분석이 나오기도 하는데요. 이번 진단평가 결과, 어떻게 분석해 볼 수 있을까요?

이번 진단평가 결과 국어, 사회, 과학보다는 학원에서 주로 배우는 영어, 수학 등 사교육 비중이 큰 과목일수록 대도시에서 높은 점수를 보인 점을 보면, 사교육의 영향력을 쉽게 확인할 수 있습니다. 영어의 경우, 서울 평균은 87점, 대전은 85.4점인데 충남은 76점에 그쳐 큰 차이를 보였고요, 수학은 광주가 85.9점, 서울과 부산이 85점, 그리고 대전이 83.3점인데 충남은 79점에 그쳤습니다. 대전은 국어가 87.3점 그리고 사회가 85.6점으로 다른 시·도보다 우수한 성적을 거뒀습니다.

3. 그리고 대전의 경우, 학교별 평균 점수는 기록하지않았지만, 학교 간 성적까지 공개한 서울은 강남과 강북 지역의 학교 간 점수 차가 뚜렷하지 않았습니까. 대전도 동서간의 교육격차로 서울과 상황이 비슷할 것이라는 전망이 나오고 있는데요.

서울은 목동 등 사교육시장이 발달한 강남지역 학생들의 평균 성적이 강북지역보다 대체로 높은 것으로 나타났습니다. 강남구 대치동 한 중학교 성적은 서울 평균보다 과목당 7점에서 11점이 높은 데 반해, 서울 종로구의 한 중학교는 서울 평균보다 과목당 3점에서 11점이 낮았습니다. 이 두 학교를 비교해 보면, 영어는 평균 22점, 수학은 17점의 점수 차를 보여 지역 간 편차의 심각함을 실감할 수 있습니다. 대전의 경우도 동부와 서부의 수준차가 영어가 8.37점, 수학이 6.44점, 총점은 무려 27.92점의 높은 점수 차를 보여 서울 못지않게 심각함을 알 수 있습니다.

4. 이렇게 중학교 1학년 진단평가 결과, 지역별 · 학교별 격차가 뚜렷하게 나타나면서 진단평가 성적공개에 대한 논란이 가열되고 있는데요. 학생과 학부모들의 반응은 어떻게 나타나고 있습니까?

공청회나 여론 수렴의 과정도 없이 전국 시도교육감협의회 합의사항을 근거로 10년만에 갑작스레 부활된 일제고사가 중 1학생들이 입학한 지 사흘 만에 OMR 카드 작성법도 모르는 채 일제고사로 치러진 데 대해 일선 교사들은, 시험을 잘 치르지 못한 학생들에게 심한 좌절과 함께 학습의지를 꺾어버리는 결과를 가져올 수 있어 교육적으로 바람직하지 못하다고 보고 있습니다. 또한 전국적인 수준의 학생 서열화, 학교 서열화는 공교육의 근간을 허물어 버릴 수 있기 때문에 전국적인 학력평가 실시는 어떠한 이유로도 정당화될 수 없다고 주장하고 있습니다.

또한 엄청난 사교육비 지출에 허리가 휘고 있는 학부모들에게 전국 단위 학력수준 평가는 이전과 비교할 수 없는 사교육비 유발 요인이 되고 있습니다.

그리고 아이들의 입장에서도 과도한 경쟁으로 끊임없는 불안에 시달리면서 5지선다형 객관식문제로 획일화된 사고를 강요당함으로 인해 진정한 자율성과 창의력을 길러갈 수 없다는 문제가 있습니다.

더구나 무분별한 진단평가 성적 공개는 16개 시도교육감 협의회가 합의한 '2008년 중학생 전국연합 평가 기본 계획안' 중 "비교육적인 과열 경쟁 및 학부모의 사교육비 증가 부담 등을 예방하기 위하여 개인별, 학교별, 교육청별 비교자료는 제공하지 않는다."는 기본방침을 시도교육감 스스로 어기는 처사입니다.

5. 진단평가 결과가 공개되면서 지역 내에서는 사교육 시장으로 눈을 돌리는 학생과 학부모들이 많아질 것이라는 우려의 목소리가 나오고 있는데요. 진단평가 결과가 지역 교육계에 미치는 영향, 어떻게 예측해 볼 수 있을까요?

학원마다 진단 평가 대비반이 만들어 지고, 서점의 진단평가 문제집이 불타나게 팔리고 심지어는 문제집이 없어 못 팔았다는 서점도 있습니다. 교육과학부는 전국 일고사가 현 정부가 내 세운 '사교육 절반' 정책이 아닌 사교육증가 정책이 되고 있는 현실을 직시하길 바랍니다.

6. 이와 관련해... 교육과학기술부는 진단평가를 정례화하고 뒤처지는 학생과 학교를 지원해 지역 · 학교 · 학생별 학력차를 줄이겠다는 계획을 발표하기도 했는데요. 이 부분에 대해서는 어떻게 보시는지요?

이른바 '기초학력 미달 제로플랜'으로 . 국가수준 학업성취도 평가를 대폭 늘려 그 성적자료를 토대로 학업성취 수준이 낮은 학교에 대해 시 · 도교육청이 원인을 분석한 뒤 지원을 강화한다는 방침입니다. 하지만 정부는 지방교육재정을 10% 절감해 영어 공교육 등에 투자하라고 지시한 상태에서 지방교육청에 대한 구체적인 지원계획도 수립되지 않은 상황에서 지역 학력차이만 부각된 채, 교육재정 부족으로 오히려 가뜩이나 부족한 학생복지나 교육 개선만 악화시킬까 우려됩니다.

또한 전국 단위의 일제고사가 정례화 되면, 초·중학교의 진단 및 성취도 평가 대상 5개 교과(국어·영어·수학·사회·과학)는 창의적인 수업보다는 일제고사를 대비한 시험 위주의 교과운영이 불가피할 것이며, 동시에 평가 비 대상 교과(도덕·음악·미술·체육·기술·가정 등)까지도 파행적인 수업운영이 불가피할 것입니다.

7. 한편, 일각에서는 진단평가 성적공개를 둘러싼 찬반 논란보다는 학생들의 정확한 학력 수준 평가라는 당초 평가목적에 맞게 잘 활용하는 게 중요하다고 지적하는 목소리도 있는데요. 이 부분은 어떻게 보시는지요?

자신이 어느 정도 위치에 있는지 자신의 수준을 알 수 있고, 또 수업지도방식 개선과 앞으로의 학습 목표 설정에 도움을 주고 나아가 학생들의 학력신장과 부진아 지도에 활용될 수 있다면 나름대로 의미가 있다고 봅니다. 하지만 결과적으로는 학교와 지역의 서열화가 가시화되면서 공교육의 `사교육 시장화'를 부추길 것으로 우려됩니다. 아이들은 성적경쟁에 내몰리고 학원 공부에 더욱 매달리게 함으로써 계층 간 지역 간 위화감 확대로 이어지지 않을까 걱정됩니다.

8. 진단평가와 관련해 앞으로 논란이 계속되지 않을까 싶은데요. 앞으로의 전망, 어떻게 보십니까?

학생들의 교과학습 성취수준을 파악하고, 부진학생 선별 및 기초학력책임지도를 위한 전국단위평가는 필요합니다. 그러나 전체 학생을 대상으로 한 일제고사는 결국 점수로 한 줄 세우기를 하여 아이들의 창의성을 짓밟고, 학부모들을 사교육비 고통으로 몰아넣는 부작용이 우려됩니다. 따라서 교육과학부가 밝힌 대로 전국 대상학교 1% 표집 실시 원칙을 지키고 학생을 점수로 줄 세우는 비교육적인 성적 공개를 중단해야 한다고 봅니다. 중학교의 서열화는 대학서열화와 학벌사회를 더욱 부추기고, 사교육 확대로 교육 양극화와 현상을 심화시킬 게 분명하기 때문입니다.

교육경쟁력 1위인 핀란드에는 가르친 교사가 시행하는 수행평가는 있어도 일제고사는 없다고 합니다. 교사는 일제고사 형태가 아니라. 매일 매일의 학교생활을 평가하여 기록해 두었다가 학년말에 종합적인 평가기록을 작성, 제공한다고 합니다. 최근에 한국교육개발원은 핀란드 공교육에 대한 실증 연구 결과를 다음과 같이 정리했습니다.

진정한 국가경쟁력은 우수한 일부를 위한 수월성 교육보다 모두에게 차별 없이 잠재력을 개발할 수 있는 기회와 여건을 확보하는 데 있다고 말입니다. 교육경쟁력을 전면에 내건 이명박 정부가 이 시점에서 꼭 음미해 볼 필요가 있다고 봅니다..

대전교육연구소 김영호 소장이었습니다. 말씀 고맙습니다.

KBS 대전 제1 RADIO 생방송 대전 인터뷰

방송일 : 2010년 4월 16일 (금) 오후 3:20 ~ 3:30

〈묵자학회 시민공개강좌〉

1. 묵자학회가 창립된 지 얼마 되지 않았죠? 먼저 묵자학회가 어떤 모임인지 소개를 좀 해주시죠.

09년 6월 12일, 전국에서 묵자학회 창립의 필요성을 공유한 50여 명이 전주 묵자학당에서 모여 묵자학회 창립을 논의한 이후 대전에서는 작년 11월 이후 여러 차례의 준비회의를 거쳐 지난 1월 29일 대전시청에서 창립총회를 개최했습니다. 우리 묵자학회는 묵자의 반전평화 평등사상을 바탕으로 묵자사상을 학문적으로 계승, 발전, 보급하여 이 땅의 민주주의와 민족화합 나아가 인류의 평화공존이 가능한 대동세상을 만들고자 하는 모임입니다.

2. 그런데 묵자가 참 생소한 인물이 아닌가 생각됩니다. 학창시절 국민윤리 교과서에 묵자의 겸애설 정도로 기억되는데, 묵자는 어떤 인물인가요?

묵자는 춘추전국시대라는 난세에 고구려와 조선의 뿌리인 동이족의 목수로 태어나 몸소 노동을 하면서 평등과 해방의 하느님을 선언하고 낭비와 과소비 문화를 반대하는 절용문화운동과 모든 생명이 평화롭게 공존하는 반전평화운동을 전개했던, 공자와 쌍벽을 이루었던 위대한 사상가였습니다.

3. 춘추전국시대에 공자와 함께 양 축을 이뤘던 학자였는데요, 공자를 모르는 사람은 거의 없지 않겠습니까? 그런데 묵자는 왜 잘 알려지지 않았던 건가요?

노동자출신으로 민중적이고 진보적인 성향이 강한 묵자는 귀족적이며 보수적인 유가들을 신랄하게 비판했습니다. 그리고 유가들의 정치사상인 왕권신수설과 신분차별의 운명론을 거부하고 하늘의 뜻과 인민의 이익을 최고의 가치로 주장했습니다. 이렇게 유교와 대립하다가 한나라 무제가 동중서의 건의를 받아들여 유교를 국교로 삼은 이후 묵가는 이단으로 탄압받기 시작합니다. 그때부터 명나라 때까지 1,800년 동안 묵자의 글은 자취를 감추고 묵자를 반대하는 맹자·장자·순자 등의 단편적인 글을 통하여 간접적으로 왜곡된 묵자의 모습만이 전해졌던 것입니다.

4. 묵자의 주요사상이라면 어떤 내용인지, 간략하게 소개를 해 주신다면요.

먼저 평등사상과 하느님 사상을 들 수 있습니다.『묵자』53편은 모두 일관되게 겸애(네 이웃을 두루 평등하게 사랑하라!) 교리(서로 서로 이롭게 하라!)라는 하느님 사상을 기초로 해방과 평화의 하느님이 지배하는 지상천국을 실현할 책임과 능력이 민중에게 있다는 것을 강조했습니다. 그래서 유명한 성서학자인 문익환 목사는 "묵자의 하느님은 예수의 하느님과 쌍둥이 같이 닮았으며, 석가, 묵자, 예수는 한 뿌리에서 나온 세 가지다"라고 천명했던 것입니다. 다음으로 반전평화사상을 들수 있습니다. 묵자는 인류사에서 최초로 전쟁에 대해 연구하고 반전운동을 전개한 사상가였습니다. 그는 전쟁을 노예주들이 노예를 얻기 위한 살인행위라고 규정하면서 그 어떤 이념보다도 인간의 생명과 민중의 이익을 중시했습니다. 묵자는 "네 이웃을 내 몸 같이 사랑하라!"고 가르칠 뿐만 아니라, 한 걸음 더 나아가 "남의 나라를 내 나라처럼 사랑하라!"고 가르쳤습니다.

5. 묵자의 평등, 평화, 살림의 사상이 오늘날에 재조명되고 주목받고 있는 의미, 배경은 어떻게 생각해 볼 수 있겠습니까?

우리 인류사회에 만연한 인종 간 민족 간 지역 간 계층 간 대립과 이념적 반목, 그리고 끊임없는 분쟁과 살육, 생명의 경시와 환경 파괴 등으로 기존의 가치관과 사상이 한계를 보이면서 새로운 사상과 가치관이 절실하게 요청되는 작금의 현실이 묵자 사상을 재조명하는 계기가되었다고 봅니다. 그래서 묵자는 하느님의 뜻은 두루 평등한 사랑으로서로서로 이롭게 하는 데 있다고 설파하면서, 굶주린 자는 밥을 얻고, 헐벗은 자는 옷을 얻고, 피로한 자는 쉴 수 있고, 어지러운 것이 다스려지는 '안생생 사회'를 이 땅에 민중의 힘으로 건설할 것을 강조한 것입니다. 이러한 생명 평등 평화 사상이 인류문명을 새롭게 변화시켜 인류공영과 세계평화에 기여할 수 있을 것입니다.

6. 묵자학회에서 첫 사업으로 다음 주부터 공개강좌를 여신다구요,

어떤 내용으로 진행되나요.

우리 묵자학회는 시민 공개강좌로 30강을 준비하고 있습니다. 〈공자 10강〉, 〈노장 10강〉, 〈묵자 10강〉인데요, 먼저 다음주 4월 19일부터 시작되는 〈공자 10강〉은 매주 월요일마다 1강씩 해서 약 3개월 정도 진행될 예정입니다.

제1강 공자는 도둑출신인가?

제2강 보우지차(鴇羽之嗟)

제3강. 군자는 섹시한 사내인가?

제4강. 성인은 무당인가?

제5강. 공자의 하느님 신앙

제6강. 유교와 성리학의 하느님

제7강. 중도주의와 덕치주의

제8강. 부자의 禮. 빈자의 樂

제9강. 동양사상은 반경제적인가?

제10강. 우리는 선비정신을 알고 있는가?

묵점 기세춘 선생은 우리가 익숙하게 알고 있는 "공자의 경학(經學)과 〈논어〉의 기본개념들이 수천 년 동안 종교적 정치적 필요에 의해 왜곡 윤색됐다"면서 인류 최초로 지식인의 계급적 정체성을 수립한 보수의 진짜원조"인 공자의 참 모습을 비판적으로 읽어낼 계획"이라고 말했습니다." 그래서 강의 소제목도 제1강 공자는 도둑출신인가? 제3강. 군자는 섹시한 사내인가? 등 다분히 도전적입니다.

7. 공자강의를 준비하셨는데, 강의를 맡으신 기세춘 선생님, 저희 방송에서도 만나 뵙기는 했습니다만 소개를 해주시죠.

모두가 행복한 나라를 꿈꾸다

기세춘 선생은 조선 중기의 유명한 성리학자인 기대승(奇大升) 선생의 후손으로 한국 현대사의 질곡에 온몸으로 맞서온 재야 지식인이자 사상가입니다. "세상이 갑갑해서" 시작한 동양고전 번역작업의 첫 작품이 '묵자–천하에 남이란 없다'로 우리나라에서는 최초로 묵자를 완역하고 해설한 책입니다. '우리가 잘못 알고 있는 동양사상 바로알기'와 고전 재번역 운동을 꾸준히 해 오시고 계십니다. 저는 선생님을 가까이에서 뵈면서 선생님이야말로 우리 시대의 마지막 협객이라고 봅니다. 70대 후반의 나이에도 전혀 퇴색하지 않는 도도한 정의감, 그리고 남녀노소를 가리지 않고 기꺼이 친구가 되어 평등한 사랑을 실천하는 그 넓고 활달한 도량 등으로 원로가 사라진 우리 시대의 진정한 원로라 할 수 있습니다.

8. 시민들에게 한 말씀 전하시죠.

묵자학회라는 명칭 때문에 자칫 전문가들의 학문적인 모임으로 인식돼 가까이하기 어렵게 느끼실 수 있습니다. 하지만 묵자 자신이 목수 출신의 노동자로 삶에 바탕을 둔 실천적 지식인이었던 것처럼, 묵자의 삶과 가르침을 자기 삶에서 구체적으로 적용해 보며 자신의 삶을 변화시켜 나가는 모임입니다. 따라서 이 목적을 공감하는 분들이면 종교 정당 남녀를 불문하고 모두 따뜻하게 환영할 것입니다. 얼굴을 뵙고 싶습니다. 말씀을 나누고 싶습니다. 반갑게 손을 맞잡고 싶습니다.

지금까지 묵자학회 김영호 운영위원장과 말씀 나눴습니다. 고맙습니다.

KBS 대전 제1 RADIO 생방송 대전 인터뷰

방송일 : 2010년 5월 20일 (목) 오후 3:19 ~ 30

〈교육감, 교육의원 선거〉

1. 이번 지방선거에서 교육감과 교육의원을 선출하게 되는데요, 처음으로 전체 유권자들이 교육감, 교육의원을 투표하게 되죠? 어떤 의미가 있는 선거로 보시는지요.

이번 지방선거는 전국 16개 시도에서 동시에 교육감을 뽑는 최초의 선거이며, 교육의원의 주민 직선은 이번이 처음이자 마지막입니다. 지난 2월에 지방교육자치법이 개정되면서 교육의원 선거는 2014년 6월 30일까지만 효력을 갖는 것으로 규정하는 소위 일몰제(日沒制)를 도입했기 때문입니다. 각 시·도의 초·중등 교육을 총괄하는 교육감은 아이들의 급식문제부터 특수목적고 설립과 고교 평준화 등에 이르기까지 교육현장을 실질적으로 관장하며, 중앙정부의 획일적인 통제에서 벗어나 지역 실정에 맞는 교육 자치를 실현할 수 있는 권한을 가집니다. 또한 전국 시도교육위원회는 서울 6조3천억, 대전 1조2천억 등 총 32조원의 예산을 심의·의결하며, 조례 심의·의결권으로 교육 복지 등을 담은 조례를 만드는 등 그 권한이 교육감 못지않습니다. 그리고 이번 선거는 이명박 정부의 교육정책에 대한 중간평가이기도 합니다. 따라서 어떤 교육감과 교육의원을 뽑느냐에 우리 아이들의 미래가 달려 있습니

모두가 행복한 나라를 꿈꾸며

다. 우리 지역 교육의 질을 높이고 아이들을 행복하게 해줄 후보가 누구인지 후보들의 정책을 꼼꼼히 살펴보고 투표에 적극 참여합시다.

2. 교육계 선거를 앞두고 대전교육연구소에서 대전교육혁신 정책발표회를 하셨어요. 어떤 뜻에서 정책발표회를 갖게 되신 건가요?

6.2 교육자치 선거를 앞두고 대전교육 혁신모델을 제시하고 그 정책의 구체적 실현경로 등을 꼼꼼히 따져 교육감, 교육의원, 시장, 구청장 등의 공약에 최대한 반영하고 또 그 정책이 실현되도록 견인해 내는 계기를 만들기 위해서입니다.

3. 대전교육연구소에서는 대전교육이 어떤 비전을 갖고 추진돼야 한다고 보시는지요?

현재 대전교육의 모습은 널 이겨야만 내가 사는 학력경쟁의 정글사회입니다. 대전교육 혁신모델은 이런 정글사회에서 벗어나 학생 모두가 즐겁게 공부하는 더불어 함께하는 사회를 만드는 것이 되어야 한다고 봅니다.

4. 더불어 함께 즐겁게 공부하는 사회로 가야한다는 방향을 제시하셨는데요, 이를 위해서는 어떤 정책과제가 필요하다고 보시는지요.

대전교육을 더불어 함께 즐겁게 공부하는 사회로 바꾸기 위해서 둘 빼기, 셋 더하기 운동을 제안합니다. 둘 빼기는 계층 간 지역 간 교육격차를 줄이고, 사교육 부담을 최소한 20% 다이어트 하자는 것입니다. 셋

더하기는 교육행정체제 개편을 통한 교육 재정 확보하기, 학교 특성에 맞는 '맞춤형 공교육 강화 프로젝트' 시행하기, 교권, 학생인권, 학부모 권리 신장을 위한 교육주체간 의사소통 확대하기입니다.

5. 지역별 교육격차 해소의 문제는 대전시 교육계의 고질적인 병폐이자 과제인데요, 그래서 이번 교육감 후보들도 교육격차해소에 대한 입장을 내놓고 최대쟁점이 되고 있는데, 대전교육연구소에서는 교육격차를 완화하기 위해서 어떤 해법이 있다고 보시는지요.

교육격차는 학부모의 사회경제적 여건의 차이, 주거지역의 차이 등에서 비롯되기 때문에 결국은 지역별, 계층별 격차를 완화하는 것으로 시작해야 한다고 봅니다. 다음과 같은 해법을 제시합니다.
  ◎ 모든 초등학교에 병설유치원 의무 설치 및 통학버스 운영(동부 지역부터 연차적으로)
  ◎ 열쇠아동 돌봄 서비스 확대
  ◎ 초등학교부터 단계적 무상급식 실현(3개년 계획)
  ◎ 중학교 학교운영지원비의 전면 폐지
  ◎ 저소득층 고등학생의 학비·급식비 지원 확대
  ◎ 전문계고 학비 무상화 실현
  ◎ '계층간 교육격차 완화와 교육복지 확대를 위한 조례'(가칭) 제정으로 교육 복지 확충

6. 그리고 '돈 안 드는 교육'과 관련된 공약 경쟁이 뜨거운데요, 사교육비 절감문제는 모든 학부모들의 바람이 아니겠습니까? 어떤 방안이 있을까요?

사교육비 절감을 위해 다음 세 가지 방안을 제시합니다.

◎ 사교육비 절감을 위해 '학원운영시간제한조례' 개정

◎ 학급당 학생 수 축소 등 교육여건 개선을 통한 사교육 수요 차단

◎ 지역 대학의 영어캠프에 초중고 학생이 저렴한 비용으로 참여할 수 있도록 지원

그리고 공교육 강화 위한 맞춤형 공교육 강화 방안도 제시합니다.

◎ 학교 특성에 맞는 '맞춤형 공교육 강화 프로젝트' 시행

'공립형 대안학교(통합형 교육과정 시범학교)' 공모제 시행

획일적 강제 보충수업 및 강제 자율학습 금지

전문계고를 현장 밀착형 실업고로 전환

대전지역의 특성에 맞게 '보건계 실업학교' 또는 '사회서비스 실업학교' 설립 추진.

통합형 교육과정을 적극 검토하되, 실업계 교사의 고용 문제는 재교육 통해 재배치

7. 그 외에 대전시 교육정책에 필요한 의제들, 어떤 내용을 제시하셨는지요.

■ 교육행정체제 개편을 통한 교육 재정 확보

◎ 동·서부 지역교육청 폐지 및 관련 기관 개편

◎ 장학과 일반 행정의 분리를 통한 전문성 향상

■ 교육주체간 의사소통 확대

◎ 〈교육주체 권리보장 위원회〉(가칭) 설치

◎ 〈학부모지원센터〉 개설

◎ 학생회, 교사회, 학부모회 법제화 추진 및 운영 내실화

◎ 내부형 교장공모제 확대

8. 이번 지방선거에서 교육계 선거가 상대적으로 관심이 저조한 경향을 보이고 있는데, 이번 선거와 후보들에게 바라는 말씀이 있으실 거 같습니다.

각종 여론조사를 보면 4명 중 3명이 교육감 후보에 대해 알지 못하며, 응답자의 70% 이상이 교육의원의 권한에 대해서 잘 모른다고 합니다. 어떤 교육감과 교육의원을 뽑느냐에 우리 아이들의 미래가 달려 있습니다. 우리 지역 교육의 질을 높이고 아이들을 행복하게 해줄 후보가 누구인지 후보들의 정책을 꼼꼼히 살펴보고 투표에 적극 참여해야 합니다. 지금 우리 교육은 개혁의 중대한 기로에 서 있습니다. 교육 양극화를 확대 재생산하는 경쟁과 효율 중심의 교육정책은 비교육적입니다. 공존과 나눔의 교육원리 속에서 기회 균등한 교육이 앞으로 나아가야 할 방향입니다. 교육과학기술부의 일률적인 교육 방침에서 벗어나 지역 실정에 맞는 교육자치 정책을 시도하는 직선 교육감이 요구됩니다. 그런 교육감이 나온다면 모든 아이들이 눈치 안 보고 친구들과 따뜻한 점심을 함께 먹을 수 있고, 선생님들이 새로운 교육을 위해 다양한 실험을 할 수 있는 행복한 학교도 불가능한 일만은 아니라고 봅니다.

우리, 딸꼬뜨, 허겔러흐, 휘게

연말을 앞두고 정부는 조직개편과 신년도 예산안 심의로, 공무원은 정부 주도의 연금법 개정에 따른 불확실한 미래에 대한 두려움으로, 모처럼의 대풍으로 온갖 농산물이 넘쳐나지만 가격 하락과 계속되는 자유무역협정(FTA) 체결에 애타는 농민들의 탄식으로, 이른바 '물 수능' 논란과 함께 대학 선택의 셈법이 훨씬 복잡해진 대입 수험생들의 안타까움으로, 온통 어수선하고 을씨년스런 모습이다. 한 해를 되돌아보며 스스로 부족함을 살펴보고, 그간 힘겹게 사느라 잊고 지낸 가족과 이웃에게 따뜻한 감사를 전하고 서로 정을 나누어야 할 즈음에 어울리지 않는 풍경들만 가득하다.

연말로 개정시한을 못 박은 공무원연금법 개정 시도에 따른 사회적 갈등은 그 조정이 쉽지 않아 보인다. 무엇보다도 사회적 합의가 무시된 채 집권여당이 총대를 메고 공무원노동자를 일방적으로 옥박지르는 모양새로는 협의가 불가능하기 때문이다. 공무원연금법이 1960년에 제정 시행된 이래 지금 3차 개정을 앞두고 있지만, 지난 2009년의 개정 때까지만 해도 사용자인 정부와 피고용인인 공무원노동자들이 협의해서 서로 감내할 수 있는 안을 만들어온 데 반해 이번엔 당사자인 공무원들이 아예 배제된 채로 개정이 진행되고 있다. 다른 나라의 연금개정 사례로 봐도 사회적 합의 없이 결코 성공할 수 없다는 게 명백한데도 그렇다.

차제에 지난 2009년의 공무원연금 개정 내용을 살펴볼 필요가 있다. 개정 때마다 정부와 여당의 주장이 달라지기 때문에 진실이 무엇인지 알기 어렵기 때문이다. 당시 정부는 개정안이 시행되면 2070년까지 재정안정성이 효율적으로 이루어져 재정의 40%가 절감된다고 하더니 겨우 5년 만에 또 다시 개정해야만 2080년까지 400조가 줄어든다니, 그러면 5년 전의 개정안은 거짓이라는 것인지 또 지금의 재정계산은 과연 제대로 된 것인지 도통 알 수가 없다. 따라서 개정이 불가피하다면, 정부의 객관적이고 정확한 재정 추계자료를 바탕으로 정부와 공무원노동자 그리고 정당의 전담팀이 함께 머리를 맞대고 합리적인 방안을 마련해 사회적 합의를 이루어야 한다.

여당의 개정안은, 한마디로 공무원연금을 국민연금 수준으로 하향평준화해 용돈연금으로 만들겠다는 것이다. 이는 그간 여당의 평준화교육에 대한 비판과는 사뭇 다르다. 여당은 학력이 하향평준화 되었다고 평준화교육을 비판하며 교육계의 반대를 무릅쓰고 자율형사립고 정책을 강행했고, 그 결과 경제적 양극화 못지않은 교육의 양극화와 일반고의 끝없는 추락을 가져왔다. 하지만 국제학업성취도평가 결과를 보면 우리나라 고교생의 학력은 대체로 세계 2위의 우수한 성적을 유지하고 있으니 평준화교육에 대한 비판은 애초에 근거가 없는 셈이다. 그런데 공무원연금 개정은 하향평준화가 정답이라니 그동안 금과옥조처럼 여기던 상향평준화의 소신은 어디로 간 것인가. 전 국민의 인간다운 노후를 보장하는 게 정부의 책임인 걸 잊은 걸까.

연금개혁이든 교육개혁이든 결국 그 목표는 국민 모두의 행복 증진이다. 그런데 지금껏 강압적으로 시행된 소위 개혁들이 대개 서민의 일방적인 희생 위에 기득권층의 이익을 증대시켜 온 게 아닌가 싶다. 우리

모두가 행복한 나라를 꿈꾸다

490

민족은 '우리'라는 말을 참 많이 쓴다. 이 '우리'란 말엔 내 가족, 고향, 모교, 지지정당과 함께한다는 뜻이 담겨있다. 하지만 우리 편을 뛰어넘는 다른 가족, 지역, 학교, 정당은 '우리'에 포함되지 않고 적극 배제된다. 북유럽의 복지선진국들도 우리처럼 '함께'라는 말을 즐겨 쓰지만, 그것이 우리 편에만 적용되지 않고 모든 계층을 아우르는 사회통합의 덕성으로 실천된다는 게 다르다. 핀란드인들은 매사에 '함께 일한다'는 뜻의 '딸꼬뜨(talkoot)'를 외치며, 배제가 아닌 협력과 동료의식으로 세계최고의 학업성취도와 국가경쟁력을 이루어냈다. 역사상 최초로 사상과 종교의 자유를 수호한 네덜란드는 '허젤러흐'(gezellig, 편안함, 유유자적)를 도덕적 이상으로 삼고 국민이 함께 사회정의를 실현했다. 유엔의 행복지수조사에서 최근 연속 1위를 차지한 덴마크는 '느긋하게 함께 어울리기'인 '휘게'(hygge)를 외치며 국민 모두가 행복한 나라를 만들었다. 이 나라들이 복지국가를 이룬 비결은 모든 국민이 함께 행복한 나라를 만들겠다는 사회적 대타협을 이루었기 때문이다. 이제 우리나라의 개혁도 국민 모두가 함께 행복한 상향평준화를 지향해야 한다.

(2014. 11. 24. 금강일보 칼럼)

행복한 사회와 함께하는 삶에 대해 갱신하는 꿈

김영호의 사화집 『모두가 행복한 나라를 꿈꾸다』는 동시대를 살아 가는 우리에게 큰 울림입니다. 가족사로부터 교육, 문화, 사회적 문제 에 이르기까지 다양한 사유의 스펙트럼을 통해 우리 삶을 돌아보게 합 니다. 글이 곧 사람인 그의 명문들이 엔솔러지의 이름으로 모아져 빛 납니다.

『모두가 행복한 나라를 꿈꾸다』는 정직합니다. 사유와 행동이 일치 하는 삶, 솔직하게 사물과 타인을 대하며, 생명의 연약하고 오묘한 면들 에 섬세하게 반응할 수 있는 인간의 고귀한 덕성으로서의 품성이 지닌 삶의 태도를 투명하게 보여줍니다.

그래서 『모두가 행복한 나라를 꿈꾸다』는 정의롭습니다. 말의 힘과 논리적인 설득을 통해 진리에 맞는 올바른 도리를 환기하는 문장들은 개인의 완성과 사회의 완성은 하나로 통합 또는 융합되어야 함을 역설 합니다. 참교육 실현을 위한 지속적인 문제제기, 지역문학과 지역문화 의 활성화를 위한 사회사업의 모색 그리고 시대와 현실의 진단을 통해 민주적인 가치를 실현하고자 하는 의식적인 자기표현은 삶의 공적 공 간에 수렴되려는 진정성의 발로입니다.

그러므로 『모두가 행복한 나라를 꿈꾸다』는 사랑입니다. 정직함과 정의로움을 품은 사랑은 성숙하고 견고합니다. 선택적 거부나 감상성을 극복하는 동시에 타인의 고통을 뜨거운 가슴으로 나누기 때문입니다. 장애인을 위한 야간수업과 봉사, 비정규직 교사의 정규직 전환, 학생들에 대한 부모 마음으로의 교육, 지역문인들에 대한 비평적 공유는 인권과 교육과 문학에 대한 그의 헌신성을 오롯하게 담고 있습니다. 김영호에게 문학은 우리의 영혼을 위로해 주는 것이며, 함께하는 삶을 사는 것을 꿈꾸게 합니다. 농민과 학생들과의 공동창작은 삶의 현장에 문학이 다가가고, 그것이 다시 문학으로 녹아 현실 속에 뿌리를 내리고자 하는 마음의 표현입니다.

『모두가 행복한 나라를 꿈꾸다』는 인권과 민주적 절차, 사회적 책임, 공공성, 윤리성에 대한 지속적인 요청입니다. 행복한 사회와 함께하는 삶에 대한 그의 갱신하는 꿈입니다. 체험에서 느낀 삶의 엄중함과 겸손함, 그리고 인간다움을 향한 지극한 마음은 강밀한 글을 읽는 독자와 함께 아름다운 세상에 닿을 것입니다. 착한 사람 김영호!아름다운 세상을 꿈꾸는 순정한 그와 함께해서 행복하고 고맙습니다.

김정숙(충남대 교수)